U0684948

全本全注全译丛书

中华经典名著

王志彬◎译注

文心雕龙

中華書局

图书在版编目(CIP)数据

文心雕龙/王志彬译注. —北京:中华书局,2012.6
(2025.6 重印)
(中华经典名著全本全注全译丛书)
ISBN 978-7-101-08569-3

Ⅰ.文… Ⅱ.王… Ⅲ.①文学理论-中国-南朝时代②文心雕龙-注释③文心雕龙-译文 Ⅳ.I206.2

中国版本图书馆 CIP 数据核字(2012)第 030851 号

书　　名	文心雕龙
译 注 者	王志彬
丛 书 名	中华经典名著全本全注全译丛书
责任编辑	胡香玉
装帧设计	毛　淳
责任印制	韩馨雨
出版发行	中华书局
	(北京市丰台区太平桥西里 38 号　100073)
	http://www.zhbc.com.cn
	E-mail:zhbc@zhbc.com.cn
印　　刷	北京盛通印刷股份有限公司
版　　次	2012 年 6 月第 1 版
	2025 年 6 月第 19 次印刷
规　　格	开本/880×1230 毫米　1/32
	印张 18⅞　字数 400 千字
印　　数	222001-227000 册
国际书号	ISBN 978-7-101-08569-3
定　　价	49.00 元

目　录

前言 …… 1

原道第一 …… 1
征圣第二 …… 12
宗经第三 …… 21
正纬第四 …… 32
辨骚第五 …… 42
明诗第六 …… 55
乐府第七 …… 70
诠赋第八 …… 83
颂赞第九 …… 95
祝盟第十 …… 107
铭箴第十一 …… 121
诔碑第十二 …… 133
哀吊第十三 …… 145
杂文第十四 …… 155
谐讔第十五 …… 167
史传第十六 …… 179
诸子第十七 …… 198
论说第十八 …… 211

诏策第十九 …………………………………… 226
檄移第二十 …………………………………… 239
封禅第二十一 ………………………………… 249
章表第二十二 ………………………………… 259
奏启第二十三 ………………………………… 270
议对第二十四 ………………………………… 283
书记第二十五 ………………………………… 296
神思第二十六 ………………………………… 317
体性第二十七 ………………………………… 328
风骨第二十八 ………………………………… 337
通变第二十九 ………………………………… 346
定势第三十 …………………………………… 355
情采第三十一 ………………………………… 364
镕裁第三十二 ………………………………… 374
声律第三十三 ………………………………… 382
章句第三十四 ………………………………… 391
丽辞第三十五 ………………………………… 401
比兴第三十六 ………………………………… 410
夸饰第三十七 ………………………………… 418
事类第三十八 ………………………………… 426
练字第三十九 ………………………………… 437
隐秀第四十 …………………………………… 449
指瑕第四十一 ………………………………… 460
养气第四十二 ………………………………… 470
附会第四十三 ………………………………… 477
总术第四十四 ………………………………… 486
时序第四十五 ………………………………… 494

物色第四十六 …………………………………… 517
才略第四十七 …………………………………… 528
知音第四十八 …………………………………… 548
程器第四十九 …………………………………… 559
序志第五十 ……………………………………… 569

前　言

一

在我国古代文论史上，刘勰的《文心雕龙》是一部影响深远的皇皇巨著。它体大思精，笼罩群言，隐括千古，包举宏纤，向为历代学人所重，且与古希腊亚里士多德之《诗学》齐名，都是世界文化宝库中的珍品。

《文心雕龙》成书于中古时期南朝的齐末梁初，迄今已一千五百余年，有多种不同的版本，辗转承继，薪火相传，且与时俱进，每有新成。惜其初始的版本，已杳无影踪。现在能够查寻到的最早版本，是唐朝学人留下的手抄本残卷，录有《征圣》（第二）至《杂文》（第十四）的十三个整篇，以及《原道》的篇尾和《谐隐》的篇题。原藏甘肃敦煌鸣沙山千佛洞第二八八窟，直到清光绪二十五年（1899）始被发现。后又被斯坦因窃攫，现存伦敦大英博物馆。宋代原已有了《文心雕龙》的刊本，《宋史·艺文志》即有"辛处信注《文心雕龙》十卷"的记载，却亦已散失。惟南宋时编刻的《太平御览》中，摘录有《文心雕龙》原文四十三则，涉及《原道》、《宗经》、《神思》、《定势》等二十余篇，计九千八百六十八字，占了全书的四分之一。元惠宗至正十五年（1355），嘉兴郡守刘贞刻印的《文心雕龙》，是我国现存的最早刊本，珍藏于上海图书馆，1984 年曾由上海古籍出版社影印。明清以来的研究者，莫不将它与唐写本残卷和《太平御览》之摘录，引为刊刻或校勘的依据。明代有多种版本梓行，大都融入了学者们的校勘、音注、评点和序跋。其影响较大的注本，当以梅庆生的“音注本”和王惟俭的“训诂本”居先；评本则以杨慎本和曹学佺本为上。清乾隆年间，黄叔琳的《文心雕龙辑注》问世，继由纪昀予以评骘，并于道光年间“合二为一”。它们承上启下、综合集成，代表着清代《文心雕龙》研究的最高成就。清末民初，李详完成《文心雕龙补注》一书，针对黄氏《辑注》“补其罅漏”、“正其遗失”，计一百三十四条，亦广为后人所借重。

“五四运动”前后，黄侃在北京大学讲授《文心雕龙》课程，将其讲义分批辑为《文心雕龙札记》一书，重在评释，先后数次刊印，是为现代《文心雕龙》研究的先驱之作。此后三四十年间，范文澜的《文心雕龙注》(原名《文心雕龙讲疏》)、刘永济的《文心雕龙校释》、王利器的《文心雕龙新书》(后经修正，更名为《文心雕龙校证》)、杨明照的《文心雕龙校注》先后出版，并相继修订再版。它们资料丰赡，考证笃实，辨误析疑，继往开来，已是海内外公认的传世之作。二十世纪六十年代初，张光年等首发白话翻译《文心雕龙》之先声，随即有陆侃如、牟世金的《文心雕龙选译》，郭晋稀的《文心雕龙译注十八篇》出版，至二十世纪八十年代后，更有周振甫的《文心雕龙今译》，贺绥世的《文心雕龙今读》等多种论著问世。他们分别以范、刘、王、杨诸家的著作为主要参照，释义清通，雅俗共赏，影响广泛。六七十年代，台湾有多位学者出版《文心雕龙》著作。其中，张立斋的《文心雕龙注订》和《文心雕龙考异》，对范、杨之作严加考辨，兼有指瑕、正误之功。1995 年台北“中央研究院”，将其《文心雕龙考异》与范文澜之《文心雕龙注》，詹锳之《文心雕龙义证》，一并选入古籍文献电子资料之中。2010 年，国家图书馆出版社将《文心雕龙考异》与《文心雕龙注订》，改为横排再版。

1978 年以来，《文心雕龙》研究蓬勃发展，各种论著犹如雨后春笋，仅至二十世纪末的二十余年间，即有一百五十余部《文心雕龙》研究著作涌现，平均每年有一八部专著出版（参见张少康等著《文心雕龙研究史》），其中既有老一辈学者毕生磨砺的精品，如詹锳《文心雕龙义证》，又有新一代名家承前启后的新作，如张少康《文心雕龙新探》；既有传统的校、注、释、译和评骘，如王运熙、周锋《文心雕龙译注》，又有现代的专门、系统的整合与创造性探索，如缪俊杰《文心雕龙美学》；既有旁征博引、钻坚求通的学理研究，如王元化《文心雕龙创作论》，又有通俗易懂、古为今用的文章写作和文学创作要义的传播，如钟子翱、黄安祯《刘勰论写作之道》；还有了纵观古今中外的《文心雕龙研究史》和前所未有的《文心雕龙辞典》、《文心雕龙学综览》等大型参考书和工具书。同时台湾、香港的《文心雕龙》研究著作亦不断传来；而世界诸多国家的学者亦更为广泛、充分地予以关注。如今，《文心雕龙》已有了日、韩、英、德、捷克、意大利、西班牙等文字的全译本。日本和韩国的学者还先后出版了多部《文心雕龙》研究的论著。美、俄、法、瑞典、加拿大、匈牙利等国的汉学家，则分别在有关著作中加以鉴用、评介，或撰写、发表《文心雕龙》研究的专题论文（参见张少康等著《文心雕龙研究史》，贾锦福主编《文心雕龙辞典》，文心雕龙学会编《文心雕龙学综览》）。《文心雕龙》的研究范围和影响空前地扩大了。

仅从上述的《文心雕龙》的各种主要版本和研究概况来看，它已经是一门博大精深、体系完整、独具中国特色的“龙学”，并且越来越充实地成为一门面向世界、面向现代、面向读者大众的“显学”了。

二

《文心雕龙》共五一篇，三万七千余言，用精美的骈文写成。每篇标题下，均有序号排列；每篇篇末则有“赞曰”作结。其《序志》篇作为全书的总序，按“古人之序皆在后”之例，被置诸书末，起着“以驭群篇”的统领作用，乃是解读全书基本内容和理论体系的重要资料和依据。

《序志》篇起笔即说:“夫‘文心’者,言为文之用心也。昔涓子‘琴心’,王孙‘巧心’,心哉美矣,故用之焉。古来文章,以雕缛成体,岂取驺奭之群言‘雕龙’也?”这段话,今之研究者大都认为是贯穿全书的宗旨。它不仅解释了《文心雕龙》一书的名称,而且明确界定了全书论述的对象范围。所谓“文心”,意谓“为文之用心”,亦即写作者如何用心做文章。而“心”则是灵巧而优美的,古人早就有“巧心”、“琴心”之说,所以把它用在书名之中。很明显,这里所论述的对象,已不只是既成的、客观存在的、静态的文章,而是作为写作主体的作者在写作过程中通过大脑所进行的复杂而微妙的动态的思维活动了。所谓“雕龙”,则是借用古代名家驺奭善于“雕镂龙纹”的典故,以反诘的语气表示肯定,即要像驺奭雕龙那样,精细入微地来论述“为文之用心”。“文心”是刘勰“为文”写《文心雕龙》的内容;“雕龙”是刘勰“为文”写《文心雕龙》所采取的形式。两者结合,亦可谓“质文并茂”、“华实相扶”了。而尤需注意的则是这里所谓的“文心”之文,“为文”之文,“文章”之文,均不是特指今之文学作品的狭义之文,而是泛指既包括文学作品又包括非文学作品在内的广义之文。《序志》篇中,共用了二十余个“文”字,《文心雕龙》全书中则有三百三十余个“文”字,亦均没有特指文学作品。扩而言之,这乃是我国古代文论中的一个普遍特点。曾有学者指责刘勰“对‘文’的范围认识不够明确”,将“巩固封建政权的各类应用文”,“滥竽在文学领域”,这未免有点以今律古的苛求了。不过,照这位学者的逻辑推论,恰好说明刘勰所论并不只是专门针对文学作品及文学理论批评的。

继之,《序志》篇真实、具体地阐明了刘勰写作《文心雕龙》一书的动因和目的:一是他童年时因梦“彩云若锦”,而自负不凡,要凭借“智术”和“制作”来“拔萃出类”,“腾声飞实”。二是他执著地尊儒崇圣,曾以为孔子“垂梦”给他,乃“怡然而喜”,向往“注经”,以“敷赞圣旨”。惟因“马郑诸儒,弘之已精”,故转而论述文章的写作,以发挥文章作为“经典枝条”的“‘五礼’资之以成,‘六典’因之致用,君臣所以炳焕,军国所以昭明”的作用。三是他深入研读前人的论文之作，虽每有鉴借，亦多有恳切的批评。他要“振叶以寻根，观澜而索源”，弥补前人“各照隅隙，鲜观衢路”、“不述先哲之诰”、“无益后生之虑”的缺陷，全面、系统地解决文章写作中的各种问题。四是他面对当时“去圣久远，文体解散”、“离本弥甚，将遂讹滥”的浮靡文风，极欲“矫讹翻浅，还宗经诰”，改变文坛状貌。在这里，刘勰既言其写作《文心雕龙》一书的深刻思想根源，又言其“乃始论文”的历史和现实动因，显然不是“借巧傥来”的单纯的“为论文而论文”；而是他“君子处世，树德建言”的人生价值观念，以及其“摛文必在纬军国，负重必在任栋梁”的政治抱负在特定条件下的真实而具体地反映。

进而，《序志》篇以较多的篇幅，明确揭示了《文心雕龙》全书的基本内容和理论体系的建构。它以“言为文之用心”为旨归，将全书的基本内容概括为“文之枢纽”、“论文叙笔”、“剖情析采”三大组成部分。它们紧密联系、不可分割，是个“一动万随”的有机整体。

“文之枢纽”部分，包括《原道》（第一）至《辨骚》（第五）五篇。今之研究者分别称之为“总论”、“总纲”、“文原论”、“文学原理”、“写作原理”。刘勰说：“盖文心之作也，本乎道，师乎圣，体乎经，酌乎纬，变乎《骚》，文之枢纽，亦云极矣。”这实际上是他所提出的指导写作走向正规的总原则。具体是指《原道》、《征圣》、《宗经》三位一体，而归根结底，《宗经》是关键，旨在阐明“道”是宇宙万物的本源，“文”亦产生于“道”。“道沿圣以垂文，圣因文以明道”，所以要写好文章必须“体乎经”。为文能取法于圣人之经典，才能取得“情深而不诡”、“风清而不杂”、“事信而不诞”、“义贞而不回”、“体约而不芜”、“文丽而不淫”的思想和艺术效果。《正纬》、《辨骚》两篇，意在从形式方面说明纬书和楚辞的某些内容，虽然与经悖谬或异乎经典，但它们“事丰奇伟”，“惊采绝艳”，“有助文章”，写作时也应当吸取、借鉴。概括起来说，刘勰指导写作的总原则可以约之为“倚雅颂”、“驭楚篇”两个方面，即倚靠经典著作的雅正文风，吸取纬书、楚辞的奇辞异采，来提高写作的思想和艺术水平。

“论文叙笔”部分，包括《明诗》（第六）至《书记》（第二十五），共二十篇。今之学者分别称之为“文体论”、“文类论”、“体裁论”、“文体写作论”或“各体文章写作指导”。刘勰说：“若乃论文叙笔，则囿别区分，原始以表末，释名以章义，选文以定篇，敷理以举统：上篇以上，纲领明矣。”这是讲有韵之文和无韵之笔的写作，大体上计约论述了三十多种体裁的文章，既有文学作品，又有一般实用性文章和宫廷、衙府的专用文书。它虽然条分缕析，依次叙述了各种文体的源流，解释了其名称内涵和性质，评述了有代表性的例文，但“结穴”是“敷理以举统”，即提出各种文体的写作规范和基本要求。“原始以表末”、“释名以章义”、“选文以定篇”三项，虽各有其在文体发展史和诗文批评、鉴赏等方面的价值和意义，但在“论文叙笔”部分，它们都是为“敷理以举统”服务的。刘勰视之甚重，把它们归入“纲领”部分，称为“大体”、“大要”、“纲领之要”。如今文体论中的多数文体已经消亡了，但它们仍有“名亡理存”的价值和意义，值得慎辨去取。

“剖情析采”部分，包括《神思》（第二十六）至《序志》（第五十），共二十五篇。今之研究者则又按刘勰叙说之层次，将它们“一分为二”。前者分别被称为“创作论”、“文术论”或“写作方法统论”、“综合写作论”；后者分别被称为“批评论”、“鉴赏论”、“文评论”或“文学评论”（文学史、作家论、鉴赏论、作家品德论）。刘勰说：“至于剖情析采，笼圈条贯，摛《神》、《性》，图《风》、《势》，苞《会》、《通》，阅《声》、《字》，崇替于《时序》，褒贬于《才略》，怊怅于《知音》，耿介于《程器》，长怀《序志》，以驭群篇：下篇以下，毛目显矣。”其中，从《神思》（第二十六）至《总术》（第四十四）共十九篇，是综合“论文叙笔”中各种文体的体制规格和写作要领，通论文章的写作过程、写作原理和写作方法，主要包括三个方面的内容：一是论写作构思和风格基调问题；二是论文章的体制构成和布局谋篇问题；三是论练字、修辞、造句和各种写作技法。最后再以《总术》篇作结，强调

“文场笔苑，有术有门”；倡导“执术驭篇”，反对“弃术任心”，翔实地解决了一系列重要的写作理论和实践问题，其中心和主旨是十分明确的。从《时序》（第四十五）至《程器》（第四十九）五篇，则是基于刘勰在为文、治学中所产生的感慨，对此前所论内容的一些补充，分别论述了从事写作还应考虑到的一些主客观因素，即写作与时代、写作与自然景物的关系；作者的才识与品德修养，以及诗文批评与鉴赏的态度和方法。这些问题对诗文写作和批评，也都很重要，但它们却并未能形成一个独立的中心。有学者不把它们单独当作所谓的“批评论”、“鉴赏论”与“创作论”并列，而称之为“杂论”、“附论”、“余论”、“补论”，似乎更为贴切。《文心雕龙》的最后一篇，是刘勰的“长怀《序志》”，其主要内容和作用，已如上述，可以作为进入《文心雕龙》“体大而虑周”的宏伟门庭的钥匙和向导。

值得注意的是“剖情析采”各篇所论，均被刘勰作为他所强调的“大体”中的具体组成部分，称之为“毛目”；而其中有些篇章和部分，却又从不同角度、不同侧面涉及诸多重要的文艺理论问题，如诗文的起源，诗文作者的个性与风格，诗文的情思内容与文采形式，诗文写作中的继承借鉴与革新创造，诗文写作中的灵感、想象与形象思维，诗文写作与社会生活和政治教化，以及诗文嬗变的历史过程等等，并且足资形成完整的理论体系。因而有学者认为，它“和我们今天的文艺理论体系在内容上有惊人的相似之处”，“包括了今天的文艺理论所讨论的问题”，视之为《文心雕龙》全书中最有价值的组成部分。虽然这与刘勰的“初心”并不能完全“合卯”，但也无损于《文心雕龙》的学术价值和实践意义。自二十世纪二三十年代始，即多有学者着意于现代文艺理论批评与《文心雕龙》相契合的研究，已经成为一种广有影响的通说了。原《文心雕龙》学会会长王运熙先生在其《文心雕龙探索》一书中曾说：“《文心雕龙》原来的核心何在，重点何在，与我们今天认为此书的价值何在，精华何在，二者不是一回事，应当区别开来。”这是非常符合《文心雕龙》研究实际的。

综上所述，从《序志》篇所论述的《文心雕龙》的写作宗旨、写作动因和目的，以及全书的基本内容和理论体系来看，亦即从其内在的、固有的本体性质来看，它名副其实，“主要是一部讲写作的书”（詹锳《文心雕龙义证》）。研究者分别称之为“作文指导”、“文章作法精义”、“文章学著作”、“写作学著作”或“典型的写作理论著作”。这种观点，自隋唐以降一脉相承，历代学者多把它作为“文章作法”加以传播鉴用，誉之为“作者之章程，艺林之准的”（明代张之象语）；“辞人之圭臬，作者之上驷”（清代谭献《复堂日记》引蒋苕生语）。而从其所论述的相关内容、学术价值、实践意义及其影响来看，它又是一部“完整的文学理论专著”（杨明照《文心雕龙校注》），“条理绵密的文学批评之伟著”（郭绍虞《中国文学批评史》），亦曾被誉之为“文学批评界唯一的大法典”（方孝岳《中国文学批评》）。上述两种观点，各有自己的研究角度，理应是并行不悖、相辅相成的。事实上，王运熙、张少康等诸多学者，已在各自的论著中，把两者相提并论，使之殊途同归了。随着《文心雕龙》现代研究的发展，它还逐渐显示了在经学、史学、哲学、美学、修辞学、文化学等多方面的价值和意义，有学者说它是“子书中的文评，文评中的子书”（王更生语）；“在文学理论范围内，它是百科全书式的”（周扬语），亦均言之有理。

三

“诗品出自人品”。没有刘勰，自然就没有《文心雕龙》。《梁书》、《南史》均有《刘勰传》，乃是研究刘勰家世和生平事迹的最重要的历史文献。惜其史笔简要，语焉不详。老一辈“龙学”大家，如范文澜、杨明照等，虽曾多方涉猎，相互参证，使之眉目渐清，但亦屡有歧见。后之研究者多综合各家之说，概言其要，或斟酌献替，存疑再考。

刘勰字彦和，祖籍东莞郡莒县，即今山东莒县；世居京口，即今江苏镇江。他的祖父刘灵真，系刘宋王朝的司空刘秀之的弟弟；他的父亲刘尚则是职级不高的武官——越骑校尉。关于其家世史无其他记载。

刘勰大约生于宋明帝泰始初年(465—467)，卒于梁武帝中大通四年(532)前后。总其历程，可分四个阶段：

一、少年苦读。从出生到入定林寺，历时约二十余年。刘勰少年丧父，孤儿寡母，相依为命。二十岁左右，又遭母丧，孤寂无依，萧索度日。以家贫而不婚娶。但他"笃志好学"，自七岁起，即怀有美好的憧憬，执著地追求树德建言、经世致用的人生价值，准备着"穷则独善以垂文，达则奉时以骋绩"。为母守丧三年后，进入定林寺，"依沙门僧祐，与之居处"，以借助佛门优势，求得发展。按他的年龄和前后情况推论，此时他已接受了较高层次的家庭教育或塾师教育，有了较为良好的文化基础了。

二、佛门试功。从进入定林寺到《文心雕龙》问世，历时十五年左右。定林寺是佛教名刹，高僧云集，藏书甚丰，在帝王倡导"敬佛"的世风中，享有崇高的声望。在这里，刘勰作为佛教大师僧祐的助手，整理校订经卷，得以潜心攻读，遍览诸子百家之书；"积十余年"，达到了"博通经论"、"长于佛理"的程度，进而"区别部类，录而序之"，完成了大丛书佛教经论的编定，经僧祐审阅，成为定林寺的传世经藏。这是一项巨大的宗教文化工程，表现了青年刘勰卓越的才识、学养和功力。

刘勰在僧祐主持下编定佛经的过程，必然会深受其浸润和陶染。但他没有遁入空门，也没有改变他潜隐心头的儒家伦理观念。大约在他编定佛教经藏之后不久，他即怀着"师乎圣"、"体乎经"的虔诚愿望，"弹心淬虑"地完成了空前的文论伟著《文心雕龙》。应当说，它的学术品位是很高的，现实针对性也是很强的，但却"未为时流所称"。刘勰"自重其文"，想方设法"取定"于官高位显又是文坛领袖的沈约。他乔装卖书商贩，拦阻沈约出行的车驾，呈上书卷，申明原委，沈约遂"大重之，谓为深得文理，常陈诸几案"。由此，《文心雕龙》始得为世人所知，刘勰也借此有了离寺出仕的“晋身之阶”。

三、出仕从政。从“起家奉朝请”到奉敕再入定林寺撰经，历时约十六七年。《文心雕龙》被沈约“大重之”不久，刘勰即受命担任奉朝请，获得了一个没有实缺的虚衔小官，开始走上了仕途。此后，历任南梁开国皇帝梁武帝萧衍之弟、中军将军、临川王萧宏和梁武帝的第四子、仁威将军、南康王萧绩的记室，掌文书；继又兼任梁武帝长子、昭明太子萧统的东宫通事舍人，管章奏；再迁步兵校尉，执掌宫廷卫戍。皇室王府中的这般职位，多涉枢要，名声显赫，萧氏帝王两代对刘勰亦颇为器重，每有引用和升迁。昭明太子好文学，尤以为知音，“深爱接之”。但作为幕僚、侍从人员，刘勰的渊博学养和深厚造诣，未能得到充分发挥。在当时门阀森严的环境中，他仍然只能是一介“位卑多诮”的“文士”。其间，刘勰曾转任车骑将军夏侯详的仓曹参军，管理仓廪。又转任“太末令”，即浙江龙游县的县令，且“政有清绩”，但他在仕途上未能得到持续发展，又回到帝王身边去了。

《梁书·刘勰传》载，“勰为文长于佛理，京师寺塔及名僧碑志，必请勰制文”，曾“有文集行于世”。今虽已散失，但仍有《灭惑论》、《梁建安王造剡山石城寺石像碑》等文，以及一些有关名僧碑志和经藏序录的题名和片断，散见于史传之中。可以想见，刘勰虽身在王府衙署，力图“达于政事”，“匡世济民”，但他没有割舍与佛家的不解之缘。此时，他还未曾皈依佛门，剃度为僧，却已经是一位备受尊崇、广有声望的佛学名家了。或许正是由于这个原由，既崇儒又敬佛，以儒教为国教的梁武帝，在高僧僧祐逝世后，才“有敕”让他再入定林寺，协助慧震沙门去撰经。这就是南梁王朝所给予刘勰的最高“礼遇”了。

四、燔发出家。从奉敕再入定林寺到“未期而卒”，历时约十有余年。定林寺的经藏，本已由僧祐和刘勰编定完毕，惟此后二十余年间，僧祐又收集到了许多经卷，而未及整理，梁武帝至为关注。刘勰奉敕再入定林寺撰经，正是按照皇帝的旨意，承继僧祐的未竟之业，这又是一项巨大的需要时间、学养和功力的宗教文化工程。及至“证功”完毕，刘勰已是一位年逾花甲的老人了。回眸来路，竟只孑然一身。名僧僧祐以七十四岁高龄圆寂了，太子萧统则以三十一岁的黄金年华匆匆“归位”，曾经“垂梦”给他的“大哉圣人”，又在哪里呢？刘勰是心有灵犀的，精深微妙的佛经终于沁入了他的灵魂，遂使他毅然“先燔鬓发以自誓”，“启求出家”了。而痴迷于佛的梁武帝竟慨然“敕许之”，让为萧氏王朝奉献了毕生才智的刘勰“于寺变服”，“改名慧地”，叶落归根了。不到一年，刘勰就去世了。

综上所述，刘勰在儒佛两家“异经同归”、“殊教和契”的境遇中，度过了他追求、奉献的一生。他借重于“佛”，却不弃“儒”；他跻身于“儒”，也不离“佛”；直到他晚年出世归隐，还要按照儒家崇尚的“君臣所以炳焕”之礼，祈请皇帝恩准。他因应时序和世情的制约，采取了“惟务折衷”的态度，集佛儒于一身，有时还兼容了道家与玄学的某些观念，这就使他的思想有了一定程度的复杂性和矛盾性。其中既有许多源于历史和现实的朴素的辩证因素，对他的文论著作起着主导、支配的作用；又有某些历史身世的局限与偏见，影响着他对宇宙本体和社会人生的认识，这就需要今之研究者审慎地予以辨析和清理了。

漫长的岁月，执著的追求，未能使刘勰实现“纬军国”、“任栋梁”的政治抱负，却使他表现出了足以“为世楷式”的人品和文品，留下了光耀千秋的文化遗产。今之研究者誉之为中国古代伟大的文学理论家、文学批评家、文学思想家、文章学家、写作理论家；扩而言之，又誉之为伟大的经学家、史学家、汉学家，乃至中华传统文化大师，这些称誉对于刘勰来说都是当之无愧的。

四

本书以《文心雕龙》原文为主体内容，按其篇目顺序，分段排列组合，并辅以题解、注释和译文。题解在每篇之前，旨在概括提示该篇之主要内容和重要歧疑，使读者明确其学术价值、实践意义和存在问题的症结，而不作翔赡的论述和辨析。注释和译文均在每段之后。注释一是给难认的字加注汉语拼音；二是解释僻字僻词、专用字词或多义字词；三是解释古代文化常识。注释注重吸收、借鉴各家的考证和研究成果，力求简洁准确，并验之以写作实践，避免孤立的以词解词和生硬的旁征博引。译文则是将该段原文译为白话文，主要是直译，部分难解的词语则辅以意译，重在贯通前后文意，不做节外生枝的发挥。

本书所录《文心雕龙》各篇之原文，均以黄叔琳辑注本即养素堂本为底本，并吸收杨明照《文心雕龙校注拾遗》、刘永济《文心雕龙校释》、姜书阁《文心雕龙绎旨》等学者的校勘成果，参考范文澜《文心雕龙注》、王利器《文心雕龙校证》、詹锳《文心雕龙义证》、王运熙、周锋《文心雕龙译注》、周振甫《文心雕龙今译》等现代研究、整理成果，进行综合比较，辗转互证，献可替否，择善而从；着意于“根柢无易其固，裁断必出于己”（王元化语），而不涉及各家意欲调整《文心雕龙》篇目顺序的各种假说，保持元明以来《文心雕龙》固有版本的本来面貌。限于体例，正文校勘一律不出校勘记。

本书着眼于《文心雕龙》的本体性质，把它作为一部面向“童子”和“后生”的文章写作理论著作来解读，重在居今探古，古为今用，汲取其各篇所论之精华，以之指导写作实践，使能执术驭篇、确乎正式，提高各体文章的写作能力。且力求深入浅出、雅俗共赏，普及与提高相结合，未从更宽广的角度和更高的层次上，兼及《文心雕龙》在文学理论、文学批评、文学史以及美学等方面的价值和意义，这就难免要有“东向而望，不见西墙”之瑕。谨此烦请方家一并鉴察、批评，扶偏使正，补缺使完。

试为“前言”以序志。“文果载心，余心有寄”！

王志彬

2011 年 1 月

原道第一

【题解】

《原道》篇在《文心雕龙》中，位居“文之枢纽”部分之首，专门论述“文”的本原问题，使之作为“言为文之用心”的理论基础，突出地表现了刘勰论文的最根本的观点和主张，可谓《文心雕龙》理论体系的核心，向为文心学者所重。清儒纪晓岚曾给予很高评价：“自汉以来，论文者罕能及此。彦和以此发端，所见在六朝文士之上。”又说：“文以载道，明其当然，文原于道，明其本然。识其大而不逐其末，首揭文体之尊，所以截断众流。”

《原道》篇主要论及了三个问题：一、论述“文”是与“天地并生”的。宇宙万物皆有“文”，人亦有“文”，这乃是“自然之道”决定了的，或者说“文”即本原于“自然之道”。二、阐述人文产生之后的发展变化过程，进而归结为孔子“镕钧”的“六经”，乃是体现着“自然之道”的集大成之作，其影响巨大而深远。三、论述圣人之文的教化作用，强调“道之文”能够鼓动天下人心，“道沿圣以垂文，圣因文而明道”。

以今人的观点来看，刘勰在《原道》篇中的上述论述，是有些混乱和矛盾的。一则，他把“无识之物”的“文”与“有识之器”的“文”，都说成是“自然之道”的表现，把自然界的物与具有社会性的人，以及它们各自的“形文”、“声文”、“情文”（为人文所特有）混为一谈，从而抹煞了自然现象和社会现象、存在与意识的界限。二则，他又把客观存在的自然现象，与“河图”、“洛书”之类的迷信传说，都说成是“自然之道”或者是“神理”，扩大了它们的概念范围，这就又把“天地之文”、“人文”和“神理之文”混淆在一起，而无视其本质差异，表现了刘勰在其所论的问题上，存在着唯物与唯心的矛盾。鲁迅早在《汉文学史纲要》一书中即曾指出“其说汗漫，不可审理”，一语道破了《原道》篇的破绽和局限。

刘勰在《文心雕龙》中专撰《原道》一篇，有其独特贡献和积极意义：一是它在中国文化史上，首先创造性地专论“文”的起源问题，鲜明地提出了“文”源于“自然之道”的观点。与古今中外各家所谓的文学起源于模仿说、游戏说、魔法说、心灵表现说、劳动实践说相比较，它既是专门的、独特的，又是与各说相通相融的。二是它奠定了《文心雕龙》全书以论“为文之用心”为旨归的理论基础。在论述“文”源于“自然之道”这一基本观点的过程中，事实上已分别涉及文与自然、文与时代、文与人、文与质，以及文的教化作用等重要问题，它们贯穿全书并在各篇中得到发挥，起到了一动万随的统摄作用。三是它从根本上确立了矫正浮靡、讹滥文风的理论根据。

《原道》篇中疑点较多，困难较大，其中，对“文之为德也大矣”的内涵理解颇有歧异，《文心雕龙》研究中，各家对这句话作了多种不同的解释，关键在于一个“德”字。从“德”在《原道》篇中的地位和作用来看，比较恰切的解释，则是“德”为“道”的运动表现形式，其中亦可包含“具体事物体现‘道’之意”。

另外，对“自然之道”的性质的理解问题。《原道》篇所论“自然之道”，就是《序志》篇中“本乎道”的“道”。“道”作为我国古代哲学范畴中的术语，从古至今，多有不同解释。在《文心雕龙》研究中，各家之说亦莫衷一是。仅就其性质而言，即有十余种不同的见解，如儒道说、佛道说、易道说、自然之道说、自然法则客观规律说、自然之道与儒道不矛盾说、客观唯心主义的抽象理念或绝对精神说、神秘的超自然存在说等等。应当说,这种现象是《文心雕龙》研究深入发展的表现,是文心学者们呕心沥血所取得的丰硕成果,但从思想方法、研究方法角度讲,似乎也存在着某些共同的缺陷和不足。笔者以为,刘勰所谓的"道"既有唯物主义成分,又有唯心主义因素。他把"道"神秘化是为了给"道"、"圣"、"文"以至高无上的地位。

文之为德也大矣①,与天地并生者,何哉?夫玄黄色杂②,方圆体分③,日月叠璧④,以垂丽天之象⑤;山川焕绮⑥,以铺理地之形:此盖道之文也⑦。仰观吐曜,俯察含章⑧,高卑定位⑨,故两仪既生矣⑩。惟人参之⑪,性灵所钟⑫,是谓三才⑬。为五行之秀气⑭,实天地之心生⑮。心生而言立,言立而文明,自然之道也。旁及万品,动植皆文。龙凤以藻绘呈瑞⑯,虎豹以炳蔚凝姿⑰;云霞雕色⑱,有逾画工之妙;草木贲华⑲,无待锦匠之奇。夫岂外饰,盖自然耳。至于林籁结响⑳,调如竽瑟㉑;泉石激韵,和若球锽㉒。故形立则章成矣,声发则文生矣。夫以无识之物,郁然有彩,有心之器,其无文欤?

【注释】

①文:在《文心雕龙》的不同篇章中,"文"具有不同的含义:一是指文字、文学、文章、文采;二是指学术、文化、文明;三是指一切事物的形状、色彩、纹理、声韵、节奏等。此处的"文"包括上述所有含义。德:有多种解释,此处按"事物的属性"和"道的形式表现"作解。大:多解为"广泛普遍"、"广大"、"重大"。此处按原文主旨和上下句意释为"深广"。

②玄黄:指天地的颜色,古人认为"天玄而地黄"。杂:混合,交错。

③方圆：指天地的形状，古人认为天圆而地方。《大戴礼记》中有“天道曰圆，地道曰方”之说。

④叠璧：《尚书·顾命》的《正义》里记载，太阳和月亮曾经一度像璧玉那样叠合起来。璧，正中有孔的圆形玉器。

⑤垂：悬挂，引申为显示、展现。

⑥焕绮：光彩华美，绮丽。

⑦道：其含义相当复杂，此处按其上下句意释为“大自然”。

⑧仰观吐曜（yào），俯察含章：仰望天空，日月星辰放射着熠耀的光芒，俯视大地，山岳河流蕴含着华美的文彩。曜，光明照耀。章，花纹，文采。

⑨高卑定位：指天与地的既定方位，《易·系辞上》中有“天尊地卑，乾坤定矣”之说。

⑩两仪：指天与地，《易·系辞上》中说：“易有太极，是生两仪。”

⑪参：参伍，相配。

⑫钟：凝聚。

⑬三才：天、地、人三者的合称。

⑭五行：指金、木、水、火、土，古人认为是构成万物的五种基本原素。

⑮天地之心：指作为“五行之秀气”的人。《礼记·礼运》载：“人者天地之心也，五行之端也。”

⑯藻绘：文饰彩绘，此处指龙凤鳞羽的光彩。

⑰炳蔚：光彩亮丽繁盛，此外指虎豹皮毛的斑斓。

⑱雕色：色彩的搭配、形成。

⑲贲（bì）华：开花。贲，文饰，装饰。华，花。

⑳籁（lài）：从孔穴中发出的声音。

㉑竽：吹奏乐器，其形如笙。瑟：弹奏乐器，其形似琴。

㉒球：玉磬。锽（huáng）：钟声。

【译文】

“文”作为万物皆有的属性和形式表现，其渊源是多么深广啊，试想与天地一块产生的东西是什么呢？宇宙中有玄黄色彩的交错，天地间有方圆形体的不同，太阳和月亮像璧玉叠合在一起，显示出壮丽天体的形象；山岳和河流光彩绮丽，展现出锦绣大地的纹理：这都是“与天地并生”的大自然之“文”。仰望天空日月星辰放射着熠耀的光芒，俯视大地山岳河流蕴含着华美的文彩，宇宙的上下位置既经确定，天与地就因之而产生了。只有人可以与天地相参伍，因为它凝聚着天地的性灵，这就是所谓的天、地、人三才。人是五行之秀气的凝聚，实为天地之心而生。心灵产生了而语言得以确立，语言确立了而文采得以表现，这是自然而然的道理。推广及万物，动物植物都有“文”。龙凤以其鳞羽的光彩来显示祥瑞，虎豹借其皮毛的斑斓而展现雄姿；云霞色彩的形成，比画家着染的还要美妙；草木花朵的绽开，不需要锦绣工匠的奇巧手艺。这都不是外加的修饰，而是自然形成的罢了。至如风吹林木发出声响，协调得像是吹竽弹瑟；泉水激石形成音韵，和谐得犹如击磬敲钟。所以说事物有了形体文采自然就形成了，声音发出来韵律也就随之而产生了。那些无意识的物类，都有丰郁的文彩，而有心灵的人，怎么能没有自己之“文”呢？

人文之元[①]，肇自太极[②]。幽赞神明[③]，《易》象惟先[④]。庖牺画其始[⑤]，仲尼翼其终[⑥]；而《乾》、《坤》两位[⑦]，独制《文言》[⑧]。言之文也，天地之心哉[⑨]！若乃《河图》孕乎八卦[⑩]，《洛书》韫乎九畴[⑪]，玉版金镂之实，丹文绿牒之华，谁其尸之[⑫]？亦神理而已[⑬]。自鸟迹代绳[⑭]，文字始炳。炎皞遗事[⑮]，纪在《三坟》[⑯]；而年世渺邈[⑰]，声采靡追[⑱]。唐、虞文章[⑲]，则焕乎为盛。元首载歌[⑳]，既发吟咏之志；益、稷陈谟[21]，亦垂敷奏之风[22]。夏后氏兴[23]，业峻鸿绩[24]，九序惟歌[25]，勋德弥缛[26]。逮及商、周，文胜其质，《雅》、《颂》所被[27]，英华日新。文王患忧[28]，《繇辞》炳曜[29]；符采复隐[30]，精义坚深。重以公旦多材[31]，振其徽烈[32]，制诗缉颂[33]，斧藻群言[34]。至夫子继圣[35]，独秀前哲[36]，镕钧六经[37]，必金声而玉振[38]；雕琢情性[39]，组织辞令，木铎起而千里应[40]，席珍流而万世响[41]，写天地之辉光，晓生民之耳目矣。

【注释】

①人文：此处指文章，大体上相当于《情采》篇中说的"情文"，所谓"五性发而为辞章，神理之数也"。元：初始。

②肇(zhào)：开端，发端。太极：古人指天地混沌未分前的元气。《易·系辞上》载："是故易有太极，是生两仪。"

③幽赞：深刻阐明。神明：神奇奥妙的道理。

④《易》象：《易经》的卦象。《易》卦下总释的话叫卦辞，分释的话叫象辞。

⑤庖牺：即伏羲，与神农、黄帝并为传说中的"三皇"。《易·系辞下》说，庖牺"始作八卦，以通神明之德，以类万物之情"。

⑥仲尼：孔子(前551—前479)之字。翼：指孔子作《十翼》，以阐释《易经》，其中包括《彖辞上下》、《象辞上下》、《系辞上下》、《文言》、《说卦》、《序卦》、《杂卦》十篇，故称《十翼》。翼，辅佐之意。

⑦《乾》、《坤》两位：指《易经》中代表天与地的两卦。

⑧《文言》：指孔子在《十翼》中专门解释《乾》、《坤》两卦的篇章。孔颖达在《周易正义》中说："文谓文饰，以《乾》、《坤》德大，故特文饰，以为《文言》。"

⑨天地之心：此处指天地自然具有文采的本性。与上文"自然之

道”义相通。

⑩《河图》：相传伏羲时有龙马从黄河里浮出献图，伏羲据以画了“八卦”。八卦：《易经》中象征天、地、雷、风、水、火、山、泽八种自然现象的基本图形，其名称是乾(☰)、坤(☷)、震(☳)、巽(☴)、坎(☵)、离(☲)、艮(☶)、兑(☱)。八卦以两个为一组，错综配合，形成六十四卦。

⑪《洛书》：相传大禹治水时有神龟从洛水中浮出献书，大禹依之制订了《洪范》九畴。韫(yùn)：蕴藏。九畴：九种治国大法。一曰五行，用以辨析物性；二曰五事，用于立身行事；三曰八政，用以安定民生；四曰五纪，用以观察天象，计时定岁；五曰皇极，为民之准则；六曰三德，用以治民；七曰稽疑，用以占卜吉凶；八曰庶征，测天时和秋收；九曰五福，勉人为善，阻人为恶。

⑫尸：主宰。

⑬神理：神奇的天然之理。

⑭鸟迹代绳：指传说中黄帝的臣子仓颉仿照鸟兽形迹创造了文字，代替了此前的结绳记事。

⑮炎、皞(hào)：指炎帝神农氏和太皞伏羲氏。

⑯《三坟》：孔安国《尚书传序》认为，记载三皇伏羲、神农、黄帝之书。

⑰渺邈(miǎo)：久远，渺茫。

⑱靡追：无法追寻。

⑲唐、虞：指传说中的古代帝王唐尧和虞舜。

⑳元首载歌：《尚书·虞书》载，虞舜和臣子皋陶(yáo)曾作歌唱和。

㉑益、稷(jì)：指虞舜的大臣伯益和后稷。陈谟：陈述计谋。谟，谋议。

㉒敷奏：臣下向帝王进言。

㉓夏后氏：指大禹。禹即帝位，国号夏后。

㉔业峻鸿绩：事业宏伟，功绩巨大。业、绩，功业，勋表。峻、鸿，宏

伟，巨大。

㉕九序：指各项工作都井然有序。

㉖弥缛(rù)：更加繁盛。

㉗《雅》、《颂》：即《诗经》中的《雅》、《颂》，产生于周代。所被：影响所及。

㉘文王患忧：指周文王姬昌为西伯时，曾被殷纣王拘囚于羑里(今河南汤阴)。他在狱中为《易经》写繇辞。

㉙繇(zhòu)辞：《易经》中解释卦和爻的话。

㉚符采：玉石上的横纹，指文采。复隐：丰富而又含蓄。

㉛公旦：指周公姬旦，周文王之子，周武王之弟。周公旦辅佐文王、武王、成王，曾平定三监之乱，为周王朝的建立及巩固立下了不可磨灭的功劳。传说他曾作《周官》(即《周礼》)，是礼乐制度的倡导者及力行者。

㉜徽烈：美好的功业。徽，美好。烈，功业。

㉝制诗：相传《诗经》中有些作品是周公创作的，如《七月》、《鸱鸮》、《时迈》。缉：辑录。颂：指《周颂》。

㉞斧藻：斧，删正。藻，修饰，润色。群言：指各种典籍、各家之说。

㉟夫子：此处指孔子门下的学生对孔子的尊称。

㊱独秀：突出地超越。

㊲镕钧：喻指整理、修订。镕，制器的模具。钧，制陶的转轮。六经：指《诗》、《书》、《礼》、《乐》、《易》、《春秋》六种经典著作。

㊳金声而玉振：古代奏乐时，开始击钟，结束击磬，借以喻指孔子集历代圣贤著作之大成。金声，钟声。玉振，磬声。

㊴雕琢：陶冶，修炼。

㊵木铎：金属大铃，以木为其舌，系古代宣扬政教时的器具。此处喻指孔子所施的教化。

㊶席珍：指儒者在讲席上传布的道德学问。《礼记·儒行》载孔子

之语："儒有席上之珍以待聘。"

【译文】

人类之文的起源，肇始于太极。深刻阐明其神秘微妙之理的，以《易经》的卦象为最先。伏羲画八卦图象是《易经》之始，孔子写了解说八卦的《十翼》则殿其后；而对其中的《乾》、《坤》两卦，还专门作了《文言》加以解释。语言之所以有文采，乃是天地之心性的表现啊！至于说《河图》中孕含着八卦，《洛书》中蕴藏着九畴，玉版上刻镂着真实的金色图形，绿简上书写着红色的华美文字，这都是谁来主宰制作的呢？不过也是自然的神理而已。自从仿照鸟兽的形迹创造出文字代替结绳记事之后，文字才开始发出光辉。炎帝神农氏和太皞伏羲氏遗留下来的事迹，记录在《三坟》之中；惟年代久远渺茫，已无法追寻那时的声韵文采了。唐尧、虞舜时代的文章，文采焕发兴盛起来。虞舜所作的歌，已开始吟咏自己的情志；伯益和后稷呈献计谋，也传留下敷陈进奏的风气。夏后氏大禹代而兴起，事业宏伟功绩巨大，各项工作都井然有序而受到歌颂，歌功颂德的文章日益繁缛。到了商代和周代，文采胜于质朴，在《雅》乐和《颂》歌影响下，英辞华采日益新颖。周文王受难被囚，写出了光华熠耀的《繇辞》；文采如同玉石上的花纹丰富而又含蓄，精妙的义理坚实而又深刻。加上周公多才多艺，发扬了周文王的美好功业，创作诗歌辑录《周颂》，删正并修饰了各种典籍的言辞。及至孔子承继圣人之业，特别突出地超过了前哲先贤，他编修六经，力求像"金声玉振"般的集大成；他陶冶性情，组织文辞，如同铃声振动而千里相应，又如同讲席上的珍品流布而万世传扬，真是描绘出了天地的光辉，给世人以启发和教育。

爰自风姓[①]，暨于孔氏，玄圣创典，素王述训[②]，莫不原道心以敷章[③]，研神理而设教；取象乎《河》、《洛》[④]，问数乎蓍龟[⑤]；观天文以极变，察人文以成化；然后能经纬区宇[⑥]，弥纶彝宪[7]，发挥事业，彪炳辞义。故知道沿圣以垂文，圣因文而明道，旁通而无涯[8]，日用而不匮[9]。《易》曰："鼓天下之动者存乎辞[10]。"辞之所以能鼓天下者，乃道之文也。

【注释】

①爰（yuán）：于是。风姓：中国最为古老的姓氏之一，传说中的伏羲氏就是风姓，此处指伏羲。

②素王：古代称有王者之德而无王位的人为"素王"，此处指孔子。

③道心：道的精义。

④取象：取法。

⑤数：此处指未来的命运。蓍（shī）：草名，古代人用其梗占卜吉凶。龟：龟甲，古人在龟甲上钻孔烧烤，看其裂纹以卜吉凶。

⑥经纬：经线与纬线相织，喻指治理、管理。区宇：区域范围，指疆域、国家。

⑦弥纶：综合，编织，引申为完善之意。彝（yí）宪：常法。彝，古代盛酒的器具，亦泛指古代宗庙常用的祭器。宪，法令，宪章。

⑧旁通：处处相通。

⑨匮（kuì）：缺乏。

⑩存乎辞：语出《易・系辞上》。辞，原指卦辞、爻辞，此处则泛指一般文辞。

【译文】

于是从伏羲氏开始，直到孔子之时，玄圣创制各种典章，素王陈述各种训诰，没有不是追溯道的精义来铺陈文章，研求神奇的哲理来设置教化内容的；他们取法《河图》和《洛书》制成图象，用蓍草和龟甲来占问运命的吉凶；观察天体形象来穷究事物的变化，考察人间世事来完成教化；然后始能治理国家，完善各种法典条文，推动事业的发展，焕发出文辞义理的光辉。由此可知自然之道靠着圣人变成了文章，圣人则借助文章来阐明道的精义，它通达处处无边无涯，天天都用也不会匮乏。《周易》中说："能够鼓舞、振动天下的，就存在于文辞之中。"文辞之所以能够鼓舞、振动天下，就因为它体现了自然之道。

赞曰[①]：道心惟微，神理设教。光采玄圣，炳耀仁孝[②]。龙《图》献体，龟《书》呈貌。天文斯观，民胥以效[③]。

【注释】

①赞曰：《文心雕龙》每篇结尾都有四句"赞"，用以概括说明全篇要义。本书各篇均译"赞曰"为"综括而言"。

②仁孝：泛指作为教化内容的理道。

③胥(xū)：全都。

【译文】

综括而言：道的精义非常微妙，靠着这神奇的道理来设置教化。它既使伟大的圣人显示了光彩，又宣扬光大了仁义忠孝。龙马负《图》献出八卦的形体，神龟负《书》呈现九畴的治道。观察天体穷究变化之理，世人都要学习仿效。

征圣第二

【题解】

《征圣》篇在《文心雕龙》“文之枢纽”部分中，居于承前启后的重要地位。《原道》篇肯定了“道沿圣以垂文，圣因文而明道”的结论，明确了“道”、“圣”、“文”三者的关系，所以在《原道》篇后《宗经》篇前，专作《征圣》一篇，这是合乎逻辑，顺理成章的，表现了刘勰“言为文之用心”的严密内在逻辑。

“征”是验证的意思；“圣”，是圣人。“征圣”，就是验证于圣人。《时序》篇说的“师乎圣”，实际上就是“征圣”的本意，即以圣人为师。

《征圣》篇从不同侧面论述“征圣”之要义：第一，论述圣人为文的基本原则：“志足而言文，情信而辞巧。”并列举史实证明圣人历来重视“文”的作用，直接把“文”与社会生活联系起来了，从原则上把“文”与“质”的关系，即今之所谓内容与形式的关系提了出来并明确化了。第二，对圣人著作中写作方法进行概括和论述。这一段在《征圣》篇中写得比较具体，理充据实，且表现出了朴素的辩证观点，具有较多的实践意义。首先概括提出了圣人著作中的四种写作方法，以作为立论的本依。然后具体论述繁、简、隐、显四种表现方法。最后在论述四种写作方法基础上的引申和发挥，并论及为文之法的稳定性和多变性。清儒纪昀虽批评《征圣》篇为“装点门面”，但对“抑引随时，变通适会”之说，却赞誉为:“八字精微,所谓文无定格,要归于是”。由此亦可见其价值和意义。第三,主要以《易经》和《尚书》的有关论述为据,阐发“正言”与“立辨”、“体要”与“成辞”的辩证关系,强调“征圣立言”。

在《征圣》篇研究中,各家对“文成规矩,思合符契”多有不同的解释,其关键是“思”与什么“合”若“符契”。从“文成规矩,思合符契”的上下文意来看,其上为“鉴周日月,妙极机神”,这乃是“文成规矩,思合符契”的前提或根本原因。其下为“或简言以达旨,或博文以该情,或明理以立体,或隐义以藏用”四种写作方法以及其例证,这乃是“文成规矩,思合符契”的具体表现,且都包括内容与形式两个方面。“简言”、“博文”、“立体”、“隐义”属于形式;“达旨”、“该情”、“明理”、“藏用”属于内容。“文成规矩,思合符契”的过程,就是“为文运思”把内容与形式结合起来的过程。在这种情况下,孤立地解“文”为“文辞”,解“思”为“思想”、“思维”、“思索”,显然又有违《征圣》篇之文意了。为了更准确地表述“思合符契”的内涵和特点,笔者将其译为“思理与文势相合如符契”,试请方家一议。

《征圣》篇研究中的另一疑点,是对“明理以立体”的解释,关键在于“立体”的内涵。“体”在《文心雕龙》全书中,主要有三种用法:一是指文章的体制、体裁、体式,如“名理有常,体必资于故实”(《通变》篇);“设情以位体”(《熔裁》篇)。二是指文章的风格,如“是以贾生俊发,故文洁而体清”(《体性》篇);“四言正体,则雅润为本”(《明诗》篇)。三是指文章的主体或主要组成部分,如“木体实而花萼振”(《情采》篇);“泛论纤细,而实体未该”(《总术》篇)。以“明理以立体”在《征圣》篇中的位置来看,它乃是圣人们“文成规矩,思合符契”的一种写作方法和表现形式。用以说明它的具体例证是“书契决断以象《夬》,文章昭晰以效《离》”,意思是说,书契要决断万物故取象于《夬卦》,文章要明晰事理故仿效于《离卦》,分别取《夬卦》的决断之意和《离卦》的明朗之意。这显然是指文章的体势,亦即文章的基本格调而言的。《定势》篇中说:“夫情致异区,文变殊术，莫不因情立体，即体成势也，势者，乘利而为制也”；“文章体势，如斯而已”。又说：“符、檄、书、移，则楷式于明断”。以此与“明理以立体”以及其例证相比较、参证，因此，笔者认为，应将“明理以立体”，释为“用鲜明的道理来确立文章体势”；而所谓“体势”，即指文章的基本格调，它乃是“因情立体，即体成势”的必然结果。

夫作者曰“圣”①，述者曰“明”②。陶铸性情③，功在上哲④。“夫子文章，可得而闻”⑤，则圣人之情，见乎文辞矣⑥。先王声教⑦，布在方册⑧；夫子风采，溢于格言。是以远称唐世，则焕乎为盛⑨；近褒周代，则郁哉可从⑩：此政化贵文之征也⑪。郑伯入陈，以立辞为功⑫；宋置折俎，以多文举礼⑬：此事绩贵文之征也⑭。褒美子产⑮，则云“言以足志，文以足言”⑯；泛论君子，则云“情欲信，辞欲巧”⑰：此修身贵文之征也。然则志足而言文，情信而辞巧，乃含章之玉牒⑱，秉文之金科矣⑲。

【注释】

①作者：语出《礼记·乐记》：“作者之谓圣，述者之谓明。”作者，上承《原道》篇意，指据以创作者。

②述者：指继承阐述者。

③陶铸：陶冶，熔铸，指对人们的教化。

④上哲：古代贤哲。

⑤夫子文章，可得而闻：语出《论语·公冶长》：“夫子之文章，可得而闻也。”为孔子之弟子子贡所言。

⑥见乎文辞：表现于文辞。见，同“现”，显现，显露。

⑦声教：声威教化。

⑧方册：方牍简册，古代的著作多刻写在木板、竹简上，联结在一起的竹简称为简册。

⑨焕乎：形容光彩灿烂。《论语·泰伯》中孔子赞美唐尧："大哉尧之为君也……焕乎其有文章。"

⑩郁哉：形容文采丰富繁盛。《论语·八佾》中孔子称颂周代："郁郁乎文哉，吾从周。"

⑪征：明证。

⑫郑伯入陈，以文辞为功：据《左传·襄公二十五年》，郑简公攻打陈国，郑子产面对当时盟主晋国的质问，列举充足事例说明讨伐陈国的理由，这得到孔子的赞美。

⑬宋置折俎(zǔ)，以多文举礼：据《左传·襄公二十七年》，宋平公在接待晋国赵文子时，宾主在宴会上的发言都很有文采，这得到孔子的称赞。折俎，把做熟的牲体骨节折断，放在盛器中，是一种款待贵宾的隆重礼节。俎，盛放牲体的器具。举礼，此处指孔子让弟子记录下宴会的礼仪。举，记录。

⑭事绩：此处指国事活动中的功绩。

⑮子产(？—前522)：郑国大夫公孙侨之字，郑国贵族，大约与孔子同时。

⑯言以足志，文以足言：孔子称赞子产的话，载《左传·襄公二十五年》。

⑰情欲信，辞欲巧：语出《礼记·表记》。指写作中情感要真实，文辞要巧妙。欲，要，应该。

⑱含章：指写作含蕴着文采的文章。玉牒：原指重要文书，此处为重要法则之意。

⑲秉文：执掌、驾驭文章的写作。金科：与玉牒对举，亦具法则、法规之意。

【译文】

能够依据自然之道进行创作的叫做“圣”，能够理解圣人著作而加以阐述的称为“明”。按照自然之道陶冶人们性灵情操，这是古代贤哲的功绩。既然“孔夫子的文章，可以看得到”，那么圣人的思想感情就表现在其著作的文辞之中了。古代圣王的声威教化，分别记载于简册之中；孔夫子思想品格的风姿神采，充溢于他的格言里。由此可以看到孔子称颂遥远的唐尧之世，说那时的文化灿烂昌盛；褒扬较近的西周时代，则说它文化繁荣可以仿从：这都是在政教风化方面注重文采的明证。郑简公起兵攻打陈国，郑国大夫子产借助文辞立下功劳；宋平公以“折俎”之礼接待贵宾，因宾主都富有文采，被孔子弟子记录下来：这都是在国事活动方面讲究文采的明证。孔子赞美子产，说他“语言充分地表达了情志，文采充分地修饰了语言”；孔子论及有才德的君子，则说他们“情感要真实，文辞要巧妙”：这都是在个人修养方面重视文采的明证。那么由此即可知道，思想表达得充分而语言又有文采，情感要真实而文辞又巧妙，这就是写作文章的金科玉律了。

夫鉴周日月[①]，妙极机神；文成规矩[②]，思合符契[③]。或简言以达旨，或博文以该情[④]，或明理以立体[⑤]，或隐义以藏用[⑥]。故《春秋》一字以褒贬[⑦]，“丧服”举轻以包重[⑧]：此简言以达旨也。《邠诗》联章以积句[⑨]，《儒行》缛说以繁辞[⑩]：此博文以该情也。书契决断以象《夬》[⑪]，文章昭晰以象《离》[⑫]：此明理以立体也。“四象”精义以曲隐[⑬]，“五例”微辞以婉晦[⑭]：此隐义以藏用也。故知繁略殊制，隐显异术；抑引随时[⑮]，变通适会[⑯]。征之周、孔，则文有师矣。

【注释】

①鉴周：全面、周密的观察认识。日月：代指天地宇宙。

②文成规矩：即“文成法立”之意，指圣人之文具有典范性。

③符：古代朝廷用的凭证，剖分为二，以两者相合为验。契：古代的契约，亦剖为两半，以相合为证。此处借以喻完全符合之意。

④该：详备，翔赡。

⑤立体：确立文章的体制、体势。

⑥隐义：含蓄不露的隐晦意思。藏用：蕴含着的作用。

⑦一字以褒贬：《春秋》中的一种笔法。如《郑伯克段于鄢》，只用一个“克”字，即兼而指责了相互为敌的郑伯与公叔段兄弟二人。

⑧丧服：古代穿丧服有轻重之别，服丧期间不得参加宗庙祭祀等活动。《礼记·曾子问》中孔子有“缌不祭”之说，即穿着用细麻布做的轻丧服的人，不能参加祭祀，那么穿着用粗麻布做的重丧服的人，能否参加祭祀，就不言而喻了。

⑨邠(bīn)诗：指《诗经·豳风·七月》，这首诗较长，共八章，每章十一句。

⑩《儒行》：《礼记》中的一篇，孔子在此篇中言及十六种儒者的行为，说“遽数之，不能终其物；悉数之，乃留更仆，未可终也”。

⑪书契：指古代记事的文字。《夬》(guài)：六十四卦之一，表示决断之意。《易·系辞下》载：“上古结绳而治，后世圣人易之以书契，百官以治，万民以察，盖取诸《夬》。”韩康伯又注曰：“《夬》，决也。书契所以决断万事也。”

⑫昭晰：明朗，清晰。《离》：六十四卦之一，《离卦》“为日为火为电”，表示明亮之意。

⑬四象：指《易经》六十四卦中的实象、假象、义象、用象。

⑭五例：指《春秋》记事的五条凡例，即微而显、志而晦、婉而成章、尽而不污、惩恶而劝善。微辞：精微、深刻之文辞。

⑮抑引：指对写作方法的运用。抑，贬抑，引申为不用。引，引用，采用。

⑯变通：随着情况的变化而有所改变。适会：因应时机，适应实际情况。

【译文】

圣人全面观察认识天地宇宙，深入探究其神妙精微的奥秘；写出文章成为规范，思理与文势相合如符契。或者用简要的语言表达主旨，或者用繁富的文辞详述情理，或者用鲜明的道理来确立体势，或者以隐晦之语义蕴含深刻的作用。因而《春秋》中常用一个字来表示赞扬或贬斥，《礼记》中则只写穿轻丧服之人的活动来包举穿重丧服的人：这就是“简言以达旨”的例证。《诗经·豳风·七月》联积许多章句以成篇，《礼记》中的《儒行》则用了繁缛的说法和丰富的文辞：这就是“博文以该情”的例证。书契要决断万事故取象于《夬卦》，文章要明晰事理故仿效于《离卦》：这就是“明理以立体”的例证。《易经》中的四种卦象义理精深曲折而含蓄，《春秋》中的五种凡例微言大义婉转而隐晦：这就是“隐义以藏用”的例证。由此可知，文章的详略体制不同，隐显方法也不一样；运用这些方法要因时顺机，灵活地加以变通。用周公和孔子的著作来验证，写文章就有所师从了。

是以论文必征于圣，窥圣必宗于经①。《易》称：“辨物正言②，断辞则备。”《书》云：“辞尚体要③，弗惟好异④。”故知正言所以立辨，体要所以成辞⑤；辞成无好异之尤⑥，辨立有断辞之美。虽精义曲隐，无伤其正言；微辞婉晦，不害其体要。体要与微辞偕通⑦，正言共精义并用；圣人之文章，亦可见也。颜阖以为“仲尼饰羽而画，徒事华辞”⑧。虽欲訾圣⑨，弗可得已。然则圣文之雅丽，固衔华而佩实者也⑩。天道难闻[11]，犹或钻仰[12]；文章可见，胡宁勿思[13]？若征圣立言，则文其庶矣[14]。

【注释】

①窥：此处指对圣人旨意和做法的了解、探究。

②辨物：辨明事物真相。正言：雅正的语言。

③体要：切实扼要地表述。

④弗惟：不能只是。

⑤成辞：组织运用文辞。

⑥尤：弊病，过失。

⑦偕通：和谐相通。

⑧“颜阖”句：颜阖，战国时鲁国人。《庄子·列御寇》载：“鲁哀公问于颜阖曰：‘吾以仲尼为贞干，国其有瘳（救）乎？’曰：‘殆哉圾（岌）乎！仲尼方且饰羽而画，从事华辞。’”

⑨訾（zī）：诋毁。

⑩固：本来。衔华：口中衔着花朵，喻指形式华美。佩实：身上佩带着果实，喻指内容充实。

⑪天道：即自然之道。

⑫钻仰：钻研，有向往之意。

⑬胡宁：为什么。

⑭庶：无几，差不多。

【译文】

因之论及文章的写作必定要验证于圣人，探求圣人的旨意和做法必定要宗法其经典著作。《易经》中说：“辨明事物并用雅正的言辞表述，判断的结论就会恰当而完备。”《书经》中说：“文辞贵于切实扼要，不能只是追求新异。”由此可知，运用雅正的言辞在于确立判断，讲究切实扼要在于组织运用文辞；文辞组织运用得好就没有追求新异的弊病，判断确立了就有了明辨是非的优点。虽然精深的含义曲折隐晦，但不损伤雅正语言的表述；虽然隐微的文辞婉转含蓄，但也不影响切实扼要的精义。切实扼要与隐微的文辞和谐相通，雅正的语言与精深的含义相互为用；在圣人的文章中，也可以看到这方面的例证。颜阖认为："孔子的文章就像在天生华美的羽毛上再涂上色彩那样，徒然追求华丽的辞藻。"他虽然想诋毁圣人，却不可能得逞。实则圣人的文章雅正华丽，的确像口衔鲜花而身佩果实似的。天地自然之道很难听闻，却还有人要钻研它；圣人的文章可以见到，为什么不去思考探究呢？如果作文立论能验证于圣人，那么写出的文章就相差无几了。

赞曰：妙极生知①，睿哲惟宰②。精理为文，秀气成采。鉴悬日月，辞富山海。百龄影徂③，千载心在。

【注释】

①生知：指自然之道。

②睿哲：智慧的圣哲。

③徂（cú）：往，去。

【译文】

综括而言：神妙至极的天地之心，只有睿智的圣哲才主宰。用精妙的道理写作文章，以灵秀之气化成文采。识鉴犹如日月高悬，文辞丰富如山似海。百岁之后形影消逝，精神品格千秋永在。

宗经第三

【题解】

《宗经》篇上承《原道》篇和《征圣》篇，可谓《原道》篇和《征圣》篇的“结穴”。有了《宗经》篇之作，《原道》和《征圣》之义，才真正落到了实处。按刘勰的逻辑来讲，就是“道沿圣以垂文，圣因文而明道”，因而，“论文必征于圣，窥圣必宗于经”。可见，《宗经》篇在刘勰心目中地位是很重要的。

《宗经》篇的主要内容是：一，阐述经书的内涵及其重要性。刘勰以极为雅丽的言辞美化、神化孔子，把经书推到了至高无上的程度，难免有过誉之瑕，但为了强调“宗经”，却是刘勰所不能不赖以立论的依据。二，阐述经书的体制特点和文辞风格。分别概括了五种经书的主要特点，特意以《尚书》和《春秋》为例，突出经书文辞的独特风格，并讲明了经书深远而又广泛的影响，把古与今、经与文联系起来。三，阐述经书与后世所产生的各种文体的关系，以及宗经为文的结果。刘勰认为后世产生的各种文体，都出自于“五经”，从各种文体的产生和发展方面，为宗经找到历史根据。强调“文能宗经，体有六义”，即宗经之文，有六个方面的优点：“情深而不诡”、“风清而不杂”、“事信而不诞”、“义贞而不回”、“体约而不芜”、“文丽而不淫”。这“六义”的前四项讲内容，后两项讲形式，且都是正与反相对应，鲜明地表现了刘勰强调宗经所要达到的具体目的，不仅具有纠正浮靡的形式主义文风的实践意义，而且产生了深远的影响。时至今日，仍可作为写作与批评的标准，予以参考、鉴用。

综观《宗经》全篇，刘勰对圣与经的赞颂，虽有某些过分之辞，他所持之观点与今人之认识，亦有明显差异，但他提倡宗经以矫弊的主张，他对五经体制特点的精要概括，他以五经为各体文章之始由的阐示，以及他所提出的“文能宗经，体有六义”，在剔除其具体内涵的某些局限和偏颇之后，作为一种治学为文、写作和批评的原则和方法，还是具有积极意义的。

在《宗经》篇研究中，最为突出的歧疑之点，是对刘勰宗经思想的看法、评价问题。笔者以为，刘勰的宗经思想是贯穿在《文心雕龙》全书每一个篇章中的神髓，全书五十篇三万七千余字，一言以蔽之，即“宗经”二字而已。否定了刘勰宗经思想，事实上也就从根本上否定了《文心雕龙》全书的价值和意义。因之对这个问题需要做审慎的辨析。

三极彝训[①]，其书曰“经”。“经”也者，恒久之至道[②]，不刊之鸿教也[③]。故象天地[④]，效鬼神[⑤]，参物序[⑥]，制人纪[⑦]，洞性灵之奥区[⑧]，极文章之骨髓者也[⑨]。皇世《三坟》[⑩]，帝代《五典》[⑪]，重以《八索》[⑫]，申以《九丘》[⑬]；岁历绵暧[⑭]，条流纷糅[⑮]，自夫子删述，而大宝启耀[⑯]。于是《易》张《十翼》，《书》标“七观”[⑰]，《诗》列“四始”[⑱]，《礼》正“五经”[⑲]，《春秋》“五例”，义既埏乎性情[⑳]，辞亦匠于文理[㉑]，故能开学养正[㉒]，昭明有融[㉓]。然而道心惟微[㉔]，圣谟卓绝[㉕]，墙宇重峻[㉖]，吐纳自深[㉗]，譬万钧之洪钟[㉘]，无铮铮之细响矣[㉙]。

【注释】

①三极：指天、地、人三才。极，指把三才之理探究到极致。彝（yí）训：常道，常教，即恒久不变的道理。

②至道：至高无上的道理。

③不刊：不可磨灭，不可改动。鸿教：伟大的教诲。

④象天地：取法于天地之象。

⑤效鬼神：效验于阴阳之说。

⑥参物序：参验事物兴亡盛衰、得失消长的顺序，亦即事物的规律性。

⑦制人纪：制定人伦纲纪。

⑧性灵：性情，心灵。奥区：精微深奥之处。

⑨骨髓：此指文章的精华、精髓。

⑩《三坟》：孔安国《尚书传序》：伏羲、神农、黄帝之书，谓之以"三坟"。

⑪《五典》：孔安国《尚书传序》：少昊、颛顼、高辛、唐、虞之书，谓之"五典"。

⑫《八索》：相传是讲八卦之书。

⑬《九丘》：相传是讲九州地理之书。

⑭绵暧（ài）：年代久远，模糊不明。

⑮纷糅（róu）：纷繁杂乱。

⑯大宝：比喻最珍贵的东西，这里指古代经典。

⑰《书》：指《尚书》，中国现存最早的史书。标：标立，标示。七观：孔子认为可以从《尚书》中看到七个方面的内容：义、仁、诚、度（法度）、事（事物）、治（政治）、美。

⑱《诗》：指《诗经》，是中国第一部诗歌总集，收入西周初年至春秋中叶五百多年的诗歌三百多篇，又称《诗三百》。先秦时称为《诗》。西汉时被尊为儒家经典，始称《诗经》。列：陈列，分出。

四始：指《诗经》中的《国风》、《小雅》、《大雅》和《颂》。

⑲《礼》：指《礼记》，是中国古代重要的典章制度书籍，由西汉礼学家戴德和其侄戴圣编定。正：明确，确定。五经：《礼记》确定了五种礼仪：吉礼（祭祀等）、凶礼（丧吊等），宾礼、军礼、嘉礼（婚、冠等）。

⑳义：义理，指内容。埏（shàn）：和泥制瓦，这里比喻文章的陶冶教化作用。

㉑匠：匠心，指切合文理技巧。

㉒开学：开启，学习。

㉓昭明有融：明朗，显豁。融，《左传》有"明而未融"，注曰："融，朗也。"

㉔道心：指自然之道。

㉕圣谟（mó）：圣人的议谋或见解。谟，谋略，计谋。

㉖墙宇：孔子的学生子贡曾以"夫子之墙数仞"来比喻孔子的道德学问高深。

㉗吐纳：言论，这里指著作。

㉘万钧：千万斤重。钧，中国古代重量单位，三十斤为一钧。

㉙铮铮：金属互击之声。

【译文】

天、地、人三才有它恒久不变的道理，说明这种道理的书籍叫做"经"。所谓"经"，就是历久长存，至高无上的道理或不可磨灭的伟大教诲。所以经典取法于天地自然之道，征验于鬼神阴阳之说，参照事物发展的规律，制定出人伦纲纪，它洞察人类性情精微深奥之处，深入掌握了文章的精髓。《三坟》、《五典》、《八索》、《九丘》这些经典，由于年代久远，许多文字模糊不清，条理源流纷繁杂乱，经过孔子的删订阐述，这些伟大的宝典才开始散发出光芒。于是《周易》阐发出《十翼》，《尚书》标立了"七观"，《诗经》列出了"四始"，《礼记》确定了"五经"，《春秋》又有

“五例”，这些经典，其内容能陶冶人的思想感情，其文辞也切合文章写作的规律，因此能够启发学习、培养正确认识，永远放射出明晰的光辉。然而自然之道的精神微妙难测，圣人见解超群，如同深宫高墙，其著作自然蕴藏着深刻的道理，犹如千万斤重的大钟，不会发出细微的响声。

夫《易》惟谈天①，入神致用②。故《系》称旨远辞文，言中事隐③。韦编三绝④，固哲人之骊渊也⑤。《书》实记言，而诂训茫昧⑥，通乎《尔雅》⑦，则文意晓然。故子夏叹《书》⑧，“昭昭若日月之代明，离离如星辰之错行⑨”，言照灼也⑩。《诗》主言志，诂训同《书》，摛风裁兴⑪，藻辞谲喻⑫，温柔在诵⑬，故最附深衷矣。《礼》以立体⑭，据事制范⑮，章条纤曲⑯，执而后显，采掇片言⑰，莫非宝也。《春秋》辨理，一字见义，“五石”、“六鹢”⑱，以详略成文；“雉门”、“两观”⑲，以先后显旨；其婉章志晦⑳，谅以邃矣㉑。《尚书》则览文如诡，而寻理即畅㉒；《春秋》则观辞立晓，而访义方隐㉓；此圣文之殊致㉔，表里之异体者也㉕。至根柢槃深㉖，枝叶峻茂㉗，辞约而旨丰，事近而喻远。是以往者虽旧，余味日新，后进追取而非晚㉘，前修久用而未先㉙，可谓太山遍雨、河润千里者也㉚。

【注释】

①谈天：讲述天地变化之理。天，天道，即自然之道。

②入神：达到精深微妙的境界。

③中(zhòng)：中肯，合理。

④韦编三绝：《史记·孔子世家》载：“读《易》，韦编三绝。”孔子为读《易》而多次翻断了编连竹简的皮绳。后用以比喻读书勤奋。

韦，牛皮绳。三，虚指，言其多。

⑤骊渊：骊龙伏卧的深潭，这里用来比喻蕴藏真理的宝库。骊，黑龙。

⑥诂训：此处指《尚书》的文字。诂，用通行的话解释古词语与方言。训，释万物之貌以告人曰训。

⑦《尔雅》：我国最早解释词义的工具书，一般认为是秦汉时人所编。

⑧子夏（前507—?）：姓卜，名商，字子夏，一般认为是春秋末晋国温人，孔子的弟子，为孔门十哲之一。

⑨离离：清楚。

⑩照灼：鲜明明著。

⑪摛（chī）风：指写作《风》、《雅》、《颂》各种诗篇。裁兴：指运用"赋"、"比"、"兴"各种表现手法。

⑫藻辞：富有文采的文辞。谲（jué）喻：委婉曲折的比喻。

⑬温柔：指儒家的诗教原则"温柔敦厚"。

⑭立体：此处指建立社会上各种体统制度。

⑮制范：建立规范。

⑯纤曲：细致周到。

⑰采掇（duō）：采摘拾取。

⑱"五石"、"六鹢（yì）"：指《春秋·僖公十六年》中关于"陨石于宋五"，"六鹢退飞过宋都"的记载。《公羊传》解释说，"先言陨而后言五"，"先言六而后言鹢"是为了符合记见记闻的先后顺序，极其详备，因为"陨石记闻，闻其磌然，视之则石，察之则五"，"六鹢退飞，记见也，视之则六，察之则鹢，徐而察之则退飞"。鹢，鸟名。

⑲"雉（zhì）门"、"两观"：雉门，鲁宫的南门。两观，宫门外左右的望台。《春秋·定公二年》中有关于"雉门及两观灾"的记载。《公羊传》解释说，先说雉门，后说两观，表明主从关系。虽然火灾是

由两观延烧到雉门，但不说“两观及雉门灾”是因为雉门重要，两观次要，不让不重要的列在前面。

⑳婉章志晦：指《春秋》“五例”中的两条：“婉而成章”、“志而成晦”。

㉑谅：确实。邃（suì）：深远。

㉒寻理：探寻道理。

㉓访义：寻觅意义。

㉔圣文：儒家经典。殊致：独特的情致。

㉕表里：这里指形式和内容。

㉖根柢（dǐ）：树根。槃（pán）深：盘根错结，深扎地下。槃，同“盘”，回绕。

㉗峻茂：高大茂盛。

㉘后进：后世的学者。

㉙前修：前贤。

㉚太山：即泰山，在今山东泰山市。

【译文】

《周易》是专门谈天地变化之理的，精深微妙而又可以应用于实际。所以《系辞》称赞它意旨深远言辞精美，语言恰当合理，叙事幽隐深奥。孔子读这部书时，多次翻断了编竹简的皮绳，可见它是圣人探索精妙哲理的宝库。《尚书》其实是记录言论的，只是它的文字难懂，读起来使人茫然不明，如果借助《尔雅》就可以明白它的意思了。所以子夏赞叹《尚书》说“论事明畅如同日月更替发光，内容清晰如同星辰交错运行”，这是说《尚书》的记载清楚明白。《诗经》主要是用来表达情志的，它的文字与《尚书》一样需要注解才能读懂，它分为“风”、“雅”、“颂”三体，运用了“赋”、“比”、“兴”三种表现方法，辞藻华丽，讽喻委婉，诵读起来就能体会到它的温柔敦厚，所以《诗经》最能贴近人们的心灵和情怀。《礼记》是用来建立体制的，它根据实际情况来制定规范，章程条款非常详细周密，执行起来功效显著，即使采摘拾取它的片言只语，也没有不是珍宝的。《春秋》辨析事理，一个字便能表现褒贬之义，关于"五石"、"六鹢"的记载，以简略的文字详细地记事；关于"雉门"、"两观"的记载，先后有序而主次分明；《春秋》委婉曲折、含蓄幽隐的写法，确实有很深刻的蕴意。《尚书》虽然读起来文字艰涩难懂，但一探寻它的道理却是晓畅易明；《春秋》虽然一看文辞就通晓明白，但一经探究意义却又深奥难懂；这就是因为圣人的文章各有特色，形式与内容不尽相同。至于五经的共同特点，则如根柢盘结深固，枝长叶茂的大树，言辞简约而旨意丰富，取事浅近而喻理深远。因此这些经典虽是古代旧作，但其意义和韵味却历久弥新，后世学者去索求探取仍不算晚，前代贤才运用了很久也终难超越，它们像泰山的云气使雨水遍洒天下，像黄河的水流滋润着千里沃野。

故论、说、辞、序①，则《易》统其首②；诏、策、章、奏③，则《书》发其源；赋、颂、歌、赞④，则《诗》立其本；铭、诔、箴、祝⑤，则《礼》总其端；纪、传、盟、檄⑥，则《春秋》为根：并穷高以树表⑦，极远以启疆⑧；所以百家腾跃，终入环内者也⑨。若禀经以制式⑩，酌雅以富言⑪。是即山而铸铜⑫，煮海而为盐者也。故文能宗经，体有六义⑬：一则情深而不诡⑭，二则风清而不杂，三则事信而不诞⑮，四则义贞而不回⑯，五则体约而不芜，六则文丽而不淫⑰。扬子比雕玉以作器⑱，谓"五经"之含文也。夫文以行立，行以文传，"四教"所先⑲，符采相济⑳，迈德树声㉑，莫不师圣，而建言修辞㉒，鲜克宗经㉓。是以楚艳汉侈㉔，流弊不还，正末归本㉕，不其懿欤！

【注释】

①论、说、辞、序：这些都是文体名称。

②《易》统其首：《周易》中有彖辞、象辞、说卦、序卦、文言等，其特点

都在说理论断，所以刘勰探源论、说、辞、序上述文体，认为《周易》是其始。统，总。

③诏、策、章、奏：这些都是文体名称，《尚书》的诰、誓等和这些文体关系密切。

④赋、颂、歌、赞：这些都是文体名称，与《诗经》有承继关系。

⑤铭、诔(lěi)、箴(zhēn)、祝：这些都是文体名称，均与《礼记》记载的礼仪制度关系密切。

⑥纪、传、盟、檄：这些都是文体名称，均与《春秋》关系密切。

⑦穷：至，极。表：同“标”，准则，规范。

⑧启疆：开拓疆域。

⑨环内：指《五经》范围之内。

⑩禀：持，根据。制式：制定体式。

⑪酌：酌取。雅：正，指经书雅正的语言。

⑫即：靠近。

⑬六义：六个优点。义，同“宜”，引申为优点。

⑭诡：诡诈，指虚假。

⑮信：真实可信。诞：虚妄荒诞。

⑯贞：正。回：邪曲。

⑰淫：过分。

⑱扬子：指扬雄(前53—18)，字子云，西汉蜀郡成都(今四川成都)人，早年曾作《甘泉赋》、《羽猎赋》、《长杨赋》，是汉赋的代表作家。晚年在《法言·吾子》中认为作赋乃“童子雕虫篆刻”，“壮夫不为”。

⑲四教：指孔子用以教育学生的四项原则“文、行、忠、信”。

⑳符采：指玉石的花纹。相济：相辅相成。

㉑迈德：力行道德。迈，勉，行。

㉒建言修辞：指作文。

㉓鲜:少。

㉔楚艳:这里主要指楚辞中一部分单纯追求辞藻华丽的作品。

㉕末:指舍本逐末的淫丽文风。本:指《五经》的雅正文风。

【译文】

因此,论、说、辞、序这类文体,都以《周易》为其首始;诏、策、章、奏这类文体,都发源于《尚书》;赋、颂、歌、赞这类的文体,都是由《诗经》建立的基础;铭、诔、箴、祝这类文体,都由《礼记》开端;纪、传、盟、檄这类文体,都以《春秋》为根基:所有这些经典,内涵都无限崇高精深,树立了文章写作的规范,范围也极其广远,开拓了文章写作的宽阔领域;所以后来百家文章的写作尽管竞相腾跃,但终究没有超出"五经"的范围。如果根据"五经"的体式去写作各种体裁的文章,酌取"五经"雅正的语言以丰富词汇。那么写文章就像靠近矿山炼铜,在海边熬煮海水制盐一样取用不竭了。所以,如果写文章能够效法"五经",在整体上就会有六大优点:一是感情深挚而不诡谲,二是文风清新而不驳杂,三是叙事真实而不荒诞,四是义理正确而不歪曲,五是文体精约而不繁芜,六是文辞华丽而不过分。扬雄把"五经"比为雕琢玉石制作玉器,是说"五经"中包含着文采。文章靠德行来建立,德行靠文章得以流传,孔子的"文、行、忠、信""四教"中,"文"处在第一位,它与"行"、"忠""信"三者像玉石的花纹与质地一样相辅相成,后世之人在行道德、树声名方面,没有不以圣人为师的,但在文章写作方面,却很少能以经书为榜样。所以楚辞淫艳,汉赋侈华,这种流弊几近不可收拾,纠正这种舍本逐末的风气,使之回归"五经"的正路,不是很好吗!

赞曰:三极彝道,训深稽古①。致化惟一②,分教斯五③。性灵熔匠,文章奥府。渊哉铄乎④!群言之祖。

【注释】

①稽古：考察古代典籍。

②致化：达到教化的目的。

③五：指五经，即《周易》、《尚书》、《诗经》、《礼记》、《春秋》。

④铄（shuò）：同“烁”，灿烂，辉煌。

【译文】

综括而言：记载着天地人三才的常道，义理精深而源远流长。教化民众是它唯一的目的，分门别类来说就是五种经书。它是陶冶人类性情的巧匠，又是蕴藏文章奥秘的宝库。多么渊深辉煌啊！堪称一切文章的宗祖。

正纬第四

【题解】

《正纬》篇在《文心雕龙》中的“文之枢纽”部分，列《宗经》篇之后，可谓《宗经》的续篇。《宗经》篇从正面阐发宗经的意义；《正纬》篇则从反面驳正纬书中的虚假荒诞现象，其目的还是为了维护经书至高无上的地位，以改变当时浮靡的文风，因而仍是刘勰文论基本思想观点的组成部分。

纬书相传为解说经典的著述，取经纬交错之义。在《正纬》篇中刘勰一方面要匡正以纬乱经的弊端，另一方面又指出纬书“事丰奇伟，辞富膏腴，无益经典，而有助文章”，表现出了“擘肌分理，惟务折中”的朴素辩证观点和不囿于世风的批判精神，时至今日，仍不失其理论和实践的意义。

《正纬》篇全文，大致分为四个段落，层层深入地阐明了对纬书要“芟夷谲诡，采其雕蔚”的主旨。

第一段从“夫神道阐幽，天命微显”，到“真虽存矣，伪亦凭焉”。主要是阐明经书和纬书中都有的谶纬之说的真伪问题。刘勰认为，保存在儒家经典中的“河出图”、“洛出书”之说是真的，是“圣人则之”的；而由于“世夐文隐，好生矫诞”，经书之外的类似说法，就真假难辨了。在这里，刘勰实际上已经把“真虽存矣，伪亦凭焉”的根由，归结到经书最初的记载上去了。应当说这是实事求是的，符合历史发展过程的。

第二段，从"夫'六经'彪炳，而纬候稠叠"，到"经足训矣，纬何预焉"？主要讲"按经验纬"，纬书是托名伪造的四个方面的表现，乃《正纬》篇的主要组成部分。其一是说，纬书与经书相配合，就如同织布，作为原料的丝和麻，是不能混淆、杂乱的。而如今经书雅正，纬书诡异，两者背离千里，这是纬书虚假的第一个表现。其二是说，圣人在经书中对世人的训示是很明显的，应当扩大范围，纬书则以神道教人，内容隐晦，应当简要，而现在的纬书却多于经书，这是纬书虚假的第二个表现。其三是说，符谶是天意，不能由人来制造，而把纬书都托名于孔子，是由人造成的。这是纬书虚假的第三个表现。其四是说，图谶在商、周两代之前就多次出现了，到了春秋末年，经书才开始完备。先有纬书后有经书，违背"织综"常理，这是纬书虚假的第四个表现。在这一段中，刘勰以经比纬，揭示了它们的奇正之别，隐显之异，"天"人混淆，以后居先的表现，是言之成理的。他面对当时统治阶级利用谶纬之说，以宣扬皇命天授的图谋，致其在士人中颇为风行的情况，敢于揭露纬书的虚假和荒诞，应当说是难能可贵的。但他对谶纬之说的批判并不彻底，他还是肯定天命和神意的。

第三段，从"原夫绿图之见，乃昊天休命"，到"四贤博练，论之精矣"。主要论述谶纬的历史发展，进一步揭露谶纬之说"乖道谬典"的荒诞不经。其中包括四层意思：一是强调"前世符命"，乃"历代宝传"，是上天给予圣人的祥瑞，不是为了配经，也不能由人制造。经传所载只是孔子所作的一些笔录，而并非孔子著作。二是揭露"伎数之士"借托孔子之名，"或说阴阳，或序灾异，若鸟鸣似语，虫叶成字"等等诡术，造成了"东序秘宝，朱紫乱矣"的状况。三是指出光武帝"笃信"谶纬之说，"风化所靡，学者比肩"，造成了"乖道谬典"的严重后果。四是借桓谭、尹敏、张衡、荀悦四贤，强化对谶纬之说的批判。在这一段中，刘勰把批判矛头指向哀、平、光武之世，以及沛献王、曹褒等帝王将相，其价值和意义也是不可低估的。刘勰生活的齐、梁时代，以谶纬之术效力于帝王的文士，为数甚多，诸如沈约、任昉等人，都曾以此趋炎附势，对萧衍劝进称帝，给他披以“承天受命”的神秘外衣。

第四段，从“若乃羲、农、轩、皞之源”，到“前代配经，故详论焉”。这一段虽短，却是《正纬》篇中最有价值的组成部分。刘勰虽然揭露、批判了“鸟鸣似语，虫叶成字”等等虚妄、怪诞之说，却并不完全否定源自于远古的“白鱼、赤乌”、“黄金、紫玉”等等神话，赞扬这类神话：“事丰奇伟，辞富膏腴。”应当说，远在一千五百年前的刘勰，是相当通达、辩证的，具有可贵的胆识和魄力。

综观《正纬》全篇，可以看出刘勰正纬而不弃纬，宗经而不泥经；在他心目中，纬书并非一无可取，经书也并非发肤不得触动。因此，他才能够说，纬书是“无益经典，而有助文章”，应当“芟夷谲诡，采其雕蔚”。这种治学为文的态度具有积极的普遍意义，理应为今人举一反三，予以鉴用。

夫神道阐幽①，天命微显②。马龙出而大《易》兴，神龟见而《洪范》耀③。故《系辞》称：“河出图，洛出书④，圣人则之⑤。”斯之谓也。但世夐文隐⑥，好生矫诞⑥，真虽存矣⑦，伪亦凭焉。

【注释】

①神道：与后之“天命”均指《原道》篇中所说的“自然之道”，或曰“神理”。阐：表明。幽：幽秘，深邃。

②微：微奥，隐蔽。

③见：同“现”。

④河出图，洛出书：与上句“马龙出”、“神龟见”均指远古传说中龙

马从黄河里负图而出，神龟从洛水里负书而现。伏羲效法河图画成八卦，周文王又为八卦作卦辞和爻辞成为《易经》；大禹据洛书作《洪范》九畴，成为治国的根本大法。

⑤则：准则，引申为效法。

⑥世夐（xiǒng）：年代久远。文隐：文辞隐晦。

⑥好生：容易产生。矫：假托，虚诈。诞：荒诞，虚妄。

⑦凭：依靠，依附。

【译文】

神明之道阐示幽秘的事理，上天之意显露微奥的征兆。龙马献出河图大《易》因之肇兴，神龟献出洛书《洪范》始而光耀。所以《周易·系辞上》说："黄河出图，洛水出书，圣人们即效法它。"指的就是这些事。惟因年代久远文辞又隐晦不清，容易产生虚妄荒诞的假托，虽然保存有真实的东西，但虚假的东西也依附它沿袭下来。

夫"六经"彪炳，而纬候稠叠①；《孝》、《论》昭晰②，而钩谶葳蕤③。按经验纬，其伪有四：盖纬之成经④，其犹织综⑤，丝麻不杂，布帛乃成。今经正纬奇，倍摘千里⑥，其伪一矣。经显，圣训也⑦；纬隐，神教也⑧。圣训宜广，神教宜约，而今纬多于经，神理更繁，其伪二矣。有命自天，乃称符谶⑨，而八十一篇⑩，皆托于孔子，则是尧造绿图⑪，昌制丹书⑫，其伪三矣。商、周以前，图箓频见⑬。春秋之末，群经方备。先纬后经，体乖织综，其伪四矣。伪既倍摘，则义异自明⑭。经足训矣，纬何预焉⑮？

【注释】

①纬候：即纬书，因配合《尚书》的纬书有《尚书中候》，故称纬书为

纬候。稠叠：繁杂重复。

②《孝》、《论》：指宣扬孝道与孝治思想的儒家经典《孝经》和记录孔子及其弟子言行的《论语》。昭晰：清晰明白。

③钩谶(chèn)：指配合《孝经》和《论语》的纬书。钩，指《钩命诀》，系解释《孝经》的九种纬书的代表作。谶，是验的意思，讲未来能应验的预言和预兆，此指解释《论语》的谶书，有《比谶考》等八种。葳蕤(wēi ruí)：草木茂盛之状，此处借指纬书的芜杂纷乱。

④成经：即配经，指纬书与经书相配，如《易经》，有《易经纬》与之相配。

⑤织综：使经线与纬线在织机上相交织的装置。

⑥倍摘：违背。倍，通"背"。摘，牴牾不合。

⑦圣训：圣人的教诲、训示。

⑧神教：以神道教人。

⑨符谶：所谓天降的祥瑞征兆或托为天命的预言。

⑩八十一篇：《隋书·经籍志》载，谶纬之书有八十一篇，包括《河图》九篇、《洛书》六篇，又别有三十篇为"九圣之所增演"，而《七经纬》三十六篇，则是孔子所作。据此可知，八十一篇谶纬之书，并非全都出自孔子之手笔，惟自汉以来，纬书为孔子所作的说法甚盛，故刘勰指出："八十一篇，皆托于孔子"。

⑪尧造绿图：纬书《尚书中候·握河纪》载，绿图是上天赐给唐尧的，而非"尧造绿图"。

⑫昌制丹书：纬书《尚书中候·我应》载，丹书是上天赐给周文王姬昌的，亦非"昌制丹书"。刘勰以此为例来反驳八十一篇，皆托于孔子的不实之说。

⑬图箓(lù)：即图谶、符谶。

⑭义异：指经书与纬书的差异。

⑮预：参预，干预。

【译文】

“六经”光彩显耀，而纬书却繁杂重复；《孝经》、《论语》昭著明晰，而与之相关的谶纬则芜杂纷乱。按照经书来检验纬书，纬书的伪托表现在四个方面：纬书配合经书，犹如经线和纬线交织，丝麻原料不能混杂，这样才能织成麻布或丝绸。而实际上经书雅正纬书奇异，两者背离千里，这是纬书伪托之一。经书明显，是圣人的训示；纬书隐晦，是以神道教人。圣人的训示应当广博，用神道教人的话应当简约，而如今纬书多于经书，神道之理更为繁杂，这是纬书伪托之二。有旨意从天而降，才能称为“符谶”，可是八十一篇谶纬，都托名于孔子，由此推论那就是唐尧自造绿图，姬昌自制丹书了，这是纬书伪托之三。商、周两代以前，“图箓”即已多次出现，到春秋末期，各种经书才开始完备。先有纬书后有经书的情况，违背了经立纬合的体制，这是纬书伪托之四。伪托的纬书既然违背了经书，那么它们在义理上的差异就自然明白了。经书足以训诫世人，何须纬书再参预呢？

原夫绿图之见，乃昊天休命①，事以瑞圣②，义非配经。故河不出图，夫子有叹③，如或可造，无劳喟然。昔康王河图④，陈于东序⑤，故知前圣符命，历代宝传⑥，仲尼所撰，序录而已⑦。于是伎数之士⑧，附以诡术⑨，或说阴阳，或序灾异，若鸟鸣似语⑩，虫叶成字⑪，篇条滋蔓⑫，必假孔氏。通儒讨核⑬，谓伪起哀、平⑭，东序秘宝，朱紫乱矣⑮。至光武之世⑯，笃信斯术，风化所靡，学者比肩⑰，沛献集纬以通经⑱，曹褒选谶以定礼⑲，乖道谬典⑳，亦已甚矣。是以桓谭疾其虚伪㉑，尹敏戏其浮假㉒，张衡发其僻谬㉓，荀悦明其诡托㉔。四贤博练，论之精矣。

【注释】

①昊(hào):广阔的天。休命:美好的旨意。

②瑞圣:给圣人以祥瑞。

③河不出图,夫子有叹:《论语·子罕》载,孔子曾感叹“吾道不行”,说:“凤鸟不至,河不出图,吾已矣夫!”

④康王:周康王姬钊,周成王之子,成王死后继位,在位二十六年,后世将其统治时期和成王末年的统治誉为“成康之治”。

⑤东序:即东厢房,位于正堂近东墙的地方。

⑥历代宝传:指以河图为宝物而代代相传。

⑦序录:即叙述、记载。

⑧伎数之士:古代从事治病、占卜、占候的人为方伎或术数之士。伎,同“技”。数,术。

⑨附以诡术:以诡诈的方法穿凿附会。

⑩鸟鸣似语:《左传·襄公三十年》载:“鸟鸣于亳社,如曰:‘嘻!嘻!甲午宋大火,宋伯姬卒。’”诡称为不祥之兆。

⑪虫叶成字:《汉书·五行志》载:“昭帝时,上林苑中大柳树断,仆地,一朝起立生枝叶,有虫食其叶成文字,曰:‘公孙病已立。’”“病已”是汉宣帝的名字,以此说暗示立他为帝是天意。

⑫篇条:指名目繁多的纬书。滋蔓:滋长蔓延。

⑬通儒:指学识渊博而又能融会贯通的学者。讨核:探讨考核。

⑭哀、平:指西汉哀帝刘欣和平帝刘衎。

⑮朱紫:朱,大红色,属正色。紫,由红和蓝两种颜色合成,属杂色。此处喻指邪正、真假。

⑯光武之世:指东汉第一个皇帝刘秀时代。

⑰比肩:并肩,喻指学者之多。

⑱沛献:光武帝次子刘辅为沛献王。集纬:收集纬书。通经:解释经书。

⑲曹褒(？—102)：字叔通，鲁国薛县(今山东滕州)人，曾被汉章帝诏令修订《汉礼》。《后汉书》有传曰："曹褒受命制礼，乃次序礼事，依准旧典，杂以五经谶记之文，撰次天子至于庶人冠、婚、吉、凶、终制度。"

⑳乖道：背离正道。谬典：违背经典。

㉑桓谭(前23—50)：字君山，沛国相(今安徽濉溪)人，曾多次上书光武帝，指陈谶纬惑人，误国误民。光武帝斥责他"非圣无法"，险遭杀害。

㉒尹敏：字幼季，东汉文人，曾对光武帝说图谶非圣人所作，错别字多，将"疑误后生"。浮假：虚浮不实。

㉓张衡(78—139)：字平子，南阳西鄂(今河南南阳)人，东汉科学家、辞赋家，认为"图纬虚妄，非圣之法"。

㉔荀悦(148—209)：字仲豫，颍川颍阴(今河南许昌)人，著《汉纪》三十篇。

【译文】

考察绿图的出现，乃是上天的美好旨意，这种事给圣人以祥瑞，其意并非为了配合经书。因而黄河里没有再出现河图，孔子便喟然感叹，如果这种事情是可以编造的，那么也就无须孔子劳神叹息了。从前周康王将河图陈列在东厢房，由此可知前代圣人所受的符命，后人都视之为珍宝代代相传，孔子的撰述，不过是对历代相传的这些事的记录而已。于是有方伎术数的人，用诡诈的方法来穿凿附会，有的谈说阴阳天象，有的叙述天灾变异，有的听见鸟鸣便说如同人语，有的看见虫咬树叶便当成文字，这些篇条滋长蔓延的纬书，都必定征引孔子的著述。经过学识渊博的学者研讨考核，指出这些伪托的纬书起源于西汉哀帝和平帝时代，于是珍藏在东厢房的秘室，便与纬书混淆难辨了。到东汉光武帝时代，皇帝非常相信谶纬之术，在这种风气教化的影响下，信奉谶纬的人并肩而出，沛献王搜罗纬书来解说经书，曹褒则编选符谶来制定礼仪，背离正道违逆经典，也已经过分严重了。因此桓谭疾恨谶纬虚妄伪诈，尹敏嘲讽谶纬虚妄浮假，张衡揭露谶纬的乖邪谬误，荀悦说明谶纬荒诞诡诈。这四位先贤广博练达，论述得是非常精辟的。

若乃羲、农、轩、皞之源①，山渎、钟律之要②，白鱼、赤乌之符③，黄金、紫玉之瑞④，事丰奇伟，辞富膏腴⑤，无益经典，而有助文章。是以后来辞人，捃摭英华⑥。平子恐其迷学，奏令禁绝；仲豫惜其杂真，未许煨燔⑦。前代配经，故详论焉。

【注释】

①羲：伏羲，中国古籍中记载的最早的王之一，传说他发明创造了八卦。农：神农，即炎帝，三皇五帝之一。轩：轩辕，即黄帝，姓姬，居于轩辕之丘，故又名轩辕，被尊为中华民族的始祖。皞(hào)：即少皞，亦作少昊，名挚，黄帝之子。

②山渎(dú)：山岳和河流。渎，入海的河。谶纬书中有《遁甲开山图》和《古岳渎经》。钟律：指音乐。《汉书·艺文志》中有《钟律灾应》等书。

③白鱼、赤乌：《史记·周本纪》载，周武王伐纣时，渡黄河至中流，有白鱼跃入武王船中；过了黄河，又有火从天而降，变成了赤色的乌鸦。

④黄金、紫玉：纬书《礼·斗威仪》载，帝王治理天下太平，即将有黄金紫玉的祥瑞出现。

⑤膏腴(yú)：土壤肥沃，借喻丰富华美的文采。

⑥捃摭(jùn zhí)：择取，搜集。

⑦煨燔(fán)：焚烧。

【译文】

至于伏羲、神农、轩辕、少皞传说的起源，山岳河流与音乐钟律的重要异闻，白鱼和赤乌的符命，黄金和紫玉的祥瑞，这些事件丰富而又奇伟，辞藻丰厚而又华美，虽无益于解说经书，而对文章的写作有所帮助。因而后来的文人常常搜集、择取其中的精华。张衡担心后学受纬书的迷惑，曾奏请皇帝下令禁绝；荀悦则爱惜其中夹杂的真义，而不同意焚毁。因为纬书是前代人用来配合经书的，所以加以翔实的论述。

赞曰：荣河温洛①，是孕图纬。神宝藏用，理隐文贵。世历二汉②，朱紫腾沸③。芟夷谲诡④，采其雕蔚。

【注释】

①荣河：指黄河泛出光彩。《尚书中候·握河纪》载："帝尧即政，荣光出河。"温洛：指洛水有温暖之意。《周易·乾凿度》载："帝盛德之应，洛水先温。"

②二汉：指西汉、东汉。

③朱紫腾沸：喻指经书与纬书严重混淆。

④芟（shān）夷：删除，平整。谲诡：诡诈，虚假。

【译文】

综括而言：光耀的黄河和温暖的洛水，孕育了河图、洛书的谶纬。神奇的珍宝含蕴着巨大的作用，道理深隐而文辞珍贵。时代经历了西汉、东汉，经书与纬书严重混淆。删除那些诡异欺诈的东西，采用其中华美的精粹。

辨骚第五

【题解】

《辨骚》篇本属于《文心雕龙》“文之枢纽”部分，本篇是对以屈原之《离骚》为代表的楚辞进行辨析和评论，其根本目的在于借“变乎骚”的论述，阐明“时运交移，质文代变”，“变则甚久，通则不乏”之理，这乃是刘勰论文指导思想中的一个重要内容。

刘勰认为以《离骚》为代表的这种新兴文体，上承《风》、《雅》之传统，下开辞赋之先河，是“郁起”的“奇文”，充分肯定了这种文体的重要地位，表现了刘勰超乎前人的卓越见解。刘勰何以要特别地赞扬、推崇屈原之《离骚》呢？从《离骚》的思想艺术特色以及其深远影响来看，其具体表现如下：

一、取镕经意，自铸伟辞。刘勰认为《离骚》与经典相比较，有“四同”、“四异”。所谓“四同”，即指“陈尧、舜”、“称禹、汤”的“典诰之体”；“讥桀、纣”、“伤羿、浇”的“规讽之旨”；“虬龙以喻君子，云霓以譬谗邪”的“比兴之义”；“每一顾而掩涕，叹君门之九重”的“忠怨之辞”。就全文主旨言，这“四同”，实际上就是《离骚》“取镕经意”的具体内容。所谓“四异”，乃是指“托云龙，说迂怪，驾丰隆求宓妃，凭鸩鸟媒娀女”的“诡异之辞”；“康回倾地，夷羿彃日，木夫九首，土伯三目”的“谲怪之谈”；“依彭咸之遗则，从子胥以自适”的“狷狭之志”；“士女杂坐，乱而不分，指以为乐，娱酒不废，沉湎日夜，举以为欢”的“荒淫之意”。按全文各个部分的逻辑关系推论，这“四异”中就包括屈原的“自铸伟辞”。《辨骚》篇虽然在“四异”中用了几个颇有贬意的事例和词语，但全篇的主旨是赞扬、肯定《离骚》，而不是贬斥它、压抑它。综观《文心雕龙》全书，也难找到一个微论屈原和《离骚》的适例。

二、惊采绝艳，难与并能。这是刘勰对屈原《离骚》之“自铸伟辞”的进一步评价，重在突出强调《离骚》之辞采的艺术表现力和感染力，表现了刘勰对文采之美和艺术魅力的重视和垂爱。刘勰列举楚辞的具体作品，这些作品虽然分别出自于屈原、宋玉、景差和民间的祭神曲，各具艺术特色，却都是“惊采绝艳”的代表，刘勰认为“难与并能”，是毫无一点贬意的。

三、衣被词人，非一代也。刘勰认为，以《离骚》为代表的楚辞，其“取镕经意”，“自铸伟辞”，“惊采绝艳，难与并能”的“金相玉式”，影响着一代又一代的“词人”，产生了极为深远的效应。《时序》篇中说汉武帝以后的一百多年中，辞赋家的创作有了许多变化，但总的趋向，还是在仿效屈原和楚辞，但后人对屈原和楚辞的仿效多有不同。刘勰对这些不同的仿效情况，虽未直言褒贬，但他却继之提出“凭轼以倚《雅》、《颂》，悬辔以驭楚篇，酌奇而不失其贞，玩华而不坠其实”的主张。这四句话，乃是刘勰对以屈原《离骚》为代表的楚辞创作经验的总结，集中地反映着刘勰专设《辨骚》一篇，并以之归入“文之枢纽”的要旨，且对于古今各体文章的写作，具有普遍的指导意义。所谓“倚《雅》、《颂》”，就是要以经典著作为依据和准则；所谓“驭楚篇”，就要有节制地学习《离骚》，进行辞赋创作。而所谓“酌奇”、“玩华”两句，则是说，有鉴别地吸取新奇的创造而不失却雅正的本质；玩赏品评华美的文采而不丢弃扎实的内容。它概括地阐明了“正”与“奇”、“华”与“实”的关系，这与《通变》篇“望今制奇，参古定法”，《定势》篇“执正以驭奇”，《情采》篇“文采所以饰言，而辩丽本乎情性”，以及它所批判的“后之作者，采滥忽真”等说，是相通相融，可以互为佐证的。

《辨骚》篇中，有一个长期令人迷惑不解，因而研议不休的问题，即作为楚辞之代表的一种具体文体，为什么不置于“论文叙笔”部分，而把它提升到“文之枢纽”中去，视之为论文的指导思想呢？笔者认为，这不是一个单纯的文体类属和结构安排方面的问题，而是文章写作理论中，必须解决的一个根本问题，应当予以辨析。曾有一种意见，多有学者与之相应和，即指《辨骚》篇类属于文体论，而不应列入“文之枢纽”，甚或认为把《辨骚》篇与《原道》、《征圣》、《宗经》、《正纬》四篇编在一起，“放在第一卷末尾”，“不伦不类”，“尤为荒谬”。对此，亦有许多学者进行驳辩和论证。我们认为，前五篇是总论文与道的关系，前三篇从正面说，重在论“道”，所以冠上了“原”、“征”、“宗”等不容置疑的字眼；后二篇从反面说，《正纬》篇重在论“道”，《辨骚》篇重在论“文”，所以用了“正”、“辨”这样带有矫正、辨析之意的字眼。五篇正反相成，褒贬结合，互相补充，义相流贯，凛然在上，俯领全书，所以叫做“文之枢纽”。

自《风》、《雅》寝声[①]，莫或抽绪[②]，奇文郁起[③]，其《离骚》哉！固已轩翥诗人之后[④]，奋飞辞家之前[⑤]，岂去圣之未远，而楚人之多才乎！昔汉武爱《骚》[⑥]，而淮南作《传》[⑦]，以为：“《国风》好色而不淫[⑧]，《小雅》怨诽而不乱[⑨]，若《离骚》者，可谓兼之。蝉蜕秽浊之中，浮游尘埃之外[⑩]，皭然涅而不缁[⑪]，虽与日月争光可也。”班固以为[⑫]：露才扬己，忿怼沉江[⑬]；羿、浇、二姚[⑭]，与左氏不合；昆仑悬圃[⑮]，非经义所载；然其文辞丽雅[⑯]，为词赋之宗，虽非明哲[⑰]，可谓妙才。王逸以为[⑱]：诗人提耳[⑲]，屈原婉顺[⑳]，《离骚》之文，依经立义；驷虬乘鹥[㉑]，则时乘六龙；昆仑流沙[㉒]，则《禹贡》敷土[㉓]。名儒辞赋，莫不拟其仪表[㉔]。所谓“金相玉质，百世无匹”者也[㉕]。及汉宣嗟叹[26],以为皆合经术;扬雄讽味[27],亦言体同《诗·雅》。四家举以方经[28],而孟坚谓不合传。褒贬任声[29],抑扬过实,可谓鉴而弗精,玩而未核者也[30]。

【注释】

①《风》、《雅》:指《诗经》中的《国风》、《大雅》、《小雅》。寝声:周衰后,诗的声音也不再传播了。寝,停息。

②抽绪:意谓像抽丝那样相继不断。抽,延引。绪,丝端。

③郁起:繁盛兴起。

④轩翥(zhù):高飞。诗人:指《诗经》的作者。

⑤辞家:汉代的辞赋家。

⑥汉武:即汉武帝刘彻(前156—前87),他开拓了汉朝最大的版图,谥号孝武,庙号世宗。

⑦淮南:淮南王刘安(前179—前122),系汉高祖刘邦之孙,汉武帝之叔,西汉沛郡丰(今江苏丰县)人。好书、善为文辞的刘安招宾客一同撰写《鸿烈》,后世称《淮南子》。

⑧好色:指《国风》多写男女恋情。不淫:不过度。

⑨怨诽:指《小雅》里有许多写哀怨之事和讽刺时政的诗篇。不乱:不违礼作乱。

⑩尘埃:指世俗上的污秽。

⑪皭(jiào)然:洁白的样子。涅:黑色染料,此处引申为染黑。缁(zī):黑色。

⑫班固(32—92):字孟坚,扶风安陵(今陕西咸阳)人,撰《汉书》,好辞赋,有《两都赋》。

⑬怨怼(duì):怨恨。

⑭羿、浇、二姚:羿,后羿,夏朝有穷氏部落的君长。浇,过浇,夏代人名。二姚,夏代有虞氏国君的两个女儿。《离骚》中说,后羿贪

猎，被臣子所杀；过浇强暴，被少康所杀；二姚未嫁，少康托人去求婚。这与《左传》所载并非“不合”。班固本指刘安之《离骚传》，刘勰误以为是指《离骚》。

⑮昆仑悬圃：神话中的天庭。悬圃，昆仑之巅。

⑯丽雅：艳丽雅正。

⑰明哲：明智之士。

⑱王逸：字叔师，南郡宜城（今湖北襄阳）人，东汉学者，著《楚辞章句》，是《楚辞》最早的完整注本。曾作《九思》怀念屈原。

⑲提耳：提着对方的耳朵劝戒，形容恳切教诲之意。

⑳婉顺：委婉和顺。

㉑驷虬（qiú）乘鹥（yì）：驷，四匹马驾车。虬，有两角的小龙。鹥，凤凰的别名。

㉒流沙：沙漠。

㉓《禹贡》：《尚书》中的《禹贡》篇。敷土：治理水土。

㉔仪表：榜样，法度。

㉕金相玉质：金玉般的质地。相，质地。

㉖汉宣：指西汉宣帝刘询（前91—前49），本名刘病已，字次卿，汉武帝刘彻的曾孙。其统治时期史称“宣帝中兴”。庙号中宗，谥号孝宣。嗟叹：称赞。

㉗扬雄：字子云，西汉末学者和辞赋家。讽味：讽诵玩味。

㉘四家：指上述淮南王刘安、王逸、汉宣帝刘询、扬雄等四人。举：皆。方经：与经书相比附。

㉙任声：任意谈论。

㉚玩：玩味。

【译文】

自从《国风》、《大雅》、《小雅》的歌声停息后，没有人继续创作那样的作品了，有一种奇特的妙文蓬勃兴起，那就是《离骚》啊！它确实已高翔在《诗经》的作者之后，奋飞于两汉辞赋家之前，大概是距离圣人孔子的时代不算久远，而楚国人又有才华的缘故吧！从前汉武帝喜爱《离骚》，淮南王刘安便作了《离骚传》，他认为："《国风》描写爱情但不过分，《小雅》抒写怨愤而有节制，像《离骚》这样的文辞，可以说兼有两方面的长处。屈原像蝉蜕从污泥中蜕变出来，在尘埃之外浮游，他皎洁的品质用黑色去染也不会变色，就是与日月争比光辉也是可以的。"班固认为：屈原喜欢显露才华，宣扬自己，以至于心怀怨恨，投江自杀；《离骚》中所说后羿、过浇和二姚的故事，跟《左传》中的记载不一致；昆仑和悬圃，也都是经书上所没有的；然而他的文辞艳丽雅正，是辞赋家效法的宗师，虽然他不是明智之士，但可以说是一个才艺超群的人。王逸认为《诗经》的作者讽谏，是提着人耳去劝戒，屈原则是委婉和顺的。《离骚》中的文辞，依据经书立论：如说驾龙乘凤，就是来自《易经》中时常驾驭六龙的说法；登昆仑、涉流沙，就是来自《尚书·禹贡》中关于禹治理水土的记载。后代著名学者的辞赋，没有不摹仿它以为法度的。真可以说是有金玉一样的质地，百代以来没有能与它相匹敌的。到了汉代，宣帝赞美《离骚》，认为它完全符合经书的义理；扬雄吟诵品味，也说它的体制风貌和《诗经》的《大雅》、《小雅》相同。刘安、王逸、汉宣帝、扬雄四家，都拿它与经书相比，只有班固说它与经传不合。这些赞扬和贬抑都是信口谈论，离开了作品的实际，可以说是品鉴的不精当，玩味而没有做切实的考核。

将核其论，必征言焉。故其陈尧、舜之耿介，称禹、汤之祗敬[①]，典诰之体也；讥桀、纣之猖披[②]，伤羿、浇之颠陨[③]，规讽之旨也；虬龙以喻君子，云霓以譬谗邪[④]，比兴之义也；每一顾而掩涕，叹君门之九重，忠怨之辞也。观兹四事，同于《风》、《雅》者也。至于托云龙，说迂怪[⑤]，驾丰隆求宓妃[⑥]，凭鸩鸟媒娀女[⑦]，诡异之辞也；康回倾地[⑧]，夷羿彃日[⑨]，木夫九首[⑩]，土伯三目[⑪]，谲怪之谈也；依彭咸之遗则[⑫]，从子胥以自适[⑬]，狷狭之志也[⑭]；士女杂坐，乱而不分，指以为乐，娱酒不废[⑮]，沉湎日夜，举以为欢，荒淫之意也。摘此四事，异乎经典者也。

【注释】

①祇(zhī)敬：威严恭敬。

②猖披：狂妄放纵。

③颠陨：覆亡坠落。

④云霓(ní)：恶气。谗邪：小人。

⑤迂怪：不合事理的怪诞。

⑥丰隆：即云雷神。宓(fú)妃：洛水之神。

⑦鸩(zhèn)鸟：一种羽毛有毒的鸟。娀(sōng)：即有娀，古国名，故址在今山西运城一带。

⑧康回：传说中共工的名字，传说他怒触不周山，撞断地柱，大地东南倾。

⑨夷羿：指后羿，夏代有穷之君，名羿，因居东夷，故称。在位时溺于田猎，不修民事，为寒浞所杀。事见《左传·襄公四年》。

⑩木夫：拔木的力士。

⑪土伯：土地神。

⑫彭咸：殷商贤大夫，谏其君不听，投水而死。遗则：留下的榜样。

⑬子胥：指伍子胥，战国时吴大夫，谏吴王夫差不听，被迫自杀。自适：顺适自己的心意。

⑭狷(juàn)狭：性情耿直，心胸褊狭。

⑮废：停止。

【译文】

要核实他们的评论，必须征引原作来检验。《离骚》中陈述尧、舜的光明正大，赞美禹、汤的威严恭敬，就是学习《尚书》中典、诰的体制；讥讽桀、纣的狂妄放纵，伤悼后羿、过浇的坠落覆亡，这是符合《诗经》中规劝讽谏的意旨；《涉江》中以虬龙来比喻君子，《离骚》中用云霓来比喻好进谗言的小人，这是《诗经》中比兴的表现手法；《哀郢》里说每一次回望故国都要落泪，《九辩》中感叹楚王宫门有九重，难于见君，完全是《诗经》中忠而怀怨的言辞。从这四点来看，是《楚辞》和《诗经》相同的地方。至于《离骚》假托龙和云旗，谈说怪异的事情，令丰隆驾彩云去寻求宓妃，托靠鸩鸟做媒去向娀女求婚，都是奇诡怪异的说法；《天问》里说共工撞倒天柱使大地倾斜，后羿射落九个太阳，《招魂》里说拔木的巨人有九个头，土地神有三只眼，都是诡诈怪异的传说；《离骚》里说要依照彭咸去投水，《悲回风》里说要跟随伍子胥沉江以求得快意，这是性情狷介、心胸狭隘的表现；《招魂》把男女杂坐，混乱不分，说成是乐事，把狂饮不止，日夜酣醉，当做快乐，这是荒唐淫邪的思想。摘引出这四点，是《楚辞》与经书不同的地方。

故论其典诰则如彼①，语其夸诞则如此。固知《楚辞》者，体宪于三代②，而风杂于战国③，乃《雅》、《颂》之博徒④，而辞赋之英杰也。观其骨鲠所树⑤，肌肤所附，虽取镕经意，亦自铸伟辞。故《骚经》、《九章》⑥，朗丽以哀志⑦；《九歌》、《九辩》⑧，绮靡以伤情⑨；《远游》、《天问》⑩，瑰诡而慧巧⑪；《招魂》、《大招》⑫，耀艳而深华⑬；《卜居》标放言之致⑭，《渔父》寄独往之才⑮。故能气往轹古⑯，辞来切今⑰，惊采绝艳，难与并能矣。

【注释】

①典诰:经典,指《尚书》,这里兼指《诗经》。

②体:体制。宪:效法。三代:夏、商、周三朝,这里指三代的作品,主要指《尚书》、《诗经》。

③风:风气,引申为影响。

④博徒:博弈之徒,浪子。暗指《离骚》不是《雅》、《颂》的正统继承者。

⑤骨鲠:作品的主旨和体式。

⑥《骚经》:即《离骚》,王逸因崇尚它而尊之为“经”。《九章》:屈原的《惜诵》、《涉江》、《哀郢》、《抽思》、《怀沙》、《思美人》、《惜往日》、《桔颂》和《悲回风》九篇作品,后人合称《九章》。

⑦朗丽:指文辞明朗艳丽。

⑧《九歌》:经过屈原修饰加工的楚国民间祭歌的总题,包括《东皇太一》、《云中君》、《湘君》、《湘夫人》、《大司命》、《少司命》、《东君》、《河伯》、《山鬼》、《国殇》和《礼魂》。《九辩》:楚大夫宋玉所作的长篇抒情诗。

⑨绮靡:柔美华丽。

⑩《远游》:旧传为屈原所作游仙诗,近人多疑为汉人所作。《天问》:屈原所作长诗。

⑪瑰诡:奇特瑰丽。慧巧:灵活精巧。

⑫《招魂》:相传为屈原召楚怀王亡魂所作。《大招》:传说是屈原的作品,一说为楚国景差所写。

⑬耀艳:光彩华丽。深华:内在的美。

⑭《卜居》:王逸认为是屈原所作。标:标举,显示。放言:畅所欲言,不受拘束。致:情致。

⑮《渔父》:王逸认为也是屈原所作。寄:寄托。独往:不随世俗浮沉而特立独行。

⑯轹(lì)古：压倒古人。轹，本意为辗压，引申为超越。

⑰切今：绝后的意思。切，切断，绝。

【译文】

所以说《离骚》合乎经典之处就像前边那样，说它夸张怪诞则像后边这样。由此可知《楚辞》的体制是仿效三代的经典，可它的风格里又夹杂有战国纵横家的风气，比起《雅》、《颂》来他们是轻狂放荡之徒，但在辞赋中却是杰出的英才了。看看它所树立的主旨，所比附的文辞，虽然汲取融合了经书的意旨，但也独创了奇伟瑰丽的文辞。所以《离骚》、《九章》，用明朗艳丽的文辞抒发哀怨的情志；《九歌》、《九辩》，以柔美靡丽的辞藻抒写哀伤的情感；《远游》、《天问》，奇特瑰丽而又构思精巧；《招魂》、《大招》，光彩艳丽而又潜藏着内在的美；《卜居》标举旷放的情致，《渔父》寄托着特立独行的才情。所以它的气势能超越古人，文辞能横绝当代，文采惊人、华美绝伦，别的作品是很难与它媲美的。

自《九怀》以下[①]，遽蹑其迹[②]；而屈、宋逸步[③]，莫之能追。故其叙情怨，则郁伊而易感[④]；述离居[⑤]，则怆怏而难怀[⑥]；论山水，则循声而得貌[⑦]；言节候，则披文而见时[⑧]。是以枚、贾追风以入丽[⑨]，马、扬沿波而得奇[⑩]，其衣被词人[⑪]，非一代也。故才高者苑其鸿裁[⑫]，中巧者猎其艳辞[⑬]，吟讽者衔其山川[⑭]，童蒙者拾其香草[⑮]。若能凭轼以倚《雅》、《颂》[⑯]，悬辔以驭楚篇[⑰]，酌奇而不失其贞[⑱]，玩华而不坠其实[⑲]；则顾盼可以驱辞力[⑳]，咳唾可以穷文致[㉑]，亦不复乞灵于长卿[㉒]，假宠于子渊矣[㉓]。

【注释】

①《九怀》：西汉王褒所作。《楚辞》从《九怀》以下，是汉人所作。

②遽蹑：急追。

③屈、宋：指屈原和宋玉。屈原（约前339—约前278），姓芈，氏屈，名平，字原，又自名正则，字灵均。战国时期楚国丹阳（今湖北宜昌）人，楚辞的创立者和代表作家。宋玉（前301—前240），名子渊，相传是屈原的学生，战国时鄢（今湖北襄樊）人，屈原之后著名辞赋家。逸步：超逸快速的步伐。

④郁伊：心情抑郁不舒畅的样子。

⑤离居：指屈原被流放，抒写离开故国的离情别绪。

⑥怆怏：失意悲愁的样子。难怀：难以迁怀，不堪忍受之意。

⑦循声：顺着声律。

⑧披文：披阅文辞。

⑨枚、贾：指枚乘和贾谊。枚乘（？—前140），字叔，古淮阴（今属江苏）人，曾作散体大赋《七发》。贾谊（前200—前168），洛阳（今河南洛阳）人，曾作《吊屈原赋》、《鹏鸟赋》。二人均为西汉初年的辞赋家。追风：学习追随屈、宋的文风。入丽：入，吸取。丽，文采华美。

⑩马、扬：指司马相如和扬雄。司马相如（约前179—前127），字长卿，蜀郡（今四川南充人）。西汉大辞赋家，其代表作品为《子虚赋》。沿波：指学习屈、宋的创作。得奇：习得了奇伟夸张的特点。

⑪衣被：加惠于人，这里指给人以影响。词人：泛指辞赋作家。

⑫苑（wǎn）：通“剜”，取的意思，引申为模仿、取法。鸿裁：宏大的体制。

⑬中巧：即心灵手巧。

⑭吟讽：吟咏诵读。衔：含咏，玩味。

⑮童蒙者：初学写作的人。香草：喻指屈赋中漂亮的字眼。

⑯凭轼：靠在车前横木上致敬，表示严肃。倚《雅》、《颂》：以《雅》、

《颂》为依据和标准。

⑰悬辔:在马头上加辔头,引申为控制。楚篇:指《楚辞》。

⑱酌奇:酌取奇异的想象,代指《楚辞》奇异、夸饰的特点。贞:纯正。

⑲玩华:玩,玩味。华,艳丽的辞藻。坠:抛弃。实:果实,引申为文章内容情感的真实。

⑳顾盼:目光流转。辞力:文辞气力。

㉑咳唾:形容时间很短。文致:文章的情致。

㉒乞灵:乞求灵感,泛指借助于外物。长卿:司马相如之字。

㉓假宠:假借别人而获得宠爱。子渊:王褒之字,西汉宣帝时的辞赋家。

【译文】

王褒《九怀》以后的各家,都急起直追,追随着《楚辞》的足迹前进;可是屈原、宋玉步调超逸,没有人能追得上。所以屈、宋抒写哀怨的情感,便能使人郁抑而容易感动;叙述离别,便能使人惆怅悲怆而难以迁怀;描绘山水,使人按照作品的音韵而体会到山水的形貌;描绘季节,使人披览文辞即可看到时令的变迁。因此,枚乘、贾谊追随他们的文风,吸取了华美的特色,司马相如、扬雄跟从其波流,获得了奇伟的特色,屈、宋对于后世辞赋家的影响,是不止一代的。所以才情高的人取法《楚辞》宏大的体制,心思灵巧的人猎取它的艳丽辞藻,吟诵欣赏的人玩味它对山川的描写,初学写作的人们则拾取它漂亮的字眼。如果写作能严肃地以《雅》、《颂》为准则,临文时驾驭《楚辞》的写作技巧,酌取它奇伟的想象而不失雅正,玩味它华丽的辞藻而不抛弃它情感的真实;那么目光流转之间可以驱遣文辞气力,顷刻之间就可以穷尽文章的情志,也就不必再向司马相如乞求写作的灵感,借着王褒获得人们的宠爱了。

赞曰:不有屈原,岂见《离骚》?惊才风逸①,壮志烟高。

山川无极，情理实劳[2]。金相玉式[3]，艳溢锱毫[4]。

【注释】

①风逸：像风一样飘逸。

②劳：训作"辽"，广阔悠远的意思。

③金相玉式：最美好的质地。式，法式，标准。

④锱(zī)毫：极细微处。锱，古代重量单位，旧制锱为一两的四分之一。

【译文】

综括而言：没有屈原，哪能出现《离骚》？他惊人的才华像风一样飘逸，他雄壮的志趣像云烟一样高远。山川一望无际，诗人的情思实在悠远辽阔。它的质地金玉般美好，就是极细微处都充溢着艳丽。

明诗第六

【题解】

《明诗》篇是“论文叙笔”中的第一篇，主要论述对象是四言诗和五言诗，而不涉楚辞、乐府、民谣等其他诗体。从诗歌写作指导角度讲，它主要提出了以下几个观点：

首先，关于诗歌的本质特征。刘勰继承前人的“诗言志，歌永言”之说，认为诗歌是“感物言志”的，亦即表现在外物的触发后所产生的思想感情。刘勰虽未直接提出“缘情”这一概念，但在具体论述中，却把它包括进去了。

第二，关于诗歌的审美和教育作用。刘勰秉奉兴、观、群、怨和美刺之说，一方面强调“诗者，持也，持人情性”；认为诗歌应该而且可以用“无邪”的思想感情陶冶、端正人们的情思，使之具有雅正的道德观念和处世规范。另一方面他更为突出地主张诗歌要与“政序相参”，发挥“顺美匡恶”的作用。

第三，关于诗歌的基本格调。曹丕《典论·论文》中说：“诗赋欲丽”；陆机《文赋》中说：“诗缘情而绮靡”；刘勰在《定势》篇中则说：“赋颂歌诗，则羽仪乎清丽。”《明诗》篇中所论的四言诗，是《诗经》的“正体”，故刘勰说它以“雅润为本”；而五言诗是稍后于“四言正体”衍变而成的，故刘勰称之为“流调”，以“清丽居宗”。这些说法虽略有异曲，但指的都是诗歌这一文体所共有的基本格调，而不是建筑在诗人个性基础上的独特风格。刘勰非常重视这种属于某一特定文体共有的基本格调，认为它是为文之“大体”、“大要”的组成部分，忽略了它，就会“失体成怪”。因而他特撰《定势》篇，强调要确定文体的基本格调。但他也并不因此把这种基本格调视为一成不变的模式，明确指出在创作实践中，它受着诗人个性特点的制约。

第四，关于诗歌的文采。刘勰论文非常重视文采，认为文章和作品具有文采，理应是一种自然而然的、不可悖违的“神理之数”。但创作实践中文采的运用和表现，又是有原则和限度的。刘勰在《明诗》篇中对其文采的论述，是褒贬适度，惟务折中的，与其反对“饰羽尚画”、“文绣鞶帨”的意旨，也是一致的。

综观《明诗》全篇，它以“敷理以举统”为旨归，阐述了诗歌的本质特征，以及其起源和历史发展过程；相应地评论了历代诗人和作品，大致上形成了诗歌发展史纲的架构，既在继承的基础上超越了前人，又为后人对诗歌的研究和创作提供了借鉴。在龙学研究中，有学者指出“在‘选文以定篇’方面，刘氏‘选’得不够准确，评得有时也不够明确”。验之以史实，这是言之有理，不乏适例的。

《明诗》篇里有一个值得辨析的重要问题，即刘勰为什么说诗歌与“神理共契”？其因由和意义何在？《情采》篇认为文采形成的机理，包括三个方面的内容，一是形文，即青、黄、赤、白、黑五色；二是声文，即宫、商、角、徵、羽五音；三是情文，即喜、怒、欲、惧、忧五性。五色错杂调配就成为斑斓的花纹；五音互相配合就产生了优雅的乐曲；五性抒发出来就成为优美的文章，这乃是一种神妙的自然而然的道理。《明诗》篇则认为人生来就有七种感情，有感于外物而抒发思想情感，没有不是自然而然的。对照比较《情采》和《明诗》，可以合乎逻辑地看出：“神理之数”与“莫非自然”之意是相同的，它们指的都是文章或作品得以产生的原因，只不过前者范围大一些，说的是形文、声文、情文三种情况，后者范围小一些，说的只是情文罢了。

《原道》篇对"神理之数"与"莫非自然"之说，有着哲理性更强的论述，刘勰认为"文"的属性是非常普遍的，它与天地一起产生，颜色的玄黄，形体的方圆，日月的丽天之象，山河的理地之形，都是由道而形成的文，而这里所谓的"道"，也就是"神理之数"和自然之理。《原道》篇在论及与"天地并生"的"形文"和"声文"的同时，也说到了"情文"，亦即"人文"。这就把"情文"与"声文"、"形文"一块儿都包容在自然而然的"道之文"之中了。由此再反观《明诗》篇中"人禀七情，应物斯感，感物吟志，莫非自然"之说，就不会再难以理解诗歌与"神理共契"的含义了。

值得注意的是，刘勰把包括诗歌在内的各种"文"的产生，都归结"自然之道"，有着较深层次的思考和积极的实践意义。一是他要为自己的为文之说确定指导思想和理论根据。"道"是一种"神理"，既是自然而然的客观存在，又高深莫测、神秘而不可悖违，只有圣人才能理解它、阐释它。因此，要征圣、宗经。这就使他的"言为文之用心"有了哲理的依据。古人著书立说，总是要首先解决"立论有据"这一根本问题的。二是刘勰主张写文章要有文采，讲究对偶、声律之美，而文采则是"与天地并生"的"神理"，为文不讲究文采，就是违背了"自然之道"。三是刘勰虽然重视文采，但他又反对矫揉造作雕饰过分，繁采而寡情。

但是，刘勰的诗歌与"神理共契"之说，是有其局限性和非科学性的。一是他混淆了客观存在与主观意识，把自然界的日月、山川、动物、植物所具有的形体、色彩以及与之相关的声音，称为"道之文"，把人们"感物吟志"所写出来的文章也称为"道之文"，认为它们都是自然形成的，显然这是不科学的。形式逻辑上似乎可以推论，但实质上却把概念偷换了。二是"神理"之说带有神秘莫测的迷信色彩。

大舜云[①]："诗言志，歌永言[②]。"圣谟所析[③]，义已明矣。是以"在心为志，发言为诗"[④]，舒文载实[⑤]，其在兹乎[⑥]？诗者，持也⑦，持人情性；三百之蔽⑧，义归“无邪”⑨，持之为训⑩，有符焉尔⑪。

【注释】

①大舜：传说中父系氏族社会后期部落联盟的领袖，姚姓，有虞氏，名重华，史称虞舜。其语出伪古文《尚书・舜典》。

②永言：长言，指延长音节咏唱。

③圣谟：《尚书》有些篇章称为“谟”，其意为谋议，这里指虞舜的旨意，或曰圣训、经典。

④在心为志，发言为诗：语出《诗・大序》。

⑤舒文：铺陈文辞。载实：记载、表达真实的思想、愿望。

⑥在兹：在此，在这里，指“在心为志，发言为诗”。

⑦持：持守，把握，引申为端正，使之规范。

⑧三百：指《诗经》。蔽：概括。

⑨无邪：孔子在《论语・为政》中说：“诗三百，一言以蔽之，曰思无邪”，意谓诗三百中没有不正当的思想感情。

⑩训：训诂，解释。

⑪有符焉尔：符，符合。焉尔，代指“思无邪”。

【译文】

虞舜说：“诗是表达思想、愿望的，歌是拉长语言的音节，咏唱诗意的。”圣人的这种解析，把诗歌的含义说明了。所以说“思想、愿望蕴藏在心里的叫做志，用语言表达出来就是诗”。运用文辞表达思想、愿望，这就是诗的意义吧？诗，就是扶持、端正的意思，它可以端正人们的思想感情；《诗经》三百篇的意义，用一句话来概括，就是“没有邪念”，用扶持、端正人们的思想感情来解释诗歌的含义，是符合“无邪”之说的。

人禀七情①，应物斯感，感物吟志，莫非自然。昔葛天乐辞[2],《玄鸟》在曲[3];黄帝《云门》[4],理不空弦[5]。至尧有《大唐》之歌[6],舜造《南风》之诗[7],观其二文,辞达而已[8]。及大禹成功,九序惟歌[9];太康败德[10],五子咸讽[11],顺美匡恶[12],其来久矣。自商暨周,《雅》、《颂》圆备[13],四始彪炳[14],六义环深[15]。子夏监绚素之章[16],子贡悟琢磨之句[17],故商、赐二子,可与言诗。自王泽殄竭[18],风人辍采[19],春秋观志,讽诵旧章,酬酢以为宾荣[20],吐纳而成身文[21]。逮楚国讽怨[22],则《离骚》为刺。秦皇灭典[23],亦造《仙诗》。

【注释】

①禀:承受,引申为禀赋,即生来具有。七情:《礼记·礼运》:"何谓七情?喜、怒、哀、惧、爱、恶、欲,七者弗学而能。"

②葛天乐辞:《吕氏春秋·古乐》:"昔葛天氏之乐,三人操牛尾,投足以歌八阕:一曰载民,二曰玄鸟,三曰遂草木,四曰奋五谷,五曰敬天常,六曰建帝功,七曰依地德,八曰总禽兽之极。"葛天,传说中的远古帝王。

③《玄鸟》:《吕氏春秋·古乐》载,葛天氏时,有一种歌舞,要唱八首歌来伴舞,《玄鸟》是其中的第二首。玄鸟,即燕子。

④《云门》:歌颂黄帝的一首乐歌。

⑤空弦:只有乐曲,没有歌辞。

⑥《大唐》:相传为对唐尧禅让帝位的颂歌,载《尚书·大传》。

⑦《南风》:相传是虞舜作的诗,载《孔子家语·辩乐解》和《礼记·乐记》。实际上,《南风》与《大唐》都是后人拟作。

⑧辞达:借文辞以达意。

⑨九序:指金、木、水、火、土、谷、正德、利用、厚生九个方面的工作都有秩序,走上了正轨。

⑩太康：夏禹的孙子，是一个荒淫误国之君。

⑪五子：一说指太康之弟五观，一说指太康的五个兄弟。相传有《五子之歌》，载伪古文《尚书》，实为后人伪作。

⑫匡恶：匡正、纠正错误和丑恶。

⑬《雅》、《颂》：代指《诗经》，此处没提到风，是为了四字成句。

⑭四始：指《诗经》中的风、大雅、小雅、颂四部分。

⑮六义：《毛诗·大序》说，诗有六义，即风、雅、颂三种分类和赋、比、兴三种方法。环深：周密而深厚。环，围绕，引申为完美、周密。

⑯子夏：孔子的学生，姓卜名商。监：察看，鉴赏。绚素：指《诗经》中的"素以为绚兮"，素是白色，绚是彩色，绘画中绚与素是相互搭配的，先有洁白的底子，再施以色彩。《论语·八佾》中说，子夏从"素以为绚兮"中，理解到了做人必须有好的品质，然后才能学礼仪。

⑰子贡（前520—前456）：姓端木名赐，春秋末期卫国（今河南鹤壁）人，孔子的得意门生，为"孔门十哲"之一。琢磨：指《诗经·卫风》中的"如琢如磨"，原意是比喻文雅的君子就像琢磨过的玉石。《论语·学而》中说，子贡从这里领悟到了做人不要自满和精益求精的道理。

⑱王泽：指周朝王室的政绩德泽。殄（tiǎn）：竭尽，灭绝。

⑲风人：指采集民间歌谣的官吏。辍采：停止采集。

⑳酬酢（zuò）：指主客间的相互应对、敬酒。酬，主人劝酒。酢，客人回敬。宾荣：使客人感到荣宠、受到尊敬。

㉑身文：指自身所具有的文采。

㉒逮：到了。

㉓灭典：指秦始皇焚烧古籍。

【译文】

人有七种感情，因应外物触发而感动，有感于外物而抒发吟咏思想感情，没有不是自然而然的。从前葛天氏时的《玄鸟》就是一首有歌辞的乐曲；黄帝时的《云门》，按理也不会是没有歌辞的曲子。到了唐尧时代有《大唐》歌，虞舜也创作了《南风》诗，看这两首诗歌的文辞，都是质朴地把意思表达了出来。及至大禹治水成功，各项工作都井然有序，便受到了歌颂；而太康品德败坏，他的五个弟弟就都怨愤作歌予以讽刺劝戒，用诗歌来赞美好的纠正坏的，这是由来已久的做法。从商朝到周代，《雅》和《颂》成熟完备起来，《诗经》的"四始"辉煌多彩，"六义"也已完美而深厚了。子夏能鉴赏"素以为绚"的寓意，子贡也领悟到"如琢如磨"的内涵，所以孔子赞扬他们二人，说可以和他们谈论《诗经》了。自周朝王室的德泽衰败枯竭之后，采集民间诗歌的官吏停止了活动，春秋时代的官员在列国外交场合，为了相互观察、了解对方的思想和愿望，仍要朗诵《诗经》中的篇章，作为宾主互相酬答的礼仪，既使宾客感到荣宠，也显示出自身的文采。到了战国时的楚国，多有讽刺怨愤之情，于是便产生了《离骚》这样的讽刺之作。秦始皇虽焚毁了许多典籍，但也还是让人写出了《仙真人诗》。

汉初四言，韦孟首唱①，匡谏之义，继轨周人。孝武爱文②，《柏梁》列韵③。严、马之徒④，属辞无方⑤。至成帝品录⑥，三百余篇，朝章国采⑦，亦云周备。而辞人遗翰⑧，莫见五言，所以李陵、班婕妤见疑于后代也⑨。按《召南·行露》⑩，始肇半章⑪；孺子《沧浪》，亦有全曲；《暇豫》优歌⑫，远见春秋；《邪径》童谣，近在成世。阅时取证⑬，则五言久矣。又《古诗》佳丽⑭，或称枚叔⑮，其《孤竹》一篇⑯，则傅毅之词⑰。比采而推，两汉之作乎？观其结体散文⑱，直而不野，婉转附物⑲，怊怅切情，实五言之冠冕也⑳。至于张衡《怨》篇㉑，清典可味㉒；《仙诗》、《缓歌》，雅有新声。

【注释】

①韦孟：彭城（今江苏徐州）人，西汉初年文人，曾作《讽谏诗》匡谏诸侯王楚王刘戊的荒淫无道。

②孝武：汉武帝刘彻的谥号。

③柏梁：原是一座楼台，相传汉武帝曾在此与群臣联句，成《柏梁诗》一首，因每人一句，句句押韵，故谓“列韵”。

④严、马：一指汉代文人严忌和司马相如；一指严忌之子严助和司马相如。

⑤属辞：即写作。

⑥成帝：汉成帝刘骜。品录：品评，辑录。

⑦朝章：朝廷文人的作品。国采：指采自全国各地的民间歌谣。

⑧遗翰：遗留下来的作品。翰，指笔，这里代指作品。

⑨李陵（？—前74）：字少卿，陇西成纪（今甘肃静宁）人。汉武帝时的名将，为李广之孙，曾率军与匈奴作战，战败后投降匈奴。《文选》载有托名他写的五言体《与苏武诗》三首。班婕妤（jié yú）：西汉成帝时的宫人，名不详，有五言《怨歌行》一首，后人多疑为伪作。

⑩按：考察。

⑪肇：开端，开始。半章：诗章的一半、一部分。《诗经》中的《召南·行露》共三章，第二、三两章，每章六句，前半章是五言。

⑫优：倡优，古代奏乐演戏的人，此处指晋献公的倡优，名施，故译“优施”。

⑬阅：经历，经过。

⑭《古诗》：指《古诗十九首》，南朝梁萧统从传世无名氏《古诗》中选录十九首编入《文选》。

⑮枚叔：枚乘，字叔，西汉初年文人。

⑯《孤竹》：指《古诗十九首》中的《冉冉孤生竹》。

⑰傅毅(? —约90):字武仲,扶风茂陵(今陕西兴平)人,东汉初年文人。

⑱结体:指作品形成的风格。散文:行文,敷文。

⑲附物:指对外物的贴切描绘。

⑳冠冕:古代帝王、官员的礼帽,此处引申为最为杰出的意思。

㉑张衡:字平子,东汉文人、科学家。

㉒清典:清丽典雅。

【译文】

汉朝初年的四言诗,最先是韦孟创作的,它含有匡正讽谏的意义,继承了周代诗人的轨辙。孝武帝爱好文学,曾召集群臣共作句句押韵的《柏梁诗》。而严忌、司马相如一班人,创作诗歌则没有什么定规。到汉成帝时品评辑录当时的诗歌,共有三百多首,把朝廷文人之作和各地的民间歌谣,都收集齐全了。但在这些前人遗留下的诗作中,却没有五言诗歌,因而李陵和班婕妤的五言诗就让后人怀疑了。考察《诗经》中的《召南·行露》篇,可知已开始有了半章的五言诗;儿童唱的《沧浪歌》则全首都是五言的;优施的五言《暇豫》歌,早在春秋时就出现了;而孩子们唱的《邪径谣》,则近在汉成帝时产生。经过不同时代的验证,五言诗体的由来已经很久远了。还有优美的《古诗》佳作,有人说是枚叔写的,而其中的《孤竹》篇,又有人说是傅毅的作品。比较它们的文采加以推论,或许都是两汉时的作品吧?看这些作品的风格和抒写方式,质朴而不粗野,曲折细致地描绘景物,真切地抒发怊怅之情,确实可谓五言诗中的杰作。说到张衡的《怨诗》,那也是清丽典雅,可供品味的;而他的《仙诗》、《缓歌》,典雅而又有新意。

暨建安之初①,五言腾跃。文帝、陈思,纵辔以骋节;王、徐、应、刘②,望路而争驱。并怜风月③,狎池苑④,述恩荣⑤,叙酣宴,慷慨以任气,磊落以使才。造怀指事⑥,不求纤密之巧，驱辞逐貌⑦，唯取昭晰之能⑧：此其所同也。及正始明道⑨，诗杂仙心⑩；何晏之徒⑪，率多浮浅。唯嵇志清峻⑫，阮旨遥深⑬，故能标焉⑭。若乃应璩《百一》⑮，独立不惧⑯，辞谲义贞⑰，亦魏之遗直也。

【注释】

①建安：东汉献帝年号（196—220），实由曹操执政。

②王、徐、应、刘："建安七子"中的王粲、徐幹、应玚和刘桢。王粲（177—217），字仲宣，山阳郡高平（今山东微山）人，被称为"七子之冠冕"，其《七哀诗》和《登楼赋》最能代表建安文学的精神。徐幹（170—217），字伟长，北海（今山东潍坊）人。应玚（？—217），字德琏，东汉汝南南顿县（今河南项城）人，擅长作赋。刘桢（？—217），字公幹，东平（今山东东平）人。

③怜：喜爱，爱惜。

④狎（xiá）：亲近，此处指游赏、戏耍。

⑤恩荣：恩宠和荣耀，指曹操父子对文人们的优待。

⑥造怀：述怀，发抒情怀。指事：叙写事情。

⑦驱辞：遣辞，运用文辞。逐貌：追逐形貌，即按照事物的形貌加以描绘。

⑧昭晰：明白，清晰。

⑨正始：魏齐王曹芳的年号（240—248）。明道：阐发道家思想，使之得以传扬。

⑩仙心：指出世求仙的道家思想。

⑪何晏（？—249）：字平叔，南阳宛（今河南南阳）人，正始时期的玄学家，清谈的领袖，最早写玄言诗的人。

⑫嵇：嵇康（224—263，一说 223—262），字叔夜，谯郡铚县（今安徽宿州）人，"竹林七贤"之一，魏晋玄学代表人物。

⑬阮：阮籍（210—263），字嗣宗，陈留尉氏（今属河南）人，“建安七子”之一阮瑀的儿子，与嵇康同为“竹林七贤”中的人物。

⑭标：标举，出众。

⑮应璩（qú，190—252）：字休琏，汝南（今属河南）人，应玚之弟。魏国末年文人。《百一》：应璩劝戒当政者之作，含百虑一失之意。

⑯不惧：指敢于讽谏而不畏惧。

⑰辞谲（jué）：文辞奇异，含讽谏之意。

【译文】

到了建安时代初期，五言诗蓬勃发展。魏文帝曹丕、陈思王曹植，放开缰绳有节奏地驰骋于诗坛；王粲、徐幹、应玚、刘桢，也跟在诗歌创作的大路上竞相追逐。都喜爱清风明月，游赏清池幽苑，叙写恩宠荣耀，描述宴饮之乐，慷慨激昂地任意抒发志气，坦白直率地充分发挥才情。抒发情怀叙述事理，不追求细密的技巧，运用文辞描绘形貌，则以清楚明白为能事：这些就是他们共同的特色。到正始年间推崇道家思想，诗歌中混杂着出世求仙之心；何晏等人，大都写的是浮泛浅薄之作。只有嵇康情志清高峻拔，阮籍的立意深邃遥远，所以才能突出地标举出来。至于应璩的《百一》诗，能够卓然挺立而无所畏惧，文辞奇异而意旨纯正，也是魏代传流下来的耿直诗风。

晋世群才[①]，稍入轻绮[②]。张、潘、左、陆[③]，比肩诗衢[④]，采缛于正始，力柔于建安；或析文以为妙[⑤]，或流靡以自妍[⑥]：此其大略也。江左篇制[⑦]，溺乎玄风，嗤笑徇务之志[⑧]，崇盛忘机之谈[⑨]。袁、孙已下[⑩]，虽各有雕采，而辞趣一揆[⑪]，莫与争雄。所以景纯《仙篇》[⑫]，挺拔而为俊矣。宋初文咏[⑬]，体有因革[⑭]，庄老告退，而山水方滋；俪采百字之偶[⑮]，争价一句之奇，情必极貌以写物，辞必穷力而追新，此近世之所竞也。

【注释】

①晋世:此指西晋(265—420)。

②轻绮:轻浮绮丽,指内容不充实,只追求文采。

③张、潘、左、陆:指张载、张协、张亢三兄弟,潘岳、潘尼两叔侄,左思和陆机、陆云两兄弟,他们都是西晋文人。

④比肩:并肩,不分前后。诗衢(qú):诗坛。衢,四通八达的大路。

⑤析文:指讲究文辞的对偶和雕饰。

⑥流靡:指音韵的流畅、靡丽。自妍:自以为美。

⑦江左:江东,指长江下游一带地区,此处指偏安该地的东晋(317—420)。

⑧徇务:致力于政务。徇,从,从事。

⑨忘机:忘掉人间事务。机,机务,要事。

⑩袁、孙:袁宏、孙绰,均为东晋初的玄学诗人。

⑪一揆(kuí):一样的道理。揆,道理。

⑫景纯:即郭璞(276—324),字景纯,河东闻喜县(今山西闻喜)人,东晋初的玄言诗人,曾作《游仙诗》十四首。

⑬宋:指南朝刘宋王朝(420—479)。文咏:指诗歌。

⑭因革:继承变革。

⑮俪(lì):对偶。百字之偶:五言诗二十句一百字,指全诗都要对偶。

【译文】

晋代的诸多才士,渐趋走向轻浮绮丽之途。张载、张协、张亢、潘岳、潘尼、左思、陆机、陆云,在创作的道路上并肩竞进,文采比正始时繁富,风力比建安时柔弱;或以讲究文辞的骈偶华美为精妙,或以追求音韵的流畅而自赏:这就是此时的大概情况。东晋的诗歌创作,沉溺在老庄玄学的风气之中,嘲笑入世从政的抱负,崇尚忘掉世事的清谈。袁宏、孙绰以后的诗作,虽各有雕饰的文采,而诗的旨趣却都是谈玄说理的，没有别的诗作和它们竞争高低。所以郭璞的《游仙诗》，就显得突出而成为当时的佳作了。南朝宋代之初的诗歌，体势和格调有所继承和变革，清谈老庄之学的玄言诗退出了文坛，而山水诗开始发展起来；它讲究全诗的骈俪对偶，追求每一句诗的独特价值，内容上必定竭尽摹写景物形貌之能事，文辞上则要全力使之出新，这就是近世诗人们竞相追求的东西。

故铺观列代[①]，而情变之数可监[②]；撮举同异[③]，而纲领之要可明矣。若夫四言正体[④]，则雅润为本，五言流调[⑤]，则清丽居宗；华实异用[⑥]，唯才所安[⑦]。故平子得其雅，叔夜含其润，茂先凝其清[⑧]，景阳振其丽[⑨]；兼善则子建、仲宣，偏美则太冲、公幹[⑩]。然诗有恒裁[⑪]，思无定位，随性适分，鲜能圆通[⑫]。若妙识所难，其易也将至；忽之为易，其难也方来。至于三六杂言[⑬]，则出自篇什[⑭]；离合之发[⑮]，则萌于图谶[⑯]；回文所兴[⑰]，则道原为始[⑱]；联句共韵，则《柏梁》余制。巨细或殊，情理同致，总归诗囿[⑲]，故不繁云。

【注释】

①铺观：全面观察。

②数：规律。

③撮举：归纳，列举。

④正体：正统体制。

⑤流调：变调，变体，指五言诗是由四言诗演变而来的流行体。

⑥华实：华丽，朴实。

⑦所安：所决定。

⑧茂先：张华之字。

⑨景阳：张协之字。

⑩太冲：左思之字。

⑪恒裁：固定不变的体裁格式。

⑫圆通：全面通晓。

⑬三六杂言：指三言诗、六言诗、杂言诗；杂言诗中每句的字数不固定。

⑭篇什：指《诗经》，因其中的《雅》、《颂》，每十篇为“什”，故曰“篇什”。

⑮离合：指离合诗体，亦即拆字诗。

⑯图谶（chèn）：古代迷信的一种隐语，预言人间吉凶祸福，多用拆字方法组成。

⑰回文：指回文诗体，是一种可以倒着念的诗。

⑱道原：人名，生平未详，有人疑为南朝宋代的贺道庆，不确。

⑲诗囿：诗歌苑囿，即诗歌所包括的范围。

【译文】

因此综观各代诗歌，即可看出文情变化的规律；归纳列举出它们的异同，诗歌创作的原则和要领也就明白了。说到四言诗的正统体制，是以典雅温润为其根本，五言诗流变的基本格调，则以清新华丽为其主宗；华丽与朴实有着不同的作用，全靠诗人的才情来决定。所以张衡获得了它的雅正，嵇康含纳了它的温润，张华凝聚了它的清新，张协发扬了它的华丽；而兼备雅润清丽之美的则是曹植和王粲，只偏长于某一方面的是左思和刘桢。然而诗歌有其特定的体裁格式，人们的思想感情却没有固定不变的模式，只能随着各人的情性选择适合自己天分的体势和格调，很少有能够全面通晓各种诗歌之美的。如果能够深刻认识诗歌创作的困难，那创作中就会有顺利之机迎面而来；而忽视困难把它看得很容易，那创作中的困难也就接踵而至了。至于三言、六言、杂言三种诗体，也都是源于《诗经》；离合诗的兴起，萌发于预言吉凶祸福的

“图谶”；回文诗的产生，始于一个名字叫做道原的人；用一个韵的联句诗，则是《柏梁诗》传下来的体制。这些诗体纵然大小不同，而其所表现的诗歌创作的情理却是一致的，它们都包括在诗歌范围之内，所以就不再详细论述了。

赞曰：民生而志，咏歌所含。兴发皇世①，风流“二南”②。神理共契③，政序相参④。英华弥缛⑤，万代永耽⑥。

【注释】

①皇世：指远古的伏羲、神农、黄帝三皇之世。

②风流：流风余韵，指诗歌的广泛影响。二南：《诗经》中的“周南”、“召南”，此处借以代指《诗经》中的十五国风。

③神理：神妙的自然之理。刘勰认为包括诗歌在内的“文”，起源于“自然之道”。

④政序：政教秩序。

⑤弥缛：日益繁多，更加繁富。弥，更加。

⑥耽（dān）：沉溺，入迷。

【译文】

综括而言：人生来就赋有情志，是诗歌所包含的内容。诗歌产生在三皇时代，其风韵流播在“二南”地区。它的产生和发展与“神理”相契合，并参与政教秩序之中。精美的诗歌日益繁富，千秋万代的人都沉浸其中。

乐府第七

【题解】

“乐府”是一个含义宽泛的概念，并且是随着文字的发展历史而衍化、演变的。“乐府”一词，最初是指汉朝设立的一种掌管音乐的官方机构。乐指音乐，府指官府。由于乐府机构承担着采集民歌和文人诗作加以整理，并为之编制乐曲，教习乐工，应需演出的任务，因而到了魏晋南北朝时，就渐渐把汉乐府机构中收藏的、被汉朝人称之为“歌诗”的配乐歌辞，统称为“乐府诗”，简称为“乐府”。这样，乐府一词，就由官方的音乐机构，演变成为一种诗与乐合而为一的文体名称了。《乐府》篇所论只是其多种含义中的一种，主要是把它作为一种配乐的诗体来看待的。由于《明诗》篇是专门的诗论，故《乐府》篇侧重于论述配诗的音乐。乐府作为一种文学体裁，实际上应是诗中的一类。但它主要采集于民间歌谣，又配上了乐曲，所以刘勰认为“诗与歌别”，“故略序乐篇”。

关于诗的写作要领，《明诗》篇中已讲了一些，《乐府》篇重在论述这一体裁自身的特定内涵及其源流，并对有关的作家作品进行评论。从其写作角度讲，则有以下几个要点：

一、音乐的重要作用。一方面，刘勰明确指出音乐是一定社会现实的反映，这是因为“乐本心术”，即音乐本是人们思想感情的反映。而“心术”则是人们在感应外物之后才形成的。有什么样的社会现实，就会产生什么样的心术，有什么样的心术就会产生什么样的音乐。音乐并不仅仅是声律的配合，它在相互配合的声律中，反映着一定社会的“盛衰”、“兴亡”，让人们从中感受到了社会现实的状貌和发展趋势，人们从“观乐”中可以“称”其“远”，可以“云”其“亡”，也可以“观”其“礼”。另一方面，刘勰认为音乐不仅仅是反映了一定的社会现实，而且它还有着积极的教化作用，使人们的思想感情受到陶冶和感染，因为音乐具有“响浃肌髓”的魅力，“能情感七始，化动八风”，产生深远而广泛的影响。刘勰以古代圣王为据来说明音乐的教化作用，其观点和倾向性是非常鲜明的。后人对刘勰的“务塞淫滥”之说，也非常重视，纪昀说“务塞淫滥四字为一篇之纲领”；黄侃也说“此篇之大旨，在于止节淫滥”。都深得刘勰所论之旨。

二、诗与乐的关系。诗与乐的相互关系，实质上也是情与采的相互关系，亦即文与质、表与里、内容与形式的相互关系。一方面刘勰强调“诗为乐心”、“树辞为体”，认为诗歌是音乐的灵魂和主宰，音乐要以歌辞作为主体。另一方面，刘勰也论及“声为乐体”，即声调是音乐的形体，歌辞的表现形式。歌辞主要是“情文”，音乐主要是“声文”，“情文”借“声文”得到更好地传播，使之“志感丝篁，气变金石”，发挥出与“政序相参”、“于焉识礼”的教化作用。

三、对乐府诗的批评态度。从文体写作指导角度看，刘勰对乐府诗的批评态度也颇有为今人思考之处。刘勰对于乐府诗的评论，或许有某些疏漏、不当之瑕，如有的学者认为，刘勰对《桂华》和《赤雁》的评论，对“魏之三祖”的评论不够准确；有的学者指出刘勰对乐府诗选文定篇的工作也没有做好，对“乐府诗中最重要的作品”“只字不提”；还有的学者尖锐地批评刘勰“彻头彻尾地否定了两汉魏晋的乐府诗”，“是他的保守思想的一次大暴露”，是他“复古宗经，从统治者庙堂的需要来谈音乐的缘故”。这都是应当予以研究、辨析的。但他所持的有褒有贬的批评态度，却不应因此而受到忽略。

乐府者，“声依永，律和声”也①。钧天九奏②，既其上帝；葛天八阕③，爰乃皇时④。自《咸》、《英》以降⑤，亦无得而论矣。至于涂山歌于“候人”⑥，始为南音；有娀谣乎“飞燕”⑦，始为北声；夏甲叹于东阳⑧，东音以发；殷整思于西河⑨，西音以兴。心声推移⑩，亦不一概矣。匹夫庶妇，讴吟土风⑪；诗官采言，乐盲被律⑫；志感丝篁⑬，气变金石⑭。是以师旷觇风于盛衰⑮，季札鉴微于兴废⑯，精之至也。夫乐本心术⑰，故响浃肌髓⑱，先王慎焉，务塞淫滥。敷训胄子⑲，必歌九德⑳；故能情感七始㉑，化动八风㉒。

【注释】

①声依永，律和声：语出今文《尚书·尧典》，伪古文《尚书》，则在《舜典》之中。声，指宫、商、角、徵、羽五声。律，指六吕、六律，即十二律，其名称是：黄钟、大吕、太簇、夹钟、姑洗、中吕、蕤宾、林钟、夷则、南吕、无射、应钟。它们又分为两类，奇数为阳律，称六律，偶数为阴律，称六吕。

②钧天：天的中央。九奏：多次演奏。九，虚数，指多。

③葛天八阕：据《吕氏春秋·古乐》载：“昔葛天氏之乐，三人操牛尾，投足以歌八阕。”阕，量词，指乐曲告一段落，亦以一首为一阕。

④皇时：指远古三皇时代。

⑤《咸》、《英》：相传黄帝作的乐曲《咸池》和帝喾作的乐曲《六英》。

⑥涂山：《吕氏春秋·音初》载，夏禹南巡，涂山氏女等候他未遇，故作“候人歌”，其中有“候人兮猗”之句。

⑦有娀：《吕氏春秋·音初》载，有娀氏的两个女儿，都喜爱燕子，燕子去而不返，她们便吟唱“燕燕往飞”之歌。

⑧夏甲:《吕氏春秋·音初》载,夏王孔甲在东阳地方打猎,收养一个孩子;孩子长大后,斧伤致残,孔甲叹息而作“破斧之歌”。

⑨殷整:《吕氏春秋·音初》载,殷代帝王整甲(又叫河亶甲),迁居西河后仍怀念故居,作歌以叹。

⑩心声:此处指音乐歌曲。推移:发展变化。

⑪土风:指各地民间歌谣。

⑫乐盲:古代乐师多为盲人或有眼疾,故曰“乐盲”。被律:配上乐曲。

⑬丝篁(huáng):指弦乐器和管乐器。丝,指琴瑟。篁,指箫笛。

⑭金石:指钟磬等打击乐器。

⑮师旷觇(chān)风:《左传·襄公十八年》载,晋国乐师师旷,根据楚国军队的音乐声调微弱,预言其士气不振,有失败之势。觇,观察,判断。

⑯季札鉴微:《左传·襄公二十九年》载,吴国公子季札到鲁国观礼,从演奏的民歌声中,听出了各国政治、道德与风俗的兴衰状况。鉴,鉴别。微,指音乐的微妙之处。

⑰心术:此指受外物触发而产生的思想感情。

⑱浃(jiā):浸透。肌髓:肌肤骨髓,此代指人的感官和心灵深处。

⑲敷训:施教,进行教育。胄(zhòu)子:指贵族子弟。

⑳九德:九功之德,亦称九序,指金、木、水、火、土、谷、正德、利用、厚生等方面的功德。

㉑七始:指天、地、人和春、夏、秋、冬。

㉒八风:四面八方的风俗。

【译文】

所谓乐府,就是用“五声”来依照歌辞的内容抒吟咏唱,再用“十二律”来配合“五声”的乐章。所谓天宫中演奏的许多乐曲,那只能是传说中天帝的音乐;而葛天氏的“八阕”乐章,则是“三皇”时代的乐歌。黄帝

《咸池》、帝喾《六英》以前的乐曲，也已无从论述了。至于涂山氏的"候人歌"，是南方音乐之始；有娀氏的"燕燕歌"，是北方音乐的开端；夏王孔甲在东阳作"破斧歌"，东方音乐由此产生；商代整甲在西河作歌思念故居，西方音乐从此兴起。音乐歌辞的发展变化，也是不能一概而论的。普通的男女百姓，吟唱风土浓郁的民歌；采诗的官员把歌辞搜集起来，盲人乐师则给它配上乐曲；借管弦乐器的乐音抒发情感，用钟和磬的声调表现气质。因此师旷能够从民歌的演奏中感悟国势的盛衰，季札从音乐的细微之处察验各国的兴亡，这确实是精妙极了。音乐原来就是表达思想感情的，所以它的声调能够触动人们的感官，浸入人们的心灵，古代帝王对音乐都非常重视，坚决制止浮靡淫荡的音乐。教育引导贵族子弟，一定要学唱歌颂"九德"的音乐；因而使音乐中所表达的真情能够感动"七始"，音乐的教化作用能遍及四面八方，移易风俗。

自雅声浸微①，溺音腾沸②。秦燔《乐经》③，汉初绍复④；制氏纪其铿锵⑤，叔孙定其容典⑥。于是《武德》兴乎高祖⑦，《四时》广于孝文⑧；虽摹《韶》、《夏》⑨，而颇袭秦旧⑩，中和之响⑪，阒其不还⑫。暨武帝崇礼，始立乐府，总赵、代之音⑬，撮齐、楚之气⑭；延年以曼声协律⑮，朱、马以《骚》体制歌⑯。《桂华》杂曲⑰，丽而不经；《赤雁》群篇⑱，靡而非典。河间荐雅而罕御⑲。故汲黯致讥于《天马》也⑳。至宣帝雅诗，颇效《鹿鸣》㉑；逮及元、成㉒，稍广淫乐。正音乖俗㉓，其难也如此。暨后汉郊庙㉔，惟新雅章，辞虽典文㉕，而律非夔、旷㉖。

【注释】

①雅声：古代的雅正音乐。浸微：逐渐衰微。

②溺音：有别于雅声的浮靡不正之音。

③燔(fán):焚烧。

④绍复:继续,恢复。

⑤制氏:汉初的乐师。

⑥叔孙(?—约前194):姓叔孙,名通,旧鲁地薛(今山东枣庄)人,汉初儒生,为汉高祖制定各种礼乐。容典:礼乐仪式和规则。容,仪容,仪式。典,法度,规则。

⑦高祖:汉高祖刘邦(前256—前195),沛郡丰邑中阳里(今江苏丰县)人,西汉开国皇帝,庙号为高祖,曾有《武德舞》乐曲。

⑧孝文:汉孝文帝刘恒(前203—前157),汉高祖刘邦第四子,他和其子汉景帝统治时期,被史家誉为"文景之治",曾有《四时舞》乐曲。

⑨《韶》、《夏》:指相传为舜时的《韶乐》和禹时的《大夏》,均为乐曲名。

⑩秦旧:指秦朝原有音乐,多为崇尚武力的内容。

⑪中和之响:中正平和、恰到好处的和谐之音。

⑫阒(qù):静寂。

⑬赵、代:在今河北、山西一带地区。

⑭齐、楚:山东、安徽、湖北、湖南一带。

⑮延年:即李延年,汉武帝宠妃李夫人的哥哥,西汉音乐家,汉武帝时任协律都尉,是乐府机关的长官。曼声:优美、舒缓的长调。

⑯朱:即朱买臣(?—前115),字翁子,会稽吴人,曾任会稽太守,曾作辞赋三篇,今已佚。后人取其夫妻离异事,作《烂柯山》剧。马:即司马相如(约前179—前127),字长卿,蜀郡(今四川南充)人,西汉大辞赋家,代表作品为《子虚赋》。

⑰《桂华》:汉高祖时《安世房中歌》里的歌曲。

⑱《赤雁》:汉武帝时《郊祀歌》中的歌曲。

⑲河间:指河间王刘德,为汉景帝第三子,死后加号"献",世称河间

献王。罕御:很少采用。

⑳汲黯:字长儒,汉武帝时敢于"进谏的官员",他嘲讽汉武帝为一匹良马所作的《天马》歌,说王者作乐,要承祖德,化万民,但祖宗和百姓都不知它说了些什么。事载《史记·乐书》。

㉑《鹿鸣》:《诗经·小雅》中的一章,此处代指古乐曲调。

㉒元:汉元帝刘奭(前75—前33),公元前49年继位,在位十六年,谥号为元帝,庙号高宗。成:汉成帝刘骜(前51—前7),公元前33年至前7年在位,谥号孝成皇帝,庙号统宗。

㉓乖俗:不与世俗相和。

㉔郊庙:指祭天、祭祖时用的乐歌。

㉕典文:典雅的文辞。

㉖夔、旷:夔,指传说中舜时的音乐大臣。旷,指晋国乐官师旷。此处借以代指雅正古乐。

【译文】

自从雅正的音乐逐渐衰微,淫靡的音乐便泛滥起来。秦始皇烧掉了《乐经》,汉朝初年始予恢复;乐师制氏记录了乐曲铿锵的声调节奏,叔孙通制定了歌舞礼仪和规则。于是《武德舞》在汉高祖时兴起,《四时舞》在汉文帝时广泛传播;虽都效法舜的《韶乐》和禹的《大夏》,但还是沿袭了秦代原有的乐章,中正平和的音调,沉寂无闻而不再复返了。到汉武帝时尊崇礼乐,开始设立乐府机构,汇总赵、代各地的音乐,采集齐、楚诸国的歌谣;李延年用"曼声"给民歌配上乐曲,朱买臣、司马相如用《离骚》体制创作歌辞。但《桂华》、《赤雁》等作品,音调华美浮靡而不合乎经典。河间献王奉荐雅正的古乐而汉武帝很少采用。因此汲黯对《天马》歌进行了嘲讽。到汉宣帝时雅正的宫廷诗乐,大都仿效《鹿鸣》古乐;及至汉元帝、汉成帝时,不雅正的"淫乐"又略微多了一些。雅正的音乐不能迎合世俗,它发展的困难竟到了这般地步。到了东汉祭天、祭祖时,又有了一些新的雅正乐章,它的文辞虽然典雅,但声律却与古乐有所不同了。

至于魏之三祖①，气爽才丽，宰割辞调②，音靡节平。观其“北上”众引③，“秋风”列篇④，或述酣宴，或伤羁戍⑤；志不出于慆荡⑥，辞不离于哀思；虽三调之正声⑦，实《韶》、《夏》之郑曲也⑧。逮于晋世，则傅玄晓音⑨，创定雅歌，以咏祖宗；张华新篇，亦充庭《万》⑩。然杜夔调律⑪，音奏舒雅；荀勖改悬⑫，声节哀急。故阮咸讥其离磬⑬，后人验其铜尺⑭。和乐精妙，固表里而相资矣⑮。

【注释】

①三祖：指魏国的太祖曹操、高祖曹丕、烈祖曹叡。魏明帝景初元年(237)立三祖庙，故称。其中，曹操文学成就最高；曹丕诗歌，形式多样，其散文与文学批评影响很大；曹叡仅存诗十三首。

②宰割：分割，剖解，此处引申为杂取、改创。

③北上：指曹操的《苦寒行》，其首句为“北上太行山”。引：古代的一种文体，此处指乐曲。

④秋风：指曹丕的《燕歌行》，其首句为“秋风萧瑟天气凉”。

⑤羁(jī)：寄居异乡作客。戍：驻守边疆。

⑥慆(tāo)荡：放荡无羁。慆，本为喜悦之意，此引申为过分地无拘无束。

⑦三调：《唐书·乐志》载，《平调》、《清调》、《瑟调》均为周朝古乐，汉时称为“三调”。

⑧郑曲：春秋时郑国的乐曲。《论语·卫灵公》载孔子之说：“郑声淫”，故把郑国的乐曲视为浮靡之音。

⑨傅玄(217—278)：字休奕，北地郡泥阳(今陕西铜川)人，魏晋时

文人。《晋书》本传称，傅玄“博学，善属文，解钟律”。现存诗百余首，多为乐府诗。

⑩庭《万》：庭，朝廷。《万》，《万舞》曲，此处代指宫廷舞曲。

⑪杜夔：字公良，东汉末年的音乐家。《晋书·律历志》载：“汉末天下大乱，乐工散亡，器法烟灭。魏武始获杜夔，使定乐器声调。”

⑫荀勖（xù）：字公曾，魏末晋初的音乐家。《晋书·律历志》载：“泰始十年，光禄大夫荀勖奏造新度，更铸律吕。”改悬：改变钟磬的尺度，即改制乐器。悬，悬挂钟磬的架子，代指乐器。

⑬阮咸：字仲容，魏末“竹林七贤”之一，精通声律。他批评荀勖“改悬”后的乐曲“高近哀思，不合中和”。离磬（qìng）：离开了钟磬应有的正声。

⑭验其铜尺：检验他的铜尺。《世说新语·术解》注引《晋诸公赞》中说，阮咸认为荀勖用以改制乐器的铜尺，与古代铜尺不合，后来果有人从地下发掘出了古尺，证实了阮咸之说。

⑮相资：相互资助，配合。

【译文】

魏国的曹氏“三祖”，意气豪爽，才华富丽，他们采取汉乐府曲调所改创的作品，音调柔靡而节奏平和。看他们的“北上”等乐曲，“秋风”等篇章，有的叙述欢畅的宴会，有的感伤飘泊异乡和远征戍边；情感过于放荡，文辞不离哀怨；虽然都继承、运用了汉乐府三种正调，但实际上却成为难与《韶》、《夏》比美的浮靡之音了。到了晋代，傅玄通晓音乐，创制了雅正的歌曲礼乐，以为祖先歌功颂德；张华所作的新歌，也用做宫廷的舞曲。然而魏国的杜夔调整了音乐声律，使其节奏舒缓雅正；晋国的荀勖却又改变了钟磬的尺度，致使音乐的声调节奏变得悲哀而逼促。所以阮咸讥讽它偏离了乐器的正声，后来还有人验证了荀勖所用铜尺之误。音乐声律的和谐非常精微奥妙，必须使其内容和形式相互配合。

故知诗为乐心[①],声为乐体[②]。乐体在声,瞽师务调其器[③];乐心在诗,君子宜正其文。“好乐无荒”[④],晋风所以称远[⑤];“伊其相谑”[⑥],郑国所以云亡。故知季札观乐,不直听声而已[⑦]。若夫艳歌婉娈[⑧],怨志诀绝[⑨];淫辞在曲,正响焉生[⑩]?然俗听飞驰[⑪],职竞新异[⑫];雅咏温恭,必欠伸鱼睨[⑬];奇辞切至,则拊髀雀跃[⑭]。诗声俱郑[⑮],自此阶矣[⑯]。

【注释】

①乐心:音乐的灵魂。

②乐体:音乐的形体、表现形式。

③瞽(gǔ)师:即盲师、盲人乐师。

④好乐无荒:语出《诗经·唐风·蟋蟀》,意谓“爱好音乐而不荒废正务”。

⑤晋风:即《诗经》中的唐风,原为古唐国,在山西晋阳一带,后改称晋国。称远:与下文“云亡”均为春秋时吴国公子季札观赏晋国和郑国乐曲演奏后的感受和评价。

⑥伊其相谑(xuè):语出《诗经·郑风·溱洧》,意谓男女之间相互调笑。

⑦不直:不仅。

⑧艳歌:情歌。婉娈(luán):缠绵,爱恋。

⑨怨志:相互怨恨的情感。诀绝:断绝关系。

⑩正响:雅正的音乐。

⑪俗听:世俗的音乐。飞驰:喻指传播迅速。

⑫职:职能特点。

⑬欠伸:打呵欠、伸懒腰。鱼睨(nì):鱼眼斜视而不眨,喻指无神而呆滞之态。

⑭拊髀(fǔ bì)：拍着大腿。拊，拍。髀，大腿。

⑮俱郑：都成了浮靡之音。

⑯阶：台阶，此处做动词用，意谓顺阶而下。

【译文】

由此可知诗歌是音乐的灵魂，声律是音乐的形体。音乐的形体在于声调，乐师必须调谐他的乐器；音乐的灵魂在于诗歌，才德高尚的作者应当使歌辞的内容端正无邪。“爱好音乐但不荒废正务”，晋国的歌谣因而被称誉为含义深远；“青年男女轻浮地相互戏谑”，郑国由此被人认为这可能是灭亡的预兆。从这些事例中可以明白季札观赏乐曲的演奏，并不仅仅是听听声调就算了。至于情歌描述的都是缠绵哀婉和怨恨决裂的感情；把这些淫靡的歌辞都谱曲传唱，那雅正的音乐怎能产生呢？然而世俗的乐曲传播很快，其特点是竞新逐奇；雅正的乐曲温和庄重，听的人往往要打呵欠、伸懒腰，或瞪着眼睛发愣；新异的辞曲适应了他们的需要，听了便拍着大腿鸟雀般地跳跃。诗歌和音乐都成了淫辞滥调，遂沿阶下滑走向歧路了。

凡乐辞曰诗，咏声曰歌。声来被辞①，辞繁难节。故陈思称左延年闲于增损古辞②，多者则宜减之，明贵约也。观高祖之咏《大风》③，孝武之叹“来迟”④，歌童被声，莫敢不协。子建、士衡，咸有佳篇，并无诏伶人⑤，故事谢丝管⑥。俗称乖调⑦，盖未思也。至于轩岐《鼓吹》⑧，汉世《铙》、《挽》⑨，虽戎丧殊事，而并总入乐府。缪、韦所改⑩，亦有可算焉。昔子政品文⑪，诗与歌别。故略序乐篇，以标区界⑫。

【注释】

①被辞：根据歌辞配曲。

②陈思王：即曹植(192—232)，字子建，曹操第三子，因其封地在陈郡，卒谥思，后人称其为陈思王或陈王。左延年：魏国音乐家。闲：同“娴”，谙熟，熟练。

③《大风》：《史记·乐书》载，汉高祖刘邦回故乡，作《大风歌》曰：“大风起兮云飞扬，威加海内兮归故乡，安得猛士兮守四方。”

④来迟：《汉书·外戚传》载，汉武帝思念早亡之李夫人，作《李夫人歌》，中有“偏何姗姗其来迟”之句。

⑤诏：皇帝的诏书、命令。伶人：乐师。

⑥丝管：弦乐器与管乐器，代指音乐。

⑦乖调：不合曲调。乖，违反。

⑧轩岐：指轩辕黄帝时的大臣岐伯，相传《鼓吹曲》军乐是他所作。

⑨铙(náo)：古代军中的打击乐器，此处指汉代军乐《铙歌》。《挽》：此指汉代丧乐《挽歌》。

⑩缪：缪袭，字熙伯，三国魏之文人，改作有《魏鼓吹曲》十二首。韦：韦昭，三国吴之文人，改作有《吴鼓吹曲》十二篇。

⑪子政：即刘向(约前77—前6)，字子政，沛县(今属江苏)人，据《汉书·艺文志》载，刘向有辞赋三十三篇，今仅存《九叹》。另存《新序》、《说苑》、《列女传》等书。

⑫标：标举，表明。

【译文】

凡是乐府的歌辞都叫做诗，咏唱出来的曲辞就叫做歌。以声律来配合歌辞，歌辞繁多就难以安排音乐的节奏。所以陈思王曹植称赞左延年善于增删古代歌辞，歌辞多了就应当删减，这说明歌辞是以精约为贵的。试看汉高祖的《大风歌》，汉武帝叹唱的“来迟”诗，让唱歌的孩子按乐谱演唱，就没有不和谐的。曹植和陆机多有很好的诗歌作品，但却没有诏令乐师配曲，所以他们的诗歌就不能用乐器来伴奏。世俗之人说他们的作品不合音乐的曲调，其实这乃是未加思考的议论。说到黄帝时岐伯所作的《鼓吹曲》，汉朝的《铙歌》和《挽歌》，虽然它们所表现的内容有军事和丧事的区别，但都可以归入乐府诗中。缪袭和韦昭所改写的作品，也有值得计数在乐府诗内的。从前刘向品评诗歌作品，把不配乐的“诗”与配乐的“歌”区别开来，所以在这里特意略述《乐府》篇，以表明诗与歌的不同界限。

赞曰：八音摛文①，树辞为体。讴吟坰野②，金石云陛③。《韶》响难追，郑声易启。岂惟观乐？于焉识礼。

【注释】

①八音：以金、石、土、革、丝、木、匏、竹为原料做成的乐器。摛（chī）文：原意为作文，舒展文采，此处指演奏乐曲。

②坰（jiōng）野：郊野。

③金石：钟磬类乐器，代指音乐。云陛：宫殿的高阶，此处代指宫廷。

【译文】

综括而言：用八种乐器演奏的乐曲，都以歌辞作为它的主体。村野里有民歌吟唱，宫廷中有钟磬齐鸣。古雅的《韶》乐难以企及，浮靡的俗曲却容易流传。难道只是观赏音乐吗？其实是借此来认识礼制的兴衰。

诠赋第八

【题解】

《诠赋》篇是一篇关于赋体的专论，它解释赋的名称，追溯赋的源流，评论赋家和赋作，概括赋的写作要领和方法，论述是全面、系统的。但其中所涉及的“赋”，作为一个概念，却有着不同的含义，它们彼此之间有联系也有区别。“赋”的第一种含义，是指《诗经》中的一种表现手法。刘勰所谓“‘赋’者，‘铺’也”，即取此意。作为一种特定文体的“赋”，与作为一种表现手法的“赋”，虽然有所不同，但作为文体的“赋”中确实采用了“‘赋’者，‘铺’也”的表现手法。由此刘勰认为赋“受命于《诗》人”，乃“古诗之流也”。这既把作为文体的“赋”与作为表现手法的“赋”联系了起来，也为赋这种文体的产生找到了源自经典的根据。“赋”的第二种含义，是指一种创作活动，其中可以包括作为文体的“赋”的创作，但不是专指作为文体的“赋”。“赋”的第三种含义，是指借朗诵诗章来表达情志和意向的一种方式。刘勰在《诠赋》篇中虽然涉及上面的三种含义，但都不是该篇的主旨。刘勰所论之“赋”，乃是一种独立的文体。

《诠赋》篇在《文心雕龙》文体论中，是按照“原始以表末”、“释名以章义”、“选文以定篇”、“敷理以举统”的体例，写得最具规范性的代表作之一。对于赋这一特定文体的写作原则和写作方法，论述得也比较具体，多有可资借鉴、化用之处。其主要内容有以下几点：

一、情以物兴，物以情睹。一方面，刘勰强调赋的创作要“睹物兴情”，“情以物兴”，这乃是“‘登高’之旨”，离开了这一点，就失掉了真正的创作前提，走向“为文而造情”的歧路。另一方面刘勰则主张“物以情睹”，也就是带着感情去观察客观事物，发挥作者的主导作用，做到“物我交融”，即主观情思与客观事物相结合，以便“体物写志”，“述志为本”。联系《神思》篇“物以貌求，心以理应”和《物色》篇“情往似赠，兴来如答”之说，可以明显看出，刘勰不仅明确提出了作赋要以“睹物兴情”为基础，而且揭示了文学创作必须“物我交融”的基本规律。

二、铺采摛文，体物写志。就是说要铺陈华采，舒布文辞，来描绘事物的声貌，抒写作者的思想感情。从刘勰所评论的作家作品来看，“铺采摛文”是表现方法、艺术特点，也可以说是手段；“体物写志”则是描绘对象、思想内容、用途和目的。纪昀说：“铺采摛文，尽赋之体；体物写志，尽赋之旨。”

三、丽辞雅义，符采相胜。刘勰指出赋的文辞要巧妙艳丽，赋的含义要清明雅正，赋的内容和形式要配合得恰当得体，能够相互适应、相互作用，做到“文虽杂而有质，色虽糅而有本”。

四、雅文之枢辖，奇巧之机要。《诠赋》篇不仅提出了赋的特点和用途，以及其写作原则和要求，而且总结了大赋和小赋的具体写作方法。

综观《诠赋》全篇，推敲其内容的各个方面，可以看出它是有局限、有疏失的。刘勰在理论上把问题阐发得相当全面，但在涉及对某些作家作品的评论时，却每有理论与实践脱节之处。刘勰在理论上强调赋作要“丽辞雅义，符采相胜”，但在论及十位“辞赋之英杰”时，虽有一些符合实际的精要之见，但却较多地重视他们的“丽辞”，而忽略了在“雅义”方面的要求。如对被扬雄批评为“辞人之赋丽以淫”的司马相如，刘勰只说他“繁类以成艳”，就不能不说是一个片面性的缺点。

《诗》有六义[①]，其二曰“赋”。“赋”者，“铺”也。铺采摛文，体物写志也。昔邵公称[②]：“公卿献诗[③]，师箴瞍赋[④]。”《传》云[⑤]：“登高能赋，可为大夫。”《诗序》则同义[⑥]，《传》说则异体[⑦]，总其归涂[⑧]，实相枝干。故刘向明“不歌而颂”。班固称“古诗之流也”。

【注释】

①六义：指《诗经》中的风、雅、颂三种文体和赋、比、兴三种表现手法。《毛诗·大序》中六义的排列顺序是风、赋、比、兴、雅、颂。

②邵公：指周代的召公，姓姬名奭，封于召。

③公卿：周王朝的高级官员。在周王朝的爵位中，“公”列首位，“卿”则是大夫以上的官员。

④师：少师，主管教化的官员。箴：一种用于规劝和告诫的短韵文。瞍（sǒu）：无眸子的盲人。

⑤《传》：对经文的解释称“传”，此处指《毛诗诂训传》，简称《毛传》，传为西汉毛亨所作。

⑥《诗序》：即《毛诗·大序》。同义：指赋与比、兴同为“六义”之一，而不是一种独立的文体。

⑦《传》：这里指《国语》和《毛传》。异体：指赋与诗是两种不同的文体。

⑧归涂：旨意，旨归。

【译文】

《诗经》中包括“六义”，居第二位的就是“赋”。所谓“赋”，则是铺陈的意思。铺陈辞采舒布文华，以描绘事物抒写情志。古代召公说过：“官员们献诗，主管教化者献箴，盲人则朗诵官员们的献诗。”《毛传》中也说：“登高远望能赋诗的人，可以做大夫。”《诗序》把赋与比、兴都作为表现手法，同列为《诗经》的"六义"之中，《毛传》和《国语》则把赋视为一种与诗不同的文体，综观他们所论之旨意，实际上只是枝与干的区别。因此刘向明确地说："不歌唱只朗诵的诗叫做赋。"班固则说："赋乃是《诗经》的支流。"

至如郑庄之赋"大隧"①，士蔿之赋"狐裘"②，结言短韵，词自己作③，虽合赋体，明而未融④。及灵均唱《骚》⑤，始广声貌。然则赋也者，受命于《诗》人，而拓宇于《楚辞》也⑥。于是荀况《礼》、《智》⑦，宋玉《风》、《钓》⑧，爰锡名号⑨，与诗画境⑩，六义附庸⑪，蔚成大国⑫。遂客主以首引⑬，极声貌以穷文⑭。斯盖别诗之原始，命"赋"之厥初也⑮。

【注释】

①郑庄：郑庄公，姬姓。《左传・隐公元年》载，郑庄公恨其母助其弟作乱，发誓"不及黄泉，无相见也"。后反悔，又难收誓言，乃掘地及"黄泉"，与其母相见。大隧：指郑庄公在地道中与其母相见后，所朗诵的词句："大隧之中，其乐也融融。"

②士蔿(wěi)：晋国大夫。狐裘：原意为狐皮衣服，此处指士蔿所赋之句。《左传・僖公五年》载，士蔿见晋国政令不一，矛盾尖锐，遂朗诵道："狐裘尨茸，一国三公，吾谁适从？"

③词自己作：当时所谓赋诗多是借朗诵《诗经》中的有关章句，表达自己的意思，故此处特意强调词由己出。

④明而未融：日初升有光曰"明"；日升高光明普照曰"融"。此处喻指赋体刚产生，尚未成熟。

⑤灵均：屈原之字。《骚》：《离骚》，代指楚辞。

⑥拓宇：开拓、扩大疆域，此喻指赋体的发展。

⑦荀况：即荀卿，战国时儒家学派的思想家，所著《荀子》中之《赋篇第二十六》，包有《礼》、《智》、《云》、《蚕》、《箴》五篇赋。

⑧宋玉：战国末楚国文人，作品有《高唐赋》、《神女赋》、《登徒子好色赋》、《风赋》、《钓赋》，多疑为后人拟作。

⑨爰(yuán)：于是。锡：赐予。

⑩画境：划分疆界，此处喻指界划赋与诗的区别。

⑪附庸：原指小国附属于大国，此喻指“赋”是“六义”之一的从属地位。

⑫蔚：繁茂，兴盛。大国：喻指赋体形成后的范围之广，影响之大。

⑬客主：主客双方。首引：开头并引起下文。

⑭穷文：即充分展示文采。

⑮厥(jué)初：肇始，开初。厥，语助词。

【译文】

至于郑庄公赋诵“大隧之中”，晋国大夫士𫇭赋“狐裘尨茸”，皆由简短的韵语组成，词句都是自己创作的，虽然符合“赋”体，但还没有成熟。直到屈原创作了《离骚》，赋体才铺陈、舒展地描绘事物的声貌。由此可以说赋这种文体，是承继《诗经》而产生，受《楚辞》的影响而发展的。于是在荀况的《礼赋》、《智赋》和宋玉的《风赋》、《钓赋》出现之后，就授予以“赋”的名称，而与诗歌区别开来，使之由“六义”之一的从属地位，蔚然成为广有领域的一种独立文体了。于是以主客双方问答的方式作为赋的开头来引起下文，极力描绘事物的声音状貌充分显露其文采。这大概就是赋有别于诗的开始，也是为“赋”命名的初端。

秦世不文①，颇有《杂赋》②。汉初词人，顺流而作。陆贾扣其端③，贾谊振其绪④，枚、马播其风⑤，王、扬骋其势⑥。皋、朔已下⑦，品物毕图⑧。繁积于宣时，校阅于成世⑨，进御之赋⑩，千有余首。讨其源流，信兴楚而盛汉矣⑪。

【注释】

①不文：不重视文辞和文章。

②《杂赋》：《汉书·艺文志》载，秦王朝曾有《杂赋》九篇。

③陆贾（约前240—前170）：秦汉之间的文人。著有《新语》。扣：打开。

④贾谊（前200—前168）：西汉文人。代表辞赋有《吊屈原赋》、《鹏鸟赋》等。振其绪：在前人已有的基础上发展。绪，端绪，丝端曰“绪”。

⑤枚：枚乘（？—前140），字叔，西汉辞赋家。著有《七发》、《菟园赋》乖。马：司马相如（约前179—前127），西汉大赋代表作家，被称为赋圣。代表作有《子虚赋》。

⑥王：王褒，字渊，西汉文学家，蜀资中（今四川资阳）人。今存《甘泉》、《洞箫》等赋十六篇。与扬雄并称“渊云”。扬：扬雄（前53—18），字子云，西汉蜀郡成都（今四川成都）人，长于辞赋，今存《甘泉赋》等。骋（chěng）：尽量展开，引申为推动。

⑦皋：枚皋，枚乘之子，字少孺。朔：东方朔（前161或前162—前93），字曼倩，西汉辞赋家。

⑧品物：各种不同的物类。毕：完全。图：描绘。

⑨校阅：校订审阅。

⑩进御：奉献给皇帝。

⑪信：确实。

【译文】

秦代不重视文章，只有一些《杂赋》。汉代初期的辞赋作者，沿着赋的发展潮流进行创作。陆贾首先开端，贾谊继之以发展，枚乘和司马相如播扬了赋的创作风气，王褒和扬雄则推动了赋的创作趋势。枚皋、东方朔之后，对各种事物都用赋来加以描绘。汉宣帝时赋体作品已积累得很多了，到汉成帝时曾加以审阅和校订，进献给皇帝的赋即有千余篇。探讨赋的起源和演变，它确实是兴起于战国时的楚国而繁盛于汉代。

夫京殿苑猎，述行序志，并体国经野①，义尚光大②。既履端于唱序③，亦归余于总乱④。序以建言⑤，首引情本⑥；乱以理篇，写送文势⑦。按《那》之卒章⑧，闵马称"乱"⑨；故知殷人辑《颂》⑩，楚人理赋。斯并鸿裁之寰域⑪，雅文之枢辖也⑫。至于草区禽族⑬，庶品杂类⑭，则触兴致情，因变取会⑮。拟诸形容⑯，则言务纤密；象其物宜⑰，则理贵侧附。斯又小制之区畛⑱，奇巧之机要也。

【注释】

①体国经野：语出《周礼·天官·冢宰》，原意是规划京都中的宫城门径，划分郊野的区界。此处借以指汉赋的内容与国家和乡里的许多大事相关。

②尚：崇尚，注重。

③履端：古代历法术语，指计算历法的开端。此处借指作赋的开端。唱序：在赋首起导引作用的序言。

④归余：古代历法术语，指计算历法每年积余的时日。此处借指作赋的结尾。总乱：以"乱辞"总结全文。乱，意为音乐的尾曲。《商颂·那》篇与《离骚》的结尾，均曾被称之为"乱"。

⑤建言：确定立言之旨。

⑥情本：指写赋的情事根由。

⑦写送：为晋宋文人常用语，意指高声咏叹以结尾。文势：文章的气势。

⑧《那》：《诗经·商颂》中的一篇。卒章：末尾的一章，亦指文章的

结尾。

⑨闵马：即闵马父，亦称闵子马，春秋时鲁国大夫。《国语·鲁语下》载，他曾把《商颂·那》之结尾称为“乱”。

⑩殷人：商代的人。《商颂》为殷商之后代宋人所作。

⑪鸿裁：鸿篇巨制，指大赋。寰域：范围，领域。

⑫枢辖：枢纽，关键。

⑬草区禽族：各种草木和禽兽。区、族，都是类别、品类之意。

⑭庶品：各种物品。

⑮因变取会：因应事物和情思的变化，采取适当方法使之相合。

⑯拟诸形容：摹拟事物的形貌。

⑰象其物宜：表现事物之理。象，象征，表现。物宜，物理，事理。

⑱小制：小赋。区畛(zhěn)：区域，范围。

【译文】

汉赋描绘京都宫殿、园林狩猎，叙述出征远行，抒写抱负和情思，都表现着国家和乡野的大事，崇尚重大而光耀的意义。这些赋既用“序言”开头，又用“乱辞”结尾。“序言”确立写作的起点，首先引出作赋的情事缘由；“乱辞”则梳理、总结全篇的内容，强化文章结尾的气势。考查《商颂·那》篇的最后一章，闵马父即称之为“乱”；由此可知殷人编辑《商颂》，楚人写作辞赋，都以“乱”作结。这都属于鸿篇巨制的大赋范围，是创作典雅作品的关键。至于描写草木禽兽和各种品物的赋，都要触物而发，起兴抒情，根据事物和情思的变化采用恰当的表现方式。比拟形容品物的状貌，语言要纤细精密；表现事物的内在意义，说理贵在从侧面比附。这又属于小赋的创作范围，是把小赋写得新奇巧妙的枢机所在。

观夫荀结隐语①，事数自环②；宋发夸谈，实始淫丽；枚乘《菟园》，举要以会新；相如《上林》，繁类以成艳；贾谊《鹏鸟》，至辨于情理；子渊《洞箫》，穷变于声貌；孟坚《两都》[③]，明绚以雅赡；张衡《二京》[④]，挺拔以宏富；子云《甘泉》，构深玮之风[⑤]；延寿《灵光》[⑥]，含飞动之势[⑦]。凡此十家，并辞赋之英杰也。及仲宣靡密，发篇必遒[⑧]；伟长博通，时逢壮采；太冲、安仁[⑨]，策勋于鸿规[⑩]；士衡、子安[⑪]，底绩于流制[⑫]；景纯绮巧，缛理有余；彦伯梗概[⑬]，情韵不匮[⑭]：亦魏、晋之赋首也。

【注释】

①荀：荀况。结：联结。隐语：相当于今之谜语。

②自环：以自问自答的形式，反复环绕。

③《两都》：指《东都赋》和《西都赋》。前者写洛阳，后者写长安。

④《二京》：指《西京赋》和《东京赋》。

⑤玮：玉石名，引申为瑰奇。

⑥延寿：王延寿，字文考，一字子山，南郡宜城（今湖北襄阳）人，王逸之子。东汉中期文人。

⑦飞动：形容描绘对象栩栩如生的神态和风姿。

⑧发篇：指执笔为文。

⑨安仁：西晋文人潘岳之字。

⑩策勋：建立功勋。鸿规：规模宏大的赋。

⑪子安：成公绥（231—274）之字，西晋文人。

⑫底（zhǐ）绩：致绩，取得成绩。底，致，成为。流制：流行的各种赋体。

⑬梗概：大略，不细密。

⑭匮：缺乏。

【译文】

观看荀况的作品多用谜语构成，对事物做自问自答式的回环描绘；

宋玉出语铺张夸饰，实为赋作淫靡艳丽之始；枚乘的《菟园赋》，描述简要而又融合着新意；司马相如的《上林赋》，描绘了许多品物有鲜艳的文采；贾谊的《鹏鸟赋》，善于辨析人情事理；王褒的《洞箫赋》，极写箫的声貌变化；班固的《两都赋》，既明丽绚烂又典雅翔赡；张衡的《二京赋》，挺拔刚健而宏伟富丽；扬雄的《甘泉赋》，凝聚着深沉瑰异的风力；王延寿的《灵光殿赋》，包含着飞扬生动的神态和气势。上列的十位赋家，都是辞赋创作中杰出之英才。王粲的文辞精细严密，作品的开头遒劲有力；徐幹渊博而宏通，他的作品中多有壮丽的文采；左思和潘岳，创作鸿篇大赋立下了功勋；陆机和成公绥，在流行的篇制方面取得了成绩；郭璞之作绮丽灵巧，寓理繁富而又宽舒；袁宏的赋简要概括而不乏情趣和韵味：他们也都是魏晋时期第一流的辞赋家。

原夫"登高"之旨①，盖睹物兴情。情以物兴，故义必明雅；物以情睹，故辞必巧丽。丽辞雅义，符采相胜②。如组织之品朱紫③，画绘之著玄黄④；文虽杂而有质⑤，色虽糅而有本⑤，此立赋之大体也。然逐末之俦⑥，蔑弃其本，虽读千赋，愈惑体要。遂使繁华损枝⑦，膏腴害骨⑧；无贵风轨⑨，莫益劝戒。此扬子所以追悔于雕虫⑩，贻诮于雾縠者也⑪。

【注释】

①原：追溯推究。"登高"之旨：指本篇首段所引"《传》云：'登高能赋'"之意。

②符采：玉石的纹理光彩。相胜：相称，相配。

③组织：此指丝绸。朱紫：红色和紫色。朱为正色，紫为间色。

④玄黄：黑赤色和黄色。

⑤杂：色彩相间。质：质地，内容。

⑤糅(róu):混乱,糅合。

⑥逐末:追求细微末节,此指单纯注重文辞。俦(chóu):辈,一类人。

⑦繁华:过于繁多的花朵。华,同“花”。

⑧膏腴(yú):肥肉,此喻指文辞过于繁富。

⑨风轨:风,教化。轨,规范。

⑩扬子:扬雄。雕虫:扬雄在《法言·吾子》中曾说,写赋是一种“童子雕虫篆刻”的小技,“壮夫不为也”。雕虫,指雕刻鸟虫书,它是古代的一种篆字,汉代规定儿童必学。

⑪贻:遗留。诮(qiào):责备,讥诮。雾縠(hú):像雾一样的皱纱。扬雄在《法言·吾子》中说:“雾縠之组丽”,“女工之蠹矣”。

【译文】

追溯“登高能赋”的原意,在于说明登临高处观察景物就会使内心的情感受到触发。由于内心的情感是因外物触发而兴起,所以赋的内容必定要清明雅正;景物是人们带着感情来观察的,因而赋的文辞一定要巧妙华丽。有了华丽的文辞和雅正的内容,作品就会像玉石的质地与它的花纹那样相称。又如同品评丝绸上的红色和紫色,着染绘画上的赤黑色和黄色;虽然五彩缤纷却有它的质地,颜色杂糅相混,却有它的本采,这就是写赋的根本原则。然而那些只追求文辞华丽的人,轻蔑、抛弃作赋的根本原则,他们虽然读了许多赋,但对作赋的旨要却愈来愈迷惑。结果就像繁密的花朵损伤了枝条,过于肥胖有害于骨骼那样;既无助于教化的正轨,对讽劝也没有益处。这就是扬雄之所以后悔学习写赋,并把它视为雕虫小技的原因;他讥讽写没有意义的赋,就像织薄如轻雾的皱纱,不仅没有实用还伤害了女工。

赞曰:赋自《诗》出,分岐异派①。写物图貌,蔚似雕画。抑滞必扬②,言旷无隘。风归丽则③,辞翦稊稗④。

【注释】

①分岐异派：分出不同的支派，主要指大赋、小赋。

②抑滞必扬：尚未被阐述清楚的事理，必定要加以阐扬。

③丽则：文辞华丽而有准则，即要讲究“丽辞雅义”。

④稊稗（tí bài）：稻田里的杂草。

【译文】

综括而言：赋从《诗经》发展而来，分成了不同的支派。它描绘事物的状貌，文采蔚然像是雕刻和绘画。被抑止停滞的事理一定要加以发扬，内容宽广而不受阻碍。文风要趋向于雅丽的准则，剪掉虚浮芜杂的辞采。

颂赞第九

【题解】

《颂赞》篇论述颂、赞两种文体，总体上属于“有韵之文”，有一定的文学性，但并不同诗、骚、乐府等文体那样，为纯文学作品。就颂、赞的功能、作用而言，它们属于社会生活中的实用文书，今之学者，视之为“高级应用文的一种”。

刘勰所论之颂，作为一种文体，亦源于经典，涉及多种不同的情况。他所肯定的作为一种“规式”的颂，则有其特定的内容和体式，主要有以下特征：一是“容德底颂”，即“美盛德而述形容”，通过“镂影摛声”，来表现形貌仪容，赞美、歌颂大功大德。二是“容告神明”，这是说，颂作为一种文体，“乃宗庙之正歌”，用于向神明禀告功德的祭祀活动，而“非宴飨之常咏”。三是“义必纯美”，即颂的内容和体制必须纯正美善。

刘勰按照他所界定、阐明的颂的内涵，提出了颂的写作要领：一是就颂的基本格调而言，它要“典懿”、“清铄”，即内容要典雅美善，所谓“义必纯美”；文辞的表述则要清朗而有光彩。二是就颂体与其相关文体而言，它与赋和铭有所交叉，既可以像写赋那样铺陈文辞，又不能离开颂的本体，毫无节制，写得过分华靡；既要如同写铭文那样持谦恭庄重的态度，但又不能杂以规劝和警诫的意思，只褒而不能贬。三是就作者写颂的精神面貌而言，要敢于施展自己的笔墨文才，充分发挥辞藻的艺术表现力，使之能够气势轩昂地歌功颂德，树立、突出作品的主旨，展示其弘大意义。四是就颂体的写作技巧而言，颂体的写作实践中，也可以有一些精微细巧、曲尽其妙的描述，但不能徒逞其技，要“与情而变”，“为情而造文”。

一般地说，刘勰对颂体写作提出的这些要领，于古于今各有其一定的实践意义，但古人之颂，多是为帝王将相歌功颂德的，或邀宠摛藻，或受命操觚，虚浮阿谀之辞，世代相袭，且形式呆板，装腔作势，这就难得有多少颂体佳篇留芳百世；而刘勰又把颂体限于“容告神明”之囿，这就更把颂体偏寄于一隅了。

赞与颂相比较，刘勰所论简略了一些。他认为，赞在文章写作中，有两种情况：一是作为礼仪活动或文章中的一部分，起着说明、辅助的作用。前者如祭祀时的“唱发之辞”；后者如“迁史、固书”中的“约文以总录”和“纪传后评”。二是作为一种独立的文体或言辞，起着或则是劝戒，或则是赞扬的作用，前者如“益赞于禹”，“伊陟赞于巫咸”；后者则为刘勰所说的“事生奖叹”，“勋业垂赞”，以及如“景纯注《雅》”中“义兼美恶”的“动植必赞”。这是他论赞的主要对象。

赞，作为一种独立的文体，其主要特征和写作要领，刘勰概括为以下四点：一是赞的原本意思是对事物的褒奖和赞叹，使赞有了自己的内容和作用；二是赞的篇幅短小，涉及面不能过宽；三是要用四言句式，且要斟酌韵律，押韵之句不能多，“数韵”即可；四是既要用简明扼要的语言充分地表现出情思，又要写好结尾，使之明朗而有光彩。

在刘勰之后，颂与赞已经渐趋合二为一，没有什么区别了。近代学者刘师培即曾明言：“自东汉以后，颂与赞已不甚分别矣。”而刘勰也把赞视为“颂家之细条”，应当说，这是符合历史实际和文体发展规律的。但就《颂赞》篇所论，颂与赞仍略有区别。一是赞可以作为文章中的一个部分，起着总结或说明的辅助作用，而颂则无此功能；二是赞作为一种文体，其内容和体制“促而不广”，颂体则宽广弘大了许多；三是赞体

“致用盖寡”，而颂却是“四始”中的极至，其历史地位和在社会生活中的作用也是有所不同的。

四始之至[①]，颂居其极[②]。颂者，容也。所以美盛德而述形容也[③]。昔帝喾之世[④]，咸黑为颂[⑤]，以歌《九招》[⑥]。自《商颂》以下，文理允备[⑦]。夫化偃一国谓之风[⑧]，风正四方谓之雅[⑨]，容告神明谓之颂。风、雅序人[⑩]，故事兼变正[⑪]；颂主告神，故义必纯美。鲁以公旦次编[⑫]，商以前王追录[⑬]，斯乃宗庙之正歌，非宴飨之常咏也[⑭]。《时迈》一篇[⑮]，周公所制，哲人之颂[⑯]，规式存焉[⑰]。

【注释】

①四始：《诗大序》称，《诗经》中的“风”、“大雅”、“小雅”和“颂”谓之四始。始，指王道兴衰的开始。至：指诗理之极致，此处指《诗经》的全部内容。

②极：顶端，终端，此处指颂居于首要之位。

③美：赞美，歌颂。盛德：伟大的功德。形容：此处指舞蹈时的形象状貌。

④帝喾(kù)：传说中的远古帝王。

⑤咸黑：帝喾时的乐师。《吕氏春秋·古乐》载，帝喾曾命咸黑作歌。

⑥《九招》：帝喾时的乐歌。

⑦文理：指颂的体式和写作方法。允备：完备，成熟。

⑧化偃(yǎn)：全面、彻底地感化。偃，仰面躺倒，喻指影响力之大。

⑨风正四方：端正天下风尚。

⑩序人：叙写人事。

⑪变正：变异和正常。据郑玄《诗谱序》载，周懿王以前的作品为“正风”、“正雅”；此后政教衰败，故出现了“变风”、“变雅”。

⑫公旦：即周公，姓姬名旦，周武王之弟，封于鲁。因有功于周王朝，享有天子之礼，故在《周颂》之后，又编有《鲁颂》。次编：指在《周颂》后又依次编写《鲁颂》。

⑬追录：指追念先王而辑录的《商颂》。

⑭宴飨（xiǎng）：以酒食待客的宴会。

⑮《时迈》：《诗经·周颂》中的一篇，传为周公所作，借以赞颂周武王的功德。

⑯哲人：贤智之人。

⑰规式：规范和法式。

【译文】

四始是《诗经》的全部内容，而颂居于极为重要的地位。所谓颂，就是仪容的意思。它通过舞蹈的形容状貌来歌颂大功大德。过去帝喾时代，咸黑作颂，以之为《九招》的歌辞。从《诗经·商颂》以后，颂的写作体式和方法已经成熟完备了。能够化感一国的诗叫做“风”，能端正天下风尚的诗叫做“雅”，而以形貌仪容来祭告神明的诗叫做“颂”。“风”和“雅”叙写人事，所以兼有异变和正常两种情况；“颂”主要是用来祭告神明的，因而它的内容一定要纯正美好。鲁国因公旦之功而随后编成《鲁颂》，商朝的后代为追念先王而辑录了《商颂》，这都是宗庙祭祀时的雅正颂歌，而不是平常宴会上的一般歌咏。《时迈》这篇作品由周公创作，乃是贤哲之颂，其中保存着写颂的规范和法式。

夫民各有心，勿壅惟口①。晋舆之称“原田”②，鲁民之刺“裘鞸”③，直言不咏，短辞以讽，邱明、子顺④，并谓为“颂”，斯则野颂之变体⑤，浸被乎人事矣⑥。及三闾《橘颂》⑦，情采芬芳，比类寓意，又覃及细物矣⑧。至于秦政刻文⑨，爰颂其德。

汉之惠、景[10]，亦有述容[11]。沿世并作，相继于时矣。若夫子云之表充国[12]，孟坚之序戴侯[13]，武仲之美显宗[14]，史岑之述熹后[15]，或拟《清庙》[16]，或范《駉》、《那》[17]，虽浅深不同，详略各异，其褒德显容，典章一也[18]。

【注释】

①壅(yōng)：堵塞。

②晋舆：指晋国百姓。舆，舆人，众人。原田：《左传·僖公二十八年》载，晋文公将与楚军交战，听到百姓们说："原田每每，舍其旧而新是谋。"其意是赞扬晋军像"原田之草"一样美盛，可以谋立新功。

③"裘鞸(bì)"：《吕氏春秋·先识览·乐成》载，孔子初任鲁相时，有人作颂讽刺他："麛裘而鞸，投之无戾"。意思是说，孔子对鲁国没功劳，却穿着鹿皮朝服，把他赶走，没有罪过。裘，皮衣。鞸，朝服的蔽膝。

④邱明：左丘明，传为《左传》的作者。子顺：孔子的后裔。据《孔丛子·陈士义》载，他曾讲到"裘鞸"之事。

⑤野颂：民间之颂。变体：指有了变化的非正统之颂。

⑥浸：逐渐。

⑦三闾：指屈原，他曾任楚怀王时的三闾大夫，管理屈、昭、景三姓王族事务。《橘颂》：屈原《九章》中的一篇。

⑧覃及：延及。细物：细小之物，指《橘颂》中的橘子。

⑨秦政：指秦始皇，姓嬴名政。刻文：指歌颂秦始皇的石刻，如李斯所作之《峄山刻石》、《泰山刻石》等。

⑩惠、景：汉惠帝刘盈(前 211—前 188)、汉景帝刘启(前 188—前 141)。

⑪述容：即描述其形容以为颂。

⑫充国：赵充国，西汉功臣，汉成帝曾命扬雄“即充国图画而颂之”。

⑬戴侯：即窦融，《后汉书·窦融传》载：“光武八年，与大军会高平，封安丰侯，卒谥戴。”

⑭显宗：汉明帝刘庄(28—75)。

⑮史岑：字孝山，东汉文人。熹后：汉和帝皇后邓绥，谥曰熹。

⑯《清庙》：《诗经·周颂》篇名，傅毅曾“依《清庙》作《显宗颂》。

⑰《駉》、《那》：依次分别为《诗经》中《鲁颂》和《商颂》之首篇。史岑之《和熹邓后颂》与《鲁颂》“体意相类”。

⑱典章：法典规章，指颂的体制和写作原则。

【译文】

老百姓各有自己的心思，不要堵塞他们的言路。晋国民众用“原田”赞扬晋军，鲁国百姓用“裘韠”讽刺孔子，都是直接说出来而不歌咏，以简短的言辞进行讽喻，左丘明和子顺，都把它们当做颂，这是民间的不正规的颂，使本来专用于祭告神明的颂，逐渐地用于人事了。到了屈原创作出《橘颂》，其情思文采都极为美好，用类似的事物作比喻，寄托自己的情意，这就使颂的内容延及到细小的事物了。及至秦始皇时的石刻文，则是借以颂扬自己的功德。到了汉代的惠帝和景帝时，也有描述形貌仪容的乐舞颂歌，且世代沿袭，一直继续下来。至于扬子云表扬赵充国的《赵充国颂》，班孟坚赞美窦融的《安丰戴侯颂》，傅武仲歌颂汉明帝的《显宗颂》，史岑颂扬邓皇后的《和熹邓后颂》，有的模拟《周颂·清庙》，有的仿效《鲁颂·駉》和《商颂·那》，虽然深浅不一，详略有别，但它们都是褒赞功德显现仪容，写作的典范规则是一样的。

至于班、傅之《北征》、《西征》[①]，变为序引，岂不褒过而谬体哉[②]！马融之《广成》、《上林》[③]，雅而似赋，何弄文而失质乎[④]！又崔瑗《文学》[⑤]，蔡邕《樊渠》，并致美于序，而简约乎篇。挚虞品藻[⑥]，颇为精核。至云杂以风雅，而不辨旨趣，徒张虚论，有似黄白之伪说矣[⑦]。及魏、晋杂颂，鲜有出辙。陈思所缀[⑧]，以《皇子》为标[⑨]；陆机积篇，惟《功臣》最显[⑩]，其褒贬杂居，固末代之讹体也[⑪]。

【注释】

①《北征》：指班固的《车骑将军窦北征颂》。《西征》：即傅毅的《西征颂》。

②谬体：使文体谬误，指《北征》、《西征》序文较长，颂文较短。

③马融：字季长，东汉学者，他用赋的手法写了《广成颂》和《上林颂》。

④弄文：耍弄文采。失质：失掉本质特征，指马融的颂“雅而似赋”。

⑤崔瑗(77—142)：字子玉，东汉文人。

⑥挚虞(250—300)：字仲治，著有《文章流别论》。品藻：指挚虞在其《文章流别论》中对颂的评论。

⑦黄白之伪说：《吕氏春秋·别类》载，有人认为白锡使剑坚，黄铜使剑韧，白锡黄铜相杂铸剑，既坚且韧；又有人持异议，认为白锡使剑不韧，黄铜使剑不坚，两者相混不能铸成好剑。此处借以喻指挚虞之说前后矛盾。

⑧缀：连缀文辞，指写作。

⑨《皇子》：指曹植的《皇太子生颂》。

⑩《功臣》：指陆机的《汉高祖功臣颂》。

⑪末代：衰乱之世。讹体：讹变了的不正规体制。

【译文】

至于班固的《北征颂》和傅毅的《西征颂》，变成了序引一类的文体，岂不是褒扬过分而使颂的体制谬误了吗！马融的《广成颂》、《上林颂》，虽然典雅却写得像是赋，为什么要耍弄文采而失掉了颂的本质特征呢！还有崔瑗的《南阳文学颂》，蔡邕的《京兆樊惠渠颂》，都在序文的华美上下功夫，而对颂的本体却写得简单约略。挚虞对颂的品评，是相当精要的。但他说颂中杂有风雅的教化用意，却没有辨明颂的要义，而徒发空论，犹如传说中以黄铜白锡铸剑而相互矛盾的虚妄之议了。到了魏晋时期的各种杂颂，很少能离开已有的轨辙。陈思王曹植所写的颂，以《皇太子生颂》为代表；陆机写了许多篇颂，只有《汉高祖功臣颂》最突出，其中各有褒贬，确实是衰乱之世讹变了的不正之体了。

原夫颂惟典懿①，辞必清铄②。敷写似赋③，而不入华侈之区④；敬慎如铭⑤，而异乎规戒之域。揄扬以发藻⑥，汪洋以树义⑦。虽纤巧曲致⑧，与情而变⑨。其大体所弘，如斯而已。

【注释】

①典懿：典雅美善。

②清铄(shuò)：明丽而光耀。铄，同“烁”，光彩熠耀。

③敷写：铺叙描写。

④华侈：过分华丽。

⑤敬慎：庄重，谦恭，指写颂禀告神明时的态度。铭：古代的一种文体，有规戒之用，见《铭箴》篇。

⑥揄(yú)扬：称赞，颂扬。发藻：发挥文辞的作用。

⑦汪洋：喻指施展笔墨之气势以及所涉内容的深广。树义：树立、突出文义。

⑧纤巧曲致：指文思精细，文笔曲尽其妙。

⑨与情而变：指用笔之辞采要适应感情的变化。

【译文】

考究颂的写作，它的内容典雅美善，文辞也必须明丽光耀。铺叙描写虽近乎赋体，但不进入过分华艳靡丽的范围；谦恭庄重犹如铭文，却不涉足规劝警戒的区域。在颂扬中发挥辞藻之美，施展笔墨以突出作品的意义。虽然要有精细曲妙的描写，但应因情而变。颂体写作必须遵循的要领，就是这些了。

赞者，明也，助也。昔虞舜之祀[①]，乐正重赞[②]，盖唱发之辞也[③]。及益赞于禹[④]，伊陟赞于巫咸[⑤]，并飏言以明事[⑥]，嗟叹以助辞也[⑦]。故汉置鸿胪[⑧]，以唱言为赞[⑨]，即古之遗语也[⑩]。至相如属笔[⑪]，始赞《荆轲》[⑫]。及迁史、固书，托赞褒贬，约文以总录，颂体以论辞。又纪传后评[⑬]，亦同其名。而仲治《流别》，谬称为"述"[⑭]，失之远矣。及景纯注《雅》[⑮]，动植必赞；义兼美恶，亦犹颂之变耳。

【注释】

①虞舜之祀：指虞舜举行的典礼。《尚书大传》载，舜禅位给禹时，举行典礼，先由"乐正进赞"，加以说明，然后"百工相和而歌《卿云》"。

②乐正：古代的乐官。

③唱发之辞：指行礼歌唱前的赞辞。

④益赞于禹：《尚书·大禹谟》载，夏禹奉命征讨逆命的苗人，"益赞于禹，曰：'惟德动天，天远弗届，满招损，谦受益，时乃天道。'"劝说禹以德化人，远方自服。益，又称伯益，虞舜之臣，曾助禹治水。他对禹之赞，是对禹的辅佐。

⑤伊陟(zhì)：殷帝太戊之相。赞于巫咸：指伊陟向巫咸进赞。《尚书·咸序》载，伊陟曾对巫咸说，桑谷并生，是不祥之兆。巫咸，殷帝太戊之臣。伊陟对巫咸之赞，是说明之意。

⑥飏(yáng)言：措辞与声调均有表现力的语言。

⑦嗟叹：感叹。

⑧鸿胪(lú)：古代的典礼官，主持礼仪循规进行，近似于今之“司仪”。

⑨唱言：指古代典礼时鸿胪(司仪)的言辞。

⑩遗语：留传下来的旧说。

⑪属笔：动笔写作。

⑫《荆轲》：《汉书·艺文志》中有《荆轲论》五篇，其中对荆轲有所称赞。此外，或有《荆轲赞》，但已不可考。

⑬纪传后评：指《史记》本纪、列传、世家和《汉书》各篇之后的评语，分别由“太史公曰”、“赞曰”起首引出。

⑭谬称为“述”：挚虞在《文章流别论》中曾把班固《汉书》叙传中对每篇的说明、评论文字，称为《汉书述》，其根据是班固曾自称其为“述某纪”、“述某某传”。

⑮《雅》：指《尔雅》，专门解释语词和名物术语的古籍，为《十三经》之一。

【译文】

所谓赞，就是说明、辅助的意思。从前虞舜的祭祀典礼，乐官很重视赞辞，因为它是唱颂歌之前的说明之辞。到了益辅助大禹时的言辞，伊陟给巫咸所作的赞辞，都是用有力的言辞来说明事理，并借助感叹来加重语气。因此，汉朝设置鸿胪之职，他在各种典礼上放声传呼以指导人们唱歌行礼作为赞辞，这就是古代留传下来的关于赞的说法。到司马相如的写作，才开始有赞美荆轲之论。及至司马迁的《史记》、班固的《汉书》，则借助赞辞进行表扬和箴贬，用简约的文辞总结正文所录的内容，有颂的体式和论的辞语。而《史记》、《汉书》后边的评语，也与赞同名。而挚虞的《文章流别论》，却错误地称之为“述”，这就差得太远了。及至郭璞注释《尔雅》，对动物植物都有赞语；其内容兼有赞美和斥恶，这就像颂有变体一样了。

然本其为义，事生奖叹，所以古来篇体，促而不广①；必结言于四字之句②，盘桓乎数韵之辞③；约举以尽情，照灼以送文④，此其体也。发源虽远，而致用盖寡⑤。大抵所归⑥，其颂家之细条乎⑦！

【注释】

①促：短小。

②结言：连缀言辞。

③盘桓：环绕，回旋。此处指为文用思的反复推敲。数韵：指短小赞辞中押韵之句不多。

④照灼（zhuó）：清晰明白。送文：文章的结尾。

⑤致用：实际用处。

⑥归：归属，趋向。

⑦颂家：颂体。细条：分支。

【译文】

然而追溯赞的本来含义，它是因褒奖赞叹而产生的，所以自古以来的赞体，篇制都是短小的；每个句子都由四个字构成，只能在几个韵的词语范围内回环；简要地突出要点以尽抒文情，以明朗清晰的辞采结尾成文，这就是赞的写作大体了。赞的产生虽然久远，但实用之处不多。就其总体趋向来看，只能算是颂体的一个分支吧！

赞曰：容德底颂①，勋业垂赞②。镂影摛声③，文理有烂。年迹愈远，音徽如旦④。降及品物，炫辞作玩。

【注释】

①容德：以形貌仪容赞美盛德，容，作动词用。

②垂：流传。镂影：描绘形貌仪容。

③摛(chī)声：发挥声韵之美。

④音徽：即美好的德音，指雅正的颂赞。徽，美好。旦：初升的太阳。

【译文】

综括而言：以形貌仪容赞美盛德的成为颂，功勋业绩留传下来便有了赞。刻镂形貌兼施声韵，文采情理光彩绚烂。年代印迹越是久远，作品的美好德音越是如同日之初升。及至以颂赞美化物品，那就是以炫耀辞藻作为游戏了。

祝盟第十

【题解】

《祝盟》篇论述祝文与盟辞两种文体，都是“有韵之文”，各有程度不同的文学色彩。从这两种文体的功能而言，它们较广泛地用于社会生活的各个阶层之中，故今之学者亦称之为“古代的高级应用文”。

刘勰在“论文叙笔”的各篇中，虽都有“敷理以举统”的内容，分别提出各种文体的写作要领，但其侧重面每有所不同，或品德、态度，或内容、用途，或体制、方法，或基本格调和注意事项，有时则数项兼而有之。

对祝文的写作，刘勰就祝文作者的态度和品德修养提出三点要求：其一，作为请神降临享祭的祝文，务必朴实。刘勰论文，一贯主张“华实相扶”，而面对祝文的写作，他则在“华”与“实”两者之间，突出地强调“实”，这是符合祝文之特点的。其二，写祝文修饰文辞要有真诚的心意，做到于心无愧，这与刘勰一贯强调“述志为本”，反对“采滥忽真”是经络相通的。其三，祈祷神灵的祝文，要诚恳而虔敬；祭奠祖先的祝文，则要恭谨而哀伤。

随着时代的推移，祝文的用途也在不断地发展变化。对这种历史情况，刘勰大都是肯定的。他所反对的只是“秘祝移过”和“侲子驱疫”之类的“黩祀谄祭”，认为它们是“礼失之渐”。在一定程度上表现了刘勰的“利民之志”和力图扼制讹滥风气的进步思想。从文体写作角度来看，刘勰的褒贬，也每有值得鉴戒之处。

刘勰对盟辞的论述，略少于祝文，但其“敷理以举统”部分，较之祝文为重。刘勰指出：

“感激以立诚，切至以敷辞”，主要是就盟辞作者的品格态度而言，也涉及作者的思想感情，而“序危机，奖忠孝，共存亡，戮心力”以及“祈幽灵”、“指九天”，则比较具体地阐明了盟辞必须写到的内容。

对盟辞的写作，刘勰不以事之成败臧否人物，而是着眼于文章本身的妍媸来评论其价值和意义。臧洪和刘琨都是历史上结盟被杀的悲剧人物，但刘勰却高度评价他们的盟辞是“辞截云蜺”，“精贯霏霜”，并总结他们的教训，警示后人：“信不由衷，盟无益也。”这对于写作与做人，都是有积极作用的。

综观《祝盟》全篇，它的价值不仅在于对祝文和盟辞做了系统的论述，更重要的是刘勰一直强调作为祝文与盟辞写作之主体的作者以及他们的品德修养，在写作乃至处世中的决定性作用。刘勰虽未否定神灵的存在，但在具体论述中，他已经突破了唯心主义有神论的局限，把神灵的地位和作用，降低到了“无恃”、“无益”的低层。

《祝盟》篇所论之祝文，在历史的长河中，多有发展和变化，包含着较复杂的内容，并且每与其他文体相交叉，需要擘肌分理，予以辨析。上古时代祝文，主要是美报祀神、求福消灾的，内容比较单纯。到了周朝，设太祝之职，掌“六祝之辞”。祭祀的范围扩大了，祝文的内容也相应地增多。求福、求寿、求丰年、求风调雨顺、求消弭兵灾、求远避罪疾，都由太祝掌管祝文；不但是祀神，还要祭祖，甚至祔祭后死的子孙，以至“宜社类祃，莫不有文”。由“寅虔于神祇”，发展到了“严恭于宗庙”。春秋时代以后，祝文的内容变得复杂化了，刘勰指出“张老贺室”，是祝贺赵武新居的落成；“蒯聩临战”，是在战前祈求祖先保佑自己勿伤筋骨、颜面；而《楚辞·招魂》，虽被誉为“祝辞之组丽”，但也是为招引亡魂归楚而作的“祝文”，并不是祈神祭祖。到了汉魏时期，祝文的内容又有了新的变化，由“事止告飨”，而“兼赞言行”，或“因哀而为文”。这就使祝文与其他相关文体有所交叉了。值得注意的是，祝文的内容中，不仅是祈敬，还包括着诅咒。这在黄帝之时，即有“祝邪之文”，及至汉代又有“东方朔骂鬼之书”，以致“后之谴咒，务于善骂”。对这种现象，刘勰是不以为然的。总之，从刘勰对祝文的“原始以表末”的论述中，可以看出他在“敷理以举统”时所肯定的“祈祷之式”与“祭奠之楷”，是有坚实的基础和具体针对性的，反映着他力主“执正以驭奇”，防止和纠正讹滥文风的思想。

刘勰对文体的交叉现象，虽并不全然否定，但有一定的保守思想。至若祝文与盟辞这两种文体，在内容与用途方面，都不相类属与牵连，但由于两者都要求助于神灵，都要“立诚在肃，修辞必甘”，这或许就是刘勰把它们弥纶为一篇的理由了。

天地定位①，祀遍群神。六宗既禋②，三望咸秩③。甘雨和风，是生黍稷④，兆民所仰⑤，美报兴焉⑥。牺盛惟馨⑦，本于明德⑧；祝史陈信⑨，资乎文辞⑩。昔伊耆始蜡⑪，以祭八神⑫。其辞云：“土反其宅，水归其壑。昆虫毋作，草木归其泽。”则上皇祝文⑬，爰在兹矣。舜之祠田云⑭：“荷此长耜⑮，耕彼南亩⑯，与四海俱有。”利民之志，颇形于言矣。至于商履⑰，圣敬日跻⑱，玄牡告天⑲，以万方罪己⑳，即郊禋之词也；素车祷旱㉑，以六事责躬㉒，则雩禜之文也㉓。

【注释】

①天地定位：指宇宙产生。

②六宗：指六种享受尊祭的神灵。一说是指水、火、风、雷、山、泽；二说是指天、地、四方；三说是指四时、寒暑、日、月、星、水旱。

禋(yīn):特指祭天,此处泛指祭祀。

③三望:指对泰山、黄河和海的遥祭。望,遥望而祭。秩:次序。

④黍稷(shǔ jì):黍子、谷子,此处泛指各种庄禾谷物。

⑤兆民:众多百姓。兆,古以万亿为兆。

⑥美报:指祭祀,即对神灵降福的回报。

⑦牺盛(chéng):祭品。牺,牛羊祭品。盛,装盛谷物果品的祭器,此指谷物、果实之类的祭品。馨(xīn):飘拂的芳香之气。古人认为,神灵只享用祭品的香气,它是由祭祀者的品德决定的。

⑧明德:高尚的品德。

⑨祝史:主持祭祀祝辞的官员。陈信:陈述真诚的愿望。

⑩资:凭借,依靠。

⑪伊耆(qí):上古帝王,一说指神农氏,一说指帝尧。蜡(zhà):此处指年终时的祭祀,称蜡祭。

⑫八神:古代蜡祭的八种神灵。据《礼记·郊特牲》之郑玄注所说,分别指先啬(谷物之神)、司啬(主掌百谷之神)、农(农田之神)、邮表畷(始创田舍、开路划疆之神)、猫虎(捕食田鼠、田豕的猫虎之神)、坊(防水之神)、水庸(水沟之神)、昆虫(昆虫之神)。

⑬上皇:即古代帝王,指有耆氏等。

⑭祠(cí):春祭。

⑮耜(sì):古代翻耕土地的工具,后指犁铧。

⑯南亩:泛指农田。

⑰商履:即成汤,系商之开国帝王,子姓,名履。

⑱日跻(jī):日益提高、发扬。

⑲玄牡:黑色公牛。

⑳万方罪己:《论语·尧曰》载,商汤祭天时说,天下的各种罪过,都由自己一人来承担。

㉑素车:不施色彩、不加装修的车。祷旱:祈祷免除旱灾。

㉒六事:《荀子·大略》载,商汤祷旱的祝辞中说:“政不节与?使民疾与?何以不雨至斯极也?宫室荣与?妇谒盛与?何以不雨至斯极也?苞苴行与?谗夫兴与?何以不雨至斯极也?”责躬:责问自己。

㉓雩禜(yú yǒng):指古人祈雨或祈晴。此处指祭天祈雨。

【译文】

天地确定了位置之后,人们就祭祀所有的神灵。既尊祭了“六宗”之神,又依序遥祀泰山、黄河与大海之神。于是甘露般的雨水、柔和的春风,使五谷庄禾得以生长,这是万千百姓所景仰的,对诸神的美好报答由此而兴起。祭祀时的祭品具有芳香气息,它本之于祭祀者高尚的品德;祭官要陈述祭祀者的真诚愿望,则须借助于祭祀的文辞。古时的有耆氏开始在年终时举行蜡祭,以祭祀八种神灵。他的祝辞说:“泥土回到原居之处,水流回到自己的沟壑。昆虫不要起来作害庄稼,丛杂的草木都归回到沼泽中去。”上古帝王的祝辞,在这几句话中表现出来。虞舜春天祭田的祝辞中说:“扛起长长的铧犁,耕种那南山的土地,与天下百姓都获得丰收。”他为民众谋利的心愿,充分地表现在言辞之中了。至于商汤之时,圣明礼敬的品德日益升扬,他用黑色的公牛祭天,把各个方面的过错都归罪于自己,这就是他祭告上天的祝辞;他乘着不加装饰的车子祈祷神灵解除旱灾,以“六事”来责问自己,这则是他在求雨祭祝时的祝文。

及周之大祝①,掌六祝之辞②。是以“庶物咸生”③,陈于天地之郊;“旁作穆穆”④,唱于迎日之拜;“夙兴夜处”⑤,言于祔庙之祝⑥;“多福无疆”⑦,布于少牢之馈⑧;宜社类祃⑨,莫不有文。所以寅虔于神祇⑩,严恭于宗庙也。春秋已下,黩祀谄祭⑪,祝币史辞⑫,靡神不至。至于张老贺室⑬,致美于

"歌哭"之祷[14];蒯聩临战,获祐于"筋骨"之请[15]。虽造次颠沛[16],必于祝矣。若夫《楚辞·招魂》,可谓祝辞之组丽也[17]。

【注释】

①大祝:即太祝,古代执掌祭祀祝辞的官员。

②六祝:据《周礼·春官·大祝》载,顺祝、年祝、吉祝、化祝、瑞祝、筴祝,谓之六祝。此处泛指祈求丰年、长寿、福祉、风调雨顺等内容的各种祭典。

③庶物咸生:意谓万物齐生,语本《大戴礼记·公冠篇》之《祭天辞》中的"庶物群生"和《祭地辞》中的"庶卉百谷"等句。

④旁作穆穆:意谓光明普照多么美好,语出《大戴礼记·公冠篇》之《迎日辞》:"光明于上下,勤施于四方,旁作穆穆。"旁作,指阳光普照。穆穆,美好。

⑤夙兴夜处:意谓早起晚睡,勤于劳作,语出《仪礼·士虞礼》:"夙兴夜处,小心畏忌不惰。"夙,早晨,白昼。

⑥祔(fù)庙:把新死子孙附置在祖庙里与祖先合祭。

⑦多福无疆:语出《仪礼·少牢·馈食礼》:"皇尸命工祝,承致多福无疆。"

⑧少牢:祭礼的一种规格,以一羊一猪作祭品,用于诸侯的卿大夫祭祖。馈(kuì):祭祀用的食品。

⑨宜社类祃(mà):军队出师时的祭祀。宜社,祭地神。类,祭天神。祃,祭军队驻地之神。

⑩寅虔:钦敬虔诚。神祇(qí):天地之神。

⑪黩(dú)祀谄(chǎn)祭:随随便便地祭祀、谄媚大小神灵。

⑫祝币史辞:祝、史,均指祭官。币、辞,指祭祀用的币帛和祝文。币,古代的玉、圭、璧、帛等物,都谓之币。

⑬张老贺室:《礼记·檀弓》载,晋文子赵武的新居落成,大夫张老

予以祝贺。

⑭“歌哭”之祷：指晋国大夫张老致赵武的祝辞：“美哉轮焉，美哉奂焉，歌于斯，哭于斯，聚国族于斯。”祝愿赵武长久地安居于此。

⑮“筋骨”之请：语本《左传·哀公二年》，春秋时卫国太子蒯聩，曾逃亡晋国，随晋军与郑国交战，战前祷告“皇祖文王，烈祖康叔，文祖襄公”，祐护他“无绝筋，无折骨，无面伤”。

⑯造次：仓促。颠沛：困难，不稳定。

⑰组丽：指文采华美。

【译文】

到了周朝的大祝，掌管着“六祝”的文辞。于是用“庶物咸生”，来作祭祀天地的祷告；用“旁作穆穆”，作为拜祭日出的祝辞；用“夙兴夜处”，来作祭祀新亡后代与祖先合庙的祝告；用“多福无疆”，作为祭祖献食的言辞；而军队出征时的祭典，也没有不用祝辞的。为的是对神灵表示钦敬和虔诚，对祖先表示尊崇和恭敬。从春秋以后，滥施祭礼、谄媚群神，祝史们献祭的币帛和祝辞，没有一个神前送不到。至于张老祝贺赵武新屋的落成，称赞它的美好，有“歌哭”之颂辞；蒯聩在临战之前，祈祷祖先祐护他，不要伤了筋骨。虽是在仓促、困难的时候，也必定要祝祷了。至于《楚辞·招魂》，那就可以说是祝辞中最有文采的了。

汉之群祀①，肃其百礼②。既总硕儒之议③，亦参方士之术④。所以秘祝移过⑤，异于成汤之心；侲子驱疫⑥，同乎越巫之祝⑦；礼失之渐也。至如黄帝有祝邪之文⑧，东方朔有骂鬼之书⑨，于是后之谴咒⑩，务于善骂。唯陈思《诰咎》⑪，裁以正义矣。若乃礼之祭祝，事止告飨⑫。而中代祭文⑬，兼赞言行，祭而兼赞，盖引伸而作也⑭。又汉代山陵⑮，哀策流文⑯；周丧盛姬⑰，内史执策⑱。然则策本书赗⑲，因哀而为文也。是以义同于诔，而文实告神。诔首而哀末[20]，颂体而祝仪，太祝所读，固祝之文者也。

【注释】

①群祀：各种祭祀。

②肃：整肃。

③硕儒：鸿儒，学者。

④方士：从事占卜求仙活动的术士。

⑤秘祝：指宫中祝官在祝祀中移帝王之过失于臣民。汉文帝曾下诏："秘祝移过于下，朕甚不取，自今除之。"

⑥侲(zhèn)子：指被宫中用来驱赶疫鬼的童子。《后汉书·礼仪志》载，汉代宫廷中，常选十至十二岁的童子，化妆后击鼓驱赶疫鬼。

⑦越巫：越地巫人。巫，古代专以装神弄鬼求福避祸为业的人。

⑧祝邪之文：《云笈七签·轩辕本纪》载，黄帝巡狩至东海，得白泽神兽，会说话，黄帝乃作文"祝邪"，咒骂邪神。

⑨东方朔：字曼倩，西汉文人，其"骂鬼之书"不可考。

⑩谴咒：指谴责、诅咒之文。

⑪《诘咎》：指曹植因感于风灾之害遂借"天帝之命"，作《诘咎文》责问风神、雨神。他不相信风害是天帝降罚之说。诘，告戒，此处是责问之意。咎，罪过，灾祸。

⑫告飨：告请享受祭品。飨，同"享"。

⑬中代：指汉魏时期。

⑭引伸：指祭祝文的发展、衍化。

⑮汉代山陵：指汉代皇帝的陵墓。

⑯哀策流文：哀策文流传，用以祭皇帝陵墓。

⑰盛姬：周穆王的妃妾。

⑱内史：主管爵禄的官员。

⑲策：古代的一种下行公文，主要用于皇帝之封王侯。赗(fèng)：指封赠受祭者的谥号。

⑳诔：古代的一种应用文体，主要用于赞美死者的功业和德行。

【译文】

汉代的各种祭祀，整肃多种多样的礼仪。既综合了儒家学者的建议，又参用了方士们的法术。因而宫内的祝官秘密地把过失转移到臣民身上，与成汤"以万方罪己"之心完全不同；他们还让善良的童子装扮起来驱赶疫鬼，跟越巫的祈祷活动一样；祝祀之礼仪渐趋失掉了。再如传说中黄帝有咒骂邪神之文，东方朔有责骂魔鬼之书，于是后来的谴责咒文，都追求着善于咒骂。只有陈思王曹植的《诰咎文》，才能够使咒文合乎正道。至于合乎仪礼的祭祀祝辞，其内容只是告请神灵、祖先来享用祭品。但汉魏时期的祭祝之文，还要赞颂其言行，在祝文中兼有祭与赞，这是从祭祀中衍化出来的。汉朝祭奠皇帝陵墓，有哀策文体流传；周朝王妃盛姬死后，曾由内史用哀策文致祭。但是策体本是用来书赠谥号的，由于哀悼才变成了哀策文。因而它的内容与诔文相同，而其文辞实际上是祭告神灵的。它以诔为首以哀作结，既有颂的体制又有祝的形式，太祝所读的祝文，确实是祝文中有文采的。

凡群言发华①，而降神务实②，修辞立诚③，在于无愧。祈祷之式，必诚以敬；祭奠之楷，宜恭且哀，此其大较也④。班固之《祀涿山》⑤，祈祷之诚敬也；潘岳之《祭庾妇》⑥，奠祭之恭哀也。举汇而求⑦，昭然可鉴矣⑧。

【注释】

①群言：此处指各种文章。发华：文采焕发。

②降神：即请神享祭。

③修辞立诚：语本《周易·乾·文言》："修辞立其诚，所以居其业也。"此处引用，意谓修饰文辞要有真诚之心意，做到问心无愧。

④大较：大致，基本。

⑤《祀涿山》：指东汉文人班固的《涿邪山祝文》，现存数句，载《全后汉文》卷二六。

⑥《祭庾妇》：指西汉文人潘岳的《为诸妇祭庾新妇文》，已残缺不全，载《全晋文》卷九三。

⑦举汇：举，例举。汇，综合。

⑧昭然：清楚，明确。

【译文】

所有的文章，都力求文采焕发，但请神的祝文务必朴实，修饰文辞要以诚为本，做到于心无愧。祈祷文的体式，必须诚恳而恭敬；祭奠文的范式，应当谦恭而哀伤，这就是写祝文的基本要求。班固的《祀涿山》，是诚恳而恭敬的祈祷文；潘岳的《祭庾妇》，是谦恭而哀伤的祭奠文。列举这些文章加以综合研究，就可以明确地从中获得借鉴了。

盟者，明也[①]。骍旄白马[②]，珠盘玉敦[③]，陈辞乎方明之下[④]，祝告于神明者也。在昔三王[⑤]，诅盟不及[⑥]。时有要誓，结言而退[⑦]。周衰屡盟[⑧]，弊及要劫[⑨]。始之以曹沫[⑩]，终之以毛遂[⑪]。及秦昭盟夷[⑫]，设"黄龙"之诅[⑬]；汉祖建侯，定"山河"之誓[⑭]。然义存则克终[⑮]，道废则渝始[⑯]。崇替在人[⑰]，咒何预焉。若夫臧洪歃血[⑱]，辞截云蜺[⑲]；刘琨铁誓[⑳]，精贯霏霜[㉑]；而无补晋汉，反为仇雠[㉒]。故知信不由衷，盟无益也。

【注释】

①盟者，明也：指盟辞就是祝告神明之辞。

②骍旄(xīng máo)：赤色的牛。《左传·襄公十年》载，周平王东迁后，曾与随从他的诸侯，有"骍旄之盟"，盟礼以赤牛为牲。白马：《汉书·王陵传》载，汉高祖曾杀白马为盟曰："非刘氏而王者，天下共击之。"

③珠盘：珠饰的盘子，是盟誓时盛食品的祭器。玉敦(duì)：玉饰的祭器，用以盛祭品。

④陈辞：陈述盟辞。方明：一种木质神像，六面六色，象征"上下四方神明"。

⑤三王：指夏、商、周三代君王。

⑥诅盟：盟约中规定，背约者要受到诅咒。此处泛指书面盟约。

⑦结言：口头约定。

⑧周衰：指东周衰弱。屡盟：屡屡订立盟约。

⑨要劫：指在结盟时，要挟或逼迫对方按自己意志行事。

⑩曹沫：春秋时鲁国人。《史记·刺客列传》载，他曾"为鲁将与齐战，三败北。鲁庄公惧，乃献遂邑之地以和"。在鲁庄公与齐桓公会盟时，曹沫执匕首胁迫齐桓王归还鲁国的被占土地。

⑪毛遂：战国时赵国平原君的门客。《史记·平原君列传》载，秦军攻赵，平原君到楚国求救，楚王拖延不决，毛遂执剑逼使楚王答应与赵国"合纵"抗秦。

⑫秦昭：指秦昭襄王。盟夷：与夷人订立盟约。

⑬"黄龙"之诅：《华阳国志·巴志》载："秦昭襄王与夷人刻石盟曰：'秦犯夷，输黄龙一双；夷犯秦，输清酒一钟。'"钟，古代容器，盛六斛四斗。

⑭"山河"之誓：《史记·高祖功臣侯者年表》中有《封爵誓》曰："使河如带，泰山若厉，国以永宁，爰及苗裔。"大意是说，黄河成了带

子，泰山变为磨石，也要使诸侯国永远安宁而不受侵害。

⑮克终：坚持到底。

⑯渝始：改变初衷。渝，改变。

⑰崇替：兴废，指盟约能否履行。

⑱臧洪：东汉末人，曾与州郡首领张超、张邈、刘岱、孔伷等在河南酸枣结盟，起兵讨董卓以兴汉，写有《酸枣盟辞》，后被同盟者袁绍所杀。歃（shà）血：古代订立盟约时，双方均口含牛马、鸡羊之血，表示诚信，谓之歃血。

⑲云蜺：虹霓。

⑳刘琨：西晋人，曾与段匹磾结盟讨石勒，写有《与段匹磾盟文》，表示共同拯救垂危的西晋王朝，后被段匹磾缢死。铁誓：钢铁般的誓言。

㉑霏（fēi）霜：飘飞的霜雪。

㉒仇雠（chóu）：仇人，仇敌。

【译文】

所谓“盟”，就是明的意思。它以赤牛或白马作祭品，摆上珠饰的盘子和玉饰的食具，在“方明”之下陈说盟辞，向神明祝告。在从前的“三王”时代，用不着书面盟辞。有了重要的事情需要约誓，口头约定后就各自回去了。周朝衰弱后诸侯间多次结盟，其弊端竟到了借要挟、劫持的手段，以订立盟约的地步。先是有曹沫的逼迫，后又有毛遂的威胁。到了秦昭襄王与夷人立誓结盟，有背约则输“黄龙”的誓辞；汉高祖分封诸侯，也和他们立有“山河”之誓。然而道义存在就能坚持到底，道义废弃便会违背最初的誓言。能否履行盟约的关键是人，只是赌咒没有什么作用。至若臧洪的歃血盟誓，辞气横截虹霓；刘琨的铮铮誓言，精诚之气穿透了云层冰霜；但对晋朝和汉朝并没有什么补益，而都与盟誓者成了仇人。由此可知相互之间不是由衷地信任，订立盟誓也没有好处。

夫盟之大体，必序危机，奖忠孝，共存亡，戮心力①；祈幽灵以取鉴，指九天以为正②；感激以立诚③，切至以敷辞④，此其所同也。然非辞之难，处辞为难⑤。后之君子，宜存殷鉴⑥。忠信可矣，无恃神焉⑦。

【注释】

①戮（lù）心力：同心合力。

②九天：九方之天。九方，指中央和八方。

③感激：此处为情感激动之意。

④切至：诚恳深挚的态度。

⑤处辞：指恪守盟辞。

⑥殷鉴：殷人以夏朝灭亡为借鉴，此处指历史的经验和教训。

⑦恃：依赖，凭靠。

【译文】

写盟文的基本原则和要领是必定要叙述面临的危机，褒奖忠孝节义之士，表示能够同生共死，倾心全力以赴；祈请神灵来监督，面对苍天请它来作证；以感情激动的文辞表示出诚意，以恳切的态度铺陈盟誓的言辞，这就是写盟文的共同之处。然而写盟文的困难并不是文辞的修饰，而是如何实行用文辞表现出来的誓言。后世的志士仁人，应当重视历史的经验教训。讲究忠信就行了，不要依赖神灵。

赞曰：毖祀钦明①，祝史惟谈②。立诚在肃③，修辞必甘④。季代弥饰⑤，绚言朱蓝⑥。神之来格⑦，所贵无惭。

【注释】

①毖（bì）：谨慎，庄重。钦：恭敬。

②谈:此处指写读祝文和盟辞。

③肃:严肃,认真。

④甘:美好。

⑤季代:衰微的末世,此指晋代以后。弥饰:愈加修饰。

⑥绚言:文采绚丽的言辞。朱蓝:朱红和正蓝两色,此代指各种色彩。

⑦格:到,降临。

【译文】

综括而言:慎重恭敬地祭祀神明,祝史只是写读祝辞和盟辞。确立诚信在于要有严肃庄重的态度,修饰文辞也必须完美无瑕。衰微的末代越发追求雕饰,绚丽的言辞色彩斑斓。神灵降临察鉴,贵在于心无愧。

铭箴第十一

【题解】

《铭箴》篇在写法上，较文体论中的其他篇章有所变化。它先分别地写铭、箴的内涵与流变，评述历代有关铭文与箴辞写作的得失，然后又把它们综合起来，比较其异同，阐明这两种文体的写作要领。

关于铭，刘勰认为“铭实器表”，是一种刻写在有关器物上的文章。当它作为一篇文章独立存在的时候，它可能是与其内容相关的一种特定文体，而一旦镌刻在器物上，它便成了铭文。刘勰列举古来之铭文，如“帝轩刻舆几”，“大禹勒笋虡”；“魏颗纪勋于景钟”，“孔悝表勤于卫鼎”；以及“班固燕然之勒”，“张昶华阴之碣”等等，都是镌刻在有关器物上的文章，成为与器物相配的一种表记铭文的性质和作用，按刘勰所论，主要包括以下几种情况：一是防止过失，借以劝勉和自警。二是为帝王将相颂德记功。三是品题各种杂器和细物。四是刻写于有关器物或特定地方的简单题记。对于前两种情况，刘勰是肯定的，对于后两种情况，刘勰则多有不满之意。这就从正反两个方面表明了刘勰对铭文性质和作用的看法和态度。刘勰对铭文的写作也是要求以“雅正为本”的。离奇怪诞，锐精细巧，都为刘勰所不取。

由于铭文具有颂德记功和警戒劝勉的作用，因而刘勰对铭文的写作有着很高的要求。他一一总结历代文人写铭文的得失，明确指出了多种缺陷，这对于铭文的写作，乃至对其他文体的写作，都具有“不应该那么写”的指导意义。

关于箴，刘勰认为，箴是一种“攻疾防患”的文体，可以比喻为给人治病的针石。它既可以“讽君”，也可以“训民”。对于箴文写作中的缺陷，刘勰也有所批评，联系各体文章的写作实际考虑，其批评意见也多有可资借鉴之益。

陆机在《文赋》中，曾论及铭与箴的基本格调：“铭博约而温润”，“箴顿挫而清壮”。后来李善又注释说：“博约，谓事博文约也。铭以题勒示后，故博约温润；箴以讥刺得失，故顿挫清壮。”刘勰继承陆机之说，并有所发展，提出了铭与箴的写作要领：一、铭与箴这两种文体都具有“警戒”作用，可以“攻疾防患”。二、阐明完全用于“御过”的箴文，其内容与文辞都必须准确、切实。三、铭文兼有“褒赞”的作用，所以它的内容要弘博宽厚，文辞要温良润泽，显现出作者高尚的品德修养，这可谓儒家“温柔敦厚”之说的一个具体反映。四、综合提出铭与箴在“取事”和“摛文”方面的共同要求，即“取事”必须经过审核，辨明其真伪，不使怪诞、虚浮、浅薄、粗俗之事入文；“摛文”则必须简明而深刻，富有给人以警示和启发的寓意，使人产生由此及彼、由表及里的联想。

昔帝轩刻舆几以弼违①，大禹勒笋虡而招谏②；成汤盘盂③，著“日新”之规④；武王户席⑤，题必戒之训。周公慎言于金人⑥；仲尼革容于欹器⑦；列圣鉴戒⑧，其来久矣。故铭者，名也。观器必名焉⑨，正名审用⑩，贵乎慎德⑪。

【注释】

①帝轩：指轩辕黄帝。舆几：车子和几案。舆，车子。几，几案，小桌。

②笋虡(sǔn jù):古代悬挂钟磬等乐器的木架,横的曰笋,竖的曰虡。相传夏禹曾“为铭于笋虡”:“教寡人以道者击鼓,教寡人以义者击钟,教寡人以事者振铎,教寡人以讼狱者挥鞀。”

③成汤盘盂:指商汤的《盘铭》。盘,古代的浴盆。盂,古代的食具。

④“日新”之规:《礼记·大学》载:“汤之盘铭曰:‘苟日新,日日新,又日新。’”

⑤武王:周武王。户席:指周武王的《户铭》和《席四端铭》。《大戴礼·武王践阼》载,姜太公曾有“《丹书》之言”,“武王闻之,惕若恐惧,退而为戒,书于席四端”,“以戒后世子孙”。

⑥金人:铜像。《孔子家语·观周》和《说苑·敬慎》载,孔子曾在周朝的太庙阶前,见到一铜像,背上有铭文,中有“我古之慎言人也。戒之哉!戒之哉!无多言,多言必败”。后范文澜评注说:“此道家附会之辞,伪迹显然。”而所谓周公之《金人铭》则无可考。

⑦革容:改变脸色。欹(qī)器:古代宗庙中的一种器物,不装水即倾斜,装水适中即直立,装水过多则翻倒,以戒自满。《淮南子·道应》载,孔子观于鲁桓公之庙,见欹器倾覆,革容曰:“善哉持盈者乎!”

⑧列圣:指帝轩、大禹、成汤、武王、周公、仲尼等帝王和圣贤。

⑨观器:观察、认识器物。

⑩正名:明确定正器物的名称。审用:辨明器物以及其铭文的作用。

⑪慎德:敬慎的美德。

【译文】

从前,轩辕黄帝在车厢和几案上刻上铭文以纠正自己的过失,夏禹在乐器架上刻上铭文来招纳规谏之言;商汤的盘盂上,刻有“日新”的规戒;周武王的门户和席第四端,则题写着必须警戒的教训。周公借金人告诫人们说话要谨慎，孔子看到了“欹器”便肃然而改变了脸色；由此可见先王圣贤们注重鉴戒之言，由来已经很久了。所以说，铭就是一种名称。观察认识器物必定要端正其名称，而辨正它的名称，判明它的作用，关键在于要有敬慎的品德。

盖臧武仲之论铭也①，曰：“天子令德②，诸侯计功，大夫称伐③。”夏铸九牧之金鼎④，周勒肃慎之楛矢⑤，令德之事也；吕望铭功于昆吾⑥，仲山镂绩于庸器⑦，计功之义也；魏颗纪勋于景钟⑧，孔悝表勤于卫鼎⑨，称伐之类也。若乃飞廉有石椁之锡⑩，灵公有夺里之谥⑪，铭发幽石⑫，吁可怪矣！赵灵勒迹于番吾⑬，秦昭刻博于华山⑭，夸诞示后⑮，吁可笑也！详观众例，铭义见矣。

【注释】

①臧武仲：春秋时鲁国大夫。《左传·襄公十九年》载，他论铭时曾说：“夫铭，天子令德，诸侯言时计功，大夫称伐。”

②令德：称颂美德。

③称伐：赞颂征伐之劳绩。

④九牧：指九州的首脑官员。

⑤肃慎：古代部落名，位居长白山至黑龙江下游一代。楛(hù)矢：指肃慎氏进贡的木箭，上刻“肃慎氏之贡矢”。

⑥吕望：姓姜，名尚，一说字子牙，俗称姜太公，是辅佐周武王灭商的功臣，后封于齐，为齐国之始祖。昆吾：古代著名的冶金工匠名，一说为山名。

⑦仲山：即仲山甫，周宣王的大臣。庸器：铭刻功绩的铜器，或为战利品中的器物。

⑧魏颗：春秋时晋国将领。景钟：指晋景公钟。

⑨孔悝(kuī)：春秋时卫国大夫。卫鼎：指孔悝的《鼎铭》，文中有“其勤公家，夙夜不解”等语。

⑩飞廉：即处父，殷纣王的臣子，秦国的祖先。石椁之锡：《史记·秦本纪》载，飞廉忠于纣王，国亡君死后，他不忘为臣之节，挖地筑坛祭祀纣王，得一石椁，铭文上说是天赐予飞廉的。椁，外棺。锡，同“赐”。

⑪灵公：春秋时之卫灵公，有昏君之名。夺里之谥(shì)：《庄子·则阳》载，灵公死后，“葬于沙丘”，“掘之数仞”，得一石椁，上有“灵公夺而里之”的铭文。谥，本是古代帝王、贵族和大臣死后被追加的封号，灵公也是在死后才曰“灵”的。而“夺里”的铭文，却在他死前就刻到石椁上去了。所以，作者嘲讽说：“灵公之为‘灵’也久矣。”

⑫幽石：指埋在地下的石椁。

⑬赵灵：战国时赵国的武灵王，又称赵主父。勒：雕刻。番吾：山名，在今河北平山南。《韩非子·外储说左上》载，赵武灵王曾派人在番吾山崖上，刻“主父常游于此”的大字。

⑭秦昭：战国时的秦昭王。刻博于华山：把游戏之事刻勒在华山上。《韩非子·外储说左上》载，秦昭王曾命人登上华山，用松柏心做成下棋的器具，并刻“昭王常与天神博于此”的大字。博，古代的一种棋局游戏。华山，为“五岳”之一，在陕西东部。

⑮示后：传留给后人。

【译文】

臧武仲曾经论铭，他说：“对天子要铭刻他的美德，对诸侯要记载他的功绩，对大夫要称颂他的征伐之劳。”夏禹将九州牧进贡的金属铸成九鼎，周朝在肃慎氏敬献的楛木箭上刻雕铭文，这就是铭刻天子美德的事例；吕望在昆吾铸造的铜版上镌刻功业，仲山在记功的铜器上刻镂勋绩，这就是记载诸侯功绩的含义；魏颗的功勋纪刻在晋景公的钟上，孔悝的勤劳铸印在魏国的鼎上，这就是表彰大夫征伐之劳的内涵。至于飞廉预先就获得石椁的赐予，卫灵公早就得到死后的“夺里”谥号，而铭文却是在深埋地下的石椁上发现的，这实在是太奇怪了！赵武灵王在番吾山上刻留自己的游踪，秦昭王在华山上镌刻下棋游戏之事，用这些夸张荒诞的东西以示后人，也实在是太可笑了！详细考察上述的诸多事例，铭文的意义就显现出来了。

至于始皇勒岳①，政暴而文泽②，亦有疏通之美焉。若班固燕然之勒③，张昶华阴之碣④，序亦盛矣。蔡邕铭思⑤，独冠古今；桥公之钺⑥，吐纳典谟⑦；朱穆之鼎⑧，全成碑文，溺所长也⑨。至如敬通杂器⑩，准矱武铭⑪，而事非其物，繁略违中⑫。崔骃品物⑬，赞多戒少；李尤积篇⑭，义俭辞碎。蓍龟神物⑮，而居博弈之下⑯；衡斛嘉量⑰，而在臼杵之末⑱，曾名品之未暇，何事理之能闲哉！魏文九宝⑲，器利辞钝。唯张载《剑阁》⑳，其才清采，迅足骎骎㉑，后发前至，勒铭岷汉㉒，得其宜矣。

【注释】

①勒岳：指秦始皇在泰山、峄山、琅琊山等山岳上雕刻铭文，如《泰山刻石》等。

②政暴：政治暴虐。文泽：文辞润泽。

③燕然之勒：指班固的《封燕然山铭》。《后汉书·窦宪传》载，车骑将军窦宪大破匈奴，“登燕然山，刻石勒功，纪汉威德，令班固作铭”。

④张昶(chǎng)：字文舒，汉末建安时期文人。华阴之碣(jié)：指张

昶的《西岳华山亭阙碑铭》。华阴，代指华山。碣，碑碣。

⑤铭思：精于铭文之用思。李曰刚曾说："《蔡中郎集》中多铭碑之文，且其构思之美巧，盛于别体。"

⑥桥公之钺(yuè)：指蔡邕歌颂桥玄之《黄钺铭》。桥公，指东汉末年的大官僚桥玄，他因功受赐黄钺，蔡邕为之作铭。

⑦吐纳：指运思行文。典谟：典范，法式。因《尚书》中有《尧典》、《皋陶谟》等篇名，故有"效法《尚书》"之解。实则与"为文用思的典范"之解，系一因一果，可合而不悖。

⑧朱穆之鼎：指蔡邕歌颂朱穆的《鼎铭》。朱穆，字公叔，东汉中期文人。

⑨溺：沉迷陷入。所长：指蔡邕善写碑文的特长。

⑩敬通：东汉文人冯衍之字。杂器：指冯衍所撰有关车、杖、刀、杯、枕、扇、袜等器物的铭文。

⑪准矱(yuē)：准则、尺度，此处做动词用。武铭：指周武王所作之铭文。

⑫违中：不恰当。

⑬品物：指崔骃品评细物的铭文，如《扇铭》、《樽铭》、《冬至袜铭》、《六安枕铭》等。

⑭李尤：字伯仁，东汉文人。

⑮蓍(shī)龟：古时卜用的两种器物。蓍，蓍草。龟，龟甲。此处指李尤的《蓍龟铭》。

⑯博弈：古时的棋具，用以游戏。此处指李尤的《围棋铭》。

⑰衡斛(hú)：古时的衡量之具。衡，秤。斛，十斗为一斛。此处指李尤的《权衡斗铭》。嘉量：美好而重要的量器。

⑱臼杵(jiù chǔ)：舂米的工具，即石臼和木杵。

⑲九宝：指曹丕的《剑铭》，其中写了九种刀剑之类的利器。《典论·剑铭·序》中说："余选兹良金，命彼国工，精而炼之，以为宝

器九：剑三；刀三；匕首二；露陌刀一。”

⑳张载：字孟阳，西晋文人。

㉑骎骎（qīn）：骏马飞驰的样子。

㉒勒铭岷汉：《晋书·张载传》载，晋武帝曾遣使将张载之《剑阁铭》“镌之于剑阁山”。因其系岷山分支，在汉水之南，故云“勒铭岷汉”。

【译文】

至于秦始皇在山岳上雕刻的铭文，他的统治暴虐而文辞颇为光泽，也有通顺畅达之美。至若班固的《封燕然山铭》，张昶的《西岳华山堂阙碑铭》，其序文都写得有生气而美盛。蔡邕精思于铭文，可谓古今第一；他赞美桥玄的《黄钺铭》，可谓为文用思的典范；但他歌颂朱穆的《鼎铭》，却完全写成了散体碑文，陷入了自己创作的特长和优势之中。至于像冯衍写的关于各种杂器的铭文，以周武王所作之铭为准则和范式，但其内容与器物不相符合，详略也不适中。崔骃品评器物的铭文，赞美得多而鉴戒之意少；李尤的诸多铭文，则内容简单文辞琐碎。他把作为神灵之物的蓍草龟甲，置于作为游戏之具的“博弈”之下；把作为重要衡量器具的秤和斛，放在杵臼的后边，连器物的名称品位都未及考虑，还怎么能来谈事物的意义呢！魏文帝曹丕写九种宝物的铭文，其中的刀剑是锋利的，而文辞却显得滞钝。惟独张载的《剑阁铭》，表现了作者辞采清丽的文才，犹如骏马驰骋，后来居上，把它刻在岷山、汉水之间的剑阁山上，是很恰当的。

箴者，针也。所以攻疾防患，喻针石也①。斯文之兴，盛于三代。夏、商二箴，余句颇存。周之辛甲②，百官箴阙③，唯《虞箴》一篇④，体义备焉⑤。迄至春秋，微而未绝。故魏绛讽君于“后羿”⑥，楚子训民于“在勤”⑦。战代以来，弃德务功，铭辞代兴，箴文萎绝。至扬雄稽古[8]，始范《虞箴》，作卿尹州牧二十五篇[9]。及崔、胡补缀[10]，总称《百官》，指事配位[11]，鞶鉴有征[12]，可谓追清风于前古，攀辛甲于后代者也[13]。

【注释】

①针石：即古代治病的石针，亦即原始的针灸。

②辛甲：周文王的太史，原为商臣。《左传·襄公四年》载，辛甲曾"命百官官箴王阙"。

③箴阙：针砭过失。

④《虞箴》：即《虞人之箴》，系辛甲命百官所作箴文中的一篇。虞人，古代掌管山泽的官员。

⑤体义：指箴文的体式和内容。

⑥魏绛：春秋时晋国大夫，曾用《虞人之箴》中的事例讽刺晋君。后羿：指《虞人之箴》所写的一个东方夷氏部族的首领，称夷羿，喜好游猎，不理国事，被族人所杀。他与传说中射日之后羿，并非一人。

⑦楚子：指楚庄王。楚国最早的君主，被周朝封为子爵，故称之为"楚子"。在勤：《左传·宣公十二年》载，楚王"无日不讨国人而训之"，"箴之曰：'民生在勤，勤则不匮。'"代兴：代之而兴，指铭文代箴文而兴起。

⑧稽古：稽查古籍，从中学习、借鉴。

⑨卿尹州牧：均为古代官职名称。

⑩崔、胡：指崔骃、崔瑗父子二人和胡广，均为东汉文人。补缀：补充连缀。

⑪指事：指明箴戒内容。配位：与其官位相配。

⑫鞶（pán）鉴：装饰在衣带上的镜子。

⑬攀：攀登，攀援，引申为效法。

【译文】

所谓箴，就是针刺的意思。用以针砭过失防止弊病，这是用针石可以治病来作比喻的一种说法。这种文体的兴起，盛行于夏、商、周三代。夏、商两代的箴文，还留存着一些残余的句子。周朝的辛甲，让百官都写箴文针砭过失，惟独《虞人之箴》这一篇，体式和内容都是完备的。到了春秋时代，箴体衰微但并未断绝。因而魏绛用“后羿”之事来讽劝君王，楚庄王用“在勤”之说来训教百姓。战国以来，抛弃道德追务功名，铭文代之而兴盛起来，箴文则萎缩得近乎绝迹了。到了扬雄稽查古代文章，开始模拟《虞箴》写出了卿、尹、州牧等官箴二十五篇。后来崔骃父子和胡广等人又加以补写，合起来称为《百官箴》，根据他们的职位配以相应的箴戒之事，犹如装饰在衣带上的镜子有可靠的借鉴作用，可以说是追随着古人的清雅风尚，效法辛甲的后起之秀了。

至于潘勖《符节》①，要而失浅；温峤《侍臣》②，博而患繁；王济《国子》③，引多而事寡；潘尼《乘舆》④，义正而体芜。凡斯继作，鲜有克衷⑤。至于王朗《杂箴》⑥，乃置巾履，得其戒慎，而失其所施⑦。观其约文举要，宪章武铭⑧，而水火井灶，繁辞不已，志有偏也。

【注释】

①潘勖(？—215)：字元茂，初名芝，因避讳而改名勖，陈留中牟(今属河南)人。

②温峤：字太真，东晋文人。《晋书·温峤传》载，晋太子“与为布衣之交；数陈规讽，又献《侍臣箴》，甚为弘益”。

③王济：字武子，西晋文人，其《国子箴》不传。

④潘尼：字正叔，潘勖之孙，西晋文人。

⑤克衷：能够持中而不偏倚。

⑥王朗：字景兴，三国魏之重臣，其《杂箴》已佚。

⑦失其所施：指施用之处不当。

⑧宪章：法度，此处做动词用，即仿效之意。

【译文】

至于潘勖的《符节箴》，扼要而有失于浅薄；温峤的《侍臣箴》，广博而又有繁杂之弊；王济的《国子箴》，征引多而事义少；潘尼的《乘舆箴》，则内容正确而体式杂乱。举凡这些后继之作，很少能够恰当而适中的。至于王朗的《杂箴》，竟然写了《巾箴》和《履箴》，虽能得以表现规戒谨慎之意，但施用在巾履上却不恰当。看这些文章文辞简练意义扼要，并且效仿了周武王之作，但只讲些水火井灶之类的东西，文辞繁多无度，这就偏离了写箴文的目的和意义了。

夫箴诵于官[①]，铭题于器，名用虽异，而警戒实同。箴全御过[②]，故文资确切；铭兼褒赞，故体贵弘润[③]。其取事也必核以辨[④]，其摛文也必简而深，此其大要也。然矢言之道盖阙[⑤]，庸器之制久沦[⑥]，所以箴铭寡用，罕施后代。惟秉文君子[⑦]，宜酌其远大焉。

【注释】

①诵：讽诵。

②御过：抵御、防止过失。

③弘润：弘博温润。陆机《文赋》有“铭博约而温润”之说。

④核：核实。辨：辨明。

⑤矢言：直言如箭。

⑥庸器：记功的器具。庸，功绩。久沦：沦丧已久。

⑦秉文：执笔为文。

【译文】

箴是对君王、官员进行讽诵的，铭则是题刻在器物上的，它们的名称和用途虽不一样，但警戒作用实际上是相同的。箴完全是为了防止过失，所以要借重于文辞的准确切实；铭兼有褒扬赞颂的内容和作用，所以它的体制风格以弘博温润为贵。它们选取的事物必须核实辨明，它们使用的文辞也必须简明深刻，这是撰写铭箴这两种文体的基本要求。但是敢于直言的道德风气已不再流行，在器物上雕刻铭文以记功的制度也久已沦丧，因而铭文和箴文的用处就少了，对后代的影响不大。只是执笔为文的志士仁人，应当酌取铭文和箴文的远大作用。

赞曰：铭实器表，箴惟德轨。有佩于言①，无鉴于水②。秉兹贞厉③，敬乎言履④。义典则弘，文约为美。

【注释】

①佩：佩戴在衣服上的饰物。此处引申为牢记而不忘。

②无鉴于水：《国语·吴语》载，伍子胥曾谏告吴王夫差："王其盍亦鉴于人，无鉴于水。"意谓应以人为鉴，而不以水为鉴。

③贞：纯真正直。厉：勉励。

④敬：审慎，敬慎。言履：言语和行动。

【译文】

综括而言：铭实际上是器物的表记，箴则是品德的轨范。牢记铭箴之言作为鉴戒，而不要以水为镜只照出自己的形貌。要用这种纯真正直的勉励，审慎地警戒自己的言行。义理典雅影响就弘大，文辞简约才可谓精美。

诔碑第十二

【题解】

《诔碑》篇论述诔文和碑文这两种应用文体。诔文是累列死者生平业绩的一种悼念性文章，目的是"累其德行，旌之不朽"，多在加封谥号的仪式上诵读，所谓"读诔定谥"。它最初只用于帝王将相、贵族官僚，而"未被于士"，且又"贱不诔贵，幼不诔长"，后来逐渐把这种陈规打破了。碑文则是指刻雕在石碑上的文章，因碑而得名。主要有三种类型：一是记功碑，它铭刻生者或死者的功德；二是宗庙碑，它最初是用以"丽牲"，以备献祭的，后来才配以有关文字；三是墓碑，用以记颂死者的生平功业，"同诔之区"。从《诔碑》篇所列之"选文"来看，多属墓碑文，是以刘勰将诔碑共篇，合而论之。

《诔碑》篇起笔就说："周世盛德，有铭诔之文。大夫之材，临丧能诔。"可见撰写诔文乃是古代官员必须具有的一种才识和能力，以应用于具有多种人际关系的社会生活之中。怎样写诔文？刘勰概括地提出了如下的要求：所谓"选言录行"，是就诔文的内容而言，它必须把死者美好、高尚的言行综合起来，加以择选写进文章，所谓"传体而颂文"，是就诔文的体式格调而言的。由于它要"累其德行"，所以要用"传体"，亦即要像人物传记那样，"按实而书"，"铭德纂行"。由于它要使死者"光彩允集"，"旌之不朽"，所以要用"颂文"，亦即要像《颂赞》篇所要求的那样，内容要“典懿”，文辞要“清铄”；“敷写”而不“华侈”，“敬慎”而异于“规戒”；做到“镂影摛声，文理有烂。年迹愈远，音徽如旦。”所谓“荣始而哀终”，是就诔文结构的首尾而言的。开头要赞颂死者的功业品德；结尾要表达对死者的哀悼之情，亦即颂首而哀末，先叙事后抒情，使情有所凭依，事有所升华。所谓“暧乎若可觌”，是就“论其人也”的形象性而言的。诔文叙写死者的品德言行，要让人依稀看到其音容风貌。这实际上已近乎人物形象的描写了。所谓“凄焉如可伤”，是就抒情的感染力而言的。诔文所表达的哀思，要引起人们的共鸣，产生伤感之情，这也涉及文学作品以情感人的特点了。掌握了上述要点，诔文的主旨也就体现出来。

墓碑文作为多种碑文中的主要组成部分，刘勰就碑文的写作要领，概括为三项：其一，就作者的修养说，是要“资乎史才”，即要凭靠作史的识见和才能。其二，就碑文的内容说，是要“标序盛德”，“昭纪鸿懿”，即要突出叙写死者的美好品德，鲜明地记载死者的高尚言行，展现出死者的“清风之华”和“峻伟之烈”。其三，就碑文的文体内涵说，明确指出了碑文在写作实践中多有与传记、铭文和诔文互有交叉、相辅相成的情况。

刘勰所论之诔文，作为一种特定的文体，已不复存在，而碑文的内容与形式也有了巨大的变化。但它们的价值和意义，却并未全然丧失。郭晋稀说：“碑如果用以记述国家大典，歌颂历史伟人，今后还是需要的。”祖保泉说：“诔，累列死者生平事迹；今人对死者所作的悼词亦如此：古之诔，今之悼词，名称不同，实质则一。”

周世盛德，有铭诔之文[①]。大夫之材，临丧能诔。诔者，累也[②]。累其德行，旌之不朽也[③]。夏、商已前，其词靡闻。周虽有诔，未被于士[④]；又贱不诔贵，幼不诔长。其在万乘[⑤]，则称天以诔之；读诔定谥，其节文大矣[⑥]。自鲁庄战乘丘[⑦]，始及于士。逮尼父之卒，哀公作诔。观其“慭遗”之辞[⑧]，“呜呼”之叹[⑨]，虽非睿作，古式存焉[⑩]。至柳妻之诔惠子[⑪]，则辞哀而韵长矣。

【注释】

①铭诔：此处主要指诔，铭是衬字。

②累：累计，即综合、归纳之意。

③旌(jīng)：表彰。

④被于：用于。士：指社会地位高于庶民而低于卿、大夫的士人。

⑤万乘(shèng)：拥有兵车万辆。乘，四马一车为一乘。此处代指帝王。

⑥节文：礼节仪式。

⑦鲁庄战乘丘：《礼记·檀弓上》载，鲁庄公在乘丘与宋军作战，“马惊，败绩，公坠”，为之驾车的县贲父和卜国均战死。鲁庄公曾误以为他俩无勇而予责备。后来发现战马因中箭而惊，庄公始觉“非其罪也”，“遂诔之”。“士之有诔，自此始也。”

⑧“慭(yìn)遗”之辞：《左传·哀公十六年》载，孔子死后，鲁哀公作诔，文中有“旻天不吊不慭遗一老”之句，意谓上天不情愿留下这位老人。慭，情愿，宁愿。

⑨“呜呼”之叹：指鲁哀公诔孔子之文中，“呜呼哀哉，尼父，无自律”之句。

⑩古式：指古代流传下来的诔文格式。

⑪柳妻之诔惠子：柳妻，柳下惠之妻。惠子，即柳下惠，春秋时鲁国大夫，名获，居柳下，谥号为惠，以善讲礼仪著称。其妻曾为之作《柳下惠诔》。

【译文】

周代有盛大的德泽，产生了铭诔这种文体。作为大夫的才能，应当能够在遇到丧事时撰写诔文。所谓诔，就是累计的意思。累计死者的德行，予以表彰而使之永垂不朽。夏朝、商朝以前，没听说过诔文。周朝虽有诔文，但没有用到士人身上；而且低贱的人不能为高贵的人作诔，小辈不能给长辈作诔。至为尊贵的帝王死后，则要以上天的名义给他作诔。诵读诔文，确定谥号，其礼节仪式是盛大隆重的。自从鲁庄公在乘丘战败，诔文才开始用到士人身上。及至孔子逝世，鲁哀公给他作诔，看文中"憖遗"的悲切，"呜呼"的哀叹，虽不能说是高明的杰作，但却保存下了古代诔文的基本格式。至于柳下惠之妻为其夫所作之诔，那就文辞哀切而韵味悠长了。

暨乎汉世，承流而作①。扬雄之诔元后②，文实烦秽。"沙麓"撮其要③，而挚疑成篇④，安有累德述尊，而阔略四句乎⑤！杜笃之诔⑥，有誉前代。《吴诔》虽工⑦，而他篇颇疏，岂以见称光武而改眄千金哉⑧！傅毅所制⑨，文体伦序；孝山、崔瑗⑩，辨洁相参⑪。观其序事如传，辞靡律调⑫，固诔之才也。潘岳构思，专师孝山，巧于序悲⑬，易入新切⑭，所以隔代相望⑮，能徽厥声者也⑯。至如崔骃《诔赵》⑰，刘陶《诔黄》⑱，并得宪章，工在简要。陈思叨名⑲，而体实繁缓，《文皇诔》末⑳，百言自陈，其乖甚矣。

【注释】

①承流：承继前代流风。

②元后：西汉元帝皇后，名王政君。

③"沙麓"撮其要：指《汉书·元后传》只摘引了《元后诔》中的四句

话:“太阴之精,沙麓之灵,作合于汉,配元生成。”沙麓,指沙麓山,元后的出生地。

④挚疑成篇:指挚虞猜疑“沙麓之灵”四句是《元后诔》的全篇。

⑤阔略:粗疏简略。

⑥杜笃:字季雅,东汉文人。

⑦《吴诔》:指杜笃所撰之《大司马吴汉诔》。

⑧见称光武:被汉光武皇帝称赞。《后汉书·杜笃传》载:“大司马吴汉薨,光武召诸儒诔之。笃于狱中为诔,辞最高,帝美之,赐帛免刑。”改眄(miàn):改变看法。

⑨傅毅(?—约90):字武仲,扶风茂陵(今陕西兴平)人。东汉辞赋家,曾与班固、贾逵共典校书。

⑩孝山:东汉文人苏顺之字。

⑪辨洁:明晰而简洁。

⑫辞靡:文辞细密。

⑬序悲:叙写悲情。

⑭新切:新颖亲切。

⑮隔代相望:指在后人中享有名声。

⑯徽:美好,此处作动词用。

⑰崔骃(?—92):字亭伯,涿郡安平(河北安平)人。与班固、傅毅齐名。

⑱刘陶:字子奇,东汉文人,其《诔黄》之文亦佚。

⑲叨(tāo)名:获得名声,此处有“枉得虚名”之意。

⑳《文皇诔》:即曹植所作之《文帝诔》。

【译文】

到了汉代,继承前代流风而写作。扬雄写的《元后诔》,文章写得实在是烦琐而芜秽。只被撮要摘引了“沙麓”等句,而挚虞却疑为其全篇,哪能有累计德行表述尊崇的诔文,只写了粗略的四句话呢!杜笃写的诔文，享誉于前代。《吴汉诔》虽然写得工巧，但其他的诔文却颇为粗疏，怎么能因为受到光武皇帝的称赞，而改变看法，把它们都视若千金的作品呢！傅毅写的诔文，文辞体式都颇为整齐有序；孝山、崔瑗所作，明辨与简洁相结合。看他们的诔文叙事如同传记，文辞细密而音律谐调，确实是作诔文的有才之士。潘岳构撰诔文，专意师法苏顺，善于精巧地叙述悲哀之情，容易具有清新、亲切的特点，因此他为隔代的后人所仰望，使他获得美好的名声。至于崔骃的《诔赵》文，刘陶的《诔黄》文，都深得诔文写作的法规，具有简明扼要的功力。陈思王虽有善诔之名，但他的诔文确实是繁冗而迂缓，他所写的《文帝诔》篇末，竟用百余言来陈述自己，过分背离诔文之体制、格式了。

若夫殷臣咏汤，追褒《玄鸟》之祚①；周史歌文②，上阐后稷之烈③。诔述祖宗④，盖诗人之则也。至于序述哀情，则触类而长⑤。傅毅之诔北海⑥，云“白日幽光⑦，淮雨杳冥⑧”，始序致感⑨，遂为后式。影而效者⑩，弥取于工矣。详夫诔之为制⑪，盖选言录行，传体而颂文⑫，荣始而哀终。论其人也，暧乎若可觌⑬；道其哀也，凄焉如可伤，此其旨也。

【注释】

①《玄鸟》：指《诗经·商颂》中的《玄鸟》篇，其开头说：“天命玄鸟，降而生商。”玄鸟是燕子，相传帝喾之妻简狄吃了燕蛋，怀孕而生契，是为商之始祖。祚（zuò）：福祉。

②周史：指周朝的史官。歌文：歌颂周文王。文，指周文王，系周武王之父，姓姬名昌。

③上阐：上，指前代。阐，阐发。指《诗经·大雅》中的《生民》等篇，曾叙写到后稷的功绩。后稷：传说中周代帝王的祖先，为农业之

神。烈：丰功伟业。

④诔述：累列功德加以叙述。

⑤触类：指受相关事物的触发。

⑥北海：指东汉光武帝之侄刘兴，封为北海王。傅毅曾撰《北海王诔》。

⑦幽光：光线暗淡。

⑧淮雨：连绵的大雨。杳冥(yǎo míng)：迷茫昏暗。《北海王诔》残缺，已无此语。

⑨始序致感：一开始便在序文中表达情感。

⑩影而效者：喻指像影之与形那样仿效前人作品之人。

⑪为制：作为一种特定的文章体制。

⑫颂文：颂文的文辞。

⑬暧(ài)：仿佛，隐约。觌(dí)：看见。

【译文】

至若殷代的臣民歌颂商汤，追述《玄鸟》诗中赞颂上天赐给祖宗的福祉；周朝的史官歌赞周文王，上述及先祖后稷的宏功伟业。累赞祖先之功德，这是诗人们遵循的准则。至于叙述哀伤之情，那就要借同类事物的触发而产生联想。傅毅在其《北海王诔》中曾说："白天的阳光幽暗了，淫雨一片茫然昏暗"，一开始即在序文中抒写情感，逐渐成为后人写作的楷式。如影之与形那样地仿效，越来越求其工巧了。详细考察诔文的体制特点，它要选用死者生前的言论，著录他的德行，用传记的体式和颂体的文辞。开始写死者的荣耀功德，结尾表达对死者的哀痛之情。论述死者的人品，要让人仿佛能看见他的形貌，表达自己的哀思，要凄切悲惨，让人感到忧伤动情，这就是诔文的写作要领。

碑者，埤也[①]。上古帝王，纪号封禅[②]，树石埤岳，故曰碑也。周穆纪迹于弇山之石[③]，亦古碑之意也。又宗庙有碑，树之两楹[4]，事止丽牲[5]，未勒勋绩。而庸器渐缺[6]，故后代用碑，以石代金，同乎不朽。自庙徂坟[7]，犹封墓也[8]。自后汉以来，碑碣云起[9]，才锋所断，莫高蔡邕[10]。观《杨赐》之碑[11]，骨鲠训典[12]；《陈》、《郭》二文[13]，词无择言[14]。《周》、《胡》众碑[15]，莫非清允[16]。其叙事也该而要，其缀采也雅而泽[17]。清词转而不穷，巧义出而卓立[18]。察其为才，自然至矣。孔融所创[19]，有摹伯喈。《张》、《陈》两文[20]，辨给足采[21]，亦其亚也[22]。及孙绰为文[23]，志在于碑，《温》、《王》、《郗》、《庾》[24]，辞多枝杂。《桓彝》一篇[25]，最为辨裁矣。

【注释】

①埤（pí）：增加。古人树碑，皆取自卑加高之意，故曰："碑者，埤也。"

②纪号：把功业祭告上天。封禅：古代帝王受命后祭告天地的一种隆重礼仪活动。封，是封泰山，祭天。禅，是禅梁父，祭地。梁父，又作梁甫，山名，在泰山之下。

③周穆：指西周穆王。弇（yǎn）山：古代神话中所说的日落之处。《穆天子传·卷三》载，周穆王曾"纪迹于弇山之石"，"眉曰：'西王母之山。'"

④两楹（yíng）：指宗庙中庭的两根柱子。

⑤丽牲：拴系供祭祀用的牲口。丽，附丽，附着，引申为拴住。

⑥庸器：指记功用的铜铁之器。

⑦徂（cú）：往，到，此处有转往、运至之意。

⑧封墓：指堆土为坟，使之隆起。

⑨碑碣：石碑。方顶者曰碑；圆顶者曰碣。云起：喻指石碑被广泛采用以代金。

⑩蔡邕(133—192):字伯喈,陈留(今河南开封)人,东汉文学家、书法家、音乐家。汉献帝时拜左中郎将,故又称“蔡中郎”。蔡文姬之父。

⑪《杨赐》:指《太尉杨赐碑》。

⑫骨鲠训典:以训典为主干和骨力。

⑬《陈》、《郭》:指《陈寔碑》、《郭泰碑》。

⑭择言:指残缺、破败的语句。择,同“斁”,败坏之意。

⑮《周》、《胡》:指《汝南周勰碑》和《太傅胡广碑》。

⑯清允:清晰恰当。

⑰缀采:连缀文辞。

⑱卓立:突出,超群。

⑲孔融(153—208):字文举,鲁国(治今山东曲阜)人,建安七子之一,孔子二十世孙。

⑳《张》、《陈》:指《张俭碑》和《陈乂碑》,后者已佚。

㉑辨给:思辨敏捷而语言明快。足采:富有文采。

㉒亚:次于、第二位之意。此处指孔融仅次于蔡邕,几乎可与之并肩比美。

㉓孙绰(314—371):字兴公,中都(今山西平遥)人。博学善文,《遂初赋》、《天台山赋》等为其代表作。

㉔《温》、《王》、《郗》、《庾》:分别指为晋代文人温峤、东晋丞相王导、东晋太宰郗鉴、东晋太尉庾亮所写的碑文。

㉕《桓彝》:指为晋明帝时之散骑常侍桓彝所写的碑文,已佚。

【译文】

所谓碑,就是“埤”的意思。上古之帝王,举行“封禅”仪式把自己的功德祭告于天,要树刻石于山岳之上,故名之为碑。周穆王刻纪行迹于弇山石上,也是古代立碑的意思。还有宗庙前的石碑,树立在两根廊柱中间,它的作用只是拴系牲口,而不在上面勒刻功勋业绩。由于记功用的铜器逐渐减少，所以后代就用石碑记功，以石碑代替了铜铁铸造之器，同样可以使之不朽。从用于宗庙到用于墓地，犹如堆土封墓，加高了坟丘。自东汉以后，碑碣大量涌现，比较判断其作者们的突出才气，没有能超过蔡邕的。看他写的《杨赐》碑文，以经典为其骨鲠；为陈寔、郭泰写的两篇碑文，文辞精要无瑕。而为周勰、胡广等所写的诸多碑文，则没有一篇不是清晰允当的。它叙事完备而扼要，它的辞采也高雅而润泽。清丽的文辞流转变化无穷，巧妙的文意突出显现而独拔超群。考察他之所以具有为文之才，乃是自然而然就达到了。孔融所创作的碑文，追摹蔡邕之作。《张俭碑》、《陈乂碑》两篇，思辨明快又有充足的文采，与蔡邕差可并比。及至孙绰的写作，有写碑文的愿望，但他写的《温》、《王》、《郗》、《庾》等碑文，文辞大都枝蔓芜杂，只有《桓彝》这一篇碑文，最为明辨而又剪裁得当。

夫属碑之体[①]，资乎史才[②]，其序则传，其文则铭。标序盛德[③]，必见清风之华[④]；昭纪鸿懿[⑤]，必见峻伟之烈[⑥]。此碑之致也[⑦]。夫碑实铭器，铭实碑文。因器立名[⑧]，事先于诔[⑨]。是以勒器赞勋者，入铭之域；树碑述亡者，同诔之区焉。

【注释】

①属碑：撰写碑文。

②资：依靠，凭借。史才：作史的才能。

③标序：突出地叙述。

④清风：清朗的气节和操守。

⑤昭纪：清晰地记载。昭，清晰，明白。纪，记载。鸿懿：与“盛德”相对，指宏阔、美善的言行。

⑥峻伟：高尚、伟大。

⑦致：极致，引申为最高标准。

⑧因器立名：指碑文是根据器物的名称确立了其作为一种文体的名称。

⑨事先于诔：指碑的产生先于诔文。

【译文】

撰写碑文这种体裁的文章，要依靠作史的才能，它的叙事是传记，它的文辞则是铭文。鲜明突出地叙述死者的美好品德，一定要显现其清朗风节之光彩；清晰地记载其宏阔的高尚言行，必定要显示其丰功伟业。这就是写作碑文的最高标准。实际上碑是刻铭的器物，铭实际上是刻在碑上的文辞。根据器物确立碑的名称，它的产生先于诔。因此刻石以赞颂功勋的，归入铭文的范围；树立石碑以表述死者的，就与诔文同属一个区域了。

赞曰：写远追虚[①]，碑诔以立。铭德纂行[②]，光彩允集[③]。观风似面[④]，听辞如泣。石墨镌华[⑤]，颓影岂戢[⑥]？

【注释】

①写远追虚：指叙写死者生前的业绩，追忆死者留传下来的美德。远，指已逝之过去。虚，指精神品德。

②纂（zuǎn）：收集，编纂。

③允集：恰当地会集在一起。

④观风：看到文章表现的风采。风，此处指诔文、碑文的内容。

⑤石墨：石碑和墨染的碑文。镌（jiān）：镌刻。

⑥颓影：指死者留下的影像。戢（jí）：消失。

【译文】

综括而言：叙写死者生前的功业，追忆死者留下的德行，碑文和诔便由此而产生。铭刻其美德，记叙其善行，死者的光彩便会集在一起。看到文章的风采犹如面见其人，听了作品的言辞好像耳闻哀泣。石碑黑墨镌刻了华美的辞藻，死者留下的影像怎么会消失呢？

哀吊第十三

【题解】

《哀吊》篇所论之哀文与吊辞，在古代社会生活中，有着不同的应用范围。哀文，原本只用于童稚之夭亡，即所谓“必施夭昏”，而“不在黄发”。后来在实际上则又用于不幸暴死之人，如“三良殉秦”、“霍嬗暴亡”、“汝阳主亡”等“夭横”之事，均有哀文之作。吊辞，主要有四种用处：一是“令终定谥”、“宾之慰主”；二是“国灾民亡”、“行人奉辞”；三是“虐民构敌”、“翻贺为吊”；四是对历史人物和事件的“追而慰之”，且多有“剖析褒贬”。前三种用处，不一定都撰写吊辞，而只是一种社交礼仪活动，而从刘勰在《哀吊》篇中对九位吊辞作者的评论来看，他所论的吊辞主要是第四种，实际上这也是应用性最为广泛的一种吊辞。

刘勰从正反两个方面，突出了哀文写作的关键：首先提出了哀文的写作要以表现痛伤和爱惜之情为主旨，这是因为哀文的作者，多为夭折童少的长辈和亲人，不可能也不应该不表现出极为悲痛和爱怜的深情。其次是明确了哀文写作的具体内容，即“誉止于察惠”，“悼加乎肤色”，在赞誉和哀悼过程中，写出夭折者的聪敏智慧和音容形象。第三是强调哀文的感染力。第四则是从文辞与情感的关系方面，要求作者防止“奢体为辞”和“丽而不哀”，做到“隐心而结文”，不务“观文而属心”。这就涉及“为情而造文”，抑或是“为文而造情”这一根本问题了。

至于哀文作品，刘勰认为西晋文人潘岳的《金鹿哀辞》和《泽兰哀辞》写得最好，誉之为“莫之或继”的传世之作。

吊辞的写作要领，刘勰概括得比较简略，主要有三层意思：一是要“正义以绳理，昭德而塞违”，即要用正确的思想观点作为判断事理的准绳，阐扬昭示雅正美好的德行，堵塞、防止违背正义的舛误和过失。二是要“剖析褒贬，哀而有正”，即要对历史人物和事件，做具体分析，判明是非正误，予以褒扬或贬斥。三是要防止“华过韵缓”，与哀文一样不能“奢体为辞”。否则就会“化而为赋”，背离吊辞的体式格调，而失掉其价值和意义了。

刘勰认为，吊辞的写作以贾谊和司马相如的成就最高。

赋宪之谥①，短折曰哀②。哀者，依也。悲实依心，故曰哀也。以辞遣哀③，盖下流之悼④，故不在黄发⑤，必施夭昏⑥。昔三良殉秦⑦，百夫莫赎⑧，事均夭枉⑨，《黄鸟》赋哀，抑亦《诗》人之哀辞乎！暨汉武封禅，而霍嬗暴亡⑩，帝伤而作诗，亦哀辞之类矣。降及后汉，汝阳主亡⑪，崔瑗哀辞，始变前式⑫。然“履突鬼门”，怪而不辞⑬；“驾龙乘云”，仙而不哀；又卒章五言⑭，颇似歌谣，亦仿佛乎汉武也⑮。

【注释】

①赋宪之谥：指《逸周书·谥法》。赋，公布。宪，法规。

②短折：寿短年幼而死。

③遣哀：发抒、排遣哀情。

④下流：指年幼的晚辈，魏晋人称子孙为“下流”。

⑤黄发：指老年人，以其发白而复黄。

⑥夭昏：短折曰夭，不满三个月而未名曰昏。

⑦三良：指秦国子车氏的三个儿子，名奄息、仲行、鍼虎。殉秦：《左传·文公六年》载，秦穆公死前要“三良”为其死后陪葬。殉，以活人陪着死人埋葬。

⑧百夫莫赎：《诗经·秦风·黄鸟》小序说：“黄鸟，哀三良也。国人刺穆公以人从死，而作是诗也。”诗中说：“彼苍者天，歼我良人！如可赎兮，人百其身。”

⑨夭枉：冤屈短命而死。

⑩霍嬗（shàn）：字子侯，西汉名将霍去病之子。

⑪汝阳主：指汝阳公主。诸多版本的《文心雕龙》研究著作，以“汝阳主”为“汝阳王”，但不可考，哀文亦佚。周振甫据《御览·卷五九六》，校改为“汝阳主”；又据《后汉书·后纪》，以汝阳长公主，为和帝之女，名刘广。按汉制，皇女皆封为县公主，尊崇者加号长公主，仪服同蕃王。

⑫始变前式：指崔瑗改变了哀辞用于哀悼夭折童少的传统规矩，而施之于成人。据祖保泉考辨、推算：“汝阳主得封号时，至少已四十一岁。”

⑬不辞：不讲究文辞，或不足以为文辞，引申为不合情理。

⑭卒章：最后一章，指文章的结尾部分。

⑮仿佛乎汉武：指与汉武帝所撰的哀霍嬗诗相似。

【译文】

古代公布的谥法规定，短命夭折叫做“哀”。所谓哀，就是“依”的意思。悲哀之情依赖于心灵，所以称为“哀”。用文辞排遣哀情，是对年幼后辈的悼念，所以不能用之于老人，而必定用在夭折的童少身上。从前有三个优秀的年轻人为秦穆公殉葬，即使用一百人也不能赎回一个来，这就是冤屈地夭折了。《诗经·秦风·黄鸟》中陈述了对这件事的悲哀之情，这或许就是《诗经》作者所写的哀辞了。到了汉武帝到泰山去祭天祭地时，随行的霍嬗突然死亡，武帝因伤感而赋诗，这也是哀辞一类的作品。后及东汉，汝阳公主死了，崔瑗为之写哀辞，才开始改变了以前的法式。但其中写死者的脚步突入鬼门，怪诞而不讲究文辞；还写到死者驾着龙乘着云，像进入了仙境而表现不出哀伤之情；再就是最后一章用了五言句式，好像是歌谣，又有点像汉武帝哀悼霍嬗的诗。

至于苏顺、张升①，并述哀文，虽发其情华，而未极其心实②。建安哀辞，惟伟长差善③，《行女》一篇，时有恻怛④。及潘岳继作⑤，实钟其美⑥。观其虑赡辞变⑦，情洞悲苦⑧，叙事如传；结言摹《诗》⑨，促节四言⑩，鲜有缓句⑪。故能义直而文婉⑫，体旧而趋新⑬，《金鹿》、《泽兰》⑭，莫之或继也。

【注释】

①苏顺：字孝山，东汉文人。张升：字彦真，东汉文人。

②未极：未能充分写出。心实：内心深处的真实感受。

③差善：比较好。差，稍微，比较。

④恻怛(cè dá)：忧伤，悲苦。

⑤继作：承接前人，继之而作。

⑥钟：集中，汇聚。

⑦虑赡：思考翔赡、周密。

⑧情洞悲苦：深入表现悲苦之情。洞，深入，此处作动词用。

⑨结言：连缀文辞，亦即遣辞造句，此处指句式。

⑩促节：音节短促。

⑪缓句：音节纡缓的句子。

⑫义直：含义纯真正直。文婉：文辞委婉、美好。

⑬体旧：旧有的体式。

⑭《金鹿》：指潘岳为其女金鹿所撰之哀辞。《泽兰》：指潘岳《为任

子咸妻作孤女泽兰哀辞》。

【译文】

说到苏顺和张升，他们都撰写哀文，虽然表现出了他们的情思和文采，却未能充分反映出内心深处的真情实感。建安时期的哀辞，只有徐幹写得比较好，他的《行女》之作，每每表达出令人伤痛的哀情。及至潘岳继作哀辞，确实集中了前人写作哀辞的优点。看他的作品思考周密而辞采多变，能够深入地表达悲苦之情，叙事则如同写作传记；遣辞造句追摹《诗经》，采用音节短促的四言句式，很少有纡缓的句子。所以能含义纯正而文辞委婉，体式虽旧但有新的追求和情韵，他的《金鹿哀辞》和《泽兰哀辞》，没有人能够继续写出来了。

原夫哀辞大体[①]，情主于痛伤，而辞穷乎爱惜。幼未成德[②]，故誉止于察惠[③]；弱不胜务[④]，故悼加乎肤色[⑤]。隐心而结文则事惬[⑥]，观文而属心则体奢[⑦]。奢体为辞，则虽丽不哀。必使情往会悲[⑧]，文来引泣[⑨]，乃其贵耳。

【注释】

①原夫：考查，推究。

②成德：成就功德。

③察惠：聪明智慧。

④胜务：胜任所承担的事务。

⑤肤色：代指容貌。

⑥隐心：痛心，内心的悲痛。结文：结撰成文。事惬(qiè)：指文章写得恰当得体。

⑦观文：观赏、玩弄文辞。属心：虚拟心情，即“为文而造情”。体奢：体，体式格调。奢，浮华夸张。

⑧情往会悲：指感情的表达引起悲哀的共鸣。

⑨文来引泣：文辞表现出来的感情使人感到悲痛欲泣。

【译文】

考察哀辞的体制特点，主要是表达悲伤痛苦的感情，文辞要尽可能地表现对死者的爱怜和惋惜。由于年幼尚没有功德成就，所以只能赞誉他的聪敏智慧；由于弱小不能处理各种事务，所以只能对他的容貌加以悼念。把内心的悲痛结撰为哀辞就自然恰当得体，为使人观赏文辞而去虚拟心情就会把文章写得浮华夸张。以浮华夸张的格调写成哀辞，虽然华丽却不能表现悲哀之情。必须使自己情感的表达与人们的悲痛相会合，使文辞表现出来的感情能引起人们的悲泣，这才是哀辞的可贵之处。

吊者，至也。《诗》云，“神之吊矣”，言神之至也。君子令终定谥①，事极理哀②，故宾之慰主③，以至到为言也④。压溺乖道⑤，所以不吊。又宋水郑火，行人奉辞⑥，国灾民亡，故同吊也。及晋筑虒台⑦，齐袭燕城⑧，史赵、苏秦⑨，翻贺为吊⑩，虐民构敌⑪，亦亡之道。凡斯之例，吊之所设也⑫。或骄贵而殒身⑬，或狷忿以乖道⑭，或有志而无时，或美才而兼累⑮，追而慰之，并名为吊。

【注释】

①令终：寿终，即正常死亡。定谥：确定死者的封号。

②事极理哀：即治丧举哀。

③宾：指死者的宾客。主：死者的亲属，即治丧主人。

④至到：即来到，指到治丧之家去慰问。它本身就是慰问的言辞。

⑤压溺：指压死、淹死之人。乖道：背离正道，指非正常死亡。

⑥行人：外交使节。

⑦晋筑虒(sī)台：指春秋时晋平公修建的虒祁宫。

⑧齐袭燕城：指战国时齐宣王趁燕文公之死，攻占燕国十城。

⑨史赵：晋国太史。苏秦：战国时的纵横家，主张六国合纵抗秦。

⑩翻贺为吊：《左传·昭公八年》载，晋平公筑成虒祁宫，郑国派游吉(子太叔)去致贺，史赵对他说："可吊也而又贺之。"又《战国策·齐策》载，齐宣王攻占燕国十城，苏秦去说齐宣王，"再拜而贺，因仰而吊"。晋筑虒台和齐袭燕城，都是不义之事，故史赵、苏秦都"翻贺为吊"。

⑪虐民：苛虐百姓，劳民伤财，指晋筑虒台。构敌：树敌，指齐袭燕城，成为燕国的仇敌。

⑫吊之所设：指吊辞的用处和产生的原由。

⑬殒(yǔn)身：丧命。

⑭狷忿：心胸褊狭而怨忿。乖道：此处为不合世道之意。

⑮兼累：多有牵累，而不得施展。

【译文】

所谓吊，就是至的意思。《诗经·小雅·天保》中说："神之吊矣"，意思是说神灵到来了。才德高尚的人寿终确定谥号，办理丧事至为悲哀，所以宾客对治丧主人的慰问，以"至到"作为安慰的言辞。而被压死、淹死的人是非正常之事，所以就不去哀吊了。还有宋国遭遇了水患，郑国发生了火灾，各国使节都去奉致言辞，因为国家受灾百姓沦亡，所以同去吊慰。及至晋国筑造虒祁台，齐国袭取燕国的城市，史赵和苏秦，就分别把祝贺改变为致吊，苛虐百姓攻袭别国，也是值得哀吊的亡国之道。举凡上述一类的事例，都说明了吊辞的用处。或者因富贵骄奢而死亡，或者因褊狭忿恨而不合世道，或者胸怀大志而不得机遇，或者具有美好、杰出的才华而多有牵累，追念这些人而予以慰藉，都可以一并称之为"吊"。

自贾谊浮湘[①]，发愤吊屈[②]，体周而事核[③]，辞清而理哀，盖首出之作也。及相如之吊二世[④]，全为赋体，桓谭以为其言恻怆[⑤]，读者叹息；及卒章要切，断而能悲也[⑥]。扬雄吊屈[⑦]，思积功寡，意深反骚，故辞韵沉膇[⑧]。班彪、蔡邕[⑨]，并敏于致诘。然影附贾氏[⑩]，难为并驱耳。胡、阮之吊夷、齐[⑪]，褒而无间[⑫]；仲宣所制，讥呵实工。然则胡、阮嘉其清，王子伤其隘[⑬]，各其志也。祢衡之吊平子[⑭]，缛丽而轻清[⑮]；陆机之吊魏武[⑯]，序巧而文繁。降斯以下，未有可称者矣。

【注释】

①浮湘：乘船渡过湘江。

②发愤吊屈：《吊屈原赋》序文中说，贾谊谪为长沙王太傅，“意不自得”，“及渡湘水，为赋以吊屈原”。

③体周：体式周备、完美。事核：叙事准确、翔实。

④二世：秦二世胡亥（前230—前207），嬴姓，名胡亥，秦始皇第十八子，210年至207年在位。

⑤桓谭（前23—50）：字君山，沛国相（今安徽濉溪）人，遍及五经，博学多通。恻怆：悲伤凄怆。

⑥断：论断，指《哀秦二世赋》中“信谗不寤”、“持身不谨”等评语。

⑦扬雄吊屈：指扬雄所作之《反离骚》，文中对屈原投江自杀之举，表示不以为然。

⑧沉膇（zhuì）：滞重而不流畅。沉，沉溺，是一种风湿病。膇，脚肿。

⑨班彪（3—54）：字叔皮，东汉文人，班固、班昭之父。曾作《悼离骚》。

⑩影附：影之附形，喻指班彪、蔡邕摹仿贾谊。

⑪胡、阮：胡，指东汉文人胡广，曾作《吊夷齐文》。阮，指东汉文人阮瑀，曾作《吊伯夷文》。夷、齐：指商代末年的贵族伯夷和叔齐。

他们反对周武王伐纣，不吃周粟，饿死于首阳山。

⑫无间：没有间隙。此处借用为没有批评。

⑬王子：指王粲。伤其隘：以狭隘为其病。伤，病，引申为指责。

⑭祢衡（173—198）：字正平，汉末文人，曾作《吊张衡文》。

⑮缛丽：文采繁富华丽。轻清：指体式轻巧而内容清新。

⑯魏武：魏武帝曹操。

【译文】

自从贾谊渡过湘江，发抒愤懑而撰写《吊屈原赋》，体式完美而叙事准确，文辞清丽而情思悲哀，是最早创作的吊文佳篇。到了司马相如写《哀秦二世赋》，用的完全是赋体，桓谭认为这篇吊文言辞悲恻凄怆，能让读者哀叹；而最后一段写得扼要切实，既做出了评断又使人悲痛。扬雄写追念屈原的吊文，思虑繁富而作用不大，意味深长地反驳《离骚》中的观点，所以文辞和音韵都显得滞重而不流畅。班彪和蔡邕所写的吊文，都善于提出诘问。但他们追摹贾谊，却很难和他并驾齐驱。胡广的《吊夷齐文》和阮瑀的《吊伯夷文》，只有褒赞而没有批评；王粲的《吊夷齐文》，讥刺和呵责得实在工巧。然则胡广和阮瑀是嘉许他们的清高，王粲是责备他们的狭隘，这就是各有心志和意图了。祢衡的《吊张衡文》，辞采富丽而又轻巧清浅；陆机的《吊魏武帝文》，序言精巧而吊文繁缛。从此以后，再没有可以称道的吊文了。

夫吊虽古义[①]，而华辞末造[②]。华过韵缓，则化而为赋。固宜正义以绳理[③]，昭德而塞违[④]，剖析褒贬，哀而有正，则无夺伦矣[⑤]。

【注释】

①古义：古老的含义，指吊在古代的“宾之慰主”，“至到为言”等含义。

②末造：末代，后世。

③正义：指正确的思想观点。绳理：判断事理。绳，准绳，此处作动词用。

④昭德：宣扬美德。昭，显明，彰明，此处作动词用。塞违：防止过失和舛误。

⑤夺伦：夺理，违反原则、道理。伦，伦次，引申为原则、道理。

【译文】

吊虽有它古老的含义，辞采华丽的吊文却是后来出现的。如果把吊文写得华丽过分而又音韵纡缓，那就演化成赋了。应当以端正的思想观点作为判断事理的准绳，宣扬美德而防止舛误，辨明褒扬与贬抑的意义，把哀文写得既有哀伤的感情又表现出纯正的义理，这就不会违背吊文的写作原则了。

赞曰：辞之所哀，在彼弱弄①。苗而不秀②，自古斯恸③。虽有通才，迷方失控④。千载可伤，寓言以送⑤。

【注释】

①弱弄：指柔弱好玩的儿童。

②秀：苗木的茂盛生长。

③恸：极度悲痛。

④迷方：迷失方向。失控：失却控制。

⑤寓言：寄寓在哀文和吊辞中的情思。

【译文】

综括而言：哀辞所表现的伤痛，主要是对那些夭折的弱小儿童。幼苗而未能茂盛地生长，自古以来人们就为这样的事情悲痛。虽然是通达的才士，也难以控制为文的正确方向。对那些让人们千古伤心的事，只能寄言追吊了。

杂文第十四

【题解】

《杂文》篇在《文心雕龙》文体论中具有一定的特殊性，它既不像《明诗》、《诠赋》、《乐府》等篇一体一篇，也不像《论说》、《章表》、《奏启》等篇两体一篇，而是多体一篇。杂，纷杂、众多之意。文，即文章。按文笔分类说，它类属于"有韵之文"。而所谓"杂文"，乃是一个包容着多种文体的带综合性的名称。它与现代意义上的杂文有联系，但具体内涵不同。

《杂文》篇主要论述了"对问"、"七"和"连珠"三种文体，它们是同中有异，相互交叉的。主要表现为：一、"对问"与"七"比较，两者大都是客人与主人的对问，都尽力描绘声貌，但"对问"中并不都包括着七项内容。二、"对问"、"七"与"连珠"比较，三者都要尽力描绘声貌，但"连珠"体制较小，也并非主客对问。三、"连珠"是把"碎文琐语"连缀在一起，使之"辞如贯珠"、"磊磊自转"。"对问"与"七"，虽也要"藻溢于辞"，多有"腴辞云构，夸丽风骇"之巧，却并非都必有"欲穿明珠"之妙。

《杂文》篇在阐明了"对问"这种文体始于宋玉的《对楚王问》之后，相继对东方朔、扬雄、班固、崔骃、张衡、崔寔、郭璞、蔡邕以及曹植、庾敳等人的"对问"之作，做了评论，有褒有贬。

自枚乘首创《七发》之后，傅毅作《七激》、崔骃作《七依》、张衡作《七辩》、马融作《七厉》、曹植作《七启》、王粲作《七释》，还有桓麟的《七说》、左思的《七讽》等等，真是“作者继踵”，形成了一种颇有影响的“七”体。刘勰在《杂文》篇中虽肯定了“七”体创作中各家所表现出来的优点，如“独拔而伟丽”、“清要之功”和“博雅之巧”，以及“结采绵靡”、“植义纯正”、“取美于宏壮”、“致辨于事理”等等，但却也较多地对“七”体创作中的弊端，进行了针砭，实则明确了不应该怎么写，也就知道应该怎么写了。

刘勰对“连珠”的创作，除肯定了扬雄的始创之功和陆机之作的特色之外，主要是批评杜笃、贾逵、刘珍、潘勖等人“欲穿明珠”，却“多贯鱼目”，指责他们是“寿陵匍匐，非复邯郸之步”；“里丑捧心，不关西施之颦”。从这一反一正的臧否中，可以看出刘勰虽然不排斥后人对前贤的“祖述”、“继踵”，这是由他的宗经思想决定了的，但他更重视“始造”和“独拔”。《通变》篇对此做了集中而又具有辩证色彩的论述，鲜明地提出了“望今制奇，参古定法”的主张。这在《杂文》篇所论的“连珠”中，也有所反映。“连珠”体“文小易周，思闲可赡”。对如何写作“连珠”，刘勰提出了四点要求：一是义明，即要把情理明晰地表达出来。二是辞净，即文辞要简洁明净，使之与文体内容相适应。三是事圆，即用事要准确，比喻要恰当，叙事要圆通，无瑕疵和疏漏。四是音泽，即要讲究声韵的和谐之美，使之如磊磊明珠，圆转流动。联系创作实践考虑，这几点要求对古今各种文体的写作，都具有程度不同的指导意义，而绝非“连珠”一体所专有。

《杂文》篇研究中的主要疑点，是它的类属问题。由于《文心雕龙》有关篇章中所言及的“文”与“笔”，也并非都具有明确的文体分类的特定意义，它往往是泛指的，在许多情况下是同义互用的。刘勰在《文心雕龙》中论及的文体，其数量之多、种类之繁、范围之广，都是超越前人的，达到了他那个时代的高峰。而他对几乎被“网罗无遗”的众多文体的类分，也是匠心独具的。他虽然“隐区文笔二体”，但并未把所有文体都类属于“文笔二体”之中。《杂文》篇以及《谐讔》篇之成为专论，就是最突出的例证。刘勰把《杂文》以及《谐讔》两篇，置于“有韵之文”之后和“无韵之笔”之前的“中间地带”，是有意而为之的。刘勰在宗经思想的指导下，没有拘囿于“文笔分类”，将被他视为“文章之枝派，暇豫之末造”的“杂文”等体，单列成篇，而不计其或“文”或“笔”。由此可见，范文澜“文笔杂”之见，是妙识文理，深得刘勰“为文之用心”的。

智术之子①，博雅之人，藻溢于辞，辨盈乎气。苑囿文情②，故日新殊致③。宋玉含才，颇亦负俗④，始造《对问》⑤，以申其志，放怀寥廓⑥，气实使文。及枚乘摛艳，首制《七发》⑦，腴辞云构⑧，夸丽风骇⑨。盖七窍所发⑩，发乎嗜欲，始邪末正⑪，所以戒膏粱之子也⑫。扬雄覃思文阁⑬，业深综述，碎文琐语，肇为《连珠》⑭，其辞虽小而明润矣。凡此三者，文章之枝派，暇豫之末造也⑮。

【注释】

①智术：做学问的智慧才能。

②苑囿：古帝王的园林，此处借用为动词，有全面掌握之意。

③殊致：独特的成就。

④负俗：不适应于世俗，而为世俗轻视、讥讽。

⑤《对问》：指《对楚王问》，载《文选》卷四十五，其大意是世人对宋玉多有所议，楚王问其故，宋玉对曰：“才高者负俗。”意谓自己高洁，而世人不知，犹如世人只知《下里》、《巴人》之曲，而未晓《阳春》、《白雪》之调。

⑥寥廓：空阔高远，喻胸怀宽广。宋玉在《对问》中曾自比凤凰、鲲鹏，翱翔于海阔天空。

⑦《七发》：我国文学史上第一篇“七”体文，载《文选》卷三十四，其

大意是楚国太子有病，吴客用音乐、美味、驰射、游观、打猎、观涛和讲说要言妙道七件事来诱导告诫他。故李善曰：“七发者，说七事以起发太子也。”

⑧云构：像云彩一样汇聚。

⑨风骇：像天风一样骤起。

⑩七窍：指双耳、双目、鼻孔、口。七，指确数，刘勰释为七窍所发，发乎嗜欲，是想说明《七发》之作，亦本乎自然之理。

⑪始邪：指上述七件事中的前几项嗜欲。末正：指最后讲的“要言妙道”，因为它能“论天下之精微，理万物之是非”，可以“戒膏粱之子”。

⑫膏粱：指肥美的肉食和精细的上等粮食，此喻指富贵之家。

⑬覃（tán）思：沉静、深刻地思考。文阁：指汉代的藏书之所文禄阁。

⑭《连珠》：见《全汉文》卷五十三。它在文章中把一系列的比喻连缀在一起，故曰“连珠”。

⑮暇豫：闲暇游戏，娱乐。末造：本指衰亡时期，此借以引申为末流之意。

【译文】

智慧聪敏的学者，渊博典雅的文人，言辞洋溢着文采，论辩饱含着气势。能够全面掌握写作要领，所以有日新月异的独特创造。宋玉富有才学，世俗对他也有所不满，他首先写了一篇《对楚王问》，用以表白自己的志向，纵情抒发自己广阔的胸怀，确实是气势支配着文辞。及至枚乘施展自己的文采，第一个创作了《七发》之篇，华美繁富的辞采像彩云聚集在一起，艳丽夸张的描绘犹如天风骤起。这是因为它们都是从七窍中发出的爱好和欲望，文章开始有不正当的念头，最后又转而归结到雅正，其目的是要告诫富贵人家的子弟。扬雄在藏书的文阁中钻研思考，学业精深综合弥纶，把零碎琐屑的语句，创制为《连珠》之体，它的文辞简短却明朗而又圆润。举凡这三种文体，都是文章的分支别派，闲暇时用来消遣的微末之作。

自《对问》以后，东方朔效而广之，名为《客难》[1]。托古慰志[2]，疏而有辨。扬雄《解嘲》[3]，杂以谐谑，回环自释[4]，颇亦为工。班固《宾戏》[5]，含懿采之华[6]；崔骃《达旨》[7]，吐典言之裁；张衡《应间》[8]，密而兼雅；崔寔《答讥》[9]，整而微质；蔡邕《释诲》[10]，体奥而文炳；郭璞《客傲》[11]，情见而采蔚；虽迭相祖述[12]，然属篇之高者也[13]。至于陈思《辩问》，辞高而理疏；庾敳《客咨》[14]，意荣而文悴。斯类甚众，无所取才矣。原夫兹文之设，乃发愤以表志。身挫凭乎道胜[15]，时屯寄于情泰[16]，莫不渊岳其心[17]，麟凤其采[18]，此立体之大要也。

【注释】

①《客难》：即《答客难》，载《汉书·东方朔传》。其大意是东方朔地位低下，不受朝廷重用，便假托客人责问自己，遂写《答客难》以自慰。

②慰志：指东方朔自慰己志。

③《解嘲》：载《汉书·扬雄传》。扬雄借托有人嘲笑，作《解嘲》以答。

④回环：反复，婉转。

⑤《宾戏》：载《汉书·叙传》，大意谓班固“专笃志于博学，以著述为业”，被“讥以无功”，“故聊复应焉”，其辞曰《宾戏》。

⑥懿采：美好的文采。

⑦《达旨》：《后汉书·崔骃传》载，崔骃“少游太学”，“常以典籍为业，未遑仕进之事”，“时人或讥其太玄静，将以后名失实”，遂“作《达旨》以答焉”。

⑧《应间》:《后汉书·张衡传》称:"衡不慕当世,所居之官,辄积年不徙","乃设客问作《应间》,以见其志",回应离间之人。

⑨崔寔(shí):东汉文人,字子真;一名台,字元始,崔骃之孙。《答讥》:见《艺文类聚》卷二十五。崔寔"少沉静,好典籍",后"因困穷,以酤酿贩鬻为业","时人多以此讥之",故作《答讥》言志。

⑩《释诲》:见《后汉书·蔡邕传》,传云:蔡邕"闲居玩古,不交当世",他有感于东方朔等人"设疑以自通","乃斟酌群言,韪其是而矫其非,作《释诲》以戒厉"。

⑪《客傲》:见《晋书·郭璞传》,传云:"璞既好卜筮,缙绅多笑之,又自以才高位卑,乃著《客傲》。"

⑫祖述:效法前贤。

⑬属篇:缀属成篇,指写作。

⑭庾敳(ái):字子嵩,西晋文人。其《客咨》与曹植的《辩问》,均不存。

⑮身挫:身受挫折。道胜:以高尚道德取胜。

⑯时屯:时运不佳,机遇不利。情泰:心情安适。

⑰渊岳:深潭山岳,喻文章思想内容之深广。

⑱麟凤:麒麟、凤凰,喻文章辞采之华美。

【译文】

自《对问》首创之后,东方朔仿效并扩展了它,起名为《答客难》。借用古事来慰藉自己的心情,条理分明而又善于辨析。扬雄的《解嘲》,夹杂着诙谐和嘲戏,反复为自己辩释,也有精妙之工。班固的《答宾戏》,含有华丽美好的文采;崔骃的《达旨》,流露着典雅的格调;张衡的《应间》,精密而又雅致;崔寔的《答讥》,文辞整饬而略显质朴;蔡邕的《释诲》,寓有深思而文采辉耀;郭璞的《客傲》,情思鲜明而辞采繁富;上述作者虽相互仿效,但都是写作的高手。至于陈思王曹植的《辩问》,文辞高雅而疏于说理;庾敳的《客咨》,内容丰富而文辞憔悴。这样的作品相当多，就没有什么可以取资的了。追溯“对问”这种文体的创立，乃是为了抒发作者内心的郁结和愤懑，借以表达作者的志向和心情。或遭受挫折而借高尚道德以自赏，或境域不佳乃凭心情安适以自慰，文章的思想内容都像渊潭山岳一样深广崇高，作品文采都如同麒麟凤凰一般鲜艳华美，这就是写作“对问”的要领。

自《七发》以下，作者继踵①。观枚氏首唱②，信独拔而伟丽矣③。及傅毅《七激》④，会清要之工；崔骃《七依》⑤，入博雅之巧；张衡《七辩》⑥，结采绵靡；马融《七厉》⑦，植义纯正；陈思《七启》⑧，取美于宏壮；仲宣《七释》⑨，致辨于事理。自桓麟《七说》以下⑩，左思《七讽》以上⑪，枝附影从⑫，十有余家，或文丽而义暌⑬，或理粹而辞驳⑭。观其大抵所归，莫不高谈宫馆，壮语畋猎⑮，穷瑰奇之服馔，极蛊媚之声色⑯，甘意摇骨髓⑰，艳辞洞魂识⑱，虽始之以淫侈⑲，而终之以居正⑳，然讽一劝百㉑，势不自反。子云所谓“先骋郑卫之声㉒，曲终而奏雅”者也。唯《七厉》叙贤，归以儒道，虽文非拔群，而意实卓尔矣。

【注释】

①继踵(zhǒng)：前后相继，跟脚而至。

②枚氏：指枚乘。首唱：首先创作。

③独拔：独特出众。

④《七激》：见《全后汉文》卷四十三。《后汉书·傅毅传》云：“毅以显宗求贤不笃，士多隐处，作《七激》以为讽。”

⑤《七依》：残文见《全后汉文》卷四十四。多铺叙调膳百味之辞，写客人用美味、宴乐、打猎、音乐等七件事来劝说主人。

⑥《七辩》：残文见《全后汉文》卷五十五，略见它写无为先生隐居，有七个人用七件事来说服他。

⑦《七厉》：马融作。《杂文》篇原文为“崔瑗《七厉》”，据《后汉书·崔瑗传》载，崔瑗作有《七苏》而无《七厉》。又据傅玄《七谟序》中有马融作《七厉》之说，故范文澜、杨明照诸家，均以为“崔瑗合作马融”。文中亦写贤者以七件事来激励人。

⑧《七启》：见《文选》卷三十四，题为《七启八首》，叙写玄微子深山隐居，镜机子用美食、华服等七事来启示他出世为官。

⑨《七释》：残文见《全后汉文》卷九十一，叙清虚丈人隐居，大夫用七件事来说服他。文中有“君子不以仕易道，不以身后时，进德修业，与世同理”之说。

⑩桓麟：字元凤，东汉文人。《七说》：全文佚，《全后汉文》卷二十七辑其残文五条。

⑪《七讽》：已散失，《指瑕》篇有云：“左思《七讽》，说孝而不从，反道若斯，余不足观矣。”

⑫枝附影从：枝条附着于树干，影子随从于实体，此处喻追随、仿效前贤。

⑬义睽(kuí)：有违于理。睽，违背。

⑭辞驳：文辞驳杂、散乱。

⑮畋(tián)猎：打猎。

⑯蛊(gǔ)媚：诱惑媚人。

⑰骨髓：喻指内心。

⑱魂识：魂魄，心灵。

⑲淫侈：过分夸饰。

⑳居正：处于雅正之位。

㉑讽一劝百：意谓讽谏少而劝诱多。讽，讽谏。劝，劝诱。

㉒骋：施展，有放纵、渲染之意。郑卫之声：郑国和卫国的音乐，按

儒家观点，郑卫之声不合雅正标准。

【译文】

自从《七发》问世以后，仿效的作者接踵而至。看枚乘的首出之作，确实是超群出众而又奇伟瑰丽。及至傅毅的《七激》，它融会了清新简要的优点；崔骃的《七依》，可谓具有广博雅正的精妙；张衡的《七辩》，辞采的联结绵密而靡丽；马融的《七厉》，立意清纯而雅正；曹植的《七启》，以宏伟壮丽取胜；王粲的《七释》，致力于事理的辨析。从桓麟的《七说》以后，到左思的《七讽》之前，枝附影从的仿作者，还有十余家，他们的作品，有的是文辞华丽而有违于义理，有的内容精粹而文辞杂乱。看这些作品的大致趋向，不外乎放言宫殿馆阁，夸说郊野狩猎，尽述瑰丽的服装和奇特的美食，极写诱惑媚人的音乐和美女，酣畅的情意摇撼了人们的心灵，艳丽的文辞浸入了人们的魂魄，虽然是以淫侈的描绘开始，最后却能回归雅正以结束，这些作品讽谏之旨少而劝诱奢华之意多，发展下去就难以回归正道了。正如扬雄所说："先发出郑国、卫国的放荡之音，到曲调终结时演奏雅乐。"只有《七厉》叙写先贤，而回归于儒家之道，虽然文辞并不出类拔萃，而内容确实是卓越的。

自《连珠》以下，拟者间出[①]。杜笃、贾逵之曹[②]，刘珍、潘勖之辈[③]，欲穿明珠[④]，多贯鱼目[⑤]。可谓寿陵匍匐[⑥]，非复邯郸之步；里丑捧心[⑦]，不关西施之颦矣。唯士衡运思[⑧]，理新文敏，而裁章置句，广于旧篇，岂慕朱仲四寸之珰乎[⑨]！夫文小易周，思闲可赡[⑩]。足使义明而词净，事圆而音泽[⑪]，磊磊自转[⑫]，可称珠耳。

【注释】

①间出：间或出现。

②杜笃：东汉文人。贾逵：东汉文人。

③刘珍：东汉文人。潘勖：字元茂，东汉文人。

④欲穿明珠：指意欲创作“连珠”。

⑤多贯鱼目：指“连珠”写得不好，取鱼目混珠之意。

⑥寿陵匍匐：《庄子·秋水》载：“子独不闻夫寿陵余子之学行于邯郸欤？未得国能，又失其故行矣，直匍匐而归矣。”此处以邯郸学步的典故，意谓舍己就人，离弃本性，得不偿失。

⑦里丑捧心：即指东施效颦故事。《庄子·天运》载，西施之邻的丑女，学西施捧心皱眉之美，不得其美，却益显其丑，致使人们或“坚闭门而不出”，或“絜妻子而去走”。此处意指仿拟连珠的缺陷，与“连珠”之原作者无关。

⑧运思：精心构思、创作，指《演连珠》一文。

⑨朱仲：传说中的仙人。《列仙传》载，会稽人朱仲，常卖宝珠于市，刘邦之女鲁元公主以七百金求购，朱仲给她送去一颗四寸的宝珠，放在宫门口，就一去不返。珰（dāng）：妇女戴在耳垂上的珠饰。

⑩思闲：构思时从容不迫，优柔适会。赡（shàn）：丰富，充足，此处意为内容翔实。

⑪音泽：声音圆润。

⑫磊磊：状珠宝玉石相聚之貌。

【译文】

自从写出《连珠》以后，仿拟的人间或出现。杜笃、贾逵之流，刘珍、潘勖之辈，都想创作穿珠般的作品，但连缀起来的却是“鱼目”。就像寿陵的少年学习邯郸人走路，只好爬着回来；又如同西施之邻的丑女，学西施捧着心口的姿态，却与西施皱眉之美毫不相关。只有陆机精心创作的《演连珠》，内容新颖文辞明快，而章节的裁制和辞语的安排，也比前人之作宽广了，这岂不是仿慕仙人朱仲以四寸之珠为耳环的办法吗？

文体短小易于写得周密，思考优柔就能够写得翔赡。充分地把义理表述清楚而文辞又简洁明净，叙事圆通而音韵和谐，像汇聚在一起的珍珠自然滚动，那就可以称为“连珠”了。

详夫汉来杂文，名号多品。或典、诰、誓、问①，或览、略、篇、章②，或曲、操、弄、引③，或吟、讽、谣、咏④，总括其名，并归杂文之区⑤。甄别其义⑥，各入讨论之域。类聚有贯⑦，故不曲述也⑧。

【注释】

①典：五帝之书，谓之典。此处指记大事之文。诰：上对下的告诫之文。誓：宣誓之文，又“约信亦称誓”。问：即策问，把所设之问著之于策，便是“策问”；回答所设之问，便是“对策”。

②览：观察，总览。略：要略，概要。篇：篇章，若干章合在一起谓之“篇”。章：“歌所止曰章”，一篇中包括若干章，即篇的组成部分。

③曲：乐曲，歌曲，如南朝乐府歌辞中有《江南曲》、《青溪小姑曲》。操：一种琴曲，如鲍照之《代别鹤操》。弄：小曲，如沈约、萧衍均有《江南弄》。引：也是一种乐曲，汉乐府歌辞有《箜篌引》等。

④吟：吟唱的歌，如诸葛亮《梁甫吟》，陆机《泰山吟》。讽：譬喻托讽之作。谣：民谣，歌谣。咏：长言之歌，如曹植之《五游咏》等。

⑤区：区域，范围。

⑥甄(zhēn)别：审查，鉴别。

⑦有贯：条理贯通。

⑧曲述：详尽地叙述。

【译文】

详细地考察汉朝以来的杂文，名称品类很多，有的叫典、诰、誓、问，有的叫览、略、篇、章，有的叫曲、操、弄、引，还有的叫吟、讽、谣、咏，综合它们的名称，都可以归入杂文范围之内。鉴别区分它们的含义，可以把它们分别归入不同的领域加以讨论。同类相聚条理贯通，所以就不再详述了。

赞曰：伟矣前修，学坚才饱。负文余力[①]，飞靡弄巧[②]。枝辞攒映[③]，嘒若参昴[④]。慕颦之徒[⑤]，心焉祇搅[⑥]。

【注释】

①负文：指从事写作。

②飞靡：挥洒、施展华丽的文辞。弄巧：运用写作技巧。

③攒映：集聚在一起相互掩映。

④嘒(huì)：闪亮，晶莹。参昴(shēn mǎo)：参星和昴星，此处代指群星。

⑤慕颦(pín)之徒：指呆板仿效之人。

⑥心焉祇(zhǐ)搅：只能搅扰、扰乱为文之用心。

【译文】

综括而言：伟大的前贤，学问坚实才力充沛。他们以写作的优余精力，挥洒华辞丽句运用精妙的技巧。像繁茂的树枝相互掩映，像晶亮的星辰竞放光芒。而那些“效颦”的“里丑”，只能使文心受到搅扰。

谐讔第十五

【题解】

《谐讔》篇所论之谐辞和讔言，多属民间俚俗之作，刘勰认为它“本体不雅，其流易弊”，“譬九流之有小说”，把它排列于“有韵之文”之末，可见其文体地位之卑下。但这并不意味着刘勰鄙弃这种文体，他不仅专篇予以论述，而且借以阐明了一些重要的文体写作理论问题，事实上是提高了谐讔文体的地位。

刘勰用“内怨为俳”四个字，来概括谐辞和讔言的起因，是非常精当的。人们的内心产生了“怨怒之情”，可以为诗、为赋、为骚、为乐府，为什么还要“为俳”呢？刘勰在具体论述中，提出了以下几种情况：一是君王昏暴，谏者不得直言；二是情势危急，不能直陈其事；三是君臣百姓均有“悦笑”之需。总之，谐辞讔语之作，也是与人类的社会生活密切联系在一起的。它既是社会生活的反映又适应着社会生活的需要，影响着社会生活。

谐辞与讔言，都可谓寓庄于谐的文体，兼有讽谏性和娱乐性。但刘勰更为重视谐辞隐言在政治道德方面的教化作用，而对它们的美感愉悦作用，有所轻忽。

刘勰明确提出了谐辞讔言的写作要领和应防止的倾向：一是谐辞的写作要“辞浅会俗”、“会义适时”，即形式上要适合世俗百姓的需要，有“皆悦笑也”的效果；内容上则要合乎正确的理义，有益于“时用”。二是谶言的写作要“遁辞以隐意，谲譬以指事”。这就需要运用暗示、避讳、比喻等的手法，既使“辞”能“遁”，“譬”能“谲”，又要做到“义欲婉而正，辞欲隐而显”。只有“正”与“显”则无“隐”；只有“婉”与“隐”则无“义”。三是作为谶言的谜语写作，其主要形式是“或体目文字，或图像品物”，不仅要做到“婉而正”、“隐而显”的统一，而且要“约而密之”，防止“纤巧以弄思，浅察以炫辞”；“虽有小巧，用乖远大”。四是谐辞与隐言，“譬九流之有小说”，“本体不雅，其流易弊”。因而不能“效而不已”，否则就与被“见视如倡”者为伍了。这里虽有刘勰的偏见，但从文章写作整体方面看，也不无积极意义。

《谐谶》篇最主要的疑点是该篇的类属问题。范文澜在《文心雕龙注》中列表，将《谐谶》篇与《杂文》篇归入“文笔杂”类，以其“笔文杂用，故列在文笔二类之间”。他在《序志》篇中又进一步解释说：“论文叙笔，谓自《明诗》至《哀吊》，皆论有韵之文；《杂文》、《谐谶》二篇，或韵或不韵，故置于中；《史传》以下，则论无韵之笔。”

芮良夫之诗云①：“自有肺肠②，俾民卒狂③。”夫心险如山，口壅若川④，怨怒之情不一，欢谑之言无方⑤。昔华元弃甲⑥，城者发“睅目”之讴⑦；臧纥丧师⑧，国人造“侏儒”之歌⑨，并嗤戏形貌，内怨为俳也⑩。又“蚕蟹”鄙谚⑪，“狸首”淫哇⑫，苟可箴戒，载于《礼》典⑬。故知谐辞谶言⑭，亦无弃矣。

【注释】

①芮(ruì)良夫之诗：指周厉王时的大夫芮良夫的诗作《诗经·大雅》中的《桑柔》，其序中说，他写此诗以讽刺周厉王。

②自有肺肠：指君王别具心肠。

③俾（bǐ）：使得，逼使。

④壅（yōng）：堵塞。

⑤欢谑：嘲笑戏谑，有讽讥之意。无方：没有一定之规。

⑥华元弃甲：《左传·宣公二年》载，宋国大夫华元率军与郑国作战，兵败被俘，得脱后回到宋国，又去监筑城墙，被筑城百姓嘲笑。

⑦"睅（hàn）目"之讴：宋国筑城百姓嘲讽华元的歌咏，其词曰："睅其目，皤其腹，弃甲而复，于思于思，弃甲复来。"睅，眼睛突出。皤，肚皮挺起。于思，即于腮，状胡子之多。

⑧臧纥（hé）丧师：《左传·襄公四年》载，鲁国大夫臧纥率军救鄫，与邾国交战，为邾打败于狐骀。

⑨"侏儒"之歌：鲁国人嘲讽臧纥的歌，其词为："臧之狐裘，败我国于狐骀。我君小子，侏儒是使。侏儒侏儒，败我于邾。"狐裘，指臧纥穿着狐皮袍子。狐骀，地名（在今山东滕州境内）。侏儒，状臧纥身材矮小。

⑩俳（pái）：戏谑之言。

⑪"蚕蟹"鄙谚：《礼记·檀弓下》载，鲁国成邑有一个人，其兄死后他不穿丧服。后听说孔子的学生子皋非常孝顺，要来成邑做官，这才穿起了丧服。据此，成邑人讥嘲说："蚕则绩而蟹有匡"，"兄则死而子皋为之衰"。其喻意谓，蚕作茧要在筐内，但似筐的蟹壳却不能为蚕作茧所用；兄长死了应穿丧服，但成人穿上了丧服，不是因为兄长之死，而是怕子皋来做官，不穿孝服要受惩罚。正像蚕作茧与蟹壳没有关系一样，成人穿丧服与其兄之死也没有关系。鄙谚：鄙俗的谣谚。

⑫"狸首"淫哇：《礼记·檀弓下》载，孔子的朋友原壤，母亲去世，孔子"助之沐椁"。原壤却登椁唱歌，其首句曰："狸首之斑然"，意

谓外棺的纹理像山猫头上的花纹那样斑斓。狸首，山猫的头，有黑色斑纹。淫哇，淫邪、放荡之声，原壤丧母而歌，为非礼之举，故被斥之为“淫哇”。

⑬《礼》典：指作为经典的《礼记》。

⑭谐辞：滑稽、戏笑之辞。讔言：即隐语，如隐喻、谜语、歇后语等。

【译文】

芮良夫的诗中说：“君王真是别具心肺肝肠，使得百姓终于迷狂。”心肠险恶如同山崖，要想堵住人们的议论就像要阻塞河流一样，人们的怨恨愤怒之情不同，嘲笑讽刺的言论也就没有规矩了。从前华元丢盔弃甲败逃回来，筑城的人就编“睅目”之歌来讽刺他；臧纥兵败丧师，老百姓便作“侏儒”之歌予以嘲讽，这都是嗤笑他们的形状相貌，把内心的怨愤化为嘲讽的戏言。还有“蚕蟹”的鄙俗谣谚，“狸首”的放诞之声，尚且可以用于针砭警戒，载入《礼记》典册。由此可知诙谐戏笑之言和隐含深意之语，也没有被抛弃。

谐之言皆也①，辞浅会俗②，皆悦笑也。昔齐威酣乐，而淳于说甘酒③；楚襄宴集，而宋玉赋《好色》④。意在微讽⑤，有足观者⑥。及优旃之讽漆城⑦，优孟之谏葬马⑧，并谲辞饰说⑨，抑止昏暴。是以子长编史，列传《滑稽》，以其辞虽倾回⑩，意归义正也。但本体不雅⑪，其流易弊。于是东方、枚皋⑫，餔糟啜醨⑬，无所匡正，而诋嫚媟弄⑭。故其自称为赋，乃亦俳也。见视如倡⑮，亦有悔矣。

【注释】

①皆：全，都。刘勰用“皆”释“谐”，一是两者形、音相近；二是“谐”具有普遍性，即“皆悦笑也”。

②会俗：适合于世俗大众。

③淳于：淳于髡(kūn)，战国齐威王时的大夫，博学、善辩、幽默。甘酒：指淳于髡借对酒量的议论来劝谏齐威王。《史记·滑稽列传》载，齐威王好淫乐酣饮，国势日颓。威王问淳于髡能饮多少酒，淳于髡乃借机以“酒极则乱，乐极则悲”之理来讽谏威王。

④《好色》：即传为宋玉所作之《登徒子好色赋》。赋中以守德、守礼之义，劝勉楚王。

⑤微讽：微妙、含蓄的讽谏。

⑥足观：值得阅读借鉴。

⑦优旃(zhān)：秦国宫廷中的优伶，名旃，以滑稽的表演说唱取乐于君王。漆城：《史记·滑稽列传》载，秦二世要油漆城墙，优旃先表示赞成，说油漆了城墙敌人爬不上来；接着又说，城墙油漆后需要阴干，但没有那么大的房子。秦二世听了，不再油漆城墙。

⑧优孟：春秋时楚国的优伶。葬马：《史记·滑稽列传》载，楚庄王的爱马死后，拟用大夫之礼厚葬，左右劝谏，庄王不纳。优孟遂来哭谏，说要用人君之礼来安葬它，让诸侯都知道大王轻人而重马。由此，楚庄王感到厚葬爱马做得过分了。

⑨谲辞：诡异之言。

⑩倾回：迂回，曲折。

⑪本体：指谐辞的文体实质。

⑫枚皋：西汉文人。

⑬哺(bù)糟啜醨(chuò lí)：吃粗糙的饭，饮淡薄的酒，喻指地位低下，寄身混饭吃。

⑭诋嫚(màn)媟(xiè)弄：指诋毁、轻慢、戏耍等不庄重的言行。

⑮倡：倡优，以乐舞戏谑为业的艺人。

【译文】

谐的含义是说"皆",它文辞浅显适合于世俗,大家都能因之而高兴喜笑。从前齐威王嗜好饮酒作乐,淳于髡便以"甘酒"之事谏勉他;楚襄王设宴集会,宋玉就作《登徒子好色赋》予以劝戒。它们都含有微妙含蓄的讽谏之意,是可资阅读借鉴的。到了优旃讽阻秦二世油漆城墙,优孟谏止楚庄王厚葬爱马,都是用诡异曲折的文辞和修饰假托的说法,来阻止君王的昏庸和暴虐。因之司马迁编《史记》,把它们写入《滑稽列传》之中,它们的文辞虽然回环曲折,用意却归于正途。但其文体实质不典雅,在流变中容易产生弊病。由此东方朔、枚皋,寄身朝廷混吃喝,无助于纠正时弊,而只能轻贱地诋毁戏弄和调笑。所以他们自认为是作赋,其实却扮演滑稽戏,以致被视为供人取乐的倡优,自己也有些后悔了。

至魏文因俳说以著《笑书》,薛综凭宴会而发嘲调①,虽抃笑帷席②,而无益时用矣。然而懿文之士③,未免枉辔④。潘岳《丑妇》之属⑤,束晰《卖饼》之类,尤而效之⑦,盖以百数。魏晋滑稽⑧,盛相驱扇⑨。遂乃应玚之鼻,方于盗削卵⑩;张华之形,比乎握舂杵⑪。曾是莠言⑫,有亏德音⑬,岂非溺者之妄笑,胥靡之狂歌欤⑭!

【注释】

①薛综:三国时吴国文人。《三国志·吴书·薛综传》载,薛综在招待蜀汉使节的宴会上曾嘲戏说:"有犬为獨,无犬为蜀,横目苟身,虫入其腹。"嘲调:嘲笑戏弄的言谈。

②抃(biàn):鼓掌。帷席:帷幕中的宴席,即宫廷馆舍中的宴席。

③懿(yì)文:美好的文章。懿,美,好,此处做动词,指善于把文章

写好。

④枉辔：骑着马走冤枉路。

⑤潘岳：字安仁，西晋文人。

⑥束晰（约264—303）：字广微，阳平元城（今河北大名）人，西晋文学家、文献学家。《晋书》中作“束皙”。

⑦尤：过错，弊病。

⑧滑（gǔ）稽：诙谐，令人发笑。

⑨驱扇：相互推拥，驱策煽动。

⑩盗削卵：偷来的半个蛋。削卵，不完整的蛋。

⑪握舂（chōng）杵：用手握着在石臼里捣谷的木质工具，一头粗，一头细。

⑫莠言：丑恶之言。莠，狗尾草。

⑬德音：美好的声誉。

⑭胥靡（xū mí）：服刑的罪犯。狂歌：意本《吕氏春秋》中“罪人非不歌”之说。高诱注曰：“当死强歌，虽歌不乐。”据此，“狂歌”与“妄笑”均喻指不正当的戏谑。

【译文】

至于魏文帝曹丕根据滑稽的笑话编写了《笑书》，薛综在宴会上即兴说嘲弄的笑话，虽然博得席宴上众人的掌声和欢笑，对于时事并没有好处。但是一些善于写文章的人，却不免为写谐辞枉费心机而走弯路。像潘岳的《丑妇》和束晰的《卖饼》等作品，明知其弊却还要仿效，这样的创作数以百计。魏晋时期盛行滑稽之谈，相互驱策煽动，以致有人嘲笑应玚的鼻子，好像“盗削卵”；把张华的形态，比喻为“握舂杵”。这些本是无聊的丑话，有损于德者之声誉，岂不是淹在水里的人还在傻笑，被缚的犯人还在疯唱吗？

讔者，隐也。遁辞以隐意①，谲譬以指事也②。昔还社求拯于楚师[3]，喻眢井而称麦曲[4]；叔仪乞粮于鲁人[5]，歌佩玉而呼庚癸[6]。伍举刺荆王以大鸟[7]，齐客讥薛公以海鱼[8]。庄姬托辞于龙尾[9]，臧文谬书于羊裘[10]。隐语之用，被于记传[11]，大者兴治济身[12]，其次弼违晓惑[13]。盖意生于权谲[14]，而事出于机急，与夫谐辞，可相表里者也。汉世《隐书》，十有八篇，歆、固编文[15]，录之赋末。昔楚庄、齐威，性好隐语。至东方曼倩，尤巧辞述。但谬辞诋戏[16]，无益规补。

【注释】

①遁辞：隐蔽遮掩之辞。

②谲譬：诡异的比喻。

③还(xuán)社：即还无社，春秋时萧国大夫，曾求救于楚国大司马申叔展。

④喻眢(yuān)井而称麦曲：眢井，枯井。麦曲，用麦子制成的酿酒用品，借以引起发酵，有防湿吸水功能。《左传·宣公十二年》载，还无社向申叔展求救时，申叔展问："有麦曲乎?"暗示还无社躲进泥水里去。还无社不解其意，只说："无。"申叔展又进一步暗示："河鱼腹疾奈何?"答曰："目于眢井而拯之。"申叔展又让还无社在井边以茅草为标志，终于救了还无社。整个过程，用的都是隐语。

⑤叔仪：即申叔仪，春秋时吴国大夫。

⑥歌佩玉而呼庚癸：《左传·哀公十三年》载，申叔仪向鲁国大夫公孙有山借粮，歌曰："佩玉蕊兮余无所系之"，暗示自己缺粮。公孙有山对曰："若登首山以呼曰：'庚癸乎！'则诺。"他以"庚癸"代指粮食。庚癸是干支中的两个名称，庚在西，代表谷；癸在北，代表水。

⑦伍举刺荆王以大鸟：伍举，楚国大夫。荆王，即楚庄王。《史记·楚世家》载，楚庄王即位，三年不理国政。伍举隐谏曰："有鸟在于阜，三年不蜚（飞）不鸣，是何鸟也?"楚庄王明白了他的意思，对曰："三年不蜚，蜚将冲天；三年不鸣，鸣将惊人。举退矣，吾知之矣。"

⑧齐客讥薛公以海鱼：齐客，齐国薛公的门客、谋士。薛公，齐威王的小儿子田婴，封于薛，称为靖郭君。《战国策·齐策》载，田婴要在薛地筑城，想独立，有一谋士劝谏说，您像大鱼，齐国像大海，"失齐，虽隆薛之城到于天，犹之无益也"。由此，田婴不再筑城。

⑨庄姬托辞于龙尾：庄姬，一说庄侄，战国时楚顷襄王的夫人。《列女传·辨通》载，庄姬曾对楚顷襄王说："大鱼失水，有龙无尾。"楚顷襄王问其何意，庄姬说："大鱼失水者，王离国五百里也"，"有龙无尾者，年既四十，无太子也"。

⑩臧文谬书于羊裘：臧文，即春秋时鲁国大夫臧文仲。谬书，指臧文仲暗含隐语的书信。《列女传·仁智》载，臧文仲使齐被拘，齐欲兴兵袭鲁。臧文仲便给母亲一信，转交鲁国国君。信中有"食猎犬，组羊裘"等句，其母曰："食猎犬，组羊裘者，言趣飨战斗之士而缮甲兵也。"完全明白了臧文仲暗示鲁国加强戒备的隐语。

⑪记传：指《左传》、《战国策》、《史记》、《列女传》等。

⑫兴治：振兴国家政务。济身：有助于自身，使名声显耀。

⑬弼(bì)违：改正错误。晓惑：解除迷惑，使之明白。

⑭权谲：权术的诡谲。

⑮歆(xīn)、固编文：指刘歆和班固编写史书。班固编著《汉书》，刘歆是《七略》的编著者之一。《汉书·艺文志》是据《七略》编成的，其中的杂赋类之末录有《隐书》十八篇。

⑯谬辞：荒诞谬误之辞。

【译文】

所谓讔就是隐的意思。用掩遮隐蔽的言辞以暗示真正的含义，借诡异的比喻来代指具体事物。从前还无社向楚国军队求救，以“眢井”和“麦曲”做隐喻；申叔仪向鲁国军队借粮，相互以“佩玉”和“庚癸”为代号。伍举以大鸟为喻讥刺荆王，齐国门客用鱼海关系来讽谏薛公。庄姬借托无尾之龙启发君主应有后嗣，臧文仲在伪装的信中以羊裘为隐语做出了暗示。隐语的作用，广泛地记载于史书之中，其重要者可以振兴政务营卫自身，次要一点的也有助于匡正错误和解除迷惑。隐语的用意多产生于权术的诡谲变化，机智地适应情势的紧迫需要，它与谐辞，是互为表里相辅相成的。汉代的《隐书》，有十八篇，刘歆和班固的著作，都把它编录在杂赋的末尾。从前楚庄王和齐威王，生性爱好隐语，到了东方朔，尤其擅长对隐语的巧妙述说。但是爱用荒诞之辞诋毁嬉戏，无助于规劝和补救人们的过失。

自魏代以来，颇非俳优，而君子嘲隐①，化为谜语。谜也者，回互其辞②，使昏迷也③。或体目文字④，或图象品物⑤，纤巧以弄思，浅察以炫辞⑥，义欲婉而正，辞欲隐而显。荀卿《蚕赋》⑦，已兆其体。至魏文、陈思，约而密之。高贵乡公⑧，博举品物⑨，虽有小巧，用乖远大。观夫古之为隐，理周要务⑩，岂为童稚之戏谑，搏髀而抃笑哉⑪！然文辞之有谐讔，譬九流之有小说⑫。盖稗官所采⑬，以广视听。若效而不已，则髡、朔之入室⑭，旃、孟之石交乎⑮！

【注释】

①嘲隐：即嘲戏的隐语。

②回互：婉转变化。

③昏迷：此处指一时不明其意。

④体目文字：分解文字成字谜。体，分解。目，识别。

⑤图象物品：描绘事物的状貌特征。

⑥浅察：对事物的浅显认识。炫辞：炫耀辞采。

⑦《蚕赋》：《荀子·赋篇》中的一篇，代指其全部赋作。

⑧高贵乡公：即曹髦，曹丕之孙，封高贵乡公。

⑨博举：广博列举。

⑩理周要务：道理遍及各种重要事务。理，内容，道理。周，全面，普遍，此处作动词用。要务，重要事务。

⑪搏髀（bì）：拍着大腿。搏，拍打。髀，大腿。

⑫九流：《汉书·艺文志》载，先秦学说有九个流派，即儒家、道家、墨家、名家、法家、阴阳家、纵横家、杂家、农家。此外，还有小说家，但不包括在“九流”之中。小说是稗官采集来的街谈巷语、逸闻琐事。因孔子曾有小说“虽小道，必有可观者”之言，故其地位低下而不废。

⑬稗官：小官，专给帝王讲述街谈巷议和风俗故事，后因以成为小说或小说家的代称。

⑭入室：指学生求师，先是“入门”，再是“升堂”，后是“入室”，喻指已得其道。

⑮石交：即磐石之交或金石之交，喻指知心好友。此处略有贬意。

【译文】

从魏代以来，人们对倡优多有非议，文人大夫们的嘲戏隐语，演化成为谜语。所谓谜语，就是婉转变化其文辞，使人迷惑难解的作品。有的分解文字以成谜，有的描绘事物状貌让人猜想其名称，在细巧之处施展才思，借肤浅认识炫耀文辞，其内容应当婉转而正确，文辞应当含蓄而明显。荀子《蚕赋》一类的作品，已是产生谜语文体的先兆。到了魏文帝曹丕和陈思王曹植之时，他们所作的谜语简要而周密。高贵乡公曹髦的谜语，广泛列举各种事物，虽有细巧之功，而实际作用却有违远大目标。回顾古人所作的隐语，其内容遍及各种重要事物，岂止是像儿童们的戏耍，拍腿鼓掌地欢笑啊！然而文辞有了谐讔文体，犹如"九流"之外还有小说，它是被稗官采集来，用以扩大见闻的。如果没有节制地去仿效，那就成为淳于髡、东方朔的弟子，优旃、优孟的知交了。

赞曰：古之嘲隐，振危释惫①。虽有丝麻②，无弃菅蒯③。会义适时④，颇益讽诫。空戏滑稽⑤，德音大坏。

【注释】

①释惫：消除疲惫、困乏，喻含谐辞隐语有娱乐性。

②丝麻：喻指高雅、精细之作。

③菅蒯（jiān kuǎi）：两种草名。菅可做笤帚，蒯可搓绳，借以喻指谐辞隐语。

④会义：合乎正当理义。适时：适应时机。

⑤空戏：单纯地玩弄戏耍，而无实际内容。

【译文】

综括而言：古代谐辞隐语，具有解救危机消除困乏的作用，即使有了丝麻，也不要抛弃菅蒯。只要合乎理义适机而用，是有助于讽谏劝戒的。如果只是戏谑取笑，那就有损于美德声誉了。

史传第十六

【题解】

《史传》篇虽然分别为史与传释名，说“史者，使也。执笔左右，使之记也”；“传者，转也。转受经旨，以授于后”，实则只是论述了作为古代史书主要表现形式的历史散文这一种文体。《史传》篇中所谓的“传”不是指后来的人物传记，而是指解释经典旨意的著作。孔子编修的《春秋》，被视之为经，而左丘明的《左氏春秋》，是以史来解释《春秋》的，故简称为《左传》。刘勰把它比喻为“圣文之羽翮”，把解释经的“传”与“史”结合了起来，成为《史传》篇的论述对象。

《史传》篇论及近二十位史家的著作，臧否褒贬，瑜瑕毕现。都从不同侧面表现着刘勰对史书应当怎样写和不应当怎样写的要求，反映着如何做人与为人的道理。

首先，刘勰反复强调史书写作的内容和意义。一是要“贯乎百氏，被之千载”，即把各家之论中的史实贯通起来，反映出历史发展的过程，使之能够流传千秋百代，让后人“居今识古”。二是要“表征盛衰，殷鉴兴废”，即反映历史发展过程中的盛衰和兴废，从中总结经验和教训，以为后世之借鉴。三是“使一代之制，共日月而长存；王霸之迹，并天地而久大”。这就是要使史书能够为一定的社会制度服务了。

其次，刘勰强调史书的写作要有正确的指导思想。一是“立义选言,宜依经以树则”,这是就史书的内容主旨及其文辞的选用而言的,目的是使史书文质雅正、华实相扶。二是“劝戒与夺,必附圣以居宗”,这是就史书中“腾褒裁贬”而言的;目的是使史书的写作能够像圣人那样,“鉴周日月,妙极机神;文成规矩,思合符契”;力求做到“精义曲隐,无伤其正言;微辞婉晦,不害其体要”。三是“诠评昭整,苛滥不作”,这是就史书对人物和事件的评价而言的,既要明晰、完整,又要防止过分的苛求和文辞的滥用。

第三,刘勰特别突出地强调史书的写作必须忠于史实,要克服各种困难,纠正各种偏向和弊端,做到“实录无隐”,“按实而书”。对此,刘勰从反面提出了一些值得注意的现象。

开辟草昧①,岁纪绵邈②,居今识古,其载籍乎③!轩辕之世,史有仓颉④,主文之职,其来久矣。《曲礼》曰⑤:“史载笔。⑥”史者,使也。执笔左右,使之记也。古者,左史记言,右史书事⑦。言经则《尚书》,事经则《春秋》也。唐、虞流于典谟,商、夏被于诰誓⑧。洎周命维新⑨,姬公定法,䌷三正以班历⑩,贯四时以联事⑪。诸侯建邦⑫,各有国史,彰善瘅恶⑬,树之风声⑭。

【注释】

①草昧:世界初创时的蒙昧状态。

②岁纪:年代,十二年为一纪。绵邈(miǎo):绵延不断,渺茫久远。

③载籍:记载历史的书籍。

④仓颉:黄帝的史官,仿鸟兽形迹创造了文字。

⑤《曲礼》:《礼记》中的一个篇章。

⑥史载笔:据孔颖达疏:“‘史’谓国史,书录王事者。王若举动,史

必书之，则史载书具而从之也。”笔，代指书写用具。

⑦左史、右史：古代史官分左、右之职。《汉书·艺文志》载：“左史记言，右史记事，事为《春秋》，言为《尚书》。”

⑧诰誓：指《尚书》中《甘誓》、《汤诰》等篇。

⑨洎(jì)：及至，到了。周命：周朝自称受天命而建立。维新：即新的意思。维，语气词。

⑩紬(chōu)：抽引，紬绎，引申为推算综合。三正：指夏、商、周三代的历法。夏朝以孟春(正月)为正月，商朝以季冬(十二月)为正月，周朝以仲冬(十一月)为正月，故曰“三正”。班历：编排年月，颁布历法。

⑪贯四时：即贯穿春夏秋冬四季。周朝的历史为编年史，按四时记事，故称为“春秋”。联事：把史实连缀在一起，实即依序编史。

⑫建邦：指诸侯受封后建立邦国。

⑬瘅(dàn)：原指因劳累而成的一种病，转引为憎恨之意。

⑭风声：风气，风化。

【译文】

从开天辟地的蒙昧时代以来，岁月绵延久远而渺茫。生活在今天的人要认识古代社会，那就只能有赖于记载历史的书籍了！在轩辕黄帝时代，就有史官仓颉，主管用文字记载历史之事，可见记载历史的由来已很久远了。《曲礼》上说：“史官带着笔以记事。”而所谓史，就是使的意思。史官拿着笔侍从于君王身边，由君王让他们来记录。古时候，君主左边的史官专记言论，右边的史官则专记事件。记言的经典是《尚书》，记事的经典是《春秋》。唐尧、虞舜时代的历史靠《尚书》中的典谟流传下来，夏朝和商朝的历史则记载于《尚书》的誓诰之中。到了周王朝新建时，姬公制定了各种法规，推算夏、商、周三代的历法以编组历史顺序，按春夏秋冬的先后依次贯穿连缀各种事件。各诸侯国建立后，都有自己的历史，借以扬善憎恶，树立良好的舆论风气。

自平王微弱[①]，政不及雅[②]，宪章散紊，彝伦攸斁[③]。昔者夫子闵王道之缺[④]，伤斯文之坠[⑤]，静居以叹凤[⑥]，临衢而泣麟[⑦]。于是就太师以正《雅》、《颂》[⑧]，因鲁史以修《春秋》，举得失以表黜陟[⑨]，征存亡以标劝戒。褒见一字，贵逾轩冕[⑩]；贬在片言，诛深斧钺。然睿旨幽隐，经文婉约[⑪]，丘明同时，实得微言[⑫]，乃原始要终[⑬]，创为传体[⑭]。传者，转也。转受经旨，以授于后，实圣文之羽翮[⑮]，记籍之冠冕也[⑯]。

【注释】

①平王：周平王，周幽王的儿子。幽王昏庸无道，被外族入侵者所杀。周平王即位，东迁洛阳，国势渐趋衰微。

②政不及雅：政治上达不到正常的太平盛世。雅，此处代指《诗经》中《大雅》、《小雅》所反映的太平盛世。

③彝伦：正常的伦理道德。彝，常理。伦，伦常。斁(dù)：败坏。

④闵：忧虑。

⑤斯文：指当时的道德文明。

⑥静居：闲居，指孔子未仕之时。叹凤：《论语·子罕》载："子曰：'凤鸟不至，河不出图，吾已矣夫！'"古人认为天下太平凤鸟才来，河图才出，是吉祥之兆。"凤鸟不至，河不出图"，说明天下混乱，所以孔子哀叹，"吾已矣夫！"

⑦临衢：亲临大路。泣麟：《孔丛子·记问》载，鲁国人猎获一只麒麟，认为不祥，弃之于名曰"五父"的大路上。孔子"临衢"去看，认为麟出兆吉，麟死是患，遂泣曰："麟出而死，吾道穷矣。"

⑧太师：古代乐官的首领。

⑨黜(chù)：原指降职或罢免，此处为贬责之意。陟：原指上升、登高，此处为褒赞之意。

⑩轩冕：轩，古代高官乘坐的轻车。冕，古代高官戴的礼帽。此处指高官厚禄。

⑪经文：指《春秋》的文辞。

⑫微言：指《春秋》的精深含义。

⑬原始要终：推究、考查事物从开始到终结的发展过程，亦即探讨历史发展的规律。

⑭传体：解释经典的一种文体，与记载事实的传记不同。

⑮羽翮(hé)：翅膀，此处喻指为经典的辅助读物。

⑯冠冕：此处喻指《左传》在史书中的杰出地位。

【译文】

自周平王东迁国势衰微削弱，政治不能步入正途，法规典章散乱，伦理道德败坏。那时孔子忧虑王道的缺失，哀伤当时礼乐文明的衰落，在闲居时曾喟叹凤鸟不至，还到大路上为死去的麒麟悲泣。于是就和太师订正《雅》、《颂》的乐曲，根据鲁国的史籍编纂《春秋》，列举史实的得失来表示贬责或赞扬，征引国家兴亡之事以表明劝勉和警戒之意。在《春秋》中有一个字的褒赞，就比得到高官厚禄还要珍贵；受到只言片语的指责，那就比遭到斧钺的诛杀还要深痛。但是《春秋》的意旨幽微精深，其文辞则委婉而简约，与孔子同时代的左丘明，确实理解了它的微言大义，于是推究它所记史实的始末过程，创造了《左传》这种为经书作传的体例。所谓传，就是转的意思。转达经典著作的旨意，把它传授给后人，确实是圣人著作的辅助读物，史书中的首出之作了。

及至从横之世①，史职犹存。秦并七王②，而战国有策③。盖录而弗叙④，故即简而为名也⑤。汉灭嬴、项⑥，武功积年，陆贾稽古，作《楚汉春秋》。爰及史谈⑦，世惟执简⑧；子长继志⑨，甄序帝绩⑩。比尧称典，则位杂中贤；法孔题经，则文非元圣[11]。故取式《吕览》[12]，通号曰纪。纪纲之号，亦宏称也。故本纪以述皇王，列传以总侯伯，八书以铺政体，十表以谱年爵[13]，虽殊古式，而得事序焉[14]。尔其实录无隐之旨，博雅弘辩之才[15]，爱奇反经之尤[16]，条例踳落之失[17]，叔皮论之详矣[18]。

【注释】

①从横：即纵横。从，指合纵，以苏秦为代表，主张联合六国以抗秦。横，指连横，以张仪为代表，与合纵对立，主张六国与秦和好。

②七王：指秦、楚、齐、燕、韩、赵、魏七国。

③策：记载史实的简策。策，同“册”，编组起来的竹简。

④录而弗叙：指《战国策》只按国别录编，而不按年代依次叙述。

⑤即简而为名：指《战国策》是以其所编的各国简策为书名。

⑥嬴（yíng）：指秦朝，以秦王姓嬴。项：指西楚霸王项羽。

⑦史谈：指汉武帝时的太史令司马谈。他著史未竟而逝，曾嘱其子司马迁继承先人之业。

⑧执简：执掌简策记事作史。

⑨子长：司马迁之字。

⑩甄：审查，鉴别。

⑪元圣：即玄圣，指孔子。

⑫取式：取法，效仿。吕览：即《吕氏春秋》。刘勰认为《史记》的“本纪”仿效了《吕氏春秋》的“纪”。

⑬年爵：指重大事件和封爵位的年代。

⑭事序：叙事的条理次序。

⑮弘辩：雄辩。

⑯反经:违反经典。尤:过失,舛误。

⑰条例踳(chuǎn)落:体例错乱不当。

⑱叔皮:东汉文人班彪之字,乃班固之父,著有《史记后传》。

【译文】

到了合纵连横的战国时代,史官的职位还保存着。秦始皇一统七国,而战国的历史却保存在各国的简策里。由于这些简策只是记录史实而没有依序编排,所以就以其简策名为《战国策》。汉高祖刘邦消灭了嬴秦和项羽,有多年的武功积累,陆贾稽考、取法古代史书,著作了《楚汉春秋》。到司马谈时,他家世代执掌简策;司马迁又继承其父之志,甄别、叙述历代帝王的功绩。如果比照《尚书·尧典》称之为"典",但其中混杂着并非圣人的"中贤";如果效法孔子将所著题名为"经",但文章写得又远不如大圣孔子。所以就仿照《吕氏春秋》的体式通称为"纪"。"纪"作为纪事纲领的名号,也是很宏大的称谓了。所以他用"本纪"来叙写帝王,用"世家"和"列传"总合记录诸侯和重要人物,用"八书"来铺叙社会政治体制,用"十表"来谱写重大事件和爵位分封,这虽与古史体式不同,但把历史事件都叙述得很有条理次序。至于《史记》如实记录毫无隐讳的宗旨,渊博雅正而善于雄辩的才能,爱好奇异而违反经典的舛误,体例错杂不当的缺失,班彪的评论已经很详细了。

及班固述汉,因循前业①,观史迁之辞,思实过半②。其十志该富③,赞序弘丽④,儒雅彬彬,信有遗味⑤。至于宗经矩圣之典⑥,端绪丰赡之功⑦,遗亲攘美之罪⑧,征贿鬻笔之愆⑨,公理辨之究矣⑩。观夫左氏缀事⑪,附经间出⑫,于文为约,而氏族难明⑬。及史迁各传,人始区详而易览⑭,述者宗焉⑮。及孝惠委机⑯,吕后摄政⑰,班、史立纪⑱,违经失实,何则?庖牺以来⑲,未闻女帝者也。汉运所值⑳,难为后法。

“牝鸡无晨”[21]，武王首誓；妇无与国[22]，齐桓著盟；宣后乱秦[23]，吕氏危汉。岂唯政事难假[24]，亦名号宜慎矣。张衡司史[25]，而惑同迁、固，元帝王后[26]，欲为立纪，谬亦甚矣。寻子弘虽伪[27]，要当孝惠之嗣[28]；孺子诚微[29]，实继平帝之体。二子可纪[30]，何有于二后哉[31]？

【注释】

①因循：沿袭，继承。

②思实过半：经过思考弄明大半，指班固从《史记》中获益良多。

③十志：《汉书》中有《律历》、《礼乐》、《刑法》、《食货》、《郊祀》、《天文》、《五行》、《地理》、《沟洫》、《艺文》十志。该富：完备丰富。

④赞：《汉书》之纪、志、传后，有一段评论性文字，谓之“赞”。序：《汉书》表前的序文。

⑤信：确实。

⑥矩圣：以圣人为矩式而加以仿效。

⑦端绪：头绪，条理。

⑧遗亲攘美：意谓抛却亲人而窃取其美好的成果。遗，抛却，不顾。攘，窃取，侵夺。

⑨征贿鬻(yù)笔：指班固曾受贿出卖文辞。对这件事和“遗亲攘美”之说，后人均有所辨正。愆(qiān)：罪过，过失。

⑩公理：东汉文人仲长统之字。究：此处为究根到底之意。

⑪缀事：把事件连缀在一起，即叙事作史。

⑫附经间出：《春秋左氏传序》中说，《左传》“或先经以始事，或后经以终义，或依经以辨理，或错经以合异”。这四种情况合起来，即“附经间出”，亦即附于经文而与其错杂出现。

⑬氏族难明：指《左传》所写之人，常常有不同的称谓，且一人之事

散见各处，令人难以分辨。

⑭区详：区分详明。

⑮宗：仿效，师法。

⑯孝惠：汉惠帝刘盈，系汉高祖刘邦之子。委机：委弃机要事务，即不理朝政。

⑰吕后：汉高祖刘邦的皇后吕雉。摄政：代理执政。

⑱班、史立纪：指班固《汉书》中有《高后纪》，司马迁《史记》中有《吕太后本纪》。

⑲庖牺：即伏羲，传说中远古三皇之一。

⑳汉运所值：指吕后执政是汉朝国运遭逢的不幸。值，遭逢，遇到。

㉑牝(pìn)鸡无晨：《尚书·牧誓》载，周武王伐纣誓师时曾说："牝鸡无晨，牝鸡之晨，惟家之索。"后传谓"雌代雄鸣则家尽，妇夺夫政则国亡"之意。

㉒妇无与国：《穀梁传·僖公九年》载，齐桓公"与诸侯盟于蔡丘"，盟辞中有"毋使妇人与国事"之句，意谓不要让妇女参与国家政务。

㉓宣后：秦惠文王的妃子，秦昭王之母，史称宣太后。异母兄秦武王死后，昭王尚幼，宣后曾为之摄政。

㉔政事难假：指国家政务难以托付给女人。假，借托，托付。

㉕张衡司史：《后汉书·张衡传》载，张衡曾任太史令。司，掌管，执掌。

㉖元帝王后：汉元帝皇后王政君，系王莽之姑。元帝死后，曾代汉平帝执政。张衡认为应立《元后本纪》。

㉗子弘虽伪：指孝惠帝之子刘弘并非孝惠皇后亲生，曾被吕后立帝。

㉘嗣：后嗣，继承人。

㉙孺子：指汉宣帝之玄孙刘婴。王莽毒杀汉平帝后，立年仅两岁的

刘婴为皇太子，号曰“孺子”。

㉚二子：刘弘、刘婴。

㉛二后：汉高祖吕后和汉元帝王后。

【译文】

到班固撰述《汉书》，继承了前辈的事业，查阅司马迁的著作，确实得益甚多。他《汉书》中的“十志”完备而又丰富，赞和序的文辞宏伟而又华美，表现儒家温文尔雅、文质彬彬的风格，确实具有传统的遗风和韵味。至于宗法经书矩式圣人的典雅，条理清楚内容丰富的功绩，不顾父名窃取其成果的罪过，接受贿赂出卖文辞的错误，仲长统已辨析得非常详尽了。览阅《左传》中的叙事，它附属于经文而与经文相间出现，文辞虽然简约，但人物的姓氏宗族却难以分清。及至《史记》中的列传，才开始详细地把各类人物分别叙述以便于阅读，后来著述史书的人都仿效这种作法。到了汉孝惠帝不理政务，由吕后摄政掌权，班固和司马迁都为她专门立纪，违背经典不合于实际，为什么这么说呢？自庖牺以来，从未听说有女人做皇帝的。汉朝的国运遇到这种不幸的事，难以成为后代的礼法。“母鸡没有啼鸣报晓的”，这是周武王首先发出的誓言；“妇女不要参与国事”，这是齐桓公在会盟时的誓辞；宣太后扰乱秦国，吕太后危害汉朝。这岂止是政务难以托付于女人，就是给她们立名号也应该慎重啊！张衡执掌史官职权之后，和司马迁、班固同样糊涂，对元帝王后，也要专门立纪，荒谬得确实过分了。考查子弘虽非嫡出，但总算是孝惠皇帝的后嗣；孺子诚然年幼，却实在是汉平帝的继承人。这两个人可以立纪，哪里能为吕后和王后立纪呢？

至于后汉纪传，发源《东观》①。袁、张所制②，偏驳不伦；薛、谢之作③，疏谬少信。若司马彪之详实④，华峤之准当⑤，则其冠也。及魏代三雄⑥，记传互出。《阳秋》、《魏略》之属⑦，《江表》、《吴录》之类⑧，或激抗难征⑨，或疏阔寡要。唯陈寿《三志》[10]，文质辨洽[11]，荀、张比之于迁、固[12]，非妄誉也。至于晋代之书，系乎著作。陆机肇始而未备[13]，王韶续末而不终[14]。干宝述《纪》[15]，以审正得序；孙盛《阳秋》[16]，以约举为能。按《春秋》经传，举例发凡[17]。自《史》、《汉》以下，莫有准的。至邓粲《晋纪》[18]，始立条例。又摆落汉、魏[19]，宪章殷、周，虽湘州曲学[20]，亦有心典谟。及安国立例，乃邓氏之规焉。

【注释】

①《东观》：指由刘珍、李尤等编撰的史书《东观汉记》，记东汉光武至灵帝时期的历史。东观，系东汉洛阳宫中殿名，为藏书和编修史书之地。

②袁、张：袁山松和张莹，均为东晋文人。袁著《后汉书》；张著《后汉南记》。

③薛、谢：薛莹和谢承。薛系三国时吴国文人，著《后汉记》。谢是西晋文人，著《后汉书》。

④司马彪（？—306）：字绍统，河内温县（今属河南）人。西晋皇族，博览群籍，著《续汉书》。

⑤华峤（？—293）：字叔骏，平原高唐（今属山东）人，西晋史学家，《晋书》本传称“有迁固之规，实录之风”，著《后汉书》。

⑥魏代三雄：指魏、蜀、吴三国，以魏势正大，故曰“魏代”。

⑦《阳秋》：东晋文人孙盛所撰之《魏氏阳秋》。《魏略》：三国时魏国文人鱼豢所著之史书。

⑧《江表》：西晋文人虞溥所著之《江表传》。《吴录》：西晋文人张勃所著之史书。

⑨激抗：激昂，偏激。

⑩陈寿(233—297):字承祚,西晋史学家,著《三国志》。《三志》:即《三国志》,中有魏、蜀、吴三国纪传,凡六十五篇。

⑪文质:泛指著作的内容与形式。辨洽:辨析明白,叙述得和润畅朗。

⑫荀、张:荀勖和张华,均为西晋文人。他们认为陈寿的《三国志》,"以班固、史迁不足方也"。

⑬肇始:开始撰写西晋初期的历史。

⑭王韶:王韶之,南朝宋代文人。续末:续写西晋末年历史。《宋书·王韶之传》载,他写的《晋纪》距晋亡还有七年。

⑮干宝(?—336):字令升,东晋文人。《纪》:指干宝的《晋纪》。

⑯孙盛:字安国,东晋文人。《阳秋》:此处指《晋阳秋》,与前面提及的《阳秋》并非同一著作。

⑰举例发凡:指编撰史书的原则和条例。

⑱邓粲:东晋文人。

⑲摆落:摆脱。

⑳曲学:指偏居远地的学者。曲,乡曲。

【译文】

至于东汉的史书,原始于《东观汉记》。袁山松和张莹的著作,都偏颇驳杂没有伦次;薛莹和谢承的史书,粗疏谬误实难征信。而司马彪著述的翔赡真实,华峤论著的准确恰当,可谓之当时史书中的杰作。到了魏代三国竞雄时期,各种记传相继问世。如《阳秋》、《魏略》之类,《江表》、《吴录》之属,有的过于激昂而难以征信,有的则疏漏粗略而不得要领。惟独陈寿的《三国志》,文质相扶而又明晰和润,荀勖和张华把他比之于司马迁和班固,并非虚妄之誉。至于晋代的史书,依靠史官著作郎编撰。陆机开始编写而未能完成,王韶之续写其末也没有写到晋朝灭亡。干宝著述的《晋纪》,审定正确而有次序;孙盛的《晋阳秋》,则以简明扼要为优点。按《春秋》的经和传,都有编写的原则体例。从《史记》、

《汉书》以下，就没有凡例作为标准了。到了邓粲编撰《晋纪》，才开始建立条例。他摆脱了汉魏史书的旧式，效法殷周时代的典籍，虽说是偏居湘州的学者，却也悉心于学习典谟。后来孙盛在《晋阳秋》中树立的体例，就是邓粲设定的规矩。

原夫载籍之作也，必贯乎百氏①，被之千载②，表征盛衰③，殷鉴兴废④。使一代之制，共日月而长存；王霸之迹⑤，并天地而久大。是以在汉之初，史职为盛。郡国文计⑥，先集太史之府，欲其详悉于体国也⑦。必阅石室⑧，启金匮⑨，抽裂帛⑩，检残竹⑪，欲其博练于稽古也⑫。是以立义选言，宜依经以树则⑬；劝戒与夺⑭，必附圣以居宗⑮；然后诠评昭整⑯，苛滥不作矣。然纪传为式，编年缀事⑰，文非泛论，按实而书。岁远则同异难密⑱，事积则起讫易疏⑲，斯固总会之为难也。或有同归一事，而数人分功⑳，两记则失于复重㉑，偏举则病于不周㉒，此又诠配之未易也。故张衡摘史、班之舛滥㉓，傅玄讥《后汉》之冗烦，皆此类也。

【注释】

①贯乎百氏：即综合、贯通百家之说，表现出历史的发展过程。

②被：施及，引申为流传。

③表征：表明，揭示。

④殷鉴：原为殷人以夏亡为借鉴，此处泛指吸取经验教训。

⑤王霸：指帝王的功业。

⑥郡国：全国各地。汉代之初，实行郡县制与诸侯国并存之制，故曰“郡国”。文计：文书簿籍。体国：指全国各地的治理、管理情况。

⑦体：体现，引申为治理、管理。国：国家事务、政务。

⑧石室：汉代以石料修建的藏书之处。

⑨金匮（guì）：保藏重要文件、档案之处。

⑩裂帛：破损的帛书，古人在丝帛上写字为文。

⑪残竹：残存的用竹子做的简策。

⑫博练：广博而熟练。博，指知识。练，指能力。稽古：稽考古代历史。

⑬经：六经。

⑭与夺：肯定与否定，或褒扬与贬抑。

⑮附圣以居宗：以圣人为宗师。

⑯昭整：明白而又全面、完整。

⑰编年缀事：编排年月记叙事件。

⑱同异：指史料的同异，此处偏于指史料矛盾不一。难密：因史料相互矛盾，难以叙写精密。

⑲起讫：指历史事件的始末。易疏：容易疏略。

⑳数人分功：指几个人参与一事。功，同“工”。

㉑两记：分两处记叙。

㉒偏举：单独记叙。

㉓舛滥：舛误失当。

【译文】

推究历史书籍的写作，必定要贯通百家之说和历代人物的史实，写出传流千年的历史，揭示朝代的强盛和衰微，借鉴其昌兴和败亡的经验教训。使一个时代的法典制度同日月一道而永存；使帝王的功勋业绩与天地一起久远而光大。所以在汉朝初年，史官职务重要而显赫。全国各郡的文书簿籍，都要先汇集在太史的官府里，以便于史官详细了解各地的管理情况。史官还要阅读藏书，查考珍贵的档案，整理破损的帛书，搜检残简断策，为的是要全面而精练地去考查古代历史。因此确立史书的宗旨，选用史书的言辞，应当按照经典之范树立准则；在史书中进行劝勉鉴戒肯定或否定，则务必以圣人的思想为主宰；然后才能诠释得清晰，评论得全面，苛刻或讹滥的评述就不会出现了。然而纪传作为史书的体式，是按照年月来编撰史事的，并非泛泛空论，而必须按照史实来叙写。年代久远的史料有所差异而难以写得精密，历史事件积累过多其始末就容易疏略不明，这确实是综合汇编史料的困难。有的本来是同一件事，却有好几个人参与其中，如果分两处记叙则有失于重复，如果偏只写到一个人的传记里又有不全面的缺陷，这也是诠评、编组史料时很不容易解决的问题。因此张衡指责司马迁《史记》和班固《汉书》的舛误不当，傅玄讥讽《后汉书》的冗赘烦琐，都是这一类的问题。

若夫追述远代，代远多伪。公羊高云①："传闻异辞"；荀况称，"略远详近"②。盖文疑则阙，贵信史也。然俗皆爱奇，莫顾理实③。传闻而欲伟其事④，录远而欲详其迹。于是弃同即异，穿凿傍说⑤，旧史所无，我书则博，此讹滥之本源，而述远之巨蠹也⑥。至于记编同时，时同多诡，虽定、哀微辞⑦，而世情利害⑧。勋荣之家⑨，虽庸夫而尽饰；迍败之士⑩，虽令德而常嗤埋⑪。吹霜煦露⑫，寒暑笔端⑬。此又同时之枉，可为叹息者也。故述远则诬矫如彼⑭，记近则回邪如此⑮，析理居正，唯素心乎⑯！

【注释】

①公羊高：复姓公羊，名高，战国时齐国人，传为《春秋公羊传》编撰者，其中有"传闻异辞"之语。

②略远详近：《荀子·非相篇》中，有"传者久则论略，近则论详"

之句。

③理实：指对实际情况的鉴别、整理。理，此处用作动词。

④伟：此处为渲染、夸大之意。

⑤穿凿：生拉硬扯地附会。傍说：指不可信实的传闻之辞。

⑥巨蠹(dù)：极大的危害。蠹，蛀虫，引申为危害之意。

⑦定、哀：鲁定公和鲁哀公，均与孔子同时代。微辞：隐晦批评的话。孔子编修《春秋》时，对定、哀二人多有隐含贬意之辞。

⑧世情利害：人情世故与利害关系。

⑨勋荣：指有功勋之荣。

⑩迍(zhūn)败：困顿败落。

⑪令德：具有美德。嗤埋：受到嗤笑贬抑而被埋没。

⑫吹霜：即风吹霜雪之寒气，喻指对迍败之士的"嗤埋"。煦露：即阳光照拂，雨露滋润，喻指对"勋荣之家"的"尽饰"。

⑬寒暑笔端：喻指褒贬无定。

⑭诬矫：虚妄矫饰，指对远古历史的任意构想。

⑮回邪：回环、扭曲而不正，指对"记近"之作中的"多诡"之辞。

⑯素心：天良之心，亦即心地纯洁无私。

【译文】

至于追述远古的历史，时代久远了就多有伪误。公羊高说："传闻的事常有不同的说法"；荀况则说，"录古则略，叙近则详"。史料有疑就宁缺而不录，历史是以真实可信为贵的。但是世俗都喜好奇异的事，而不顾事实真相的整理。本只是传闻却要把它渲染为真事，本来是追录远古却想把它的详情写出来。由此便抛弃公认的通说而采用奇异之见，穿凿附会地阐述不可靠的说法，传统史籍中没有的，我的书中却要写得多一些，这就是史书产生讹误和混乱的根源，也是撰述古代历史的极大危害了。至于编述当代的纪传，时代相同也多有虚假，即使孔子记述与其同时代的鲁定公、鲁哀公的隐微之辞，也受到了世道人情和利害关系的影响。有些史书写功勋荣耀的家族，即使是平庸之辈也要尽量地夸饰抬举；写困顿败落的人士，虽有高尚的品德也要予以嗤笑而使之埋没无闻。时而风吹霜落时而阳光雨露，笔尖上有冷有暖。这又使同一时代的历史受到了歪曲，真是可叹息的事啊！由此可见记述远古是那样虚妄矫饰，记叙年代近的则又是这般回曲不正，要公正地辨析事理，只有依靠天良之心了！

若乃尊贤隐讳①，固尼父之圣旨，盖纤瑕不能玷瑾瑜也②。奸慝惩戒③，实良史之直笔④，农夫见莠⑤，其必锄也。若斯之科⑥，亦万代一准焉⑦。至于寻繁领杂之术⑧，务信弃奇之要，明白头讫之序⑨，品酌事例之条⑩，晓其大纲，则众理可贯⑪。然史之为任，乃弥纶一代，负海内之责，而赢是非之尤⑫。秉笔荷担⑬，莫此之劳。迁、固通矣，而历诋后世⑭。若任情失正，文其殆哉⑮！

【注释】

①隐讳：隐匿，避讳，此指不提尊者、贤者的缺失。

②瑾瑜(jǐn yú)：美玉。

③奸慝(tè)：奸佞邪恶。

④直笔：执正而书。

⑤莠(yǒu)：野草。

⑥科：类别，引申为做法、举措。

⑦万代一准：世代共同遵守的准则。

⑧寻繁：指寻绎繁杂事件的头绪。领杂：统领各种材料、事件，使“杂而不越”、“博而能一”。

⑨头讫：开头和结尾。

⑩品酌:品评,斟酌。条:条例,凡例,此处指品评的原则。

⑪贯:贯通。

⑫羸:获得,受到。尤:责难,怨恨。

⑬荷担:担负责任。

⑭历诋(dǐ):屡受诋毁、诽谤。

⑮殆(dài):危险,此处喻指“任情失正”的史书之害。

【译文】

至若对尊者贤者隐讳其缺点,这原本是孔子的神圣旨意,因为微小之瑕疵不会有损于美玉的质地。对奸恶之事要加以惩戒实在是优秀史家应当执正而书的,犹如农夫见到田里的杂草,必定要锄掉一样。像这样的举措,也是万世共同遵守的准则。至于寻绎繁杂事料的头绪以引领全部内容的方法,务求信实而抛弃奇闻异说的要领,明了从开头到结尾的顺序,品评斟酌事件得失的原则,掌握了上述这些纲领之要,那么其他的许多道理就会相应地贯通了。但是撰写史书的任务,乃是综合包举一个时代的史实,对天下负有责任,还要受到各种是非的责难。执笔写作承担重负,没有比这种事更为辛苦的了。司马迁、班固都是已经精通编写史书之道了,却还要受到后世的诽谤。如果任由私情而失去公正,那么这样的史书就危乎殆哉了!

赞曰:史肇轩黄,体备周、孔。世历斯编[①],善恶偕总[②]。腾褒裁贬,万古魂动[③]。辞宗邱明[④],直归南、董[⑤]。

【注释】

①斯编:指如同古代一样将史实编入史书。

②偕总:一并汇总。

③魂动:惊心动魄,喻指史书褒贬的影响力。

④邱明:即左丘明。邱,同“丘”。

⑤南:指春秋时齐国的良史南史氏。《左传·襄公二十五年》载,齐国大夫崔杼杀了国君齐庄公。太史直书其事:"崔杼弑其君。"于是崔杀太史。太史的两个弟弟继之直书,又被崔所杀。后其三弟又继之。南史氏听说太史被杀尽了。就拿着竹简坚持写下去。得知太史的三弟已记下此事后,始罢。董:指春秋时晋国史官董狐。《左传·宣公二年》载,晋灵公因故要杀大臣赵盾,赵盾出逃而未能越境,其族弟赵穿杀了晋灵公。董狐记曰:"赵盾弑其君。"赵盾不服,董狐认为,赵盾逃亡而未出国境,回来后又不讨贼,灵公被杀的责任在赵盾。故书曰:"赵盾弑其君。"旧时,董狐与南史氏均被视为良史。

【译文】

综括而言:史官之设始于轩辕黄帝时代,史书的体制则完备于周公和孔子。世代经历的事都编入史书,善的恶的一并总会其中。宣扬好的裁贬坏的,千秋万代都会惊心动魄。史书文辞要宗奉左丘明,直书不隐则要归依南史氏和董狐。

诸子第十七

【题解】

《诸子》篇论述先秦以迄魏晋的诸子之书。它主要以“入道见志”，“或叙经典，或明政术”，“蔓延杂说”为基本内容，具有“得百氏之华采”，“飞辩以驰术”的特点。本可归入《论说》篇，但刘勰以为“博明万事为子，适辨一理为论”，“故入诸子之流”。其实，这个区别不是本质方面的，到了明代徐师曾的《文体明辨序说》中，就不把“诸子”单列一体了。

综观全篇，也可以从中看出一些对文章写作颇有借鉴意义的论述：首先，刘勰阐明了著书之说的动机和意义。其次，刘勰辩证地阐述诸子之说，强调“辩雕万物”，要“智周宇宙”。《诸子》篇虽然以“枝条五经”为中心，将诸子之书，分为“入矩”之“纯粹者”与“出规”之“踳驳者”两类，但这也并不是简单地“一刀切”。一则，纯粹者未必都来自儒家经典，如“鬻熊知道，而文王咨询”；“伯阳识礼，而仲尼访问”，被刘勰视为贤者的鬻熊和老聃，竟是被作为圣人的周文王和孔子的师长，而《鬻子》是“子目肇始”；《道德经》则“以冠百氏”。这显然就不是以儒家经典为“至高”了。二则，“踳驳者”未必都要“世疾诸子”，也未必一概“混同虚诞”，而予以否定。第三，刘勰总结了诸子之作的不同内容和风格，旗帜鲜明地倡导“条流殊术，若有区囿”。这不仅揭示了诸子之作的千姿百态，“得百氏之华采”，而且启发今之作者从诸子之作中吸取多种不同的表现手法，来繁荣当代的文学创作。

诸子者，入道见志之书[①]。太上立德[②]，其次立言。百姓之群居，苦纷杂而莫显[③]；君子之处世，疾名德之不章[④]。唯英才特达[⑤]，则炳耀垂文[⑥]，腾其姓氏[⑦]，悬诸日月焉。昔风后、力牧、伊尹[⑧]，咸其流也。篇述者[⑨]，盖上古遗语[⑩]，而战代所记者也[⑪]。至鬻熊知道[⑫]，而文王咨询，余文遗事，录为《鬻子》；子目肇始[⑬]，莫先于兹。及伯阳识礼[⑭]，而仲尼访问，爰序《道德》[⑮]，以冠百氏[⑯]。然则鬻惟文友，李实孔师，圣贤并世[⑰]，而经、子异流矣[⑱]。

【注释】

①入道：得道，即能深入地理解“道”、阐述“道”。道，是一个含义宽泛的概念，此处可泛指为对宇宙和人生的认识。见志：表达思想观点。

②太上：最上，至高无上。

③纷杂：指百姓混杂不分。

④疾：苦于，憎恨，或以……为病，以……为恨。不章：不能显耀。

⑤特达：特别突出。

⑥垂文：使文章传留于后世。炳耀：光彩照耀。

⑦腾：飞腾，传扬。姓氏：此处指名声。

⑧风后：相传为黄帝之相。力牧：相传为黄帝的大臣。伊尹（约前1630—前1550）：商初大臣。

⑨篇述者：指风后、力牧、伊尹的著作，即《汉书·艺文志》中的《风后》十三篇，《力牧》二十二篇，《伊尹》五十一篇，分别被列为兵家、阴阳家、道家或小说家，均为后人之伪托。

⑩遗语:指风后、力牧、伊尹说过的话。

⑪战代:战国时期。

⑫鬻熊:周文王时人,楚国的祖先。《汉书·艺文志》有《鬻子》二十二篇,列属为道家,还有《鬻子说》十九篇,则列属为小说家。知道:通晓于道,得道。

⑬子目:子书的名目。肇始:初始,原始。

⑭伯阳:老子(约前571—前471)之字,又称老聃、李耳。道家学派创始人,被道教尊为教祖。

⑮序:此处为叙写、撰著之意。

⑯百氏:诸子百家。

⑰圣贤:圣,指周文王和孔子。贤,指鬻熊和老子。

⑱异流:分流。

【译文】

所谓诸子,是指阐述“道”的内涵以表达自己思想的著作。至高无上的是树立美德,其次则是著书立说。庶民百姓群居在一起,苦于在纷繁杂乱中不能显露自己;而仁人君子立身处世,也以自己的名声德行不能昭彰为恨。只有才华特别突出的人,才能有光彩显耀的文章传留后世,使名声飞扬,犹如高悬的太阳和月亮。古代的风后、力牧和伊尹,都是这一流的人物。至于他们的著作,大抵是上古遗留下来的话语,而由战国时代的人记述成篇的。到了鬻熊得道,周文王向他请教,留传下来的文辞和事例,后人辑录为《鬻子》一书;子书名目的原始,没有比《鬻子》更早的了。及至老聃懂得了礼,孔子便去访问请教,老聃便叙写了《道德经》,成为百家专著之首。然而鬻熊是周文王的朋友,老聃实际上是孔子的老师,在圣人和贤人处于同一时代的时候,他们的著作就分流为经书和子书了。

逮及七国力政[①],俊乂蜂起[②]。孟轲膺儒以磬折[③],庄周述道以翱翔[④]，墨翟执俭确之教[⑤]，尹文课名实之符[⑥]，野老治国于地利[⑦]，驺子养政于天文[⑧]，申、商刀锯以制理[⑨]，鬼谷唇吻以策勋[⑩]，尸佼兼总于杂术[⑪]，青史曲缀以街谈[⑫]。承流而枝附者[⑬]，不可胜算，并飞辩以驰术[⑭]，餍禄而余荣矣[⑮]。

【注释】

①力政：即力征，用武力征伐。

②俊乂（yì）：俊杰。才德逾千曰“俊”，逾百曰“乂”。

③膺（yīng）儒：意谓把儒家学说藏于胸中，即信奉儒家之说。膺，胸。磬折：像磬似地弯腰曲背，喻指尊崇恭敬。磬，古代乐器，形状弓曲。

④翱翔：本指鸟的飞翔，此处指庄子追求超脱于世外的逍遥自如的思想。

⑤俭确：节俭勤苦。

⑥尹文：即尹文子，战国时名家代表人物。课：考究，查核。名实：名称和实际。

⑦野老：战国时的隐逸者，属于农家。《汉书·艺文志》有《野老》十七篇。

⑧驺子：即驺衍，战国时的阴阳家，借自然界的阴阳变化来阐明治国之道。

⑨申、商：指战国时法家人物申不害和商鞅，依次分别为韩昭侯之相和秦孝公之相。刀锯：刑具，代指严刑峻法。

⑩鬼谷：鬼谷子，战国时纵横家，相传为苏秦、张仪之师，因隐居鬼谷地方而得名。唇吻：指纵横家们的口才。策勋：记载功勋。

⑪尸佼：战国时的杂家，传说为商鞅之师。杂术：指各家学说。

⑫青史：相传为春秋时晋国史官董狐之后，小说家。曲缀：详细记载。缀，连缀，引申为记载。

⑬枝附：像枝条依附于树干，喻指承流者对前人之说的依附。

⑭飞辩：发挥辩才。驰术：宣扬道术。

⑮餍(yàn)禄：饱食俸禄。餍，满足。余荣：名声荣耀。

【译文】

到战国时代七雄相互征伐，才俊之士纷纷涌现。孟子服膺儒家学说，对它非常崇敬，庄子阐述道家学说，追求超脱的境界，墨翟坚持勤俭刻苦的教义，尹文子探究名称和实际是否符合，野老主张治国要注重农业生产的地利，驺子申述养护国政要讲究天文，申、商主张以严刑峻法来强化国家的管理，鬼谷子主张以善辩的口才建立功勋，尸佼兼蓄总汇各家之道术，青史子则详细地把街谈巷议连缀起来。承继上述各流派而依附他们的人，多得不可胜数，都发挥自己的辩才宣扬各自的学说，以获取丰厚的俸禄和荣耀的名声。

暨于暴秦烈火[①]，势炎昆冈[②]，而烟燎之毒，不及诸子。逮汉成留思[③]，子政雠校[④]，于是《七略》芬菲[⑤]，九流鳞萃[⑥]，杀青所编[⑦]，百有八十余家矣。迄至魏、晋，作者间出，谰言兼存[⑧]，琐语必录，类聚而求，亦充箱照轸矣[⑨]。然繁辞虽积，而本体易总[⑩]。述道言治，枝条五经[⑪]；其纯粹者入矩[⑫]，踳驳者出规[⑬]。《礼记·月令》，取乎《吕氏》之《纪》[⑭]；《三年问》丧[⑮]，写乎《荀子》之书，此纯粹之类也。若乃汤之问棘[⑯]，云蚊睫有雷霆之声[⑰]；惠施对梁王[⑱]，云蜗角有伏尸之战；《列子》有移山跨海之谈[⑲]，《淮南》有倾天折地之说[⑳]，此踳驳之类也。

【注释】

①暴秦烈火：指秦始皇焚书。

②昆冈:指昆仑山,山上产玉石。

③汉成:西汉成帝刘骜。留思:关心,关注。

④雠校:刘向《别录》释曰:"一人读书,校其上下得谬误为校;一人持本,一人读书,若怨家相对为雠。"

⑤《七略》:刘向暨其子刘歆编定的群书分类著作,包括《辑略》、《六艺略》、《诸子略》、《诗赋略》、《兵书略》、《术数略》和《方技略》。芬菲:花草的香气。

⑥九流:指儒家、道家、法家、墨家、名家、农家、杂家、阴阳家、纵横家九个流派。鳞萃:像鱼鳞般的萃集。

⑦杀青:古代用火烘青竹,使之去掉水分,以在上面刻写文字,此处指编撰定稿。

⑧谰(lán)言:诬妄不实之言。

⑨照轸(zhěn):喻指满车生辉。轸,古代车后的横木,此处代指车。

⑩本体:此处指子书的基本内容。

⑪枝条五经:即五经的枝条。枝条,此处作动词用。

⑫入矩:此指合乎经典。

⑬踳(chuǎn)驳:错乱驳杂。踳,同"舛",乖违,相背。出规:此指不合经典。

⑭《吕氏》之《纪》:指《吕氏春秋》中按四季十二个月写的《十二纪》,其首段为《礼记·月令》之所本。

⑮《三年问》:《礼记》中的一篇,其中言及丧礼的内容,与《荀子·礼论》"三年之丧"一段相仿。

⑯汤之问棘:《列子·汤问》载,商汤问棘关于远古生物和大小区别的问题,棘回答说,有一种小虫群居于蚊虫的眼睫毛上,眼力和听力最好的人也看不见它的形状,听不到它的声音。但黄帝和容成子在空峒山上修道后,就看到它们的形状犹如嵩山的山坡,听见了它们的声音像是雷鸣。棘,亦名夏革,字子棘,传说是商

汤时的贤者。

⑰蚊睫：蚊虫的眼睫毛。

⑱惠施对梁王：《庄子·则阳篇》载，惠施向梁惠王推荐戴晋人，戴曾说，蜗牛的两个触角上，各有一个国家，发生了战争，“相与争地，伏尸数万”。惠施，战国时梁国之相。

⑲《列子》：相传为战国时列御寇的著作，其今本疑为魏晋文人伪托。移山跨海：指《列子》中的愚公移山和龙伯国巨人跨海的故事。

⑳倾天折地之说：《淮南子·天文训》载，共工和颛顼争夺帝位，怒而触撞不周山，致天倾西北，地陷东南。

【译文】

到了暴虐的秦始皇烈火焚书，火势凶猛得像要把昆仑山的玉石俱焚，而其烟熏火燎的毒害，却没有殃及诸子的著作。及至汉成帝关注古籍，诏命刘向整理校对，于是《七略》犹如百花散发出了芳香，九种流派的著作像鱼鳞般地荟萃在一起，编定完成的著作，有一百八十多家。到魏、晋之时，子书作者不断出现，虚妄之语被兼收并蓄，琐言碎语也闻则必录，按照类别加以聚集，也要装满车厢光照轸木了。但是繁富的著作虽多有积累，而它们的基本内容却容易综合。它们阐述各自的学说谈论治国之道，都是经典著作的分枝；其中内容纯粹的合乎经典之矩，内容驳杂的则偏离了经典的轨辙。《礼记·月令》，取自于《吕氏春秋》的《十二纪》；《三年问》中的丧礼，是依照《荀子》中的内容写成的，这些都属于纯正精粹的一类。至若商汤问询于夏革，曾说到蚊子的睫毛上有飞虫发出雷霆般的声音；惠施推荐人去见梁王，说蜗牛的触角上发生了伏尸遍地的战争；《列子》中还有愚公移山和巨人跨海的奇谈，《淮南子》中则有天塌地陷的怪说，这些都属于驳杂错乱的一类。

是以世疾诸子，混同虚诞。按《归藏》之经[①]，大明迂怪[②],乃称羿毙十日[③],嫦娥奔月[④]。殷《易》如兹[⑤],况诸子乎?至如商、韩[⑥],“六虱”、“五蠹”[⑦],弃孝废仁;辗药之祸[⑧],非虚至也。公孙之“白马”、“孤犊”[⑨],辞巧理拙;魏牟比之鸮鸣[⑩],非妄贬也。昔东平求诸子、《史记》[⑪],而汉朝不与,盖以《史记》多兵谋,而诸子杂诡术也。然洽闻之士[⑫],宜撮纲要,览华而食实,弃邪而采正;极睇参差[⑬],亦学家之壮观也。

【注释】

①《归藏》:传说为殷商时代《易经》的一种,已亡佚。《周礼·春官》载:“太卜掌三《易》之法,一曰《连山》;二曰《归藏》;三曰《周易》。”

②大明迂怪:宣扬迂阔怪诞之说。

③羿毙十日:《归藏》残文中说:“昔者,羿善射,弹十日,果毙。”

④嫦娥奔月:《归藏》残文中说:“嫦娥以西王母不死之药,服之,遂奔月为月精。”

⑤殷《易》:即《归藏》。

⑥商:商鞅和他的著作《商君书》。韩:韩非和他的著作《韩非子》。商鞅和韩非均属法家。

⑦六虱:六种害虫,喻指害国的六件事。《商君书·靳令》载:“六虱:曰礼乐、曰诗书、曰修善、曰孝弟、曰诚信、曰贞廉、曰仁义、曰非兵、曰羞战。”名曰“六”,实则“九”,疑有衍文。五蠹:五种蛀虫,喻指害国的五种人。《韩非子·五蠹》中,把儒家学者、言谈政客、游侠刺客、近侍之臣、工商之民视为“蛀虫”。

⑧辗(huàn)药之祸:指商鞅被秦惠王车裂,韩非被李斯毒杀。辗,车裂之刑。

⑨公孙:公孙龙,战国时赵国的诡辩名家,著有《公孙龙子》。白马、

孤犊：指公孙龙提出的诡辩命题。《列子·仲尼》载，公孙龙曾对魏王说："白马非马，孤犊未尝有母。"它的意思是说，马有白马、黑马、黄马，所以"白马"不是"马"；"孤犊"既然是指无母的小牛，那么它就和有母相矛盾，故只能说"孤犊未尝有母"。

⑩魏牟：战国时魏国公子牟。鸮(xiāo)鸣：猫头鹰的叫声，喻诡辩之辞可憎。

⑪东平：指汉宣帝之第四子刘宇，封东平王。《汉书·宣元六王传》载，东平王曾向汉成帝上疏求要《史记》和诸子之书，成帝问大将军王凤，王凤主张不要给他去读。

⑫洽闻：广博的见闻。

⑬睇(dì)：观览。参差(cēn cī)：此处指诸子之书互有差异。

【译文】

因此世人憎恶诸子，把他们的著作都混同于虚妄怪诞之说。追溯古代的《归藏经》，也曾大谈迂阔怪异之事，说后羿射杀十个太阳，嫦娥奔向了月宫。殷商时代的经书尚且如此，何况诸子之作呢？至于商鞅、韩非子，他们说"六虱"、"五蠹"为害，背弃孝道废除仁义；以致遭到车裂和毒杀之祸，并不是没有原因的。公孙龙关于"白马"和"孤犊"的谬论，言辞诡巧道理笨拙不通；魏公子牟把这种诡辩比之为猫头鹰的叫声，也并非虚妄地贬斥。从前东平王向汉王朝求取诸子之书和《史记》，但朝廷不肯给他，就是因为《史记》中多有用兵之谋略，而诸子之书中则杂有诡诈的道术。但见闻广博的人，应抓住诸子之书中的纲要，欣赏它的华采吸取它符合实际的内容，抛弃其谬误邪说而采纳其正确见解；尽量多看互有差异的诸子之书，也是学者们应有的开阔视野。

研夫孟、荀所述①，理懿而辞雅；管、晏属篇②，事核而言练；列御寇之书③，气伟而采奇；邹子之说④，心奢而辞壮⑤；墨翟、随巢⑥，意显而语质；尸佼、尉缭⑦，术通而文钝；《鹖冠》

绵绵[8]，亟发深言[9]；《鬼谷》眇眇[10]，每环奥义；情辨以泽，《文子》擅其能[11]；辞约而精，《尹文》得其要；慎到析密理之巧[12]，韩非著博喻之富，《吕氏》鉴远而体周[13]，《淮南》采泛而文丽[14]：斯则得百氏之华采[15]，而辞气之大略也[16]。

【注释】

①孟、荀：指孟轲、荀况。

②管、晏：管，管仲，春秋时齐桓公之相，属道家。晏，晏婴，春秋时齐国大夫，属儒家。

③列御寇：传说战国时道家学者，著有《列子》。

④邹子：即邹衍。

⑤心奢：思路夸张。

⑥随巢：墨翟的学生，属墨家。

⑦尉缭：战国时尉氏人，鬼谷子的学生，属杂家。

⑧《鹖(hé)冠》：《汉书·艺文志》有《鹖冠子》一篇，为春秋时隐士鹖冠子所作，以其常戴鹖羽做的帽子，故号，属道家。绵绵：喻指含意绵远。

⑨亟：屡次，常常。

⑩眇眇：喻指思理玄远精微。

⑪《文子》：《汉书·艺文志》有《文子》九篇，系老子的学生文子所著，属道家。

⑫慎到：战国时赵国人，属法家。《汉书·艺文志》有《慎子》四十二篇。

⑬《吕氏》：指《吕氏春秋》，秦相吕不韦命门人所作，属杂家。

⑭采泛：广泛采纳各家之说。

⑮百氏：指诸子百家。华采：即精华，誉其光彩熠耀。

⑯辞气：此处指诸子文章的风格。大略：基本特点，大致情况。

【译文】

研究孟子、荀子的著述，说理精美文辞雅正；管仲、晏婴的篇章，叙事可靠语言简练；列御寇的书籍，气势伟壮文采奇丽；邹衍的学说，文思夸张辞采盛壮；墨翟、随巢之作，意思显赫语句质朴；尸佼和尉缭所著，道术通达文句钝拙。《鹖冠子》含意绵长，常常发出深刻的议论；《鬼谷子》说理玄远，往往回旋着奥妙的义理；情思明辨而润泽，是《文子》擅长的才能；文辞简洁而精当，是《尹文子》独得的要领；慎到有分析精密之理的技巧，韩非表现出广譬博喻的才富，《吕氏春秋》识鉴远大而体制完备，《淮南子》博采众说而文辞华丽：这些著述概括了诸子百家的精华，反映着他们文章风格的基本特点。

若夫陆贾《新语》，贾谊《新书》，扬雄《法言》，刘向《说苑》，王符《潜夫》①，崔寔《政论》，仲长《昌言》②，杜夷《幽求》③，或叙经典，或明政术④；虽标“论”名，归乎诸子。何者？博明万事为子，适辨一理为论，彼皆蔓延杂说⑤，故入诸子之流。夫自六国以前，去圣未远，故能越世高谈⑥，自开户牖⑦。两汉以后，体势浸弱⑧，虽明乎坦途⑨，而类多依采⑩，此远近之渐变也。嗟夫！身与时舛，志共道申，标心于万古之上⑪，而送怀于千载之下，金石靡矣⑫，声其销乎！

【注释】

①王符：东汉文人，属儒家。

②仲长：即仲长统，东汉文人，属杂家。

③杜夷：东晋文人，属道家。

④政术：政见道术。

⑤蔓延：扩展，连绵。

⑥越世：超越当代。

⑦自开户牖（yǒu）：喻指自成一家。牖，窗。

⑧浸弱：逐渐衰弱。浸，渐渐。

⑨坦途：喻儒家学说。

⑩依采：依傍采撷，指沿袭旧说。

⑪标心：表明心意。

⑫靡：烂，引申为消亡。

【译文】

至于陆贾的《新语》，贾谊的《新书》，扬雄的《法言》，刘向的《说苑》，王符的《潜夫论》，崔寔的《政论》，仲长统的《昌言》，杜夷的《幽求子》，或者是阐述经典著作，或者是辨明政务法术；虽然都标以"论"的名称，但都应归入诸子之作。为什么呢？广博阐明各类事物的著作是为"子"，仅只辨析某一道理的文章称为"论"，上述各家都涉及连绵纷杂的学说，所以应当归入诸子的范围。在战国之前，离开圣人之世还不太远，所以能超越当代高谈阔论，另开门户自成一家。到两汉以后，子书的体制格调逐渐衰弱，虽然明知什么是平坦的大路，但大都依傍采撷旧说，这就是子书由远到近逐渐变化的情况。唉！诸子虽与时不合，但他们的思想愿望却与其学说一道得到了申述，他们在古代已经表明了自己的心意，而又寄托胸怀于流传千古的著作之中，金石可以消亡，但他们的声望能消逝吗？

赞曰：丈夫处世①，怀宝挺秀②。辩雕万物③，智周宇宙④。立德何隐，含道必授⑤。条流殊术⑥，若有区囿⑦。

【注释】

①丈夫：此处指品学高尚之人。

②怀宝：胸怀珍宝，喻指具有高尚品德。挺秀：挺拔俊秀，出类

拔萃。

③辩雕万物：语本《庄子·天道》："辩虽雕万物，不自说也。"辩，指论辩的口才。雕，指对万物的雕饰。

④智周宇宙：智慧遍及宇宙，即具有了解宇宙的广博才智。

⑤含道：怀有道术，即深明道术。

⑥条流：指诸子百家分为各种流派。

⑦区囿：区域，苑囿，喻指不同的学术范围。

【译文】

综括而言：大丈夫立身于世，怀有高尚的品德而出类拔萃。雄辩之才能雕饰万物，丰富的智慧能广知宇宙。树立德行不必隐藏，深明道术尤须传授。诸子百家学说不同，犹如各有自己的苑囿。

论说第十八

【题解】

《论说》篇把“论”与“说”分开来阐述，且其体例比较完整，突出地提示了“论”与“说”的写作要领和写作内容。《论说》篇在《文心雕龙》文体论中，对于今人之写作，是最具借鉴和指导意义的重要篇章之一。它内容丰富，见解精辟，持论辩证，切合写作实际，很值得重视和研究。

《论说》篇中的“论”，虽“条流多品”，但重点在于以说理为主要内容的论文。首先，刘勰提出写论文要“弥纶群言”，“研精一理”。前者是手段、方法、过程；后者则是旨归和目的，精辟地揭示了论文的本质特征。这是古今中外一切写论文的人，都必须掌握的指导思想和操作关键，既有学术价值又有实践意义。所谓“弥纶群言”，就是要在一定的范围内，综合各家之说。这一方面是为了全面掌握有关问题的研究状况，奠定研究的基础；另一方面则是为了取各家之长，弃各家之短，找到研究的新起点，增强研究的针对性，防止研究的片面性和一般化。所谓“研精一理”，就是要专门、深入地研究、解决一个问题，扎实、精到地阐明一个道理。

其次，刘勰提出写论文要“辨正然否”，“师心独见”。这是论文价值的真正所在，也是论文作者才智的具体表现。所谓“辨正然否”，就是要辨明各种学说、观点的是非，这是“弥纶群言”和“研精一理”的必然要求。“群言”不可能是完全一致的，需要经过对照、比较、分析、研究，弄清其异同和正误，以便“献可替否”。而要“研精一理”，则又必须把是非分清。没有“辨正然否”的论文，只能像刘勰所批评的那样：“体同书抄”，还不如不作了。所谓“师心独见”，就是要以自己的心灵作为老师，提出独到的见解，而不依采前人、因袭旧说。

第三，刘勰提出论文的写作要“心与理合，弥缝莫见其隙”；“辞共心密，敌人不知所乘”。这就是要求做到主观与客观的统一，内容和形式的统一。

《论说》篇中的“说”，主要阐述“献主”的“说辞”。刘勰对“说辞”的运用，有着相当高的要求：一、刘勰强调“说辞”的运用要有“惟忠与信”的诚实态度。这表现了刘勰作文、为人与处世的品格，也表现了他信神、宗经、忠君的思想。二、刘勰强调“说辞”要“时利而义贞”，“喻巧而理至”。时利，就是要善于利用时机，亦即“顺情入机”；义贞，就是要有正确的意旨，能够“动言中务”。喻巧，即比喻巧妙，借喻以托讽；理至，即道理说得周到、透辟。这样才能使“说辞”发挥作用，达到“功成计合”的目的。三、刘勰强调“说辞”要“言资悦怿”，“弛张相随”。“说辞”主要是用以“献主”的，应当让他听了感到愉悦，便于接受，这是一方面；另一方面，则不能“过悦”，要有褒有贬，弛张适度，这实际上是在阐明运用“说辞”的策略和方法。

刘勰所论之“说辞”，已在历史的长河中蜕变得不再是一种独立的文体了。但刘勰在“说辞”的历史实践中总结、概括出来的要领，作为一种抽象了的理论内核，却并没有完全失却其生命力。在今之社会交往和人际关系中，它还会给人们以启迪，供人们创造性地鉴用。

圣哲彝训曰经①，述经叙理曰论。论者，伦也②。伦理无爽③，则圣意不坠。昔仲尼微言④，门人追记⑤，故抑其经目⑥，称为《论语》。盖群论立名⑦，始于兹矣。自《论语》已前，经无“论”字，《六韬》“二论”[8]，后人追题乎！详观论体，条流多品[9]：陈政则与议说合契[10]；释经，则与传注参体[11]；辨史，则与赞评齐行；诠文，则与叙引共纪[12]。故议者宜言，说者说语[13]，传者转师[14]，注者主解，赞者明意，评者平理，序者次事，引者胤辞[15]。八名区分，一揆宗论[16]。

【注释】

①彝训：恒久不变的教训。

②伦：条理。

③伦理：有条理地说道理。无爽：没有差错。

④微言：精微深刻之言。

⑤门人：弟子，学生。

⑥抑：指因谦逊而有所约束和贬抑。经目：以经为名目。经，此处作动词用。

⑦群论：各种论文。

⑧《六韬》：传为周朝吕望（即俗称之姜太公）所著之兵书，包括《霸典文论》、《文师武论》、《龙韬主将》、《虎韬偏裨》、《豹韬校尉》、《犬韬司马》六篇。二论：指《六韬》中的《霸典文论》和《文师武论》。

⑨条流：分支流别。多品：品类繁多。

⑩契：原意为契约，引申为契合、一致。

⑪参体：配合为一体。

⑫诠：衡量，评论。共纪：同一法纪。

⑬说（yuè）语：愉悦之言。说，同“悦”。

⑭转师：转授师传。

⑮胤（yìn）：承继，延续，这里引申为补充、说明。

⑯揆(kuí),道理。宗论:以论为宗。

【译文】

圣人们讲的恒久不变的教训叫做经,阐发经书说明道理叫做论。所谓论,就是有条理的意思。道理讲得有条理而没有差错,那么圣人的意思就不会失掉了。从前孔子说的精微的话,由他的弟子事后追录下来,所以谦虚地不以经为其名目,而称之为《论语》。各种文章以论为名都从此开始。在《论语》以前,经书没有用论作为书名、篇名的,《六韬》中的"二论",或是后人追题的吧!详细考察论这种文体,分支别派的品类很多:陈述政事的,就与议和说相契合;解释经书的,便与传和注相配合;辨析历史的,则与赞和评相并列;评论文章的,就与叙和引同一法纪。所以议就是应当说恰当得体的话,说就是说让人愉悦的话,传就是转授老师的学说,注就是以解释为主,赞就是说明意义,评就是公平地讲道理,序就是叙述所讲事理的顺序,引就是引申、补充所讲的事理。这八种文体的名称虽有区别,但道理一样,都可归属于论。

论也者,弥纶群言,而研精一理者也①。是以庄周《齐物》,以"论"为名;不韦《春秋》,"六论"昭列②。至石渠论艺③,白虎讲聚④,述圣通经⑤,论家之正体也。及班彪《王命》,严尤《三将》⑥,敷述昭情,善入史体。魏之初霸,术兼名、法⑦。傅嘏、王粲⑧,校练名理⑨。迄至正始⑩,务欲守文;何晏之徒⑪,始盛玄论⑫。于是聃、周当路⑬,与尼父争涂⑭。详观兰石之《才性》,仲宣之《去伐》,叔夜之《辨声》,太初之《本无》⑮,辅嗣之《两例》⑯,平叔之《二论》⑰,并师心独见⑱,锋颖精密,盖论之英也。至如李康《运命》⑲,同《论衡》而过之;陆机《辨亡》,效《过秦》而不及,然亦其美矣。

【注释】

①研精：精密地研究。

②六论：指《吕氏春秋》中的《开春论》、《慎行论》、《贵直论》、《不苟论》、《似顺论》、《士容论》。

③石渠论艺：《汉书·宣帝纪》载，西汉甘露三年（前51），汉宣帝召集著名儒生，在皇宫中的石渠阁讲论五经之异同。艺，原指《诗》、《书》、《易》、《礼》、《乐》、《春秋》六艺，又称六经。因《乐经》失传，故此指“五经”。

④白虎讲聚：《后汉书·章帝纪》载，东汉建初四年（79），汉章帝在宫内之白虎观，召集博士官和一批儒生，讲疏五经之异同。

⑤通经：疏通五经。

⑥严尤：即庄尤，西汉王莽时的将军，因避汉明帝讳更名严尤。

⑦术兼名、法：指曹操执政后，喜好刑名之学，主张循名责实，重视法治。

⑧傅嘏（gǔ）：字兰石，三国时魏国文人。

⑨校练：考核精练。

⑩正始：三国曹魏的魏齐王曹芳年号，公元240年至249年。

⑪何晏（？—249）：字平叔，南阳宛（今河南南阳）人，三国时期魏国玄学家，魏晋玄学贵无派创始人。

⑫玄论：即玄学，魏晋时以研究《老子》、《庄子》、《周易》等学说为玄学。

⑬聃（dān）、周：指老子李聃和庄子庄周。当路：得势，占据主要地位。

⑭争涂：争夺地位。涂，道路，引申为地位。

⑮太初：三国时魏人夏侯玄之字。

⑯辅嗣：即王弼（226—249），之字，学术上开正始玄风之学术新风。《两例》：指王弼的《易略例》上下两篇。

⑰《二论》：指何晏的《道德论》。《世说新语·文学》载，何晏注《老子》后，看到王弼之注，遂以己注为《道德二论》。

⑱师心：以自己之心为师，意谓有独到见解，而不因袭前人。

⑲李康：字萧远，三国时魏之文人，其《运命论》仿东汉文人王充《论衡》中的有关篇章。

【译文】

所谓论，就是综合各家之说，精密地来研究一个道理的论文。因此庄周的《齐物论》，用论作篇名；吕不韦的《吕氏春秋》，有"六论"明显地排列着。及至"石渠论艺"、"白虎讲聚"，都是在讲述圣人之言疏通五经之理，这就是论文作者的正宗体制了。到了班彪写《王命论》，严尤写《三将军论》，都能昭畅明白地铺叙情理，善于运用史论之体。魏武帝曹操初建霸业，兼采名家和法家的治国方术。傅嘏和王粲，都能精练地校核名家和法家的理论。到了正始年间，致力于坚持前代人的文统；何晏一班人物，开始使玄学之论兴盛起来。于是老子、庄子的道家学说得势，而与孔子的儒家学说争夺地位了。仔细地阅览傅嘏的《才性同论》，王粲的《去伐论》，嵇康的《声无哀乐论》，夏侯玄的《本玄论》，王弼的《易略例》上下两篇，何晏的《道德二论》，都独出心裁有所创见，辞锋锐利而又精严细密，可谓作论的英才了。至若李康的《运命论》，与王充《论衡》中的《逢遇》等篇内容相同并有超过它的地方；陆机的《辨亡论》，仿效贾谊的《过秦论》却又不如它。但这也算是优美之作了。

次及宋岱、郭象①，锐思于机神之区②；夷甫、裴颜③，交辨于有无之域④；并独步当时，流声后代。然滞有者⑤，全系于形用⑥；贵无者，专守于寂寥⑦；徒锐偏解⑧，莫诣正理⑨；动极神源⑩，其般若之绝境乎⑪！逮江左群谈⑫，惟玄是务⑬。虽有日新，而多抽前绪矣⑭。至如张衡《讥世》，颇似俳说；孔融《孝廉》，但谈嘲戏；曹植《辨道》，体同书抄；才不持论，宁如其已[15]。

【注释】

①宋岱：晋代文人，著有《周易论》。郭象（约252—312）：字子玄，西晋玄学家，著有《庄子注》。

②机神之区：极为精微神妙的思考境界。机，指事物的预兆、苗头。

③夷甫：西晋文人王衍之字，属道家，主张天地万物以“无”为本。裴頠（wěi）：字逸民，西晋文人，著《崇有论》，反对当时盛行的“贵无”论，认为一切皆产生于“有”。

④有无之域：指“崇有”与“贵无”的学说。

⑤滞有：坚持“崇有”。滞，凝滞不动。

⑥系：拴住，引申为拘执。形用：事物的形体作用。

⑦寂寥：寂，无声。寥，无形。

⑧锐：此处作动词用，意谓精心钻研。偏解：片面的解释。

⑨诣：造诣，认识。

⑩动极：探究到极至。神源：神妙之理的根源，指“崇有”、“贵无”之说的本源。

⑪般若（bō rě）：原为佛学术语，梵文“智慧”一词的音译，此处指佛法。绝境：至高无上的境界。

⑫江左：本指长江以东地区，因西晋迁江东南京后，以江左代称东晋。

⑬惟玄是务：即只务于玄学，或只热衷于玄学。

⑭前绪：前代之遗绪，指言论、学说。

⑮宁如其已：宁可搁笔不写。已，停止。

【译文】

其次说到宋岱和郭象，他们敏锐的思考达到了极为精微神妙的领域；王衍和裴頠则在崇有和贵无的问题上进行交锋和辩论；都是在当时独领风骚，声名流传后代的人物。然而坚持“崇有”的人，完全拘执于事物形体的作用；执著“贵无”的人，则专心固守空阔虚无之见；徒然地精锐于片面的解释，而没有认识到全面正确的真理；要穷极神妙之理的根源，那就是佛法的最高境界了吧！到了东晋时的各家之说，都热衷于探究玄学。虽时有新见出现，但大多是引申前人的观点了。至于张衡的《讥世论》，很像滑稽的文字游戏；孔融的《孝廉论》，只是嘲笑戏谑；曹植的《辨道论》，体例如同抄书；有写论文的才能却不持正确的论点，那就宁肯不写了。

原夫论之为体，所以辨正然否①；穷于有数②，追于无形，钻坚求通③，钩深取极④，乃百虑之筌蹄⑤，万事之权衡也⑥。故其义贵圆通⑦，辞忌枝碎；必使心与理合，弥缝莫见其隙⑧；辞共心密⑨，敌人不知所乘⑩，斯其要也。是以论如析薪⑪，贵能破理⑫。斤利者，越理而横断⑬；辞辨者，反义而取通⑭；览文虽巧，而检迹知妄⑮。唯君子能通天下之志，安可以曲论哉？若夫注释为词，解散论体⑯，离文虽异⑰，总会是同⑱。若秦延君之注《尧典》⑲，十余万字；朱普之解《尚书》⑳，三十万言。所以通人恶烦㉑，羞学章句㉒。若毛公之训《诗》㉓，安国之传《书》㉔，郑君之释《礼》㉕，王弼之解《易》，要约明畅，可为式矣㉖。

【注释】

①辨正：辨析清楚。然否：是非，正误。

②有数：指有形的具体事物。

③钻坚：即攻坚之意，喻指深入钻研，突破疑难之点。

④钩深：指对深奥之理的探求。极：极致，可作“本质”、“规律”来理解。

⑤百虑：千思万想，各种思想。筌蹄：筌，捕鱼的竹笼。蹄，绊住兔

子腿脚的网绳。此处喻指论文乃是一种汇聚各种思想的工具。

⑥权衡:此处喻指论文也是衡量事物的器具。权,秤锤。衡,秤杆。

⑦圆通:原为佛家语,意指无偏颇、障碍。此处为圆合通达之意。

⑧弥缝:补缀缝合。此处意为紧密结合。隙(xì):裂缝,漏洞。

⑨辞共心密:指言辞要能准确、恰当地表达思想。

⑩敌人:指论敌,即与自己观点不同的人。

⑪析薪:劈木柴。

⑫破理:顺着纹理劈砍。

⑬越理:不按纹理,即不顾正理。横断:横着砍断。喻指强词夺理。

⑭反义:违反正理。

⑮检迹:检验实际情况。

⑯解散论体:指注释是分散的,不是完整的论文。

⑰离文:指分散的注释。

⑱总会:指把分散的注释汇总在一起。

⑲秦延君:名秦恭,西汉文人。

⑳朱普:字公文,西汉文人。

㉑通人:指博古通今的学者。

㉒羞学章句:羞于以注解经书的章节句读为学问。《汉书·扬雄传》、《后汉书·班固传》,分别有扬雄、班固"不为章句"之说。

㉓毛公:指大毛公毛亨和小毛公毛苌,西汉文人,相传是他们为《诗经》作了注解,汉代称其为《毛诗故训传》。训:训诂,即解释古书文字的意义。

㉔安国:孔安国(前156—前74),字子国,孔子十一世孙,西汉经学家。

㉕郑君:指郑玄(127—200),字康成,遍注群经,是汉代经学的集大成者。

㉖式:法式,范式。

【译文】

考察论文这种文体，是用来辨明是非的；它既寻根究底地研究具体事物，又深入追索抽象的道理，钻研疑难的问题以求其顺通，探求深奥的道理以获得极致之见，它是归纳综合各种思想的“筌蹄”，评论万事万物的“权衡”。所以它的思想内容贵在圆合通达，措辞切忌支离破碎；必定要使主观的想法与客观事理相吻合，使之贴切紧密而没有缝隙；言辞也要与心思同样细密，使论敌没有可乘之机，这就是论文的写作要领。因此写论文就像劈木柴一样，贵于能够顺其纹理剖解。斧子锋利的，不按纹理横着把它砍断；能言善辩的，违背正理还要把道理说通；看他们的文辞虽似巧妙，但一用事实来检验就知其虚妄了。惟有品德高尚的人能够贯通天下人的思想，怎么能曲解正理呢？至于注解经典的文词，是分散了论文的整体，分别地看它与论文体例不一样，但汇总在一起就与论文相同了。如秦延君注《尧典》，写了十余万字；朱普解说《尚书》，用了三十万言。所以渊博通达之人厌恶它的烦琐，羞于以注释章句为学。如大小毛公的训解《诗经》，孔安国为《尚书》作传注，郑玄注释《礼记》，王弼解说《易经》，都简要、明白而又通畅，可以作为注释的范式了。

说者，悦也。兑为口舌①，故言资悦怿②；过悦必伪，故舜惊谗说③。说之善者，伊尹以论味隆殷④，太公以辨钓兴周⑤。及烛武行而纾郑⑥，端木出而存鲁⑦，亦其美也。暨战国争雄，辨士云踊⑧；从横参谋⑨，长短角势⑩；转丸骋其巧辞⑪，飞钳伏其精术⑫。一人之辩⑬，重于九鼎之宝⑭；三寸之舌，强于百万之师。六印磊落以佩⑮，五都隐赈而封⑯。

【注释】

①兑：《易经》中的卦名，据《说卦》解释，兑卦象征口舌。

②悦怿：喜悦，愉快。

③谗说：讨好主人而又伤害好人的话。《尚书·舜典》载，虞舜憎恶“谗言殄行”，听了感到“震惊”。

④伊尹：名挚，商汤的大臣，厨师出身，曾用烹调美味为喻，启发商汤以王道治理国家。

⑤太公：即民间俗称之姜太公吕望，又名吕尚，曾以钓鱼为喻，向周文王进说治国的方法。

⑥烛武：即烛之武，春秋时郑国大夫。《左传·僖公三十年》载，晋国和秦国围攻郑国，烛之武去说服秦国，解除了郑国之危困。纾(shū)：纾松，解除。

⑦端木：孔子的学生子贡，姓端木，名赐。《史记·仲尼弟子列传》载，齐国的田常，欲兴兵伐鲁。子贡出使齐国，说服田常转攻吴国，保全了鲁国。

⑧辨士：能言善辩之士，指战国时的说客。云踊：即云涌。

⑨从横：指战国时期合纵与连横两种不同的政治主张。苏秦主张六国联合抗秦，曰合纵；张仪主张分别与六国联合，曰连横。参谋：参与谋议。

⑩角势：争夺权势。

⑪转丸：《鬼谷子》中有《转丸》篇，此处指辩说的方法和技巧圆转如弹丸。骋：施展，发挥。

⑫飞钳：《鬼谷子》中有《飞钳》篇，此处指辩士们的精妙谋略有飞钳夹持之力。伏：隐伏，指包容在辩士言辞中的谋略。精术：精妙的谋略。

⑬一人之辨：指平原君门客毛遂说服楚王与赵国结盟之事。《史记·平原君列传》载，平原君赵胜去楚国结盟，楚王犹豫不决。毛遂一番言辞之后，盟约就订立了。平原君称赞说：“毛先生一至楚，而使赵重于九鼎大吕。毛先生以三寸之舌，强于百万

之师。”

⑭九鼎：传为夏禹所铸，是夏、商、周的传国之宝。

⑮六印：《史记·苏秦列传》载，苏秦游说六国，合纵抗秦，六国均封他为相，佩六国相印。磊落：错杂相交，指相印错落地佩挂在身上。

⑯五都：《史记·张仪列传》载，张仪替秦国游说六国顺从于秦，秦惠王封给他五座城邑。隐赈（zhèn）：即殷赈，殷实富有之意。

【译文】

所谓说，就是喜悦的意思。而兑就是用口舌，所以说话应该讨人喜悦；但过分使人喜悦的话必定虚伪，所以虞舜对谗媚之言感到震惊。善于说辞的，如伊尹以调味之理论政而使殷代昌盛，姜太公用钓鱼的道理以喻治国乃至周朝兴旺。烛之武去说服秦军解救了郑国的危困，端木赐出使齐国而保存了鲁国社稷，这也是说辞中美好的例子。到了战国时代，七国争雄，善辩之士多如云涌；以合纵连横之说参与各国的谋划，竞争辩术的长短和权势的大小；他们施展言辞之技巧犹如圆转的弹丸，而隐伏在他们言辞中的精妙策略就像是飞钳把物品夹住。一人之辩的作用，犹如九鼎国宝之重；三寸之舌的力量，胜过百万雄师。因而有的身上错落地佩挂着六国相印，有的获封五个富庶的都城。

至汉定秦、楚，辨士弭节①。郦君既毙于齐镬②，蒯子几入乎汉鼎③。虽复陆贾籍甚④，张释傅会⑤，杜钦文辨⑥，楼护唇舌⑦，颉颃万乘之阶⑧，抵巇公卿之席⑨，然并顺风以托势，莫能逆波而溯洄矣⑩。夫说贵抚会⑪，弛张相随，不专缓颊⑫，亦在刀笔⑬。范雎之言疑事⑭，李斯之止逐客，并顺情入机，动言中务⑮，虽批逆鳞⑯，而功成计合⑰，此上书之善说也。至于邹阳之说吴、梁⑱，喻巧而理至，故虽危而无咎矣。

敬通之说鲍、邓[19]，事缓而文繁，所以历骋而罕遇也[20]。

【注释】

①弭(mǐ)节：停止活动。

②郦君：指郦食其(yì jī)，汉初说客。《史记·郦食其列传》载，郦为刘邦说服齐王田广归汉，汉将韩信争功，夜袭田广。田广以为郦食其欺骗他，遂将郦烹死。镬(huò)：锅。

③蒯(kuǎi)子：指蒯通，齐国辩士。《史记·淮阴侯列传》载，蒯通劝韩信叛汉，韩信不听。汉高祖刘邦抓住蒯通，意欲投鼎烹杀，蒯通靠着自己的辩才，得以赦免。

④籍甚：名声显赫。

⑤张释：即张释之，字季，西汉文帝时的官员。傅会：即附会，就是把有关之事联系在一起。此处指张释之善于因时顺机，结合现实。

⑥杜钦：字子夏，西汉大将军王凤的谋士。

⑦楼护：字君卿，西汉末辩士。

⑧颉颃(xié háng)：原指鸟儿上下翻飞，此处指辩士时上时下之状。

⑨抵巇(xī)：喻指辩士见微补缺、献计献策之举。巇，巇隙，缺漏。

⑩溯洄(sù huí)：逆着回旋的水流，喻指冒险犯颜直谏。

⑪抚会：此处指因时顺机。

⑫缓颊：缓慢、委婉地动用唇舌。颊，脸的两侧，与唇舌相关。

⑬刀笔：古代在竹简上书写的工具，此处指写成辞锋锐利的文章。

⑭范雎(jū)：战国时的游说之士，后为秦相，封应侯。《史记·范雎列传》载，他从魏亡秦，写《上书秦昭王》求见。

⑮中务：切中要务。

⑯逆鳞：相传龙喉之下有逆生之鳞，触之必遭其害。此处喻指帝王之忌。

⑰计合：计谋合乎机宜，指达到目的。

⑱邹阳：西汉文人。《汉书·邹阳传》载，他曾在吴王刘濞处为官。

吴王谋反,邹阳劝谏,吴王不听。邹遂投往梁孝王刘武,又遭人诬陷。梁孝王将他下狱。邹阳在狱中写了《上梁王书》为自己辩解,因而获释,被尊为上客。

⑲敬通:东汉文人冯衍之字。鲍、邓:指东汉将军鲍永和邓禹。

⑳历骋:多次骋才进言。罕遇:很难得到优遇,即不能如愿。

【译文】

到了汉朝平定秦国和楚霸王之后,辩士说客们的活动消停了。郦食其被烹死在齐王的汤锅里,蒯通也几乎被刘邦投入鼎中烹煮。虽然还有陆贾名声显赫,张释之善于应时顺机,杜钦有文辞辨析之巧,楼护唇舌犀利,或在帝王殿阶上下议论,或在大臣座席之前辩说,但大都是看风顺势说话,没有谁能逆流而上犯颜直谏了。说辞贵于因应时机,要有张有弛,不只专靠唇舌婉言陈述,也要书写成为刀笔锐利的文章。如范雎上书言谈疑难的事,李斯谏议阻止逐客,都顺应情理而抓住了时机,借动听的言辞切中要务,虽然犯上批评了帝王的缺失,但却功业告成达到了目的,这就是上书中的好说辞。至邹阳上书给吴王和梁王,比喻巧妙而又说理透彻,所以虽面临危险却未获罪而得免。冯衍劝说鲍永和邓禹,叙事迂缓而又文辞繁冗,因而他虽然多次施展上书进言的本领,却很难得到优遇。

凡说之枢要①,必使时利而义贞②,进有契于成务③,退无阻于荣身④。自非谲敌⑤,则唯忠与信。披肝胆以献主,飞文敏以济辞⑥,此说之本也。而陆氏直称"说炜晔以谲诳"⑦,何哉?

【注释】

①枢要:关键。枢,枢纽。

②时利:时机有利。义贞:意向正确。贞,正。

③成务:完成政务,使事业有成。

④无阻:不妨碍。荣身:自身的荣誉名声。

⑤谲敌：欺骗敌人。

⑥飞：喻指迅速地展开文思。文敏：敏锐的文思。济辞：丰富文辞。济，接济，帮助，引申为丰富。

⑦陆氏：指西晋文人陆机。直称：简单地说。说炜晔（wěi yè）以谲诳（kuáng）：语出《文赋》，意谓说辞既要光彩鲜明又要诡诈欺骗。炜晔，光彩鲜明。谲诳，诡诈欺骗。

【译文】

运用说辞的关键，在于必定要使它借助有利时机而又具有正确的意义，进则能契合于政务的完成，退则无妨自身的荣誉。如若不是对敌施以诡诈之术，那就只能采取忠诚、信实的态度。披肝沥胆地向主上进献谋议，用迅速敏锐的文思来丰富文辞，这就是说辞的根本要求。然而陆机却简单地说“说炜晔以谲诳”，这是为什么呢？

赞曰：理形于言，叙理成论。词深人天①，致远方寸②。阴阳莫忒③，鬼神靡遁④。说尔飞钳，呼吸沮劝⑤。

【注释】

①人天：指人世与自然。

②方寸：心灵，心思。

③阴阳：此处指“追于无形”的抽象道理。莫忒（tè）：没有差错。

④靡遁：无法逃遁。

⑤沮（jǔ）劝：沮，阻止。劝，鼓励。

【译文】

综括而言：道理表现于语言文辞就成为论文。它深及人世和自然的奥秘，使人的心思达到悠远的境界。把无形的抽象之理说得毫无差错，使鬼神也无法逃遁。说辞具有飞钳之力，很快就能取得阻止或鼓励的效果。

诏策第十九

【题解】

《诏策》篇主要论述古代帝王专用的下行公文，统称之为诏令或诏策；兼又论及戒、教、令三种文体，它们不再限于君主对臣民，可以用于上对下、长对幼的训诫与责令了。随着社会的变革，诏策已不复作为一种实用文体存在了。但由于它在漫长的古代社会中，曾象征着帝王的尊严和权威，记载着许多重大的历史事件，在一定程度上反映着帝王及其臣僚们的品德和文化教养，因之，它不但具有珍贵的史料价值，而且对于较高层次的公务文书写作，也可举一反三，择取其潜在之精华，古为今用。

刘勰非常重视诏策文书的社会作用，反复强调应予严肃认真地对待，明确认识到了它是施行封建统治不可或缺的工具。他具体指出，各个朝代的诏策文书，名称虽有所不同，但都在发挥着“训戎”、“敷政”、“授官”、“锡胤”、“动民”等诸多方面的作用。刘勰列举史实，说明历代的明君圣主，都非常重视诏策。

诏策文书的写作要求。除了“本经典以立名目”这一主导思想之外，一是要“指事而语，勿得依违”。这是曹操对敕戒之文的要求，但用之于所有诏策文书，也是恰当而贴切的。其意思是说，写敕戒一类的诏策文书，要针对实际情况而发，不能模棱两可，犹豫不决。二是要“详酌”、“明断”,“理得而辞中”。“详酌”,是针对诸葛亮的教令说的,意思是说其内容翔实而又考虑得周密细致,无所疏漏。“明断”,是针对庾稚恭的教令而言的,意思是说它的语言表述明确而决断,毫不含糊,没有歧义。而诸葛亮和庾稚恭的教令,又都写得道理恰当而充分,文辞切要而中肯。三是要防止“造次喜怒,时或偏滥”。这是针对东汉光武帝诏书中的舛误而发的。意谓他随便感情用事,喜怒无常,时而出现不应有的偏颇和过分的差错。

《诏策》篇集中地对各种诏策文书应表现出来的不同格调,作了精要的概括,并且把它视为写作要领,明确指出:“授官选贤”时,要显示日月般的光辉;“优文封策”时,要像和风细雨那样润泽;“敕戒恒诰”时,要流露出银河般的光华;“治戎燮伐”时,要表现出雷霆般的声威;“眚灾肆赦”时,要像春露那样滋润;而“明罚敕法”时,则要像秋霜一样冷峻。这实际上是《定势》所说的“因情立体,即体成势”的具体体现。它力图冲破宫廷文书千篇一律僵化、板滞的模式,使其具有不同的特点,以增强其实际作用和文采。因而被今之学者誉为《诏策》篇中“最有价值的见解”,甚或说“这样的诏策,就属于文学散文”。今之公务文书作者,研读一下《诏策》篇所论,以及有关的诏策文书,将是会获得一些启发和借鉴的。

《诏策》篇中最明显的歧疑是,诏策是一种文体呢,抑或是两种不同的文体?一种意见认为,“‘诏策’,是两个各有自己特殊含义的名称”;“‘诏’即诏书,‘策’即策书,都是皇帝的下行公文”;“这类文体名目很多”,“上古称命,发布政令有时称诰,军队誓师称誓。秦始皇改命为制。汉朝分为策书、制书、诏书、敕书”;“策书封王侯,制书发布赦令,诏书告百官,敕书戒地方”。另一种意见认为,不能“把《诏策》中的‘诏策’解释为‘诏’和‘策’两种文体”;“原文标作诏策’,不是‘诏’和‘策’两种文体合在一篇的篇题,而是把‘诏策’当做一个复合词使用,它的含义就是‘诏书’(说得古雅些,就是诏诰)。刘勰所论的就是皇帝的命令、文告一类的文体——诏书”。笔者认为，以上两种意见都是有所本依和理据的，只因所论之角度和范围不同，以致产生了分歧和争辩。

皇帝御宇①，其言也神。渊嘿负扆②，而响盈四表③，其唯诏策乎！昔轩辕、唐、虞，同称为“命”。“命”之为义，制姓之本也④。其在三代，事兼诰誓。誓以训戎⑤，诰以敷政⑥，命喻自天，故授官锡胤⑦。《易》之《姤象》⑧：“后以施命诰四方⑨。”诰命动民⑩，若天下之有风矣。降及七国，并称曰命。命者，使也。秦并天下，改命曰制。汉初定仪⑪，则有四品⑫：一曰策书，二曰制书，三曰诏书，四曰戒敕⑬。敕戒州郡，诏告百官，制施赦令，策封王侯。策者，简也⑭。制者，裁也。诏者，告也。敕者，正也。《诗》云“畏此简书”⑮，《易》称“君子以制数度”⑯，《礼》称“明神之诏”⑰，《书》称“敕天之命”⑱，并本经典以立名目。远诏近命⑲，习秦制也。

【注释】

①御宇：统治天下。御，驾驭，掌握，引申为统治。宇，寰宇，天下。

②渊嘿(mò)：沉默寡言。渊，深。嘿，同“默”。负扆(yǐ)：背靠屏风。扆，指帝王座后的屏风，绣有图形，称为黼扆。

③盈：充满。四表：四方。

④制姓：指帝王给臣子赐以姓氏。

⑤训戎(róng)：训诫军队。戎，指军队。

⑥敷政：发布政令。敷，敷陈，引申为发布。

⑦锡胤：赐予姓氏。锡，同“赐”。胤，意为子孙相承继，而姓氏是代代相承的。

⑧《姤(gòu)·象》：姤，《周易》中的卦名。象，《周易》中解说卦辞的

《象辞》。

⑨后以施命诰四方：语出《周易》中的《姤卦·象辞》。后，此指君王。诰，君主的诰命。

⑩动民：触动臣民百姓。

⑪定仪：制定仪法。

⑫四品：四类。

⑬敕(chì)：君主之令。

⑭简：此指编缀起来的竹片。

⑮简书：此处指边境告急的文书。

⑯数度：礼数法度，此指尊卑之礼。

⑰明神之诏：《周礼·秋官·司盟》中有"北面诏明神"之说，意思是向北面诏告神明。明神，明察事理之神。

⑱敕天之命：《尚书·益稷》中有"敕天之命，惟时惟几"。意思是说帝王奉天命治理万民，要顺时、慎微。

⑲远诏近命：对远地发布诏书，对近处下达命令。前者要写成书面文字，后者则可以口谕。

【译文】

皇帝统治天下，他说的话也是神圣的。他沉默寡言地坐在屏风前的御位上，而他的声音却响彻四方，所凭靠的就是诏策吧！从前黄帝、唐尧、虞舜时代，帝王之言都称为"命"。"命"的意义，本来是指帝王给臣子赐姓的。在夏、商、周三代，"命"包括诰和誓。誓用以训诫军队，诰则用来传布政令，命代表着上天的旨意，所以用来封授官爵和赐予姓氏。《周易》中的《姤卦·象辞》说："君主用发布命令来告诫四方臣民"。诰命动员民众，就像风行于天下那样。后及战国时代，就都称为"命"。所谓"命"，就是"使"的意思。秦并吞天下之后，把"命"改称为"制"。汉朝初年制定仪法，又分为四类：一称策书，二称制书，三称诏书，四称戒敕。敕书用于告诫州郡长官，诏书用于诏示文武官员，制书用于发布赦免命令，策书用于封赐王侯和爵位。所谓策，就是简策。所谓制，就是裁断。所谓诏，就是告示。所谓敕，就是戒正。《诗经》上说“惧怕这告急的简书”，《周易》上说“君子要以此制定尊卑之礼”，《周礼》上说“诏告明察事理之神”，《尚书》上说“敕正上天的旨命”，可见它们都是依据经典来确定名称的。远地用诏书，近处用命令，这是沿用了秦朝的制度。

《记》称丝纶①，所以应接群后②。虞重纳言③，周贵喉舌。故两汉诏诰，职在尚书。王言之大，动入史策，其出如绋④，不反若汗⑤。是以淮南有英才，武帝使相如视草⑥；陇右多文士⑦，光武加意于书辞。岂直取美当时，抑亦敬慎来叶矣⑧。观文、景以前，诏体浮杂；武帝崇儒，选言弘奥⑨。策封三王⑩，文同训典；劝戒渊雅，垂范后代。及制诏严助⑪，即云厌承明庐⑫，盖宠才之恩也⑬。孝宣玺书⑭，责博于陈遂⑮，亦故旧之厚也。逮光武拨乱⑯，留意斯文，而造次喜怒，时或偏滥。诏赐邓禹⑰，称司徒为尧⑱；敕责侯霸⑲，称“黄钺一下⑳”。若斯之类，实乖宪章。暨明、章崇学㉑，雅诏间出。和、安政弛㉒，礼阁鲜才㉓，每为诏敕，假手外请。

【注释】

①《记》称丝纶：《礼记·缁衣》有“王言如丝，其出如纶；王言如纶，其出如绋”之句，意思是帝王的话，说时细如丝，传出去就像是宽带了，喻指帝王之言的影响之大。纶，系官印的丝带。

②群后：指诸侯。

③纳言：古代官名，职司反映下情，传达王命。

④绋(fú)：粗大的绳。

⑤不反若汗：汗出来不能收回。

⑥视草：审阅草稿。

⑦陇右：陇山之西，即今甘肃、青海一带。《后汉书·隗嚣传》载，西汉末年，陇西由隗嚣控辖，其幕僚多有文士。汉光武帝给他写文书，特别注意文辞的修饰。

⑧敬慎：认真审慎。来叶：未来，后世。

⑨弘奥：宏大深奥。

⑩策封三王：指对西汉诸侯齐王刘闳、燕王刘旦、广陵王刘胥的封赏。

⑪严助：西汉文人，汉武帝的宠臣，曾任会稽太守。

⑫承明庐：汉代朝廷值班官员的住宿之处。此处借以代指在朝为官。

⑬宠才之恩：指汉武帝因宠爱严助之才而给予他的恩泽。《汉书·严助传》载，汉武帝在《赐严助书》中说："君厌承明之庐，劳侍从之事"，同意严助的请求，让他回乡为官。

⑭孝宣：指汉宣帝刘询。玺（xǐ）书：盖有皇帝之印的文书。

⑮责博：问起赌博之事。责，问。博，赌博。陈遂：西汉游侠，官太原太守，汉宣帝为太子时的朋友，常在一起对弈、赌博。汉宣帝即位后，曾致书陈遂，开玩笑说："制诏太原太守，官尊禄厚，可以偿博进矣。"

⑯拨乱：平治乱世。拨，治理。

⑰邓禹：汉光武起兵时的将领。

⑱司徒为尧：《后汉书·邓禹传》载，汉光武帝给邓禹的敕书中说："司徒，尧也"，把作为司徒的邓禹比作尧。司徒，官名。汉代大司徒行宰相之职。

⑲侯霸：东汉大臣。

⑳黄钺一下：《后汉书·冯勤传》载，汉光武给侯霸的玺书中，曾有"黄钺一下无处所"之句，意思是斧钺一砍下来就没有去处了。

黄钺，饰有金属的大斧。

㉑明、章：指东汉明帝刘庄和章帝刘炟。崇学：崇尚学术。

㉒和、安：指东汉和帝刘肇和安帝刘祜。政弛：政务松弛。

㉓礼阁：汉代尚书省的代称，主掌宫廷文墨之事。

【译文】

《礼记》上说帝王的话说时如丝而传出如纶，这是针对应接诸侯的话而言的。虞舜重视发布帝王之命的纳言官，周朝则把传达王命的官员比作喉舌。所以两汉的诏诰文书，归由尚书来掌管。帝王之言影响很大，动辄就要载入史册，说出来犹如巨大的绳索，又像是汗水出来就不能收回去。因此面对文才杰出的淮南王刘安，汉武帝先要召司马相如来审阅写给他的文书草稿；陇西多有文人才士，汉光武帝特别注意修饰写给他们的书信文辞。这岂止是为了获得当时人们的称赞，也是审慎地考虑到对后世的影响。试看汉文帝、汉景帝之前，诏书的体制虚浮驳杂；汉武帝尊崇儒家学说，选用言辞弘宽而又深刻。策封三王的诏书，文辞格调如同《尚书》中的训、典；劝戒与警戒之意既深厚又文雅，成为传留后代的典范。到了汉武帝给严助写诏书，就说既然不愿在朝那就回乡去为官，这显示了他对宠爱之才的恩泽。汉宣帝的玺书，向陈遂讨还赌债，也表现了对故旧友好的深厚情意。到了东汉光武帝平治了乱世，注意诏策这一类文书的写作，但却任意发泄喜怒之情，每有偏激过分之辞。如赐给司徒邓禹的诏书，曾把他称为尧；责备侯霸的敕书，则说黄钺一下来就全完了。像这一类的情况，实在是违背法度的。到了东汉明帝、章帝，尊崇学术，典雅的诏书不断出现。和帝和安帝的朝政松弛，主管诏策的“礼阁”缺乏人才，每逢写诏书敕书，还要请外人来代笔。

建安之末，文理代兴①。潘勖《九锡》②，典雅逸群。卫觊禅诰③，符采炳耀④，弗可加已。自魏晋诏策，职在中书⑤，刘放、张华⑥,并管斯任,施令发号,洋洋盈耳⑦。魏文帝下诏,辞义多伟。至于“作威作福”⑧,其万虑之一弊乎!晋氏中兴⑨,唯明帝崇才⑩。以温峤文清⑪,故引入中书⑫。自斯以后,体宪风流矣⑬。

【注释】

①文理:文采和情理,指内容和形式兼美的诏策文。代兴:代之而兴起。

②《九锡》:潘勖《册魏公九锡文》的简称。汉献帝以曹操有大功,封其为魏公,加九锡,即给予九种赏赐,如车马、衣服、虎贲、乐器、弓矢、斧钺、朱户等。

③卫觊(jì):字伯儒,三国时魏国人。禅诰:天子让位于他人的文告,此处指卫觊的《为汉帝禅位魏王诏》,即汉献帝禅位给魏王曹丕的诏书。

④符采:玉石上的花纹,此指文采。

⑤中书:即中书省,系魏晋时设置的主管政务和起草诏书的机关。

⑥刘放:字子弃,三国魏人,曾任中书监。

⑦洋洋:形容诏策文采之盛。盈耳:充盈于耳目。盈,充满。

⑧作威作福:《三国志·魏书·蒋济传》载,曹丕给征南将军夏侯尚的诏书中,说他可以“作威作福”。蒋济认为不妥,谏曰:“天子无戏言,古人所慎,惟陛下察之。”于是“帝遣追前诏”。

⑨晋氏中兴:指晋元帝司马睿建立东晋王朝。

⑩明帝:晋明帝司马绍。

⑪温峤(288—329):字泰真,一作太真,太原祁县(今属山西)人,以军功封安郡公。

⑫引入中书:晋明帝称赞温峤“文清而旨远”,召他入朝做中书令。

⑬体宪:体式之法度,此指诏策的体制。风流:如风之流行,此处指

诏策的法度，成为一种流传后代的风气。

【译文】

到了建安末年，文理兼胜的诏策代之而兴。潘勖的《册魏公九锡文》，典雅超群。卫觊的《为汉帝禅位魏王诏》，文采鲜明照耀，没有人再超过他们了。魏晋以来的诏策，由中书省掌管，刘放和张华，先后担任这一职务，他们为帝王发号施令的诏书，洋洋乎充盈于人们的耳目。魏文帝曹丕下诏书，其文辞内容大多是宏伟壮美的。至于“作威作福”一词的误用，这是万虑之一失吧！晋朝中兴以后，只有晋明帝崇尚文才，因温峤文笔清雅，就召他来做中书令。从此以后，诏策之体的法度就风流于后代了。

夫王言崇秘①，大观在上②，所以百辟其刑③，万邦作孚④。故授官选贤，则义炳重离之辉⑤；优文封策⑥，则气含风雨之润；敕戒恒诰⑦，则笔吐星汉之华；治戎燮伐⑧，则声有洊雷之威⑨；眚灾肆赦⑩，则文有春露之滋；明罚敕法⑪，则辞有秋霜之烈。此诏策之大略也。戒敕为文，实诏之切者，周穆命郊父受敕宪⑫，此其事也。魏武称，作敕戒当指事而语⑬，勿得依违⑭，晓治要矣⑮。及晋武敕戒⑯，备告百官：敕都督以兵要⑰，戒州牧以董司⑱，警郡守以恤隐⑲，勒牙门以御卫⑳，有训典焉。

【注释】

①崇秘：崇高神圣。

②大观在上：语出《周易·观卦·象辞》，意谓帝王“大而在上”，为在下臣民所景仰，故引申为居高临下，以便于阅读、理解。观，此处无实意。

③百辟(bì):指各诸侯国君。刑:效法。

④万邦作孚:即各国都信服。孚,信服。

⑤重离:日月重叠于天。

⑥优文:嘉奖的文告。封策:封爵的策书。

⑦恒诰:常用的诏诰。

⑧治戎:治理军队。爕(xiè)伐:协同讨伐。

⑨洊(jiàn)雷:滚滚不断的雷声。洊,接连着,一次又一次。

⑩眚(shěng)灾:因过失而造成灾害。眚,过失。肆赦:宽缓,赦免。

⑪敕法:整饬法纪。

⑫周穆:西周穆王。郊父:周穆王之臣。宪:此处指敕令。

⑬指事:针对事实。

⑭依违:模棱两可。

⑮治要:治国之要领。

⑯晋武:晋武帝司马炎(236—290),字安世,河内温(今河南温县)人,晋朝开国皇帝,谥号武皇帝,庙号世祖。

⑰都督:地方军政长官。

⑱州牧:地方行政长官。董司:董,督察。司,主管官员。

⑲郡守:一郡之长官。恤隐:体恤民间隐痛。

⑳牙门:原指竖立着饰有象牙旗帜的军门,此处借以指驻军将领,或称"牙门将军"。

【译文】

帝王之言崇高而又神圣,他居高临下,所以诸侯百国都要效法,天下万邦都要信服顺从。所以授予官职和选用贤才的诏策,要显示日月般的光辉;嘉奖的文告和封赠的策书,其格调要像和风细雨那样润泽;训诫的敕书和常用的诏诰,要在笔下吐露银河般的光华;整治军队协同伐敌的文书,要表现滚滚震雷般的声威;宽免因过致灾之罪的赦书,要像春天的露水那般滋润;严明惩处和整饬法纪的文诰,要像秋天的寒霜那样凛冽。这就是诏策文写作的基本要求了。戒敕作为一种文体，实在是诏书中最为切实的一种，周穆王命令郊父接受敕令，这就是敕戒之文了。魏武帝曹操说作敕戒文要针对事实而发，不能模棱两可，确实是通晓治国的要领了。到了晋武帝作敕戒文，用于普遍地告诫百官：敕令都督掌握治军的要领，告诫州牧督察其主管部属，警示郡守体恤民间疾苦，勒令驻军将领加强防卫，都是有法式依据的。

戒者，慎也。禹称："戒之用休[①]。"君父至尊，在三同极[②]。汉高祖之敕太子，东方朔之戒子，亦顾命之作也[③]。及马援已下[④]，各贻家戒[⑤]。班姬《女戒》[⑥]，足称母师也[⑦]。教者，效也。出言而民效也。契敷五教[⑧]，故王侯称教。昔郑弘之守南阳[⑨]，条教为后所述[⑩]，乃事绪明也[⑪]。孔融之守北海，文教丽而罕施[⑫]，乃治体乖也[⑬]。若诸葛孔明之详酌[⑭]，庾稚恭之明断[⑮]，并理得而辞中[⑯]，教之善也。自教以下，则又有命。《诗》云"有命自天"，明命为重也。《周礼》曰"师氏诏王"[⑰]，明诏为轻也。今诏重而命轻者，古今之变也。

【注释】

①戒之用休：语出《尚书·大禹谟》。休，美好，美德。

②在三：指君、父、师三尊。《国语·晋语》载："民生于三，事之如一。父生之，师教之，君食之。"同极：指君、父、师的训诫恩德同样的重要无极。

③顾命：临终之遗嘱。

④马援：字文渊，东汉名将。

⑤贻：遗留。

⑥班姬：即班昭，字惠姬，班固之妹。

⑦母师：原指保育、辅导皇族之女的师傅，此处泛指为母之师。

⑧契：人名，相传为虞舜的大臣。敷：发布。五教：指父义、母慈、兄友、弟恭、子孝。

⑨郑弘：字稚卿，西汉时任南阳太守。

⑩条教：条规教令。

⑪事绪：治理政事的头绪、条理。

⑫文教丽：教令的文辞雅丽。罕施：难于实施。罕，少。

⑬治体：政治体制。

⑭详酌：指内容详赡经过了审慎的斟酌、推敲。

⑮庾稚恭：即庾翼，东晋将领，曾代其兄庾亮镇守武昌。

⑯理得：道理讲得恰到好处。辞中：文辞中肯、贴切。

⑰师氏：掌管贵族教育的官吏。诏王：诏告君王，指下告上。秦朝以后，诏才专用于帝王对下的诏令。

【译文】

所谓戒，就是谨慎的意思。夏禹说："训诫要用美德。"君王和父亲是最尊贵的，他们与老师的戒教一样极其重要。汉高祖刘邦的《手敕太子文》，东方朔的《诫子诗》，都是临终遗嘱之作。及至马援之后，各家都各自留下了家戒。班姬的《女戒》，足以称为作母亲的老师。所谓教，就是仿效的意思。讲出话来让民众照着去做。契曾发布五条道德教令，所以王侯们称之为教。从前郑弘做南阳太守，他所制定的条规教令为后世所称述，是由于他治政的头绪明白。孔融任北海之相时，他的教令虽然文辞雅丽却难以实施，这是因为它不合于政治体制。至若诸葛亮的教令详赡而审慎，庾稚恭的教令明确而果断，都是道理得当言辞中肯的，可谓教令中的佳作。除教令以外，则还有命体。《诗经》上说"有命来自于上天"，说明命是非常重要的。《周礼》中说"主管教育的官吏诏告君王"，表明诏轻于命。当今则是诏重而命轻，这就是从古至今的变化了。

赞曰：皇王施令，寅严宗诰①。我有丝言②，兆民伊好③。辉音峻举④，鸿风远蹈⑤。腾义飞辞，涣其大号⑥。

【注释】

①寅严：恭敬严谨。宗诰：宗奉诰命。

②丝言：王言如丝，喻指帝王微言大义，诰命之重。

③伊好：喜欢，爱好。

④辉音：德音，喻指帝王之诏告。峻举：高高举起，喻指帝王诏告的崇高地位。

⑤鸿风：喻指帝王诏告传播四方的巨大作用。远蹈：向远方传播。

⑥涣：盛大之状。大号：伟大号令。

【译文】

综括而言：帝王发号施令，臣民恭敬严谨地宗奉诰命。帝王自以为微言大义，亿万百姓都很喜欢。光辉的诏策高高在上，宏大的教化之风远远传播。诏策的意义腾跃文辞飞扬，涣然成为伟大的号令。

檄移第二十

【题解】

《檄移》篇论述檄文和移文两种文体，着重于檄文，而略疏于移文。惟从写作角度看，两者多有相近，且每每交互运用。

《檄移》篇用占全文三分之一左右的篇幅，论述檄文和移文的作用。可见刘勰对这个问题的重视。刘勰对檄文的写作要领，作了较为具体的概括，其中兼及了移文。

首先，刘勰明确提出了檄文写作应包括的内容。一要写出自己一方的美好和清明，揭露敌对一方的暴虐无道；二要按照古代的传统观念，阐明上天的旨意，君臣与民众的和谐、昭明；三要以占卜预言成败，阐明历史的经验教训。

其次，刘勰特意提出了檄文写作应有的策略。要"虽本国信"，就是要以讲究并维护国家的信誉为本，不能有损于国威，这是首要的，不可背违的。要"实参兵诈"，就是要根据对敌斗争的需要，采取必要的诡诈之术，以欺诱敌人。自古以来，都是讲究"兵不厌诈"的。要"谲诡以驰旨，炜晔以腾说"，即"实参兵诈"的具体表现，借诡异欺诈的手段传播己方的意旨，用光华熠耀的言辞宣扬自己的主张。

第三，刘勰鲜明地提出了檄文应有的基本格调，即"事昭而理辨，气盛而辞断"；"不可使辞缓"，亦"不可使义隐"。事昭，就是摆出事实，昭然可见；理辨，就是讲述道理，辨析得明明白白；气盛，就是要有威迫对方的旺盛气势，使之震慑；辞断，就是出语果断，表示出必胜的决心，而归根结蒂，就是“植义扬辞，务在刚健”了。

《檄移》篇虽分论檄文与移文两种文体，但也每有容易混淆的现象，特别是在写作实践中，它关系到“位体”是否正确，用法是否得当，故需略加分辨。先说檄文。檄的原义是清楚明白；表示它把文告“宣布于外”，使之“皎然明白”。最初，它只用于“宣训我众”，而“未及敌人”；后来才用之于“振此威风，暴彼昏乱”的征伐之先声，成为“摧压鲸鲵，抵落蜂虿”的工具。所以，不宜笼统地说它“专用于征伐敌人时，先公开进行书面声讨”。这里，有个时代不同，檄文的内容和作用也有所不同的问题。再说移文。移的原义是改变和更易；表示它具有“移风易俗”，“令往而民随”的作用，但移文也不只是用于对己方民众的宣谕和告戒，它还有“文移”与“武移”之分。值得注意的是，在古代檄文和移文的写作实践中，每每两者并用，如隗嚣的《移檄告郡国》、钟会的《移檄蜀将吏士民书》，而刘勰在论述中，也曾特指而泛用。

震雷始于曜电[1]，出师先乎威声。故观电而惧雷壮，听声而惧兵威。兵先乎声，其来已久。昔有虞始戒于国[2]，夏后初誓于军[3]，殷誓军门之外[4]，周将交刃而誓之[5]。故知帝世戒兵[6]，三王誓师[7]，宣训我众，未及敌人也。至周穆西征[8]，祭公谋父称[9]：“古有威让之令[10]，有文告之辞。”即檄之本源也。及春秋征伐，自诸侯出，惧敌弗服，故兵出须名，振此威风，暴彼昏乱。刘献公所谓“告之以文辞[11]，董之以武师”者也[12]。齐桓征楚[13]，诘苞茅之阙[14]；晋厉伐秦[15]，责箕、郜之焚[16]；管仲、吕相[17]，奉辞先路[18]。详其意义，即今之檄文。暨乎战国，始称为檄。檄者，皎也。宣布于外，皎然明白也。

张仪《檄楚》，书以尺二[19]。明白之文，或称露布，露布者，盖露板不封，播诸视听也。

【注释】

①曜电：耀眼的闪电。

②有虞：即虞舜，他即位后称有虞氏。

③夏后：指夏禹，他即位后称夏后氏。

④殷：即商代。成汤始号为商，盘庚迁都后，改号为殷。

⑤周：指周武王。交刃：兵刃相交。

⑥帝世：即指有虞氏时代。

⑦三王：指夏、商、周三代帝王。

⑧周穆西征：指周穆王西征犬戎。

⑨祭(zhài)公谋父：周穆王的大臣，姓祭，名谋父。

⑩威让：威严地谴责。

⑪刘献公：周景王之卿士。他的话载《左传·昭公十三年》。

⑫董：原为监督管理之意，此引申为督责。

⑬齐桓：齐桓公(？—前643)，吕氏，姓姜，名小白，姜太公吕尚的第十二世孙，春秋五霸之首。

⑭诘苞茅之阙：《左传·僖公四年》载，齐桓公伐楚，派管仲责问楚王，说他不进贡苞茅草，所以兴师讨伐。苞茅，包扎成捆的菁茅，用以滤酒，供祭祀之用。

⑮晋厉：晋厉公(？—前573)，姬姓，晋氏，名寿曼，晋景公之子，前578年率诸侯伐秦。

⑯责箕、郜之焚：《左传·成公十三年》载，晋厉公伐秦前，派吕相去责问秦国入侵晋国，焚烧箕、郜两地的罪过。

⑰管仲：名夷吾，号仲父，春秋时齐国大夫。吕相：即春秋时晋国大夫魏锜，因封于吕，故称吕相。

⑱奉辞：此指于战前奉命去指责敌方。先路：先引，先导。

⑲尺二：指书写檄文的木简，长一尺二寸。

【译文】

震响的雷霆始于耀眼的闪电，兴师先要有威武的声势。所以看到闪电就害怕雷霆的猛烈，听到军队的声势就畏惧其武威。出兵先造声威，它的由来已经很久了。从前有虞氏开始训诫全国军民，夏后氏最初在军中起誓，殷商在军门外誓师，周朝在与敌交战前宣誓。由此可知帝舜时的训诫军兵，夏、商、周三王的宣誓出师，都是宣告训诫自己一方的部众，而没有涉及敌人。到了周穆王西征时，祭公谋父曾声称："古代有威严斥敌的命令，还有告诫敌人的文书言辞。"这就是檄文产生的源头了。及至春秋时代的征伐都是由诸侯发动的，由于担心敌方不服，所以发兵要有名义，用来鼓振自己的威风，揭露敌人的昏暴无道。正如刘献公所说，"用文辞予以告诫，靠武力予以督责"。齐桓公征伐楚国，责问它为何不进贡苞茅草；晋厉公讨伐秦国，指责它焚烧箕、郜两地；管仲和吕相，都是在进兵之前奉命先去进告言辞的。仔细考察他们言辞的意义，就是现今的檄文。到战国时期，才开始称为檄。所谓檄，就是明白、清晰之意。把文告公开宣布出来，使它明明白白。张仪的《为文檄告楚相》，写在一尺二寸长的木板上。这种清晰明白的檄文，或又称为露布，而所谓露布，就是不加封套，使木板上的内容显露于外，让它传播于人们耳目之前。

夫兵以定乱，莫敢自专，天子亲戎①，则称"恭行天罚"②；诸侯御师③，则云"肃将王诛"④。故分阃推毂⑤，奉辞伐罪，非唯致果为毅，亦且厉辞为武⑥。使声如冲风所击⑦，气似欃枪所扫⑧；奋其武怒⑨，总其罪人；征其恶稔之时⑩，显其贯盈之数⑪；摇奸宄之胆⑫，订信顺之心；使百尺之冲⑬，摧折于咫书[14]，万雉之城[15]，颠坠于一檄者也。观隗嚣之《檄亡新》[16]，布其三逆[17]，文不雕饰，而辞切事明，陇右文士[18]，得檄之体矣。陈琳之《檄豫州》[19]，壮有骨鲠，虽奸阉携养[20]，章实太甚[21]，发丘摸金[22]，诬过其虐；然抗辞书衅[23]，皦然暴露矣。固矣，敢指曹公之锋；幸哉，获免袁党之戮也[24]。钟会《檄蜀》[25]，征验甚明[26]；桓温《檄胡》[27]，观衅尤切，并壮笔也。

【注释】

①亲戎：亲自率军出征。

②恭行天罚：语本《尚书·甘誓》："今予惟恭行天之罚"，意谓恭敬地执行上天之旨意去征伐、惩处。

③御师：率领军队。

④肃将：严肃地奉行。王诛：君王的诛伐命令。

⑤分阃(kǔn)推毂(gǔ)：《史记·冯唐列传》载，天子派大将出征，要授予他处理京都城门之外事务的全权，并推车为他送行。阃，城门。毂，车轮中心的圆木，此代指车。

⑥厉辞：严厉的文辞，指檄文。

⑦冲风：暴风。

⑧欃(chán)枪：彗星，俗称扫帚星。

⑨武怒：威武的怒气。

⑩稔(rěn)：成熟，此引申为到了顶点、极点。

⑪贯盈：即恶贯满盈。贯，用绳线串物。盈，满，指绳线所串之物已满。数：气数，命运。

⑫奸宄(guǐ)：犯法作乱的恶人。

⑬冲：此处指冲击敌阵的战车。

⑭咫书：指檄文。咫，古代以八寸为咫。

⑮万雉(zhì):形容城墙之壮伟。雉,城墙之垛,古代城墙长三丈、高一丈为一雉。

⑯隗嚣:字季孟,陇西天水人,东汉将军。《檄亡新》:指隗嚣所作《移檄告郡国》,文中揭露王莽的罪行。新,王莽篡汉后的国号。

⑰三逆:即逆天、逆地、逆人。

⑱陇右文士:指隗嚣占有陇西,自称西州上将军时所收用的文人。

⑲陈琳(?—217):字孔璋,东汉末文人,建安七子之一。《檄豫州》:即《为袁绍檄豫州》,系袁绍为联合刘备讨伐曹操,命陈琳所作,以发给时任豫州刺史的刘备。

⑳奸阉(yān)携养:指曹操之父为奸宦所收养,曹父夏侯嵩是东汉太监曹腾的养子,改姓曹。奸阉,奸恶太监。

㉑章实:揭露事实。章,此处作动词用。

㉒发丘摸金:发丘,即挖掘坟墓。摸金,即偷金。陈琳檄文中说,曹操"特置发丘中郎将,摸金校尉"的官职。

㉓抗辞:刚正之辞。书衅:写出罪行。书,书写。衅,裂缝,引申为罪行。

㉔袁党:袁绍的党羽。

㉕钟会(225—264):字士季,太傅钟繇之子,三国时魏国的司徒,伐蜀的主要将领之一。《檄蜀》:《三国志·魏书·钟会传》载,蜀国将领姜维守剑门抗拒钟会,钟会遂写了《移蜀将吏士民檄》。

㉖征验:验证事实。

㉗桓温(312—373):字元子,东晋大司马。

【译文】

用兵是为了平定祸乱,没有人敢于独断专行,连皇帝亲自出征,也得声称是"恭谨地执行上天的刑罚";而诸侯率军征伐,则说是"严肃地尊奉帝王的诛伐命令"。所以古代帝王派大将出征,要授予他在外征伐的全权,并推车为他送行;而大将奉命去征伐罪人,不仅要果敢坚毅,还要用严厉的文辞造成威武的声势。使征伐的声威如风暴冲击，进军的气势像彗星掠过长空；振奋全军的士气和怒火，集中到罪人身上；说明他们的罪行已到了极点，指出他们恶贯满盈气数已尽；动摇作恶之人的肝胆，坚定信服归顺之人的决心；使敌人百尺之高的冲锋战车，被咫尺文书所摧毁，万丈之长的城垒因一纸檄文而倒塌。试看隗嚣写的《檄亡新》，宣布了王莽逆天、逆地、逆人的三大罪状，文辞不加雕饰，而辞意确切事理明白，这说明陇西地方的文士，已掌握了檄文的体制了。陈琳的《檄豫州》文，气壮理直骨力刚正，虽然骂曹操的父亲是奸恶宦官的养子，揭露事实有些过分，又说曹操设立"挖丘"和"摸金"两种官职，诬蔑的言辞超过了曹操的暴虐；但他却用刚正之辞写出了曹操的罪过，使其昭然暴露于世了。他是刚强的，敢于触及曹操之威势；他是幸运的，竟然幸免于曹操把他作为袁绍的党羽而杀掉。钟会写的《檄蜀》文，验证的事实非常明确；桓温的《檄胡》文，对胡人罪行和危机的认识尤为切实。以上这些都是笔力雄壮的檄文。

凡檄之大体，或述此休明①，或叙彼苛虐；指天时②，审人事，算强弱，角权势；标蓍龟于前验③，悬鞶鉴于已然④，虽本国信⑤，实参兵诈⑥。谲诡以驰旨⑦，炜晔以腾说⑧，凡此众条，莫之或违者也。故其植义扬辞⑨，务在刚健。插羽以示迅⑩，不可使辞缓；露板以宣众，不可使义隐。必事昭而理辨，气盛而辞断，此其要也。若曲趣密巧⑪，无所取才矣。又州郡征吏⑫，亦称为檄，固明举之义也⑬。

【注释】

①休明：美好昌明。

②天时：天命，天意。

③蓍龟：占卜用的蓍草和龟甲。

④鞶(pán)鉴：原意为束衣带上的镜子，此处为借鉴之意。

⑤国信：国家的信用、信誉。

⑥兵诈：用兵诡诈之术。

⑦谲诡：欺诈诡异。驰旨：迅速地传播自己的意旨。

⑧腾说：大力宣扬自己的主张。

⑨植义：确立旨意。扬辞：运用文辞并使之显耀。

⑩插羽：古代的檄文，插上羽毛，以表示紧急。

⑪曲趣：旨意曲隐。密巧：文辞细密精巧。

⑫征吏：征召官吏。

⑬固：原本。明举：公开举荐。

【译文】

檄文的主要体制特点，或者是表述我方的美好昌明，或者是揭露敌方的苛虐残暴；指陈天意，审明人事，对比双方力量的强弱，衡量双方权势的大小；用以前验证的事实标明占卜的预言，借过去已有的事实作为借鉴，虽说要本于国家的信誉，实际上却也采用了兵不厌诈之术。用诡异欺诈的手段传播自己的意旨，以光彩照耀的言辞宣扬自己的主张，上述几条，都是写檄文不可违背的。所以檄文的立意和用辞，一定要刚劲有力。檄文上插着羽毛以表示紧急，不可使用和缓的文辞；檄文写在不加封套的露板上，为的是向大众公开宣告，不能使其意义隐晦不明。必定要事实清楚道理明白，气势旺盛而言辞果断，这就是檄文的写作要领。如果把檄文写得曲折隐晦细密精巧，那么这种才能是不可取用的。还有各州郡征召官吏的文书，也称为檄文，这原本是表明要公开推举的意思。

移者，易也①。移风易俗，令往而民随者也②。相如之《难蜀老》③，文晓而喻博，有移檄之骨焉④。及刘歆之《移太常》[5]，辞刚而义辨，文移之首也[6]。陆机之《移百官》[7]，言约而事显，武移之要者也[8]。故檄移为用，事兼文武。其在金革[9]，则逆党用檄，顺命资移；所以洗濯民心，坚同符契[10]，意用小异，而体义大同，与檄参伍[11]，故不重论也。

【注释】

①易：改变，更易。

②令：此处指移文。

③《难蜀老》：《汉书·司马相如传》载，汉武帝意欲修路遣使以通西南夷，久而未成，蜀之父老要求停止。司马相如不敢进谏，乃采用答蜀父老诘问的形式，写了《难蜀父老》一文，予以劝导。

④移檄：此处专指移文。骨：骨鲠，骨力。按其上下文，此处释为品格、特点较为贴切。

⑤《移太常》：《汉书·刘歆传》载，刘歆拟将《吕氏春秋》和《毛诗》等列入官学讲授，但五经博士反对，遂写了《移太常博士书》。

⑥文移：用于文事方面的移文。

⑦《移百官》：《晋书·成都王颖传》载，陆机参与讨伐羊玄之、皇甫商的行动，任前锋都督，进军京都，曾撰《移百官文》，今已不存。

⑧武移：用于军事征战方面的移文。

⑨金革：古代军队用的锣和鼓。作战时，击鼓前进，鸣锣收兵。此处借以代指军事行动。

⑩符契：符合一致。符，信符，凭证。契，契约，此处喻指官方与民众的契合一致。

⑪参(sǎn)伍：错综交叉。

【译文】

所谓移，就是改变的意思。改革风气和习俗，发出命令而民众便跟随着行动。司马相如的《难蜀老》，文辞晓明而比喻广博，具有移檄文书的骨鲠品格。及至刘歆的《移太常》一文,文辞刚直而义理明辨,可谓用于文事方面的首要移文。陆机的《移百官》,语言精要而事实明显,可谓用于武事方面的显要移文。所以檄移这种文体的作用,可以兼及文武两个方面。在军事方面,讨伐叛逆之徒用檄文,对于意欲归顺的人用移文;其目的在于清理民众的思想,使他们与官方保持坚定的一致,檄文和移文的意义和应用略有差异,但其体制要义却是大致相同的,移文和檄文相互交叉,所以就不再重复论述了。

赞曰:三驱弛网①,九伐先话②。鞶鉴吉凶,蓍龟成败。摧压鲸鲵③,抵落蜂虿④。移实易俗,草偃风迈⑤。

【注释】

①三驱:打猎时从三面驱赶禽兽。弛网:放开绳网。弛,松,放开。

②九伐:指九种应予讨伐的罪行。

③鲸鲵:吞食小鱼的大鱼,此处借以喻指当伐之恶人。

④抵(zhǐ)落:挥手扫落。抵,侧手击打。虿(chài):蝎子之类的毒虫。

⑤偃:倒伏。风迈:此处意为风吹过去。

【译文】

综括而言:从三面驱赶禽兽而网开一面,讨伐各种罪孽要先发出警告。使对方对吉凶有所借鉴,预卜我方必胜敌则必败。摧压凶恶之敌的顽势,扫荡害人毒虫的气焰。移文确实能改变风俗,犹如风吹草低所向披靡。

封禅第二十一

【题解】

《封禅》篇在《文心雕龙》文体论中，是一个特殊的篇章。它所论述的封禅文，其实是古代帝王登泰山祭天地时，颂德铭功的碑文。

《封禅》篇中评述了秦、汉、魏时期的一些封禅文的得失，从中总结出了封禅文写作的经验教训，还论及了封禅文写作中的模仿与创新问题。

对于封禅文的写作要领，刘勰概括为：一、明确指出封禅文的用途，它是“一代之典章”，不得任意乱用。在刘勰看来，各种文体都有其特定的作用，“专在帝皇”的封禅文自然更不能等闲视之，所以先强调“兹文为用”。二、要求端正体制。刘勰论文，一贯主张“务先大体”、“必先雅制”，首先解决“位体”问题，而用于帝王刻石记功的封禅文，尤应“宜明大体”。为此，那就要依据经典著作来树立文章的主干，广泛地在百家著作中选用语言了。这与《宗经》篇中“禀经以制式，酌雅以富言”的要求是完全一致的。三、要讲究封禅文的基本格调，既要深刻而又不能隐晦，既要有新意而又不失之于显浅，这是因为封禅文代表着帝王的学养和权威。最后是强调封禅文的思想内容要光华四射，语言文辞要刚健有力，使之宏富壮伟，既要有“清风之华”又要有“峻伟之烈”，以与为帝王的颂德铭功相适应。这就又回到“兹文为用”方面来，因而可以说它是对封禅文的一个总体要求。

《封禅》篇所论之封禅文，是专为历代帝王所用的一种特殊文体。时至今日，它还有没有什么可资借鉴的价值和意义呢？笔者感到，在《文心雕龙》研究中，如何正确地评价文体论各篇，《封禅》篇具有突出的代表性。一种意见认为，《封禅》篇“实在是糟粕”，“这种文体已完全丧失了价值和意义了”。另一种意见认为，“封禅文都是为帝王歌功颂德，并为其统治制造理论根据”，但它“名亡而理存”，“对写作歌颂文章有一定参考价值”。笔者原则上同意第二种意见，惟拟略作补充。一则，应当指出封禅文的本质。它是为帝王歌功颂德，宣扬皇权神授的天命论和天降符瑞的迷信思想的。二则，糟粕伴有精华。封禅文作为我国古代传统文化的组成部分，反映着特定时代的文化状貌，其史料价值是无与伦比、不可替代的。而刘勰所阐明的封禅文写作之“理”，亦即封禅文写作的原则和要求，以及其“贵”与“忌”，不仅“对写作歌颂文章有一定参考价值”，而且对叙事、说理性文章的写作，都不乏实践意义。

夫正位北辰①，向明南面②，所以运天枢③，毓黎献者④，何尝不经道纬德⑤，以勒皇绩者哉⑥？《绿图》曰⑦：“潬潬呐呐⑧，棼棼雉雉⑨，万物尽化。”言至德所被也⑩。《丹书》曰⑪：“义胜欲则从⑫，欲胜义则凶。”言戒慎之至也⑬。戒慎以崇其德⑭，至德以凝其化⑮，七十有二君，所以封禅矣。

【注释】

①北辰：北极星，古人以为它居于天的正位，是天帝居住之处。

②向明：向着太阳，此处指帝王面向光明。南面：指帝王面南而坐，君临天下。

③天枢：北斗七星中的第一星，古人以为它是天之枢纽。此处借指国家权柄。

④毓：同“育”，养育。

⑤经道纬德：以道德治理天下。

⑥皇绩：帝王的丰功伟绩。

⑦《绿图》：传说中唐尧从黄河龙马那里得到的甲图，赤文绿底，因以得名。

⑧滩（tān）滩吻（huì）吻：众多旺盛之貌。

⑨棼棼：即纷纷，以状万物自然生长之繁盛。雉雉：杂乱。

⑩至德：至高无上之德，此处可理解为“自然之道”或“自然之理”，亦即《原道》篇中所谓的“神理”。

⑪《丹书》：指传说中周文王得到的赤雀衔来的“天书”。

⑫从：顺利，吉利。

⑬戒慎：戒惧而谨慎，此处指对“至德”的尊崇。

⑭崇：崇尚，尊奉。

⑮凝：凝聚，汇成。

【译文】

居于上天之正位，向阳面南而坐，运用着国家的权柄，养育着百姓和贤人的帝王，何尝不尝遵循道德以治理天下，镌刻下自己的丰功伟绩呢？《绿图》中说：“盘曲扭结，繁盛纷杂，万物都在化育生长。”这是说万物承受了“至德”的赐予。《丹书》中说：“道义胜过私欲就吉利，私欲胜过道义就凶险。”这是说戒惧和谨慎的意义。以戒惧谨慎的态度尊崇“至德”，“至德”则把它凝聚起来化育万物。已有七十二位君主，为此而到泰山祭告天地。

昔黄帝神灵①，克膺鸿瑞②，勒功乔岳③，铸鼎荆山。大舜巡岳④，显乎《虞典》；成、康封禅⑤，闻之《乐纬》。及齐桓之霸，爰窥王迹[6]，夷吾谲谏[7]，拒以怪物[8]。固知玉牒金镂[9]，专在帝皇也。然则西鹣东鲽[10]，南茅北黍[11]，空谈非征，勋德而已。是以史迁八书，明述封禅者，固禋祀之殊礼[12]，铭号之秘祝[13]，祀天之壮观矣。

【注释】

①黄帝神灵：《史记·五帝本纪》载："黄帝者，少典之子，姓公孙，名曰轩辕，生而神灵。"

②膺：获得，承受。

③乔岳：高大的山岳，此处指泰山。

④大舜巡岳：《尚书·舜典》载，虞舜曾巡守东岳泰山，以及南岳衡山，西岳华山，北岳恒山。

⑤成、康：周成王、周康王。

⑥王迹：古代帝王的事迹，此处指封禅之事。

⑦夷吾：管仲之字，曾为齐桓公之相。谲谏：以诈言委婉劝谏。

⑧拒：抵制，阻止。怪物：灵异之物，即下文所说的"西鹣东鲽，南茅北黍"。

⑨玉牒：帝王封禅用的文书，用玉石制成，在上面刻字，用金镂穿连。金镂：金线，用于封检玉牒。

⑩西鹣(jiān)：西海比翼鸟。东鲽(dié)：东海比目鱼。

⑪南茅：指在南方江淮之间生长的一叶三脊的茅草。北黍：指在北方鄗上出产的黍米。

⑫禋：斋戒祭祀，是祭天的大典礼。

⑬铭号：镌刻功绩。秘祝：秘密祝祷。《史记·封禅书》载："武帝封泰山，封广丈二尺，高九尺，其下则有玉牒书，书秘。"意谓刻在玉牒上的文字，是向神明祷告的，秘而不宣。

【译文】

古时的黄帝神圣灵异，能够承受鸿大的祥瑞，刻石记功于泰山之上，铸造巨鼎于荆山之下。虞舜巡守四岳，明确地记载于《尚书·舜典》里边；周成王、周康王封禅的事，见之于《乐纬》之中。到齐桓公称霸，意欲循继帝王而封禅，管仲诡谲地劝谏，以祥瑞之物未出现把他阻止了。管仲本知道用"玉牒金镂"举行封禅，是帝王专有的。而他所说的西海比翼鸟和东海比目鱼，以及南方的灵茅和北方的神黍，都是不可验证的虚妄之言，他所注重的封禅只是要有圣王那样的功德罢了。所以司马迁在《史记》的"八书"中，明确阐述封禅这件事，认为它是祭祀中特别重大的典礼，要铭刻功德向神明秘密祝祷，可谓祀天的壮举了。

秦皇铭岱①，文自李斯，法家辞气，体乏弘润。然疏而能壮，亦彼时之绝采也②。铺观两汉之隆盛③，孝武禅号于肃然④，光武巡封于梁父⑤，诵德铭勋，乃鸿笔耳。观相如《封禅》，蔚为唱首⑥。尔其表权舆⑦，序皇王，炳玄符⑧，镜鸿业，驱前古于当今之下，腾休明于列圣之上⑨；歌之以祯瑞⑩，赞之以介丘⑪；绝笔兹文⑫，固维新之作也⑬。及光武勒碑，则文自张纯⑭。首胤典谟，末同祝辞；引钩谶⑮，叙离乱，计武功，述文德；事核理举，华不足而实有余矣。凡此二家⑯，并岱宗实迹也⑰。

【注释】

①铭岱：刻石于岱。岱，泰山。

②绝采：绝妙之作。

③隆盛：指封禅典礼的隆重盛大。

④禅号：即禅告，亦即祭地告神。肃然：肃然山。

⑤梁父：梁父山。“凡封泰山，必禅梁父”，所谓“巡封于梁父”和“禅号于肃然”，乃是互文，合指封泰山祭天，禅梁父祭地。

⑥唱首：首先写出的作品。

⑦权舆：原始，肇始。

⑧炳：显耀。玄符：玄妙的符瑞。

⑨列圣：历代圣主。

⑩祯瑞：祥瑞。

⑪介丘：大山，指泰山，在今山东泰山市。

⑫绝笔：指《封禅文》是司马相如生前写的最后一篇文章。

⑬维新：创新。

⑭张纯：字伯仁，东汉大臣，曾随光武帝“东巡岱宗”，著有《泰山刻石文》。

⑮引钩谶(chèn)：引用纬书中假托天命的预言。

⑯二家：指司马相如和张纯。

⑰岱宗：指泰山，古人以为泰山为四岳之宗，故曰岱宗。实迹：指实有的刻石遗迹。惟司马相如的《封禅文》并无刻石，恐系误记。

【译文】

秦始皇登泰山封禅的刻石，铭文是李斯撰写的，用的是法家文辞格调，缺乏弘阔润泽的风格。但它却通达而又壮伟，也是那时候最好的封禅文了。综观两汉的封禅隆重而又盛大，汉武帝在肃然山祭地告神，汉光武帝到梁父山巡守封告，歌颂其盛德铭刻其功勋的封禅文，都是鸿伟的手笔。看司马相如的《封禅文》，辞采蔚然地成为汉代的首创之作。文中表述封禅的原始，叙述历代帝王的封禅，显耀玄妙的符瑞，镜照帝王的功业，把古代帝王置于当今皇帝之下，把他的圣明美德凌驾于历代圣主之上；歌颂吉祥符瑞的显现，赞扬登山祭告的封禅；这篇文章虽是“绝笔”，实际上也可谓创新之作了。到了汉光武帝封禅刻碑，文章出自张纯之手。文章起首承袭《尚书》中典谟的写法，收笔则如同祝文之辞；

它征引谶纬，叙述离乱，列举武功，称述文德；用事确凿说理显明，文华虽有所不足事实却充分有余了。以上两家的文章，都是泰山上实有的刻石遗迹。

及扬雄《剧秦》[①]，班固《典引》[②]，事非镌石，而体因纪禅。观《剧秦》为文，影写长卿[③]，诡言遁辞[④]，故兼包神怪。然体制靡密[⑤]，辞贯圆通，自称极思[⑥]，无遗力矣。《典引》所叙，雅有懿采[⑦]。历鉴前作，能执厥中，其致义会文[⑧]，斐然余巧[⑨]。故称《封禅》靡而不典，《剧秦》典而不实，岂非追观易为明[⑩]，循势易为力欤[⑪]！至于邯郸《受命》[⑫]，攀响前声[⑬]，风末力寡[⑭]，辑韵成颂[⑮]，虽文理颇序，而不能奋飞。陈思《魏德》[⑯]，假论客主，问答迂缓，且已千言，劳深绩寡[⑰]，飙焰缺焉[⑱]。

【注释】

①《剧秦》：指《剧秦美新》文，西汉末王莽建立"新"朝后，扬雄仿司马相如《封禅文》而作。它批判秦朝灭亡之速，赞美王莽建立的新朝。

②《典引》：班固据《尚书·尧典》而作，并加以引申，故称"典引"，文中借赞美唐尧来歌颂汉朝。

③影写：仿效，模仿。

④遁辞：隐约之辞。

⑤靡密：细致严密。

⑥极思：用尽了思考。

⑦懿采：美好的文采。

⑧致义：表达文义。会文：组织、连缀文辞。

⑨斐然：文采鲜明。余巧：指技巧的运用游刃有余。

⑩追观：指回溯、观看前人之作。

⑪循势：指循借前人作品的体势。

⑫邯郸：邯郸淳，三国时魏国文人。《受命》：即《受命述》一文。

⑬前声：有影响的前人之作。

⑭风末：风势之末，喻指衰疲无力。

⑮辑韵：编辑韵语。

⑯《魏德》：指曹植的《魏德论》，为客主问答之辞，文残不全。

⑰劳深：付出劳动和功力很多。绩寡：成绩少。

⑱飙（biāo）焰：喻指文章的风力和光彩。

【译文】

到了扬雄的《剧秦美新》，班固的《典引》，它们都不是为刻石而作的，但体式却因循了封禅文。看《剧秦美新》一文的写作，它模仿司马相如的《封禅文》，用了诡异的语言和隐约的文辞，所以兼而包含了神奇古怪的内容。但它的结构体式细密，文辞连贯而圆润畅通，他自称写这篇作品极尽思考之能，实则也确实是不遗余力了。《典引》所写的内容，典雅而又有美好的文采。他考察借鉴前人的作品，能够掌握得恰到好处，表达文义组织文辞，都表现出了斐然有余的技巧。所以说《封禅文》靡丽而不典雅，《剧秦美新》典雅而不确实，这岂不是回溯前人之作容易看得明白，循借前人作品的体势去写就容易得力吗！至于邯郸淳的《受命述》，乃是攀附前人的名作，犹如风势之末没有什么力量，它只是把韵语记录成了颂文，虽然文理颇为有序，但却不能振奋飞腾。陈思王曹植的《魏德论》，假设客人与主人的对话来发议论，相互问答迂回缓慢，并且长达千言，用功很深而收效少，风力和光彩都缺乏。

兹文为用，盖一代之典章也①。构位之始②，宜明大体。树骨于训典之区③，选言于宏富之路④；使意古而不晦于深，文今而不坠于浅；义吐光芒，辞成廉锷⑤，则为伟矣。虽复道极数殚[6],终然相袭[7],而日新其采者,必超前辙焉[8]。

【注释】

①典章:典章制度,指封禅典礼。

②构位:构思布局。

③树骨:树立文章的主干。

④选言:选用文辞。

⑤廉锷:喻指锋锐有力。廉,棱角。锷,刀剑之刃。

⑥道极数殚(dān):道、数,指写作的道理和方法。极、殚,都是穷尽之意。

⑦相袭:指因袭前人。

⑧前辙:喻指前人之作的体势。

【译文】

这种文体的作用,乃是一个时代的典章制度。构思布局之始,应当明确它的体制。要参照训典树立骨干,从宏伟富丽的作品中选用文辞;使作品用意古雅却不因深奥而隐晦,文辞切合于今而无浅薄之失;文章义理喷吐着光芒,语言文辞成为锐利的锋刃,这就是宏伟的作品了。虽然反复地说尽了道理和方法,但后人写作终究还是要沿袭前人,只要不断更新文采,那就必定会超越前人之作了。

赞曰:封勒帝绩[1],对越天休[2]。逖听高岳[3],声英克彪[4]。树石九旻[5],泥金八幽[6]。鸿笔蟠采[7],如龙如虬。

【注释】

①封勒:封泰山刻石碑。

②对越:对,对答,报答。越,称颂,赞扬。天休:天命美好。

③逖(tì)听:遥闻远听。

④声英:指帝王的名声。克彪:能够光彩显耀。克,能够。彪,光彩

鲜明。

⑤九旻(mín):九天,高天。

⑥泥金:用水银和金属调和而成的金泥,用以封住写上秘祝的玉牒。八幽:与“九旻”对举,指地之极深处。

⑦蟠采:蟠龙般的文采。

【译文】

综括而言:封禅要铭刻帝王的功绩,报答颂扬美好的天命。遥聆高山刻石的封禅之文,天子的英名光彩照耀。树立的石碑高耸九天,泥金封检的玉牒深埋地下。鸿大的篇章,光辉的辞采,如龙虬腾翻。

章表第二十二

【题解】

《章表》篇论述章与表两种文体，两者都是朝臣给皇帝的上书。历代王朝对宫廷文书，一直颇为重视，以显示统治阶层的权威和文化教养，而章表之作又多出于重臣、贤才手笔，故有较多佳篇传留于世。

《章表》篇在写法上略有变化。它没有按照文体论部分两体共篇一前一后的模式，分别加以论述；而是按照“释名以章义”、“原始以表末”、“选文以定篇”的序列，一一并论章与表。综观全文，它先后论及汉、魏、晋三代诸多名家的章表作品。

《章表》篇论及章和表以及奏和议的实用价值，提出了“章表奏议，经国之枢机”之说，表明了刘勰对实用文体，特别是宫廷文书的高度重视，这与他在《序志》篇所说：“唯文章之用，实经典枝条；‘五礼’资之以成，‘六典’因之致用，君臣所以炳焕，军国所以昭明”，是一脉相承的。

《章表》篇概括提出了章与表的写作要领。对章而言，一则，章是上呈朝廷的，风姿和矩式应当明朗；二则，章的体制是光彩显耀重于文饰的，要以典谟为范式；三则，内容的表达既精要又不疏略，既明显又不肤浅。对表而言，它是用来呈进策略的，骨力和辞采都应当显耀，用雅正的意义增强其说服力和感染力，用清朗的文辞来显示其秀美和华丽。以便让皇帝“明试以功”。而繁简详略恰当适中，华丽与朴实相互映衬，音调韵律流畅和谐,符合写作的规律性,这是对章与表的共同要求,实则也是一切文章都应遵循的原则。

《章表》篇所论之章、表二体,与《奏启》篇、《议对》篇所论都是古代宫廷专用的上行公文文体。它们每每交叉为用,本同而末异。章与表两者之间,则更是一而二,二而一地经历了一个有合有分的发展变化过程;且在文体理论与写作实践方面,时有榫卯不合的情况,兹略予辨析。一、章与表的本体内涵是相同的。刘勰解释说:“章者,明也”,“表者,标也”。其实“明”就是“标”,“标”也就是“明”,都在于说明写给皇帝的章表,应当是明明白白的。可见章与表的内涵原本就没有什么区别。二、历史地看,在遥远的上古,不仅没有章表之分,而且连章表之称也还没有出现。后来有了“文翰献替”的情况,即用文书向帝王进言,以献可替否,但“言笔未分”,章表二体自然就难以剖解了。到战国时代,“言事于王,皆称上书”;及“秦初定制,改书曰奏”。“上书”也好,“奏”称也罢,都是章表“定制”前的统称,其间没有什么界限。三、到了汉朝建立之后,章和表才区别开来,如刘勰所说:“章以谢恩”,“表以陈请”,这就是刘勰分论章表二体的主要根据。但这种区别很小,只表现在具体用法方面。四、从章表写作实践来看,汉王朝虽有“四品”之分,且“章以谢恩”,“表以陈请”,但实际上并没有起到严格规范作用。汉、魏、晋三代,仍多有文家章表混用。如汉代蔡邕的《荐太尉董卓可相国并自乞闲冗章》,与孔融的《荐祢衡表》都是举荐人才的,却一则曰章,一则曰表。又如魏之曹植有两篇“谢恩”之作,应当用“章”,但他却名之为《谢入觐表》。

夫设官分职,高卑联事①。天子垂珠以听②,诸侯鸣玉以朝③。敷奏以言④,明试以功⑤。故尧咨四岳⑥,舜命八元⑦,固辞再让之请⑧,“俞往钦哉”之授⑨,并陈辞帝庭,匪假书翰⑩。然则敷奏以言,即章表之义也;明试以功,即授爵之典也[11]。至太甲既立[12]，伊尹书诫[13]，思庸归亳[14]，又作书以赞[15]。文翰献替[16]，事斯见矣。周监二代[17]，文理弥盛[18]，再拜稽首，对扬休命[19]，承文受册[20]，敢当丕显[21]。虽言笔未分[22]，而陈谢可见。

【注释】

①高卑：指官员地位的高低。联事：协同处理事务。

②垂珠：指王冠上悬垂的白玉珠串。计十二旒。

③鸣玉：诸侯朝见天子时，礼服上佩挂珠玉，行动时相碰有声。

④敷奏：敷陈，进奏。

⑤明试以功：指天子对诸侯进奏的判断，以检验其是否能够致功。

⑥四岳：此指四方部落的首领。《尚书·尧典》载，尧曾问询各部落中的长者，谁能治理"浩浩滔天"的洪水，解除人民的患难，以及谁能顺天应命，接替他的帝位。

⑦八元：八位贤才。《左传·文公十八年》载，"高辛氏有才子八人"，"天下之民谓之八元"。虞舜则"举八元，使布五教于四方"。

⑧固辞再让：指臣子对帝王恩宠的恳切辞让。

⑨俞往钦哉：古代帝王授命给臣子时所说的话，意谓："好了，去吧！要谨慎啊！"俞，表示肯定。往，去。钦，谨慎，敬慎。

⑩匪：同"非"，不是。假：借助。

⑪授爵：授予爵位和权势。典：仪式。

⑫太甲：商代昏庸不明之君，商汤王的孙子。

⑬书诫：指伊尹写《伊训》告诫太甲。

⑭思庸归亳(bó)：伊尹曾把太甲放逐于桐地，后太甲思正道，伊尹又请他回亳京复位。庸，此指长久不变的正道。亳，商之都城。

⑮作书以赞：指太甲悔过后，伊尹又作《太甲》来赞扬他。

⑯献替：即献可替否，取优弃劣，引申为惩恶扬善。献，进献。替，

废弃。

⑰监：借鉴。二代：指夏、商两个朝代。

⑱文理：此处指礼仪。

⑲对扬：报答，颂扬。休命：指王命美好。

⑳承文受册：接受帝王的册封。

㉑敢当：此为不敢当之意。丕显：重大而显耀。丕，大。

㉒言笔：言，口述。笔，书写成文。

【译文】

设置官员分掌职权，上下协同处理政事。皇帝戴着珠饰的王冠听政，诸侯百官穿着佩玉的礼服朝拜。群臣口头陈述政见，天子则明智地检验其功效。所以唐尧咨询四方部落的首领，虞舜任命了八位贤人，臣子们恳切辞让皇帝的恩宠，天子却说着"俞往钦哉"加以授命，这都是在朝廷上对帝王的陈说，而没有借助于文书。因而口头进陈政见，就具有章表的意义了；明察进言的功效，就是授予爵位和权势的仪式了。到了太甲即位，伊尹曾作《伊训》，予以训诫，太甲思归正道回到亳都，伊尹又写了《太甲》赞扬他。用文章来扬善弃恶的事，由此就可以看到了。周朝以夏、商二朝为借鉴，礼仪制度更为隆重繁盛，用一拜再拜叩头着地的礼节，来报答颂扬帝王的美好授命，接受天子的策封仍要表示出不敢承当显耀委任的钦敬之意。虽然还没有分别用言语或是用文字这两种形式，但陈辞谢恩之礼昭然可见。

降及七国，未变古式①，言事于王②，皆称上书。秦初定制，改书曰奏。汉定礼仪，则有四品③：一曰章，二曰奏，三曰表，四曰议。章以谢恩，奏以按劾④，表以陈请，议以执异⑤。章者，明也。《诗》云"为章于天"⑥，谓文明也。其在文物⑦，赤白曰章。表者，标也。《礼》有《表记》，谓德见于仪。其在器式[⑧]，揆景曰表[⑨]。章表之目，盖取诸此也。按《七略》、《艺文》，谣咏必录[⑩]。章表奏议，经国之枢机[⑪]，然阙而不纂者，乃各有故事[⑫]，而布在职司也[⑬]。

【注释】

①古式：古代的规矩、格式。

②言事：陈述国事。

③四品：四种品类。

④按劾(hé)：监察弹劾。劾，揭发。

⑤执异：持有不同意见。

⑥为章于天：语出《诗经·大雅·棫朴》："倬彼云汉，为章于天。"意思是说那浩渺的银河，彰明显耀在天空。章，此为光彩鲜明之意。

⑦文物：指有色彩的事物。

⑧器式：指有一定样式的器物。

⑨揆景：测量日影。揆，测量。景，日影。

⑩谣咏：民间歌诗。

⑪经国：治理国家。经，经纬，治理。枢机：关键。

⑫故事：旧事，指原有的体例。

⑬布：分散，分布。职司：主管部门。

【译文】

到了战国时代，没有改变古代的规式，向君王陈述国事，都称为上书。秦朝初年订立制度，上书改称为奏。汉朝制定礼仪制度，上书有了四种品类：一是称为章，二是称为奏，三是称为表，四是称为议。章用于感谢天子的恩宠，奏用于监察弹劾罪状，表用于陈述请求的事由，议用于发表不同的意见。所谓章，就是彰明的意思。《诗经》上说"为章于天"，就是指文采彰明。就有文采的事物而言，红白相交错就叫做章。

所谓表，就是标明的意思。《礼记》中有一篇《表记》，说君子的品德表现在仪表上。以有一定样式的器物而言，测量日影的计时器就叫做表。章和表的名目，就是由此而取得的。查考刘歆的《七略》和班固的《汉书·艺文志》，它们连民间的谣咏都必定收录，而章表奏议，作为治理国家的关键文书，则缺而未编，这是由于各种文书都有其旧例，分散地保存在主管部门之中。

前汉表谢，遗篇寡存。及后汉察举①，必试章奏。左雄表议②，台阁为式③；胡广章奏④，天下第一，并当时之杰笔也。观伯始谒陵之章，足见其典文之美焉⑤。昔晋文受册⑥，三辞从命。是以汉末让表⑦，以三为断⑧。曹公称为表不必三让，又勿得浮华。所以魏初表章，指事造实⑨。求其靡丽，则未足美矣。至于文举之《荐祢衡》⑩，气扬采飞；孔明之辞后主⑪，志尽文畅。虽华实异旨⑫，并表之英也。琳、瑀章表⑬，有誉当时。孔璋称健⑭，则其标也⑮。陈思之表，独冠群才。观其体赡而律调⑯，辞清而志显，应物制巧⑰，随变生趣，执辔有余⑱，故能缓急应节矣⑲。

【注释】

①察举：东汉选拔人才的制度。

②左雄：字伯豪，东汉顺帝时的尚书令。

③台阁：指尚书台，东汉时掌管帝王文书的官府。

④胡广：字伯始，东汉桓帝时的大臣。《后汉书·胡广传》载，他进京考试章奏，汉安帝称赞为“天下第一”。

⑤典文：典雅的范文。

⑥晋文：春秋时的晋文公重耳，春秋五霸之一。

⑦汉末让表：指汉献帝被迫让帝位给曹丕，曹丕上表辞让。实为政治权术而已。

⑧以三为断：即以三次为限。断，断绝。

⑨造实：表明实况。造，达到。

⑩文举之《荐祢衡》：孔融曾写《荐祢衡表》，向汉献帝推荐祢衡。

⑪孔明之辞后主：诸葛亮出师伐魏前，写《出师表》辞告后主。后主，指刘备之子刘禅。

⑫异旨：风格旨趣不同。

⑬琳、瑀：陈琳和阮瑀，均为“建安七子”中人。

⑭孔璋称健：曹丕在其《与吴质书》中曾说：“孔璋章表殊健。”孔璋，陈琳之字。

⑮标：标志，引申为突出代表。

⑯体赡：体制宏富。

⑰应物制巧：因应事物的态势运用技巧。

⑱执辔：掌握马缰。喻指驾驭写作的能力。有余：指在写作时从容不迫，优柔适会。

⑲应节：按照节拍。

【译文】

前汉时期的章表，留存下来的很少。到后汉时期选拔官吏，必定要考试章表文书。左雄的表议，成了尚书台的范式；胡广的章奏，被称为天下第一，这都是当时杰出的作品。试看胡广拜谒皇陵的奏章，足以看出他典雅范文的美好了。从前晋文公受天子的册封，辞让三次之后才接受任命。所以汉朝末年的辞让上表，就以三次为限。曹操曾说上表不必辞让三次，也不得用浮华的文辞。因而魏国初年的章表，都针对事情如实叙述。如果以华丽去要求，那它就不足以称美了。至于孔融所写的《荐祢衡表》，气势昂扬文采飞动；诸葛亮辞别后主的《出师表》，情意详尽文辞流畅。它们虽各有或华丽或朴实的不同旨趣，却都是表文的杰作。陈琳和阮瑀的章表，在当时享有声誉。陈琳之作更得刚健之称，是章表中的突出代表。陈思王曹植的表文，独为群才之冠。看他的作品体制宏富音律谐调，文辞清新而情志显明，因应事物制胜技巧，顺机适变生发情趣，像掌握马缰那样从容不迫，所以能或急或缓地按节拍而行。

逮晋初笔札①，则张华为俊。其三让公封②，理周辞要；引义比事③，必得其偶。世珍《鹪鹩》④，莫顾章表。及羊公之《辞开府》⑤，有誉于前谈；庾公之《让中书》⑥，信美于往载⑦。序志联类⑧，有文雅焉。刘琨《劝进》⑨，张骏《自序》⑩，文致耿介⑪，并陈事之美表也。

【注释】

①笔札：指章表作品。札，古代书写用的木简。

②三让公封：《晋书·张华传》载，张华以其忠勋，被进封为壮武郡公。他作《让公封表》，辞让十余次，乃受。三让，多次辞让。

③引义：征引义理。比事：列举事实。

④《鹪鹩》：张华的名作《鹪鹩赋》。

⑤羊公：指西晋大臣羊祜。《辞开府》：《晋书·羊祜传》载，晋武帝授命羊祜为车骑将军，可以像三公那样开设官府。羊祜作《辞开府表》谦让。

⑥庾公：指晋代文人庾亮。《让中书》：《晋书·庾亮传》载，晋明帝即位，命庾亮为中书监，“亮上书让。疏奏，帝纳其言而止”。

⑦信美：确实受到赞美。往载：过去的记载。

⑧联类：联系到相类的事物。

⑨刘琨：字越石，东晋初大臣，曾镇守并州。《劝进》：《晋书·刘琨

传》载，刘琨曾作《劝进表》，劝司马睿即帝位，是为东晋元帝。

⑩张骏：字公庭，东晋初大臣，镇守凉州。《自序》：各家多注“今不见”、“不详”，或疑为《请讨石虎李期表》，“自序其讨平夷乱，光复晋室之志”。

⑪文致：文章的情致。

【译文】

及至西晋初年的章表，则以张华之作为优。他的《三让公封表》，说理周到文辞简要；引述义理列举事实，必定要成为对偶。世人都看重他的《鹪鹩赋》，没有顾及到他的章表。到羊祜的《辞开府表》，在前人的评论中享有声誉；庾亮的《让中书监表》，在过去的记载中也确受赞美。他们叙写情志联系类似事例，颇有雅致的文采。刘琨的《劝进表》，张骏的《自序》，情致光明正大，都是陈述事件的美好作品。

原夫章表之为用也，所以对扬王庭①，昭明心曲②。既其身文③，且亦国华④。章以造阙⑤，风矩应明⑥；表以致策，骨采宜耀。循名课实⑦，以文为本者也。是以章式炳贲⑧，志在典谟。使要而非略，明而不浅。表体多包⑨，情伪屡迁⑩。必雅义以扇其风⑪，清文以驰其丽⑫。然恳恻者辞为心使⑬，浮侈者情为文屈⑭。必使繁约得正⑮，华实相胜⑯，唇吻不滞⑰，则中律矣⑱。子贡云“心以制之”，“言以结之”，盖一辞意也⑱。荀卿以为，观人美辞，丽于黼黻文章，亦可以喻于斯乎！

【注释】

①对扬：对，酬答，报答。扬，宣扬。

②昭明：清楚地表明。心曲：内心的情感。

③身文：表现自己的文才。身，自身，此处作动词用，意谓体现。

④国华：国家的光彩和荣华。

⑤造阙：上送朝廷。阙，皇宫门外两旁的高大望楼，借以代指朝廷。

⑥风矩：风姿和矩式。矩，规矩，矩式。

⑦循名：依照名称。课实：考核实质。

⑧炳：光明，显耀。贲（bì）：文饰美好。

⑨多包：包含多种内容。

⑩情伪：情感的真伪。屡迁：多次变化。

⑪扇：鼓动，增强。

⑫驰：展示。

⑬恳恻：诚挚恳切，有真情。

⑭浮侈：虚浮不实。

⑮得正：恰当，适中。

⑯相胜：相互映衬。

⑰唇吻：借指为诵读的声调。

⑱一辞意也：辞与意相统一。

【译文】

推究章表的作用，是答谢帝王的恩宠颂扬其美德，表明内心之情思衷曲的。既体现自己的文才，又给国家增光添彩，显示其荣华。章是上送朝廷的，风姿和矩式应当明朗；表是用来呈进策略的，骨力和辞采应当显耀。按照名称查核其实质，都是要以文雅为根本的。所以章的体制光彩显耀，意在以经典著作为师范。使文章精要而不疏略，明显而不肤浅。表这种文体包含多方面的内容，思想感情的真伪千变万化。一定要用雅正的意义增强其风力，用清朗的文辞来显示其华美。但是诚挚恳切的作者文辞为其情感所支配，浮华侈靡的作者则让情感屈从于文辞。一定要使文辞繁简得当，华丽与朴实相映衬，音调和谐流畅，这才符合写章表的规律性。子贡说：“用心意以控制言辞”，“用言辞来结成心意”，这是说言辞和心意要一致。荀卿认为，观看别人美好的文辞，比看到礼服上刺绣的花纹更华美，这也可以比喻辞意一致之理吧！

赞曰：敷表绛阙①，献替黼扆②。言必贞明，义则弘伟。肃恭节文③，条理首尾。君子秉文④，辞令有斐。

【注释】

①绛阙：红色的宫阙，借指朝廷。绛，红色。

②黼扆（fǔ yǐ）：皇帝座后绣有花纹的屏风。与“绛阙”相对，借指天子。

③节文：行文的礼仪。

④秉文：执笔作文。

【译文】

综括而言：向朝廷敷陈表奏，请天子裁决取舍。言辞必须正确明朗，意义则要宏伟深远。严肃恭敬地讲究行文的礼仪，条理分明，以统首制尾。才德之士撰写章表，言辞优美而富有文采。

奏启第二十三

【题解】

《奏启》篇论述奏与启两种文体，以奏为主，启则次之。奏，又称为疏，还叫做奏疏、奏章、上书。刘勰在论述中，又把奏分为广义和狭义两类：就广义而言，凡是向帝王“陈政事，献典仪，上急变，劾愆谬”的文书，都称为奏；就狭义而言，则指“按劾之奏”，即检察弹劾愆谬的上书。随着时代的发展，奏和启这两种文体，已经自然地消亡了，但其中仍有民族性的精华，还是可以借鉴的。

广义之奏，理应包括一切类型的奏疏，惟刘勰把“劾愆谬”之奏分出去专论，故广义之奏就只剩下了“陈政事，献典仪，上急变”的陈事之奏。关于这种奏疏的写作要领，刘勰概要指出：一是要有明确、公允、忠实、真诚的态度，实事求是，嘉言罔伏，尽节而知治。这乃是辨析事物、疏通情理的前提。二是要有坚强的意志和广博的识见，既敢于坚持上奏，锲而不舍，又善于旁征博引，穷尽事理，务求取得成效。三是要能够借古鉴今，以历史上的经验教训为借鉴，来认识、处理当今的事务，做到“师出有名”，“言必有据。”四是要有综合概括的本领，能够在纷繁复杂的事务中，理出头绪，抓住要点，鲜明地提出问题。

有学者认为，在陈事之奏的写作要领中，刘勰“只字不提‘文采’二字，乃是因为奏疏务实，重在解决问题，不必强调文采之美”。其实，一贯重视文采的刘勰,对奏疏一类文体的辞采也并未略有所忽。他不仅在"原始以表末"、"选文以定篇"的论述中,盛赞"儒雅继踵,殊采可观","理既切至,辞亦通畅"之佳作,即使对陈事之奏写作要领的简要概括,也不乏"文采行乎其中"。所谓"辨析疏通","治繁总要"等等,理应是质而有文的。

按劾之奏虽是广义之奏的一部分,刘勰却对它作了较多的论述,在其"原始以表末"和"选文以定篇"中,阐明了提出按劾之奏写作要领的历史与现实的根据。基于上述情况,刘勰提出:"立范运衡,宜明体要",就是要在按劾之奏的写作中,标树规范,掌握准则,亦即要"悬规"、"植矩",明确它们的基本内容和目的,这是写按劾之奏的总体要求。"理有典刑,辞有风轨",是指说理要有典型的论据,使之坚实确凿,无懈可击;文辞要合乎一定的格调规范,不能以"躁言丑句,诟病为巧"。这实际是对按劾之奏内容与形式的基本要求,它反映着作为宫廷专用文书的按劾之奏应有的气度和品位。"总法家之裁,秉儒家之文",是指按劾之奏既要有法家善于裁决的严刑峻法之势,又要有儒家讲究礼仪典雅的文采。实际上是要恩威并重,既要威严峻厉又要合乎情理。"不畏强御","无纵诡随",是指一方面要不畏惧强暴势力的威压和反抗,敢于弹劾其愆谬,具有"王臣匪躬,必吐謇谔"的精神和气概;另一方面则不要放过奸滑狡诈的善变之徒,能识别、揭穿他们的丑恶面目,使按劾之奏具有"气流墨中"、"声动简外"的威慑之力。

《奏启》篇对启的论述只有百余字,简要说明启作为一种文体,"用兼表奏","陈政言事,既奏之异条;让爵谢恩,亦表之别干"。因此,启的写作,可参照奏与表之要领。刘勰特意提出:启的写作一要合乎规范,所以要有所"敛饬";二要音节短促,不能冗长拖沓;三要措辞明快清朗;四要有文采之美而不侈丽。如果将这几点要求与按劾之奏的写作要领相比较,那显然就有所不同了,启的内容分量较轻,体式也较简便,所以后来徐师曾的《文体明辨序说》就把它列入"书记类"里去了。

昔唐、虞之臣，敷奏以言；秦、汉之辅①，上书称奏。陈政事，献典仪，上急变②，劾愆谬③，总谓之奏。奏者，进也。言敷于下，情进于上也。秦始立奏，而法家少文。观王绾之奏勋德④，辞质而义近；李斯之奏骊山⑤，事略而意诬。政无膏润⑥，形于篇章矣⑦。自汉以来，奏事或称上疏。儒雅继踵⑧，殊采可观⑨。若夫贾谊之务农⑩，晁错之兵事⑪，匡衡之定郊⑫，王吉之劝礼⑬，温舒之缓狱⑭，谷永之谏仙⑮，理既切至，辞亦通辨，可谓识大体矣⑯。后汉群贤，嘉言罔伏⑰。杨秉耿介于灾异⑱，陈蕃愤懑于尺一⑲，骨鲠得焉；张衡指摘于史谶⑳，蔡邕铨列于朝仪㉑，博雅明焉。魏代名臣，文理迭兴㉒。若高堂天文㉓，黄观教学㉔，王朗节省㉔，甄毅考课㉖，亦尽节而知治矣㉗。晋氏多难，世交屯夷。刘颂殷勤于时务，温峤恳恻于费役，并体国之忠规矣。

【注释】

①辅：辅佐，指大臣。

②急变：紧急变故。

③愆谬：罪过和错误。

④王绾：秦始皇的丞相。

⑤奏骊山：指李斯的《上书言治骊山陵》。骊山，秦始皇陵墓所在地，在今陕西临潼境内。

⑥政无膏润：指秦朝实行严刑峻法，苛刻而缺乏宽容和恩泽。

⑦形于篇章：表现在文章之中。

⑧继踵：相继而至。踵，脚跟。

⑨殊采：突出的文采。

⑩贾谊之务农：指西汉文人贾谊的《论积贮疏》。

⑪晁错之兵事：指西汉大臣晁错的《上书言兵事》。

⑫匡衡之定郊：指匡衡《奏徙南北郊》中关于定郊祀之礼的谏议。匡衡，字稚圭，官至汉元帝之相。

⑬王吉之劝礼：指王吉的《上宣帝疏言得失》，劝谏汉宣帝重视礼治教化。王吉，字子阳，曾为西汉宣帝之谏大夫。

⑭温舒之缓狱：指西汉大臣路温舒的《尚德缓刑书》。路温舒，字长君，主张"省法制，宽刑罚，以废治狱"。

⑮谷永之谏仙：指西汉大臣谷永的《说成帝拒绝祭祀方术》，劝告汉成帝不要迷信神仙、方术。谷永，字子云，他认为"世有仙人"之说，皆"奸人惑众，挟左道，怀诈伪，以欺世主"。

⑯大体：此处指奏书与政务的关系。

⑰嘉言：正确美好的意见。罔伏：不隐瞒。

⑱杨秉：字叔节，东汉大臣，曾写《因风灾上疏谏微行》，劝阻汉桓帝私自外出游乐。

⑲陈蕃：字仲举，东汉大臣，他曾义愤地上《谏封赏内宠疏》，批评汉桓帝的"封赏逾制"。尺一：一尺一寸长的简板，用以书写文件。

⑳史谶：史，指张衡上书条呈指出司马迁、班固所叙与典籍不合者。谶，指张衡上疏论谶纬之虚妄。

㉑铨列：铨评编列。朝仪：朝廷的礼仪纲纪。《后汉书·蔡邕传》载，蔡邕在其《上封事文》中，曾"谨条宜所施行七事"，皆为整饬朝廷礼仪纲纪之事。

㉒文理：文和理，此处指好的奏文。迭兴：不断兴起。

㉓高堂天文：《三国志·魏书·高堂隆传》载，魏明帝大兴木土，天象异常，高堂隆遂借此撰《星孛于大辰上疏》劝谏。高堂，指高堂隆，复姓高堂，名隆，三国时魏人。

㉔黄观：三国时魏人，其所著已佚。

㉕王朗：字景兴，三国时魏国文人，魏明帝时，曾撰《节省奏文》。

㉖甄毅：三国时魏人。考课：考核，此处指甄毅关于改进尚书郎选拔考核的奏书，即《奏请令尚书郎奏事处当》。

㉗尽节：竭尽臣子之节操。知治：知晓治国之道。

【译文】

古代唐尧和虞舜的臣子，用口头言辞敷陈进奏；秦朝和汉朝辅佐天子的大臣，向皇帝上书称为奏。陈述经国大事，进献礼仪典章，上告紧急变故，弹劾罪过和错误，总起来都叫作奏。所谓奏，就是进的意思。臣下敷陈言辞，把下情上报给天。秦朝开始确立奏的制度，但法家的奏文缺乏文采。看王绾赞颂秦始皇功德勋业的奏文，文辞质朴而意义浅近；李斯的关于治理骊山皇陵的上奏，叙事简略而内容不实。秦朝的政治缺乏恩泽，这在文章中也体现出来了。自从汉代以来，进奏言事又称为上疏。温文典雅的奏疏相继出现，其突出的文采颇为可观。如贾谊陈述务农的重要，晁错议论用兵的谋略，匡衡的建议定郊祀之礼，王吉的谏告实行礼治教化，路温舒的主张宽缓刑罚，谷永的劝戒迷信神仙，道理讲得切实透彻，文辞也通达明晰，可以说是能识为文与治国之大局了。东汉的诸多贤臣，从不隐瞒自己美好的进奏之言。杨秉直率地陈述灾异之变，陈蕃上书直言自己的义愤，使文章有了刚正的骨力；张衡上疏指摘史官的谬误，蔡邕则铨评列述朝廷的礼仪纲纪，可以明显看出他们的博学和雅正。魏代的著名大臣中，好的奏文不断出现。如高堂隆借天文之象劝谏，黄观奏议教学事宜，王朗上疏主张节省，甄毅奏请考核官吏，这也都说明他们尽了臣子的职责懂得治国之道了。晋朝多有灾难，世事维艰。刘颂竭心尽智地上书谈论当时的政务，温峤诚恳深切地劝阻宫廷的劳民伤财，这都是体念治理国家的忠心规劝。

夫奏之为笔[①]，固以明允笃诚为本[②]，辨析疏通为首。强志足以成务[③]，博见足以穷理[④]，酌古御今[⑤]，治繁总要，此其体也。若乃按劾之奏[⑥]，所以明宪清国[⑦]。昔周之太仆[⑧]，绳愆纠谬[9]；秦有御史[10]，职主文法[11]；汉置中丞[12]，总司按劾[13]。故位在鸷击[14]，砥砺其气[15]，必使笔端振风、简上凝霜者也。观孔光之奏董贤[16]，则实其奸回[17]；路粹之奏孔融[18]，则诬其衅恶[19]。名儒之与险士[20]，固殊心焉。若夫傅咸劲直[21]，而按辞坚深[22]；刘隗切正[23]，而劾文阔略[24]，各其志也。

【注释】

①笔：在《文心雕龙》文体论中，一般指不押韵的文章，此处代指文体。

②明允：明白允正。允，公允，得当。笃诚：忠实真诚。

③强志：坚强的意志。成务：完成既定任务。

④穷理：说透道理。

⑤酌古：参酌古代经验教训。御今：处理当今事务。御，驾驭，支配，引申为处理。

⑥按劾：检举揭发。

⑦明宪：严明法令。宪，宪章，法令。清国：澄清国政，使国事清明。

⑧太仆：周朝官职名。

⑨绳愆：绳，准绳，此处作动词用。愆，罪过。纠谬：纠正错误。

⑩御史：秦朝官职名。

⑪文法：文书法令。

⑫中丞：汉朝官职名。

⑬总司：总管。

⑭位：职位，职责。鸷(zhì)击：鸷，凶猛的禽鸟。击，攻击，出击。

⑮砥砺(dǐ lì)：磨刀石，引申为磨炼。

⑯孔光：字子夏，西汉哀帝、平帝的丞相。董贤：字圣卿，汉哀帝的宠臣。哀帝死后，王莽专权，董贤畏罪自杀。王莽又授意孔光弹

劾董贤，查实了他的罪行。

⑰实其奸回：证实其奸邪。实，证实。回，邪而不正。

⑱路粹：字文蔚，东汉末年文人，“建安七子”之一。《后汉书·孔融传》载，曹操欲杀孔融，让路粹劾其罪行，却都是虚诬不实之辞。

⑲衅恶：罪恶。

⑳名儒：著名的儒家学者，指孔光，他是孔子的十四世孙，惟近之学者却鄙其人品。范文澜注曰：“孔光虽名儒，性实鄙佞。彦和谓与路粹殊心，似嫌未允。”险士：奸邪险恶之士，指路粹。

㉑傅咸：字长虞，西晋文人。劲直：刚劲正直。

㉒按辞：指按劾之文。坚深：坚实深刻。

㉓刘隗：字大连，东晋大臣，撰有弹劾贵族周凯的奏文，惟列举罪状不够具体。切正：严厉而端正。

㉔阔略：疏阔简略。

【译文】

奏疏这种文体，应以明白允正、忠实真诚为根本，把辨别分析和疏导通达放在首位。有坚强的意志才足以取得事业的成功，有广博的识见才足以彻底阐明事理，参酌古代的经验教训来处理当今的事务，梳理繁杂的情况概括出它们的要点，这就是写作奏疏的基本要求。至于检举揭发罪行的奏书，是用来严明法令澄清国政的。从前周朝的太仆，专门负责绳法罪行纠正错误；秦代有御史大夫，执掌弹劾的文书法令；汉朝设中丞之职，总管检察和弹劾事宜。所以他们的职责就像出击的猛禽，有磨炼出来的气势，使按劾之奏像笔下生风、简上凝霜那样具有威慑之力。看孔光弹劾董贤的奏书，是用事实揭露其奸邪；路粹对孔融的按劾之奏，则是靠捏造来诬谄他有罪行。著名的儒家学者与奸邪的险恶之人，其心地本来就是不同的。至若傅咸为人刚劲正直，其按劾之奏就写得坚实深刻；刘隗品格严厉端正，而其弹劾文章却写得疏阔简略，分别表现了他们的情志。

后之弹事[1]，迭相斟酌，惟新日用，而旧准弗差[2]。然函人欲全[3]，矢人欲伤[4]，术在纠恶[5]，势必深峭[6]。《诗》刺谗人，“投畀豺虎”[7]；《礼》疾无礼，方之鹦猩[8]；墨翟非儒[9]，目以羊彘[10]；孟轲讥墨[11]，比诸禽兽。《诗》、《礼》、儒、墨，既其如兹，奏劾严文，孰云能免！是以近世为文，竞于诋诃[12]，吹毛取瑕，次骨为戾[13]，复似善骂，多失折中[14]。若能辟礼门以悬规[15]，标义路以植矩[16]，然后逾垣者折肱[17]，捷径者灭趾[18]，何必躁言丑句[19]，诟病为巧哉[20]！是以立范运衡[21]，宜明体要。必使理有典刑[22]，辞有风轨；总法家之裁，秉儒家之文；不畏强御[23]，气流墨中；无纵诡随[24]，声动简外，乃称专席之雄[25]，直方之举也[26]。

【注释】

①弹事：即弹劾之奏。

②弗差：没有差别。

③函人：制作铠甲的工匠。函，铠甲。

④矢人：制作弓箭的人。

⑤术：指弹劾之文。

⑥深峭：深严峻峭，形容弹劾之奏的严厉威压之势。

⑦投畀(bì)豺虎：语出《诗经·小雅·巷伯》：“取彼谮人，投畀豺虎。”投畀，扔给。

⑧方之鹦猩：语本《礼记·曲礼上》：“鹦鹉能言，不离飞鸟；猩猩能言，不离禽兽；今人而无礼，虽能言，不亦禽兽之心乎？”

⑨墨翟：即墨子，战国时墨家代表人物。他曾骂儒家：“是若乞人，鼸鼠藏而羝羊视，贲彘起。”

⑩彘(zhì)：猪。

⑪孟轲：即孟子，战国时儒家代表人物。他曾说："墨氏兼爱，是无父也，无父无君，是禽兽也。"

⑫诋诃(dǐ hē)：诋毁叱责。

⑬次骨：深及骨髓。次，达到。戾：乖戾，凶狠。

⑭折中：合于正中而无过无不及。

⑮辟礼门：打开礼仪之门。悬规：悬示出规矩。

⑯标义路：指明礼义之路。植矩：树立准则。

⑰折肱(gōng)：折断胳膊。

⑱灭趾：失掉脚指头。

⑲躁言：暴躁之言。丑句：丑恶之句。

⑳诟(gòu)病：辱骂，伤害。

㉑立范：树立规范。运衡：运用准则。

㉒典刑：经典的依据。

㉓强御：强暴而有权威者。

㉔诡随：狡诈善变者。

㉕专席：汉代的御史大夫独坐专席，此借以代指主掌弹事的官员。

㉖直方：耿直方正。

【译文】

后来的弹劾奏书，多相互参酌，在日常运用中，有所革新，而没有背离原有的准则。然而制造铠甲的工匠是想保全人，做弓箭的匠师则是想杀伤人，弹劾这种手段的运用意在纠正邪恶和谬误，其气势必定要深严峻峭。《诗经》讽刺进谗言的人，说把他们"扔给豺狼虎豹"；《礼记》痛斥不讲礼仪的人，把他们比做鹦鹉和猩猩；墨翟非难儒家，视之为羊和猪；孟轲讥讽墨家，则把他们喻之为禽兽。《诗经》、《礼记》、儒家和墨家，尚且如此，那么弹劾之文中有严厉之辞，谁说能够避免呢！所以近世文人作文，竞相诋毁叱责，吹毛求疵，尖刻入骨，凶狠乖戾，又好像以善于谩骂为能事，大多有失于公正。如果能打开礼门悬示出法规，标示义路树立准则，然后使不走礼门越墙而入之人，像折断了胳膊，使不走义路而寻捷径之人，像失掉了脚趾，何必用暴躁丑恶的言辞，以辱骂为能巧呢！因而树立规范运用标准，应当明确它们的主要内容和目的。一定要使其义理有典型的依据，文辞也要有正确的风姿轨范；汇总法家善于裁决的优长，秉持儒家注重礼仪的文采；不怕强暴的权势，使正义之气流贯于笔墨之中；不放过狡诈善变之徒，使弹劾的声威震动于奏文之外，这样才称得上是专职按劾官员的雄杰，耿直方正的壮举了。

启者，开也。高宗云[①]："启乃心，沃朕心[②]。"取其义也。孝景讳启[③]，故两汉无称。至魏国笺记[④]，始云"启闻"。奏事之末，或云"谨启"。自晋来盛启[⑤]，用兼表奏。陈政言事，既奏之异条[⑥]；让爵谢恩，亦表之别干[⑦]。必敛饬入规[⑧]，促其音节[⑨]，辨要轻清，文而不侈[⑩]，亦启之大略也。

【注释】

①高宗：殷商国君武丁。

②启乃心，沃朕心：语出《尚书·说命上》。乃，你。沃，浇灌。朕，皇帝之自称。

③孝景：西汉景帝刘启。讳启：避讳用"启"字，古代要避讳用皇帝之名称人或称物。

④笺记：书札奏记一类的文件。笺，便笺。

⑤盛启：盛行用启。

⑥异条：异出的枝条，即分支。

⑦别干：别出的枝干，即别流。

⑧敛饬(liǎn chì)：敛，收敛，归纳。饬，整饬，整理。入规：合乎规范。

⑨促其音节：即使音节短促，取其明快有力。

⑩不侈：不过分。

【译文】

所谓启，就是开启的意思。殷高宗说："打开你的心，浇灌我的心。"取的就是这个意思。因汉景帝名启而避讳，所以两汉没有称启的。到魏国的书札奏记，才开始有"启闻"之称。在进言陈事的最后，或有"谨启"之说。自晋代以来盛行用启，它兼有表文和奏书的作用。陈述政见叙说事情，启是奏书的分支；辞让爵位感谢恩宠，启又是表文的别流。必定要收敛整饬得合于规范，使音调节奏短促，辨析扼要表述轻快明朗，有文采之美而又不侈丽，这也就是启的写作要领和大致要求了。

又表奏确切，号为谠言①。谠者，无偏也。王道有偏，乖乎荡荡②。其言无偏，故曰谠言也。孝成称班伯之谠言③，贵直也。自汉置八能④，密奏阴阳⑤，皂囊封板⑥，故曰封事。晁错受《书》⑦，还上便宜⑧。后代便宜，多附封事，慎机密也。夫王臣匪躬⑨，必吐謇谔⑩，事举人存，故无待泛说也。

【注释】

①谠（dǎng）：直言无偏。

②荡荡：浩大，广阔。语本《尚书·洪范》："无偏无党，王道荡荡"，意谓不偏不倚，王道才能浩荡、广阔。

③孝成：汉成帝刘骜。班伯之谠言：班伯，汉成帝之臣。《汉书·叙传上》载，成帝问班伯屏风上所画的纣王"醉踞妲己"的意思，班伯说淫乱的原因就是喝酒。成帝"乃喟然叹曰：'吾久不见班生，今日复闻谠言。'"

④八能：即八能之士，懂音乐、天文、地理诸事。

⑤阴阳：此指自然和社会现象的变化情况。

⑥皂囊：黑色囊袋。封板：装封奏板。

⑦晁错受《书》：《史记·晁错传》载："太常遣错受《尚书》伏生所，还因上便宜事。"

⑧便宜：原指便利宜行之事，此处指一种便于公、宜于民的上行公文。

⑨匪躬：不是为了自身。匪，同"非"。躬，自身。

⑩謇谔（jiǎn è）：正直之言。

【译文】

再说表奏内容确凿切实的，称为谠言。所谓谠，就是没有偏颇的意思。治国之道有了偏颇，就背违了"无偏无党，王道荡荡"的古训。言辞没有偏颇，所以就是谠言了。汉成帝称赞班伯的话是谠言，就在于他正直无偏。自从汉朝设立了"八能"官职，秘密进奏阴阳变化之事，用黑色囊袋封装奏板，所以把表奏称为封事。晁错奉派去学习《尚书》，回来后即上奏便利宜行之事。后来的便宜之奏，多附于封事之中，为的是慎守机密。帝王的大臣不应为一己而曲躬，必定要说正直的话，而这样的事和人已多有列举和保存，所以就无须再泛泛议论了。

赞曰：皂饬司直[①]，肃清风禁[②]。笔锐干将[③]，墨含淳酖[④]。虽有次骨，无或肤浸。献政陈宜，事必胜任。

【注释】

①皂饬：黑色的服饰。饬，疑为"饰"。司直：汉代执掌按劾事务的官员。

②风禁：风，风化。禁，禁令，指政教。

③干将：古之宝剑名。《吴越春秋》载，吴国工匠干将及其妻莫邪，善铸宝剑，后遂以他们的名字分别作剑名。

④淳酖(zhèn):淳厚浓烈的毒酒。酖,同“鸩”。

【译文】

综括而言:身着黑色服饰的司直,来肃清风化政教。笔触比干将宝剑还要锐利,墨中犹如含有浓烈的毒酒。虽有刺骨的深刻之力,也无须躁言丑句浸及肌肤。进献政见陈述事宜,都须借奏和启来完成。

议对第二十四

【题解】

《议对》篇论述议和对两种文体。议，原是天子咨询朝臣以谋划国事的活动，后多用于向天子陈述不同的政见，故又称为驳议。对，则是臣子“应诏而陈政”之文，它要分别情况回答君主的策问，一种近似今之考试中的“必答题”，称为对策；另一种近似今之考试中的“选答题”，由应试臣子在密封的策问中抽取，称为射策。其实，对策与射策都是“议之别体”，在写法上并没有本质差异。惟议偏于驳论，对重在立论而已。

《议对》篇在阐述了议的文体意义及其起源之后，相继对汉、魏、晋三代十余位文家的议作进行了评论，分别指出它们既有“事实允当”、“铨贯有叙”的优点，又有“属辞枝繁”、“颇累文骨”的缺陷。在此基础上，刘勰提出了驳议的写作要领：首先，刘勰强调驳议的写作，要“敬慎群务，弛张治术”。即要严肃认真地处理各种政治事务，弛张有致地履行治国之道。为此，就应当做到写哪个方面的驳议，就应当熟悉哪个方面的实情。其次，刘勰强调驳议的写作，也要“务先大体”，“枢纽经典”。即要明确驳议的体制特点，以经典著作作为确立驳议之“大体”的关键。这乃是刘勰论文，特别是论宫廷专用文体的一个普遍性的基本要求。第三，刘勰强调驳议的写作，要“标以显义，约以正辞”。即驳议之文的主旨要鲜明突出，文辞要简约而雅正。这是因为驳议是议政的实用文书，以内容扎实、语言准确为上，而无须特别讲究文采的华美。

对策作为“议之别体”，刘勰对其写作要领所论较少，惟多有重复强调之意。《议对》篇在评论了汉、魏、晋三代对策作者及其作品的得失之后，概括提出了以下三个要点：一是对策之文的作用，在于阐扬自己的政治见解，大力说明治国之道。二是对策之文既要有感染力、影响力，又要有所节制，言之得宜。三是对策之文的作者，既要工文又要练治，把两者结合起来，成为“志足文远”的“通才”。

议和对作为古代宫廷的专用文书，比较集中地反映着封建帝王的治国之道，在一定程度上凝聚着帝王及其臣子们的心智和文才修养，不仅是研究我国古代历史发展和社会变革的重要文献，而且可为今之某些实用文体的写作提供有益的参考和借鉴。

“周爰咨谋”，是谓为议。议之言宜，审事宜也。《易》之《节卦》：“君子以制数度议德行②。”《周书》曰：“议事以制，政乃不迷。”议贵节制，经典之体也③。昔管仲称轩辕有明台之议④，则其来远矣。洪水之难，尧咨四岳⑤；百揆之举⑥，舜畴五臣⑦。三代所兴，询及刍荛⑧。《春秋》释宋⑨，鲁僖预议⑩。及赵灵胡服⑪，而季父争论⑫；商鞅变法⑬，而甘龙交辨⑭。虽宪章无算⑮，而同异足观⑯。

【注释】

①周爰咨谋：语出《诗经·小雅·皇皇者华》，意谓广泛普遍地询问谋划。咨，询问。谋，商量，谋划。

②制数度：制定礼数法度。

③经典之体：指经典著作的原则、范式。

④明台：相传为黄帝议政的地方。

⑤四岳：四方诸侯的首脑。

⑥百揆：总揽政务的官员。

⑦畴：同“筹”，谋议。五臣：指传说中虞舜的五位大臣，即禹、弃、契、皋陶、垂。

⑧刍荛(chú ráo)：割草打柴的人，借指百姓。

⑨《春秋》释宋：《春秋·僖公二十一年》载：“公令诸侯盟于薄，释宋公。”释，释放。宋，宋襄公，他曾为楚人所执。

⑩鲁僖预议：指鲁僖公参与释放宋襄公之事的谋议。预，同“与”，参与。

⑪赵灵胡服：赵灵，指战国时赵国的武灵王。胡服，指赵武灵王欲改穿胡人服装，以便于骑射。

⑫季父争论：季父，指赵武灵王最小的叔父公子成。争论，指公子成反对改穿胡服而与武灵王争辩。

⑬商鞅：姓公孙名鞅，战国时期的法家人物，秦孝公的大臣，以“其祖本姬姓”，又是“卫之诸庶孽公子”，故史称商鞅、卫鞅、公孙鞅。

⑭甘龙：秦孝公的大臣。交辨：相互争辩。

⑮无算：不可计算，引申为不可考辨。

⑯足观：足以看出。

【译文】

“广泛普遍地询问和商量”，就叫作议。议之所以说得适宜，乃是因为审察事情适宜。《周易·节卦·象辞》中说：“君子用一定的法度来议论人品德行。”《尚书·周官》上说：“议论国事要按照法制，大政方针才不会迷失方向。”议事贵在有约束和法度，这乃是经典著作中的原则。从前管仲说黄帝有设立明台以议国政的事，这说明议的由来已经很久远了。洪水为患时，唐尧曾去询问四方诸侯的首领；选拔百揆之官时，虞舜曾和五位大臣商议。夏、商、周三代兴办事业，还征询割草打柴百姓的意见。《春秋》记载楚国释放宋襄公，是由于鲁僖公参加了谋议。

到了赵国的武灵王因改穿胡人服装，而和他的叔父进行争论；商鞅要实行变法，甘龙就和他交锋争辩。这些古代的议文虽无典范法式可供考辨，但其前后的异同却足以看出来了。

迄至有汉，始立驳议。驳者，杂也。杂议不纯，故曰驳也。自两汉文明，楷式昭备①，蔼蔼多士②，发言盈庭③；若贾谊之遍代诸生④，可谓捷于议也。至如吾丘之驳挟弓⑤，安国之辨匈奴⑥，贾捐之之陈于珠崖⑦，刘歆之辨于祖宗⑧，虽质文不同⑨，得事要矣。若乃张敏之断轻侮⑩，郭躬之议擅诛⑪，程晓之驳校事⑫，司马芝之议货钱⑬，何曾蠲出女之科⑭，秦秀定贾充之谥⑮，事实允当，可谓达议体矣。汉世善驳，则应劭为首⑯；晋代能议，则傅咸为宗。然仲瑗博古⑰，而铨贯有叙；长虞识治⑱，而属辞枝繁⑲。及陆机断议⑳，亦有锋颖，而腴辞弗剪，颇累文骨，亦各有美，风格存焉。

【注释】

①楷式：指议的范式。昭备：显著而完备。

②蔼蔼多士：人才济济。蔼蔼，状人才之盛。

③盈庭：充满朝廷。

④遍代诸生：指贾谊代表所有老臣对议。《史记·屈原贾生列传》载，汉文帝时，贾谊被“召以为博士”，“年二十余，最为少”；“每诏令议下，诸老先生不能言，贾生尽为之对，人人各如其意所欲出”。诸生，此处指诸老先生，即年老的朝臣。

⑤吾丘：指西汉时的大臣吾丘寿王。驳挟弓：《汉书·吾丘寿王传》载，丞相公孙弘主张禁止百姓挟带弓箭，吾丘寿王上《议禁民不得挟带弓弩对》，予以反驳。

⑥安国：韩安国，字长孺，西汉大臣。辨匈奴：《史记·韩长孺列传》载，汉武帝时，匈奴请和亲，率军之将王恢主张出兵攻击，韩安国认为征伐不如和亲，因与王恢争辩。

⑦贾捐之：字君房，贾谊之曾孙，西汉大臣。陈于珠崖：《汉书·贾捐之传》载，汉武帝时征南越，设珠崖郡，后又屡屡反叛。贾捐之建议放弃珠崖，不必征讨。珠崖，郡名，在今之海南岛。

⑧辨于祖宗：《汉书·韦玄成传》载，朝中有人以宗庙过多，主张汉武帝庙可"亲尽宜毁"，刘歆等人上议予以驳辩。祖宗，指宗庙。

⑨质文：此处指质朴与文华。

⑩张敏：字伯达，东汉大臣。断轻侮：《后汉书·张敏传》载，汉章帝时，"有人侮辱人父者，而其子杀之"。章帝赦免了杀人者的死刑，后又据此制定"轻侮法"。张敏上奏议予以否定。

⑪郭躬：字仲孙，东汉大臣。擅诛：擅自诛杀。《后汉书·郭躬传》载，窦固率军击匈奴，秦彭为其副，驻军别处，因杀人未经窦固同意，窦固上奏秦彭擅自杀人，要求诛杀秦彭。郭躬为秦彭辩护，"帝从躬议"。

⑫程晓：字季明，三国时魏国大臣。校事：官名，专司刺探臣民言行，多横行不法，程晓上疏主张取缔校事官职。

⑬司马芝：字子华，三国时魏国大臣。货钱：货币，钱币。《晋书·食货志》载，魏文帝曾废除钱币，产生不少弊病，司马芝建议恢复钱币，被采纳。

⑭何曾：字颖孝，三国时魏国大臣。蠲(juān)：免除。出女：出嫁之女。《晋书·刑法志》载，按魏之法律，父母有罪，出嫁之女也要受到株连，何曾令其僚属上议，要求改定。科：法律条文。

⑮秦秀：字玄良，西晋大臣。贾充：字公闾，西晋武帝之亲信大臣，专以谄媚取宠。《晋书·秦秀传》载，贾充死后，秦秀上议说："案谥法昏乱纪度曰荒，充宜谥曰荒。"允当：公允适当。

⑯应劭(shào):字仲瑗,东汉文人。

⑰博古:博通古代的事。

⑱识治:懂得治国的方法。

⑲属辞:连缀文辞,此处指写议文。枝繁:枝条繁多,喻指文辞繁芜而缺乏剪裁。

⑳断议:指陆机议论《晋书》的起止年代。因司马炎称帝建立西晋王朝后,亦尊其先司马懿、司马师、司马昭为帝,但他们生前都是魏国大臣,故《晋书》该以何年始,就成了一个议论的问题。

【译文】

到了汉朝,才开始设立驳议文体。所谓驳,就是杂的意思。议论纷杂不纯,所以叫作驳。自两汉文明昌盛以来,议的范式显著而完备,人才济济,议论充满朝廷;如贾谊代表诸多老臣对议,可以说是敏于奏议之人了。至于吾丘寿王驳斥禁止百姓挟带弓箭之议,韩安国辩论如何对待匈奴的和亲请求,贾捐之关于处理珠崖郡问题的建议,刘歆关于设立宗庙的争辩,虽然其质朴或文华不同,但都掌握了议事的要领了。至若张敏要求废除"轻侮法",郭躬议论擅自诛杀的案件,程晓驳批校事官职的设置,司马芝建议恢复钱币制度,何曾要求废除株连出嫁之女的科律,秦秀关于为贾充定谥号的奏议,这些都是如实议事而公允得当的,可以说是通晓议的大体了。汉朝善于驳议的,应劭居于首位;晋代作议的能手,则以傅咸为宗师。然而应劭博通古代的事,铨评事理贯通而又有序;傅咸懂得治国之术,但他写的议文却枝蔓繁芜。及至陆机议论《晋书》所载历史的断限,文笔也颇有锋芒,但没有剪除过于丰腴的辞采,有损于文章的骨力,却也各有优点,留下了各自的风格。

夫动先拟议,明用稽疑[①],所以敬慎群务[②],弛张治术。故其大体所资,必枢纽经典[③];采故实于前代[④],观通变于当今[⑤];理不谬摇其枝,字不妄舒其藻。又郊祀必洞于礼[⑥],戎事宜练于兵[7]，佃谷先晓于农[8]，断讼务精于律[9]。然后标以显义[10]，约以正辞[11]。文以辨洁为能[12]，不以繁缛为巧；事以明核为美[13]，不以环隐为奇[14]。此纲领之大要也。若不达政体[15]，而舞笔弄文，支离构辞[16]，穿凿会巧；空骋其华[17]，固为事实所摈；设得其理，亦为游辞所埋矣[18]。昔秦女嫁晋[19]，从文衣之媵[20]，晋人贵媵而贱女；楚珠鬻郑[21]，为薰桂之椟[22]，郑人买椟而还珠。若文浮于理[23]，末胜其本，则秦女楚珠，复存于兹矣。

【注释】

①稽疑：考察可疑之点。

②敬慎：严肃审慎。群务：各种政务。弛张治术：指弛张有度的治国之道。《礼记·杂记下》曰："一张一弛，文武之道也。"

③枢纽经典：以经典为关键。

④故实：历史事实，或典故史实。

⑤通变：此指今昔相连的发展变化。

⑥郊祀：祭祀。

⑦戎事：军事。

⑧佃(diàn)谷：种植谷物。

⑨断讼：决断诉讼案件。

⑩标以显义：突出显要的意义。标，标举，引申为突出。

⑪约以正辞：用雅正的文辞加以概括。约，概括。

⑫辨洁：明辨洁净。

⑬明核：明晰扼要。

⑭环隐：曲折隐晦。

⑮政体：政务事体。

⑯构辞：连缀文辞。

⑰空骋：徒然地施展。骋，施展，炫耀。

⑱游辞：浮游繁缛之辞。

⑲秦女嫁晋：《韩非子·外储说左上》载："昔秦伯嫁其女于晋公子，为之饰装，从衣文之媵七十人。至晋，晋人爱其妾而贱公女。"

⑳文衣之媵(yìng)：衣饰华丽的陪嫁婢妾。文衣，文采华美的衣服。媵，陪嫁婢妾。

㉑楚珠鬻郑：《韩非子·外储说左上》载："楚人有卖其珠于郑者，为木兰之柜，薰以桂椒，缀以珠玉，饰以玫瑰，辑以翡翠，郑人买其椟而还其珠。"

㉒椟(dú)：匣子。

㉓文浮于理：即事理被游辞所埋。

【译文】

行动前要先有谋划和计议，明察可疑的情况和问题，这是为了严肃谨慎地处理各种政务，使治国之道张弛有致。所以它所依靠的主要条件，是必须掌握经典著作这一关键；采用前代的历史事实，观察现实情况的发展变化；说理时不要错误地去议论枝节问题，在文字上不要任意铺展辞藻。还有作郊祀之议必须通晓礼仪，论军事应当熟悉兵法，种庄稼先要懂得农事，断诉讼则务必精通法律。然后突出其显要的意义，用雅正的文辞予以概括。文章以明辨洁净为尚，不以繁文缛采为巧；事义以明晰扼要为美，不以曲折隐晦为奇。这就是写议的纲领性要求了。如果不明白政务事体，就去舞文弄墨写议文，支离破碎地连缀文辞，牵强附会地拼凑技巧；徒然地炫耀才华，固然要被实际事务所抛弃；即使有一定道理，也被浮游之辞所埋没了。从前秦国之君的女儿嫁给晋国的公子，随从陪嫁的是衣饰华丽的女子，致使晋国人以陪嫁女子为贵而轻贱国君的女儿；楚国人卖珠宝给郑国，用桂香薰过的精制匣子装着，结果郑国人买了匣子而退还了珠宝。如果浮华之辞掩盖了事理，枝节胜过了主体，那么秦人嫁女和楚人卖珠的事，又存留于议文写作之中了。

又对策者[1]，应诏而陈政也[2]；射策者[3]，探事而献说也[4]。言中理准，譬射侯中的[5]，二名虽殊，即议之别体也[6]。古之造士[7]，选事考言[8]。汉文中年，始举贤良。晁错对策，蔚为举首[9]。及孝武益明，旁求俊乂[10]，对策者以第一登庸[11]，射策者以甲科入仕[12]，斯固选贤要术也。观晁氏之对，验古明今，辞裁以辨[13]，事通而赡[14]，超升高第[15]，信有征矣[16]。仲舒之对[17]，祖述《春秋》[18]，本阴阳之化，究列代之变，烦而不慁者[19]，事理明也。公孙之对[20]，简而未博。然总要以约文，事切而情举，所以太常居下[21]，而天子擢上也[22]。杜钦之对[23]，略而指事[24]，辞以治宣[25]，不为文作。及后汉鲁丕[26]，辞气质素，以儒雅中策[27]，独入高第。凡此五家，并前代之明范也。魏晋已来，稍务文丽。以文纪实[28]，所失已多。及其来选，又称疾不会[29]。虽欲求文[30]，弗可得也。是以汉饮博士[31]，而雉集乎堂[32]；晋策秀才，而麏兴于前[33]。无他怪也，选失之异耳。

【注释】

①对策：汉代取士的一种考试制度，要求应试者回答有关政务和经义方面的问题。

②应诏：回应天子下的诏书。

③射策：汉代取士的另一种考试制度，试题写在密封的简册上，由应试者抽取，而后作答。

④探事:指自行抽取试题,惟亦可作探究事理之解。

⑤射侯:即对准靶子射箭。侯,箭靶。中的:射中靶心。

⑥别体:另一体式。

⑦造士:指学而有成之士。

⑧选事:选取、举荐官员之事。考言:考试言辞,口头回答。

⑨蔚:状文士美盛。举首:名列前茅或位居第一。《汉书·晁错传》载:"诏有司举贤良文学士。对策者百余人,惟错为高第。"

⑩旁求:广泛地征求。

⑪登庸:选拔,升用。

⑫甲科:射策试题按大小难易分科,甲科得中。

⑬辞裁以辨:文辞剪裁得简要明晰。

⑭事通而赡:叙事通达而丰富。

⑮超升高第:高升至第一位。

⑯有征:有根据,有凭证。

⑰仲舒:即董仲舒(前179—前104),汉广川郡(今河北枣强)人,西汉思想家,系统地提出了"天人感应"、"大一统"学说和"罢黜百家,独尊儒术"的主张,其著作主要汇集于《春秋繁露》一书中。

⑱祖述:遵循并阐发前人之说。

⑲慁(hùn):混乱,杂乱。

⑳公孙:即公孙弘,西汉文人。

㉑太常:官名,主管礼乐祭祀,兼而负责选士。

㉒天子:此指汉武帝。擢(zhuó):提升。

㉓杜钦:字子夏,西汉文人。

㉔略而指事:简略地回答所问而指陈有关事实。《汉书·杜周传》附《杜钦传》载,汉成帝曾召敢于直谏者对策,杜钦以为成帝无嗣乃好色所致,指出这件事谏告成帝,而只简略地回答成帝的策问。

㉕辞以治宣：文辞为治国而发。宣，发布。

㉖鲁丕：字叔陵，东汉文人。

㉗儒雅：儒家的博学典雅。中策：切合对策之旨。

㉘以文纪实：指用文采华丽的对策文处理实际政务。纪实，记载事实，引申为应和、处理实际政务。

㉙称疾：假托有病。不会：不参加，即不去会试。

㉚求文：求得文才之士。

㉛博士：汉代学官名，专管传授儒家经学。

㉜雉：野鸡。

㉝麏(jūn)：獐子，近似鹿而较小。《汉书·成帝纪》和《晋书·五行志》，分别记载了"雉集乎堂"、"麏兴于前"的事，古人认为这都是怪异现象，且与选拔人才不当有关。

【译文】

还有对策，是应答诏书，陈述政见的；射策，则是自行探取试题而后向天子呈献建议的。回答切合题旨说理准确恰当，就好像射箭中了靶心，对策和射策名称虽不同，但都是议的另一种体式。古代的学有所成之士，选拔为官时要测试言辞。汉文帝之中期，开始举荐贤良之士。晁错的应答策问，在众多才士中名列前茅。到汉武帝时益发圣明，广泛选求人才，参加对策的第一名即予提升使用，参加射策的名列甲科即可授官，这确实是选拔人才的重要方法。看晁错的对策文，验证史实以说明当今，文辞剪裁得明辨简洁，叙事通达而丰富，超越众人而高居榜首，确实是有真凭实据的。董仲舒的对策文，遵循前人阐发《春秋》之义，以阴阳变化为根本，探究历代社会的演变，它之所以复杂而不混乱，是因为作者深明事理。公孙弘的对策文，简要而不广博。但能总括旨要而精于文辞，叙事确切而情理明显，太常虽将他列为下等，但天子却又把他提升为上等。杜钦的对策文，能简略地指明事实，文辞用以阐发治国之道，而不是为了显示文采。及至东汉时的鲁丕，文辞风格质朴素雅，以儒家的博学典雅而合于策问，惟独他进入了上等。以上这五家，都是前代著名的典范。到魏晋以后，逐渐追求文采华丽。用华丽之文来应和实际政务，不足之处确实很多。到了被推荐者来应选考试，又往往说有病而不敢去参加。虽然想求得文才之士，却已不可能了。因此汉代举行博士官饮酒之礼时，有野鸡飞临于堂上；晋代策试秀才时，则有獐子出现在阶前。这并没有别的怪异，只是考选失当的怪异罢了。

夫驳议偏辨①，各执异见；对策揄扬②，大明治道③。使事深于政术④，理密于时务⑤；酌三五以熔世⑥，而非迂缓之高谈⑦；驭权变以拯俗⑧，而非刻薄之伪论⑨。风恢恢而能远⑩，流洋洋而不溢⑪，王庭之美对也。难矣哉，士之为才也！或练治而寡文⑫，或工文而疏治⑬，对策所选，实属通才⑭。志足文远，不其鲜欤！

【注释】

①偏辨：侧重于论辩。

②揄扬：宣扬而不拘束。

③治道：治国之道。

④深于政术：切合于政术。深，切合。

⑤密于时务：合乎时务。密，密切，引申为合乎。

⑥三五：代指三皇五帝的治道，引申为古代的治道。熔世：熔铸于世，即用以处理世事。

⑦迂缓：迂腐而不合实际。

⑧权变：权术变化。拯俗：拯救世俗。

⑨伪论：不切实际的空论。

⑩恢恢：状风之广阔、浩荡。

⑪洋洋：状洪流之汹涌。

⑫练治：通晓治术。寡文：缺乏文才。

⑬工文：善于文辞。疏治：疏于治术。

⑭通才：全面之才。

【译文】

驳议侧重于论辩事理，各自持有不同见解；对策主要是扬发政见，大力阐明治国之道。使所议之事切合为政之术，所论之理合乎当时政务；斟酌吸取三皇五帝之治道来处理世事，而不是迂腐的高谈阔论；驾驭权术的变化来拯救世俗，而不是刻薄的虚伪之说。像大风一样浩荡而能致远，像洪流一样汹涌而不泛滥，那就是帝王朝廷上的美好议对了。真是困难哪，文士要有这样的才能！有的精通治国之术而缺乏文才，有的善于文辞却疏略于治国之术，而经过对策所选拔的，确实是既通治术又有文才的通才。具有经国大志而又文名久传的人，不是很少吗！

赞曰：议惟畴政①，名实相课②。断理必刚，摛辞无懦③。对策王庭，同时酌和。治体高秉④，雅谟远播⑤。

【注释】

①畴：同“筹”，谋划。

②相课：相互核验以求符合一致。

③摛辞：舒布文辞。

④治体：指议对，乃是用于治国的文体。高秉：认真掌握。

⑤谟：谋议。

【译文】

综括而言：议只用于谋划政事，其名称和实际要相符合。判断事理必须刚健有力，运用文辞不能软弱不振。在朝廷上应对策问，众人同时斟酌应和。认真掌握专论治道文体之要，雅正的谋议将远播四方。

书记第二十五

【题解】

《书记》篇位居《文心雕龙》文体论部分之末，属于无韵之笔。它的文体性质大致与作为有韵之文的《杂文》篇相仿，也包容着诸多不能列入其他篇章的具体文体。其重点比较突出，一是论述以书信为代表的狭义“书记”；二是概说六类二十四种事务文书，它是广义的“书记”。《书记》篇在概念使用上每有所混淆，但就其主要内容来看，“书记”的内涵还是明确的，即主要是讲书信和事务文书。

《书记》篇所论之书信，有两种情况：一是指个人之间相互交往的书信，如司马迁的《报任安书》，杨恽的《报孙会宗书》等，分别被称为“书札”、“简牍”、“尺牍”、“尺素”；二是臣僚致王亲贵族和高官的书信，如崔寔的《奏记公府梁冀》，黄香的《奉笺江夏文》等，分别被称为“奉笺”、“奏记”和“笺记”。

刘勰简要概括出了个人书信的写作特点和要求，其核心就是“本在尽言”四个字。所谓“尽言”，就是要畅所欲言，把想说的话全都说出来，以抒发胸中的郁结之情，和对方进行“心声之献酬”。而这种情感的交流，又应当是“文明从容”的，既要使文辞鲜明，又要有从容不迫、亲切自如的心境，做到“条畅以任气，优柔以怿怀”，并且把文采寄于心情和性灵的自然流露之中，这实际上乃是《情采》篇所说的“为情而造文”，“要约而写真”，以及《养气》篇所说的“从容率情，优柔适会”的具体表现。

《书记》篇中概要论及的六类二十四种具体文体，刘勰说它们“衣被事体”，即包括了记载、处理各种事务的文体。据此，为表述方便起见，我们一并视之为事务文书。刘勰对二十四种事务文书，说得都很简略，仅只在释名之后，概要言及它们的用途或特点。但综合起来看，有些论述和观点却是很重要的。

首先，刘勰强调事务文书的重要性。明确指出它们“虽艺文之末品，而政事之先务也”，不仅能表现作者的风姿文采，而且关系到邦国的是否祥瑞。

其次，刘勰强调事务文书的写作，要“随事立体”，即根据实际需要确定其具体体式。

第三，刘勰强调事务文书的写作，要“贵乎精要”，指出“意少一字则义阙，句长一言则辞妨”。应当说，这是从事务文书多关乎“政事”这一特点出发，所提出的一种符合实际情况的要求。它对于今之应用文写作，特别是公文写作，具有直接的指导意义。

《书记》篇研究中，有一个长期存在的分歧，即如何评估它作为文体论部分之末的地位、价值和意义。首先，从刘勰论文的直接动因看，其一一“论古今文体”，“几于罔罗无遗”。这是由他“体大虑周”的“为文之用心”决定了的。其次，从《文心雕龙》的总体结构来看，全书是以“大衍之数五十”为框架的。在这种情况下，刘勰要全面、周备地详论各种文体，事实上是不可能的。他必定要分别轻重主次，有详有略，点面结合，即使对各种文体只有片言只语的提示，却也给它们的体制特点和用途定了基调。第三，从《书记》篇所囊括的各种文体的作用来看，刘勰虽然把六类二十四种事务文书，视为“艺文之末品”，但又强调它们是“政事之先务”，表现出刘勰对文学性文体的偏爱，但也说明他对书记文体的求真务实的客观态度。

大舜云："书用识哉！[①]"所以记时事也[②]。盖圣贤言辞，总为之书。书之为体，主言者也[③]。扬雄曰："言，心声也；书，心画也[④]。声画形[⑤]，君子小人见矣。"故书者，舒也[⑥]。舒布其言，染之简牍[⑦]，取象乎夬[⑧]，贵在明决而已[⑨]。三代政暇[⑩]，文翰颇疏[⑪]。春秋聘繁[⑫]，书介弥盛[⑬]。绕朝赠士会以策[⑭]，子家与赵宣以书[⑮]，巫臣之责子反[⑯]，子产之谏范宣[⑰]，详观四书，辞若对面。又子叔敬叔[⑱]，进吊书于滕君[⑲]，固知行人挈辞[⑳]，多被翰墨矣[㉑]。

【注释】

①书用识(zhì)哉：语出《尚书·益稷》，其原意是把过失记载下来，此处是化用。识，通"志"，记录。

②时事：随时发生的事情。

③主言：记言为主。

④心画：表达心意的图画，指文字。

⑤形：表现出来。

⑥舒：舒展，铺陈。

⑦染：此指刻写。简牍(dú)：指用以书写的竹简。

⑧夬(guài)：《周易》六十四卦之一。《周易·系辞下》载："上古结绳而治，后世圣人易之以书契，百官以治，万民以察，盖取诸取夬。"夬，"决"的意思，意谓书契(指文字)是用以决断事情的。

⑨明决：明确决断。

⑩政暇：政务不多。

⑪文翰：指笔墨文案之事，亦即文书。

⑫聘繁：访问频繁。聘，聘问，互访。

⑬书介：传送文书的使者。

⑭绕朝：秦国大夫。士会：晋国大夫，曾留居秦国，后归于晋。《左传·文公十三年》载，晋人担心士会被秦所用，乃设计让秦派士会归晋。绕朝识破晋计，却不为人所信。士会离秦时，绕朝"赠之一策，曰：'子无谓秦无人，吾谋适不用也。"

⑮子家：郑国大夫。赵宣：赵盾，谥宣子，晋国大夫。《左传·文公十七年》载，晋以郑不服，子家便使人给赵宣送信，言说郑有功于晋，愿与晋结盟。

⑯巫臣：即屈巫，楚国大夫。子反：楚国大夫，即楚公子侧。《左传·成公七年》载，巫与侧争夺美人夏姬，巫携其逃晋，子反乃杀其族人，分其财产。巫臣写信给子反，谴责他："以谗慝贪婪事君"，"多杀不辜"，要让他疲于奔命而死。

⑰子产：即公孙侨，春秋时郑国大夫。范宣：士会之孙士匄(gài)，晋国大夫，食邑于范，谥宣子，故称范宣子。《左传·襄公二十四年》载，"范宣子为政，诸侯之币重"。子产乃致书范宣子，劝他减少向诸侯征收的财物。

⑱子叔敬叔：指鲁国大夫叔弓。范文澜注曰："子为男子通称；叔是其氏，敬叔其谥也。"

⑲滕君：指滕国之君。《礼记·檀弓下》载："滕成公之丧，使子叔敬叔吊，进书。"

⑳行人：使者，外交使节。挈(qiè)辞：携带的文辞书信。挈，持，携带。

㉑翰墨：指书面文件。

【译文】

虞舜说："书是用于记载的啊！"其目的是记录随时发生的事情。凡是圣贤的言辞，总起来都叫做书。书作为一种文体，是以记载言辞为主的。扬雄说："言辞，是发自心灵的声音；书写的文字，是心灵的图画。声音和图画表现出来，是君子抑或是小人就显而易见了。"所以所谓书，就是舒展的意思。舒展铺陈言辞,刻写在简牍上,借取《夬》卦卦象的意义,贵在明确决断而已。夏、商、周时代,政务不多,文书比较少。春秋时期各国互访频繁,信使往来日益盛行。绕朝给士会以简策,子家送书信给赵宣,巫臣写信谴责子反,子产致书劝谏范宣,细看这四封书信,它们的文辞就像当面对话一样。还有子叔敬叔,向滕君致悼的吊唁书信,它让人们确知使者的言辞,多是已写成了文稿的。

及七国献书①,诡丽辐辏②;汉来笔札,辞旨纷纭③。观史迁之《报任安》④,东方之《谒公孙》⑤,杨恽之《酬会宗》⑥,子云之《答刘歆》⑦,志气盘桓⑧,各含殊采⑨;并杼轴乎尺素⑩,抑扬乎寸心⑪。逮后汉书记⑫,则崔瑗尤善。魏之元瑜⑬,号称翩翩⑭;文举属章⑮,半简必录⑯;休琏好事⑰,留意词翰⑱,抑其次也。嵇康《绝交》⑲,实志高而文伟矣⑳;赵至《赠离》㉑,乃少年之激昂也。至如陈遵占辞㉒,百封各意㉓;祢衡代书㉔,亲疏得宜,斯又尺牍之偏才也㉕。详诸书体,本在尽言,所以散郁陶㉖,托风采㉗,故宜条畅以任气㉘,优柔以怿怀㉙。文明从容,亦心声之献酬也㉚。

【注释】

①七国:指战国时期。献书:指游说之士进献的言辞文书。

②诡丽:诡异奇丽。辐辏(còu):车辐会集于车轴,此处指诡异之旨和奇丽之辞汇聚在一起。

③辞旨:指书信的文辞和内容。

④史迁之《报任安》:指司马迁的《报任安书》。任安,字少卿,汉武时为益州牧。后获罪将处死,曾致书司马迁,希望他"推贤进士",予以营救。司马迁以《报任安书》作复。

⑤东方之《谒公孙》：指东方朔的《谒公孙弘书》。公孙弘，曾为汉武帝之相。

⑥杨恽(yùn)之《酬会宗》：指杨恽的《报孙会宗书》。杨恽，字子幼，司马迁之外孙，曾任汉宣帝时统领皇帝侍卫的中郎将，后被陷害，贬为庶人，不满，被宣帝所杀。孙会宗是杨恽的好友，曾任安定太守。

⑦子云之《答刘歆》：指扬雄的《答刘歆书》。

⑧志气：此处指书信中所表现出来的情思气势。盘桓：盘旋回荡，喻指情思气势的充分表达。

⑨殊采：独特的文采。

⑩杼轴：织布用的器具，此处作动词用，意为组织、编织。尺素：因古人写信用一尺左右的白绢，故以尺素代指书信。

⑪抑扬：高低起伏，指情思的酝酿。寸心：心在人体中只占方寸之地，故曰“寸心”。

⑫书记：此处指书信。

⑬元瑜：三国时魏国文人阮瑀之字，建安七子之一。

⑭号称翩翩：指阮瑀写书信轻快敏捷，具有翩翩风姿。曹丕在《与吴质书》中说：“元瑜书记翩翩，致足乐也。”

⑮属章：写文章。

⑯半简必录：《后汉书·孔融传》载，曹丕深爱孔融之作，曾重金征募，即使半片竹简也予收录。

⑰休琏：应璩(？—252)之字，应玚之弟，三国时期曹魏文学家。好事：爱好某种事务，此指爱好写作。

⑱词翰：此指书信的写作。

⑲嵇康《绝交》：指嵇康的《与山巨源绝交书》。山巨源，即山涛，原系嵇康好友，后归依司马昭，由吏部郎升为大将军从事中郎，举荐嵇康代他为吏部郎。嵇康因与曹魏宗室有婚姻关系，故回书

与山涛绝交，抗节不仕司马，为司马昭所杀。

⑳志高：志节高尚。文伟：文辞峻伟。

㉑赵至：字景真，西晋文人。《赠离》：指赵至的《与嵇茂齐书》。嵇茂齐，名蕃，系嵇康之侄。《晋书·赵至传》载：“初，至与康兄子蕃友善，及将远适，乃与书叙离并陈其志。”此时，赵至仅十六七岁，故刘勰称之为“少年之激昂也”。

㉒陈遵：字孟公，曾为游侠，后任河南太守。《汉书·陈遵传》载，他曾口授其辞，让十名书吏书写给在京师的亲友，“书数百封，亲疏各有意”。占辞：口占之辞，即口授而由别人书写。

㉓各意：各有不同之意。

㉔代书：代人作书。此处指祢衡代黄祖作书。《后汉书·祢衡传》载：“衡为黄祖作书记，轻重疏密，各得体宜。祖持其手曰：处士，此正得祖意，如祖腹中所欲言也。”

㉕偏才：偏善之才。

㉖郁陶（yáo）：忧思郁结。

㉗托：寄托，引申为表现。

㉘条畅：条理通达。任气：放任情思，自如地抒发。

㉙优柔：从容，宽舒。怿怀：使心情愉悦。

㉚心声：心思，情感。献酬：赠献与酬答，即相互交流。

【译文】

到了战国时期游说之士进献的书信，是用诡异奇丽之辞汇集而成的；汉代以来的笔札书信，文辞内容丰富多彩。看司马迁的《报任安书》，东方朔的《谒公孙弘书》，杨恽的《酬孙会宗书》，扬雄的《答刘歆书》，情思气势盘旋回荡，各有突出的文采；都是文辞交织于尺素，情思起伏于寸心的佳构。东汉时期的书信，则以崔瑗写得特别好。魏国的阮瑀，有风姿翩翩之美称；孔融写的书信，虽是片章残简也被收录下来；应璩爱好写作之事，留心于笔墨文辞，却也只能说是稍次一些的作者了。嵇康写的《绝交书》确实是志节高尚而又文辞峻伟；赵至的《赠离》，则写出了年轻人的激越之情。至如陈遵口授而由别人代笔的书信，一百余封各有不同的意思；祢衡替别人写的书信，对亲近或疏远的人都恰当得体，这也是偏善于书信写作之才了。详察各种书信的体制，本在于畅所欲言，以抒发郁结之情，寄托表现自己的风格气度和文采，因而应当条理通畅地直抒胸臆，从容宽舒地怡悦情怀。文辞鲜明而心境宽舒，也就是情感的相互赠答交流了。

若夫尊贵差序①，则肃以节文②。战国以前，君臣同书。秦汉立仪③，始有表奏。王公国内④，亦称奏书。张敞奏书于胶后⑤，其辞义美矣。迄至后汉，稍有名品⑥。公府奏记⑦，而郡将奉笺⑧。记之言志，进己志也。笺者⑨，表也。表识其情也⑩。崔寔奏记于公府，则崇让之德音矣⑪；黄香奉笺于江夏⑫，亦肃恭之遗式矣⑬。公干笺记⑭，文丽而规益，子桓弗论，故世所共遗。若略名取实⑮，则有美于为诗矣。刘廙谢恩⑯，喻切以至；陆机自理⑰，情周而巧，笺之为善者也。原笺记之式，既上窥乎表，亦下睨乎书⑱，使敬而不慑⑲，简而无傲，清美以惠其才，彪蔚以文其响⑳，盖笺记之分也。

【注释】

①差序：指尊贵之间的差别和等级次序。

②肃：肃恭，审慎。节文：调节、控制文辞，此指按礼仪法度行事。

③立仪：制定法规礼仪。

④王公国内：指诸侯国的封国之内。

⑤张敞：字子高，西汉文人，曾任胶东诸侯王之相。胶后：指胶东诸侯王刘寄之母王太后，她经常外出游猎，张敞上奏书劝止。

⑥名品：即品名，指文体有了品类名称。

⑦公府：王公大臣的官府。

⑧郡将：一郡之长曰郡守，兼管武事者称郡将。此处指地方官。

⑨笺(jiān)：小幅的纸，信笺，便笺。

⑩表识(zhì)：表明，记载。

⑪崇让：尊崇礼让。德音：有德者之音，指美好的文章。

⑫黄香：字文强，东汉文人。江夏：郡名，在今之湖北境内，此处指江夏地方官员。

⑬遗式：传留后代的范式。

⑭公幹笺记：刘桢的笺记有《谏曹植书》、《答魏文帝书》等，故文中有"子桓弗论"之语，指曹丕在《典论·论文》中未论及刘桢的笺记。公幹，刘桢之字。

⑮略名：不看重名声。略，忽略，不重视。

⑯刘廙(yì)：字恭嗣，三国时魏国文人。谢恩：指刘廙因其弟被诛，本要连坐，但曹操宽免了他，只贬其官职，故上书谢恩。

⑰陆机自理：指陆机被嫌获罪得免后，写了《谢吴王表》、《谢成都王笺》，为自己受嫌之事进行申辩。自理，申述自己的理由。

⑱睨：斜视。此处意谓看到笺和记又想到了书。它与"窥"都表"近似"、"相通"之意。

⑲不慑：不畏惧。

⑳彪蔚：光彩照耀。文：文采修饰，此处作动词用。响：声响，此处喻指由文采修饰产生的反响。

【译文】

至若尊贵差别和地位次序，那就要严肃地按礼仪法度行事。战国以前君臣之间都用书。秦汉时代制定了礼仪，才开始有了表和奏。在诸侯王国内，也称为奏书。张敞给胶后的奏书，文辞和意义都是很美好的。迄至东汉，文体略有品名之分。给公府的上书叫作奏记，而给郡将的上书叫做奉笺。记的所谓言志，就是进呈自己的想法和意见。所谓笺，就是表明的意思。用以表明作者的情思和愿望。崔寔上呈公府的奏记，乃是尊崇礼让的有德者之音；黄香写给江夏的奉笺，也是传留后人的严肃恭敬的范式。刘桢的笺记，文辞华美而有益于规劝，惟曹丕对他未予评论，所以被世人共同忽略。如果不重名声而求取实际，那他的笺记比他的诗还要美好。刘廙上书谢恩，比喻贴切至极；陆机为自己申述理由，情理周到而文辞巧妙，都是笺体中的上品。考究笺和记的体式，上则与表相近，下则与书相通，要使它恭敬而不畏惧，简易而不傲慢失礼，它以清新雅丽的风姿展示作者的才智，用光彩照耀的文辞增强作品的反响，这大抵就是笺和记的本体特点了。

夫书记广大，衣被事体[①]，笔札杂名[②]，古今多品[③]。是以总领黎庶[④]，则有谱籍簿录；医历星筮[⑤]，则有方术占式；申宪述兵[⑥]，则有律令法制；朝市征信[⑦]，则有符契券疏；百官询事[⑧]，则有关刺解牒；万民达志[⑨]，则有状列辞谚。并述理于心[⑩]，著言于翰[⑪]，虽艺文之末品[⑫]，而政事之先务也[⑬]。

【注释】

①衣被：覆盖，包括。事体：记载、处理事务的文体。

②笔札：指各种事务文书，与狭义的书信、书记相对。

③多品：品种多样。

④总领：全面掌管。黎庶：平民百姓。

⑤筮（shì）：古代用蓍草占卦。

⑥申宪：申明法令。述兵：讲述兵法。

⑦朝：朝廷。市：集市。征信：凭证，证据。

⑧询事：询问事情。

⑨达志：表达心志、意见。

⑩述理于心：表述心中的情理。

⑪著言于翰：即用笔记言，形成文书。翰，笔。

⑫艺文：指有文采的文学作品。末品：下品，不重要的作品。

⑬政事：指公务。先务：首要事务，首要问题。

【译文】

书记的范围宽广，包括各种记载处理事务的文体，笔札的名称繁杂，从古到今有许多品类。因此用来总管百姓事务的，有谱、籍、簿、录；有关医药、历法、星象、占卜的，有方、术、占、式；有关申明法令、讲述兵法的，有律、令、法、制；关于朝廷和集市上的凭证，有符、契、券、疏；关于各种官吏询问事情的，有关、刺、解、牒；关于广大民众用来表达心志的，有状、列、辞、谚。都是为了表述心中的情理，用笔把话记录下来，虽然是艺术文学中的末品，但却是处理政务中的首要问题。

故谓谱者，普也。注序世统[1]，事资周普[2]。郑氏谱《诗》[3]，盖取乎此。

籍者，借也。岁借民力[4]，条之于版。《春秋》司籍[5]，即其事也。

簿者，圃也[6]。草木区别，文书类聚。张汤、李广[7]，为吏所簿[8]，别情伪也。

录者，领也。古史《世本》[9]，编以简策，领其名数[10]，故曰录也。

方者，隅也[11]。医药攻病，各有所主，专精一隅，故药术称方。

术者，路也。算历极数[12]，见路乃明。《九章》积微[13]，故以为术。淮南《万毕》[14]，皆其类也。

占者，觇也[15]。星辰飞伏[16]，伺候乃见[17]。登观书云[18]，故曰占也。

式者，则也。阴阳盈虚[19]，五行消息[20]，变虽不常，而稽之有则也。

【注释】

①注序：记载和叙述。世统：世代相承的统序、谱系。

②周普：周全而普遍。

③郑氏：指汉代学者郑玄，他曾为《诗经》作《诗谱》，或称《毛诗谱》。

④岁借民力：《礼记·王制》载，周代实行井田制，周边八块为私田，中间一块为公田。每年都要借八家的人力、物力耕耘公田。

⑤《春秋》：指解释《春秋》的《左传》。司籍：掌管典籍。

⑥圃：园圃，种植瓜果蔬菜的园子。

⑦张汤、李广：均为西汉武帝时的官吏。

⑧为吏所簿：指被官吏按簿册所记予以审问。簿，此处作动词用。

⑨《世本》：史书名，记载黄帝以来帝王、诸侯、卿大夫的世系。

⑩名数：指史书中所记历代帝王和公卿的名号和先后世序。

⑪隅：角落，此处指某一局部或某一方面。

⑫算历：算术和历法。极数：最终得数。

⑬《九章》：指我国古代重要数学著作《九章算术》。积微：指积累了精微的算法。

⑭《万毕》：我国古代有关算术和历法的著作，称《万毕术》或《万毕经》，传为淮南王刘安所撰。

⑮觇(chān)：观看，窥视。

⑯飞伏：指星辰的运行状况。

⑰伺候：等待时机。

⑱登观：即登台观察。古代帝王每要按节令登台观望天象云气，以

卜吉凶。书云:记录星云天象。

⑲阴阳:本意为日光的向背。古代哲人借以泛指并解释宇宙中存在的各种相互对立的现象,如天地、日月、昼夜等。盈虚:盛衰。盈,满。虚,亏。

⑳五行:指金、木、水、火、土五种物质。古代哲人认为五行是相克相生的。消息:消长,生灭。

【译文】

所以,所谓谱,就是普遍、全面的意思。记叙世代相承的谱系,必定要周全普遍。郑玄给《诗经》编的《诗谱》,就取之于此意。

所谓籍,就是借用的意思。每年借用百姓之力,都要逐条记在简版上。《左传》中所记载的主管典籍,就是指的这件事。

所谓簿,就是园圃的意思。草木有分别地种在园圃里,文书也要分类汇编在簿册中。张汤、李广,被官吏按照簿册所记审问,是为了辨别情理的真伪。

所谓录,就是总领的意思。古代史书《世本》,用简策编缀起来,总领着其中的名号和世序,所以称为录。

所谓方,就是一角的意思。用医药治病,各有主治之症,专门精于某一个方面,所以把用药之术称为方。

所谓术,就是道路的意思。算术、历法都要有最终的结果,找到运算的路子才能明白。《九章》中积累了精微的算法,所以称之为术。淮南王刘安的《万毕》,都属于这一类。

所谓占,就是观察的意思。星辰的往来和明暗,要待机观察才能看清。登台观看记下星云变化,所以叫做占。

所谓式,就是法则的意思。阴阳的盛衰,五行的消长,虽则变化不定,但考究起来却是有法则可循的。

律者,中也。黄钟调起[①],五音以正[②]。法律驭民[③],八刑克平[4]。以律为名[5]，取中正也。

令者，命也。出命申禁[6]，有若自天。管仲下令如流水[7]，使民从也。

法者，象也[8]。兵谋无方，而奇正有象[9]，故曰法也。

制者，裁也[10]。上行于下，如匠之制器也[11]。

符者，孚也[12]。征召防伪[13]，事资中孚[14]。三代玉瑞[15]，汉世金竹[16]。末代从省[17]，易以书翰矣。

契者，结也。上古纯质，结绳执契[18]。今羌胡征数[19]，负贩记缗[20]，其遗风欤！

券者，束也。明白约束，以备情伪。字形半分[21]，故周称判书。古有铁券[22]，以坚信誓。王褒《髯奴》[23]，则券之谐也。

疏者[24]，布也。布置物类，撮题近意[25]。故小券短书[26]，号为疏也。

【注释】

①黄钟：古乐十二律的第一律，声调宏大响亮，其宫调起着定调的作用。

②五音：指宫、商、角、徵、羽，相当于现代音乐简谱的1、2、3、5、6。

③驭民：管理、统治庶民。

④八刑：周代制定的八种刑罚。《周礼·地官·大司徒》载："一曰不孝之刑，二曰不睦之刑，三曰不姻之刑，四曰不悌之刑，五曰不任之刑，六曰不恤之刑，七曰造言之刑，八曰乱民之刑。"

⑤以律为名：以律作为名称，兼指乐律和法律。

⑥申禁：申明禁止。

⑦下令如流水:《管子·牧民·士经》载:“下令于流水之原者,令顺民心也。”

⑧象:物象,引申为法式。

⑨奇正:古代兵法术语,当敌为正,旁出为奇。此指奇特变化和正统常规。

⑩裁:裁制。

⑪制器:制造器具,喻指贯彻执行上意不能离谱走样。

⑫孚:信用。

⑬征召:征聘官吏招募军队。

⑭中孚:《周易·杂卦》中的卦名,表示诚信。

⑮玉瑞:作信物的玉器。

⑯金竹:指汉代用铜或竹做的符信,称铜虎符、竹使符。

⑰末代:指魏晋之后。

⑱结绳:古代在绳子上打结,大事大结,小事小结,用以记事。执契:作为契约。执,手执,拿着。

⑲羌胡:指我国古代西部和西北部的少数民族。征数:检验、验证数目。

⑳负贩:背负货物的商贩。缗(mín):古代穿铜钱的绳线,此处指钱。

㉑字形半分:指券字可分为“半”和“分”两半。

㉒铁券(quàn):即丹书铁券。《汉书·高帝纪》载,汉高祖刘邦与功臣立券为誓,永不剥夺他们的封地与爵位,用丹书写在铁件上,表示坚守不变。

㉓《髯奴》:指王褒所作之《僮约》。实为一则文字游戏,不能视为券约,故刘勰谓其为“券之谐也”。

㉔疏:分梳,分布。

㉕撮题:撮举题要,即摘要。近意:切近之意。

㉖小券短书：字数少篇幅短的券约、书契。

【译文】

所谓律，就是中正的意思。黄钟的起调奏响，五音才能订正。用法律来管理庶民百姓，八种刑罚才能公平执行。以“律”来作为名称，是取其公正之意。

所谓令，就是命令的意思。发出命令申明禁止，犹如旨从天降。管仲说下命令要像流水一样通畅，以便使百姓能够顺从。

所谓法，就是法式的意思。用兵的谋略没有定规，但或奇或正却有一定法式，所以叫做法。

所谓制，就是裁制的意思。自上而下地贯彻执行，就像工匠制作器具一样。

所谓符，就是信用的意思。征聘和招募都要防止作伪，办事情要凭靠内心的诚信。夏、商、周三代用玉器作信符，汉代则代之以铜和竹。魏晋以后从简，改用书写了。

所谓契，就是结约的意思。上古人都很质朴，以结绳为契约。现在的羌人和胡人检验数目，商贩穿绳计钱，或是结绳记事遗留下来的风俗吧！

所谓券，就是约束的意思。明确约束内容，以防止作伪。券字之形由“半”和“分”两字组成，所以周代称之为判书。古代曾有铁券，用以表示坚定地信守誓言。王褒的《髯奴》，那是诙谐的约券。

所谓疏，就是分布的意思。陈列分置各类物品，摘其要点写出其切近之意。所以把短小的券约和书契，称之为疏。

关者，闭也。出入由门，关闭当审；庶务在政①，通塞应详②。韩非云：“孙亶回③，圣相也，而关于州部④。”盖谓此也①。

刺者，达也。《诗》人讽刺，《周礼》“三刺”⑤，事叙相达⑥，若针之通结矣[7]。

解者，释也。解释结滞[8]，征事以对也[9]。

牒者，叶也。短简编牒，如叶在枝。温舒截蒲[10]，即其事也。议政未定，故短牒咨谋[11]。牒之尤密，谓之为签。签者，纤密者也。

状者，貌也。体貌本原[12]，取其事实。先贤表谥，并有行状[13]，状之大者也。

列者，陈也。陈列事情，昭然可见也[14]。

辞者，舌端之文[15]，通己于人[16]。子产有辞，诸侯所赖，不可已也。

谚者，直语也。丧言亦不及文[17]，故吊亦称谚。廛路浅言[18]，有实无华。邹穆公云[19]，“囊漏储中”[20]，皆其类也。《牧誓》曰[21]：“古人有言：‘牝鸡无晨[22]。’”《大雅》云：“人亦有言：‘惟忧用老[23]！’”并上古遗谚，《诗》、《书》所引者也。至于陈琳谏辞，称“掩目捕雀”；潘岳哀辞，称“掌珠”、“伉俪”[24]，并引俗说而为文辞者也。夫文辞鄙俚[25]，莫过于谚，而圣贤《诗》、《书》，采以为谈，况逾于此，岂可忽哉？

【注释】

①庶务：一般事务。在政：与政事相关。

②通塞：是否可行。

③孙亶（dǎn）回：人名，生平不详，《韩非子》中原文为“公孙亶回”。

④关于州部：指公孙亶回曾在州郡中任职作“关”。关，此处作动词用，意谓制作关书。刘勰举此例在于说明“庶务在政”。

⑤三刺：《周礼·秋官》载：“掌三刺之法，一刺曰讯群臣，二刺曰讯

群吏，三刺曰讯万民。”刺，探询。三刺之后，以决断犯人之罪。

⑥相达：沟通，通达。

⑦通结：刺通凝结阻滞之处。

⑧结滞：凝滞不通。

⑨征事以对：征引事实加以验证核对。

⑩温舒：指西汉时的临淮太守路温舒。他曾择用蒲叶，裁截为牒。

⑪咨谋：相互咨询谋议。

⑫体貌：形貌，此处作动词用。

⑬行状：古代的一种文体，用以记叙死者的生平事迹。

⑭昭然：清楚，明白。

⑮舌端之文：指口头言辞。

⑯通已于人：自已与别人相沟通。

⑰丧言：丧亲者的言辞。

⑱廛(chán)：集市。

⑲邹穆公：春秋时邹国之君。

⑳囊漏储中：贾谊《新书·春秋》载，邹穆公命用粃粮饲禽，惟仓中无粃，就让用好粮向百姓去换。有人请求直用好粮，邹穆公引用谚语，说：“囊漏储中”，意谓粮袋破了，但粮食漏在粮仓里。喻指失而不失。

㉑《牧誓》：《尚书》中的篇名。

㉒牝(pìn)鸡无晨：母鸡不打鸣报晓。比喻妇女不掌朝政。

㉓惟忧用老：据考，《大雅》中无“惟忧用老”之说，而见诸《小雅·小弁》。

㉔掌珠：掌上明珠，专称心爱之女。伉俪(kàng lì)：配偶，夫妇。

㉕鄙俚(lǐ)：粗陋浅俗。

【译文】

所谓关，就是闭的意思。出入都要经由门口，关闭应当审慎；一般事务与政事相关，当行当止应予详察。韩非说："公孙亶回，是圣明的宰相，而他在州郡中处理过关类文书。"他说的大概就是"关"。

所谓刺，就是通达的意思。《诗经》有讽谏之刺，《周礼》中有所谓的"三刺"，事情经过叙述就通达了，犹如用针刺穿了密结阻滞之处。

所谓解，就是解释的意思。把凝滞不通之处解释清楚，征引事实加以核对、验证。

所谓牒，就是叶的意思。把短小的简片编组成牒，就像叶子在枝条上。路温舒剪截蒲叶以为牒，就是这种事。研讨政事没能作出决定，所以就用短牒来谋议。牒文中更为细密的一种，称之为签。所谓签，就是细密之意。

所谓状，就是状貌的意思。描绘其本来的面貌，采取其事实。已故的贤人受表彰和封谥号，都有记叙他生平经历的"行状"，是状文中较大的一种。

所谓列，就是陈列的意思。把事情一一陈列出来，让人们看清楚。

所谓辞，就是口头言辞，通过它把自己的思想传达给别人。子产善于言辞，诸侯交往都有赖于它，言辞是不可不用的。

所谓谚，就是质直的话。治丧之言顾不上讲究文采，所以吊唁的话也叫做谚。集市的路上语言浅近，朴实而无华。邹穆公说"囊漏储中"，就是这一类的话。《牧誓》中说："古人曾说：'母鸡不报晓。'"《大雅》上说："也有人说过：'忧愁使人衰老！'"这都是上古留下来的谚语，并为《诗经》和《尚书》所引用。至于陈琳的谏辞中，曾说"蒙住眼睛去捉鸟雀"；潘岳的哀辞中，言称"掌上明珠"和"伉俪"，都是引用俗语作为自己的文辞。文辞的粗陋浅俗，没有超过谚语的，但圣贤著作的《诗经》和《尚书》，却采用来作为言谈之辞，何况还有胜过这些的，怎么可以忽视呢？

观此众条，并书记所总[①]。或事本相通，而文意各异；或全任质素[②]，或杂用文绮[③]，随事立体[④]，贵乎精要。意少一字则义阙[⑤]，句长一言则辞妨。并有司之实务[⑥]，而浮藻之所忽也[⑦]。然才冠鸿笔[⑧]，多疏尺牍[⑨]，譬九方堙之识骏足[⑩]，而不知毛色牝牡也[⑪]。言既身文[⑫]，信亦邦瑞[⑬]。翰林之士[⑭]，思理实焉。

【注释】

①书记所总：指书记所包括的文体。总，总揽，包括。

②质素：质实朴素。

③文绮：绮丽的文采。

④立体：确立文章的体式。

⑤义阙：文意缺漏不完。

⑥有司：指掌管文书写作的人员。司，主管，掌管。

⑦浮藻：浮辞丽藻，此指追求华丽文采之人。

⑧鸿笔：长篇巨著，此指善写文章的大手笔。

⑨尺牍：书信，此指文中所述之二十四种短小的书札。

⑩九方堙（yīn）：即九方皋，春秋时善于相马的人。

⑪不知毛色牝牡：《淮南子·道应训》载，秦穆公让九方堙去寻求好马。九方堙只重马的“天机”、“神气”，却不注意马的颜色和雌雄，把黑色母马，误记为黄色公马。所谓“得其精而去其粗”。牝，雌性动物。牡，雄性动物。

⑫身文：自身的文采。

⑬邦瑞：国家的祥瑞。

⑭翰林：文坛。

【译文】

综观上述各条，都是书记所包括的文体。有的事情本是相通的，但文意各不相同;有的完全任由其质朴,有的则夹杂着绮丽的文采,根据情况来确立体式,表达贵在精练扼要。文意少一字就有缺漏,句子多一字就妨害文辞。这都是主管人员的实际事务,却被追求浮华辞藻者所忽略了。然而才华出众的大手笔,多疏于短小的事务文书,就如同九方堙挑选千里马,不注意其毛色和雌雄。言辞既表现着作者自身的文采,而诚信也是国家的祥瑞。文坛上的著述之士,应当考虑事务文书的思理和实用价值了。

赞曰:文藻条流①,托在笔札。既驰金相②,亦运木讷③。万古声荐④,千里应拔⑤。庶务纷纶⑥,因书乃察。

【注释】

①条流:枝条流派,指文章的各种具体体式。

②金相:金玉般的质地,此指华美的文辞。

③木讷(nè):呆板迟滞,不善言说,此指质朴无华。

④声荐:名声显扬。荐,举荐,引申为显扬。

⑤应拔:应,响应。拔,拔出,引起。

⑥纷纶:纷杂交织。

【译文】

综括而言:文章辞藻的各种枝条和流派,都寄托于笔札之中。既有施展华采的,也有用辞质朴的。流传万古的声名由它显扬,广及千里的回应由它引起。各种事务纷繁交织,因借书记得以明察。

神思第二十六

【题解】

《神思》篇专论写作构思问题，是《文心雕龙》之“剖情析采”部分最重要的篇章。

写作构思主要是一种由此及彼或化实为虚的联想和想象活动。《神思》篇开头就说：“‘形在江海之上，心存魏阙之下。’神思之谓也。”形象地给神思亦即写作构思下了定义。刘勰指出：“思理为妙，神与物游。”这就是说，奇妙的联想和想象活动之所以产生，是由于作者的精神或说是主观情思与客观外物相互作用的结果。他在“赞曰”中又说：“神用象通，情变所孕。物以貌求，心以理应。”这就非常概括而又非常明确地揭示了写作构思的成因。这实际上是写作实践活动中经过“物我交融”而后转化为文章或作品的一条普遍规律。

刘勰形象地描绘出了经过联想和想象所达到的那种不受时空限制的思维境界，展现了写作构思时精神活动的具体情态。值得注意的是，刘勰特别强调作者的思想感情在写作构思时的作用。但是在写作实践过程中，写作构思也并不是一帆风顺的，往往要遇到各种各样的困难和问题。其一是“方其搦翰，气倍辞前，暨乎成篇，半折心始”；其二是“理郁者苦贫，辞溺者伤乱”；其三是“拙辞或孕于巧义，庸事或萌于新意”。对这些情况，刘勰都一一做了分析，提出了解决办法。

刘勰指出:“神居胸臆,而志气统其关键;物沿耳目,而辞令管其枢机。枢机方通,则物无隐貌;关键将塞,则神有遁心。”非常明确地揭示了写作构思时有开塞的“关键”,解决了写作实践中一个重要而又困难的问题,对我国传统写作理论的发展,做出了造创性的贡献。所谓“志气统其关键”,是指“志气”的有无或优劣,对写作构思的顺利与窒塞起着决定性的作用;“志气”掌管着文思开塞的“关键”。“志气”应释为写作构思时的“精神状态”。这种对写作构思的通塞起着“关键”作用的“精神状态”,是以“积学”、“酌理”、“研阅”、“驯致”等多方面的长期学养功夫为基础,而在临文之前由心境、情绪,体力、精力,欲望、激情,信心和勇气等因素共同聚合而成的。“精神状态”亢奋、高昂,文思则通;“精神状态”萎靡、低沉,文思则塞。以此验之以古今中外作家的创作实践,大抵是信而不爽的。所谓“辞令管其枢机”,是指语言文辞丰富或贫乏对写作构思的通塞与否,起着“枢机”作用。这里的“辞令”,不是已经在文章中形成定势的语句和段落,而是用作作者构思工具的、在作者头脑中发挥作用的语言文辞。语言是思想的直接现实,任何思想,包括联想和想象都不可能脱离语言文辞而独立存在。因之,“神与物游”的写作构思活动,必得借助语言文辞才能够进行。语言文辞丰富,表达能力强,文思易顺利进行;语言文辞贫乏,表达能力差,文思往往就滞塞、迟缓。

关于写作构思的基础,刘勰认为应以“并资博练”、“博而能一”为基础。为了奠定这个基础,他提出了两种方法:

第一种方法:“陶钧文思,贵在虚静,疏瀹五脏,澡雪精神。”这是临文之前进入构思过程的一种身心修养。刘勰认为,写作构思应当在心境恬适、环境安静的情况下进行。这样才能排除杂念的干扰,全神贯注,思想集中,进行“思接千载”、“视通万里”的联想和想象。这与陆机在《文赋》中所说的“其始也,皆收视反听,耽思傍讯,精骛八极,心游万仞”的情况、境界,其意旨是一脉相承、息息相通的,共同反映了古代文家从事写作的实践经验。

第二种方法是就从事写作的“根本功夫”之修养而言的。“积学以储宝”，就是要积累学识，博览精阅，以充实胸中的宝藏。杜甫说：“读书破万卷，下笔如有神”，可以作为“积学以储宝”的一种诠释和补充。“酌理以富才”，就是要斟酌、辨析事理，提高作者的认识水平和思辨才能。黑格尔曾说：“没有思考的分辨，艺术家就无法驾驭他们要表现的内容。”“研阅以穷照”，就是要研究、总结自己和他人的阅历，求得对生活的透彻理解，从中吸取经验、教训，并以之为借镜。“驯致以绎辞”，就是要陶冶作者的情志，顺从、适应作者的情性、品格，抽绎出与之相适应的语言文辞来。文章和作品中的语言文辞反映着作者的品学修养，因之从“驯致”着手解决写作中的语言运用问题，可谓治本之言。当“积学”、“酌理”、“研阅”、“驯致”这几个方面都有了一定修养之后，才能够“寻声律而定墨”，“窥意象而运斤”，经由写作构思阶段进入写作实践过程。

综观《神思》篇全文，它上承陆机在《文赋》中的有关论述，对写作构思中的诸多重要问题，做了更具体、更全面、更深入的探究和阐发，取得了空前的、创造性的成就，对其后的写作理论的进一步发展，特别是在作者修养、文思通塞，以及“虚静”说、“养气”说、“适机”说、“灵感”说等方面，产生了深远而广泛的影响，至今仍有极为重要的学术价值和具体指导写作实践的意义。龙学家们称《神思》篇为“中国文学理论史”上“罕见的杰作”，是名副其实，言之有理，持之有据的。但是《神思》篇也并非毫无缺点。其一，它论述“神与物游”、“神用象通”，原则上是正确的，但它所谓的“物”和“象”，主要是指自然景物，而把社会生活忽略了。其二，它强调“并资博练”、“博而能一”也是有实际意义的，但它所谓的“博”，则主要是指多读书，而没有给直接的社会生活实践以应有的位置。其三，它论及“思表纤旨”、“文外曲致”，虽承认其存在，却又认为是“言所不追”的，采取了“笔固知止”的回避态度，这就有点不可知论的味道了。

古人云:"形在江海之上,心存魏阙之下[1]。"神思之谓也[2]。文之思也,其神远矣。故寂然凝虑,思接千载;悄焉动容,视通万里;吟咏之间,吐纳珠玉之声[3];眉睫之前[4],卷舒风云之色:其思理之致乎[5]?故思理为妙,神与物游。神居胸臆,而志气统其关键;物沿耳目,而辞令管其枢机。枢机方通,则物无隐貌;关键将塞,则神有遁心[6]。是以陶钧文思[7],贵在虚静,疏瀹五脏[8],澡雪精神[9]。积学以储宝,酌理以富才,研阅以穷照[10],驯致以绎辞[11]。然后使玄解之宰[12],寻声律而定墨[13];独照之匠,窥意象而运斤[14]:此盖驭文之首术[15],谋篇之大端[16]。

【注释】

①"古人云"三句:古人,此处指魏国中山公子牟。他曾对瞻子说:"身在江海之上,心居乎魏阙之下,奈何?"江海,借指民间。魏阙,古代王宫门前的楼观,此借指朝廷。

②神思:写作构思中的精神活动,主要指联想和想象。

③吐纳:偏义复词,指吐,发出。

④眉睫(jié):眉目之前。睫,眼毛。

⑤思理之致:思理,写作构思的思路、脉络。致,情态,状貌。

⑥遁心:隐遁入心。

⑦陶钧:制做陶器的转轮,此借指反复酝酿。

⑧疏瀹(yuè):疏通。

⑨澡雪:洗涤,清理。

⑩穷照:追根究底、观察理解,引申为借鉴之意。

⑪驯致：驯，陶冶，适应。致，情致，品格。绎：抽引，取用。

⑫玄解之宰：玄，理之深奥者。解，理解。宰，主宰，指心灵。

⑬定墨：木匠划定墨线，此处喻指确定写作样式和规格。

⑭运斤：工匠运用斧斤、工具，此处喻指作者动笔写作。

⑮首术：首要方法。

⑯大端：重要的开端、事端。

【译文】

古人说："身在江海草莽之中，心里却想着得到朝廷的爵禄。"这就是所谓的"神思"。进行写作构思的时候，作者的精神活动是极其高远而无时空边际的。因而静静地沉思，就可以联想到千秋百代的事情；不知不觉间改变着面部表情，视野就达到了万里之外；默默地吟咏时，像发出了珠圆玉润的声音；眉眼之前，则显现了风起云涌的景色：这不就是在写作构思时联想和想象的情态吗？写作构思之所以奇妙，是由于作者的精神与客观外物的相互作用。精神潜在于作者的头脑之中，"志气"掌握着它能否展开联想和想象的关键；客观事物的声音、形态陈布于作者耳目之前，而"辞令"支配着能否顺利表达的枢纽。枢纽开通了，客观事物的状貌便会被无遗地表现出来；"关键"堵塞，精神就会隐遁起来，而不能"思接千载"、"视通万里"了。所以，要酝酿、展开写作构思，最好是要处于恬适而清静的心境和环境之中，疏通内心世界，使之畅达无阻，清洗头脑心灵，使之净化清爽。积累才学、知识，以储备写作的珍贵材料，斟酌、辨析事理，以丰富、提高自己的才能，研究、总结各种各样的阅历，以明其根由，从中吸取经验，陶冶、适应自己的情致、品格，抽绎、运用恰当的语言、文辞。此后便可以让深明奥理的心灵，寻求恰当的音律、格调，确定写作的样式、规格；使具有独到见解的作者，观照在头脑中映现的形象而运笔行文：这就是驾驭文章写作的首要方法，布局谋篇的重要开端。

夫神思方运，万涂竞萌[1]，规矩虚位[2]，刻镂无形。登山则情满于山，观海则意溢于海，我才之多少，将与风云而并驱矣[3]。方其搦翰[4]，气倍辞前；暨乎篇成[5]，半折心始。何则？意翻空而易奇[6]，言征实而难巧也[7]。是以意授于思，言授于意，密则无际[8]，疏则千里。或理在方寸，而求之域表[9]；或义在咫尺，而思隔山河[10]。是以养心秉术，无务苦虑；含章司契[11]，不必劳情也。

【注释】

①万涂：指各种各样的思绪。涂，同“途”。

②虚位：位置空着，形同虚设。

③并驱：并驾齐驱，喻指思绪与风云一样变幻。

④搦（nuò）翰：执笔，拿笔。

⑤暨：及至，到了。

⑥翻空：凭空构想。

⑦征实：验证于实践。

⑧无际：无空隙。际，两者之间曰际。

⑨方寸：心。域表：方域之外。表，外。

⑩咫尺：距离很近。咫，古代八寸为一咫。

⑪含章：含，咀嚼，酝酿。章，美，文采。司契：掌握准则。司，主管，掌握。

【译文】

写作构思刚刚展开的时候，各种各样的思绪竞相萌发，文章的规矩、体制空有其位，而要精心地描绘却找不到恰当的形式。想到登山，情思充满了高山，想到观海，意念超溢了大海，我的才思有多少，将像风云变幻那样汹涌奔腾。刚刚提笔写作的时候，信心和勇气大大超过了遣辞造句的才智和功力；待到文章写成之后，原来想到的内容只剩下它的一半了。为什么会这样呢？意念是凭空想象容易使人觉得出奇；语言文辞是具体实在的，难以巧妙地把作者的意念表现出来。这是由于意象的形成是由于构思的作用，语言文辞表现的则是意象，意、思、言这三者密合时天衣无缝，疏漏时则又相隔千里。有的道理就在自己心里，却要到很远的域外去寻求；有的意思近在眼前，却像遥隔高山大河。基于这种情况，培养良好的心智，掌握写作的方法，不必冥思苦想；酝酿美好的文思，遵循构思的准则，也无须乎过分操劳。

人之禀才①，迟速异分。文之制体②，大小殊功。相如含笔而腐毫③，扬雄辍翰而惊梦④，桓谭疾感于苦思，王充气竭于思虑⑤。张衡研《京》以十年⑥，左思练《都》以一纪⑦，虽有巨文，亦思之缓也。淮南崇朝而赋《骚》⑧，枚皋应诏而成赋⑨，子建援牍如口诵⑩，仲宣举笔似宿构⑪，阮瑀据鞍而制书⑫，祢衡当食而草奏⑬，虽有短篇，亦思之速也。

【注释】

①禀才：天赋，才能。

②制体：文章的体裁、体制。

③相如：司马相如，字长卿，西汉文人。

④辍翰：停笔。

⑤王充：字仲任，东汉思想家。

⑥张衡：字平子，东汉文学家、科学家。研《京》：指精心构思《二京赋》。

⑦左思：字太冲，西晋文人。练《都》：指酝酿写作《三都赋》。一纪：十二年。

⑧淮南：指淮南王刘安。崇朝：一个早晨。崇，终。

⑨枚皋(gāo)：字少孺，西汉文人。

⑩子建：曹植之字。援牍(dú)：即拿起木片。牍，古代写字用的木片。

⑪仲宣：王粲之字，建安七子之一。宿构：预先打好腹稿。

⑫阮瑀：字元瑜，建安七子之一。

⑬祢衡：字正章，汉魏间文人。

【译文】

人的禀赋才能不同，文思亦有快慢之分。文章的体制、规模有大有小，所需功力也不一样。司马相如为文迟缓，含笔过久，致使笔毛腐烂；扬雄用思过度，以致停笔入睡即做噩梦；桓谭由于苦苦构思而劳累成病；王充也因思虑过甚而气力衰竭。张衡用了十年时间写作《二京赋》，左思完成《三都赋》则用了十二年，这些人的著作，虽都是鸿篇佳作，但也说明作者的文思是缓慢的。淮南王刘安只用了一个早晨，即写成了《离骚赋》，枚皋一接到诏书，很快便能完成作赋的任务，曹植为文"援牍"就写，好像诵读已有的文章，王粲写文章犹如早已有了腹稿，阮瑀有时靠着马鞍子即作书行文，祢衡则在酒宴之间起草奏章，这些人写的虽多是短篇文章，但也说明他们的文思是很敏捷的。

若夫骏发之士，心总要术，敏在虑前，应机立断；覃思之人[①]，情饶歧路，鉴在疑后，研虑方定。机敏故造次而成功[②]，虑疑故愈久而致绩。难易虽殊，并资博练[③]。若学浅而空迟，才疏而徒速，以斯成器，未之前闻。是以临篇缀虑[④]，必有二患：理郁者苦贫[⑤]，辞溺者伤乱[⑥]。然则博见为馈贫之粮[⑦]，贯一为拯乱之药，博而能一，亦有助乎心力矣。

【注释】

①覃(tán)思:深沉思虑。

②造次:仓促,匆忙。

③博练:广泛地学习、历练。兼指上述之“积学”、“酌理”、“研阅”、“驯致”四个方面。

④缀虑:指写作构思。缀,连缀。

⑤理郁:思理郁滞不通。

⑥辞溺:沉溺于文辞。

⑦馈(kuì):馈赠,赠送,引申为补充。

【译文】

至于才思敏捷的文人,全面掌握着作文的方法和要领,他们的聪敏好像事先已有所思虑,所以能够毫不犹豫地当机立断;那些思虑深沉、迟滞的人,则思绪繁多,歧路盘桓,对是非的鉴别往往产生在疑虑之后,经过反复思考才能做出决断。聪敏者能当机立断,所以在很短的时间内,即写出了成功的好文章;覃思者徘徊于歧路,因而历时许久才取得成绩。写文章虽有难易之不同,但都要依靠博学多识和不断地历练。如果知识浅薄而侈谈写得慢,才学粗疏徒然写得快,以这样的情况在写作方面取得成就的人,是从来没听说过的。所以构思作文,连缀成篇,必定要遇到两种困难:理路文思郁滞不通的人苦于学识的贫乏;沉溺于言辞的人则感到文理的杂乱。然而广博的见闻,是补充知识贫乏的粮食,贯穿集中则是拯救思理杂乱的药物,如果有了广博的学识,又能贯穿集中,使“万涂归一”,那对为文用思是大有助益的。

若情数诡杂[①],体变迁贸[②],拙辞或孕于巧义,庸事或萌于新意。视布于麻,虽云未贵,杼轴献功[③],焕然乃珍。至于思表纤旨[④],文外曲致[⑤],言所不追,笔固知止。至精而后阐其妙,至变而后通其数,伊挚不能言鼎[⑥],轮扁不能语斤[⑦],其微矣乎!

【注释】

①诡杂:诡异杂乱。诡,奇而不正。

②迁贸:变化,更换。

③杼轴:织布机上的装置。杼持纬线,轴受经线。

④纤旨:细微的意旨。

⑤曲致:隐晦、曲折的内容、情致。

⑥伊挚:即伊尹,商汤的大臣,厨师出身。鼎:古代烹调用具,有三足,相当于锅。

⑦轮扁:古代传说中制作车轮的能工巧匠。

【译文】

至若写作中每有情思内容诡异混杂,文章体制和格调变化多端的情况,语言文辞拙劣,义理却非常精巧,事料平庸,含义却十分新颖。试看布与麻的关系,虽说布的质地并不比麻贵重,但经过织布机的加工,原麻就变成焕发光彩的布帛,而显得珍贵了。至于情思之外的微妙意旨和文辞以外的曲隐别致之处,用语言是所不能表达的,因而也就只能停笔不写了。对作文之道极其精通,才能说清它的奥妙,对文情的变化非常熟悉,才能通晓写作的规律和方法,伊挚说不出在鼎中调味的门道,轮扁也讲不清运用斧斤的诀窍,它实在是太微妙了!

赞曰:神用象通,情变所孕。物以貌求,心以理应。刻镂声律,萌芽比兴。结虑司契,垂帷制胜①。

【注释】

①垂帷:放下帷幕,喻指虚静状态。

【译文】

综括而言：精神发挥作用，各种物象即可相连相通，这是作者思想感情的变化所孕育的。物象以其面貌展现在人们面前，作者则以心中的情理作为回应。继之以斟酌文辞声律，考虑比兴手法的运用。凝神构思，执术驭篇，在虚静之中取得写作的成功。

体性第二十七

【题解】

《体性》篇的中心问题，即在于论述文章风格与作者才性的关系。刘勰认为，作者的才性决定着文章的风格，有什么样的才性，就会写出什么样风格的文章来。《体性》篇开头即写道："夫情动而言形，理发而文见，盖沿隐以至显，因内而符外者也。"这种"情"与"言"、"理"与"文"、"隐"与"显"、"内"与"外"的关系，实质上就是文章内容与形式的关系，其中理所当然地包含着作者才性与文章风格的关系，这就从根本上为他的观点确立了理论根据。刘勰进一步指出文章写作范围的千变万化以及文章风格的多种多样，全然是由于作者的才、气、学、习这些主观因素各不相同的缘故，是先天的"情性所铄"与后天的"陶染所凝"的结果。刘勰选取典型事例，以贾谊、司马相如、扬雄、刘向、班固、张衡、王粲、刘桢、潘岳、阮籍、嵇康、陆机等十二个人的才性及其文章风格的一致性为实据进行论证，使其观点更为坚实有力。

刘勰在《体性》篇中固然特别强调先天的"情性所铄"，但又非常注重后天的"陶染所凝"，这是他论文的一个基本的主导思想，也是他在风格研究方面超越前人的一个重要表现。

才、气、学、习四个字，如果说"才"与"气"是指先天的素质，那么"学"与"习"则是指后天的学养了。"学"在为文之始，即应发挥作用，以便形成优良美好的风格。“学”得晚了，路子走得不正，“器成彩定”了，“失体成怪”了，那就难以改变了。关于“习”，刘勰主张：既要模仿别人优良、美好的文章风格，以养成自己的习惯；又要对各种风格融会贯通，掌握其规律性和基本特点，多师以为师；并且要长期地逐渐习染，而不求其速成。

刘勰总结历代文章写作的实际，把文章的风格分为典雅、远奥、精约、显附、繁缛、壮丽、新奇、轻靡八种类型，并且概括出了它们各自的基本特点。历史地看，这种分类以及对其特点的概括，虽未必尽善尽美，却可以说是超越了前人的。而尤为难得的是：刘勰对各类风格特点的分析，不是单纯地着眼于形式和文辞，而重在文章内容与形式的结合。刘勰不仅把文章风格分成了八个类型，而且进一步又把它们归纳为相互对应的四个组别，即“雅与奇反，奥与显殊，繁与约舛，壮与轻乖”。刘勰虽然把文章风格分为四组八类，但他并不把各种不同风格视为彼此完全可以相反的、孤立的。

综观《体性》篇全文，可以说它是一篇创造性的文章风格专论，它使我国古代风格理论的研究达到了前所未有的理论高度，并对后世风格理论的研究产生了重大影响。早在刘勰之前，已多有文家论及风格问题，如王充《论衡・超奇篇》、曹丕《典论・论文》、陆机《文赋》等，这些论述都程度不同地认识到了作者的诸多主观因素在文章风格形成中的决定性作用，但或则阐发不详，或则表现了先天决定论的局限。而刘勰既继承了前人之论，又弥补了前人之不足，使我国古代风格理论有了新的发展，这主要表现在以下几个方面：一、刘勰更为全面、系统地论述风格问题，不仅重点地阐发了风格的成因这一关键问题，而且进一步论及风格的类型以及其相互关系，使风格问题形成了前所未有的较为完整的理论形态，弥补了前人片断所论之不足。二、刘勰明确地认识到决定文章风格的主观因素，除先天的禀赋之外，还有后天的学习，弥补了曹丕“不可力强而致”的偏颇和片面。三、刘勰既重视风格形成过程中的先天的“情性所铄”，又强调后天的“陶染所凝”，主张“因性以练才”，“模体以定习”，明确提出“童子雕琢，必先雅制”的见解，并且要求“学慎始习”，“功沿渐靡”，这不仅是针对当时的浮靡文风而发，而且对后世以至今天的写作实践也具有实际指导意义。

刘勰在《体性》篇中对风格问题的论述，也有他自己的局限。一则，他虽然注意到了后天的“陶染所凝”，但比较地说，他更强调先天的“情性所铄”，如说“才由天资”，“肇自血气”；二则，他虽然注重“功以学成”，但学的内容和方法，无非是“征圣”和“宗经”，而疏于社会实践。

夫情动而言形，理发而文见，盖沿隐以至显①，因内而符外者也②。然才有庸俊，气有刚柔，学有浅深，习有雅郑③，并情性所铄④，陶染所凝，是以笔区云谲，文苑波诡者矣。故辞理庸俊，莫能翻其才⑤；风趣刚柔，宁或改其气；事义浅深，未闻乖其学⑥；体式雅郑，鲜有反其习；各师成心⑦，其异如面。

【注释】

①隐：隐蔽于内，指情理。显：显露于外，指语言文辞。

②内：与“隐”对应，指内容。外：与“显”对应，指形式。

③雅：指高尚庄重的正统音乐。郑：指鄙俗淫靡的音乐。

④铄：镕化，此处指决定、影响。

⑤翻：反转，改变。

⑥乖：违反。

⑦各师成心：各以本心为师。成心，指本心、个性。

【译文】

感情受到触动就形成为语言，道理要加以阐发就表现为文章，都是由隐秘的内心转化为明显的文辞，内容借助形式表现出来了。但是人的才智有平庸的、俊秀的，气质有刚强的、柔弱的，学识有浅薄的、高深的，习染有雅正的、淫靡的，全都是由性格、气质所决定以及习俗的影响、熏染凝聚而成的。因而在文场笔苑之中就出现了波诡云谲、千变万化的现象。因此，在文辞道理方面所表现出来的庸俊，离不开一个人的才智；在风格情趣方面所表现出来的刚柔，绝不会与一个人的气质有根本的差别；在文章内容方面所表现出来的深浅，不会和一个人的学识相反；而在文章体制格调方面表现出来的雅郑，很少与一个人的习染没有关系；每个人都凭着自己的个性为文，文章风格的差异，正像人们的面貌各不相同一样。

若总其归涂[①]，则数穷八体[②]：一曰典雅，二曰远奥[③]，三曰精约，四曰显附[④]，五曰繁缛，六曰壮丽，七曰新奇，八曰轻靡[⑤]。典雅者，镕式经诰[⑥]，方轨儒门者也[⑦]；远奥者，复采曲文[⑧]，经理玄宗者也[⑨]；精约者，核字省句[⑩]，剖析毫厘者也[⑪]；显附者，辞直义畅，切理厌心者也[⑫]；繁缛者，博喻酿采[⑬]，炜烨枝派者也[⑭]；壮丽者，高论宏裁[⑮]，卓烁异采者也[⑯]；新奇者，摈古竞今，危侧趣诡者也[⑰]；轻靡者，浮文弱植[⑱]，缥缈附俗者也[⑲]。故雅与奇反，奥与显殊，繁与约舛[⑳]，壮与轻乖。文辞根叶，苑囿其中矣[㉑]。

【注释】

①涂：同“途”，引申为归途、门类。

②数：同“术”，此指各种文章的特点。穷：尽，都。

③奥：隐，深不显露。

④显附：文辞明白，含义丰富。显，明白。附，增益。

⑤轻靡：轻浮绮丽。指内容浮浅，文辞浮靡。

⑥镕式：镕，镕铸，取法。式，模式，规范。

⑦方轨：即并轨，指两车并行同一轨辙。

⑧复采：不显露的文采。曲文：深奥的文意。

⑨玄宗：玄学的意旨。

⑩核字：考核用字，即用字扼要。

⑪毫厘：指细微之处。

⑫切理：切合事理。厌心：心满意足，引申为以理服人。厌，同“餍”，指满足。

⑬酿采：浓郁的文采。酿，指酒的浓厚。

⑭炜烨（wěi yè）：光彩绚丽。枝派：分支别派，喻指描写铺张。

⑮宏裁：体裁宏大。

⑯焯烁：卓越的光采。

⑰危侧：险峻的道路。趣诡：趋向诡异。趣，同“趋”。

⑱弱植：内容浅薄不实。植，指思想内容。

⑲缥缈（piāo miǎo）：虚浮，指内容不切实。

⑳舛（chuǎn）：违背。

㉑苑囿：原指皇家园林，此处用作动词，意谓包括其中。

【译文】

若要总结它们所归属的门类，按其特点都可以概括在八种风格之中：第一是典雅，第二是远奥，第三是精约，第四是显附，第五是繁缛，第六是壮丽，第七是新奇，第八是轻靡。典雅的，以经典著作为范式，与儒家同一轨辙；远奥的，文采复隐，辞意深曲，讲究道家的玄学宗旨；精约的，字句简练，剖析精微；显附的，语言直截，意思明显，说理切实而能服人；繁缛的，比喻丰富，文采浓郁，枝叶茂密，光华熠耀；壮丽的，议论高超，体制宏伟，文采不凡；新奇的，摈弃古代传统，追求新奇、时髦，走着危侧、诡异的路子；轻靡的，文辞浮靡，根植柔弱，内容空虚，迎合时俗。所以典雅的与新奇的相反，远奥的与显附的殊异，繁缛的与精约的违背，壮丽的与轻靡的对立。文章风格的根系和枝叶，都包括在上述范围之中了。

若夫八体屡迁，功以学成。才力居中，肇自血气①。气以实志，志以定言，吐纳英华②，莫非情性。是以贾生骏发③，故文洁而体清；长卿傲诞，故理侈而辞溢；子云沉寂④，故志隐而味深；子政简易⑤，故趣昭而事博⑥；孟坚雅懿⑦，故裁密而思靡⑧；平子淹通⑨，故虑周而藻密；仲宣躁竞，故颖出而才果；公幹气褊，故言壮而情骇；嗣宗俶傥⑩，故响逸而调远；叔夜俊侠⑪，故兴高而采烈；安仁轻敏⑫，故锋发而韵流；士衡矜重，故情繁而辞隐。触类以推，表里必符⑬，岂非自然之恒资⑭，才气之大略哉！

【注释】

①肇：开始。血气：先天的气质。

②英华：指用优美的文辞写出精彩的文章。

③贾生：贾谊，西汉文人。

④子云：扬雄之字，西汉文人。

⑤子政：刘向之字，西汉文人。

⑥趣昭：旨趣明白。

⑦孟坚：班固之字，东汉学者，历史学家。雅懿：雅正，美好。

⑧裁密：裁制精密。思靡：思想细致。

⑨淹通：深沉通达。

⑩嗣宗：阮籍之字，三国魏国文人。俶傥：亦作"倜傥"，无拘无束的样子。

⑪叔夜：嵇康之字，三国魏国文人。

⑫安仁：潘岳之字，西晋文人。

⑬表里：表，指文章风格。里，指作者性情。

⑭恒资：天生资质。

【译文】

至于文章的八种风格，多有发展变化，全要依靠学习以致其功。作者的才能潜在于人体之中，始由先天的气质凝聚而成。气质充实情志，情志确定语言，写作精美的文章，没有不与作者的情性相关的。由此可见，贾谊才气俊秀，风发奔放，所以文辞洁净，格调清新；司马相如傲慢狂放，所以情理虚浮，文辞过分夸张；扬雄沉寂静默，所以他的文章蕴藉隐晦，意味深长；刘向性情平易简朴，所以他的文辞晓畅明白而事例广博；班固庄重文雅，所以他的思虑周详而文辞精细；张衡深沉通达，所以思考周严而辞采细密；王粲性情急躁，爱好竞争，所以他的文章就锋芒毕露，才情果断；刘桢气度褊狭，所以他的文章言辞激昂而情意险奇；阮籍无拘无束，放荡不羁，所以他的文章格调就不同凡响，具有飘逸、悠长的韵味；嵇康性格豪放，才气突出，所以他的文章情兴高远而文辞刚健有力；潘岳轻率而敏捷，所以他的文辞锐利而音韵流畅；陆机矜持庄重，所以他的文章内容繁富而辞意深隐。由此类推，文章的风格与作者的性情必然是表里一致的，难道这不就是作者的才气与性情的一个基本情况吗？

夫才由天资，学慎始习，斫梓染丝[①]，功在初化，器成彩定，难可翻移。故童子雕琢[②]，必先雅制[③]；沿根讨叶，思转自圆。八体虽殊，会通合数[④]，得其环中[⑤]，则辐辏相成[⑥]。故宜模体以定习，因性以练才，文之司南[⑦]，用此道也。

【注释】

①斫梓(zhuó zǐ):斫,砍削。梓,树木名,用以制木器。

②雕琢:此指为文用思。

③雅制:使文章体制雅正。

④会通:融会贯通。合数:合乎规律。

⑤环中:轴心,核心,此指八种风格的基本特点。

⑥辐辏(fú còu):车辐集中在车毂上。

⑦司南:指南针,此谓写作原则。

【译文】

才气由先天的资质所决定,学习伊始应当慎重,好比制木器、染丝帛那样,要在开始时致功,待到木器制成,色彩染定,就再难以改变了。所以年轻人学习写文章,必定先要端正体制;从根本上着手,探究到枝叶,思路转折变化自然就会圆满通畅。八种风格虽不一样,但如能合乎规律地融会贯通,掌握其核心,那就像辐辏结合在一起相辅相成。所以应当从学习、摹拟各种风格的过程中养成自己的习惯,适应自己的性情和气质来锻炼才能,指导文章的写作,要用这个原则。

赞曰:才性异曲,文辞繁诡。辞为肌肤,志实骨髓。雅丽黼黻[①],淫巧朱紫[②]。习亦凝真,功沿渐靡[③]。

【注释】

①黼黻(fǔ fú):古代礼服上黑白与黑青相间的花纹。

②朱紫:朱为正色,紫为不正之色。

③渐靡:逐渐习染。

【译文】

综括而言:人的才能和性情有所不同,文章的风格也多有变异。文辞如肌肤，情志则如同骨髓。雅正华丽的如同古代彩绣的礼服，过分奇巧的好比朱色、紫色杂乱地混合在一起。通过学习可以凝练成纯正的风格，其功效需要长期浸染才能获得。

风骨第二十八

【题解】

《风骨》篇总括对各体文章的内容和形式构成提出基本的要求，也就是说，看一篇文章的好坏，不管其是什么风格，什么基调，先要从总体上看它是否有风骨。把“风”与“骨”结合起来看，刘勰比之为“征鸟之使翼”，极言其在文章中的重要。“风”是文章内容与形式的一种结合体。其在作者方面是“情”与“气”，表现在文章中则是“风”。而“风”又是“情”的外在表现，所以刘勰又视“风”为“化感之本源”，亦即使文章具有风化、感染力量的基本原因。“骨”也是文章内容与形式的结合体。其在作者方面，是“思”与“义”，而在文章中则是借“辞”表现出来的。文章中有了“骨”，或者说作者“练于骨”，那么就会表现为“析辞必精”；而如果没有“骨”，那就会“瘠义肥辞，繁杂失统”。

“风骨”是内容与形式的结合体，与文采有着密切的关系。因之，刘勰在《风骨》篇中特意阐发“风骨”与文采的关系。一方面，刘勰强调“风骨”对文采的决定性影响，如果一篇文章之中，缺乏飞扬、灵动的风骨之力，那么即使辞藻十分丰富华美，也不会有鲜明的文采和富有感染力量的声调。可见“风骨”乃是运用文采的基础。另一方面，刘勰非常重视文采的作用。文章只有“风骨”没有文采，那也是一种缺陷。“唯藻耀而高翔，固文笔之鸣凤也”，这才是妙识文理的刘勰对文章“风骨”与文采的全面要求。

关于树立“风骨”的方法，刘勰归纳为：

首先是“缀虑裁篇，务盈守气”。刘勰认为“气”与“风骨”有着非常密切的关系。《风骨》篇中之所以列举曹丕、刘桢分别论孔融、徐幹以及刘桢本人之“气”，强调他们的“重气之旨”，就是因为“气”是“风骨”的内在根据。由此可见，离开“气”而谈“风骨”的树立是不行的。

其次是“镕铸经典之范，翔集子史之术”。这就是要以经典著作为典范，并吸取诸子百家的写作方法，来树立自己文章的“风骨”。

第三是“洞晓情变，曲昭文体”。这就是要深入地了解文情的变化，详细地识别各种文体的规范和写作要求。这表现出刘勰论文注重在“兼解俱通”的基础上进行创新的观念。

最后是“辞尚体要，弗惟好异”。这是强调文辞的运用贵在体现文章内容的要义，而不是为了追求奇异。这既着眼于“风骨”的树立，又是针对当时浮诡的文风而发。

综观《风骨》全篇，它强调了“风骨”的重要性，辩证地阐述了风骨与文采的关系，具体提出了树立“风骨”的方法，从而明确了写文章要“蔚彼风力，严此骨鲠”的总体要求，解决了文章写作实践与理论研究中的一个重要问题。联系《文心雕龙》全书中有关篇章综合地比较研读，将会更为深刻地理解《风骨》篇的旨要特点和学术价值。

刘勰提出“风骨”论后，它就成为当时以及其后评论诗文的一个重要的标准，特别是对唐代诗歌的发展起了积极的推动作用，成为陈子昂等人力倡“汉魏风骨”，以治轻靡之风的诗歌革新运动的理论基础。后人对刘勰的“风骨”论虽又有所发展，但刘勰创造性地专论“风骨”之功是不可磨灭的。

《风骨》篇的缺陷是，除了刘勰一贯的宗经思想，强调“镕铸经典之范”、“思摹经典”、“确乎正式”之外，他未能提出文章作者的社会实践和思想修养对树立“风骨”的意义。

《风骨》篇是《文心雕龙》全书中最重要、最富有创见性的篇章之一，在《文心雕龙》研究中也是歧疑较多的一个章节。疑点主要集中在“风骨”一词的实质内涵方面。我们认为，“风”是一种以作者的思想感情、精神面貌为基础的、借助文章表现出来的感染力量；它大抵是由气势、情调、韵味、风姿等因素凝聚而成的。对“骨”的实质内涵，在释“骨”为“事义”、“命意”、“中心题材”的基础上，应补充为：“骨”乃是借助端直、精练的文辞突出表现出来的文章的中心和主干。

《诗》总六义①，“风”冠其首，斯乃化感之本源，志气之符契也②。是以怊怅述情③，必始乎风；沉吟铺辞④，莫先于骨。故辞之待骨，如体之树骸⑤；情之含风，犹形之包气。结言端直⑥，则文骨成焉⑦；意气骏爽，则文风生焉⑧。若丰藻克赡⑨，风骨不飞，则振采失鲜⑩，负声无力⑪。是以缀虑裁篇⑫，务盈守气，刚健既实，辉光乃新，其为文用，譬征鸟之使翼也⑬。

【注释】

①六义：《毛诗序》云：“诗有六义焉：一曰风，二曰赋，三曰比，四曰兴，五曰雅，六曰颂。”

②符契：契约，符节，此喻指“风”是“志气”在文章中的表现。

③怊(chāo)怅：惆怅，此处指郁滞于胸的情思。

④沉吟：低吟，此处指自言自语地酝酿、推敲文辞。

⑤树骸：树立骨架。骸，骨骸，骨骼。

⑥结言：遣辞成句，集句成章。

⑦文骨：指文章的躯干。

⑧文风：此处指文章的风化、感染作用。

⑨丰藻克赡：辞藻繁多过于丰富。赡，富足。

⑩振采：振发文采。

⑪负声：运用声韵。

⑫缀虑：构思。缀，联结。

⑬征鸟：远飞的鸟。

【译文】

《诗经》包括的“六义”，“风”居其首位，它是教化与感染力量的本源，是作者思想感情和精神面貌的具体表现。所以要抒发心中的感情，先要从“风”的教化、感染作用开始；在写作中酝酿、推敲文辞，没有比突出其“骨”更重要的了。因而文辞依赖于“骨”，犹如人体必有躯干；情思中包含着“风”，就像形体中包蕴着血气。运用辞语端正有力，文章就有了躯干；抒发情思明快爽朗，文章就有了感染力量。倘若辞藻艳丽丰富，而风骨不飞扬、不灵动，那文采就不会鲜明，声调也不会有力。因而运思作文，务必要保持旺盛的志气，刚健的文辞切实表述了情思，文章才能有新的光辉，风骨在文章中的作用，就像征鸟远飞要使用它的翅膀一样。

故练于骨者，析辞必精；深乎风者，述情必显。捶字坚而难移①，结响凝而不滞②，此风骨之力也。若瘠义肥辞③，繁杂失统④，则无骨之征也。思不环周⑤，牵课乏气⑥，则无风之验也。昔潘勖《锡魏》⑦，思摹经典，群才韬笔⑧，乃其骨髓峻也；相如赋《仙》⑨，气号凌云，蔚为辞宗⑩，乃其风力遒也⑪。能鉴斯要，可以定文；兹术或违，无务繁采⑫。

【注释】

①捶字：推敲、锤炼文字。

②结响：安排声韵。

③瘠(jí)义：内容贫乏。

④失统：失掉统绪，没有条理。

⑤环周：圆合而周密。

⑥牵课：勉强。

⑦潘勖(xù)：字元茂，东汉文人。《锡魏》：汉献帝册封曹操为魏公，加九锡予以重赏，潘勖因而摹仿《尚书》笔法，写《策魏公九锡文》，为之歌功颂德。九锡，天子给予大臣的九种特殊赏赐，如车马、衣服、乐器、朱户等。

⑧韬(tāo)笔：藏起笔来。

⑨相如赋《仙》：指司马相如写《大人赋》。《史记·司马相如传》载："相如既奏《大人》之颂，天子大悦，飘飘有凌云之气，似游天地之间意。"

⑩辞宗：写作辞赋的宗师。

⑪遒(qiú)：劲健有力。

⑫无务：不必追求。

【译文】

所以熟悉锻炼文骨的人，运用辞语必定精确；深明文风之义的人，抒发情思肯定鲜明。文字锤炼得坚实而难于更易，声韵凝练而不板滞，这就是文章风骨所产生的力量。如果内容贫乏而辞藻繁富，混杂而没有条理，那就是没有骨力的表现。而思考不周密，勉勉强强，缺乏生气，那就是没有风力的明证。从前潘勖写《策魏公九锡文》，思理摹仿经书，使许多文士才子都搁下笔不敢再写，那是由于它的骨力挺拔而高超；司马相如写《大人赋》，号称有凌云之气，广为辞赋家所宗奉，那则是由于它表现了遒劲的风力。能够认识上述的重要内容，就可以裁定文章写得好坏了；如果违背了上述的原则，就没有必要去追求繁富的文采了。

故魏文称:"文以气为主,气之清浊有体[①],不可力强而致。"故其论孔融[②],则云"体气高妙";论徐幹[③],则云"时有齐气"[④];论刘桢,则云"有逸气"[⑤]。公幹亦云:"孔氏卓卓[⑥],信含异气[⑦],笔墨之性,殆不可胜[⑧]。"并重气之旨也。夫翚翟备色[⑨],而翾翥百步[⑩],肌丰而力沉也;鹰隼乏采,而翰飞戾天[⑪],骨劲而气猛也。文章才力,有似于此。若风骨乏采,则鸷集翰林[⑫];采乏风骨,则雉窜文囿[⑬]。唯藻耀而高翔,固文笔之鸣凤也[⑤]。

【注释】

①清浊:指气质个性的阳刚或阴柔。

②孔融:字文举,建安七子之一。

③徐幹:字伟长,建安七子之一。

④齐气:齐地之气,有舒缓的特点。

⑤逸气:超越一般人的气度。

⑥孔氏:指孔融。卓卓:卓越出众。

⑦信含:确实具有。

⑧殆(dài):几乎,差不多。

⑨翚翟(huī dí):野鸡。翚,五彩野鸡。翟,长尾野鸡。

⑩翾翥(xuān zhù):低飞。

⑪翰飞:高飞。戾(lì)天:到达天边。戾,至,到达。

⑫鸷(zhì):凶猛的鸟。

⑬雉(zhì):野鸡。

【译文】

所以魏文帝说:"文章以作者的气质个性为主宰,而作者的气质个性的刚柔是有其禀赋的,不可能借外力勉强地达到。"所以他论孔融,便说他“气质品格都很高妙”；论徐幹，则说他“时常有舒缓的‘齐气’”；论刘桢，就说他“有超逸不凡的气度”。公幹也说：“孔融卓越出众，确有不同寻常的气质，他的文笔特性几乎是不可超越的。”这些都是强调作者气质及其文章风格的意思。野鸡具备各种色彩，可是只能低飞百步，这是由于肌肉丰满而负力沉重；山鹰缺乏色彩，却能高飞至天际，这是由于骨力强劲而气势凶猛。文章中所表现出来的才气和感染力量，大致与上述情况相似。如若只有风骨而缺乏文采，那就像猛禽集聚于翰墨之林；如若文采丰富而没有风骨，那就如同五彩的野鸡乱窜于文笔之苑。只有辞采熠耀而又具有高飞远举的风骨之力，那才是文场笔苑中鸣叫的凤凰。

若夫镕铸经典之范，翔集子史之术①，洞晓情变，曲昭文体②，然后能孚甲新意③，雕画奇辞。昭体，故意新而不乱；晓变，故辞奇而不黩。若骨采未圆，风辞未练，而跨略旧规④，驰骛新作⑤，虽获巧意，危败亦多，岂空结奇字，纰缪而成轻矣⑥。《周书》云⑦：“辞尚体要，弗惟好异。”盖防文滥也。然文术多门，各适所好，明者弗授，学者弗师。于是习华随侈，流遁忘反⑧。若能确乎正式⑨，使文明以健，则风清骨峻，篇体光华。能研诸虑，何远之有哉！

【注释】

①翔集：广泛汇聚，犹群鸟在空中飞翔、盘旋，视目标而取。

②曲昭：深入了解，曲尽其旨。

③孚（fú）甲：草籽破壳萌芽。

④跨略：跨越，省略，有舍弃之意。

⑤驰骛：极力追求。

⑥纰缪(pī miù):谬误。

⑦《周书》:指《尚书》中的《毕命》。《尚书》中有关周代的文诰属于《周书》。

⑧流遁:流入,陷入,有沉迷之意。

⑨正式:此指正确规范。

【译文】

要取镕经典著作以为范式,要广泛吸收百家史传的为文之术,通晓文情的变化,详辨文体的规范,然后才能萌发、创造出新颖的文意,雕饰刻画出奇妙的文辞。辨识清楚了文体,文意新颖而不杂乱;明白了文情变化,文辞奇巧而不会任意拼凑。如果没有圆熟地通晓文章的骨力和文采,没有对文章的风力和辞藻进行磨炼,却要跨过已有的规范,而好高骛远地追逐新异之作,虽则可能获得一些奇巧的文意,但危害和失败也是很多的,这岂不是徒然运用了些奇特的字句,使文章谬误而轻靡了吗?《周书》中说:"文辞贵于体现要义,不只是爱奇好异。"其用意就是为了防止文风的讹滥。然而为文之术多有门径,作者应适应于自己的爱好,通晓写作之术的人不传授于人,初学写作的人也不以他人为师。于是习染浮华,追逐侈靡,沉迷于歧途而不知回返。如能确立文章的正确规范,使文辞鲜明刚健,那就会风力清新,骨力峻拔,整篇文章都闪耀着光彩。能够考虑到上述各种问题,要达到风清骨峻的境界就不会太远了。

赞曰:情与气偕,辞共体并。文明以健,珪璋乃聘[①]。蔚彼风力,严此骨鲠。才锋峻立,符采克炳[②]。

【注释】

①珪(guī)璋:古代帝王、诸侯举行典礼或朝聘时用的玉器。上圆(或尖头形)下方者曰珪,形状似珪半者曰璋。聘(pìn):聘请,聘

用。古代诸侯间互派使节问候亦谓之“聘”,此处借用其相互看重之意。

②符采:玉石的横纹,喻指文采。克炳:充分地显耀。炳,彪炳。

【译文】

综括而言:情思与志气相伴,言辞与骨力并存。文章写得明朗刚健,才能像玉制珍品为人所重。强化文章的感染力量,坚树文章的主干骨髓。作者的才气锋颖峻峭出众,文章的华采始能辉耀彪炳。

通变第二十九

【题解】

《通变》篇专论文章写作中的会通与适变、继承与革新问题，意在纠正当时文坛上“竞今疏古、风末气衰”的弊端。刘勰论述通变问题，主要理论依据是“设文之体有常，变文之数无方”。所谓“设文之体有常”，是指文章的体制安排有一定的常规、常法。如：从《明诗》、《诠赋》到《书记》等篇中所包括的数十种文章体裁，其内容、形式、格调，都有明确的规范和准则。刘勰称之为“文之纲领”，它们尽皆是“名理相因”，一脉传承，分别由圣人们的《易》、《书》、《诗》、《礼》、《春秋》等经典著作衍化、派生而来，是恒久不变的“有常之体”。因之写文章、确定文体，就必须“资于故实”，即要参酌、借鉴前人的经验和已有的各式文章的写作原则，而不可师心自用，任意“跨略旧规”。这主要是说“通”，即“会通”与“继承”。所谓“变文之数无方”，是指为文方法的变化没有一定之规。如文章的语言文采、格调气势，都是在不断地“通变”过程中得到发展的，不像“有常之体”那样，必须有所皈依。因之，在写作实践中，对语言文辞的运用、格调气势的形成，都要“酌于新声”，即要考虑新的形势，采用新的方式和新的方法。这主要是说“变”，即“适变”与革新。综合起来说，既“资于故实”，又“酌于新声”，才能在写作过程中“骋无穷之路，饮不竭之源”，获得取之不尽、用之不竭的源泉和无限广阔的发展前景。

《通变》篇考察了黄帝、唐、虞、夏、商、周(包括楚)、汉、魏、晋(包括宋初)等朝代的诗文创作及其发展状况,概要地总结了通变的历史经验,揭示了当时文风浮靡讹滥的原因。通过对通变历史状况的概要总结,刘勰不仅更深入地阐明了通变问题的理论意义,而且更明确地揭示了强调通变问题的实际价值,其针对性是很强的。

刘勰概括地指出了通变的原则和方法,其中特别需要注意以下几点:首先,从总体方面来说,要认识通变的规律性,理解“参伍因革,通变之数”的道理,掌握贯通古今、错综变化、继承与革新的原则和方法。其次,从诗文写作实践方面来说:“规略文统,宜宏大体。”这里所谓的“大体”,指的是“有常之体”基本的写作原则和要求。它一贯为刘勰所重。第三,刘勰强调“会通”与“适变”、“继承”与“革新”,都要“凭情”、“负气”,体现出作者的个性特点。扩而言之,这实际上是在突出作者的思想感情在通变过程中的主导作用,反映了刘勰一贯倡导“为情而造文”,反对“为文而造情”的论文思想。

此外,刘勰还在《通变》篇的“赞曰”中提出“望今制奇,参古定法”的主张,这更是对通变原则和方法的高度理性概括,与《定势》篇中的“执正以驭奇”之说,相通相应,互为补充,言简而意赅,理应作为治学、作文的座右铭来看待。

刘勰的“通变”说也存在一些缺陷。一是他认为应当继承的只是“有常之体”,革新的只是“文辞气力”,而忽略了会通与适变,继承与革新内涵的广泛性,这显然是有点片面性、绝对化了。二是他认为“还宗经诰”是救治当时文坛之弊的“灵丹妙药”,而没有认识到“竞今疏古,风末气衰”的社会根源,又表现出了他“宗经”思想的局限性。三是他虽然认识到了“通变”是文章写作事业的普遍规律,明确指出,“文律运周,日新其业”。但他又认为这种规律是循环不已,周而复始的,这就使他的“通变”说带有了“循环论”的色彩。

夫设文之体有常[①]，变文之数无方[②]。何以明其然耶？凡诗赋书记，名理相因，此有常之体也；文辞气力，通变则久[③]，此无方之数也。名理有常，体必资于故实[④]；通变无方，数必酌于新声[⑤]；故能骋无穷之路，饮不竭之源。然绠短者衔渴[⑥]，足疲者辍途[⑦]，非文理之数尽，乃通变之术疏耳[⑧]。故论文之方，譬诸草木，根干丽土而同性[⑨]，臭味晞阳而异品矣[⑩]。

【注释】

①常：恒久不变。

②数：术数，方法。无方：无一定之规。

③通变：通，会通，继承。变，适变，创新。

④资：同“咨”，咨询商议，引申为继承、借鉴。故实：指前人的文章样式和写作经验。

⑤酌：斟酌，推敲。新声：指新的写作方法。

⑥绠(gěng)：汲水的绳子。衔渴：口中干渴。

⑦辍途：辍，停止。途，中途。

⑧疏：不熟悉。

⑨丽：附着。

⑩臭：气味。晞(xī)：晒，照射。

【译文】

文章体制的安排有一定的规范，为文方法的变化则没有固定的模式。怎么知道它是这样的呢？举凡从《明诗》、《诠赋》到《书记》各章所包括的文体，它们的名称和写作原则都有一定的继承关系，这说明文体是有其常规可循的；语言文采和文章的格调气势，要在融会贯通的基础上适时应变有所革新、创造，才能不断地有所发展，这就说明为文之法是没有一定之规的。文体的名称及其写作原则有一定的规范，所以确立某一文体必定要继承借鉴前人的经验和已有的样式；写作方法的会通与适变虽无一定之规，但也要斟酌、参考新的为文之法；这样才能在文章写作实践中有广阔的发展前景，获得永不枯竭的源泉。然而，有的作者像是井绳短的人苦于口渴，又像脚力疲软的人半途而止；这并不是为文的原则和方法已经穷尽了，而是疏于掌握在继承基础上革新的方法罢了。因而论述为文的原则和方法，可以用草木的生长来比喻，由于它们的根和干都附着于土地，这就使它们有了共同的性质，但又由于它们接受阳光照射的不同，这就使它们的品味有了差异。

是以“九代”咏歌①，志合文别。黄歌《断竹》②，质之至也；唐歌《在昔》，则广于黄世；虞歌《卿云》③，则文于唐时；夏歌《雕墙》④，缛于虞代；商、周篇什，丽于夏年。至于序志述时，其揆一也⑤。暨楚之骚文⑥，矩式周人⑦；汉之赋颂，影写楚世；魏之篇制，顾慕汉风；晋之辞章，瞻望魏采。榷而论之⑧，则黄、唐淳而质，虞、夏质而辨⑨，商、周丽而雅，楚、汉侈而艳⑩，魏、晋浅而绮，宋初讹而新⑪。从质及讹，弥近弥淡。何则？竞今疏古，风末气衰也⑫。

【注释】

①九代：指黄帝、唐、虞、夏、商、周（包括楚）、汉、魏、晋（包括宋初）。

②《断竹》：指《弹歌》中的“断竹，续竹，飞土，逐肉”。

③《卿云》：载《尚书·大传》，其词为：“卿云烂兮，纠缦缦兮。日月光华，旦复旦兮。”

④《雕墙》：《尚书·伪五子之歌》的第二，其词为：“内作色荒，外作禽荒，甘酒嗜音，峻宇雕墙。有一于此，未或不亡。”

⑤揆（kuí）：道理，原则。

⑥骚文：以《离骚》为代表的楚辞。

⑦矩式：规矩，楷式，此处作动词用，意谓取法、模仿。

⑧榷（què）：商讨。

⑨辨：辨析清楚。

⑩侈：过分铺张。

⑪讹：诡异，怪诞。

⑫风末：冲风之末，指强风的末尾，意谓衰竭无力。

【译文】

因而九个朝代的歌咏诗文，情志的表达相同，而文辞气力不一。黄帝时代的《弹歌》，是非常淳朴的；唐尧时代的《在昔》歌，则比黄帝时代的咏歌要丰富一些；虞舜时代的《卿云》歌，比唐尧时代的歌咏更有文采；夏代的《五子之歌》，比虞舜时代的咏歌辞采更繁富；商、周两代的作品，比夏代的咏歌更为华丽。至于在表现情感、叙写时事方面，它们所遵循的原理、原则都是一致的。到了楚国的骚体文章，以周朝的诗歌为规范、楷式；汉代的赋颂之作，又仿效楚时的骚体；魏代的篇章，又仰慕汉代赋颂之风；晋代的作品，则钦佩魏代的文采。大略而言，黄帝、唐尧时代淳厚而质朴，虞舜、夏禹时代质实而明晰，商、周时代华丽而典雅，楚、汉时代铺张而艳丽，魏、晋时代浅薄而绮靡，刘宋初年则诡异而新奇。从质朴到诡异，越到近代，诗文的意味越淡薄。何以会这样呢？就是因为人们竞相追求时尚新奇的东西而疏远了古代的规范和传统，这就使文章的意味淡薄了、衰微了。

今才颖之士，刻意学文，多略汉篇，师范宋集[①]，虽古今备阅[②]，然近附而远疏矣。夫青生于蓝[③]，绛生于茜[④]，虽逾本色，不能复化[⑤]。桓君山云："予见新进丽文，美而无采[⑥]；及见刘、扬言辞[⑦]，常辄有得。"此其验也。故练青濯绛[⑧]，必归蓝茜；矫讹翻浅，还宗经诰。斯斟酌乎质文之间，檃括乎雅俗之际⑨，可与言通变矣。

【注释】

①师范：此处作动词用，意谓师从于某种规范。宋集：南朝刘宋文人的文章结集。

②备阅：遍览，全都阅读。

③蓝：蓝草，叶中含靛青，可做染料。

④绛：大红色。茜：茜草，根可做红色染料。

⑤复化：再次变化。

⑥无采：多释为没有可采取的东西，此处可兼顾，解为没有真正可取的文采。

⑦刘、扬：指刘向、扬雄。

⑧练：提取，提炼。濯：濡染。

⑨檃（yǐn）括：矫正木材的器具，此处作动词用，意谓权衡、鉴别、矫正。

【译文】

现今一些文才出众的学人，专心致力于文章写作，大都忽略对汉代诗文的学习，而以宋代人的文章结集作为典范，虽也阅读了古今之作，但却亲附于近代的而疏远了古代的。青色是从蓝草中取得的，绛色是从茜草提炼的；青与绛这两种颜色，虽然超过了蓝草、茜草的本色，但再也不能变化为其他颜色。桓谭说："我看到新近出现的文人所写的华丽文章，虽觉得它华美，却没有真正可取的文采；及至读了刘向和扬雄的文章，就常常有心得和收获。"这就是上述观点的验证。因此提取、濯染青色和绛色，离不开蓝草和茜草；要矫正、改变讹滥、浮靡的文风，还是要宗法经典著作。如果能这样推敲文章的质朴与华丽，权衡文章的典雅与浅俗，那就可以与其研讨有关会通继承和适变革新问题了。

夫夸张声貌，则汉初已极，自兹厥后，循环相因，虽轩翥出辙[①]，而终入笼内。枚乘《七发》云[②]："通望兮东海，虹洞兮苍天。"相如《上林》云："视之无端，察之无涯，日出东沼，入乎西陂[③]。"马融《广成》云："天地虹洞，固无端涯，大明出东[④]，月生西陂。"扬雄《校猎》云："出入日月，天与地沓[⑤]。"张衡《西京》云："日月于是乎出入，像扶桑于濛汜[⑥]。"此并广寓极状[⑦]，而五家如一。诸如此类，莫不相循[⑧]，参伍因革[⑨]，通变之数也。

【注释】

①轩翥（zhù）：高飞。

②枚乘：字叔，西汉辞赋家。

③陂：池岸，山坡。

④明：太阳。

⑤沓：合也，言天与地会合何所。

⑥扶桑：神话中的神树，是日出之处。濛汜：日落的地方。

⑦寓：托喻。状：描写，摹状。

⑧循：因循，沿袭。

⑨参（sǎn）伍：错综。参，同"叁"。因革：继承革新。

【译文】

铺张、夸饰事物的声音和状貌，在汉初的辞赋中已达到了极点，自那时以后，就循环往复相互因袭，虽也想脱离旧有的轨辙，但始终还是在其范围之内。枚乘《七发》说："极目远望啊东海，云水相连啊苍天。"司马相如《上林赋》说："望不到尽头，看不到边际，太阳从东边的水中升起，入乎西面的山坡。"马融《广成颂》说："天地相连，无边无际，太阳从东方出来，从西坡落下。"扬雄《羽猎赋》说："太阳与月亮升起又落下，天与地合在一起。”张衡《西京赋》说：“太阳和月亮出之入之，就像从扶桑升起又从濛汜落下一样。”上述这些极为夸张的形容和描写，五位文家几乎一模一样，诸如此类的现象，没有不是前后因循、有所承袭的，错综变化的继承与革新，是“通变”的原则和方法。

是以规略文统，宜宏大体。先博览以精阅，总纲纪而摄契；然后拓衢路①，置关键②，长辔远驭，从容按节③，凭情以会通，负气以适变；采如宛虹之奋鬐④，光若长离之振翼⑤，乃颖脱之文矣⑥。若乃龌龊于偏解⑦，矜激乎一致⑧，此庭间之回骤，岂万里之逸步哉⑨！

【注释】

①衢(qú)路：四通八达的大路。

②关键：此处指在文章中起顾注作用的要害部位。

③节：此处指节奏、节拍，可理解为文章构成的先后次序和步骤。

④奋鬐(qí)：此处喻指四射的光芒。鬐：马脖子上的长毛。

⑤长离：传说中凤凰一类的灵鸟。

⑥颖脱：锥子尖从袋子里露出来，喻指特别突出。

⑦龌龊(wò chuò)：局促，放不开。

⑧一致：此处指一得之见。

⑨逸步：快步，放开脚步。

【译文】

因而安排、规划文章的纲要，应当注重其基本原则。先要广泛地博览，继之以精细地阅读，掌握其纲领，摄取其规则；此后就要拓展思路，设置好文章构成的枢纽，像放长缰绳驾驭骏马那样，从容不迫地按照一定的节奏前进，凭靠自己的情志以贯通古今，依据自己的气质来适应情势的变化进行革新；文采如同弯曲长虹的光芒，光华像是凤凰在飞翔，这就是出类拔萃、脱颖而出的好文章了。如果局限于偏颇、狭隘的理解，傲然而又偏激地夸耀自己的见解，这不过像是在庭院里让骏马来回奔跑，哪能让千里马放开驰骋的步子呢！

赞曰：文律运周①，日新其业。变则其久，通则不乏。趋时必果②，乘机无怯。望今制奇，参古定法。

【注释】

①文律：写作规律。

②趋时：适应情势。

【译文】

综括而言：写作规律轮回地运转不停，不断地有所更新和变革。有所变革，才能长久地发挥作用；能够继承，贯通古今，才不至于贫乏。适应情势变化一定要果断地讲求实效，善用时机不要犹豫不决。观察当前情势写出新颖的文章，借鉴古人的经验来确定写作的法则。

定势第三十

【题解】

《定势》篇专论各类文章的基本格调，其中心内容主要是从理论与实践方面研究在写作中怎样“定势”，以图纠正当时“文体解散”、“失体成怪”的“讹势”。刘勰认为文章之“势”，即各类文章的基本格调，是一种客观的自然趋势。它决定于“体”，“体”又决定于“情”，情、体、势三者是“始末相承”，不可违背的。在写作实践中，尽管作者的思想感情是各不相同的，写作之法的变化也各有其特殊性，但都不可能不“因情立体，即体成势”。所谓“因情立体”，就是要根据作者所要表达的思想感情，来确定文章的体裁样式。譬如要申明讨伐敌人的原由，只能用“檄”而不能用规劝性的“箴”，或以记功、自警为主要特征的“铭”。所谓“即体成势”，就是以文章体裁为基础，表现出这类文章的基本格调。据此，刘勰提出了“形生势成”的客观规律，认为有了“体”则必然有“势”。表面看来，“体”在《定势》篇中，主要是“体裁”、“文体”或“体式”的意思，而从文体论有关篇章的“敷理以举统”部分来看，“体”指“体制”，包含着多种具体内容和要求，在取事、用辞、感情、态度、格调等方面，都有其特定的内涵。由此去理解“即体成势”，就会更为有所凭依了。归根结蒂，“势”是要按照“体”的内容和要求来确定的。刘勰以张衡、嵇康、曹植、王粲、左思、刘桢等名家的写作实践为证，阐明了作者的才性、爱好在“定势”

中所起的作用。诗的体制要求是一定的，而诗人的文思却没有定型。因而，在写同一体裁的作品时，便表现出了独特的个人风格，有的"兼善"，有的"偏美"，显示出文体基调的主观因素和客观因素的统一，这具有朴素的辩证观点。

为了纠正当时文坛上的"讹势"，刘勰反对"逐奇而失正"，提出了"执正以驭奇"的主张，这与前面说到的"以本采为地"，是完全一致的。刘勰所谓的"正"，主要有两层相关的意思，一是指圣人们的经典著作所指出的各种规矩和要求，带有传统性。二是指合乎文章体制的基调。所谓"奇"，也有两种褒贬不同的含义。一是新奇，带有创造性。二是"诡巧"、"趋新"。综合起来说，"执正以驭奇"，就是要以传统的、正常的规矩和要求，作为一种标准和尺度，去驾驭、支配文章写作中的变革和创造，并且用以去遏制"诡巧"、"趋新"的"讹势"。在这里又明显地可以看出，刘勰对"正"与"奇"这一对矛盾的处理，是很合乎情理的。

综观《定势》全篇，刘勰揭示了"势"的内涵，论述了"定势"的意义，提出了"定势"的方法和原则，全面、系统地解决了我国古代写作理论中独具特色的一个关键问题，对匡正浮靡、诡滥的文风，具有巨大的实践意义。它又承前启后，产生了深远影响，其成就和贡献可以说是空前的。

夫情致异区，文变殊术，莫不因情立体，即体成势也。势者，乘利而为制也[①]。如机发矢直[②]，涧曲湍回，自然之趣也[③]。圆者规体[④]，其势也自转；方者矩形[⑤]，其势也自安。文章体势，如斯而已[⑥]。是以模经为式者[⑦]，自入典雅之懿[⑧]；效《骚》命篇者[⑨]，必归艳逸之华；综意浅切者，类乏酝藉；断辞辨约者，率乖繁缛。譬激水不漪，槁木无阴，自然之势也。

【注释】

①制：制式，格调。

②机：机弩，一种用机械装置射箭的弓。

③趣：同“趋”。

④规体：用圆规画出的圆形。

⑤矩形：用矩尺画出的方形。

⑥如斯：如同这个样子。

⑦式：指文章的体式、法式。

⑧懿（yì）：美。

⑨《骚》：代指楚辞。

【译文】

作者的思想感情不同，写文章的原则和方法也多有变化，没有不是根据作者的情思来确定文章的体裁，再借助于体裁来形成文章的基本格调的。所谓势，是乘借有利条件而成的一种格调。如同机弩扳发，箭就直线射出；山涧曲折，急流也就有回旋，这是自然的趋势。圆形的物体是圆规形的，它的态势自然趋向于转动；方形的物体是矩形的，它的状貌自然是稳定的。文章的体裁和格调，就像是这样的罢了。因此，以模仿经书写出的文章，自然具有典雅之美；仿效以《离骚》为代表的楚辞布局谋篇，则必定显出华美、艳丽的辞采；立意浅显切近的，大都不够含蓄、深刻；措辞明晰简要的，则多没有繁富的文采。就像激流不会出现涟漪，枯树不会有密叶浓荫，这是自然的态势。

是以绘事图色[①]，文辞尽情，色糅而犬马殊形[②]，情交而雅俗异势。镕范所拟[③]，各有司匠[④]，虽无严郛[⑤]，难得逾越。然渊乎文者[⑥]，并总群势：奇正虽反，必兼解以俱通；刚柔虽殊，必随时而适用。若爱典而恶华，则兼通之理偏，似夏人争弓矢⑦，执一不可以独射也；若雅郑而共篇⑧，则总一之势离，是楚人鬻矛誉盾⑨，两难得而俱售也。

【注释】

①绘事：指绘画。图色：着染颜色。

②色糅(róu)：色彩糅杂。

③镕范：镕铸金属的模具。

④司匠：主管匠师。

⑤郛(fú)：古代的城圈外围的大城，此处喻指界限。

⑥渊乎文者：深得文理之人。

⑦夏人争弓矢：古代典故，《太平御览》载："一人曰：吾弓良，无所用矢。一人曰：吾矢善，无所用弓。羿闻之曰：矢非弓，何以往？弓非矢，何以中的？令合弓矢而教之射。"

⑧郑：郑声，郑国的音乐，代表淫俗音乐。

⑨楚人鬻矛誉盾：古代典故，《韩非子》载："楚人有鬻盾与矛者，誉之曰：吾盾之坚，物莫能陷也。又誉其矛曰：吾矛之利，于物无不陷也。或曰：以子之矛，陷子之盾何如？其人弗能应也。"

【译文】

因而绘画讲究着染颜色，运用文辞写文章则是为了充分地表达感情，色彩糅合、调配，才能画出狗与马的不同形状，情感错杂、异曲，写出的文章就有了或雅或俗的不同格调。作者把情思加以镕铸，按照一定的规范写成文章，各自都有所师承，虽然相互之间并没有严格的界限，却也是难以跨越的。然而通晓文章写作的人，善于综合各种文章的格调：新奇的与正统的虽然相反，必定要融会贯通，解析清楚；刚健的与柔婉的虽然不同，但一定要适应形势的需要灵活地加以采用。如果只是爱好典雅而憎恶华美，那在兼通方面就有了偏颇，犹如夏朝人争论弓重要还是箭重要似的，只有其一是不能单独发射的；倘若把典雅的和淫靡的混和在一篇文章之中，那全文统一的体制、格调也就被割裂了，如同楚国人既夸自己的矛锐利，又说自己的盾坚固那样，结果是矛与盾都难以卖掉了。

是以括囊杂体[1]，功在铨别[2]，宫商朱紫[3]，随势各配。章表奏议[4]，则准的乎典雅[5]；赋颂歌诗[6]，则羽仪乎清丽[7]；符檄书移[8]，则楷式于明断[9]；史论序注[10]，则师范于核要；箴铭碑诔[11]，则体制于弘深；连珠七辞[12]，则从事于巧艳：此循体而成势，随变而立功者也。虽复契会相参[13]，节文互杂[14]，譬五色之锦，各以本采为地矣。

【注释】

①括囊(náng)：全面综合。

②铨(quán)：衡量轻重。

③宫商：指文章的音韵。朱紫：指文章的辞采。

④章表奏议：指《章表》、《奏启》、《议对》等篇中所论之文体。

⑤准的：标准，准则。

⑥赋颂歌诗：指《铨赋》、《颂赞》、《明诗》等篇所论之文体。

⑦羽仪：以羽毛为仪表，是一种标志。

⑧符檄(xí)书移：指《书记》、《檄移》等篇所论之文体。符，符命，歌颂帝王的文章。檄，讨伐敌人的宣言。书，书信。移，指责对方的文书。

⑨楷式：以之为楷模。

⑩史论序注：指《史传》、《论说》等篇所论之文体。

⑪箴铭碑诔：指《铭箴》、《诔碑》等篇所论之文体。箴，规劝性的文字。铭，刻在器物上以自警或记功的文字。诔(lěi)，哀悼性的

文章。

⑫连珠七辞：指《杂文》篇中所论之文体。连珠，用各种比喻说明道理，美如串珠，故名。七辞，一篇文章中用七件事来说明道理。

⑬契会：相互结合。相参：相互渗透。

⑭节文：节，此指声律。文，此指文采。互杂：相互掺杂。

【译文】

因此综合各种文体格调，作者的功力要用在权衡和鉴别方面，文章的音韵和色彩，要依照文章体势的需要加以调配。章表奏议，以典雅为标准；赋颂歌诗，以清丽为标志；符檄书移，以明断为楷模；史论序注，以核要为范式；箴铭碑诔，要以弘深为体势；连珠七辞，则力求其巧艳：上述这些都是循借着文章体裁而形成的基本格调，适应变化而收到的功效。虽然它们是相互渗透、结合的，节奏和文采也杂然交错，但犹如五色的锦缎，还得以其本来的色彩做底色。

桓谭称："文家各有所慕[1]，或好浮华而不知实核，或美众多而不见要约。"陈思亦云："世之作者，或好烦文博采，深沉其旨者；或好离言辨白[2]，分毫析厘者；所习不同[3]，所务各异。"言势殊也。刘桢云："文之体势，实有强弱，使其辞已尽而势有余，天下一人耳，不可得也。"公幹所谈，颇亦兼气[4]。然文之任势[5]，势有刚柔，不必壮言慷慨，乃称势也。又陆云自称："往日论文，先辞而后情，尚势而不取悦泽[6]；及张公论文[7]，则欲宗其言[8]。"夫情固先辞，势实须泽，可谓先迷而后能从善矣。

【注释】

①慕：爱好，倾慕。

②离言辨白：推敲字词，剖析语句。

③习：习尚，习染。

④兼气：连带说到文章气势。

⑤任势：各有其势。

⑥悦泽：经修辞而成的美好文采。

⑦张公：指张华，西晋文人。

⑧宗：宗奉，尊崇。

【译文】

桓谭说："写文章的人各有其所好，有的爱好浮华而不知道核实精到，有的以繁富为美而不见简明扼要的好处。"陈思王也说："世上的作者，有的爱好广采博取烦琐的文辞，使文章的旨意深隐而不露；有的喜欢解剖辨析字句，一丝不苟，微及毫厘；各人的习尚不同，所追求的就有了差异。"这说明文章的格调是不一样的。刘桢说："文章的体势，确实有强有弱，要是言辞已经完了，文势还有余力、余韵，那他就是天下独一无二的作者，不可得到的。"上面公幹所说，也颇兼及文章的气势。不过文章各有其势，而其势有刚有柔，不一定非得有激昂慷慨的豪言壮语才谓之有势。还有陆云曾言及自己："过去评论文章的写作，先是重文辞而后才考虑文情，崇尚文章体势而不讲究文辞的色泽；及至张公论述文章写作，就想宗奉他的话来论文了。"思想感情固然先于文辞，而文章的体势格调确也必须加以修饰、润色，陆云可说是先迷失了方向而后走向正途的。

自近代辞人，率好诡巧，原其为体，讹势所变。厌黩旧式①，故穿凿取新②，察其讹意，似难而实无他术也，反正而已。故文反"正"为"乏"③，辞反正为奇。效奇之法，必颠倒文句，上字而抑下④，中辞而出外⑤，回互不常⑥，则新色耳。

【注释】

①厌黩：厌弃，有轻辱之意。

②穿凿：牵强附会，恣意而为。

③反"正"为"乏"：篆文"乏"恰与正字相反。

④抑下：强行压下。

⑤中辞：句子中间的字辞。

⑥回互：回环，颠倒。

【译文】

近代以来的文人，大都喜好诡异奇巧的东西，追溯、考察他们文章体式的来由，是由错误的体势格调蜕变而成的。由于厌弃旧有的文章体式，恣意而牵强地追求新奇，考察他们的错误主张，看似艰深实则并没有什么高妙的法术，只是反对正规的做法罢了。所以他们的文字，把"正"字反写就成了"乏"字，他们的文辞，则是以反对正常的用法为新奇。仿效所谓新奇的写法，无非是颠倒句子的构造，把应在上面的字压到下边，把应在中间的字词挪移到前边或后边，这样不正常地颠来倒去，便算是新奇的货色了。

夫通衢夷坦①，而多行捷径者，趋近故也；正文明白，而常务反言者，适俗故也②。然密会者以意新得巧③，苟异者以失体成怪④。旧练之才⑤，则执正以驭奇；新学之锐⑥，则逐奇而失正；势流不反，则文体遂弊。秉兹情术，可无思耶？

【注释】

①通衢（qú）：四通八达的大道。

②适俗：媚俗，迎合世俗。

③密会：精通。

④苟异：苟且求异。

⑤旧练：老练，经验丰富。

⑥新学之锐：指追求时髦的作者。锐，敏锐，此处有贬意。

【译文】

大路平坦，却多有走小道的人，这是由于想走近路；正常的说话、作文本是明明白白的，而有人却常常要说反常的话，写反常的字，则是为了迎合世俗。然而精通写作的人，以用意新颖而使文章精美巧妙；而故意标新立异的人，则由于背离正体，把文章写得怪异而不像样子。经验丰富的作者，掌握着正规的方法来驾驭写作中新奇的创造；追求时髦的作者，则恣意竞逐奇异而背离了正规；这种趋势发展下去而得不到纠正，文章的体势就将随之衰败了。明确了上述情况，怎能不深加思考呢？

赞曰：形生势成，始末相承。湍回似规，矢激如绳。因利骋节①，情采自凝。枉辔学步②，力止寿陵③。

【注释】

①骋节：有节奏的驰骋，即《通变》篇中“从容按节”之意。

②枉辔：白白拉着缰绳走冤枉路。学步：指古代“邯郸学步”的典故。《庄子·秋水》载：“子独不闻夫寿陵余子之学行于邯郸欤？未得国能，又失其故行矣，直匍匐而归耳。”此处喻指“逐奇失正”之弊。

③寿陵：燕国的都城。

【译文】

综括而言：文章的形体产生了，文章的基本格调也就表现出来了，“形”与“势”始终是紧密相连的。激流回旋似圆规状，箭射出去犹如直绳。因利乘便按照节奏驰骋在文坛上，文章中的情思与文采就会自然地凝结在一起。如果不照常规走路而去学邯郸人的步法，那就只能像寿陵的余子，用尽力气而又以可笑的失败告终了。

情采第三十一

【题解】

《情采》篇中的"情"与"采"、"质"与"文",大致上相当于文章的内容和形式,或者说代表着文章的内容和形式,因而论述"情"与"采"或"质"与"文"的关系,实际上就是论述文章内容和形式的关系。《情采》篇的学术价值和实践意义,主要就在于此。

对于"情"与"采"、"质"与"文"的关系,亦即文章内容与形式的关系,刘勰从三个方面加以论述:一是文章的内容与形式,是相互依存,不可分割的。刘勰用自然界的事物为喻,来论述文章内容与形式的关系,这与他在《原道》篇中所阐发的"自然之道"密切相关。二是文章的内容决定文章的形式。文章的形式必须以文章的内容为基础。内容与形式相互依存,但不是没有主从与轻重的。为此刘勰在理论上概括为:"故情者文之经,辞者理之纬;经正而后纬成,理定而后辞畅。此立文之本源也。"这就更准确地阐明了内容决定形式的要义,成为在文章写作理论研究中千古流传的警句名言。三是文章的形式虽决定于内容,居于辅助性地位,但它又不是可有可无的,它的积极意义是不可忽视的。刘勰说:"言以文远,诚哉斯验。"从史的角度对形式的作用做了结论。刘勰一贯认为,最理想的文章,应当是"志足而言文,情信而辞巧"、"衔华佩实"、"符采相济"的。

《情采》篇和《文心雕龙》中的其他篇章一样，不只是单纯阐明某一理论观点，而是以纠正当时的浮靡文风为目的，且每个篇章都有其具体的针对性。《情采》篇以论述“情”与“采”的相互关系为理论基础，实则是针对着“体情之制日疏，逐文之篇愈盛”的文坛状况而发的。突出地从作者的品格方面批判浮靡文风，可谓“击中了要害”。至于“为情而造文”与“为文而造情”这一对论题的提出，则不仅揭示了浮靡文风的思想根源，而且概括出了两种不同的写作道路和方向，于今于古，都具有普遍的理论和实践意义。

刘勰“情采”论的核心是既肯定内容的主导作用，又不忽视形式的反作用。他主张在以内容为基础的前提下，发挥形式的作用，做到情采互凝，文质并重，使内容和形式达到完美的统一。为此，刘勰提出以下几点要求：一是“设模以位理”。即从表现文章的内容出发，选择、确定恰当的形式，如体裁、结构、格调等，把思想内容安排好。进而“结音”、“摛藻”，即配合声律，运用辞采，使内容与形式在规范中得到统一。二是“文不灭质，博不溺心”。就是使文采不掩盖内容，广博的事例和辞采不淹没情思。避免出现“翠纶桂饵，反所以失鱼”和“繁采寡情，味之必厌”的缺陷。三是“正采耀乎朱蓝，间色屏于红紫”。这就是要确定文章雅正的基本格调，使符合内容需要的朱蓝正采光照全篇，而屏除与雅正格调不谐和的红紫间色。

综观《情采》全篇，它在《文心雕龙》全书中占有重要位置。它总结、吸取前人论“文”与“质”的经验，使之专门化、系统化，不仅是批判、纠正齐梁时期浮靡文风的有力理论武器，而且为文章的内容和形式这一基本问题的解决奠定了基础，为我国古代文章写作理论和文学理论的发展，作出了卓越的贡献。《情采》篇是《文心雕龙》中精华较多的篇章之一，但它也有些不足。一是对“情”与“采”、“文”与“质”的具体内涵未能做出准确的阐述；二是刘勰所要求的文章内容，是为统治者服务的，“吟咏情性，以讽其上”，即明显一证。

圣贤书辞，总称“文章”①，非采而何？夫水性虚而沦漪结，木体实而花萼振②：文附质也③。虎豹无文，则鞟同犬羊④，犀兕有皮⑤，而色资丹漆：质待文也。若乃综述性灵，敷写器象⑥，镂心鸟迹之中⑦，织辞渔网之上⑧，其为彪炳⑨，缛采名矣⑩。

【注释】

①文章：此处不是指文章、作品。文，指条理。章，指色彩。

②花萼（è）：花托。

③质：指文章内容。

④鞟（kuò）：皮革，去毛之皮。

⑤犀兕（xī sì）：犀，雄犀牛。兕，雌犀牛。古代用犀牛皮做盔甲，多以丹漆着染色彩。

⑥敷写：铺陈描写。器象：事物的状貌、形象。

⑦镂心：精心雕镂。鸟迹：指文字，因传说仓颉仿照鸟兽足迹创造文字。

⑧织辞：组织、安排辞句。渔网：指纸张，因《后汉书·蔡伦传》载，蔡伦用树皮、麻头、破布、渔网造纸。

⑨彪炳：指文采鲜明光耀。

⑩缛采名矣：以文采繁富著称。名，闻名，著称。

【译文】

圣哲贤人的著作，都叫做“文章”，这不是说明文章要有文采又是什么呢？水有虚软之性，故能形成波纹；树木有质实之体，故有鲜花开放：可见文采要依附于一定的质地。如果虎皮、豹皮没有花纹和色彩，就会与狗皮、羊皮一样；犀兕之皮有实用价值，但要靠红漆着染色彩：可见质地也需要文采。至于错综地抒写性情心灵，描述万物状貌，精心琢磨文字，组织安排辞句，其所以能光辉熠耀，是因繁富的文采而著称。

故立文之道，其理有三：一曰形文[①]，五色是也[②]；二曰声文，五音是也[③]；三曰情文，五性是也[④]。五色杂而成黼黻[⑤]，五音比而成韶夏[⑥]，五性发而为辞章，神理之数也[⑦]。

【注释】

①文：此处是广义的，包括形文、声文、情文。

②五色：青、黄、赤、白、黑。

③五音：宫、商、角、徵、羽。

④五性：喜、怒、欲、惧、忧。

⑤黼黻(fǔ fú)：礼服上所绣的华美花纹。黼，黑白相间的花纹。黻，黑青相间的花纹。

⑥比：并列，比配。韶夏：古代的音乐，韶指舜时的乐曲，夏指禹时的乐曲。

⑦神理：神妙的自然之理。数：此处指规律。

【译文】

因而确立文采的途径，其机理包括三个方面的内容：第一叫做形文，就是五色；第二叫做声文，就是五音；第三叫做情文，就是五性。五色错杂调配就成为斑斓的花纹；五音互相配合就产生了乐曲；五情抒发出来就成为各种优美的文章，这乃是一种神妙的自然规律。

《孝经》垂典[①]，丧言不文；故知君子常言，未尝质也。老子疾伪[②]，故称“美言不信”；而五千精妙，则非弃美矣。庄周云[③]，“辩雕万物”[④]，谓藻饰也。韩非云[⑤]，“艳乎辩说”，谓绮丽也。绮丽以艳说，藻饰以辩雕，文辞之变，于斯极矣。

【注释】

①《孝经》:儒家经典之一,论述封建孝道,汉代被列为七经之一。垂典:留传下来的典范、教诲。

②老子:姓李,名耳,春秋时的思想家,其思想存于《老子》一书中,此书共八十一章,五千余言。

③庄周:战国时道家的代表人物。

④辩雕:古代逻辑术语,指推理。

⑤韩非:战国末期法家代表人物。

【译文】

《孝经》留传下教训,居丧期间不说有文采的话;由此可推知君子平常说话,并不都是质朴的。老子憎恶虚伪,曾说"漂亮话不可信";但他的著作《老子》五千言,却是精彩美妙的,可见他也并不是厌弃文采的了。庄周说,"用巧妙的话来细致地雕画各种事物",就是说要讲究辞藻修饰。韩非所谓"艳丽的文辞用于辩论、游说",这也是说追求绮丽之美。用华丽的言辞增加辩说之美,用精美的辞藻来雕饰万事万物,文章辞采的变化,可谓达到极点了。

研味《孝》、《老》,则知文质附乎性情;详览庄、韩,则见华实过乎淫侈[①]。若择源于泾渭之流[②],按辔于邪正之路[③],亦可以驭文采矣。夫铅黛所以饰容[④],而盼倩生于淑姿[⑤];文采所以饰言,而辩丽本于情性。故情者文之经,辞者理之纬;经正而后纬成,理定而后辞畅。此立文之本源也。

【注释】

①侈(chǐ):过分夸大。

②泾渭:指陕西境内的泾水和渭水,泾水浊,渭水清。

③按辔(pèi):收住马缰慢行,此处喻从容不迫。

④铅黛:铅粉和黛石,分别用以敷面、描眉。

⑤盼倩:眼波流动,口颊含笑,表情多变而有神。

【译文】

品味《孝经》和《老子》所言,就会知道文采修饰内容要依附于作者的性情;细察庄子、韩非子之说,就可看出辞采"辩雕"事物过于浮华了。如果能够在清流与浊流之际选择为文之本,在邪路与正道之间从容思考,那就能够在写作中运用文采了。铅粉和黛料可用以修饰容貌,但要顾盼生情却要依靠美好的姿质;文采可以美化语言,但精巧华丽之美则本源于作者的性情。所以说情理是文章的经线,文辞则是情理的纬线;经线端直纬线才能与其交织相成,情理明确文辞才能畅朗。这就是文章写作的根本之点。

昔《诗》人什篇①,为情而造文;辞人赋颂,为文而造情。何以明其然?盖《风》、《雅》之兴②,志思蓄愤③,而吟咏情性,以讽其上,此为情而造文也;诸子之徒④,心非郁陶⑤,苟驰夸饰⑥,鬻声钓世⑦,此为文而造情也。故为情者要约而写真,为文者淫丽而烦滥⑧。而后之作者,采滥忽真,远弃《风》、《雅》,近师辞赋,故体情之制日疏⑨,逐文之篇愈盛。

【注释】

①什篇:诗篇。什,十篇为什。

②《风》、《雅》:指《诗经》中的国风和大小雅。

③志思蓄愤:心怀忧思,郁积了愤懑。

④诸子:指辞赋家们。

⑤郁陶(yáo):情有郁结。

⑥苟驰：任意放纵。

⑦鬻(yù)声钓世：求取名声于世。

⑧淫丽而烦滥：文辞艳冶，内容杂乱不实。

⑨制：此处指合乎规范的文章。

【译文】

从前，《诗经》作者的篇章，是为了抒发感情而写作的；而辞赋家的赋颂，则是为写作而造作感情。怎么知道是这样的呢？《诗经》中《风》、《雅》的写作，是作者有思虑和怨愤，于是抒发、吟唱自己的感情，以讽喻居于高位的人，这就是为表达自己的感情而写作；而辞赋家们心里并没有什么郁结的忧思，只是随心所欲地用过分夸饰的文辞，沽名钓誉，这就是为写作而造作感情。因而为抒发情感而写作的，言辞简要、精练，写出了真情实感，为写作而造作感情的，文辞浮华过分，内容却虚夸而杂乱。后代的作者，追求文辞的浮夸，而忽略内容的真实，抛却古代的《风》、《雅》传统，宗奉近代辞赋家的文风，所以表现真情实感的诗文日渐稀少，追求浮夸文辞的篇什则愈来愈多。

故有志深轩冕[①]，而泛咏皋壤[②]，心缠机务[③]，而虚述人外[④]。真宰弗存[⑤]，翩其反矣[⑥]。夫桃李不言而成蹊[⑦]，有实存也；男子树兰而不芳，无其情也。夫以草木之微，依情待实，况乎文章，述志为本，言与志反，文岂足征[⑧]？

【注释】

①轩冕：古代官员所乘之车及所戴之帽，此处喻指功名利禄。

②壤：水泽田园，喻指隐居生活。

③机务：政事，政务。

④人外：世外。

⑤真宰：真正的主宰，此处指真实的情感。

⑥翩：偏。

⑦蹊（xī）：小径。

⑧征：取信于人的凭证。

【译文】

有人处心积虑地想做官，却空泛地吟咏着退隐山林，有的人头脑纠缠于政务，却虚假地述说着要超脱人世。内心没有真正的主宰，表现出来的就与内心相反了。桃树李树沉默无语，而树下却有了蹊径，因为它有果实悬挂枝头；传说男子种植兰草，却并没有芳香，那是因为他们没有垂爱兰草的真实感情。像草木一般微小的东西，都要依赖于思想感情和甘美的果实，更何况是文章要以述写情思为根本，说的与想的不一样，这样的文章能让人相信吗？

是以联辞结采，将欲明理；采滥辞诡，则心理愈翳[①]。固知翠纶桂饵[②]，反所以失鱼。"言隐荣华"，殆谓此也。是以"衣锦褧衣"[③]，恶文太章[④]；《贲》象穷白[⑤]，贵乎反本。夫能设模以位理[⑥]，拟地以置心[⑦]，心定而后结音，理正而后摛藻。使文不灭质，博不溺心[⑧]，正采耀乎朱蓝[⑨]，间色屏于红紫[⑩]，乃可谓雕琢其章，彬彬君子矣。

【注释】

①翳（yì）：隐蔽。

②翠纶：翠，翡翠，绿色的玉。纶，钓鱼线。桂饵：桂，肉桂，是一种珍贵食品。饵，诱饵，鱼食。

③褧（jiǒng）衣：古代人们罩在外面的单衣。

④太章：过分显耀。

⑤《贲》象穷白：《贲》象，指《易·贲卦》卦象，贲卦是讲文饰的。穷白，发展到最后是没有文饰的白色。穷，追溯到底。

⑥设模：设置规范、标准。位理：给情理以恰当位置，使之能充分阐发。位，此处做动词用。

⑦拟地：拟定基本格调。地，本色，基调。置心：意谓安排思路条理，使情思得以表现。

⑧溺心：淹没思想感情。

⑨正采：古代视朱与蓝为正色。

⑩间色：古代视红与紫为间色，即不纯正的杂色。

【译文】

所以连缀言辞结集文采，是要阐明情理；如果辞藻浮华文采诡异，那么心思和情理就会愈加隐蔽不明。人们知道以翡翠装饰钓线，以肉桂作为鱼饵，反而钓不到鱼。"言语的含义被过多的文采所掩蔽"，大抵说的就是这种情况。所以"穿着锦缎衣服还要再罩上一件布衫"，就是厌嫌文采过于华丽显耀；《贲卦》的卦象探究到极处竟是白色的，其意在强调返还事物的本色。要能确立一种规范给所要表达的情理以恰当的位置，拟定一种基本格调使情思得以抒发，情思确定之后再连缀音韵，思想端正之后再铺展文辞。使文采不掩盖内容，丰富的事例不淹没感情，使朱蓝正色光彩熠耀，屏弃红紫杂色而不用，这样才可以说是善于雕饰作文的文质彬彬的才士了。

赞曰：言以文远，诚哉斯验。心术既形[①]，英华乃赡。美锦好渝[②]，舜英徒艳[③]。繁采寡情，味之必厌。

【注释】

①心术：思路，构思活动。

②渝：变化。

③舜英：木槿花，色艳易谢。

【译文】

综括而言：言论需借助文采才能流传久远，这说法是经过验证信而不爽的。作者构思完成了，文采的光华才能充分显示出来。鲜艳的织锦容易变色，舜英虽美却极易凋谢。文采繁富而情思贫乏的文章，品味起来令人生厌。

镕裁第三十二

【题解】

从《镕裁》篇论述的逻辑来看，刘勰认为写作过程是一个“情理设位，文采行乎其中”的动态发展过程。在这个过程中，既要“刚柔以立本”，又要“变通以趋时”。“立本”是有体制和规范的，不能随心所欲，因而就出现了“意或偏长”，亦即所要表现的情理内容过多过繁，而不能与体制、规范相适应的矛盾；“趋时”，则没有一定的方法，需视具体情况灵活多变地对待、处理，这就又产生了“辞或繁杂”的毛病。总之是内容与形式不相适应；情理、体制、文采三者不能协调。

为克服这一困难，刘勰提出了影响深远的“三准”说：

“履端于始，则设情以位体”。这一准则，主要在于解决情理与体制的“合模”，亦即内容与形式的统一问题，情理和内容既要借助于一定的体制或形式加以表现，又要受体制或形式的制约，合乎其规范。对“设情以位体”，即不宜单方面考虑情理或内容对于体制或形式的作用和意义，而应注意到体制或形式对于情理或内容的反作用。

“举正于中，则酌事以取类”。这一准则，主要在于解决“意或偏长”的问题，亦即事例与情理的关系问题。所谓“酌事”，就是要斟酌、研究事例，权衡其轻重价值。而“酌事”的关键，则是要看表达情理的需要和体制规范所能吸纳的程度。所谓“取类”，则是要从同一类型的多种事例中择选出典型的事例，使之举一反三，以一例百。由于是“取类”，这就需要以对事例的分类排队作为其前提，而事例一经分类排队，文章的纲目条理也就相应地明朗化了。

“归余于终，则撮辞以举要”。这一准则，主要在于解决文辞与情理的关系问题。刘勰虽然认为“情以文显”，但他又反对“瘠义肥辞”。所谓“撮辞”，就是集中运用必要的文辞，做到“辞达而已”；所谓“举要”，就是要表现出作为文章内容的情理。努力克服“辞愈多而理愈乱”的现象，使辞情和谐得体。

“三准”说事实上存在着先后次序，是写作构思的步骤和具有普遍意义的写作规律。《镕裁》篇虽把裁辞作为其中的一个重要组成部分，却不像论述镕意那么鲜明、突出。综观全文，刘勰提出的主要裁辞方法有以下几点：一、“变通以趋时”。即要适应特定环境中的表达需要，使文辞有所通融和变化，而不能总是一个腔调、一种风格、一种模式。这与刘勰所谓的“文变染乎世情”是一脉相通的。二、“修短有度”。即刘勰以缝制衣服为喻，要求适合特定文体的内容需要。三、“适分所好”。即要使文辞的运用自然地反映出作者的个性特点。长期的写作实践表明，有的作者善敷，有的作者善删。对于这种现象，刘勰不囿于一偏，明确指出“谓繁与略，适分所好”。只要能做到“删者字去而意留”，“敷者辞殊而意显”，都是应当肯定的。如果“字删而意阙”，“辞敷而言重”，那就都不足取法了。这样论述，是颇有些辩证意味的。

《镕裁》篇主要的歧疑点是对“刚柔以立本”内涵的认识，“刚柔以立本”研究者多有争议，我们认为释为以刚健或柔婉作为文章的基本格调，是比较符合刘勰本意和写作实际的。此外，对“设情以位体”中“体”的内涵的认识也有不同意见，我们认为“设情以位体”之“体”，指的是在文体论中被视为“文之纲领”的、具有“式”、“制”、“大要”、“大略”等意义的“大体”。它体现着文章在内容、形式、格调等多方面的原则和要求。另外，关于“撮辞以举要”的内涵学者也多有分歧，把“撮辞以举要”解释为集聚必要的文辞以表现文章的内容要义，似乎是少有罅隙，而较为符合“三准”说整体意义的。

情理设位①，文采行乎其中。刚柔以立本②，变通以趋时③。立本有体④，意或偏长⑤；趋时无方，辞或繁杂。蹊要所司⑥，职在镕裁。檃括情理，矫揉文采也⑦。规范本体谓之镕⑧，剪裁浮辞谓之裁。裁则芜秽不生，镕则纲领昭畅⑨，譬绳墨之审分，斧斤之斫削矣。骈拇枝指，由侈于性⑩；附赘悬疣，实侈于形⑪。一意两出，义之骈枝也⑫；同词重句，文之疣赘也⑬。

【注释】

①情理：思想内容。设位：安排位置，即布局谋篇。

②刚柔：阳刚阴柔，此喻指文章的基本格调。立本：确立基调。

③趋时：适应环境、形势。

④体：体制，即文体的基本特点、基本要求。

⑤偏：偏向，过于。长：繁多。

⑥蹊要：道路要隘，比喻关键。司：主管，掌握。

⑦矫揉：使曲者直，直者曲。

⑧本体：合乎一定规范的文章内容和形式的统一体。

⑨纲领：比喻文章的主要组成部分。

⑩侈：多余的。性：此谓天生的。

⑪形：此谓形体。

⑫义：文章的内容。

⑬文：语言文辞。

【译文】

思想内容确定了位置，文采自然流布于其中。以刚健或柔婉作为文章的基调，以通融和变化适应环境和形势的特点。确立文章的基调有一定的体制，而所要表达的意思可能过于繁多；适应环境和形势没有固定的方法，辞语的运用可能繁冗而芜杂。解决问题的关键，主要就在于镕裁。按照一定的规范调整文章的思想内容，推敲、修正文辞运用的缺陷。使文章的思想内容合乎文章体制的规范，叫做镕；删削多余的、无实用价值的文辞，叫做裁。经过剪裁，文辞不再繁冗拖沓，经过镕范，则体制分明，旨要突出，犹如在木料上打好墨线作为标准，再用斧头砍掉多余的部分一样。脚的拇指与二指不分，手的拇指旁生小枝，是天生多余的缺陷；附生的赘肉和悬缀的肉瘤，也是人体上无用的废物。同一意思在文中两次出现，就是内容方面的骈拇枝指；同一辞句一再重复，则是文辞方面的附赘悬疣。

凡思绪初发，辞采苦杂，心非权衡[①]，势必轻重。是以草创鸿笔[②]，先标三准：履端于始[③]，则设情以位体；举正于中，则酌事以取类[④]；归余于终，则撮辞以举要[⑤]。然后舒华布实[⑥]，献替节文[⑦]，绳墨之外，美材既斫，故能首尾圆合，条贯统序[⑧]。若术不素定[⑨]，而委心逐辞[⑩]，异端丛至，骈赘必多。

【注释】

①权：秤砣。衡：秤杆。

②鸿笔：鸿篇巨制。

③履端：与下面的“举正”、“归余”，都是古代推算历法的术语。此处借用为开始、其次、最后之意。

④酌事：斟酌、选择事例。取类：取类中之事，以获得典型材料。

⑤撮：聚集。举要：表现旨要，亦即体要。

⑥舒华：铺陈文辞。布实：展现内容。

⑦献替：献可替否，即去芜取精。节文：调节辞采。

⑧条贯：条理贯通。统序：集中有次序。

⑨术：方法，原则，此指“三准”。素定：事先确定。

⑩委心：执意。

【译文】

构思开始，往往为头绪繁多、辞采杂乱所累，心灵不是天平，势难判断多少和轻重。因之起草篇幅较长的文章，先要确立三个准则：第一步，确立文章的内容，给它以适当的位置，即按照一定规范确定其体制；第二步，根据内容从各类事例中选择典型事例，并加以有条有理地表现；第三步，聚集文辞来表现文章的内容要义。然后铺陈文辞表达内容，去芜取精，调节辞语文采，就像木工砍掉墨线之外的材料，因而能使文章从头到尾圆合周密，条理贯通，集中有序。如果事先不确定准则，而执意追求文辞的繁缛，那么各种诡异的东西就会纷至沓来，冗余之物就必然增多。

故三准既定，次讨字句①。句有可削，足见其疏；字不得减，乃知其密。精论要语，极略之体；游心窜句②，极繁之体；谓繁与略，适分所好。引而申之，则两句敷为一章③；约以贯之④，则一章删成两句。思赡者善敷，才核者善删⑤；善删者字去而意留，善敷者辞殊而意显。字删而意阙⑥，则短乏而非核；辞敷而言重，则芜秽而非赡。

【注释】

①讨：研讨，探讨，引申为推敲意。

②游心：犹浮想联翩。窜句：掺入繁杂、铺张的句子。

③敷：铺陈，扩展。

④约：简化，概括。

⑤核：精要。

⑥阙：缺失，不足。

【译文】

所以三准既经确立之后，继之便应探讨字句。句子有可删削之处，足以看出表达的粗疏；文字不能再减少，才知道文辞的精密。精湛的议论，扼要的语言，具有权简练的风格；奔放无羁的想象，铺张的文辞字句，则有着繁缛的特点；而繁缛与简练，都是由作者的个性和爱好来决定的。把话加以引申、发挥，两句可扩展为一章；把话加以概括、简化，那一章就可删减为两句。文思繁富的作者善于铺陈、扩展，才思精要的作者善于简化；善于简化的作者删削了文字而保留了原意，善于铺陈、扩展的作者，文辞繁多而富有变化，使内容更为鲜明、突出。删削了文字而致内容不完善，那是残缺而不是精要；文辞铺展了而语言重复，那是芜杂而不是丰富。

昔谢艾、王济[①]，西河文士[②]。张骏以为艾繁而不可删[③]，济略而不可益，若二子者，可谓练镕裁而晓繁略矣[④]。至如士衡才优，而缀辞尤繁[⑤]；士龙思劣，而雅好清省。及云之论机，亟恨其多[⑥]，而称“清新相接，不以为病”，盖崇友于耳[⑦]。夫美锦制衣，修短有度，虽玩其采，不倍领袖，巧犹难繁，况在乎拙？而《文赋》以为“榛楛勿剪”[⑧]，“庸音足曲”[⑨]，其识非不鉴[⑩]，乃情苦芟繁也。夫百节成体，共资荣卫[⑪]；万趣会文[⑫]，不离辞情。若情周而不繁[⑬]，辞运而不滥[⑭]，非夫镕裁，何以行之乎？

【注释】

①谢艾、王济：东晋凉州牧张重华的属官。

②西河：今山西西部。

③张骏：东晋初做凉州牧，是张重华之父。

④练：谙熟，深知。

⑤缀辞：遣词造句。

⑥亟：屡次。

⑦崇：尊崇，看重。友于：指兄弟。

⑧榛楛(zhēn hù)：丛杂的恶木，此指荆棘。

⑨庸音：平庸的音调。

⑩鉴：明察，高明。

⑪荣卫：亦作营卫，指血脉流通。

⑫会文：汇聚成文。

⑬周：周密，充分。

⑭运：运用。

【译文】

从前，谢艾、王济是西河的文人学士。张骏认为谢艾的文章繁富但不能再删减，王济的文章简略但也不能再增补，像他们两个人，可谓精通镕与裁的方法，懂得如何繁与简的道理了。至于陆机，才思优异，连缀文辞却非常繁缛；陆云文思稍差一些，而喜爱文辞的简省。及至陆云评论陆机之时，虽一再厌嫌他的繁多，却又说“文辞清新，前后衔接，不算是为文的缺陷”，或许是由于看重兄弟之情吧。用华美的锦缎做衣服，长短有一定的尺寸，纵使喜爱它的华美，也不能把领子和袖子加长一倍，才思巧妙的作者尚且难以写得繁富、精当，更何况文思稍差的人呢？而陆机在《文赋》中认为，“丛杂的荆棘不必砍掉”，“平庸的音调也可以凑成一曲”，陆机的见识并非不高明，而是他在感情上苦于对繁冗的删削罢了。成百的骨节构成人体，共同依靠血脉的流通；多种意趣汇聚成文章，离不开文辞和情思。若要情感表达得充分而又不繁杂，文辞运用得完美而不泛滥，不发挥镕裁的作用，怎么能做得到呢？

赞曰：篇章户牖[1]，左右相瞰[2]。辞如川流，溢则泛滥。权衡损益，斟酌浓淡。芟繁剪秽[3]，弛于负担[4]。

【注释】

①牖(yǒu)：窗户。

②相瞰(kàn)：相互观看，此引申为相互配合、照应。

③芟(shān)：铲除杂草，引申为除去。

④弛：放松，减轻。

【译文】

综括而言：文章的构成好比房子的门窗，左右是相互配合、对应的。文辞好像河流，水溢出来就会泛滥成灾。衡量文章的增删得失，研究辞情的多少与详略。删除芜杂多余的东西，减去不必要的负担。

声律第三十三

【题解】

《声律》篇专论诗文的声调和韵律问题，是我国诗文写作理论中值得特别重视的瑰宝。在《附会》篇中，刘勰曾把诗文的声律喻为人体中的“声气”，是人体生命中不可或缺的四个有机组成部分(即“神明”、“骨髓”、“声气”、“肌肤”)之一。在《声律》篇中，他更把声律视为人体所固有的一种生理现象。

刘勰总结前人诗文写作的实践经验，吸取当时沈约等人研究声律问题的理论成果，认为声律的运用，主要包括两个方面的内容：一是“声有飞沉”，二是“响有双叠”。所谓“飞沉”，是指声调的飞扬和沉抑，大体上相当于今之平仄。“飞”类同平声，“沉”恰如仄声。在刘勰所处的时代，虽尚未广泛使用平仄(或平上去入)的名称，但它已在诗文写作实践中表现了出来。刘勰讲“声有飞沉”，实际上已把平仄相互配合的道理讲得相当明确了。刘勰认为，声调的“飞”与“沉”，应当交互间杂，“逆鳞相比”，一句之中，不宜皆用平声，亦不宜都用仄声，否则就会产生“响发而断”或“声扬不还”的毛病。所谓“双叠”，是指语言中的双声和叠韵。两个音节中，声母相同，叫做“双声”；两个音节中，韵母相同，叫“叠韵”。这是我国诗文具有音律美的一种传统形式。刘勰认为，运用双声和叠韵，都必须紧密相连，如“辘轳交往”，不得间断。如果“双声隔字”或“叠韵离句”，那也就成为“文家之吃”了。

为了防止和克服“吃文为患”，刘勰提出：一要有“务在刚断”的坚决态度，二要掌握“左碍而寻右，末滞而讨前”的调整方法。这样，就能使写出来的诗文“声转于吻，玲玲如振玉；辞靡于耳，累累如贯珠”了。

在飞沉与双叠的运用中，刘勰还特别强调“和”与“韵”的关系。讲究“异音相从”和“同声相应”。所谓“异音相从”，是指诗文中的平仄交替和对应，取其相反相成，通过音调的抑扬起伏，使诗文产生鲜明的节奏感和音乐美，这就是“和”的意思。所谓“同声相应”，是指诗文中的用韵，即在诗文中每隔若干字句，让同一元音按照一定的规则重复一次，形成反复回环而又和谐畅朗之美，这就是“韵”的意思。做到了“和”与“韵”的统一，诗文的声律效果才能充分表现出来。

综观《声律》篇全文，刘勰对声律的重要性、声律的运用原则，以及声律运用中的方言、讹韵等问题的论述，都是很实际、很有见地、很有意义的。在当时的文坛上，存在着“声律论”之争。一方面，以沈约为代表，特别强调声律，提出了许多正确主张，对汉语声律研究做出了不可磨灭的贡献，但也框定了一些烦琐的禁忌，如所谓“平头、上尾、蜂腰、鹤膝、大韵、小韵、旁纽、正纽”的八病说。另一方面，稍前于刘勰的甄琛、陆厥、萧衍，和稍后于刘勰的钟嵘等人，则批评沈约“不依古典，妄自穿凿”；“使文多拘忌，伤其真美”。他们反对片面求务声律，是有实际意义的，但又疏略于诗文写作中的声律之美。刘勰在这两者之间，慎辨去取，既不赞成烦琐的禁忌，又不否定声律的重要意义，持论是比较端正、公允的。他继往开来，对此后声律论的研究与传统格律诗的形成和发展，产生了重大而积极的影响。日僧遍照金刚之《文镜秘府论》，即多引刘勰之声律说以为其理据。时至今日，声律问题却仍然是不应忽视的。

夫音律所始，本于人声者也。声含宫商，肇自血气[①]，先王因之，以制乐歌。故知器写人声，声非学器者也。故言语者，文章关键，神明枢机，吐纳律吕[②]，唇吻而已。古之教歌，先揆以法，使疾呼中宫[③]，徐呼中徵[④]。夫宫商响高，徵羽声下；抗喉矫舌之差，攒唇激齿之异[⑤]，廉肉相准[⑥]，皎然可分[⑦]。今操琴不调，必知改张[⑧]，摛文乖张，而不识所调。响在彼弦，乃得克谐[⑨]，声萌我心[⑩]，更失和律，其故何哉？良由外听易为察[⑪]，内听难为聪也[⑫]。故外听之易，弦以手定；内听之难，声与心纷。可以数求，难以辞逐[⑬]。

【注释】

①肇(zhào)：开始。血气：指注贯全身的生理机能。

②吐纳：吞吐，此处指音律的发出和运用。律吕：古代音律有六律、六吕，合称十二律，此处泛指音律。

③疾呼：指发音急速的强音。中：适中，合于。

④徐呼：指发音徐缓的弱音。徵：五音之一，与宫音比，徵音较弱。

⑤“抗喉”二句：抗喉、矫舌、攒唇、激齿，分别指由于喉、舌、唇、齿的活动所发出的不同声音。

⑥廉肉：指声音的强弱。《礼记·乐记》：“使其曲直繁瘠，廉肉节奏，足以感动人之善心而已矣。”郑注：“繁瘠、廉肉，声之鸿杀也。”鸿指强，杀指弱。相准：按标准相比较。

⑦皎然：清楚，鲜明。

⑧改张：重新调弦。

⑨克谐：能够和谐。

⑩声萌：声音萌发。

⑪外听：指乐器之声。

⑫内听：指作者的心声。聪：此处意谓清楚、明白。

⑬难以辞逐：与《神思》篇之“言所不追”含义相同。

【译文】

音律的开始产生，原本于人的发音。人的发音包含宫商等五音，始自人的生理气性，先前的圣人因而鉴用，借以制作音乐歌曲。由此可知是乐器模拟人的声音，而并不是人的发声模拟乐器。所以，言辞语句是构成文章的关键，表达心灵的枢纽，推敲运用音律，靠的就是唇齿和口吻而已。古代教人唱歌，先要掌握法度以正音律，使强音合于宫音，弱音合于徵音。宫音、商音较强，徵音、羽音较弱；张喉与动舌的声音不同，合唇与碰齿的声音有别，声音的强弱按照标准一比较，就能区分清楚了。如今人们弹琴，要是音调不和谐，必然知道要调整琴弦，而写文章音调不顺畅，却不懂得如何调节。乐声发自琴弦，倒能使它和谐，语言出于自己心里，反而失去了音律的和谐，其原由何在呢？实在是由于外在的声音容易察辨，而内心的情思的确是难于弄明白的。外在的声音容易听清楚，是由于琴弦用手来弹拨；内心的声音难以掌握，则是由于声音和心思一样纷繁。这虽可以循其规律求得声韵的和谐，却是难以用文辞追述的。

凡声有飞沉①，响有双叠②。双声隔字而每舛③，叠韵离句而必睽④；沉则响发而断，飞则声扬不还，并辘轳交往，逆鳞相比⑤。迕其际会⑥，则往蹇来连⑦，其为疾病，亦文家之吃也。夫吃文为患，生于好诡，逐新趣异，故喉唇纠纷⑧；将欲解结，务在刚断。左碍而寻右，末滞而讨前，则声转于吻，玲玲如振玉⑨；辞靡于耳⑩，累累如贯珠矣。是以声画妍蚩⑪，寄在吟咏；滋味流于下句，气力穷于和韵⑫。异音相从谓之和⑬，同声相应谓之韵⑭。韵气一定，则余声易遣⑮；和体抑扬[16]，故遗响难契[17]。属笔易巧[18]，而选和至难；缀文难精[19]，而作韵甚易。虽纤意曲变[20]，非可缕言[21]，然振其大纲，不出兹论。

【注释】

①飞沉：声音的扬抑，相当于平声、仄声。

②双叠：双声叠韵的缩写。

③双声：两个字声母相同，如“惆怅（chóu chàng）”。隔字：指双声之间的字。舛：误差，不合。

④叠韵，两个字韵母相同，如“蹉跎（cuō tuó）”。离句：把叠韵在句中隔开。睽：违背，别扭。

⑤逆鳞：相传龙有逆鳞。

⑥迕（wǔ）：违反。际会：指接合的部位。

⑦往蹇（jiǎn）来连：往来都困难。蹇，跛足行走不利。连，此处指不顺利。

⑧喉唇纠纷：指发音不协。

⑨玲玲：状玉石之声。

⑩靡：此处指细密、和谐。

⑪声画：声音的形象表现，指文章的声韵。妍蚩（chī）：同“妍媸”。

⑫和韵：使韵律和谐。

⑬异音：指句中平仄不同的字。

⑭同声：指句末成韵的字。

⑮余声：收声，指韵母都在一个字字音的收尾。易遣：容易调遣、安排。

⑯和体：和谐一体，指声调搭配。

⑰遗响：每一组音节的末一个音。难契：难以配合。

⑱属笔：指写文章。

⑲缀文：指连接、运用文辞。

⑳纤意：细微的内容。曲变：曲折的变化。

㉑缕言：分条详说。

【译文】

声音有飞扬和低沉之分，音响有双声和叠韵之别。双声之字被其他字隔开，就往往不协调，叠韵被分离，则必然别扭；发音都是沉抑的，就像是断了气，出声都是高强的，则只能飞扬而不能婉转，双叠都应当像井上的辘轳，一圈一圈地回环转动，飞沉则应像有顺有逆的龙鳞排列在一起，相反相成。如果违背了声音搭配的次序，就会佶屈聱牙，这种弊端，也就是文章家的口吃病。文章中的口吃病，是由于偏好奇诡造成的，由于追求新异，所以才产生了别扭绕口的辞句；要想解开这个纽结，必须坚决果断。左边有障碍可从右边去想办法，后边有了阻塞而到前边加以调整，那么声音就会流转于口，如玉石振动玲玲作响；言辞充盈悦耳，像累累相连的珍珠了。所以文章声韵美丑好坏，寄托在吟咏之中；而吟咏的韵味，则从字句间流露出来，在字句方面所用的气力，归根结蒂是为了使文章有和谐的韵律。不同的音调配合恰当就是和谐，同一声音前后应和就是有韵。声韵一旦确定，那么收声相同的音就易于安排；声调的和谐要讲究高低抑扬，所以音响的搭配就难以契合。提笔作文容易工巧，但选定和谐的声调却非常困难；连缀文辞难于精致，而押韵却相当容易。虽然其中细微之意和曲折变化，不可能条分缕析地详说，但其纲领大要，不会超出上面这些论述。

若夫宫商大和①，譬诸吹籥②；翻回取韵③，颇似调瑟④。瑟资移柱，故有时而乖贰⑤；籥含定管，故无往而不壹。陈思、潘岳，吹籥之调也；陆机、左思，瑟柱之和也。概举而推，可以类见⑥。又《诗》人综韵，率多清切，《楚辞》辞楚⑦，故讹韵实繁。及张华论韵，谓士衡多楚，《文赋》亦称取足不易[8]，可谓衔灵均之余声[9]，失黄钟之正响也[10]。凡切韵之动[11]，势若转圜，讹音之作，甚于枘方，免乎枘方[12]，则无大过矣。练才洞鉴[13]，剖字钻响，疏识阔略[14]，随音所遇，若长风之过籁[15]，南郭之吹竽耳[16]。古之佩玉，左宫右徵，以节其步，声不失序[17]，音以律文[18]，其可忽哉！

【注释】

①大和：自然和谐。

②籥(yuè)：一种像笛的管乐器。

③翻回：反复转动。

④调瑟(sè)：调整琴弦。瑟，古代的一种弦乐器。

⑤乖贰：背离不和。

⑥类见：类推而知。

⑦辞楚：采用楚地辞语。辞，此处做动词用。

⑧取足不易：语出陆机《文赋》，原句谓："亮功多而累寡，故取足而不易。"主要是指警策在文章中的作用功多累寡不能改变，实与声律无关。黄侃认为"彦和盖引其言以明士衡多楚，不以张公之言而变"。这里就是借用过来的意思了。

⑨灵均：屈原之字。余声：指《楚辞》的影响。

⑩黄钟：十二律之一，此处泛指乐律。正响：即正声，指以《诗经》为代表的雅正之音。

⑪切韵之动：指合乎标准的用韵，即"清切"之韵。切，切合。动，运用。

⑫枘(ruì)方：圆凿方枘，即把方形木榫难以插入圆孔中，喻其极为不合。枘，榫。

⑬洞鉴：精通，深知。

⑭疏识：识见短浅。阔略：粗阔疏略，指不熟悉音韵。

⑮籁（lài）：孔窍，指风吹窍发声。

⑯南郭：《韩非子·内储说》载，齐宣王使人吹竽，定要三百人合奏，南郭先生不会吹竽，混杂在会吹的人中充数。竽，古代的一种乐器，类似现在的笙。

⑰失序：杂乱无序。

⑱律文：使文章合乎声律。律，此处做动词用。

【译文】

至于有人注重音调的全面自然和谐，就像是吹奏管乐；有人反复地求取音韵，就很像是调整琴弦。调弦要靠转动瑟柱，所以就每每不能谐和；管乐器上的气孔是固定的，所以吹奏的音调总是一致的。曹植和潘岳的文章，犹如吹龠都是和谐一致的调子；陆机和左思的文章，则像调瑟那样求得和谐。这里只是略举大概，其余是可以类推而知的。再说《诗经》作者们用韵，大都清楚准确，《楚辞》用的是楚地辞语，所以错乱的声韵很多。及至张华论韵时，曾说陆机的文章中楚音很多，而《文赋》中则说“取足不易”，这可以说是接受了屈原之音韵的影响，而失掉黄钟正调的音韵了。切合标准的用韵，其势如转动的圆环，错误的用韵，比把方木插入圆孔更难合卯，能够避免方木圆孔这样格格不入的现象，用韵就不会有大的过失了。有才气的作者洞察明鉴，能够剖析字词并钻研其声韵，识见粗疏的作者不谙音韵，碰上什么音就用什么韵，这不过是大风吹窍，南郭奏竽罢了。古人佩带玉器，左边的要合乎宫音，右边的要发出徵音，用以调节步子，使声音不失掉应有的秩序，而文辞之声是用来使文章合乎声律的，怎么可以忽略呢？

赞曰：标情务远①，比音则近②。吹律胸臆③，调钟唇吻④。声得盐梅⑤，响滑榆槿⑥。割弃支离⑦，宫商难隐⑧。

【注释】

①标情:标举情志,即抒写思想感情。

②比音:调和音律。比,合,排列。

③吹律:吐气合律,指声律始发。

④调钟:调和音律。钟,黄钟,此处代指音律。

⑤盐梅:调味品,盐咸梅酸,此处指声律配合得相反相成。

⑥榆槿:榆,榆树。槿,一种菜。榆槿的粉均滑润,可作调料,此处指声律配合得相辅相成。

⑦支离:分散,破离,此处指不谐和的讹音。

⑧难隐:难以隐蔽,此处指声律鲜明、畅朗。

【译文】

综括而言:抒写情思务必要深远,安排音律却要切近。声律发自于内心,通过唇吻使之调和。声律要赖于“盐梅”的调配,音响借助于“榆槿”的柔滑。抛却不协调的讹音,和谐的声律就会更为畅朗了。

章句第三十四

【题解】

《章句》篇专论文章中的分章和造句问题，它所讲的章句虽与今之章节、句子不完全相同，但大致上都可归属于布局谋篇的范围。刘勰强调了章句在文章中的地位：其一，章句是构成文章的基础，任何一篇文章，都是由字而成句，由句而成章，由章而成篇，由小而大、由个别而一般、由局部而整体，有机组合在一起的。其二，全篇文章光彩显耀，是由于各章没有毛病；章节写得精细华美，是因为句子没有缺陷；而句子的清新隽秀，则是由于每个字用得非常准确恰当。这两层意思正反相成，有力地阐明了章句在文章中的功能。

在安排章句方面，刘勰提出一些原则和方法：一是“句司数字”，“章总一义”。它要求一个句中的几个字要上下相接，前后互依，避免“辞失其朋，则羁旅而无友”的情况；一章之中则要总括、包容着一个相对完整的意思，做到“意穷而成体”。二是“控引情理，迎送际会”。它要求章句的安排要适应情理的表达，能够承上启下，有分有合。三是“原始要终，体必鳞次”。它要求全篇章句从头到尾都要像鱼鳞似地依次相接。四是“内义脉注”，“首尾一体”。它要求文章的内容主旨，贯注全篇首尾，能够支配、协调文章各个部分的关系。

《章句》篇有较多篇幅讲字数、用韵和虚辞问题，刘勰在《章句》篇中所论及的虚辞，于今多已失掉了广泛的使用价值，但在某些特定情况下，它们仍需“旋转”于句子的始、终、中，发挥着使句法“栩栩欲活”的作用。

综观《章句》全篇，它突出地阐明了章句的功能，提出了安排章句的原则和方法，强调了虚辞在章句中的作用，联系《情采》篇、《镕裁》篇和《附会》篇中的有关论述，综合研读，将会更为全面、深刻地理解刘勰论文之大旨。

《章句》篇主要的歧疑是关于“章句”的内涵问题。“章句”在不同的历史时期和不同种类的著作中，有着不同的含义，应当有所区别，不能混用。首先，“章”，原指“乐章”，一曲终结，即谓之一章。“章”被转借到文章写作范围中来，据黄侃考证，乃是“后起之义”。它一般表示一个相对独立意思的完成。刘勰所谓“章总一义”，即指此而言。“句”，《说文》解为“曲也”；又解：“钩，曲也。”可见，“句”即“曲”，“曲”即“钩”，因而“句”也就是“钩”。那么“钩”是什么意思呢？段玉裁注曰：“凡章句之句，亦取稽留可钩乙之意。”而所谓“钩乙”，乃指在语句需要停顿时，勾画一个类似“乙”字形的标志。据此可知，“章”在文章中表示一层意思的终结，即“意穷而成体”之义，而“句”则是在“章”中表示停顿之义。其次，“章句”是指汉代某些学者对古书，特别是对所谓经典的一种解析和注释的特定形式。第三，“章”在古代诗文中，一般只是指相当于今之所谓的层次和段落。而刘勰所谓的“句”，并不完全具有“一个完整的意思”，往往只表达语言的一个停顿，古有句、读之分，刘勰所谓的“句”是包括句、读二者在内的，这就使“句”较之现代汉语中的“句子”有了多一层的含义了。

夫设情有宅[①]，置言有位[②]；宅情曰章，位言曰句。故章者，明也；句者，局也[③]。局言者，联字以分疆；明情者，总义以包体，区畛相异[④]，而衢路交通矣。夫人之立言[⑤]，因字而生句，积句而为章，积章而成篇。篇之彪炳，章无疵也[6]；章之明靡[7]，句无玷也[8]；句之清英，字不妄也[9]。振本而末从[10]，知一而万毕矣[11]。

【注释】

①宅：住宅，处所。下句“宅情”之“宅”，名词作动词用，意谓分章。

②位：位置。下句“位言”之“位”，名词作动词用，意谓造句。

③局：局限，指句的分界。

④区畛(zhěn)：界限，范围。

⑤立言：著书立说，泛指写作文章。

⑥疵(cī)：毛病。

⑦明靡：明白，精细。

⑧玷(diàn)：白玉上的污点。

⑨妄：乱，随便，不合理。

⑩振本：抓住根本，此处喻指确立全篇文章的主旨。末从：末节相从，此处喻指章句、言辞受到全文主旨的支配。

⑪知一：明白了基本原理。一，指事物的核心、关键。万毕：万事万物尽皆包容其中。

【译文】

安排情理有一定的处所，摆布言辞也有一定的位置；安排情理的处所叫做章，摆布言辞的位置叫做句。所谓章，就是明白的意思；所谓句，就是局限的意思。所谓界分言辞，即指把字连缀起来构成句的疆界；所谓明确情理，要总括文义并把它包容在一定的体制之中，这两者的范围虽有不同，但却像有道路贯穿其间而能相互联结。人们写文章，都是缀字而形成句，串句而成为章，联章而构成篇的。全篇文章光彩显耀，是由于各章没有瑕疵；每个章节都明晰华美，是由于所有句子都没有缺陷；每个句子都清新隽秀，则是由于没有妄用一个字。抓住根本，末节就相随从，懂得了基本原理，万事万物就都包容其中了。

夫裁文匠笔[①]，篇有大小；离章合句[②]，调有缓急；随变适会[③]，莫见定准。句司数字，待相接以为用；章总一义，须意穷而成体[④]。其控引情理[⑤]，送迎际会[⑥]，譬舞容回环，而有缀兆之位[⑦]；歌声靡曼，而有抗坠之节也[⑧]。

【注释】

①裁文匠笔：裁、匠，均指构思、写作。文、笔，泛指文章。南北朝时，有韵者称“文”，无韵者称“笔”。

②离章合句：划分章节、连缀句子。

③随变适会：随着文情变化，因时制宜，有所调整。

④意穷：把意思说尽。成体：形成一个整体。体，在此处指完整的章节。

⑤控引：控制导引。

⑥送迎：送，指开启下意。迎，指承接上意。际会：分合。际，边际。会，会合。

⑦缀兆：缀，指舞蹈的行列。兆，指舞者的位置。

⑧抗坠：升降。抗，同“亢”，高亢。坠，下降，降低。

【译文】

人们写作有韵或无韵的文章，篇制有大有小；分别章节联结句子，声调有缓有急；要随着文情的变化适当调配，而没有固定的标准。句子掌管着几个字，必须组合起来才能发挥作用；章节总括着一个意思，必须把它说透才能形成一个整体。章节联系着情理的表达，应当迎上送下有分有合，好比舞蹈的态势，回旋环绕，要有一定的行列和位置；又如唱歌的声音，婉转柔长，要有高亢和低沉的节奏。

寻诗人拟喻，虽断章取义，然章句在篇，如茧之抽绪，原始要终，体必鳞次。启行之辞[1]，逆萌中篇之意[2]，绝笔之言[3]，追媵前句之旨[4]。故能外文绮交，内义脉注[5]，跗萼相衔[6]，首尾一体。若辞失其朋[7]，则羁旅而无友[8]，事乖其次，则飘寓而不安[9]。是以搜句忌于颠倒[10]，裁章贵于顺序[11]，斯固情趣之指归[12]，文笔之同致也[13]。

【注释】

①启行：出发，动身，此处指文章的开头。

②逆萌：预先孕育、萌发。

③绝笔：停笔，指文章的结尾。

④追媵（yìng）：追述上文以为之呼应。

⑤脉注：血脉贯注，喻指文意贯通。

⑥跗（fū）萼：跗，同“柎”，指花萼下的花房。萼，花瓣外部下面的绿色叶片。“柎”与“萼”是联结在一起的。

⑦朋：喻指上下互依的言辞。

⑧羁（jī）旅：旅客滞留他乡。

⑨飘寓：飘泊离家。

⑩搜句：即造句。

⑪裁章：谋划区分章节。

⑫指归：要旨所归。情趣：情思发展的趋向。趣，同“趋”。

⑬同致：共同要求。

【译文】

探究诗人运用比喻写诗，虽是断章取义，但章句在全篇文章中，犹如蚕茧抽丝那样绵延不断，从始至终，全篇章句都像鱼鳞那样依次排列着。开头的言辞，即预先孕育着中篇的意思，结尾的辞语，则要追求前面章句的旨意；因而能够使外在的文辞绮丽交织，内在的文意脉络贯通，像花房与花萼那样衔接，首尾浑然一体。如果文辞上下无依，互不衔接，就像远游的孤客没有旅伴，如果叙事违反了次序，则像飘泊在外的游子无处安身。因此，造句切忌颠倒，分章重在合乎顺序，这本来就是表达情思的要义，无论有韵之文或无韵之笔都是相同的。

若夫章句无常，而字有条数：四字密而不促，六字格而非缓①，或变之以三五，盖应机之权节也②。至于《诗》、《颂》大体，以四言为正，唯《祈父》“肇禋”③，以二言为句。寻二言肇于黄世，《竹弹》之谣是也；三言兴于虞时，《元首》之诗是也④；四言广于夏年，《洛汭》之歌是也⑤；五言见于周代，《行露》之章是也⑥。六言七言，杂出《诗》⑦、《骚》；两体之篇，成于西汉。情数运周⑧，随时代用矣⑨。

【注释】

①格：一解为“长”，一解为“正”，此处合而用之。

②权节：权宜应变之法。

③祈父：原为官名，掌管王畿范围内的兵马。《诗经·小雅》有《祈父》篇，篇中以“祈父”二字为句。肇禋（zhào yīn）：开始祭祀之意。《诗经·周颂·维清》中，以“肇禋”二字成句。

④《元首》：元首，指虞舜。诗为三字句，如：“股肱喜哉，元首起哉，百工熙哉。”“哉”为语气词，不计入三字句内。

⑤《洛汭（ruì）》：洛，指洛水。汭，河流弯曲之处。《洛汭》传即《五子之歌》，歌辞以四字句为主，如：“皇祖有训：民可近，不可下。民惟邦本，本固邦宁。”

⑥《行露》：《诗经·召南》中的一篇，全诗共三章十五句，中有八句

为五言,如:“谁谓雀无角?何以穿我屋?谁谓女无家?何以速我狱?”

⑦杂出:夹杂出现。

⑧运周:不停地运转。

⑨代:代替,更易。

【译文】

至于文章中章句的多少没有定准,而句中的字数却有一定之规:四字句紧密而不逼促,六字句长而且正,却并不迂缓、松散,有时变为三字句、五字句,那只是适应情势变化的一种权宜办法。至于《诗经》中《雅》、《颂》那样的庄重体式,以四字句为正格;唯有《祈父》“肇禋”以二字成句。追溯二字句原始于黄帝时代,《竹弹》歌谣即是;三字句兴起于虞舜时代,《元首》诗即是;四字句广泛发展于夏代,《洛汭》之歌即是;五字句始见于周代,《诗经·召南》中的《行露》篇即有部分五字句。六字句和七字句,在《诗经》、《楚辞》中即已夹杂出现;但整篇都是六字句或七字句的,到西汉时才得以完成。文情不断地发展变化,各种句式的运用也就相应地有所代用了。

若乃改韵徙调①,所以节文辞气。贾谊、枚乘,两韵辄易②;刘歆、桓谭③,百句不迁:亦各有其志也。昔魏武论赋,嫌于积韵④,而善于贸代⑤。陆云亦称,四言转句,以四句为佳。观彼制韵,志同枚、贾,然两韵辄易,则声韵微躁;百句不迁,则唇吻告劳。妙才激扬⑥,虽触思利贞⑦,曷若折之中和⑧,庶保无咎⑨。

【注释】

①徙(xǐ)调:变换声调。徙,迁移。

②辄(zhé)易：常常变易。辄，总是，常常。

③刘歆：字子骏，西汉末年至东汉初年学者。

④嫌：厌嫌，不满。积韵：重复用同一个韵。

⑤贸代：变迁，代替。

⑥激扬：喻指作者的才华横溢。

⑦触思利贞：有感而发，顺利表达。贞，纯正，此处喻指抒情、用韵均不离正规。

⑧曷(hé)：古代疑问词，与“何”同义。

⑨咎(jiù)：过失，毛病。

【译文】

至于改换韵脚转易声调，是为调节文章的语气。贾谊和枚乘，往往两韵一换；刘歆和桓谭，则多百韵不变：这也是各有其志趣的。从前曹操论赋，不满同韵重复，而以换韵为善。陆云也说，四言诗的换韵，以四句一转为好。察其用韵的方法，志趣与枚乘、贾谊相同，但两韵一换，声调和音律就嫌逼促；而如百韵不易，则诵读起来就会使人烦劳。才气高妙的作者虽能有感而发，得心应手地抒情和用韵，但何不采取“惟务折中”的办法，以保证不出现什么毛病呢。

又《诗》人以“兮”字入于句限[①]，《楚辞》用之，字出句外。寻“兮”字承句，乃语助余声[②]。舜咏《南风》，用之久矣，而魏武弗好[③]，岂不以无益文义耶！至于夫、惟、盖、故者，发端之首唱；之、而、于、以者，乃劄句之旧体[④]；乎、哉、矣、也者，亦送末之常科[⑤]。据事似闲，在用实切。巧者回运[⑥]，弥缝文体[⑦]，将令数句之外，得一字之助矣。外字难谬[⑧]，况章句欤！

【注释】

①句限：句子范围之内。

②语助：辅助语言的表达。余声：句子末尾的语气。

③弗好：不喜欢。

④劄(zhā)句：嵌于句中。

⑤送末：指句尾。常科：惯例。

⑥回运：反复而又灵活地运用。

⑦弥缝：弥补缝合，此指组合连接。

⑧外字：虚字、外加之字。难谬：以谬为患。难，忌惮之意。谬，错误。

【译文】

再说《诗经》的作者把"兮"字用于句子之中，《楚辞》用"兮"字，则在句子之外。考究用"兮"字作为句子中的承接成分，乃是一种表示语句余声的辅助性语气词。虞舜咏《南风》歌中，就早已用它了，但曹操却不喜欢用它，这难道不是认为"兮"字对于表达文义没有益处吗？至于夫、惟、盖、故四个字，乃是用于章句之首的；之、而、于、以四个字，原是嵌在句子之中的；乎、哉、矣、也四个字，则经常用于句子之末尾。照事理看虚字似乎是多余的，但它们在文章中的作用却很符合实际。巧妙的作者灵活地加以运用，严密地把文章的各个部分组合起来，就能在数句之外，得到一个虚字的助力了。实字之外的虚字都不能用错，更何况是整个的章句呢！

赞曰：断章有检[①]，积句不恒。理资配主，辞忌失朋。环情革调[②]，宛转相腾。离合同异，以尽厥能[③]。

【注释】

①检：标准，法式。

②环情：围绕情理，以情理为中心。革调：变换韵调。

③厥：其，代指章句。

【译文】

综括而言：裁断章节，有一定的准则，积句成章却没有定规。情理借助章句以与主旨相配，运用文辞忌讳上下不能相接。围绕所要表达的情理变换韵调，使章句曲折变化起伏腾跃。或离或合，或同或异，借以充分发挥章句的功能。

丽辞第三十五

【题解】

丽辞，即骈俪之辞。就语言、写作范围而言，丽辞大体上相当于今日所谓的对偶或对仗。通过对丽辞源流的追溯，刘勰不仅为丽辞之用提供了理论和实践的依据——既有自然之理和经典之范，又有历史和现实的经验教训——而且为反对浮靡文风暗置了“关键”，“契机者入巧，浮假者无功”一句，分量很重，针对性也很强。

《丽辞》篇对丽辞做了分类研究。刘勰从当时所能掌握的情况和资料出发，明确指出：“丽辞之体，凡有四对”。一是言对，即“对比空辞者也”；二是事对，即“并举人验者也”；三是反对，即“理殊趣合者也”；四是正对，即“事异义同者也”。刘勰还进一步指出：“又言对事对，各有反正”，意谓言对和事对之中，都可以各自有反对和正对。这就把丽辞的类型区分，论述得更为深入了一层，且有些朴素的辩证色彩了。

刘勰对丽辞的分类，较之后人的研究，显得相当粗略而不够完备，但是刘勰确实是为丽辞的分类研究奠定了最初的基础，其发轫之功是不应低估的。

丽辞，作为六朝时期盛行的一种写作艺术手段，一方面它增强了文章的表现力和感染力，促进了文学的发展，另一方面却也助长了浮靡诡滥的文风。刘勰正是在这种情况下论述丽辞问题的。他既要肯定乃至倡导丽辞之用，又要防止、纠正丽辞运用中的缺陷和弊端。因之，他论述丽辞之用有所“贵”，也有所“忌”。

所谓贵，一是贵“高下相须，自然成对”。意谓高低上下要互相配合、关顾，自然而然地构成对偶。二贵“岂营丽辞，率然对尔”。意思是说，不必刻意经营偶句，而以任其自然为上。三贵“奇偶适变，不劳经营”。意谓用奇句或用偶句都要适应情势的变化，而无须劳神去钻砺。四贵“迭用奇偶，节以杂佩”。意即交错地兼用奇句和偶句，像有节制地佩戴各种玉石饰品。刘勰所提出的上述“四贵”，突出地反映了他本源于自然之道的论文思想，虽有偏颇、繁复，却也是有本有末，言之成理的。值得特别注意的是，刘勰所提出的“四贵”，都要“理圆事密”，亦即说理要圆通，用事要贴切，注重内容的表述，这就使他的丽辞之论与形式主义的对偶主张，明显地区别开来了。

所谓忌，一是忌“句之骈枝”，即对偶中不能有累赘多余、一意两出的骈拇指枝。二是忌“两事相配，而优劣不均”，即对偶中相互配合的两件事，不能一优一劣，否则就会出现“骥在左骖，驽为右服”的倾斜和失衡。三是忌“事或孤立，莫与相偶”，即对偶中的用事，不能孤立无依，以致不能与之相配成双，否则就像是“夔之一足，趻踔而行”了。四是忌“气无奇类，文乏异采”，即对偶中的内容气势不能平庸无奇，文辞也不能没有新颖的光彩，否则就会“碌碌丽辞”，“昏睡耳目”了。这些见解虽稍有琐细之瑕，但在丽辞运用的过程中却是具体而实际的。

综观《丽辞》全篇，刘勰总结了历史上以及其所处时代的丽辞运用的状况，对丽辞的源流做了概括的阐述，并对丽辞的类型做了最初的划分，特别是从写作实践出发，提出了运用丽辞的贵与忌，在这些方面，都表现了一定的理论和实践意义，较之他同时代人的有关论述，是技高一筹的。

造化赋形[①]，支体必双[②]。神理为用，事不孤立。夫心生文辞，运裁百虑，高下相须[③]，自然成对。唐、虞之世，辞未极文，而皋陶赞云[④]："罪疑惟轻，功疑惟重。"益陈谟云[⑤]："满招损，谦受益。"岂营丽辞，率然对尔[⑥]。《易》之《文》、《系》[⑦]，圣人之妙思也。序《乾》四德[⑧]，则句句相衔；龙虎类感[⑨]，则字字相俪；乾坤易简[⑩]，则宛转相承；日月往来[⑪]，则隔行悬合[⑫]。虽句字或殊，而偶意一也。至于《诗》人偶章[⑬]，大夫联辞[⑭]，奇偶适变，不劳经营。自扬、马、张、蔡，崇盛丽辞，如宋画吴冶[⑮]，刻形镂法[⑯]，丽句与深采并流，偶意共逸韵俱发[⑰]。至魏、晋群才，析句弥密[⑱]，联字合趣，剖毫析厘。然契机者入巧[⑲]，浮假者无功。

【注释】

①造化：自然界的创造者。

②支：同"肢"。

③相须：相应，配合。

④皋陶：虞舜的大臣。

⑤益：也是虞舜的大臣。谟（mó）：计划，谋略。

⑥率然：随便，不经意。

⑦《文》、《系》：《易经》中的《文言》和《系辞》。《文言》解释《乾卦》和《坤卦》，《系辞》解释卦、爻的意义。

⑧四德：指《乾卦》中的"元、亨、利、贞"四字。《文言》解释说："元者，善之长也；亨者，嘉之会也；利者，义之和也；贞者，事之干也。"四句相衔对偶。

⑨龙虎类感：龙虎，指《文言》中"云从龙，风从虎"的说法。类感，指比类联想，如由龙而虎，由云而风。范文澜注云："原丽辞之起，出于人心之能联想。既思云从龙，类及风从虎，此正对也。"

⑩乾坤易简：指《系辞》中的"乾以易知，坤以简能。易则易知，简则易从；易知则有亲，易从则有功；有亲则可久，有功则可大"。这段解说上承下接而相对成偶。

⑪日月往来：指《系辞》中的"日往则月来，月往则日来，日月相推则明生焉；寒往则暑来，暑往则寒来，寒暑相推而岁成焉"。这段解说是"隔行悬合"而成偶的。

⑫悬合：遥相结合。悬，悬隔，远。

⑬《诗》人偶章：《诗经》作者所写的有偶句的篇章。如："陟彼岵兮，瞻望父兮。父曰：嗟，予子行役。"开头两句对偶，后两句则不对。

⑭大夫联辞：指士大夫们在交往中的文辞运用。如《左传·僖公四年》管仲对楚使说："昔召康公命我先君太公曰：五侯九伯，汝实征之，以夹辅周室。赐我先君履：东至于海，西至于河，南至于穆陵，北至于无棣。"前几句不是对偶，后东西南北四句双双相对。

⑮宋画：《庄子·田子方》："宋元君将画图，众史皆至，受揖而立，舐笔和墨，在外者半。有一史后至者，儃儃然不趋，受揖不立，因之舍。公使人视之，则解衣般礴，裸。君曰：'可矣，是真画者矣。'"此典喻指宋人善画。吴冶：《吴越春秋·阖闾内传》："干将作剑，采五山之铁精，六合之金英，候天伺地，阴阳同光，百神临观，天气下降，而金铁之精不销……干将妻乃断发剪爪，投于炉中，使童男童女三百人鼓橐装炭，金铁乃濡，遂以成剑。"此典喻指吴人善冶。

⑯刻形镂法：借用《淮南子·修务训》之说："宋画吴冶，刻形镂法，乱修曲出，其为微妙。"以指注重刻镂形象和雕镂方法。

⑰逸韵：高雅超逸的音韵。

⑱弥密：越发精密。

⑲契机：契合时机。

【译文】

造化赋予人们的形体，上下肢必然是成双成对的。由于神理的作用，任何事物都不是孤立的。心灵动而文辞生，运思剪裁反复考虑，高低上下相互配合，自然构成了对偶。唐尧、虞舜时代，言辞没有追求文采，可是皋陶却赞助虞舜说："罪过可疑的从轻处理，功劳可疑的从重奖赏。"益也曾陈述谋略说："自满招致损害，谦虚受到益处。"并非刻意经营偶句，只是任其自然成对而已。《易经》中的《文言》和《系辞》，是圣人精妙思虑的结果。序说《乾卦》的四种德性，就句句衔接成对；讲到与龙虎同类的联想，就字字对偶；言及乾坤易简的道理，也是婉转地互相承接；说到日月的往来，则又隔行隔句遥相应合。虽然句子的字数不等，但对偶的意思却是一致的。至于《诗经》作者们所写的有偶句的篇章，列国大夫们所使用的包含骈俪的言辞，或奇或偶都能应时而变，无须劳神去经营。自从扬雄、司马相如、张衡、蔡邕推崇、倡导运用华丽对偶的文辞，就如同宋人讲究绘画、吴人讲究铸剑那样，注重刻画形象和雕镂方法，于是骈俪的句子与精深的文采一起流传，对偶的意思与超逸的韵味共同焕发。到了魏、晋时期，许多文人才士，对句子的研究越发精密，连缀字辞以成趣，剖析毫厘一丝不苟。然而契合时机用得恰当的才巧妙，只顾表面浮华而内涵虚假的就不会有成效。

故丽辞之体，凡有四对：言对为易，事对为难，反对为优，正对为劣。言对者，双比空辞者也[①]；事对者，并举人验者也[②]；反对者，理殊趣合者也；正对者，事异义同者也。长卿《上林》云，"修容乎礼园[③]，翱翔乎书圃"[④]，此言对之类也；宋玉《神女赋》云，"毛嫱鄣袂[⑤]，不足程式，西施掩面，比之无色"，此事对之类也；仲宣《登楼》云，"钟仪幽而楚奏[⑥]，庄舄显而越吟[⑦]"，此反对之类也；孟阳《七哀》云，"汉祖想枌榆[⑧]，光武思白水[9]”，此正对之类也。凡偶辞胸臆，言对所以为易也；征人之学，事对所以为难也；幽显同志[10]，反对所以为优也；并贵共心[11]，正对所以为劣也。又言对事对，各有反正，指类而求，万条自昭然矣[12]。

【注释】

①空辞：不含有事例、典故的文辞。

②人验：指前人经历、验证过的事。

③礼园：礼仪园地。

④书圃：文苑。

⑤毛嫱：与下文“西施”均为古代著名美女。鄣袂（zhāng mèi）：以袖遮面。

⑥钟仪：楚国的乐官。曾为晋所俘，晋侯命他演奏，他弹楚国的乐曲。幽：此处为囚禁之意。

⑦庄舄（xì）：春秋时越国人，在楚居官显赫，病中呻吟越曲。显：显赫，此处指做官。

⑧枌榆：地名，在今江苏丰县境内，系汉高祖刘邦的家乡。

⑨光武：东汉光武帝刘秀。白水：刘秀家乡南阳的一条河，源出湖北境内。

⑩幽显：承上文，钟仪被囚，庄舄显赫。

⑪并贵共心：承上文，刘邦、刘秀都以帝王之贵，共同想到故乡。

⑫昭然：清楚，明白。

【译文】

对偶的体例，共有四种：言对容易，事对困难，反对为好，正对则差。所谓言对，只是文辞的成双成对；所谓事对，则要双双列举人事以为例证；所谓反对，是指事理相反而意趣相合的对偶；所谓正对，是指事例有异而意义相同的骈句。司马相如《上林赋》中的“修容乎礼园，翱翔乎书圃”，这属于言对类型；宋玉《神女赋》中的“毛嫱鄣袂，不足程式，西施掩面，比之无色”，这属于事对类型；王粲《登楼赋》中的“钟仪幽而楚奏，庄舄显而越吟”，这属于反对；张载《七哀诗》中的“汉祖想枌榆，光武思白水”，这是正对的类型。对句自然地出自内心，故言对比较容易；作对要验证一个人的学问，故事对比较困难；幽与显不同却用以表达同一意思，故反对较好；同富贵共心志两句同义，故而正对为差。再说言对和事对，各自都有正对和反对，按照这样的类别去探求，条理自然就清楚了。

张华诗称，“游雁比翼翔，归鸿知接翮①”；刘琨诗言②，“宣尼悲获麟③，西狩泣孔丘”。若斯重出，即对句之骈枝也。是以言对为美，贵在精巧；事对所先，务在允当。若两事相配，而优劣不均，是骥在左骖④，驽为右服也⑤。若夫事或孤立，莫与相偶，是夔之一足⑥，趻踔而行也⑦。若气无奇类，文乏异采，碌碌丽辞⑧，则昏睡耳目。必使理圆事密，联璧其章⑨。迭用奇偶⑩，节以杂佩⑪，乃其贵耳。类此而思，理自见也。

【注释】

①接翮（hé）：与上句“比翼”意同。翮，鸟翅。

②刘琨：字越石，西晋文人。

③宣尼：孔子名丘，西汉平帝元始元年（1）孔子被追谥为褒成宣尼公，后因称孔子为宣尼。获麟：与下句“西狩”指同一件事。《公羊传·哀公十四年》：“西狩获麟……孔子曰：‘孰为来哉，孰为来哉！’反袂拭面，涕沾袍。”

④左骖：与下句“右服”指驾在车前两侧的马，左称骖，右称服。

⑤驽(nú):劣马。

⑥夔(kuí):传说中的一足之兽。

⑦踸踔(chěn chuō):跳跃前行。

⑧碌碌:此处意为平庸无奇。

⑨联璧:两块可以合在一起的美玉。章:彰明,此处有光彩辉映之意。

⑩迭用:交替运用。

⑪杂佩:佩戴各种各样的玉石。

【译文】

张华诗中说,“游雁比翼翔,归鸿知接翮”;刘琨诗中说,“宣尼悲获麟,西狩泣孔丘”。像这样意思重复的句子,就是对句中的骈拇枝指了。因此言对的美好,以精巧为贵;事对的前提,是一定要妥帖恰当。如若两事相对,而其优劣极不相称,那就像良骏在左,劣马在右,共同驾车一样了。如果事例孤单,无以与之相配成偶,这就像夔只有一条腿,跳着走路。如果内容气势不出奇,文辞缺乏光彩,只是一些平庸的偶句,那就要使人耳烦目倦了。一定要使对句情理圆通事例贴切,像一副璧玉一样光彩辉映。再交错地兼用奇句和偶句,像有节制地佩戴各种玉石饰物,这才能显出它们的华贵。类似这样地去思考,运用对偶的道理自然就会显现出来了。

赞曰:体植必两,辞动有配。左提右挈,精味兼载。炳烁联华①,镜静含态②。玉润双流,如彼珩佩③。

【注释】

①炳烁:光彩熠耀。联华:并开的花。

②镜静含态:喻指对偶句的一实一虚。

③珩(héng)佩:古代的佩玉。珩,佩玉上面的横玉。

【译文】

综括而言：天生肢体必定成双，运用辞语也要配对。左右需相互应和，精义和韵味都要具备。像光彩鲜亮的并蒂花朵，像明净的镜子映出情态。丽辞双双流露出玉石的光润，犹如身上佩戴着串串宝玉。

比兴第三十六

【题解】

《比兴》篇专论我国诗文写作的两种传统的表现手法。"比"，大致上相当于今之所谓比喻；比喻是由刘勰以及前人所说的"比"衍化而来的，但两者又不能完全等同。按照刘勰的说法，"比者，附也"；"盖写物以附意，扬言以切事者也"。其意谓，"比"就是"比附"，亦即通过描绘事物来比喻某种意义，用鲜明的形象贴切地表明事理或物象。但刘勰又说："'比'则蓄愤以斥言"，即"比"是怀着愤激的感情来进行批评和指责的。这就把"比"的内容范围及其在写作中的作用，做了过分狭隘的限制，而与今之比喻有了距离。"兴"，大致上相当于今日诗词创作中的起兴或引情，它们也都源出于"兴"，是刘勰以及前人所谓"兴"的发展，但两者之间也有所不同。刘勰说："兴者，起也"；"起情故'兴'体以立"。意谓"兴"就是肇始、引发，感情被引发出来了，"兴"的样式也就确立了、形成了。但是，按照刘勰的观点，起兴、引情还要"依微以拟议"、"环譬以托讽"，意即要借助隐微、含蓄的事物来比拟情意，用委婉、折绕的比况来寄托讽喻，而不能明显地直陈其理，直述其情。"比"与"兴"的特点，从总体方面来看，按照刘勰的观点是"'比'显而'兴'隐"，即"比"是明显地叙事、陈情、明理，"扬言以切事"；"兴"则是隐晦、曲折地寄寓情思、事理，"依微以拟议"，因而要"发注而后见也"。

比兴作为诗文写作的表现手法，也是“类多枝派”的。刘勰对“比”的类型，论述较为繁杂，但也较为具体。认为“比”有喻声、方貌、拟心、譬事四种类型。接着也举出实例，以四个类型和八个实例加以对应，显然就有些错杂，而现一意两出之瑕了。

刘勰对“兴”的分类，不如对“比”说得那么具体，没有明确指出“兴”的不同类型。他只是笼统地认识到“兴”皆要有寓意，即“兴之托谕，婉而成章，称名也小，取类也大”。

在写作实践中怎样正确运用“比”与“兴”，刘勰未做集中的论述，但综合《比兴》篇全文，可看出刘勰对比兴运用的要求主要有：一是要“触物圆览”，即要全面细致地观察认识客观事物，只有如此，才能有丰富的联想和想象，才能正确地运用比兴。二是要“拟容取心”，这是说比兴的运用，既要把握住、比拟出事物的外在形貌，又要认识、表现事物的内在精神，做到主观与客观、内情与外物的统一。三是要“切至为贵”，即把两种事物，或实或虚，都结合得非常贴切、非常自然，做到“物虽胡越，合则肝胆”，这就需要把握事物之间的各种各样的相互关系了。四是要“断辞必敢”，这不仅是要有胆识和气魄，敢于“斥言”和“托讽”，而且还要在“万涂竞萌”、“辞采苦杂”的“附理”和“起情”过程中，能够因时顺机，制胜文苑。

综观《比兴》全篇，刘勰论比兴，不仅分别阐明了比兴的内涵和特点、分类和要领，而且特别突出了比兴要“斥言”、“托讽”的作用，这对纠正浮靡的文风无疑是有积极意义的。比兴，作为诗文写作中最基本的一种艺术表现手法，千百年来，广泛流传，产生了深远的影响，派生出了一系列更为具体的艺术表现手法，为历代文家所重、所用，促进了诗文写作艺术水平的提高。刘勰的“比兴”论，承前启后，理当是功不可没的。

《诗》文弘奥①，包韫六义②；毛公述《传》③，独标“兴”体，岂不以“风”通而“赋”同④，“比”显而“兴”隐哉？故“比”者，附也；“兴”者，起也。附理者切类以指事[5]，起情者依微以拟议[6]。起情故“兴”体以立，附理故“比”例以生。“比”则蓄愤以斥言，“兴”则环譬以托讽[7]。盖随时之义不一[8]，故《诗》人之志有二也[9]。

【注释】

①弘奥：博大精深。

②包韫(yùn)：包含，蕴藏。六义：指风、雅、颂三种诗体和赋、比、兴三种作诗方法。

③毛公：毛亨，西汉学者，相传作《诗训诂传》，其中只指出了兴体。

④“风”通：是说“风”代指“雅”与“颂”，三者分别排列，贯通全书。“赋”同：赋的直陈手法处处都相同。

⑤切类：切合事物的类似特点。

⑥依微：凭借事物的隐微特点。拟议：寄托情意。

⑦环譬：回环、委婉地譬喻。托讽：寄托讽喻之意。

⑧随时：随着实际情况的变化。

⑨有二：指比、兴两种表现方法。

【译文】

《诗经》的内容宏阔、深奥，包含着风、雅、颂、赋、比、兴六项；毛公给《诗经》作注，只标出了“兴”的体例，这难道不是因为“风”、“雅”、“颂”通贯全书，而“赋”的手法前后相同，“比”也非常明显，“兴”则比较隐晦吗？“比”是比附事理；“兴”是起兴引情。比附事理要用贴切的类比方法指明事物，起兴引情要凭借隐微含蓄的方法来寄托用意。引发了情感，“兴”的样式乃得以形成；比附了事理，“比”的体例因之而产生。比附是怀着愤激的感情有所指斥，起兴则是用委婉的比况寄托讽喻。由于实际情况不同，所以《诗经》作者们言志的方法也就两样了。

观夫“兴”之托谕，婉而成章，称名也小①，取类也大②。关雎有别③，故后妃方德④；尸鸠贞一⑤，故夫人象义⑥。义取其贞，无疑于夷禽⑦；德贵其别，不嫌于鸷鸟：明而未融⑧，故发注而后见也⑨。且何谓为“比”？盖写物以附意⑩，扬言以切事者也⑪。故金锡以喻明德，珪璋以譬诱民⑫，螟蛉以类教诲⑬，蜩螗以写号呼⑭，浣衣以拟心忧⑮，卷席以方志固⑯：凡斯切象⑰，皆“比”义也⑱。至如“麻衣如雪”，“两骖如舞”⑲，若斯之类，皆“比”类者也。楚襄信谗⑳，而三闾忠烈㉑，依《诗》制《骚》，讽兼“比”、“兴”。炎汉虽盛㉒，而辞人夸毗㉓，讽刺道丧，故“兴”义销亡。于是赋颂先鸣，故“比”体云构㉔，纷纭杂遝㉕，倍旧章矣㉖。

【注释】

①称名：举出事物的名称、状貌。

②取类：即取义，指取得相类事物的意义。

③关雎(jū)：指《诗经·周南·关雎》。关，关关，状鸟叫之声。雎，即雎鸟。

④方德：用以比喻德性。方，比。

⑤尸鸠：布谷鸟。《诗经·召南·鹊巢》郑玄《笺》：“尸鸠因鹊成巢而居有之，而有均一之德，犹国君夫人来嫁，居君子之室，德亦然。”

⑥象义：借以比况其意义。象，比拟，比况。

⑦无疑：不疑，不在乎。夷禽：平凡的鸟类。

⑧明而未融：天将明却尚未大亮，此处意谓不够显明、融通。

⑨发注：借注释的启发、发明。

⑩附意：比附其意。

⑪扬言：晓畅明白的言辞。切事：确切地叙写事物。

⑫珪璋：玉器名，此处喻对百姓的诱导。《诗经·大雅·板》："天之牖民……如璋如珪。"

⑬螟蛉：即小青虫，据说细腰蜂捕捉螟蛉小虫，贮藏于巢中，用以哺育幼蜂。古人观察不周，误以为细腰蜂义养螟蛉成蜂，故以螟蛉来比教诲子弟。

⑭蜩螗（tiáo táng）：古书上指蝉。此处指蝉的叫声，以喻酒后的呼号。

⑮浣（huàn）衣：洗衣服。《诗经·邶风·柏舟》："心之忧矣，如匪浣衣。"

⑯卷席：卷起席子。《诗经·邶风·柏舟》："我心匪席，不可卷也。"

⑰切象：切合的物象。

⑱"比"义：比喻的含义、内容。

⑲骖（cān）：驾在车前两侧的马。

⑳信谗（chán）：听信陷害别人的坏话。

㉑三闾：指屈原，他曾为三闾大夫，主管昭、屈、景三家贵族的事务。

㉒炎汉：古代用金、木、水、火、土五行说明朝代兴亡，炎为火盛之意，而汉属火德，故曰炎汉。

㉓夸毗（pí）：柔媚无骨，阿谀逢迎。

㉔云构：如云聚集。

㉕杂遝（tà）：繁复杂乱。

㉖倍：同"背"，此处意谓背离。旧章：指《诗经》的传统。

【译文】

考察"兴"的寄托讽喻，以婉转的措词构成章节，它借以寄情的事物虽然微小，含义却相当深广。雎鸠雌雄成对而各有差别，后妃因之用以比喻贞洁的德行；尸鸠坚贞专一，夫人借而喻指贞洁的品质。只取其贞一的品质，而不在乎尸鸠是凡鸟；只重其雌雄有别的德行，而不嫌忌雎鸠是猛禽：喻意虽明却并不显豁，故需察看注释之后才能懂得。再说什么叫做“比”呢？那就是借叙写物象来比附情理，用明白的言辞来确切地说明事物。因而用金和锡来比喻高尚的美德，用珪璋相合来比喻诱导人民，用蜂育螟蛉来类比教诲子弟，用蜩螗之噪来比方酒后的呼喊号叫，用衣服脏了不洗来喻指心情苦闷，用心不是可以卷起的席子来表明意志坚贞：上述这些贴切相合的物象，都是“比”的内容。至于“麻布衣服像雪一样洁白”，“驾车的两匹马跑得如同舞蹈”，这种类型的语句，都属于比喻的范围。楚怀王和楚顷襄王时，国政衰败，听信谗言，三闾大夫却怀着忠诚耿介的感情，依照《诗经》的体制、格调创作《离骚》，其中的讽喻兼用“比”、“兴”两种方法。汉代的文风虽然兴盛，但辞赋作者多喜欢阿谀颂扬，《诗经》的讽刺传统丧失了，起兴的方法也不再沿用。从此辞赋作品首先发展起来，比喻手法如同风起云涌，纷繁而又复杂，背离了《诗经》固有的准则格调。

夫“比”之为义，取类不常：或喻于声，或方于貌，或拟于心，或譬于事。宋玉《高唐》云，“纤条悲鸣，声似竽籁[①]”，此比声之类也；枚乘《菟园》云，“猋猋纷纷[②]，若尘埃之间白云[③]”，此比貌之类也；贾生《鹏鸟》云，“祸之与福，何异纠缠[④]”，此以物比理者也；王褒《洞箫》云[⑤]，“优柔温润[⑥]，如慈父之畜子也[⑦]”，此以声比心者也；马融《长笛》云，“繁缛络绎，范、蔡之说也[⑧]”，此以响比辩者也；张衡《南都》云，“起郑舞，茧曳绪[⑨]”，此以物比容者也。若斯之类，辞赋所先，日用乎“比”，月忘乎“兴”，习小而弃大[⑩]，所以文谢于周人也[⑪]。至于扬、班之伦，曹、刘以下，图状山川，影写云物，莫不织综“比”义[⑫]，以敷其华，惊听回视[⑬]，资此效绩。又安仁《萤赋》云，“流金在沙”，季鹰《杂诗》云[⑭]，“青条若总翠”，皆其义者也。故“比”类虽繁，以切至为贵⑮，若刻鹄类鹜⑯，则无所取焉。

【注释】

①竽籁：笙箫一类的管乐器。籁：孔窍发出的声音。

②猋猋(biāo)：原意为群犬奔逐，此处引申为群鸟疾飞的样子。

③间：夹杂。

④纠纆(mò)：绳线绞结在一起。

⑤王褒：字子渊，西汉文人。

⑥优柔温润：形容吹箫的声音。

⑦畜：抚养，爱抚。

⑧范、蔡：指战国时的辩士范雎和蔡泽。

⑨曳绪：抽引丝绪。

⑩小：此处指比喻。大：此处指起兴。

⑪谢：逊色，比不上。

⑫织综：综合交错。

⑬惊听回视：意谓引起人们的注意。

⑭季鹰：张翰之字，西晋文人。

⑮切至：贴切自然，与理相合。

⑯鹄(hú)：水鸟，俗指天鹅。鹜(wù)：水鸭，野鸭。

【译文】

比喻作为“六义”之一，它选取作比的事物没有常规：有的比声音，有的比形貌，有的比心情，有的比事物。宋玉《高唐赋》中说，“纤细枝条的悲切声音，犹如吹奏笙箫”，这属于比喻声音的类型；枚乘《菟园赋》中说，“群鸟在空中疾飞，像是灰尘夹杂在白云里”，这属于比喻形貌的类型；贾谊《鹏鸟赋》中说，“灾祸与福气的关系，与绳线纠缠在一起无异”，这是用事物来比喻道理的；王褒《洞箫赋》中说，“箫声柔和温润，好像慈父对儿子的爱抚"。这是用箫声比喻心情的；马融《长笛赋》中说，"笛声繁复多变，连绵不断，犹如范雎、蔡泽游说时的辩辞"，这是用笛音比喻辩才的；张衡《南都赋》中说，"跳起郑国的舞蹈，就像蚕茧抽出丝绪"，这是把舞姿比作物象的。诸如此类的比喻，为辞赋所竞先采用，天天运用比喻，日长月久就忘掉了起兴，习用次要的而舍弃主要的，致使诗文写作逊色于周代了。至于扬雄、班固等人和曹植、刘桢以后的文家，刻画山川状貌，描绘风云形影，没有不是综合交织地运用比喻手法，来铺饰文采的，他们的文章之所以动人，都是借比喻发挥作用，取得功效的。还有潘岳在《萤火赋》中说，"滚动的金粒在沙石中闪耀"，张翰在《杂诗》中说，"青青的枝条好像一束束翠鸟的羽毛"，也都是比喻的内容。由此可知，比喻的种类虽然很多，但要以比得切合事理为最好，如果把鸿鹄描绘得像野鸭，那就没有什么可取之处了。

赞曰：《诗》人比兴，触物圆览①。物虽胡越，合则肝胆。拟容取心②，断辞必敢。攒杂咏歌③，如川之澹④。

【注释】

①触物：受客观事物触发。圆览：全面观察。

②拟容：比拟事物的外在形貌。取心：摄取事物的内在含义。

③攒杂：聚集杂合。

④澹：水流时的微波。

【译文】

综括而言：《诗经》作者运用比兴手法，有感于物而详加观察。两种事物虽然如同北胡、南越那样互不相关，但契合起来却像肝胆一样相连。既比拟其外形，又摄取其内涵，运用文辞一定要果断。综合交错地运用比兴于咏歌之中，文采就会像河水那样波光潋滟。

夸饰第三十七

【题解】

《夸饰》篇专论夸张性的修饰在写作实践中的运用;它既是一种文学创作中的技法,又是一般文章中常用的修辞手法。在许多情况下,与“比兴”综合运用。对于夸饰的意义和作用,刘勰认为主要有两个方面:一是夸饰能够描绘出具体事物的真实状貌。二是夸饰能够充分表达作者的情思,并给人以深刻感染。

《夸饰》篇通过对夸饰运用历史过程的回顾,提出了以下几个值得注意的问题:一是夸饰的由来。自从开天辟地以来,凡是有声音、形貌的事物,只要用文辞来加以表现,那其中就必然存在着夸饰手法,也就是说,夸饰手法自古以来就是一种恒久不变的客观存在。二是夸饰运用的得失。夸饰手法的运用,在历史上和现实中表现出了两种不同的情况:一种是运用得恰当、得体的。另一种是不恰当的、失实的。在这样有得有失的对比中,生动地表现了刘勰对运用夸饰手法的倾向性和针对性。三是夸饰手法的类型。从刘勰所提出的作品实例中可以看出古代作品中的夸饰有着夸大与缩小两种类型。

针对写作实践中滥用夸饰的弊端,刘勰提出了正确运用夸饰的原则和方法:一是“夸饰在用,文岂循检”。刘勰主张写作中的夸饰手法,要有实用价值,既不能为夸饰而夸饰,也不应受某些僵化的条条框框的限制，要从实际情况出发，以写出客观事物的状貌和主观的情思。二是“夸而有节，饰而不诬”。夸饰手法的运用，要有所节制，讲究情理，而不能背离事物的本质真实。三是“饰穷其要”，“奢而无玷”。刘勰强调夸饰要穷尽事物的特征和要点，而不能面面俱到，处处夸张。四是“倒海探珠，倾昆取琰”。这是借用翻转大海探取珍珠、推倒昆仑寻找美玉的比喻，来说明正确运用夸饰的具体方法。其本质内涵是指要博览群书，特别是要学习圣人们的经典著作，以从中吸取正确运用夸饰的方法，并且要能够识别、舍弃那些诡滥不实的夸饰。

综观《夸饰》全篇，它专门论述了夸饰手法的意义和作用，总结了夸饰手法运用的历史过程，从中吸取了经验教训，并进一步提出了正确运用夸饰手法的原则和方法，这在我国古代文论史和写作理论史上是具有开拓性、创造性的。

夫形而上者谓之道①，形而下者谓之器②。神道难摹③，精言不能追其极④；形器易写，壮辞可得喻其真⑤；才非短长，理自难易耳。故自天地以降⑥，豫入声貌⑦，文辞所被⑧，夸饰恒存。虽《诗》、《书》雅言⑨，风俗训世⑩，事必宜广，文亦过焉。是以言峻则嵩高极天⑪，论狭则河不容舠⑫，说多则“子孙千亿”⑬，称少则“民靡孑遗”⑭，襄陵举滔天之目⑮，倒戈立漂杵之论⑯，辞虽已甚，其义无害也。且夫鸮音之丑⑰，岂有泮林而变好⑱？荼味之苦⑲，宁以周原而成饴⑳？并意深褒赞，故义成矫饰㉑。大圣所录㉒，以垂宪章㉓。孟轲所云㉔，“说《诗》者不以文害辞，不以辞害志”也。

【注释】

①形而上：指形体之外的抽象事理。道：道理，规律。

②形而下：指具体的形体，有形的事物。器：器物，事物。

③神道：神奇、奥妙的抽象事理，即《原道》篇所谓的包括神理在内的“自然之道”。

④精言：精妙的语言。极：事理的深微之处。

⑤壮辞：经过修饰的有力的文辞，亦即夸饰之辞。

⑥以降：以来，以下，以后。

⑦豫入：进入，此处指涉及的声貌范围。

⑧所被：所及，即使用文辞之处。

⑨雅言：雅正、规范的语言。

⑩训世：教化世人。

⑪嵩(sōng)高：山势高峻。《诗经・大雅・嵩高》：“嵩高维岳，骏极于天。”

⑫舠(dāo)：小船。《诗经・卫风・河广》：“谁谓河广，曾不容刀。”刀，同“舠”。

⑬子孙千亿：子孙后代有千亿。《诗经・大雅・假乐》：“千禄百福，子孙千亿。”

⑭民靡孑遗：没有留下一个老百姓。靡，无，没有。孑，孤零，孤单。《诗经・大雅・云汉》：“周余黎民，靡有孑遗。”

⑮襄陵：洪水漫上山陵。《尚书・尧典》：“汤汤洪水方割，荡荡怀山襄陵，浩浩滔天。”目：此处是“说法”之意。

⑯倒戈：军队叛变。《尚书・伪武成》：“罔有敌于我师，前徒倒戈，攻于后以北，血流漂杵。”

⑰鸮(xiāo)音：猫头鹰的叫声。

⑱泮(pàn)林：指春秋时鲁国的泮宫，是一所学校。《诗经・鲁颂・泮水》：“翩彼飞鸮，集于泮林，食我桑黮，怀我好音。”

⑲荼(tú)：古书上说的一种苦菜。

⑳周原：周国的平原。《诗经・大雅・绵》：“周原朊朊，堇荼如饴。”

饴（yí）：糖浆。

㉑矫饰：改变了事物原有状貌的夸饰。

㉒大圣：指孔子，因他曾删定经书。

㉓宪章：法度，典范。

㉔孟轲（kē）：孟子，孔子学说的主要继承者。

【译文】

超乎形体的抽象事理称为"道"，有形象的具体事物叫做"器"。神奇奥妙的"道"难以描摹，精巧的语言也不能写出它的深邃；形象具体的事物容易描写，夸饰有力的文辞就可以表明它的真相；这无关于作者才能的长短，而是事理的表达自有其难易之别。故从开天辟地以来，只要是对有声音形貌的事物用文辞来加以表现，那其中就存在着夸饰手法。虽然《诗经》、《尚书》中用的都是规范、雅正的语言，但为了教化世人，用事非常广博，所以也往往有超过实际的夸张文辞。因此，说到山势高峻就说它高入云天，言及河窄就说它容不下小船，说到多就说有成千上亿的子孙，说到少就说人死得一个不剩，讲到洪水包围丘陵就形容它波浪滔天，说到军队叛变，就说杀得血流成河，漂起了木杵，这些言辞虽言之过甚，但无损于意义的表达。再如：猫头鹰的叫声是很难听的，怎么会因为它栖息在泮水边的树上就变得好听了呢？苦菜的味道是苦涩的，怎么会因为它长在周国的平原上就甜美如饴呢？这实在是由于作者具有深刻的赞美之意，所以才在文意的表达上加倍夸饰。伟大的圣人把它们采录下来，作为后世的典范。孟子说，"解说《诗经》不要囿于个别文字的采饰而妨碍对整个辞句的理解，也不要拘泥于辞句而损害了作者的原意"。

自宋玉、景差[①]，夸饰始盛，相如凭风[②]，诡滥愈甚。故《上林》之馆[③]，奔星与宛虹入轩[④]；从禽之盛[⑤]，飞廉与焦明俱获[⑥]。及扬雄《甘泉》，酌其余波，语瑰奇则假珍于玉树[⑦]，言峻极则颠坠于鬼神[8]。至《西都》之比目[9],《西京》之海若[10],验理则理无可验[11],穷饰则饰犹未穷矣。又子云《羽猎》,鞭宓妃以饷屈原[12],张衡《羽猎》,困玄冥于朔野[13]。娈彼洛神[14],既非罔两[15],惟此水师,亦非魑魅[16];而虚用滥形,不其疏乎?此欲夸其威而饰其事,义睽刺也[17]。

【注释】

①景差:战国时期楚国的辞赋家。

②凭风:此处指凭借夸饰之风。

③《上林》之馆:指宋玉《上林赋》中所描写的馆苑。

④宛虹:宛曲的彩虹。《上林赋》:"奔星更于闺闼,宛虹拖于盾轩。"

⑤从禽:指打猎时追赶禽兽。

⑥飞廉:传说中的神鸟,亦称龙雀,鸟身鹿头。焦明:即鷦鹩,亦为传说中的神鸟,状似凤凰。《上林赋》:"椎飞廉……掩焦明。"

⑦玉树:珊瑚为枝,碧玉为叶的树。《甘泉赋》有"翠玉树之青翠兮"之句。

⑧颠坠:跌落。《甘泉赋》有"鬼神不能自逮兮,半长途而下颠"之句。

⑨《西都》:指班固《两都赋》中的《西都赋》。比目:即比目鱼。《西都赋》中有"揄文竿,出比目"之句,其实西都长安并不出比目鱼。

⑩《西京》:指张衡《二京赋》中的《西京赋》。海若:即海若神。《西京赋》中有"海若游于玄渚"之句,但西京长安没有海,也不会有海神。

⑪验理:验证于事理。

⑫宓(fú)妃:相传为伏羲之女,淹死于洛水,化为洛神。饷:以物给予神或人。

⑬玄冥：水神。朔：北方。

⑭娈（luán）：娇美，柔顺。

⑮罔两：水妖。

⑯魑魅（chī mèi）：鬼怪。

⑰睽剌（kuí là）：乖违。

【译文】

自宋玉、景差以来，夸饰开始盛行，司马相如凭借这种风气，诡异浮滥的夸张益发严重。所以《上林赋》中描写上林苑中离宫别馆的宏大，就夸张说流星与宛虹飞进了它的栏杆；描写猎获飞禽的盛况，就夸张说连神鸟飞廉和焦明都能抓到。等到扬雄写《甘泉赋》时，则酌取司马相如夸饰手法的遗势，写树木珍奇即借重于玉树，状宫殿之高峻便说鬼神上去也得摔下来。至于《西都赋》里的比目鱼，《西京赋》里的海若神，要说验证于事理则无事理可资验证，要说穷尽了夸饰则夸饰亦犹有未尽。又如扬雄的《羽猎赋》，描写鞭打洛水女神宓妃以给屈原进献酒食，张衡的《羽猎赋》则说，要把水神玄冥囚禁在北方的漠野。那娇美、柔顺的洛神宓妃，既不是妖孽，那水神也不是鬼怪；对他们凭空引用，滥加形容，不是有些疏失了吗？这就是想突出其声威而夸饰其事，结果却违反了事理。

至如气貌山海①，体势宫殿，嵯峨揭业②，熠耀焜煌之状③，光彩炜炜而欲燃④，声貌岌岌其将动矣⑤。莫不因夸以成状，沿饰而得奇也。于是后进之才，奖气挟声⑥，轩翥而欲奋飞，腾踯而羞跼步⑦。辞入炜烨，春藻不能程其艳⑧；言在萎绝，寒谷未足成其凋。谈欢则字与笑并，论戚则声共泣偕。信可以发蕴而飞滞⑨，披瞽而骇聋矣⑩。

【注释】

①气貌:与下句“体势”皆做动词用,即描绘其气貌、体势。

②嵯(cuó)峨:突兀之状。揭业:高峻之状。

③焜(kūn)煌:光明辉煌。

④炜炜:形容光彩。

⑤岌岌(jí):高耸而危峻。

⑥奖气:指鼓励、助长夸饰的风气。挟声:指挟持、利用夸饰的声势。

⑦腾踯:奔腾跳跃。跼(jú)步:小步。跼,同“侷”,拘束而不敢放纵。

⑧春藻:即春天的景色。

⑨发蕴:揭示、发挥蕴藏着的隐微。飞滞:使阻滞之势飞动起来。

⑩披瞽(gǔ)、骇聋:开盲人之目,震聋人之耳,均喻指使人耳目一新。

【译文】

至于摹写山海的气势状貌,描绘宫殿的格局势态,高大险峻,辉煌富丽,熠耀的光彩像是要燃烧起来,巍峨高峻的体势犹如将要飞动一般。没有不是凭借夸张来突出其形貌,依靠修饰来极现其奇特的。于是后来有文才的人,助长夸饰的风气,挟持夸饰的声势,极欲奋力高飞,奔腾跳跃,而以局促于小步挪移为羞。用文辞描写明亮的光彩,春天的景致不能与之竞艳比美;用辞语形容枯萎寂寥的景色,荒寒的空谷也没有它那么萧条。谈到欢乐则文字里面似乎含笑,论及悲哀则声音里犹如带着哭泣。确实可以发挥隐微而使板滞飞动,盲人借此开眼,聋子亦由此而受到震惊。

然饰穷其要,则心声锋起①;夸过其理,则名实两乖。若能酌《诗》、《书》之旷旨②,翦扬、马之甚泰③,使夸而有节,饰而不诬,亦可谓之懿也。

【注释】

①锋起：锋芒显露。

②旷旨：广博而深刻的旨意。

③翦：剪除。甚泰：过分。

【译文】

然而如果使夸饰穷尽事理之要，那么就会显现出思想感情的光辉；如果夸饰得过于违背事理，那就会使文辞与实际两相背离了。如果能够酌取《诗经》、《尚书》的广博、深刻的意旨，剪除扬雄、司马相如过分的夸张，做到夸张而有节制，修饰而不悖事理，也就可以说是美好的了。

赞曰：夸饰在用，文岂循检[①]？言必鹏运[②]，气靡鸿渐[③]。倒海探珠，倾昆取琰[④]。旷而不溢，奢而无玷。

【注释】

①循检：因循固有的框框。检，法度，模式。

②鹏运：鲲鹏运行，即展翅高飞。

③气靡：气势不振、没有气势。鸿渐：指鸿雁起落的动作缓慢。

④琰（yǎn）：美玉。

【译文】

综括而言：夸饰手法在于实际运用，为文岂能因循固定的框框？语言的气势一定要像鲲鹏展翅高飞，而不要像鸿雁那样缓慢。翻转大海去探寻语言的珍珠，推倒昆仑去觅求美玉。含义要宽广而不要过分，语言要夸张而没有瑕疵和缺点。

事类第三十八

【题解】

《事类》篇专论写作中的用事引言问题，古人每每称之为"使事用典"，大致上与现代修辞学中所谓的"引用"相类。按刘勰所论，"事类"包括两个方面的内容：一是"略举人事以征义"，即约略引用古人的事例，用以证明事理的含义；二是"全引成辞以明理"，即如实引用前人的说法，用以阐明道理。"事类"的运用，乃是增强文章本身内容的一种手段和方法，或者说，"事类"是为充分表达文章内容服务的。

《事类》篇中又从引用古事成辞角度，进一步强调作者的才能、学识与写文章的关系。刘勰认为：写文章既要有学识，又要有才能。才能是由先天的内在素质发出的，学识则是由后天的诸多外部因素聚合而成的。如何富才博学，刘勰认为，要到经典著作中去学习、借鉴，以丰富作者的才能学识。

在写作实践中怎样运用事类，刘勰提出了以下几点要求：一是"综学在博，取事贵约"。要谙熟地运用事类，必须以广博的学识为基础，然后在此基础上选取精要合用的事类。只有把博学与约取结合起来，才是运用事类的正确途径，也才能把事类运用得当，并生生不穷。二是"校练务精，捃理须核"。运用事类不能借巧傥来，率而操觚；而要严肃、认真地审核、校正，使所用之事类，完全符合实际，而毫无差错。三是

“用旧合机”,“用人若己”。运用事类要恰当得体,贴切自然,既要符合实际情况,又要把前人已有的古事引用得像从自己口里说出来的一样。

综观《事类》全篇,刘勰对运用事类的意义和作用、原则和要求,以及对才学与事类之关系的论述,都是合理的,具有理论价值和实践意义的。不仅反映了历史上写作中运用事类的情况,而且对今天的写作,也有直接的启发和指导作用。

《事类》篇研究中的主要歧疑,是对“事类”与“事义”两个概念异同的不同认识。全面地查考、辨析,“事类”与“事义”这两个概念的内涵,在实际运用中是有时同,有时异的。从《事类》篇本身来看,尽管它偶有把“事类”与“事义”通用的个例,但全篇用“事”字凡十六处,无一不是指古事、成辞,而毫不涉及文章中的其他材料问题。

事类者①,盖文章之外,据事以类义②,援古以证今者也。昔文王繇《易》③,剖判爻位④,《既济》九三⑤,远引高宗之伐,《明夷》六五⑥,近书箕子之贞:斯略举人事以征义者也⑦。至若胤征羲和⑧,陈《政典》之训⑨;盘庚诰民⑩,叙迟任之言⑪:此全引成辞以明理者也⑫。然则明理引乎成辞,征义举乎人事,乃圣贤之鸿谟⑬,经籍之通矩也。《大畜》之象⑭,“君子以多识前言往行”,亦有包于文矣。

【注释】

①事类:在文章中起着类比、证明作用的事例。

②类义:用类比方法证明事理。

③文王繇(zhòu)《易》:指周文王姬昌为《易经》作卦辞、爻辞。繇,即卦辞、爻辞,此处用作动词,有引申阐发之意。

④剖判爻位:指周文王分析判断每爻的位置,然后作出爻辞。《易》

有六十四卦,每卦有六爻,每爻都有其一定的位置。解释一卦的文字叫卦辞,解释卦中每爻的文字叫爻辞。

⑤《既济》九三:《既济》,卦名。九三,指爻位,即爻的代号,其爻辞是:"高宗伐鬼方,三年克之。"意为高宗征伐鬼方国,三年打败了它。高宗即殷王武丁之号。

⑥《明夷》六五:《明夷》,卦名。六五,亦指爻位,其爻辞是:"箕子之明夷,利贞。"意为箕子受到纣王迫害,能在艰难中保持坚贞。箕子为纣王时的贤臣。

⑦征义:证明事理含义。

⑧胤(yìn)征羲和:胤,古国名。羲和,指羲氏、和氏,他们因沉湎于酒,荒误农时,胤君奉命去征伐。

⑨《政典》:夏代的法典。胤君征讨羲和时,引用其中的话说:"先时者杀无赦,不及时者杀无赦。"

⑩盘庚诰民:《盘庚》是《尚书》中的篇名,载殷王盘庚给国人的文诰。

⑪迟任之言:古代贤人迟任所说的话。《盘庚》中引用的是:"人惟求旧,器非求旧,惟新。"

⑫全引成辞:完整引用前人已有之言。

⑬鸿谟:指圣人贤哲的鸿篇巨制。

⑭《大畜》之象:《大畜》,卦名。象,解释卦象含义的象辞。《大畜》之象谓:"君子以多识前言往行以畜其德。"畜,同"蓄",即积蓄。

【译文】

所谓"事类",是在文章原有的辞情之外,凭据事例来类比说明文义,援引古事、古语来验证今天之事理的。从前周文王作解释《易经》的卦辞和爻辞,辨析卦爻的位置,在《既济》九三爻的爻辞里,引用遥远的商高宗征伐鬼方的事;在《明夷》卦六五爻的爻辞里,书写了较近的殷末箕子的坚贞:这都是约略引用古人的事例,用以证明事理含义的。至于像胤国国君去征讨羲和，引述了《政典》的教训；盘庚告戒人民，叙引了迟任的话语：这都是完整引用前人已有的说法来阐明道理的。由此可见，说明道理引用前人已有之言，验证事义列举有关的人和事，乃是圣人贤哲们鸿篇巨论的楷模，经典古籍通用的规范。《大畜》卦的象辞说，"君子要多多识别前人的言论和处世行为"，这话也是包括文章写作在内的。

观夫屈、宋属篇①，号依《诗》人，虽引古事，而莫取旧辞。唯贾谊《鹏鸟》②，始用鹖冠之说③；相如《上林》，撮引李斯之书④：此万分之一会也⑤。及扬雄《州官箴》⑥，颇酌于《诗》、《书》；刘歆《遂初赋》⑦，历叙于纪传，渐渐综采矣。至于崔、班、张、蔡⑧，遂捃摭经史⑨，华实布濩⑩，因书立功，皆后人之范式也。

【注释】

①属篇：写作诗文篇章。

②《鹏(fú)鸟》：指《鹏鸟赋》。

③鹖(hé)冠：传说战国时楚人鹖冠的《鹖冠子》，今存之十九篇，多疑为后人伪托。《鹏鸟赋》中多引《鹖冠子》中的话，如"忧喜聚门兮，吉凶同域"："越栖会稽兮，勾践霸世"。

④李斯之书：指秦始皇的丞相李斯所作《谏逐客书》。《上林赋》曾引《谏逐客书》中的"建翠凤之旗，树灵鼍之鼓"。

⑤万分之一会：偶然的遇会。

⑥《州官箴》：扬雄作《十二州箴》、《二十五官箴》，其中多引《尚书》、《诗经》之语。

⑦《遂初赋》：刘歆在《遂初赋》中，记上任途中所怀想的前人往事，

讲到周、晋史事甚多。

⑧崔、班、张、蔡:指崔骃、班固、张衡、蔡邕,均为东汉文人。

⑨捃摭(jùn zhí):采摘,拾取。

⑩布濩(hù):布满,散布。

【译文】

试看屈原、宋玉所著的诗篇,号称仿照《诗经》作者所作,虽然引用了古代的人和事,但并不采用旧的言辞。只有贾谊的《鹏鸟赋》,才开始引用《鹖冠子》的话;司马相如的《上林赋》,则摘引了李斯的《谏逐客书》:这种情况在他们的作品中只有"万分之一"的遇会。及至扬雄作《州官箴》,颇多斟酌地采引了《诗经》、《尚书》;刘歆的《遂初赋》,依次引述了史书纪传,渐渐地综合采用经史了。至于崔骃、班固、张衡、蔡邕等人,就都摘取经史典籍中的古事成辞,使文章华实满布,凭借引用古书而获得成就,这都可以成为后人学习的模范。

夫姜桂因地[①],辛在本性;文章由学,能在天才。故才自内发,学以外成,有学饱而才馁[②],有才富而学贫。学贫者,迍邅于事义[③];才馁者,劬劳于辞情[④]:此内外之殊分也[⑤]。是以属意立文,心与笔谋,才为盟主[⑥],学为辅佐,主佐合德,文采必霸[⑦],才学褊狭,虽美少功。夫以子云之才,而自奏不学[⑧],及观书石室[⑨],乃成鸿采。表里相资,古今一也。故魏武称,张子之文为拙[⑩],以学问肤浅,所见不博,专拾掇崔、杜小文[⑪],所作不可悉难[⑫],难便不知所出。斯则寡闻之病也。

【注释】

①因地:依靠、凭借土地。

②学饱:学识渊博。才馁:缺乏才能。

③迍邅(zhūn zhān):困难。

④劬(qú)劳:过分劳累。

⑤内外:此处指先天素质与后天学养。

⑥盟主:原指诸侯盟会之主,此处意为作者的才能在写作中起主导、支配作用。

⑦文采必霸:指文采突出不凡,可以称雄。

⑧自奏不学:扬雄在《答刘歆书》中说,他曾给皇帝上书,称自己年轻时未能读到书,请求学习,后来皇帝准奏,让他带着薪俸读书,还补助笔墨钱。

⑨石室:指古代皇家图书馆。

⑩张子:疑为张范。

⑪崔、杜:疑为崔骃、杜笃。

⑫悉难:质询疑难之处。

【译文】

姜和木桂因地而生长,它们的辛辣却是本性中就具有的;文章由学而成,才能却要靠先天的素质。因而一个人的才能是由先天的内在资质生发的,学识则是由后天的诸多外部因素形成的,有的人学识渊博而才能馁弱,有的人富有才能而学识贫乏。学识贫乏的人,在引用事义方面感到困难;缺乏才能的人,在辞情表达方面则非常劳苦:这就是素质与学养不同的表现。所以命意作文时,心思与文笔相互作用,天资才能是主宰,学问知识是辅佐,主宰与辅佐相互配合,文章必能独树一帜,称雄一时,才能和学识都褊窄狭隘,即使文辞华美也难以取得成功。就以扬雄那样的才能来说,他还自称原来不重视学习,后来在石室中大量读书,才写出了富有文采的篇章。天资与学识相辅相成,从古至今都是一样的。所以魏武帝曹操说,张子的文章拙劣,是由于他学识肤浅,见闻不广,专事拾取崔骃、杜笃两人小文章中的东西,他所写的文章经不起质询,一问就说不出其出处。这就是少见寡闻所造成的毛病。

夫经典沉深，载籍浩瀚[①]，实群言之奥区[②]，而才思之神皋也[③]。扬、班以下，莫不取资[④]，任力耕耨[⑤]，纵意渔猎，操刀能割，必裂膏腴[⑥]。是以将赡才力[⑦]，务在博见，狐腋非一皮能温[⑧]，鸡蹠必数千而饱矣[⑨]。是以综学在博，取事贵约，校练务精[⑩]，捃理须核[⑪]，众美辐辏，表里发挥。刘劭《赵都赋》云[⑫]："公子之客[⑬]，叱劲楚令歃盟[⑭]；管库隶臣[⑮]，呵强秦使鼓缶[⑯]。"用事如斯，可称理得而义要矣。故事得其要，虽小成绩，譬寸辖制轮[⑰]，尺枢运关也[⑱]。或微言美事，置于闲散[⑲]，是缀金翠于足胫[⑳]，靓粉黛于胸臆也[㉑]。

【注释】

①浩瀚：辽远，广博。

②奥区：深奥的区域。

③神皋：神妙的境地。皋，原意为水边高地，引申为界限、境域。

④取资：借鉴，采用。

⑤耕耨(nòu)：耕耘务艺，此处比喻勤奋学习。

⑥膏腴：肥美的肉，此处喻指精华部分。

⑦赡：丰富，此处作动词。

⑧狐腋(yè)：狐狸夹肢窝下的皮毛。

⑨鸡蹠(zhí)：鸡的脚掌。

⑩校练：校核选择。练，同"拣"。

⑪捃(jùn)理：摭取事理。

⑫刘劭(shào)：字孔才，三国时魏国文人。

⑬公子之客：指战国时赵国公子平原君的门客毛遂。

⑭歃(shà)盟：饮禽畜之血订立盟约，以表示诚意。《史记·平原君列传》载，平原君带毛遂等人至楚国订盟，久而未决。毛遂按剑

叱责楚王说:"今十步之内,王不得恃楚国之众也,王之命县于遂手!"逼迫楚王同意与赵订立盟约。

⑮管库隶臣:管理库房的小官吏。

⑯鼓缶(fǒu):敲击瓦制的乐器。《史记·廉颇蔺相如列传》载,蔺相如随赵王与秦王会于渑池,秦王酒酣,令赵王鼓瑟。蔺以为此举有辱于赵,故要求秦王击缶,秦王不允。蔺相如说:"五步之内,相如请得以颈血溅大王矣!"秦王被迫,不得不"为一击缶"。

⑰寸辖:指车轴头上的小键,用以防止车轮脱出。

⑱尺枢:指门的转轴,长不足尺。运关:运转大门。

⑲闲散:不关紧要之处,即不能阐明事理之处。

⑳金翠:金玉翡翠。足胫(jìng):脚脖子。

㉑靓(jìng):搽抹,妆饰。

【译文】

经典著作内容深厚,书籍的数量繁富无边,确实是各种言论的深奥宝库,表现才思的神奇境界。扬雄、班固以来的作者,无不在经典著作中吸取采用,尽力耕耘务艺,任意捕鱼打猎,挥刀能够割取,必定割下其中最肥美的部分。故而要丰富自己的才能智力,一定要博见多闻,只有一块狐狸腋下的皮毛不能使人温暖,有了数千个鸡脚掌才能让人吃饱。因此综合学问需要识见广博,采取、引用事例则贵在简要,校核选择务必精当,摘取事理必须核实,各种优点都汇聚在一起,使学识和才能得到充分发挥。刘劭的《赵都赋》中说:"公子的门客,叱责强大的楚国歃血结盟;管库房的小吏,呼喝强秦的国王敲击瓦器。"像这样的引用古事,可谓既切合事理又抓住事义之要了。所以引用事例如能抓住要害,事例虽微小也能取得成就,犹如小小的车辖能控制车轮,不大的门臼可以使大门转动。如果把精微的言辞和美妙的事例,用于无关紧要之处,那就像是把金玉珠宝挂在脚脖子上,把脂粉黛墨抹在胸脯上了。

凡用旧合机[①]，不啻自其口出[②]；引事乖谬，虽千载而为瑕。陈思，群才之英也，《报孔璋书》云[③]："葛天氏之乐[④]，千人唱，万人和，听者因以蔑韶、夏矣。"此引事之实谬也。按葛天之歌，唱和三人而已。相如《上林》云："奏陶唐之舞[⑤]，听葛天之歌，千人唱，万人和。"唱和千万人，乃相如推之；然而滥侈葛天[⑥]，推三成万者，信赋妄书，致斯谬也。陆机《园葵》诗云："庇足同一智，生理各万端。"夫"葵能卫足"[⑦]，事讥鲍庄；"葛藟庇根"[⑧]，辞自乐豫[⑨]；若譬"葛"为"葵"[⑩]，则引事为谬；若谓"庇"胜"卫"，则改事失真：斯又不精之患。夫以子建明练，士衡沉密，而不免于谬。曹洪之谬高唐[⑪]，又曷足以嘲哉！夫山木为良匠所度，经书为文士所择；木美而定于斧斤，事美而制于刀笔。研思之士，无惭匠石矣[⑫]。

【注释】

①合机：适合机宜，即指恰当得体。

②不啻(chì)：无异于。

③孔璋：陈琳之字，建安七子之一。

④葛天氏：传说中的古代帝王。

⑤陶唐：即帝尧，史称陶唐氏。

⑥滥侈：虚浮不实地夸大。

⑦葵能卫足：《左传·成公十七年》载，鲍庄子被齐灵公判罪，截去双脚。据此，孔子说："鲍庄子之知，不如葵，葵犹能卫其足。"这是指向日葵的叶子能荫蔽其下茎。鲍庄即鲍牵，谥庄，称鲍庄子。

⑧葛藟(lěi)庇根：《左传·文公七年》载，宋昭公要赶走宋国的许多公子，乐豫说："不可。公族，公室之枝叶也。若去之，则本根无

所庇阴矣。葛藟犹能庇其本根，故君子以为比，况国君乎！”藟，与葛相类的植物。

⑨乐豫：春秋时宋国的司马。

⑩譬“葛”为“葵”：按《左传》所载，葵能“卫足”，葛能“庇根”，而陆机诗中却说“庇足”，故被刘勰批评为“不精之患”。

⑪曹洪：字子廉，曹操从弟，官至骠骑将军。他在《与魏文帝书》中把“河西”误作“高唐”。书云：“盖闻过高唐者，效王豹之讴。”此典出自《孟子·告子下》：“昔者王豹处于淇，而河西善讴；绵驹处于高唐，而齐右善歌。”可见“高唐”应为“河西”。由于陈琳为曹洪撰写《与魏文帝书》，故此误应归咎于陈琳。

⑫匠石：先秦著名的工匠，名石。《庄子·徐无鬼》：“郢人垩慢其鼻端，若蝇翼，使匠石斫之。匠石运斤成风，听而斫之，尽垩而鼻不伤。”又，《庄子·人间世》说，匠石到齐国看到一棵栎社树，树荫可遮千牛，树干直径十丈，他的徒弟认为此树为良材，匠石则说它一无所用。

【译文】

凡引用故事得当恰切的，无异于像自己说的话一样自然；如果引用事例错误，虽然流传千年也还是毛病。陈思王曹植，是许多才士中的杰出人物，他在答孔璋的信中说：“葛天氏的乐曲，千人唱，万人应和，听的人因而就蔑视韶乐和夏乐了。”这样引用事例实在是错误的。考查一下葛天氏的歌，唱与和者只有三人而已。司马相如在《上林赋》中说：“演奏陶唐的舞曲，听葛天氏的音乐，千人齐唱，万人相和。”说唱和者千万人，不过是司马相如推测出来的；而讹滥地浮夸葛天氏的歌曲，把三个人推说成千万人，乃是轻信司马相如《上林赋》中的虚妄说法，以致造成了上引的谬误。陆机在《园葵》诗中说：“庇护脚跟的智能是一样的，生理上却千差万别。”说“葵能卫护自己的脚”，是孔子讥讽鲍庄刖足的话；说“葛藤能庇护本根”，则是乐豫反对驱逐公族的比喻；如果以“葛藤能庇护本根”来比“葵能卫护自己的脚”，那么这种引用便是谬误的；如果说“庇”字比“卫”字好，改“卫足”为“庇足”，那么就会因改动引文而失却真实：这又是不够精确所带来的毛病。像曹子建那样明智练达，像陆士衡那样深沉细密的人，都难免有错误。那么曹洪错误地引用“高唐”的典故，又哪里还值得嘲笑呢！山上的树木为优秀的工匠所量度，经典著作为文人学士所摘取；美好的木材决定于斧斤的采伐，优美的事例决定于刀笔的运用。能这样研虑运思的学士，也就无愧于运斤如风的工师匠石了。

赞曰：经籍深富，辞理遐亘①。皓如江海，郁若昆邓②。文梓共采③，琼珠交赠④。用人若己，古来无懵。

【注释】

①遐亘（gèn）：延续不断，恒久长存，指经典著作有永恒意义。

②昆邓：指神话中的昆仑山和邓林，相传夸父追日，口渴而死，弃其杖，化为邓林，亦称桃林。

③文梓：有纹理的优质梓木。

④交赠：互相赠送。

【译文】

综括而言：经典古籍深奥宏富，文辞义理恒久长存。它像江海般的浩大，像昆仑山上的邓林那么繁盛。优质的梓木可供采伐，美好的珠宝可以互赠。引用前人的事例、言论如同己出，自古以来就不能含糊不清。

练字第三十九

【题解】

刘勰论文一贯重视文字运用的重要性。《风骨》篇说:"捶字坚而难移,结响凝而不滞,此风骨之力也。"《镕裁》篇说:"句有可削,足见其疏;字不得减,乃知其密。"《章句》篇更明确地说:"夫人之立言,因字而生句,积句而为章,积章而成篇。篇之彪炳,章无疵也;章之明靡,句无玷也;句之清英,字不妄也"。这大都是从字义角度言及用字的意义,而《练字》篇主要是从字形的角度专论文章写作中的用字问题,也是针对当时浮靡文风而发的。

刘勰在《练字》篇中回溯文字产生和运用的历史,从各个不同的侧面论述了文字运用的意义。首先,刘勰认为文字的产生,使无形的言语有了表现形式,使文章有了赖以寄寓的住所,即所谓"斯乃言语之体貌,而文章之宅宇也"。其次,刘勰认为文字产生之后,产生了深刻的影响,文字有助于"官治民察"。第三,刘勰认为文字在运用过程中,引起许多文人、学者的注意,他们不但在写作实践中特别追求用字的新异,而且致力于文字运用的专门研究。第四,刘勰认为随着时代的发展变化,文字的运用出现了"沿讹习奇","字靡异流,文阻难运"的不正常情况,或则诡异、联边,或则重出、单复,以至于弃义而逐奇,理乖而新异,这就尤需对文字的运用有所讲究了。

刘勰总结当时文字运用的实际情况，重点突出地针砭了诡异、联边、重出、单复等弊端。所谓诡异，是指在文章写作中使用形体怪异的字。所谓联边，就是在同一句子中运用了许多半边相同的字，这在汉赋中是常见的毛病。所谓重出，则有两种情况，一是在句子中重复出现同一个字；二是在诗赋中用同一个字押韵。刘勰对此，颇有些辩证思想：一方面，他指出了重出之弊，以避为好；另一方面，他认为对重出现象要具体分析。如果重出之字都很重要，那就让它重出也无大碍。所谓单复，是指在文章写作中字体的笔画多少，亦即字形的肥瘠。只有“参伍单复”，也就是把笔画或多或少的字，交错着加以组合、搭配，才能使文章有“磊落如珠”之美。基于此，刘勰主张用字要加以调整和搭配。

表面看，刘勰所贬斥的四种弊端，只是在字形方面，实则关乎着文章写作的整体。对矫正当时浮靡文风，力求文章内容与形式具有统一和谐之美，却也是不无意义的。刘永济先生在《文心雕龙校释》中说：“至此篇所举‘四忌’，虽似无关大体，然在诗家亦为要务。特其所论乃在形体之间，初无关于意义，当合《章句》、《丽辞》、《指瑕》、《物色》等篇观之，而后文家字句之精蕴始得也。”这是深得刘勰专论练字之要旨的。

针对文字运用中存在的问题，刘勰提出了正确运用文字的三个原则：

一是“依义弃奇”。这是指在文字运用过程中，要重视依照字的意思，而抛弃追务新奇之弊。二是“该旧知新”。这是指在文字运用中，既要明确文字的源流旧用，又要有文字变化的新知。三是“世所同晓”。这是指文字的运用，要让广大的世人通晓，以便发挥出文字的功能。

《练字》篇所论，主要在于文字的形体方面，这与书法和文章写成后的表现形式直接相关；它虽与文字含义和文章内容不无关系，但全文主旨却不在于论述字义和文义。因此，刘勰的《练字》篇，就与后世诗话、词话中每每论及的“练字”有了区别。约言之，一般诗话、词话谈“练字”问题，多着眼于字义，进而论及全篇的意境、形象；而刘勰之《练字》篇，却是在泛论文字的意义之后，着眼于字形，重在文字的偏旁部首、笔画多少，以及文字在文章中的错综搭配。综观《练字》全篇，它所论述的虽不是文章写作中的重大问题，却都非常扎实、具体，有着直接的针对性，它不但对矫正当时“滥好诡巧”的浮靡文风起了积极作用，而且对增强文章写作的形式美，也是一种促进。

夫文象列而结绳移①，鸟迹明而书契作②，斯乃言语之体貌，而文章之宅宇也。苍颉造之，鬼哭粟飞③；黄帝用之，官治民察⑤。先王声教，书必同文，𬨎轩之使⑥，纪言殊俗，所以一字体⑦，总异音⑧。《周礼》保氏⑨，掌教六书⑩。秦灭旧章，以吏为师。及李斯删籀而秦篆兴⑪，程邈造隶而古文废⑫。

【注释】

①文象：亦有作“爻象”者，此处按“文象”解，意指文字形象。列：排列，指文字的出现。结绳：指上古时结绳记事的方法。

②鸟迹：鸟（兽）的形迹，相传黄帝的史官苍颉仿照鸟兽之迹而造文字。书契：指文字。

③鬼哭粟飞：《淮南子·本经训》：“昔者苍颉作书而天雨粟，鬼夜哭。”高诱注曰：“苍颉始视鸟迹之文造书契，则诈伪萌出。诈伪萌生，则去本趋末，弃耕作之业，而务锥刀之利。天知其将饿，故为雨粟。鬼恐为书文所劾，故夜哭也。”其意谓，有了文字，乱事便多，因而出现了“鬼哭粟飞”的反常现象。

⑤官治民察：《周易·系辞（下）》：“上古结绳而治，后世圣人易之以书契，百官以治，万民以察。”

⑥𬨎（yóu）轩：轻车，古代帝王的使臣多乘𬨎车，故称之为“𬨎轩之使”。

⑦一字体：统一字的形体。一，此处做动词用。

⑧总异音：汇总各地方音。

⑨保氏：官名。

⑩六书：造字的六种方法，即象形、会意、转注、指事、假借、形声。

⑪籀：籀文，一般指大篆体文字，字形复杂，相传为周宣王时太史籀所造，实则是原始文字长期演变后由太史籀加以梳整而成。秦篆：小篆，由大篆简化而成，它是根据李斯的主张通行于秦代的文字，故称秦篆。

⑫程邈(miǎo)：字元岑，秦始皇时的御史，曾因事下狱，在狱中整理民间简化字，将小篆改为隶书，这种字体始由徒隶(在狱中服役的人)使用，故称隶书。

【译文】

象形文字的出现与使用改变了结绳记事的方法，由于识别了禽鸟的形迹而创造了文字，它是言语的表现形体，是文章赖以寄寓的住所。苍颉创造了文字，使得鬼惊而哭，天落粟雨；黄帝使用了文字，官吏借以治理政务，万民借以洞察事理。古代帝王传播声威教化，其文书都必定要使用统一的文字，轻车出访的使者，记录各地的方言，就是为了统一字的形体，汇集不同的方音。《周礼》中的保氏，即专门掌管教授"六书"。秦朝毁灭了旧时的典章，再学法令就以官吏为老师。及至李斯删改籀文，就出现了秦代的小篆，程邈创造了隶书之后，古代的文字就废弃了。

汉初草律，明著厥法：太史学童[①]，教试"六体"[②]；又吏民上书，字谬辄劾。是以马字缺画，而石建惧死[③]，虽云性慎，亦时重文也。至孝武之世，则相如撰篇[④]。及宣、平二帝，征集小学[⑤]，张敞以正读传业[⑥]，扬雄以奇字纂训[⑦]，并贯练

《雅》、《颉》[⑧]，总阅音义。鸿笔之徒，莫不洞晓。且多赋京苑，假借形声。是以前汉小学，率多玮字[⑨]，非独制异，乃共晓难也。暨乎后汉，小学转疏，复文隐训[⑩]，臧否亦半。

【注释】

①史：官名，在汉代掌管天文、历法、修史等事务。

②六体：指籀文、奇字、篆书、隶书、缪篆（刻印的字体）、虫书（旗幡字体）。

③石建：汉武帝时的郎中令，石奋之子。《汉书·石奋传》载，石建写的奏章中，马字少写了一画，皇帝批下来后，他很害怕，惊恐地说："书马者，与尾而五，今乃四，不足一，获谴死矣。"

④相如撰篇：指司马相如写《凡将篇》。《汉书·艺文志》："武帝时，司马相如作《凡将篇》，无复字。"

⑤小学：此处指文字学。

⑥张敞：字子高，西汉宣帝时为京兆尹。《汉书·艺文志》："宣帝时，征齐人能正读者。张敞从受之，传至外孙之子杜林。"杜林有《苍颉训纂》、《苍颉故》各一篇。正读：指正定《苍颉篇》文字的音、义。

⑦纂训：编纂训诂，此处指扬雄撰定《纂训篇》。《汉书·艺文志》："元始中，征天下通小学者以百数，各令记字于庭中。扬雄取其有用者，以作《训纂篇》。"

⑧《雅》、《颉》：指《尔雅》和《苍颉》。《尔雅》为我国最早字书，是一部分类解释词义的专著，由汉初学者编成。《苍颉》指《苍颉篇》，古代字书。《说文解字叙》中说："秦始皇初兼天下，丞相李斯乃奏同之，罢其不与秦文合者。斯作《苍颉篇》。"

⑨玮（wěi）字：奇异的字。

⑩复文：指异体字。隐训：怪僻的解释。

【译文】

汉朝初年草创法律，明确规定了有关文字的条例：太史对学童要教授与考试“六体”；而官吏与百姓上书，要是写错了字往往会受到处罚。因而由于马字少写了一画，石建就害怕获致死罪，虽说他性情谨慎，却也说明当时人们对文字的重视。到了汉武帝时，司马相如撰写了《凡将篇》。及至汉宣帝和汉平帝时，则征集研究小学的学者，张敞因以研习正字读音而传下了学业，扬雄据此收集各种奇字写出了《纂训篇》，他们都通晓《尔雅》和《苍颉》，全面阅读掌握了它们的字音字义。凡是创作鸿篇巨制的人，没有不深通文字学的。他们的作品大都描写京都苑囿，常用假借字和形声字。因而西汉时的文字学中，有许多奇文异字，这并非要特意独造奇异的字体，而是当时的文人都能认识这些难字。到了东汉，对文字学的研究转而有所疏略，出现了异体字和怪僻的解释，肯定的与否定的大约各有其半。

及魏代缀藻[①]，则字有常检[②]，追观汉作，翻成阻奥[③]。故陈思称：“扬、马之作，趣幽旨深，读者非师传不能析其辞，非博学不能综其理。”岂直才悬，抑亦字隐。自晋来用字，率从简易[④]；时并习易，人谁取难？今一字诡异，则群句震惊；三人弗识[⑤]，则将成字妖矣。后世所同晓者，虽难斯易；时所共废，虽易斯难；趣舍之间[⑥]，不可不察。

【注释】

①缀藻：指文章写作。

②常检：一定规范。

③阻奥：艰深难通。

④率：大都。

⑤弗识：不认识。

⑥趣舍：即取舍，指当用或不当用。

【译文】

及至魏代的文章写作，文字的运用有了一定的规范，再回观汉代的作品，反而觉得艰深难懂了。所以陈思王曹植说："扬雄、司马相如的文章，旨趣深远，读者没有老师的传授就不能解释它的文辞，没有广博的学识也就不能综合理解它的道理。"这岂止是读者与作者的才智过于悬殊，也是因为作者使用的文字太隐晦难懂了。晋代以来的用字，大都趋向于简单平易；当时都习用容易的字，哪还有人去采用难字呢？现在的文章中有一个怪异的字，那许多语句就会受到影响；如果有三个人不认识它，那它就成为文字中的妖怪了。后代人所共同认识的字，虽是难字实则却容易；被时代共同废弃不用的字，虽似简易实际上却也是难字；用哪些字或不用哪些字，不能不加以辨别。

夫《尔雅》者，孔徒之所纂，而《诗》、《书》之襟带也[①]；《苍颉》者，李斯之所辑，而史籀之遗体也。《雅》以渊源诂训[②]，《颉》以苑囿奇文，异体相资[③]，如左右肩股，该旧而知新[④]，亦可以属文[⑤]。若夫义训古今[⑥]，兴废殊用，字形单复，妍媸异体，心既托声于言，言亦寄形于字，讽诵则绩在宫商，临文则能归字形矣。

【注释】

①襟带：喻指陪衬、辅助之意。衣服有了襟带才能穿用，《诗》、《书》借助《尔雅》才容易读懂。

②诂(gǔ)训：解释古代辞语。

③相资：相互配合、资助。

④该旧：翔明旧的东西。该，同"赅"，意谓翔赡、明白。

⑤属文：写文章。

⑥义训：即解释字义。

【译文】

《尔雅》由孔子的门徒所编纂，如同衣服的襟带，是用以辅助对《诗》、《书》阅读的；《苍颉》由李斯编辑，它采录了遗留下来的籀文字体。《尔雅》是解释字义的渊源，《苍颉》是汇聚奇字的园地，两者体例不同却又相互配合，就像人的两肩和双胯一样，明白了旧的而又知道新的，那就可以有助于文章写作了。如果对古今字义都能解释，又明确了字体的兴废和不同用法，懂得字的形体的简单和复杂，以及字形美丑的差异，让心思靠有声音的语言来表达，让语言靠文字来显形，那么文章的诵读就妙在声律的和谐，作品的美观就归功于字形的匀称了。

是以缀字属篇，必须拣择[①]：一避诡异[②]，二省联边[③]，三权重出[④]，四调单复[⑤]。诡异者，字体瑰怪者也[⑥]。曹摅诗称[⑦]："岂不愿斯游，褊心恶哅呶[⑧]"。两字诡异，大疵美篇，况乃过此，其可观乎？联边者，半字同文者也[⑨]。状貌山川，古今咸用，施于常文，则龃龉为瑕[⑩]，如不获免，可至三接，三接之外，其字林乎[⑪]？重出者，同字相犯者也[⑫]。《诗》、《骚》适会，而近世忌同[⑬]，若两字俱要，则宁在相犯。故善为文者，富于万篇，贫于一字，一字非少，相避为难也。单复者，字形肥瘠者也[⑭]。瘠字累句，则纤疏而行劣；肥字积文，则黯黕而篇暗[⑮]；善酌字者，参伍单复[⑯]，磊落如珠矣[⑰]。凡此四条，虽文不必有，而体例不无[⑱]。若值而莫悟[⑲]，则非精解。

【注释】

①拣择：选择。

②诡异：奇异怪僻的字。

③联边：偏旁相同的字。

④重出：重复的字。

⑤单复：字形简单或复杂的字。

⑥瑰怪：怪异奇特。

⑦曹摅：字颜远，晋代官吏。

⑧褊心：心胸狭窄。讻呶（xiōng náo）：喧闹，争吵。

⑨半字同文：字的偏旁相同，如班固《西都赋》之"带以洪河泾渭之川"中的"洪河泾渭"四字即典型之一例。

⑩龃龉（jǔ yǔ）：牙齿不合，喻指不适合。

⑪字林：指按部首排列的字典。

⑫相犯：因相互重复而抵触。

⑬忌同：忌讳用字相同。

⑭肥瘠：喻指字形笔画的多少。

⑮黯黮（àn dǎn）：晦暗无光。

⑯参伍：相互交错。

⑰磊落：喻珠玉圆转之貌。

⑱体例：此处指文章写作在总的体例方面的要求。

⑲值：此处为遇到之意。莫悟：不明白。

【译文】

因此连缀文字写成文章，必须选择用字：一要避免诡异，二要省去联边，三要权衡重出，四要调配单复。所谓诡异，就是用字怪奇。曹摅的诗句："岂不愿斯游，褊心恶讻呶。"其中"讻呶"二字怪异，使美好的诗篇受了很大的损伤，更何况比它更为怪异的，那还有什么可看的呢？所谓联边，就是半边相同的字联用在一起。描绘山川状貌，古往今来都常用联边字，但把它们用于一般文章之中，就会因抵牾不合而成为瑕疵，如果不能避开，可连用三个，用到三个以上，那不就成为字书了吗？所谓重出，就是同一个字在句中重复出现而相互抵触。《诗经》、《离骚》中曾有适时而用的重出现象，而近代则忌讳用字重复，如果句中重出的两个字都很重要，那就宁肯让它们相互抵触了。所以善写文章的人，虽有万篇文章之富，却往往为一字之用感到贫乏，不是少了那么一个字，而是避免重出使人为难。所谓单复，是指字形的复杂和简单。都用笔画简单的字联结成句，就显得稀疏而行列不好看；都用笔画复杂的字累积为文，那就显得密集而篇章晦暗；善于斟酌字形的人，能够单复交错，搭配运用，使它们好像磊落串连在一起的珍珠一样。所有以上四条，虽然不一定每篇文章中都有，但在文章的写作实例上却不会没有。如果遇到上述情况而不明白如何处理，那就不是精通练字的文人了。

至于经典隐暧①，方册纷纶②；简蠹帛裂③，三写易字④，或以音讹，或以文变⑤。子思弟子⑥，“於穆不似”者，音讹之异也。晋之史记，“三豕渡河”者⑦，文变之谬也。《尚书大传》有“别风淮雨”⑧，《帝王世纪》云“列风淫雨”⑨。别、列、淮、淫，字似潜移⑩。淫、列义当而不奇，淮、别理乖而新异。傅毅制诔⑪，已用“淮雨”，元长作序⑫，亦用“别风”。固知爱奇之心，古今一也。史之阙文⑬，圣人所慎，若依义弃奇，则可与正文字矣。

【注释】

①隐暧(ài)：隐晦，不明显。

②方册：典籍。方，刻字用的木板。册，编连在一起的竹简。纷纶：纷繁杂多。

③简蠹(dù):书简被蠹虫所蛀。帛裂:书帛破损。

④三写:多次抄写。易字:改变了原字的样子。

⑤文变:因字形相近而致误。

⑥子思弟子:指子思的学生孟仲子。他把《诗经·维天之命》中的“於穆不已”,误读为“於穆不似”。子思,孔子之孙,名伋。

⑦三豕渡河:《吕氏春秋·察传》:“子夏之晋,过卫。有读史记者,曰:‘晋师三豕渡河。’子夏曰:‘非也,是己亥也。’夫己与三相近,豕与亥相似。至于晋而问之,则曰:‘晋师己亥渡河也。’”

⑧《尚书大传》:解释《尚书》的书。旧谓西汉伏生所撰,又说可能是其子集录而成。

⑨《帝王世纪》:史书。西晋皇甫谧著,记述上古以来帝王事迹。

⑩潜移:暗中改变。

⑪傅毅:字仲武,东汉文人。他在写《北海靖王兴诔》时说:“白日幽光,淮雨杳冥。”

⑫元长:王融之字,南齐文人。

⑬阙文:即缺疑不全之文。

【译文】

至于说经典著作深奥隐晦,书籍简册纷繁众多;且由于简帛的被蛀与破损,更兼多次抄写而改变了原来的字形,有的因字音相近而误,有的则因字形相似而讹。子思的学生,把“於穆不已”,读作“於穆不似”,是因字音讹变而发生的错异。晋国的史记,有“己亥渡河”之说,但卫人却把它读作“三豕渡河”,是由于字形相似而发生的谬误。《尚书大传》有“别风淮雨”之说,《帝王世纪》里却是“列风淫雨”。别和列,淫和淮,因字形相似就不经意地把它们改变了。淫和列意义恰当而不奇特,淮和别不合事理且又新奇怪异。傅毅作诔时,就已经用了“淮雨”二字,元长写序时,也曾用了“别风”之说。由此可见爱好奇异的心理,古今都是一致的。史书中残缺不全的文字,圣人们极为慎重,如果能够依照字义运用而抛弃爱奇之弊，那就可以与之共同校正文字了。

赞曰：篆隶相熔[①]，《苍》、《雅》品训[②]。古今殊迹，妍媸异分。字靡异流[③]，文阻难运。声画昭精[④]，墨采腾奋。

【注释】

①相熔：指文字形体的融合变化。如小篆融化了籀文，隶书又融化了小篆。

②品训：研究，解释。

③靡：披靡，倒向。异流：怪异的流俗、倾向。

④声画：指语言、文字。昭精：清晰而精美。

【译文】

综括而言：篆文和隶书是字形的融合，《苍颉》和《尔雅》是对字义的诠释。古今文字的形体不同，用在文章中就有了美丑之别。用字趋于怪异，文义就会阻隔而难以通畅。语言文字都很精美，墨势文采就会腾跃飞扬。

隐秀第四十

【题解】

《隐秀》篇意在论述文章中含蓄的隐意和独拔的秀句，其内涵与现代修辞学中的婉曲和精警相近、相通，但又不完全相同。“情在词外曰隐，状溢目前曰秀。”这两句话简要概括出了隐秀的内涵：“隐”是指文章言辞之外的另外一层意思，它是隐蔽的、潜在的，像包容在爻象变化中的“互体”和蕴藏在川渎中的珠玉，它的“秘响”是“旁通”而来，它的“伏采”是“潜发”而现的。这就使它有了“深文隐蔚，余味曲包”的特定内涵。“秀”是文章中在思想或艺术方面出类拔萃的、特别富有表现力和感染力的语句。

刘勰非常重视文章写作中的隐秀问题，认为隐秀这种表现手法和风格特色，是古代文章中传留下来的美好成就，它们集中地反映着作者的才能和智慧的结晶，构成了“文之英蕤”。刘勰也非常重视文章所表现出来的文采，而隐秀则是构成文采的重要内容和手段。从文章阅读角度来说，刘勰认为：一则，“隐”使文意深厚含蓄，耐人咀嚼、品味，具有“词已尽而意无穷”的艺术效果；二则，“秀”则使文章“彼波起辞间”，“超逸独拔”，犹如笙匏发出响亮、优美的声音，令人心动神摇，发挥“立片言而居要”的“警策”作用。

后人的补文，对隐秀的意义也有所阐发。一则，隐秀这种表现手法，使喜欢蕴藉的人因文章含蓄而心满意足，使爱好明快的人则因秀句的独拔超逸而赏心悦目，而且进一步使赏玩者感到余味无穷，使品评者永不厌倦，发挥出其感人的艺术魅力。二则，隐秀手法的运用与否，其效果是大不一样的。文章中没有含蓄的隐意，那就跟老儒没有学问一样；而章句间缺少精彩的秀句，则像巨富人家的屋子里没有珍贵的器物。这些论述，虽没有多少新意，但却把隐秀在文章写作中的地位和意义，表述得更为具体、明确了一些。

综观《隐秀》篇原文和补文，可以看出其中的一些见解是很精辟的，它是刘勰及补文作者写作经验的总结，明确阐发了隐秀这种具有相当高的美学价值的表现手法和风格特点的内涵、意义和原则要求。它不仅在当时有利于纠正浮靡的文风，提高文章写作的水平和写作理论研究的品位，而且对后世文家产生了深远的影响。

《隐秀》篇研究中最主要的歧疑是后人补文的真伪问题。一种意见，认为补文即《隐秀》篇缺佚了的原文；另一种意见，则认为补文是伪托的，可资参阅，而不足为信。

从《文心雕龙》版本流传来看，自元代迄今，六百余年来，所能见到的《文心雕龙》刻本，以元至正十五年(1355)的嘉兴郡学本为最古，其中《隐秀》篇即多有缺漏。而自明代弘治至万历年间(1488—1619)的五种刻本，也都如同元至正本一样，《隐秀》篇是残缺不全的。明万历四十二年(1614)，常熟文人钱允治(字功甫)在其《文心雕龙·跋》中说："余从阮华山得宋本钞补，始为完书。"从此，后人始知《隐秀》篇有补文一说。到了明天启二年(1622)，梅庆生(字子庾)刻《文心雕龙》重修本，补缺文四百余字，从而使《隐秀》篇得以全文面貌始传于世。此后，明天启七年(1627)，冯舒(字已苍)又"钞补"《隐秀》篇，其中文字，与钱允治本和梅庆生重修刻本，同出一辙。

对《隐秀》篇补文提出质疑的学者，首推清代杰出文人、《四库全书》的主要编纂者纪昀。纪昀和黄侃两位前贤，从版本、史实、词语、逻辑等方面考辨,其理据是足以令人信服的。因而,现代诸多龙学家,如范文澜、杨明照、刘永济、王利器、王达津以及周振甫、牟世金、祖保泉等,均从纪、黄之说,断定《隐秀》篇补文是伪托的。1979 年,著名学者詹锳先生在《文学评论丛刊》(第二辑)发表《文心雕龙〈隐秀〉篇补文的真伪问题》一文,对《隐秀》篇补文的真伪提出了新的见解。他认为,阮华山所藏之宋本,曾经钱谦益、冯己苍、朱谋㙔以及明末校刻名家经手、过目,不可能是明人伪托,应当可以置信。

《隐秀》篇原文残缺,后人仿写,补充了四百余字;而补文的真伪,亦多有争议。兹故综合原文和补文,一并加以译注、疏辨。补文下加……,以示区别。补文中的缺佚,用□代替,增补之字,缩小一号,依次接排。

夫心术之动远矣①,文情之变深矣②!源奥而派生,根盛而颖峻③,是以文之英蕤④,有秀有隐。隐也者,文外之重旨者也⑤;秀也者,篇中之独拔者也⑥。隐以复意为工⑦,秀以卓绝为巧:斯乃旧章之懿绩⑧,才情之嘉会也⑨。

【注释】

①心术:此处指文思。

②文情:文章的内容、情理。

③颖峻:锋颖峻秀。

④英蕤(ruí):指文章之精美者,本意为英华茂盛。

⑤重(chóng)旨:言外之意,话中有话。重,双重。

⑥独拔:独特突出。

⑦复意:两重意思,一为字面之意,一为言外之意。

⑧懿绩：美好的成绩、业绩。

⑨嘉会：美好的会合、相聚，喻指文思和才华的集中表现。

【译文】

文思活动的范围非常辽远，文章情理的变化十分深刻！源远则支流派生，根底厚深才能使枝挺叶茂，因此，精美的文章，既有"秀"又有"隐"。所谓"隐"，是指文辞之外所含蓄的旨意；所谓"秀"，是指文章中特别突出的语句。"隐"以言外有另外一层意思为工巧，"秀"以卓越超凡为巧妙：这是古代文章传留下来的美好成就，集中地反映了作者们的才能和情思。

夫隐之为体，义生文外，秘响旁通①，伏采潜发②，譬爻象之变互体③，川渎之韫珠玉也④。故互体变爻，而化成四象⑤；珠玉潜水，而澜表方圆⑥。始正而末奇⑦，内明而外润⑧，使玩之者无穷，味之者不厌矣。

【注释】

①秘响旁通：隐秘的音响从旁传来，喻指文章所含蓄的意思可触类而旁通。

②伏采潜发：指文采在人们不经意的地方表现出来。实即指潜移默化的含蓄之美。

③爻象：爻是《周易》卦的基本符号，一卦有六划，称六爻。爻象是说明《周易》六十四卦中各爻含义的文辞。由于这些说明多用描绘物象来作譬喻，托物以喻义，故曰爻象。互体：《周易》卦爻的二至四、三至五，上、下两体交互，各成一卦，叫互体。互体都可由卦爻的变化而产生，即一卦中包含着另一卦，使之卦中有卦。此处借爻象和互体喻指"隐"的"重旨"和"复意"由文辞潜发、衍

化而生，亦即言外之意或话中有话。

④川渎(dú)：通海的河流。

⑤四象：《周易》六十四卦中的卦象，有实象、假象、义象、用象，合称为“四象”。《征圣》篇中说：“四象精义以曲隐”，此处即用其意。

⑥澜表方圆：意谓水之波澜反映着水中珠玉的形状。《淮南子·地形训》：“水圆折者有珠，方折者有玉。”

⑦始正而末奇：此处指读者的感受，意谓初时感到平常一般，及至读到最后才察觉文章所含蓄的余味。

⑧内明而外润：承上“澜表方圆”，意谓内含如珠玉，外表似波澜。

【译文】

“隐”作为一种方法和风格，主要表现为具有言外之义，它隐秘含蓄的意思可以触类旁通，它暗伏的文采发出潜在的光泽，犹如爻象的变化中包含着“互体”，好像河川之中蕴藏着宝珠和玉石。所以互体和爻卦的变化，就形成了四种“卦象”；珠宝玉石潜在水中，而引起了方圆不同的波澜。上述这类文章初读起来似乎是正统化、常规化的，到了最后才领悟到它的奇妙，它内含光洁而外表又非常圆润，这就使人玩味无穷，百读不厌了。

彼波起辞间，是谓之秀。纤手丽音，宛乎逸态[①]，若远山之浮烟霭，娈女之靓容华[②]。然烟霭天成，不劳于妆点；容华格定[③]，无待于裁镕[④]。深浅而各奇，秾纤而俱妙[⑤]，若挥之则有余[⑥]，而揽之则不足矣[⑦]。

【注释】

①逸态：高超、飘逸的情态，此处喻指秀句之高妙。

②娈女：美女。容华：即容颜、容貌。

③格定：由素质品格所决定。

④裁镕：按照一定模式仿造、修饰。

⑤秾(nóng)纤：指浓妆和淡妆。

⑥挥之：使之发挥。

⑦揽之：使之收束、受制。

【译文】

那种在文辞之间涌起的波澜，就叫做“秀”。它是纤巧的手弹出的美好的音乐，呈现着宛然飘逸的情态，好像远山上浮动着云霞，又像是美女饰容焕发着光彩。然而烟云是天然生成的，无须分神去装扮、点染；容貌是由品格素质决定的，也不必特意按照模式去修饰。远山烟云的深浅各有其独特之美，天生容貌的浓妆淡抹也会各得其妙，如果能使之发挥表现出来那就会美妙有余，如果施以人工的雕琢妆饰那就显得不如自然之美了。

夫立意之士，务欲造奇，每驰心于玄默之表[①]；工辞之人，必欲臻美[②]，恒匿思于佳丽之乡[③]。呕心吐胆，不足语穷；锻岁炼年，奚能喻苦[④]？故能藏颖词间[⑤]，昏迷于庸目；露锋文外[⑥]，惊绝乎妙心。使酝藉者蓄隐而意愉，英锐者抱秀而心悦。譬诸裁云制霞，不让乎天工[⑦]；斫卉刻葩[⑧]，有同乎神匠矣。若篇中乏隐，等宿儒之无学[⑨]，或一叩而语穷；句间鲜秀，如巨室之少珍[⑩]，若百诘而色沮[⑪]：斯并不足于才思，而亦有愧于文辞矣。

【注释】

①驰心：指为文用思，纵情联想和想象。玄默：静默，深沉，指沉默的深思。

②臻(zhēn):达到。

③匿思:沉溺于为文用思之中。佳丽:指华词丽藻。

④奚能:怎么能。

⑤藏颖:指"隐"。

⑥露锋:指"秀"。

⑦天工:大自然的工巧。

⑧斫卉刻葩(pā):意谓雕刻、描绘花草。与"裁云制霞"都喻指使人"意愉"、"心悦"的美好文章。卉,草。刻,雕刻。葩,花。

⑨宿儒:老练博学的书生。

⑩巨室:巨富之家。

⑪百诘:一再询问、推敲。

【译文】

为文善于立意的人,都持别想创造出新奇的命意,往往畅想到极为深微玄妙之境去;工于文辞的人,一心要辞藻的运用尽善尽美,常常沉思在华辞丽藻之中。用呕吐出心肝,不足以尽言其用心的艰难;经年累月的锻炼,又哪能言明他们推敲的困苦?所以他们能把新意潜藏在文辞之中,使目光平庸的人迷惑不解;又能把锋芒借文章表露出来,让妙识文理者惊叹叫绝。喜欢蕴藉的人,因文意含蓄而心满意足,爱好明快的人,则因秀句独拔而悦目赏心。把他们比作裁制云霞,也不逊色于天然的工巧;把他们比作雕刻花卉,则可以同神奇的工匠比美。如果文章中缺乏含蓄的隐意,就跟老儒没有学问一样,一加叩问便无言以对;如果章句中缺少了精彩的秀句,犹如巨室中没有珍宝,只要多问几句就会神色沮丧:这都是由于才气和文思不足,而在文辞方面也有羞愧之色了。

将欲征隐[1],聊可指篇:《古诗》之《离别》,乐府之《长城》,词怨旨深,而复兼乎比兴。陈思之《黄雀》,公幹之《青松》，格刚才劲[②]，而并长于讽谕[③]。叔夜之□□《赠行》，嗣宗之□□《咏怀》，境玄思淡[④]，而独得乎优闲。士衡之□□疏放，彭泽之□□豪逸[⑤]，心密语澄[⑥]，而俱适乎□□壮采[⑦]。

【注释】

①征：验证。

②格刚：格调刚健。

③讽谕：婉转曲折地表达讽谏之意。讽，不正面直说。谕，明告晓知。

④境玄：境界幽深玄妙。

⑤彭泽：陶潜，字渊明，曾任彭泽县令。

⑥心密：用心精细绵密。语澄：语意澄澈明白。

⑦适乎壮采：表现出壮丽的文采。适，有到达、去往之意，此处引申为表现出来的意思。

【译文】

要验证含蓄的隐意，约可略举一些篇章：《古诗十九首》之《离别》中的“行行重行行，与君生别离”，乐府古辞中的《饮马长城窟行》，写得文辞哀怨，旨意深厚，并且兼用了比和兴的表现手法。陈思王的《野田黄雀行》，刘公幹的《亭亭山上松》，写得风格刚健，才力遒劲，而且都长于讽谕。嵇叔夜的《赠秀才入军》诗，阮嗣宗的《咏怀》诗，则写得意境深微幽玄，思想淡泊，独具悠闲的格调。陆士衡格调疏放，陶彭泽风姿豪逸，思理精密语意清澄，而都表现出了壮丽的文采。

如欲辨秀，亦惟摘句：“常恐秋节至，凉飙夺炎热”[①]，意凄而词婉，此匹妇之无聊也[②]。“临河濯长缨，念子怅悠悠”[③]，志高而言壮，此丈夫之不遂也。“东西安所之，徘徊以旁皇”④，心孤而情惧，此闺房之悲极也。“朔风动秋草，边马有归心”⑤，气寒而事伤，此羁旅之怨曲也。

【注释】

①常恐秋节至，凉飙夺炎热：这两句诗出自东汉女诗人班婕妤的《怨歌行》，诗中她自比为扇子，怕秋风一起，扇子便被抛弃。但后人疑此诗系伪作。

②匹妇：普通妇女。无聊：无依靠。

③临河濯长缨，念子怅悠悠：这两句诗相传出自西汉名将李广之孙李陵的《与苏武诗》。苏武是西汉武帝时的使节，出使匈奴，被扣十九年。濯，洗涤。长缨，衣帽上的饰带。子，指苏武。

④东西安所之，徘徊以旁皇：这两句诗出自乐府《伤歌行》，写思妇夜不能寐，起而徘徊的情形。旁皇，即“彷徨”，游移不定。

⑤朔风动秋草，边马有归心：这两句诗出自西晋诗人王赞的《杂诗》，重在写对故乡的思念。

【译文】

要想辨识文章中的秀句，也只有摘引诗文中的句子：“常恐秋节至，凉飙夺炎热”，诗意悲切而文辞委婉，它表现了一个妇人害怕失宠无依的情绪。“临河濯长缨，念子怅悠悠”，情志高洁而言语豪壮，它表达了大丈夫壮志未酬的心境。“东西安所之，徘徊以旁皇”，心情孤寂而恐惧，它表现了闺中妇女极度悲伤的感情。“朔风动秋草，边马有归心”，语气寒苦而叙事感伤，它表现了异乡旅客的哀怨心曲。

凡文集胜篇①，不盈十一②；篇章秀句，裁可百二③：并思合而自逢④，非研虑之所课也⑤。或有晦塞为深⑥，虽奥非隐；雕削取巧，虽美非秀矣。故自然会妙，譬卉木之耀英华；

润色致美，譬缯帛之染朱绿[7]。朱绿染缯，深而繁鲜[8]；英华曜树，浅而炜烨：隐篇所以照文苑，秀句所以侈翰林[9]，盖以此也。

【注释】

①胜篇：优秀的文章。

②盈：满，超出。

③裁：仅，只。颜师古云："裁与才通。"

④思合：思考与实际符契相合。自逢：自然遇合。

⑤研虑：指长时间地用心思考。课：考课。范文澜注云："'课'亦有责求义。"

⑥晦塞：即晦涩，隐晦而不畅达。

⑦缯(zēng)帛：丝织品。

⑧繁鲜：鲜艳之色过于繁多，与"自然会妙"相对而言。

⑨翰林：与"文苑"同义，都指文坛。

【译文】

各种文集中的优秀篇章，不超过十分之一；文章中的秀句，百句中仅有两句：这极少的篇章和秀句，都是思考恰当而自然形成，并非苦心经营勉强得来的。有的人以隐晦难懂为高深，这虽然深奥，但并算不上是"隐"；有的人刻意雕琢以求工巧，这虽然精美了，但却也算不上"秀"。所以"隐"和"秀"都要自然巧妙地会合在一起，好像草木的花朵闪耀着光彩一样；而对文章加以雕饰润色以求达到美好的境地，就好像给丝绸染上了红绿的颜色。用红绿颜色染成的丝绸，色彩深重而又过分鲜艳；花朵闪耀在草木之间，颜色浅淡而光彩明丽：含蓄的篇章所以照耀于文苑，独拔的秀句所以夸赞于艺坛，就是因为这个缘故。

赞曰：深文隐蔚[①]，余味曲包。辞生互体，有似变爻。言之秀矣，万虑一交[②]。动心惊耳，逸响笙匏[③]。

【注释】

①深文：深厚之文。隐蔚：潜藏着繁盛的文采，即文中所谓的"伏采"。蔚，草木繁盛，喻文采之盛。

②万虑一交：即万虑一得。

③逸响：高超、美妙之音。笙(shēng)、匏(páo)：均为乐器名称。

【译文】

综括而言：深厚的文章隐含着繁盛的文采，不尽的余味曲折地包容其中。由文辞变化产生的"言外之意"，就像是变爻的"卦中有卦"。言辞中的秀句，在千思万想中才能遇到一次。它使人心动神摇，其高超、美妙超过了笙匏之声。

指瑕第四十一

【题解】

《指瑕》篇专论写作中应注意避免的种种毛病："指"是指出，"瑕"是玉石上的斑点，比喻文章中的缺点。刘勰总结文坛历史和现状，概括出了文章写作中种种毛病的具体内容，有针对性地进行了辨析和驳正。

黄侃在《文心雕龙札记》中指出："此篇所指之瑕，凡为六类：一、文义失当之瑕；二、比拟不类之瑕；三、字义依稀之瑕；四、语音犯忌之瑕；五、掠人美辞之瑕；六、注解谬误之瑕。"这种归纳，大体上是符合《指瑕》篇要义的。所谓"文义失当之瑕"，是指文章中的措辞失当，违理或伤义。所谓"比拟不类之瑕"，是指比拟人物不伦不类，对应身份不恰当。所谓"字义依稀之瑕"，是指文章中的字义含糊不清，依稀难明。所谓"语音犯忌之瑕"，是指文章在谐音和反切方面违反了忌讳。所谓"掠人美辞之瑕"，是指在写作中抄袭别人的文章，其表现一是"全写"，即全面照抄别人的东西；二是"傍采"，即部分地摘取别人的文字。刘勰认为，无论是"全写"或是"傍采"，都是偷窃行为。所谓"注解谬误之瑕"，是指在注解中"谬于研求，或率意而断"。

针对文章写作中出现的瑕疵，刘勰突出地提出了防止谬误和缺陷的关键，这就是要有严肃求实的慎重态度。他既反对"旧染成俗"，又反对"率意而断"。基于为文不可不慎的主张，刘勰又分别提出了一些具体要求：一是“礼文在尊极”，而不宜“施之下流”，即按照传统礼制，适用于极尊敬者的文辞，不应转施于同辈和晚辈，这实际上是要求以一定的社会伦理道德为准则。二是“君子拟人，必于其伦”，即文人写作文章，在比拟人物时，一定要是同类型，在身份、地位、品格等方面都要有可比性。三是“字以训正，义以理宣”，而不能“依稀其旨”，即文章中所使用的字辞都应具有训释准确的含义；文章的旨义要凭借正常的道理来加以说明，而不能“悬领似如可辨，课文了不成义”。四是“制同他文，理宜删革”，即自己的制作如雷同于他人文章，照理应当删除和变革，而不能“掠人美辞，以为己力”。五是“櫽括于一朝”，“无惭于千载”，即要在文章写作过程中尽早、尽快地矫正其中的瑕疵，以使自己的文章流传千年而没有愧怍。

综观《指瑕》全篇，它最为突出的特点是具体揭露、剖析了文章写作中的种种弊端和瑕疵。今天看来，其中的一些内容已无多少实践意义，但就其实质内核来讲，它对于我们防止和改正在文章中出现的瑕疵，却是有启发和借鉴作用的。

管仲有言[①]：“无翼而飞者声也，无根而固者情也。”然则声不假翼，其飞甚易；情不待根，其固非难；以之垂文[②]，可不慎欤？古来文才，异世争驱[③]；或逸才以爽迅[④]，或精思以纤密，而虑动难圆[⑤]，鲜无瑕病。陈思之文，群才之俊也，而《武帝诔》云[⑥]，“尊灵永蛰”[⑦]，《明帝颂》云[⑧]，“圣体浮轻”[⑨]。浮轻有似于蝴蝶，永蛰颇拟于昆虫，施之尊极[⑩]，岂其当乎？左思《七讽》[⑪]，说孝而不从，反道若斯[⑫]，余不足观矣。潘岳为才，善于哀文，然悲内兄，则云感口泽[⑬]，伤弱子[⑭]，则云心如疑[⑮]。礼文在尊极[⑯]，而施之下流[⑰]，辞虽足哀，义斯替矣。若夫君子拟人，必于其伦，而崔瑗之诔李公[⑱]，比行于黄、虞；

向秀之赋嵇生[19]，方罪于李斯[20]；与其失也，虽宁僭无滥[21]，然高厚之诗[22]，不类甚矣[23]。凡巧言易标，拙辞难隐，斯言之玷，实深白圭[24]。繁例难载，故略举四条[25]。

【注释】

①管仲：字夷吾，春秋时齐国的政治家。

②垂文：指写文章留传后世。

③异世：不同时代。争驱：竞逐前进。

④逸才：高超过人之才。爽迅：豪放而又爽利、快捷。

⑤虑动难圆：思维活动往往难以全面周到。

⑥《武帝诔》：是陈思王曹植悼念魏武帝曹操功德的一篇文章，

⑦尊灵永蛰：见《艺文类聚》卷三十。其中说"幽闼一扃，尊灵永蛰"。蛰，指小动物冬眠，曹植用以喻父王入墓，其意有欠尊重。

⑧《明帝颂》：指向魏明帝曹睿所献的《冬至献袜颂》，见《艺文类聚》卷七十。其中说："翱翔万域，圣体浮轻。"

⑨浮轻：轻飘浮飞之状，用以比拟"圣体"，显得不够肃敬。

⑩尊极：指至为尊贵的帝王。

⑪《七讽》：今已不存，按"七"体通例，是说七件事以讽谕。

⑫反道：即反其道而行，意指说孝而实际不孝。

⑬口泽：口水。按《礼记·玉藻》："母没而杯圈不能饮焉，口泽之气存焉尔。"口泽，是为纪念亡母而言，用以"悲内兄"不当。

⑭伤弱子：指潘岳的《金鹿哀辞》。潘岳的幼子名金鹿，年少夭折。

⑮心如疑：按《礼记·问伤》：孔子观送葬者曰："其往也如慕，其反也如疑。"意谓孝子对父母情意深挚；送父或母之葬，去时恋恋不舍，回来时犹疑心父母并未死。潘岳在《金鹿哀辞》中袭用"将反如疑，回首长顾"，来哀伤幼子，亦属不当。

⑯礼文：指《礼记》中的有关记载。

⑰下流：魏晋人称子孙晚辈为下流。“悲内兄”虽是对同辈而言，但从用于“尊极”的角度看，仍是“下流”。

⑱崔瑗(yuàn)：字子玉，东汉文人，其“诔李公”之文今已不存，而“李公”指谁亦难确定；与崔瑗同时的“李公”有三：即李修、李郃、李固。

⑲向秀：字子期，魏晋之交的文人，嵇康的好友。嵇生：指嵇康，向秀曾写《思旧赋》来怀念他。

⑳方罪于李斯：指拿李斯的罪行与嵇康相比。《思旧赋》中说：“昔李斯之受罪兮，叹黄犬而长吟；悼嵇生之永辞兮，顾日影而弹琴。”李斯是秦始皇的宰相，在争权夺利中被杀；嵇康品德高尚，因与司马氏不和被害，两者不能相比。

㉑宁僭(jiàn)无滥：宁可比得高而不要比得低。

㉒高厚之诗：《左传·襄公十六年》载：“晋侯与诸侯宴于温，使诸大夫舞。曰：‘歌诗必类。’齐高厚之诗不类。”此处借用齐国大夫高厚的故事，指不得已时可以“宁僭无滥”，但不能比拟得过分不伦不类。

㉓不类：不合伦理、类别。

㉔白圭(guī)：白色的玉器，上尖下方。

㉕四条：指文中所举出的四个实例。即陈思比尊于微，左思反道，潘岳称卑如尊，崔、向僭滥。

【译文】

管仲曾说：“没有翅膀而能到处飞传的是语言声音，没有根柢而能生长牢固的是感情。”既然，语言声音不靠翅膀，就可以很容易地飞传；感情不需根柢，也不难以牢固；那么把它们变成文字传下来，就可以不慎重了吗？自古以来的文人才士，在不同的时代竞相进取；有的才华卓越出众而又豪爽骏利，有的思虑精深而又细致绵密，但思维活动却往往难以全面周到，极少没有一点瑕疵的。陈思王的文章，在许多才士之中是杰出的，但他在《武帝诔》中却说："尊敬的英灵永远蛰伏"，在《明帝颂》中也说："圣王的躯体浮轻飘荡"。"浮轻"有些像蝴蝶，而"永蛰"又颇像是昆虫，用这样的词语表现极为尊贵的帝王，能说是恰当的吗？左思的《七讽》讲到孝顺之道却又不予顺从，像这样违反圣人之道，别的就不值得一看了。潘岳的文才，在于善写哀悼性的文字，但他在悲悼内兄时，却感叹说他用的杯口上留存着口液，哀伤夭折的孩子，则又说疑心他还活着。按照礼仪有些文字只能用在极为尊贵的人身上，但把它施加于同辈人或晚辈，文辞虽足够悲哀，但其尊卑有别的原意就丧失了。至于君子对人物的比拟，必定要合乎伦理类别，而崔瑗对李公的诔文，把他的德行比之于黄帝、虞舜；向秀怀念嵇康，竟拿李斯的罪行与之相比；如果比拟都有所失，那就宁可比得过好，也不要比得过坏，但是像高厚那样的诗句，却过于不伦不类了。一切精妙、工巧的言辞容易显露出来，拙劣的文辞毛病也难于隐藏，这些语言上的瑕疵，实在比白玉上的污点更难磨掉。繁多的例证难以都记载下来，所以只约略地举出上述四条。

若夫立文之道，惟字与义。字以训正[①]，义以理宣[②]。而晋末篇章，依稀其旨[③]，始有"赏际奇至"之言，终有"抚叩酬即"之语，每单举一字，指以为情。夫"赏"训锡赉[④]，岂关心解[⑤]？"抚"训执握，何预情理？《雅》、《颉》未闻，汉、魏莫用，悬领似如可辨[⑥]，课文了不成义，斯实情讹之所变，文浇之致弊[⑦]。而宋来才英[⑧]，未之或改，旧染成俗，非一朝也。近代辞人，率多猜忌，至乃比语求蚩[⑨]，反音取瑕，虽不屑于古，而有择于今焉。又制同他文，理宜删革，若掠人美辞，以为己力，宝玉大弓[⑩]，终非其有。全写则揭箧[⑪]，傍采则探囊[⑫]，然世远者太轻[⑬]，时同者为尤矣[⑭]。

【注释】

①训正：指经过训诂以端正字义。

②理宣：指通过道理的阐发以明确文意。

③依稀：模糊不清。

④锡赉(lài)：赏赐。

⑤心解：心里领会。

⑥悬领：凭空领会，意指无根据地去理解。

⑦文浇：指文风浮夸、衰落。

⑧才英：才华英俊的文人。

⑨比语求蚩：意指在同音(谐音)比拟的字词中找出缺点、笑料。蚩，同"嗤"，讥笑。

⑩宝玉大弓：鲁国的宝器。《左传·定公八年》："阳虎入公宫，取宝玉大弓以出。"又，《定公九年》："夏，阳虎归宝玉大弓。"即指阳虎盗窃宝玉大弓后又归还回去，此处借以喻非己所有，终须物归原主。

⑪全写：指全部照搬别人的文字。揭箧(qiè)：包举整箱，指全都偷走，喻指抄袭。

⑫傍采：即旁采，指部分地采摘。探囊：掏取口袋。

⑬世远：距今世遥远。

⑭尤：过失，罪过。

【译文】

至于文章写作的基本途径，不外乎用字和立意两个方面。用字要根据准确的训诂来确定含义，立意要通过正确的道理加以阐发。但晋末以来的文章，旨意模糊不清，开始有"赏际奇至"的言辞，后来有"抚叩酬即"的说法，往往单独标举出一个字，借以表达思想感情。"赏"字训解为赏赐，岂能和内心的理解有关？"抚"字训解为"执握"，与情理表达又有什么相干？这样的用法在《尔雅》和《苍颉》中未有所闻，在汉代和魏代的文章中也没有用过，如果凭空去领会似乎可以辨识，考核一下文字则全然没有这种意思，这实在是文情的讹滥所引起的变化，是文风浮夸所造成的弊端。而宋代以来的文坛英杰，却未能加以改变，致使这种老毛病习染成为一种流俗，可见它并不是一朝一夕的事。近代以来的文人，大都爱好猜疑、忌讳，在语音相同的字词中寻找缺点，从反切出的字音中去挑剔毛病，这对古人虽不屑一议，但在今天却有值得商榷之处。再有自己的制作有同于他人文章的地方，理应加以删除和改动，如果掠取别人之美以为己之功，那只能是"宝玉大弓"，终究非自己所有，而要物归原主的。全部抄袭别人的文章犹如大盗窃取整箱的财物，部分地采摘别人的文辞就像偷偷掏取人家的腰包，这对时代遥远的人来说可谓之太轻薄，如果是在同一时代那就是一种罪过了。

若夫注解为书[①]，所以明正事理，然谬于研求，或率意而断[②]。《西京赋》称"中黄、育、获之畴"[③]，而薛综谬注谓之阉尹[④]，是不闻执雕虎之人也[⑤]。又《周礼》井赋[⑥]，旧有匹马，而应劭释匹[⑦]，或量首数蹄，斯岂辨物之要哉？原夫古之正名，车"两"而马"匹"[⑧]，"匹"、"两"称目，以并耦为用[⑨]。盖车乘贰佐[⑩]，马俪骖服[⑪]，服乘不只[⑫]，故名号必双，名号一正，则虽单为"匹"矣。匹夫匹妇，亦配义矣。夫车马小义，而历代莫悟；辞赋近事，而千里致差；况钻灼经典[⑬]，能不谬哉？夫辨匹而数首蹄[⑭]，选勇而驱阉尹，失理太甚，故举以为戒。丹青初炳而后渝[⑮]，文章岁久而弥光[⑯]，若能檃括于一朝，可以无惭于千载也。

【注释】

①注解为书：指借注解而成书。《文心雕龙·论说》篇："若夫注解

为词,解散论体,杂文虽异,总会是同。”由此可见,刘勰认为注解也是一种论著书籍。

②率意:轻率、随意而不慎重。

③《西京赋》:东汉文人张衡的名著,其中有“乃使中黄之士,育、获之俦”的说法。中黄、育、获之畴:指中黄伯、夏育、乌获三人,传为古代的大力士。畴(chóu):同“俦”,类,伴。

④薛综:字敬文,三国时吴国文人,他最初注解张衡的《二京赋》。他的注保存在《文选》李善注中,因其谬注,李善删却未取。阉尹:宦官的头目。

⑤执雕虎之人:指中黄伯。《西京赋》李善注引《尸子》说:“中黄伯曰:余左执泰行之而右搏雕虎。”雕虎,一种兽的名称。

⑥井赋:按井田制征收赋税,出兵,出马。

⑦应劭:字仲远,东汉文人。

⑧两:同“辆”。

⑨耦:同“偶”。

⑩车乘贰佐:车辆有正车和副车。贰、佐,均指副车。贰车,用于朝祀之时。佐车,用于战时或狩猎。

⑪马俪骖服:驾车的马匹成双成对。如一车四马或三马者,中间两匹或一匹叫服马,两旁的两匹叫骖马。如一车二马,则左称骖马,右称服马。

⑫服乘不只:指古代的马匹和车辆都不是单独使用的。

⑬钻灼:古代占卜,用烧红的金属在龟甲上钻刻,视龟甲裂纹,以判断吉凶。此处喻指钻研、探究经典著作。

⑭首蹄:指马头、马蹄。

⑮丹青:绘画用的颜色,亦指图画。初炳:开始光鲜明丽。后渝:后来有所变化。

⑯弥光:益发光彩鲜明。

【译文】

至于以注解而成为书籍，是为了正确地阐明事理，然而在研究求解中却也发生了谬误，或者是轻率地随意作出判断。《西京赋》中曾说到中黄伯、夏育、乌获这些大力士，而薛综却把他们误解为“阉尹”，这是他不知道中黄伯等人是能擒捉雕虎的勇士。还有《周礼》记载的井赋税，按旧制十井三十家出一匹马，而应劭解释“匹”字，却认为或是数马头或是计马蹄，这难道是辨析事物的要义吗？考查古代的定正名称，车称为“辆”而马称为“匹”，用“匹”和“辆”作为名称，都是取其并偶的意思。因为古代的车辆都有“贰车”、“佐车”与之相配，拉车的马匹都骈俪成双，有骖马和服马，马匹和车辆都不是单一的，所以它们的名称必须有成双的意思，名称一旦确乎正式，那么即使是单独的也只能称为“匹”了。而“匹夫匹妇”之说，也是与此意相配合、适应的。像车与马的名称含义是极其微小的，可历代文人还领悟不清楚；而辞赋里所讲的浅近平常之事，也有差之千里的错处；何况是钻研探明经典著作，怎能不产生一些谬误呢？辨别“匹”的含义而去计数马头和马蹄，选拔勇士却推出宦官头目，这太有悖于常理了，所以标举出来引以为戒。丹青的色彩开始鲜明而后就有所变化，文章年长日久才显出它的光彩，倘若能在短时间内改正瑕疵，那就可以使文章流传千载而没有惭愧之意了。

赞曰：羿氏舛射①，东野败驾②。虽有俊才，谬则多谢③。斯言一玷，千载弗化④。令章靡疚⑤，亦善之亚⑥。

【注释】

①羿(yì)氏：常称后羿，传说中古代善射之人。舛(chuǎn)射：错误地射击。《帝王世纪》载：后羿与吴贺北游，吴贺让后羿射雀之左目，后羿引弓射箭，误中雀之右目，“羿俯首而愧，终身不忘”。

②东野：复姓，名稷，传为古代善于驭马驾车之人。败驾：驾马

失误。

③多谢：多有愧疚之意。

④弗化：不能改变。

⑤靡疚：没有因瑕疵而造成的负疚。

⑥亦善之亚：意谓稍逊于善为文者，有近乎并驾齐驱之意。

【译文】

综括而言：善于射箭的后羿曾有过差错，善于驭马驾车的东野也有过失误。作者虽有杰出的才能，写作有了谬误就多有愧疚。文章中有了一点玷污，即使过了千年也不能改变。写出了美好的文章而没有什么负疚之憾，也就可以和写作高手相伴为伍了。

养气第四十二

【题解】

刘勰针对当时浮靡讹滥的文风，论述了养气在写作实践中的意义和方法。

首先，刘勰认为，“养气”是作者进入写作过程必须解决的首要问题。刘勰所谓的“养气”，包括相互联系的两个方面的内容：一是临文时的精神状态，即《神思》篇所谓的“陶钧文思，贵在虚静，疏瀹五脏，澡雪精神”，“养心秉术，无务苦虑；含章司契，不必劳情”和《养气》篇中所谓的“率志委和”、“优柔适会”。二是长期的才、学、识诸方面的修养，即“积学”、“酌理”、“研阅”、“驯致”等内容。刘勰既重视临文时的良好精神状态的培养，又突出才、学、识诸方面的修养的意义。在刘勰看来，写作构思无论是快是慢，是难是易，都要依靠学识的广博，才能的练达。这就把作者的才、学、识修养与写作构思直接联系起来了，从根本上阐明了解决文思开塞问题的要义。

其次，刘勰认为“养气”可以导致文思的畅通，乃至灵感的迸发。《神思》篇指出，在写作构思过程中，思、意、言这三者的相互关系。它们衔接紧密，则文思畅达；它们关系疏远，则文思滞塞，而且往往有近在眼前却求之于四海之外的情况。在《养气》篇中，刘勰对此意有了新的补充和发挥，一方面，他反对在写作构思过程中“钻砺过分”、“销铄精胆”；另一方面，他主张为文用思要“率志委和”、“优柔适会”。前者会使人“神疲而气衰”，不能再进行正常的写作构思，后者会导致“理融而情畅”，使写作构思达到左右逢源、酣畅淋漓的境地。所谓“率志委和”，是指在写作构思过程中，顺应作者的心情，从容不迫、恬静自然的一种精神状态；所谓“优柔适会”，则是指悠然宽舒地适应写作构思的具体情况，等待、创造文思畅达的时机、运会。这两者都是在虚静之中，经过“疏瀹五脏，澡雪精神”，“清和其心，调畅其气”得来的，归根结底，都是养气的结果。

第三，刘勰认为“养气”可以破除写作构思过程中的滞塞和阻隔。刘勰除了提出“吐纳文艺，务在节宣”的一般要求外，还具体地指出：在心境不好、情绪烦乱的时候，就不要勉强地往下写，暂且放一放，勿使思路堵塞不通；有了兴致，得心应手了，那就展开胸怀，任意抒写；思理杂乱，难以为继，那就放下笔掩怀休息。在逍遥自在、怡然自得之中，消除疲劳和怠倦；在闲暇之余，培养为文的勇气，磨砺才思的锋芒。从写作实践方面来看，古往今来，均不乏其例。

《养气》篇中主要的疑点在于“气”字的内涵及其实际意义。“气”在我国古代文论中，是一个非常重要的概念，但各家在言及“气”时，含义很不一致。刘勰《养气》篇所言之“气”，虽与孟子、王充、曹丕等人的诸说不无联系，但其具体内涵和旨归却是不同的。刘勰讲的不是道德精神修养，不是养生之道，也不是作者的气质、个性和作品风格，而是为了保证“文思常利”所必须具有的体力和精力，心境和情绪。综合《神思》、《养气》两篇所论，大致上可以说，刘勰所谓的“养气”，实质上即是培养、孕育“志气”；而这种对文思开塞起着“关键”作用的“志气”，则是以作者才、学、识、力诸多方面的修养为基础的，在写作构思过程中由体力和精力、心境和情绪、欲望和激情、勇气和信心等多种因素所形成的一种精神状态。以此验之于古今创作实践，大抵是有据可依的。

昔王充著述[①]，制养气之篇，验己而作[②]，岂虚造哉！夫耳目鼻口，生之役也[3]；心虑言辞，神之用也[4]。率志委和[5]，则理融而情畅；钻砺过分[6]，则神疲而气衰：此性情之数也。

【注释】

①王充著述：王充在《论衡·自纪篇》中说晚年曾写《养性》之书，讲养气自守、延年益寿的道理和方法。

②验己：经过自身的检验、体验。

③生之役：即为生命活动所役使。

④神之用：即为精神活动所支配。

⑤率志：顺应着心意情思。率，循，顺。委和：自然和谐。

⑥钻砺：钻研，磨砺。

【译文】

从前王充著作，写出了论述养气的篇章，是有了体验之后才写出来的，难道是凭空虚拟的吗！耳目鼻口是为人之生命活动服务的；心思语言是由精神活动所支配的。顺着心意和情绪，恬然自得地去写作，那就会事理明白而情思舒畅；过分地钻研思虑，则会精神疲倦而气力衰微：这乃是人的生理和心理活动的一般规律。

夫三皇辞质[1]，心绝于道华；帝世始文[2]，言贵于敷奏[3]；三代、春秋，虽沿世弥缛，并适分胸臆，非牵课才外也[4]。战代枝诈，攻奇饰说；汉世迄今，辞务日新，争光鬻采[5]，虑亦竭矣。故淳言以比浇辞[6]，文质悬乎千载；率志以方竭情，劳逸差于万里：古人所以余裕，后进所以莫遑也[7]。

【注释】

①三皇：一般指伏羲、神农、黄帝。

②帝世：即五帝之世，一般指少昊、颛顼、帝喾、唐尧、虞舜。

③敷奏：向君王进言、陈奏。

④牵课：勉强。才外：才分之外。

⑤鬻(yù)：出卖，引申为自卖自夸，有炫耀之意。

⑥浇辞：文饰华美之辞。

⑦莫遑(huáng)：匆忙没有闲暇。

【译文】

三皇时代言辞质朴，为文用思，根本不考虑言辞的华靡；“五帝”时代才开始有了文采，敷陈进奏时很重视语言的运用；从夏、商、周三代到春秋时期，虽代代相沿袭，文辞越来越繁缛，但仍然能够恰当地表达心意，并非勉强过分地去追求辞采。战国时代相互游说，文辞繁杂而多有诡诈，竞相追求奇异之说和雕饰之辞；从汉代到今时，文辞修饰日甚一日，务求新奇，争着炫耀文采的光华，可谓用尽了心思。所以用淳朴的语言与经过雕饰的文辞相比，它们之间相距千年之久；而顺应情志，怡然自得地去写作与竭尽心力地去冥思苦想相较，一则劳累，一则安逸，相差不啻万里之遥，这就是古人之所以从容不迫，后辈之所以繁忙不暇的原因。

凡童少鉴浅而志盛，长艾识坚而气衰[①]；志盛者思锐以胜劳，气衰者虑密以伤神：斯实中人之常资[②]，岁时之大较也[③]。若夫器分有限，智用无涯，或惭凫企鹤[④]，沥辞镌思[⑤]；于是精气内销，有似尾闾之波[⑥]；神志外伤，同乎牛山之木[⑦]；怛惕之盛疾[⑧]，亦可推矣。至如仲任置砚以综述，叔通怀笔以专业[⑨]，既暄之以岁序[⑩]，又煎之以日时，是以曹公惧为文之伤命[⑪]，陆云叹用思之困神，非虚谈也。

【注释】

①长艾(ài):指老年人。艾,草本植物,喻指老年人头发灰白。

②中人:天赋一般的人。常资:正常的资质。

③岁时:年龄。大较:大略,大概情况。

④惭凫(fú)企鹤:惭愧鸭胫之短,企羡鹤胫之长。《庄子·骈拇》载:“凫胫虽短,续之则忧;鹤胫虽长,断之则悲。”意谓不可违背天性。

⑤沥辞镌思:喻指像挤一滴一滴的液体那样艰难地为文用思,雕饰文辞。

⑥尾闾:古代指流泄海水的暗洞。

⑦牛山:在古代齐国东南部,山上原有茂盛的树木,因砍伐和放牧,牛山变得光秃秃的。

⑧怛惕(dá tì):忧伤,惊恐,指为文用思过分之苦状。

⑨叔通:曹褒之字。他为给汉室制造一套礼仪,而专精思考、研究。

⑩暄(xuān):太阳的温暖,引申为炙烤。

⑪曹公:指曹操。

【译文】

年轻少壮之人见识较浅而志气旺盛,年长的老人识见坚定而气力衰弱;志气旺盛的年轻人思维敏锐足以战胜劳累,气力衰弱的老人则因思虑周密而损伤精神:这确实是一般人通常有的资质,由于年龄大小之不同而表现出来的一般情况。至于一个人的才能和天分是有限的,而智能的运用却没有边际,往往有人“惭凫企鹤”,不切实际地呕心沥血、冥思苦想,去雕饰文辞;于是内耗精气,像海水泄入无底之洞;外伤神志,如同砍光林木的牛山;这样劳苦、忧伤地为文用思而罹患疾病,是可想而知的。至于像仲任那样在屋子里到处摆放着笔砚以随时写作,像叔通那样在夜里抱着笔进行专门思考,既年年月月地炙烤,又日日时时地煎熬,因而曹公害怕因作文缩短了生命,陆云感叹运思会伤害精神,并非是虚妄无稽之谈。

夫学业在勤，故有锥骨自厉[①]；至于文也，则申写郁滞，故宜从容率情，优柔适会。若销铄精胆[②]，蹙迫和气[③]，秉牍以驱龄，洒翰以伐性[④]，岂圣贤之素心，会文之直理哉！且夫思有利钝，时有通塞，沐则心覆[⑤]，且或反常，神之方昏，再三愈黩[⑥]。是以吐纳文艺[⑦]，务在节宣[⑧]，清和其心，调畅其气，烦而即舍，勿使壅滞[⑨]；意得则舒怀以命笔，理伏则投笔以卷怀[⑩]，逍遥以针劳，谈笑以药倦；常弄闲于才锋，贾余于文勇[⑪]，使刃发如新，腠理无滞[⑫]；虽非胎息之万术[⑬]，斯亦卫气之一方也。

【注释】

①锥骨自厉：《战国策·秦策》载：苏秦勤奋学习，为了不打瞌睡，头发悬梁，锥子刺骨。

②销铄(shuò)：消耗，损伤。

③蹙(cù)：逼促，紧迫。

④翰：笔。

⑤沐：指洗头。

⑥黩(dú)：同"渎"，轻慢，随便，引申为无序、混乱。

⑦吐纳：喻指运思作文。

⑧节宣：调节疏导。

⑨壅(yōng)滞：堵塞不通。

⑩卷怀：收卷情怀，指停笔休息。

⑪贾(gǔ)余于文勇：与"弄闲"句对举，意谓在宽余的境界之中增强写作的信心和勇气。《左传·成公二年》载：齐国的高固战胜晋

军之后说："欲勇者贾余勇。""贾余"句即由此衍化而来。

⑫腠(chòu)理：肌肉的纹理，喻指文之条理。

⑬胎息：练气功的一种法术。万术：万应灵术。

【译文】

读书做学问之事在于勤奋，所以古代有"锥骨自厉"刻苦学习的人；至于写文章，那是为了抒发自己心中郁积的思考，所以应当从容不迫地顺着情思，轻松舒畅地适应情会和时机。如果消耗精力和体力，逼迫、悖违恬然的心境和情绪，拿着稿纸消耗寿命，操舞笔墨损害性灵，难道这是圣哲先贤的本意和作文的正理吗！而且为文用思有时顺利有时滞钝，写作的机遇有时通畅有时阻塞，洗头弯腰时心就会倒悬，以致改变了常态，如果神志昏聩时，还要一再用思作文，那就会越来越混乱。因此抒写文章，一定要注重调节和疏导，使心境清爽和顺，使精神舒畅而振奋，心烦意乱就放下不写，不要堵塞了思路；文思畅通就舒展胸怀命笔写作，思理隐遁就放下笔休息养神，借逍遥以缓解劳顿，用笑谈以消除疲倦；经常在闲暇时来磨砺才华的锋芒，在宽余之中培养写作的信心和勇气，使笔锋如新磨的刀刃，剖解文理毫无阻滞；这虽不是万能的气功法术，也是养护体力和精力的一种方法。

赞曰：纷哉万象，劳矣千想。玄神宜宝，素气资养。水停以鉴，火静而朗。无扰文虑，郁此精爽。

【译文】

综括而言：纷繁复杂啊，世间的万事万物，忧苦劳累啊，为文的千思万想。玄妙的精神应当珍惜，天赋和素质要依靠保养。水波不兴才能用以为镜，火焰纯青才显得分外明朗。不要损伤作文的思路，而要培养、积聚清爽、旺盛的精神。

附会第四十三

【题解】

《附会》篇专门论述文章的附辞会义问题。王元化在《文心雕龙创作论》中也说:“大体说来,所谓附会也就是指作文的谋篇命意,布局结构之法。”

附会的内容,包括四个方面:一是“总文理”,即总括文章的内容条理,使文义得到清晰的表现;二是“统首尾”,使之上下相连,前后呼应;三是“定与夺”,即决定事料和章句的取舍,做到“绳墨之外,美材既斫”;四是“合涯际”,即把文章中的各个部分紧密地衔接起来,使之天衣无缝,浑然一体。这四个方面的内容,在写作实践中都做到了,就能够有机组成一篇完整的文章,内容、章节虽然丰富而繁多,却能紧紧地围绕着文章的中心,即所谓“弥纶一篇,使杂而不越者也”。

刘勰以“缀思之恒数”概括附会的规律,即作者在写作实践中命意谋篇所必须遵循的法则,并主张从以下几个方面着手:一是“情志为神明”,即要把思想感情作为作文构思的“灵魂”,或者说是“中枢神经”,让它在文章中起着支配一切的作用,文成之后,它即转而成为文章的主题思想。二是“事义为骨髓”,即把各种事料、理据加以整理,“造义按部”,使之成为文章中的主干,它对于思想感情的表达,起着极为重要的作用。三是“辞采为肌肤”,即把语言辞藻加以修饰,使之在文章中具有充分显示主旨的表现力和感染力。所谓“肌肤”，喻指文章的外部表现形式，它应当是丰满、华美的。四是“宫商为声气”，即以声律作为文章的韵调和气息，以增强文章的气势和韵味。诸如句式的长短，用韵的方法，以及后来所谓的平仄，都包括在“宫商”范围之内。“情志”与“事义”结合起来，构成了文章的思想内容；它是文章的“灵魂”和“主干”，居于统帅地位，起着决定性的支配作用。“辞采”与“宫商”结合起来，构成了文章的表现形式，它居于从属地位，是为表现和强化文章的内容服务的。刘勰认为，把上述各个方面综合起来，作为一个过程来看，它就是“缀思之恒数”了。

关于附会的基本方法，即刘勰所说的“附会之术”和“命篇之经略”。综合起来有以下三点：一是“务总纲领”，即一定要把握住文章的中心和主干。二是“学具美之绩”，即要有全局观念，宁可为表现整体而舍弃局部，也决不能因小而失大。三是“制首以通尾”，即对文章的开头和结尾要做统一的考虑和安排。亦即“赞曰”中所说的“原始要终，疏条布叶”。

综观《附会》全篇，它较少思想认识方面的局限，它对附会内容和作用的概括，对附会规律的论述，以及对附会基本方法的阐发，都是很实际的，《附会》篇对后世影响直接而又广泛。

何谓“附会”①？谓总文理，统首尾，定与夺②，合涯际③，弥纶一篇④，使杂而不越者也⑤。若筑室之须基构，裁衣之待缝缉矣⑥。夫才童学文，宜正体制⑦，必以情志为神明⑧，事义为骨髓，辞采为肌肤，宫商为声气；然后品藻玄黄⑨，摛振金玉⑩，献可替否⑪，以裁厥中：斯缀思之恒数也⑫。

【注释】

①附会：附辞会义。附辞，是使文辞相互依附，以便上下贯通。会

义，是使文意集中。概言之，文章中的各个部分“相附而会于一”，即“附会”。

②与夺：取舍，去留。

③涯际：边沿，指文章之中各个部分的结合部。

④弥纶：此处喻指结撰成文。

⑤杂而不越：杂，指文章中不同内容构成的各个部分。越，逾越。

⑥缝缉(qī)：一针接一针地细密缝合，此处喻指把文章的内容紧密地连接组合起来。

⑦体制：文章的整体规范，亦即刘勰在“文体论”各篇中所强调的“大体”、“大要”。

⑧神明：文章的“灵魂”。

⑨品藻玄黄：品评、鉴别、运用文采，指对文辞的选用、修饰。玄黄，指色彩。

⑩摛振金玉：抒发扬振金石乐器之声。金玉，指金、石类乐器，如钟、磬等。

⑪献可替否：取好舍坏。献，进奉。可，好的，恰当的。替，更替，舍弃。否，坏的，不合适的。

⑫缀思：连缀文思，即构思为文。恒数：规律，法则。

【译文】

什么是“附会”？就是说要总括文章的内容条理，贯通文章的开头和结尾，决定材料与章句的取舍，衔接上下文意，组合构成一篇完整的文章，使其内容丰富、章节交织而又不游离于中心。这就像建筑房屋必须打好基础树起间架，裁剪了衣料需要缝合在一起一样。有才气的年轻人学习写文章，应当正确地树立文章的整体规范，一定要以思想感情作为文章的灵魂，以事料文义作为文章的躯干，以辞藻文采作为文章的肌肤，以语言的韵调作为文章的声音和气息；然后品评鉴用各种辞藻色彩，发挥声韵的作用，选用恰当的，舍弃不合适的，以便使之裁定得恰到好处：这就是为文用思的常规。

凡大体文章[①]，类多枝派[②]，整派者依源，理枝者循干。是以附辞会义，务总纲领，驱万涂于同归[③]，贞百虑于一致[④]，使众理虽繁，而无倒置之乖，群言虽多，而无棼丝之乱[⑤]；扶阳而出条[⑥]，顺阴而藏迹[⑦]；首尾周密，表里一体：此附会之术也。夫画者谨发而易貌[⑧]，射者仪毫而失墙[⑨]，锐精细巧[⑩]，必疏体统。故宜诎寸以信尺[⑪]，枉尺以直寻[⑫]，弃偏善之巧[⑬]，学具美之绩[⑭]：此命篇之经略也[⑮]。

【注释】

①大体：此处指篇幅较大的文章。

②类：此处为“大抵”、“一般”之意。

③万涂：指各种各样的思路。涂，同“途”。

④贞：此处做动词用，意谓使之端正、纯正。

⑤棼(fén)丝：杂乱无绪的丝团。

⑥扶阳而出条：此处指“辞义之宜见于文者”。

⑦顺阴而藏迹：此处喻指“辞义之不必见于文者”。

⑧谨发：指专注于画头发。易貌：改变了面貌。

⑨仪毫：注视细微之处。

⑩锐精细巧：在小巧之处锐意钻研。

⑪诎寸：使一寸受屈。诎，同“屈”。信尺：使一尺伸展。信，读“伸”。

⑫枉尺：使一尺枉屈。直寻：使一寻展开、伸直。寻，古代的长度单位，以八尺为一寻。

⑬偏善：局部的完善。

⑭具美：指整体、全部的完美。

⑮经略：指谋篇的准则和规则。

【译文】

凡是篇制宏大的文章，都类似树木有些枝条和河流有些分支，整治支流要依循本源，修剪枝条要顺从主干。因此连缀文辞、会合文意，务必把握住文章的纲领，综合各种思路同归一途，归纳各种思虑趋向一致，做到文理虽然丰富，却没有前后颠倒的毛病，各种言辞虽然繁多，却也不像无绪之丝那样杂乱；有时要像向阳的枝条滋生那样正面阐发，有时则要像背阴处的枝叶敛迹那样含蓄表现；使全篇文章从头到尾周密圆合，形式与内容浑然形成一个整体：这就是附会的基本方法。如果画师只精心地画头发，而把人的面貌画得变了样子，射箭的人只对准微小之处而失掉大目标，把精力用在细琐小巧之处，那么就必定会疏失于整体和大局。所以应该屈寸而伸尺，舍尺而直寻，放弃局部的细巧，学习驾驭整体的功夫：这就是布局谋篇的经纶和要略。

夫文变无方，意见浮杂，约则义孤[①]，博则辞叛[②]；率故多尤[③]，需为事贼[④]。且才分不同[⑤]，思绪各异，或制首以通尾，或尺接以寸附；然通制者盖寡[⑥]，接附者甚众[⑦]。若统绪失宗[⑧]，辞味必乱；义脉不流[⑨]，则偏枯文体[⑩]。夫能悬识腠理[⑪]，然后节文自会，如胶之粘木，石之合玉矣[⑫]。是以四牡异力[⑬]，而六辔如琴；并驾齐驱，而一毂统辐[⑭]：驭文之法，有似于此。去留随心，修短在手，齐其步骤，总辔而已。

【注释】

①义孤：内容单薄。

②辞叛：文辞游离于中心。

③率：草率。尤：毛病。

④需：迟疑不决，反复思考。贼：害，贻误。

⑤才分：才能和天赋。

⑥通制：全盘考虑。

⑦接附：片断拼接。

⑧统绪：条理，头绪。宗：中心，主宰。

⑨义脉：贯通文义的脉络。

⑩偏枯：半身不遂，喻指文义不通造成的僵滞。

⑪悬识：深知，通晓。腠理：肌肉纹理。

⑫石之合玉：又作“豆之合黄”，此处以“石之合玉”译解，即美玉包蕴在石头之中。

⑬牡(mǔ)：雄马。

⑭毂(gǔ)：车轮中心用于插轴的圆孔。

【译文】

文章的变化没有定规，作者的见解也浮泛而驳杂，简要者不免文义孤单，广博者往往文辞离散；草率成篇难免出现毛病，反复推敲则会贻误事情。况且作者的才能天赋不同，作文的思路也不一样，有的能从头至尾通盘考虑，有的则一句一段地去衔接；但是能有通盘考虑的较少，片片断断拼接的却相当多。如果文章的头绪条理失去中心，文辞的意味必定杂乱；文章脉络不通，那就会使文章半体瘫痪。只有深知文章的条理脉络，然后文章中的章节文辞才能自然会合成体，就像用胶水粘接木块，石头中蕴含着美玉那么紧密无缚。因此，四匹马的气力虽有不同，六条马缰却能像琴弦那样整齐和谐；车子之所以进退驰驱，是因为三十辐共一毂：驾驭文章写作的方法，与此大致同理。或取或舍全由作者支配，或长或短都任凭作者调理，要统一马匹的步伐，掌握好马缰绳就行了。

故善附者异旨如肝胆[1]，拙会者同音如胡越[2]。改章难于造篇，易字艰于代句，此已然之验也。昔张汤拟奏而再却[3]，虞松草表而屡谴[4]，并事理之不明，而辞旨之失调也。及倪宽更草[5]，钟会易字[6]，而汉武叹奇，晋景称善者，乃理得而事明，心敏而辞当也。以此而观，则知附会巧拙，相去远哉！

【注释】

①肝胆：喻指结合紧密。

②胡越：喻指文义疏远。

③张汤：西汉时掌握司法的廷尉。再却：一再退回。

④虞松：三国魏人，司马景王（即晋景帝）时的中书令。屡谴：多次受到指责。谴，责备。

⑤倪宽：原为张汤门下，后被汉武帝重用为御史大夫。

⑥钟会：三国魏将，灭蜀的主要军事指挥。

【译文】

所以善于附辞的，能够把不同的意思结合得如同肝胆一样紧密，不善于会义的，却往往把相同的音调弄得像北胡与南越那样遥远。修改一章比完成一篇不易，更换一字比变易一句更难，这是已经证实了的经验。从前张汤起草奏章一再被退回，虞松草拟章表屡次受到谴责，都是由于没有把事理说明白，而文辞与文义也没有结合好。及至倪宽替张汤修改了草稿，钟会为虞松更易了几个字，于是汉武帝称赞，晋景帝说好，这乃是由于说理恰当、事义明白，心思灵敏、措辞贴切。由此看来，就能知道附会的巧妙与笨拙，其差别是很大的了！

若夫绝笔断章[1]，譬乘舟之振楫[2]；会词切理，如引辔以挥鞭。克终底绩[③]，寄深写送[④]。若首唱荣华，而媵句憔悴[⑤]，则遗势郁湮[⑥]，余风不畅[⑦]。此《周易》所谓"臀无肤，其行次且"也[⑧]。惟首尾相援，则附会之体，固亦无以加于此矣。

【注释】

①绝笔：指结尾。断章：裁断一章，即章节收束。

②振楫(jí)：用力划桨。

③克终：坚持到达终点。底(zhǐ)绩：收到功效。

④写送：六朝文人常用词语，意谓写出余韵余味。

⑤媵(yìng)句：结尾句。

⑥遗势：文章完成后所流露出来的气势、格调。郁湮(yān)：郁滞，淹没。

⑦余风：即余韵余味。

⑧次且：同"趑趄(zī jū)"，意谓走路困难。

【译文】

至若一篇文章的收尾和一个章节的结句，就好比乘船要用力摇桨；连缀文辞切合事理，则像是骑马要拉缰挥鞭。这样才能取得最后的功效，寄托深意，写出情味。如果开头写得漂亮，而结尾枯瘦无力，就会使文章余势受阻而湮没，余留的韵味也不会通畅。这就像《周易》所说的"臀部没有肌肤，走路就很困难了"。只要首尾呼应，密切相连，那么附辞会义的作用，也就没有比它更重要的了。

赞曰：篇统间关[①]，情数稠叠[②]。原始要终[③]，疏条布叶。道味相附[④]，悬绪自接[⑤]。如乐之和，心声克协[⑥]。

【注释】

①间关：原指车辖，有“关键”之意，此处指文章的主旨。

②稠叠：繁多而又重复，指文情多变。

③原始要（yāo）终：追溯开头，联系结尾。原，追溯。要，约会，相邀，此处有联系之意。

④道味：指文章的情理义味。

⑤悬绪：互不相连的思绪。

⑥心声：表达思想的语言，指文章。克协：力求协调。

【译文】

综括而言：全篇文章要统一于主旨，因为内容情理的变化是非常复杂的。追溯开头联系结尾，把枝叶条理都疏布恰当。文章的情理义味会合在一起，各种思绪就自然地连贯起来。像乐曲必须和谐那样，作者借以表达心思的文章也应当是协调的。

总术第四十四

【题解】

《总术》篇居《文心雕龙》创作论部分的最后，是一篇关于写作之术的总论，也可视为一篇创作论部分的小结。刘勰对写作之“术”是非常重视的。他明确地提出：“文场笔苑，有术有门”，他认为掌握了写作之术去写作，就像精通棋术的高手，在有限的棋盘内，灵活地运用千变万化的招数，能够清醒自觉地“控引情源，制胜文苑”。

刘勰论文的特点之一，是他的每篇著述都具有鲜明的针对性。在刘勰看来，当时文坛上的一个严重问题，由于“多欲练辞，莫肯研术”，以至于玉石不分，美丑不辨，精者、博者、辩者、奥者与匮者、芜者、浅者、诡者，像某些璞玉与石头一样，表面上相似，而其实质内涵是大相径庭的。刘勰批评“多欲练辞，莫肯研术”，并不是只要“研术”，而不要“练辞”。他只是从相对意义来说不应当顾此失彼。在“研术”的前提下，他还是很重视“练辞”的。在“练辞”本身，刘勰所反对的只是穿凿取新、采滥辞诡、逐奇而失正的倾向。

刘勰论文一贯重“大体”，轻“纤细”，以形象的比喻说，要保证一尺的正确，而不必拘泥于一寸，要保证一丈的正确，而不必拘泥于一尺，宁可放弃枝节的细巧，以争取整体的完美。这种思想，在《总术》篇中也集中、突出地表现了出来。

综观《总术》篇全文，它虽多有歧见和疑义，但它对后世的影响，却每有积极的作用和意义。这不仅是它旗帜鲜明地提出了“文场笔苑，有术有门”的科学性论断，给古今文坛上的“天才论”、“不可知论”以有力的驳斥；也不仅是他批评了“多欲练辞，莫肯研术”的错误倾向，论证了“执术驭篇”和“弃术任心”的不同结果，给写作者以有益的启发和指导；而更应引起我们注意的是，它在论述中所表现出来的那些朴素的辩证观点和实事求是的治学态度。《总术》篇在《文心雕龙》创作论部分中，确实具有“提挈纲维，指陈枢要”的意义。

本篇的主要歧疑之处是对“总术”的内涵的理解。《总术》篇作为创作论部分的“总论”，则涵盖了创作论部分十九篇的全部内容，而不是对其中某一局部或某一篇的专门论述。《总术》中所言之“术”，并非某一特定的、具体的“术”，而是《文心雕龙》所有篇章中，特别是创作论十九篇中所言之“术”的总称。至于《总术》篇中的“总”字，龙学家们多释为“总持”、“掌握”、“驾驭”之意。这似乎是着眼于《文心雕龙》的读者，亦即一切写作者而言的。从这一角度看，所谓“总术”，就是要求写作者全面掌握写作规律、原则、体制和方法。这是言之成理，并有实践意义的。但从《文心雕龙》的作者方面来看，“总术”之“总”，又有“总合”、“总会”或“汇总”，即综合概括的意思，这与把《总术》篇作为“序言”和“总论”之义相吻合，也是持之有据的。

今之常言，有“文”有“笔”，以为无韵者“笔”也，有韵者“文”也。夫文以足言，理兼《诗》、《书》，别目两名，自近代耳[①]。颜延年以为[②]：“笔”之为体，“言”之文也；经典则“言”而非“笔”，传记则“笔”而非“言”[③]。请夺彼矛，还攻其盾矣。何者？《易》之《文言》[④]，岂非“言”文？若“笔”果“言”文，不得云经典非“笔”矣。将以立论，未见其论立也。予以为：发口为“言”，属翰曰笔[⑤]，常道曰经[⑥]，述经曰传。经传之体，出“言”入“笔”，“笔”为“言”使，可强可弱。“六经”以典奥为不刊[⑦]，非以“言”“笔”为优劣也。昔陆氏《文赋》，号为曲尽，然泛论纤细，而实体未该[⑧]。故知九变之贯匪穷[⑨]，知言之选难备矣[⑩]。

【注释】

①近代：指晋以来。

②颜延年：名延之，南朝宋代文人。

③传记：指《左传》、《礼记》。

④《文言》：《易经》解释《乾》、《坤》两卦的文章，言辞有文饰。

⑤属翰：用笔写作。古代以羽翰为笔，举凡用笔所书，都谓之翰。

⑥常道：指恒久不变的道理，可引申为事物的规律性。

⑦不刊：不可更易，不可磨灭。

⑧未该：不完备。该，同“赅”。

⑨九变之贯：此语多被释为变化多端的事。九变，指变化至极，因“九”为数之极。贯，贯一，数变至极则“复归于一”，谓之“复贯”，即变中之不变者，故又可引申为规律。

⑩知言之选：指杰出的深得文理之人。

【译文】

当今文人们常说：文章有“文”有“笔”，认为无韵的是“笔”，有韵的是“文”。但文章中的辞采是为了充分发挥语言之表现力的，理应包括《诗经》、《尚书》，把文章分为“文”与“笔”，各自另立名称，是近代才有的事。颜延年认为：“笔”作为一种文体，是有文采的“言”；经典则是没有文采的“言”，而不是有文采的“笔”；传记是有文采的“笔”，而不是没有文采的“言”。请试用他的矛转而攻击他的盾吧。何以要这样呢？《易经》中的《文言》，难道不就是有文采的“言”吗？如果“笔”是有文采的“言”，那就不能说经书不是“笔”了。按照他的逻辑来立论，实在看不出这种论点的根据。我认为：张口说话就是“言”，书写出来就是“笔”。讲恒久不变之理的是谓“经”，阐述经典的叫做“传”。“经”与“传”这两种文体，都是把语言用笔记了下来，而“笔”是为“言”所驱使，为“言”服务的，其文采可多一点，也可少一点。“六经”以其典范、深刻而不可更易，并不是以“言”或“笔”来区分优劣的。前人陆机的《文赋》，号称对文章写作的论述要曲尽其妙，其实只是一般化地谈论了些细枝末节，而没有抓住主要问题进行全面翔实地阐发。由此可知，不是文情变化的规律已经穷尽了，而是妙识文理的人难得其全。

凡精虑造文，各竞新丽，多欲练辞，莫肯研术。落落之石①，或乱乎玉；碌碌之玉②，时似乎石。精者要约，匮者亦鲜③；博者该赡④，芜者亦繁；辩者昭晰，浅者亦露；奥者复隐⑤，诡者亦曲。或义华而声悴⑥，或理拙而文泽⑦。知夫调钟未易，张琴实难⑧。伶人告和，不必尽窕槬之中⑨；动角挥羽⑩，何必穷初终之韵？魏文比篇章于音乐，盖有征矣⑪。夫不截盘根，无以验利器；不剖文奥⑫，无以辨通才⑬。才之能通，必资晓术。自非圆鉴区域⑭，大判条例⑮，岂能控引情源⑯，制胜文苑哉！

【注释】

①落落：状石头之貌。

②碌碌：状璞玉之形。

③匮(kuì)：缺乏，贫乏。

④该赡(shàn)：完善，丰足。

⑤复隐：深邃，含蓄。

⑥义华：内容美好。声悴：声韵不谐而无力。

⑦理拙：事理拙劣。文泽：文辞有光彩。

⑧调钟：与下文“张琴”指调整钟声和琴音，使之纯正、和谐。

⑨窕槬（huà）：指钟声的细小与宏大。窕，细而不满。槬，宽大，宏大。

⑩动角挥羽：指弹奏乐曲。角、羽，代指古代的五音：宫、商、角、徵、羽。

⑪征：理据，根据。

⑫文奥：深刻、奥妙的为文之理。

⑬通才：精通文理之人。

⑭圆鉴：全面观察、了解。区域：整个领域，喻指写作的各个方面。

⑮大判：从根本上识别、判断。条例：指写作的原理、原则。

⑯情源：“情动而言形”，故情乃文之源。此处可解为“为文之用心”。

【译文】

精心写作的人，竞相追求文章的新奇华丽，多愿意雕饰文辞，而不肯钻研、探究写作的规律、原则和方法。平常的石头，有时混杂于璞玉；而美好的璞玉，有时又被视同石头。精练的人为文扼要简明，贫乏的人作文也显得很单纯；渊博的人文章写得丰足、完善，芜杂的人文章内容也相当繁富；善于思辨的人为文昭畅明晰，浅薄的人也会把文章写得非常显露；长于深思的人为文蕴藉含蓄，奇诡怪异之人也能把文章写得隐晦曲折。或则是内容美好而声韵无力，或则是事理拙劣而文辞鲜润。我们知道，调和钟律不容易，校正琴弦也很困难。调钟的乐师虽说钟律和谐了，但并不一定宏声微音都恰到好处；弹拨琴弦能奏出各种乐曲，但何必从始至终地穷究每一个音韵呢？魏文帝曹丕用演奏音乐来比喻文章的写作，是言之有理的。不砍断错杂、盘结的树根，无法验证斧斤是否锋利；不解剖深奥的文理，就识别不清作者是否具有精通写作的才能。要具有精通写作的才能，必须懂得写作的规律、原则和方法。如果不能全面了解文章写作的各个方面，不能从根本上辨识清楚文章写作的原理、原则，那怎么能控制与导引“为文之用心”，而在文章写作范围内取得“胜券”呢！

是以执术驭篇，似善弈之穷数①；弃术任心，如博塞之邀遇②。故博塞之文，借巧傥来③，虽前驱有功，而后援难继；少既无以相接，多亦不知所删，乃多少之并惑，何妍媸之能别乎④？若夫善弈之文，则术有恒数⑤，按部整伍，以待情会⑥，因时顺机，动不失正。数逢其极⑦，机入其巧⑧，则义味腾跃而生，辞气丛杂而至。视之则锦绘，听之则丝簧⑨，味之则甘腴，佩之则芬芳：断章之功⑩，于斯盛矣。

【注释】

①弈：围棋。

②博塞：赌博。掷骰子的谓之“博”，不掷骰子的谓之“塞”。邀遇：碰运气。

③借巧：借助偶然巧遇。傥（tǎng）来：无意之中得来。

④妍媸（chī）：美丑。

⑤恒数：不变之常理，此指运用写作之“术”的规律性。

⑥情会：文情会合，思路畅通，有兴会、灵感之意，亦可释为“枢机方通”的时候。

⑦数逢其极：规律和方法的运用达到了极致。

⑧机入其巧：即巧妙地顺应、利用了“情会”之时机。

⑨丝簧：各种管弦乐器。

⑩断章：裁截篇章，完成写作。

【译文】

由此可知，掌握了写作之“术”来驾驭、安排篇章，就像善于下棋的人精通各种招数；放弃写作之“术”，随心所欲地去写文章，则像赌博那样去碰运气。像赌博那样去写文章，只是凭靠着偶然的巧遇，虽然前面取得过成绩，但到后来就难以为继了；内容少了，不知怎样使之得到补充和发展；内容多了，也不知怎样加以删节，是多是少都迷惑不解，怎能主动地识别文章的美丑、优劣呢？至于像善于下棋的人那样去写文章，那么他所掌握的写作之“术”，就具有一定的规律性，他按部就班，调整思路，等待着情理酝酿成熟，继而顺应有利的时机，虽有所变通，但又不背离写作的基本法则。按照规律充分运用了写作之“术”，又极为巧妙地“因时顺机”，那么义理和情味即飞腾、跳跃似地生发出来，辞采和气韵也纷纷扬扬，竞相涌现。看上去就如锦缎上的彩绘，听起来就像美妙的乐曲，品尝则滋味非常甘美，佩戴则有鲜花的芳香：文章写作的功效，达到这种程度，就极为可观了。

夫骥足虽骏，纆牵忌长[①]，以万分一累，且废千里。况文体多术，共相弥纶，一物携贰[②]，莫不解体。所以列在一篇，备总情变，譬三十之辐，共成一毂[③]，虽未足观，亦鄙夫之见也。

【注释】

①纆(mò)牵：缰绳。

②一物：指论著中的某一事物、某一局部。携贰：不相关，不协调。

③毂(gǔ)：车辐会聚、车轴横插其中的圆木。

【译文】

骏马虽然跑得快，但缰绳不能太长，即使只有万分之一的多余部分，也会妨碍骏马驰骋千里。何况各种文体具有多种不同的写作之"术"，它们需要组合在一起，相互依存，如果有某一个方面不协调，那整个论著也就散乱了。之所以把《总术》单独作为一个篇章，排列在书中，目的在于全面地总结、概括文情的变化，好比把三十根车辐都集中在车毂上，使之形成一个完整的轮子，这虽不足以为大家观赏，但也是浅陋之人的一种见解。

赞曰：文场笔苑，有术有门。务先大体，鉴必穷源。乘一总万，举要治繁。思无定契①，理有恒存。

【注释】

①契：契约，此指定规。

【译文】

综括而言：在文章写作的园地里，是有规律、方法和门径的。一定要先掌握写作的基本要领，学习、借鉴则一定要追溯本源。掌握规律以驾驭千变万化，突出要义而梳理纷繁。文思虽没有一定之规，写作的原理则是恒久不变的。

时序第四十五

【题解】

《时序》篇主要论述诗文发展与时代演变的关系，得出了“文变染乎世情，兴废系乎时序”的结论，集中地体现了刘勰的文学发展史观。其价值和意义主要不在于它对文学发展历史的梳理和总结，而在于它对文章写作和鉴赏、批评的指导作用。

“文变染乎世情，兴废系乎时序”是《时序》篇贯彻始终的红线，围绕这个基本观点，在指出唐、虞、夏、商、周、汉、魏、晋、宋、齐十代诗文特点时，突出地强调不同时代文学在内容、风格、表现形式等方面都各具特色，其根本原因在于特定历史阶段的“世情”和“时序”。全篇以此为中心包括以下几个方面的内容：一、政治教化的影响。刘勰从相对的两个方面突出了政治教化的影响，表现了诗文创作是时代政治的反映，时代政治不断变化，诗文思想内容也随之变化，“故知歌谣文理，与世推移，风动于上，而波震于下者也”。时代的推移，政治教化作用，不仅造成诗文内容上的不同，也引起诗文格调的变化。二、学术氛围和学术思潮的影响。一个社会或一个朝代，其学术氛围或学术思潮，对诗文的影响也是十分显著的。刘勰认为，战国时期，学术上的百花齐放是由于“春秋以后，角战英雄，‘六经’泥蟠，百家飙骇”的思潮影响，而以齐楚为中心的文人们则受当时纵横学派的影响，出现了以屈原为代表的“出乎纵横之诡俗”的文人，并具体地指出邹衍、驺奭、屈原、宋玉等人华美的辞章、飘逸的文采，都是由于纵横家们游说诡辩的风格所致。在论述东汉文学时，儒学风气的盛行，使诗文作者们自觉不自觉地受到感染，出现了内容尚礼法，风俗尚儒雅之作。论及晋代文学时，刘勰更进一步指出汉魏以来清谈为尚，一时间谈玄成风。到了东晋建都江南后，谈玄之风有增无减，言必老庄，远离实际，文学甚至成了玄言的讲义，可见其影响之深广。三、统治者的倡导和贬抑。《时序》中，刘勰突出地强调了君主的喜好和提倡对诗文的发展和诗坛风气的形成，有着巨大的影响。四、诗文自身的继承和发展。刘勰在论述以上三个方面影响诗文创作和发展的外部因素时，还涉及了诗文创作和发展的内在因素——诗文自身的继承和发展。《文心雕龙》中论及诗文继承和发展的篇章较多，其中最系统的是《通变》。《通变》篇通过对黄帝、唐、虞、夏、商、周（包括楚）、汉、魏、晋（包括宋初）等朝代诗文创作及其发展状况的考察，总结了诗文继承和革新的历史经验，并揭示了当时文风浮靡讹滥的原因。而在《时序》篇中，刘勰对这个问题的论述，突出地表现在他对《楚辞》的评论中，刘勰认为，屈原、宋玉的作品具有独到之处，超过了《诗经》。同时又强调指出骚赋对汉代文学的巨大影响。

需要强调的是，刘勰认为屈原、宋玉的文辞光华，笼罩《雅》、《颂》的原因，是由于受到纵横家的影响。这一点可以说是刘勰独抒己见的地方。

《时序》作为《文心雕龙》中专门论述文学发展历史的篇章，它与《通变》篇互为表里。

《通变》篇专论诗文写作中的会通和适变、继承和革新问题，意在纠正当时文坛上“竞今疏古，风末气衰”的弊端。与《通变》篇比较而言，《时序》篇是通过阐述不同朝代的不同诗文特点及形成原因，具体论述了诗文与社会生活的关系，指出时代的变化发展是诗文演变的最主要因素，揭示了诗文发展的外部规律。

综观《时序》全篇，刘勰通过对历朝历代诗文嬗变的分析，论述了诗文创作和发展与社会政治状况、学术氛围和学术思潮、君主的提倡和喜爱以及诗文自身的继承和发展的关系，概括出“文变染乎世情，兴废系乎时序”的诗文发展规律。同时，也使他在《体性》篇中所论及的风格形成的四个主体因素“才”、“气”、“学”、“习”之外，又补充了一个客观因素——“时序”。当然，刘勰也并未改其“原道”的初衷，只是在强调“道”作为创作的根本点的同时，提出了客观现实对诗文创作的影响，强调了社会条件、时代特点和创作主体内在情感的统一。

时运交移①，质文代变②，古今情理，如可言乎！昔在陶唐③，德盛化钧④，野老吐“何力”之谈⑤，郊童含“不识”之歌⑥。有虞继作，政阜民暇，“薰风”诗于元后⑦，“烂云”歌于列臣⑧。尽其美者何？乃心乐而声泰也⑨。至大禹敷土⑩，九序咏功，成汤圣敬⑪，“猗欤”作颂⑫。逮姬文之德盛⑬，《周南》勤而不怨⑭；大王之化淳⑮，《邠风》乐而不淫⑯。幽、厉昏而《板》、《荡》怒⑰，平王微而《黍离》哀⑱。故知歌谣文理⑲，与世推移，风动于上⑳，而波震于下者也。

【注释】

①时运：世运，指时代风气。交移：交互推移、变化。

②质文：内容和形式。代变：代有所变。

③陶唐：指唐尧时代，尧初属于陶，后徙于唐，故有陶唐氏之称。

④钧：同“均”，均匀，引申为普及。

⑤吐，说出。“何力”之谈：《帝王世纪》载：“帝尧之世，天下泰和，百姓无事。有老人击壤而歌曰：‘日出而作，日入而息，凿井而饮，耕田而食，帝力何有于我哉。’”

⑥含"不识"之歌:《列子·仲尼》载,儿童在大道上唱"不识不知,顺帝(天)之则"的童谣。含,口中衔着,指经常吟咏。

⑦薰风:相传《南风歌》中有"南风之薰兮"句,载《孔子家语·辩乐解》。元后:元首,指虞舜。

⑧烂云:指《卿云歌》,《尚书大传》"卿云烂兮,纠缦缦兮。日月光华,旦复旦兮。"列臣:群臣。

⑨泰:安舒,和畅。

⑩敷土:分治水土。敷,分布治理。

⑪成汤:即商汤,谥号成。

⑫猗欤:《诗经·商颂·那》中,有赞美汤的句子,说:"猗欤那欤!"意思是"美啊多啊!"

⑬逮:及,达到。姬文:周文王昌姬。

⑭《周南》:《诗经》国风之一,是周南部地区的民歌。包括《关雎》等十一首诗。勤而不怨:勤劳而没有怨言。《左传·襄公二十九年》载,吴国公子季札到鲁国听了《周南》、《召南》的演奏后,说:"美哉!始基之矣,犹未。然勤而不怨矣。"

⑮大王:太王,指周文王的祖父公刘。

⑯《邠风》:即《豳风》,《诗经》国风之一。豳,在陕西旬邑县。乐而不淫:欢乐而不过分,系季札对《邠风》的评语,原句为:"美哉,荡乎,乐而不淫,其周公之乐乎?"

⑰幽、厉:指周幽王和周厉王。《板》、《荡》:《诗经》大雅中的两篇讽刺诗,都是讽刺周厉王的,"幽、厉昏"系连类而及。

⑱平王微:指西周为犬戎所灭,周平王东迁洛邑,为东周第一代国君,国势衰微。《黍离》:《诗经·王风》中之一篇,《诗序》中说周东迁后,周大夫经过西周京城,看到宗庙宫室倾颓,尽为禾黍,故作《黍离》诗来哀悼。

⑲文理:文辞情理。

⑳风：在此喻政治教化。

【译文】

时代风气交替变化，文章的内容和形式也各不相同，古往今来，文风变化的情理，似乎可以谈一谈吧！从前在唐尧时代，道德淳厚，教化普及，乡村老人说出“帝力何有于我哉”的话；郊野孩童唱过“不识不知”的歌谣。虞舜继之为帝，政治清明，百姓安乐，帝舜吟咏《南风》诗，群臣唱起《卿云》歌。为什么这些诗都是如此美好呢？是心情快乐、安闲舒适呀！到了大禹治水，使各项工作都走上了有秩序的轨道，就用诗歌来歌颂他的功德，商汤圣明恭谨，便产生了“猗欤”的赞美声。到了周文王德政崇盛，《周南》表达出人们勤劳而无怨的心情；周太王教化淳厚，《邠风》表现了快乐而不过分的感情。幽王、厉王昏庸淫乱，《板》、《荡》诗即对时政深含愤怒，平王时周朝衰弱，《黍离》诗即流露出哀怨悲悯之情。由此可知诗歌的文辞情理，是跟随时代而发展变化的，一个时代的政治教化像风一样在水面上吹拂，诗歌就像水波一样在下面涌动起来。

春秋以后，角战英雄①，“六经”泥蟠②，百家飚骇③。方是时也，韩、魏力政④，燕、赵任权⑤；“五蠹”“六虱”⑥，严于秦令；惟齐、楚两国，颇有文学⑦。齐开庄衢之第⑧，楚广兰台之宫。孟轲宾馆⑨，荀卿宰邑⑩；故稷下扇其清风⑪，兰陵郁其茂俗⑫，邹子以谈天飞誉⑬，驺奭以雕龙驰响⑭，屈平联藻于日月，宋玉交彩于风云。观其艳说，则笼罩《雅》、《颂》⑮，故知炜烨之奇意⑯，出乎纵横之诡俗也。

【注释】

①角战：角逐，竞争。

②泥蟠：龙弯曲地屈伏于泥沼之中，喻指“六经”被埋没。

③飚(biāo)骇：此处为风起云涌之意。飚，暴风。骇，惊骇，引申为骤起。

④力政：力征，武力征伐。

⑤任权：任意使用权术。

⑥五蠹(dù)：《韩非子·五蠹》：视“学者”(儒生)、“言谈者”(纵横家、政客)、“带剑者”(游侠)、“侍御者”(近侍之臣)、“商工之民”为“五蠹”。蠹，蛀虫。六虱：《商君书·去强》：“虱官者六：曰岁、曰食、曰玩、曰好、曰志、曰行。”即以岁荒、贪吃、追求奇技淫巧之乐，以志行而乱法治为“六虱”。又《商君书·靳令》则称礼乐、诗书、修善、孝弟、诚信、贞廉、仁义、非兵、羞战九事为六种害国的“虱子”，可能有衍文。

⑦文学：泛指文化学术。

⑧庄衢：宽阔的大道。第：宅第。

⑨孟轲：孟子。

⑩荀卿宰邑：指荀子在楚任兰陵令。宰，主宰。邑，城市。

⑪稷：齐国之都临淄的城门。

⑫茂俗：美好的风俗、风尚。

⑬邹子：指邹衍。战国时齐国文人，阴阳家，其言善夸，被称为“谈天衍”。

⑭驺奭(shì)：战国齐国稷下学官学者，采用邹衍的学说，人称雕龙奭。

⑮笼罩：覆盖，超过。

⑯韡(wěi)烨：光彩照耀。

【译文】

春秋以后，各国争战竞雄，“六经”仿佛被丢弃在泥淖之中，诸子百家群起并作，像狂风四起，令人惊骇。正当此时，韩、魏致力于征伐，燕、赵肆意用权谋争夺；秦国视文章为“五蠹”、“六虱”之一，严令制止；只有齐、楚两国提倡文化学术。齐国在交通要道上开设公馆，以招待学人，楚国则扩建了兰台宫来接纳文士。孟子曾以贵宾身份住在齐国的馆舍里，荀子在楚国做了兰陵令；因此学者们聚于稷门之下，宣扬清新的学风，兰陵也因受荀子影响形成了美好的风俗，邹衍以谈天说地而名声飞扬，驺奭因有雕龙似的文采而声名远播，屈原的辞章文藻可与日月争辉，宋玉的文采错综如同风卷云聚。看他们艳丽的辩说，已经超过了《诗经》，光彩熠耀的奇特文思，是从战国时纵横游说的诡异风俗中产生出来的。

爰至有汉①，运接燔书②，高祖尚武，戏儒简学③。虽礼、律草创④，《诗》、《书》未遑⑤，然《大风》、《鸿鹄》之歌⑥，亦天纵之英作也⑦。施及孝惠⑧，迄于文、景⑨，经术颇兴，而辞人勿用；贾谊抑而邹、枚沉⑩，亦可知已。逮孝武崇儒⑪，润色鸿业，礼、乐争辉，辞藻竞骛⑫：柏梁展朝宴之诗⑬，金堤制恤民之咏⑭，征枚乘以蒲轮⑮，申主父以鼎食⑯，擢公孙之对策⑰，叹倪宽之拟奏⑱，买臣负薪而衣锦⑲，相如涤器而被绣⑳。于是史迁、寿王之徒㉑，严、终、枚皋之属㉒，应对固无方㉓，篇章亦不匮㉔，遗风余采，莫与比盛。越昭及宣㉕，实继武绩；驰骋石渠㉖，暇豫文会㉗，集雕篆之轶材㉘，发绮縠之高喻㉙。于是王褒之伦㉚，底禄待诏㉛。自元暨成㉜，降意图籍，美玉屑之谈㉝，清金马之路㉞，子云锐思于千首㉟，子政雠校于“六艺”㊱，亦已美矣。爰自汉室，迄至成、哀㊲，虽世渐百龄，辞人九变，而大抵所归㊳，祖述《楚辞》㊴，灵均余影，于是乎在。

【注释】

①爰(yuán)：发语词。

②燔书：焚烧书籍。

③戏儒简学：《史记·郦食其列传》载："沛公不好儒。诸客冠儒来者，沛公辄解其冠，溲溺其中。"简，简慢，轻视。

④礼、律草创：指汉高祖命孙叔通制订礼仪，萧何草创法律。

⑤遑：闲暇，空闲。

⑥《大风》：指《大风歌》。《史记·汉高祖本纪》载，刘邦衣锦还乡，曾作歌曰："大风起兮云飞扬，威加海内兮归故乡，安得猛士兮守四方。"《鸿鹄》：指《鸿鹄歌》。《史记·留侯世家》载，刘邦欲废太子，立幼子如意，见太子羽翼丰满，因作歌曰："鸿鹄高飞，一举千里，羽翮已就，横绝四海。横绝四海，当可奈何！虽有矰缴，尚安所施。"

⑦天纵：天所赋予。

⑧施及：延续到。孝惠：汉惠帝刘盈，高祖之子。

⑨迄：到。文、景：汉文帝刘恒，亦高祖之子；汉景帝刘启，文帝之子。

⑩贾谊：西汉文人。文帝时，贾谊要改革汉朝制度，为群臣反对，后被文帝贬为长沙王太傅。抑：压抑。邹、枚：指邹阳、枚乘。邹阳在梁国被谗下狱。枚乘在景帝时为弘农都尉，后以病去官。沉：沉沦，埋没。

⑪孝武：汉武帝刘彻，景帝之子。

⑫骛：奔驰。

⑬柏梁：《古文苑》卷八载，武帝元封三年，作柏梁台，诏群臣在台上联句作诗，每人一句，均七言句式，句句押韵，称"柏梁诗"。后人多以为是伪作。

⑭金堤：指黄河堤，以"金"喻其坚固。恤民之咏：《汉书·沟洫志》载，武帝时，黄河在瓠子口(河南濮阳南)决口，武帝发动士兵数万人筑堤，因作歌有"皇谓河公兮何不仁，泛滥不止兮愁吾人"之

句，故称“恤民之咏”。恤，担忧。

⑮征：征召。枚乘：字叔，西汉文人。《汉书·枚乘传》载：“武帝自为太子，闻乘名，及即位，乘年老，乃以安车蒲轮征乘。”蒲轮：用蒲草裹上车轮，以免颠簸。

⑯申：满足，给予，有重用之意。主父：名偃，武帝时为中大夫。鼎食：古时富贵之家以五鼎盛菜，亦喻指大夫的爵禄。

⑰擢(zhuō)公孙之对策：公孙，指公孙弘。《汉书·公孙弘传》载，武帝元光五年(前130)，公孙弘对武帝策问，即他的《对贤良策》，被武帝取作第一名。擢，提拔，升用。

⑱倪宽：汉武帝时廷尉张汤的僚属，替张汤草拟奏文。《汉书·倪宽传》载，武帝见到他写的奏文后，曾赞许地说，我早已听说倪宽的名字了。

⑲买臣：朱买臣，他曾以打柴为生，武帝任他作会稽太守，衣锦还乡。

⑳相如：司马相如，他曾在临邛开酒店，亲自洗酒器，后被武帝任命为中郎将，出使西南。被绣：身着锦绣官服。

㉑史迁：司马迁。寿王：姓吾丘，名寿王，西汉文人，善作赋。

㉒严、终：严助、终军，均为西汉文人。枚皋：西汉文人。

㉓无方：没有定法，意指方法灵活多变。

㉔匮：缺乏。

㉕越：经过。昭：汉昭帝刘弗陵，武帝之子。宣：汉宣帝刘询。

㉖石渠：石渠阁，汉宫藏书之所。

㉗豫：同“与”，参与。

㉘雕篆：指辞赋，扬雄曾以“雕虫篆刻”喻辞赋的写作。轶材：超群的人才。

㉙绮縠(hú)之高喻：《汉书·王褒传》载：“上(宣帝)曰‘辞赋大者与古诗同义，小者辩丽可嘉，辟如女工有縠绮，音乐有郑卫。’”把辞

赋比为美丽的绉纱，故称高喻。绮，有花纹的丝织品。縠，落纱。

㉚王褒：字子渊，西汉文人。

㉛厎(zhǐ)禄：取得官禄。厎，致，得到。

㉜自元暨成：从汉元帝刘奭到汉成帝刘骜。

㉝玉屑：比喻优美的文辞。

㉞金马：指金马门，官署门。汉朝官署门旁有铜马，故称金马门。

㉟子云：扬雄之字，西汉文人。

㊱子政：刘向之字，西汉末文人。雠(chóu)校：校订，校勘。

㊲哀：汉哀帝刘欣。

㊳大抵：大致。

㊴祖述：效法，师承。

【译文】

到了汉代，世运承接秦皇焚书之后，汉高祖刘邦崇尚武功，嘲戏儒生轻视学术。虽然礼仪与刑律已开始创制，但对于《诗经》、《尚书》等传统文化，还无暇顾及，而他的《大风歌》和《鸿鹄歌》，也可说是天助之杰作了。延续到孝惠帝，直到文帝、景帝，经学稍稍开始兴盛，而文人仍未受到重用；贾谊受到贬斥，邹阳、枚乘都被埋没，由此便可知其一般了。到了孝武帝时，开始尊崇儒学，用文辞来粉饰颂扬他的功业，于是礼仪和音乐争相辉映，文辞与华藻竞相驰骛：武帝在柏梁台上与群臣饮宴联句，在黄河堤岸上做体恤民情的歌，用安稳防震的车子去聘请枚乘，将大夫的五鼎之食赐给主父偃，因对策正确而破格提拔公孙弘，因奏章不同凡响而对倪宽赞叹不已，打柴的朱买臣衣锦还乡，洗酒器的司马相如绣服出使。而司马迁、吾丘寿王等人，严助、终军、枚皋之辈，他们的应酬对答固然能随机变化，写的文章也不少，流传下来的风流文采，没有比那时更兴盛的了。经过昭帝到了宣帝，实际上是继承了武帝的业绩；学者们在石渠阁展开辩论，文士们有闲暇在文会上参与研讨，聚集了文采超群的人才，发出了文辞似绮丽的绉纱般的高论。王褒等人，得到俸禄,等待召见。从汉元帝到汉成帝,降旨重视图书典籍,赞美珠玉般的谈吐,为文人们扫清了通向官府的金马门的道路,扬雄在读了千首赋后才思敏锐,刘向精心校订“六艺”等典籍,这些都是美盛一时之事。从汉代开始,直至成帝、哀帝,虽然世道发展百余年,辞赋家的写作也发生了很大的变化,但大致的趋向,几乎都是效法《楚辞》,屈原的余光遗影,留存于他们的作品之中。

自哀、平陵替①,光武中兴,深怀图谶,颇略文华。然杜笃献诔以免刑②,班彪参奏以补令③,虽非旁求④,亦不遐弃⑤。及明、章叠耀⑥,崇爱儒术,肄礼璧堂⑦,讲文虎观⑧;孟坚珥笔于国史⑨,贾逵给札于瑞颂⑩,东平擅其懿文⑪,沛王振其《通论》⑫,帝则藩仪⑬,辉光相照矣。自和、安以下⑭,迄至顺、桓⑮,则有班、傅、三崔⑯,王、马、张、蔡⑰,磊落鸿儒⑱,才不时乏⑲,而文章之选,存而不论。然中兴之后,群才稍改前辙,华实所附⑳,斟酌经辞,盖历政讲聚㉑,故渐靡儒风者也㉒。降及灵帝㉓,时好辞制㉔,造《皇羲》之书㉕,开鸿都之赋㉖;而乐松之徒㉗,招集浅陋,故杨赐号为骥兜㉘,蔡邕比之俳优㉙,其余风遗文,盖蔑如也㉚。

【注释】

①平:汉平帝刘衎。陵替:衰落。

②杜笃献诔:《后汉书·文苑·杜笃传》载,杜笃曾被逮捕送京,适值大司马吴汉病故,“光武诏诸儒诔之。笃于狱中为诔辞最高。帝美之,赐帛免刑”。杜笃,字季雅,东汉文人。诔,哀悼死者的文章。

③班彪参奏:《后汉书·班彪传》载,班彪曾劝说独霸一方的窦融归

顺光武，参与制作窦融上光武的奏章，被光武称赞，拜为徐县县令。班彪，字叔皮，东汉文人。

④旁求：广泛搜求。

⑤遐弃：远弃。

⑥明、章：汉明帝刘庄和汉章帝刘炟。叠耀：光辉相继。

⑦肄(yì)：学习，练习。璧堂：指辟雍、明堂。辟雍是当时的学宫，明堂是宣明政教之地。

⑧虎观：指白虎观，是汉代讨论经学之所。

⑨孟坚：班固之字，东汉文人，作《汉书》。珥(ěr)笔：戴笔，古代史官入朝时，往往把笔插戴于帽侧。这里意为执笔。

⑩贾逵：字景伯，东汉文人，天文学家、经学家。给札：赐给笔札。瑞颂：指《神鸟颂》。《后汉书·贾逵传》载，明帝时，有鸟落于宫殿，冠羽有五彩，明帝命兰台给贾逵笔札作《神雀颂》。

⑪东平：指东平王刘苍，东汉宗室中较为能文之人。懿(yì)：美，好。

⑫沛王：指沛献王刘辅，他作《五经论》，号《沛王通论》。

⑬帝：此指明、章二帝。则：典则。藩：藩王，指东平王刘苍和沛献王刘辅。仪：风姿，仪态。

⑭和、安：指汉和帝刘肇、汉安帝刘祜。

⑮顺、桓：汉顺帝刘保、汉桓帝刘志。

⑯班、傅、三崔：指班固、傅毅、崔骃、崔瑗、崔寔。

⑰王、马、张、蔡：指王逸、马融、张衡、蔡邕。另说，指王逸及其子王延寿，以及马融、张衡、蔡邕。

⑱磊落：此处状鸿儒之众多。

⑲才不时乏：时时都不缺乏人才。

⑳华实所附：华，文章的藻饰，指形式。实，文章的内容。附，依附。意谓内容与形式相互依存、配合。

㉑历政讲聚：历政，多解为“历代”或“有从政经验”，按上下文意，以

解为“历经”为宜。讲聚，指上文之“驰骋石渠”、“讲文虎观”等事。

㉒靡：披靡，此处指受到影响、浸染。

㉓灵帝：汉灵帝刘宏。

㉔辞制：辞赋写作。

㉕《皇羲》：指汉灵帝曾作《皇羲篇》五十章。

㉖鸿都：鸿都门，藏书讲学之所。灵帝曾召集能文善赋者到鸿都门下。

㉗乐松：被召到鸿都门的文士。

㉘杨赐：汉灵帝时的司空。驩兜（huān dōu）：传说中尧时的凶人，被舜放逐。

㉙蔡邕：字伯喈，东汉文人。俳优：演滑稽戏的人。

㉚蔑如：无视，瞧不起，指不足称道。

【译文】

自哀帝、平帝衰落以后，光武又中兴帝业，他深信谶纬预言，不大关心文章华采。然而杜笃因为在狱中献《吴汉诔》而被免除刑罚，班彪因为参与窦融降汉的奏章而被光武帝补任为县令，尽管对文士没有广泛访求，但也不疏远、抛弃。到了明帝、章帝两代光辉相继，都崇尚儒学，明帝率群臣在太学里学习礼仪，章帝聚学士在白虎观里讲论经书；班固执笔撰写国史，贾逵受命写吉祥的《神雀颂》，东平王刘苍擅长写美好的礼文，沛献王刘辅则以其《沛王通论》而闻名，明、章二帝的典范，东平、沛献二王的儒雅风仪辉光相映。从和帝、安帝以后，直到顺帝、桓帝时代，就出现了班固、傅毅、崔骃、崔瑗、崔寔，以及王逸、马融、张衡、蔡邕，众多大学者，代有所出，不乏其人，至于他们的优秀文章，置而不去评论。然而从光武中兴以后，许多文人才稍稍改变了从前的写作轨辙，在文采和内容的相互配合上，考虑使用经书的辞义，这是缘于经过历代的聚集学者讲经，所以渐趋浸染了儒家的风气。向下传到灵帝，他爱好辞赋写作，曾写过《皇羲篇》，开放鸿都门来接待辞赋家；而乐松之流，则招纳聚集学少识浅之士，所以杨赐称他们像是驩兜一样的坏人，蔡邕则把他们比做优伶小丑，他们留下来的习气和文章是不足称道的。

自献帝播迁[①]，文学蓬转，建安之末[②]，区宇方辑[③]。魏武以相王之尊[④]，雅爱诗章[⑤]；文帝以副君之重[⑥]，妙善辞赋；陈思以公子之豪[⑦]，下笔琳琅[⑧]：并体貌英逸[⑨]，故俊才云蒸[⑩]。仲宣委质于汉南[⑪]，孔璋归命于河北[⑫]；伟长从宦与青土[⑬]，公幹徇禄于海隅[⑭]，德琏综其斐然之思[⑮]，元瑜展其翩翩之乐[⑯]。文蔚、休伯之俦[⑰]，子叔、德祖之侣[⑱]，傲岸觞豆之前[⑲]，雍容衽席之上[⑳]；洒笔以成酣歌，和墨以藉谈笑。观其时文，雅好慷慨[㉑]，良由世积乱离，风衰俗怨，并志深而笔长，故梗概而多气也[㉒]。至明帝纂戎[㉓]，制诗度曲；征篇章之士，置崇文之观[㉔]；何、刘群才[㉕]，迭相照耀。少主相仍[㉖]，唯高贵英雅[㉗]，顾盼含章，动言成论。于时正始余风[㉘]，篇体轻澹，而嵇、阮、应、缪[㉙]，并驰文路矣。

【注释】

①献帝：汉献帝刘协，东汉最后一个帝王。播迁：迁移，流亡。

②建安：汉献帝年号(196—220)。

③区宇：区域，天下，此处指中原地区。辑：安抚，安定。

④魏武：魏武帝曹操。相王：指曹操做丞相，封魏王。

⑤雅：平素，向来。

⑥文帝：魏文帝曹丕，曹操长子。副君：指太子。

⑦陈思：陈思王曹植。

⑧琳琅：美玉，喻文采华美。

⑨体貌：礼敬、尊重之意，此处意谓有礼貌地接待。

⑩云蒸：云聚，喻人才之多。

⑪仲宣：王粲之字，建安七子之一。委质：指初次拜见尊长时送礼。引申为臣服、归顺。汉南：指荆州，因其在汉水之南，王粲初依刘表，后归曹操。

⑫孔璋：陈琳之字，建安七子之一。河北：指汉末袁绍所统治的冀州，陈琳初依袁绍，后归曹操。

⑬伟长：徐幹之字，建安七子之一。从宦：出仕。青土：指徐幹的原籍青州。

⑭公幹：刘桢之字，建安七子之一。徇禄：做官。徇，曲从。禄，古代官吏的俸给。海隅：海边，刘桢原籍在山东临海的东平县。

⑮德琏：应玚之字，建安七子之一。斐然之思：曹丕《与吴质书》云："德琏常斐然有述作意，其才学足以著书。"

⑯元瑜：阮瑀之字，建安七子之一。翩翩之乐：曹丕《与吴质书》云："元瑜书记翩翩，致足乐也。"翩翩，美好的样子，指文采风流。

⑰文蔚：路粹之字，为军谋祭酒。休伯：繁钦之字，为丞相主簿。俦(chóu)：同"类"。

⑱子叔：邯郸淳之字。德祖：杨修之字。

⑲觞(shāng)豆：觞，酒杯。豆，笾豆，盛果品的竹器。此处以觞豆代指酒宴。《周语·吴语》中有"觞酒豆肉"之说。

⑳衽(rén)席：席子，坐席。以处指宴席。

㉑慷慨：情绪激昂。

㉒梗概：犹"慷慨"。

㉓明帝：指曹叡，曹丕之子。纂(zuǎn)戎：继承祖业。

㉔崇文之观：《三国志·魏书·明帝纪》载，明帝青龙四年(236)置崇文观，纳善文者。

㉕何、刘：何晏、刘劭，均为三国魏之文人。

㉖少主：年轻的君主。齐王曹芳，高贵乡公曹髦，陈留王曹奂，均可谓“少主”。仍：因袭，沿袭。

㉗高贵：指曹丕之孙曹髦，他被封为高贵乡公，聪明早成，能赋诗，并与诸儒谈论经义。

㉘正始：齐王曹芳年号（240—249）。当时以王弼、何晏为首，好谈玄学，形成风气。

㉙嵇、阮、应、缪：指嵇康、阮籍、应璩、缪袭，均三国时魏之文人。

【译文】

从汉献帝流离迁徙，文学之士像蓬草一样四处飘荡，到建安末年，天下才安定。魏武帝曹操以宰相和魏王的高贵地位，一向爱好诗篇；魏文帝曹丕以太子的重要地位，极其擅长辞赋；陈思王曹植以公子的豪迈气概，下笔更是珠玉满目：他们都礼遇卓越的文士，所以才华出众的文人风起云涌。王粲从荆州来归顺，陈琳从冀州来依附，徐幹从青州来做官，刘桢从海边来投奔，应玚综合显示辞采斐然的文思，阮瑀大展轻快流畅的笔触。路粹、繁钦之辈，邯郸淳、杨修等人，在酒席上高傲风雅，在宴会上从容对答；挥笔便写成酣畅的诗歌，和墨便出手可助笑谈的篇章。观察那时候的文章，都喜好情绪激昂，确实是由于长期战乱的流离，风俗衰败，人心哀怨，文士们都情志深远，笔调沉重，所以文章就写得慷慨激昂而富有气势。到了魏明帝继承帝业，作诗制曲；召集文章作者，建立崇文观；何晏、刘劭等一大批文人，文采相互照耀。此后是少主先后执政，只有高贵乡公曹髦杰出高尚，顾盼之间，便成文章，开口品评便成高论。这时受正始谈玄遗风的影响，文章格调清浅虚淡，嵇康、阮籍、应璩、缪袭，都在当时文坛上并驾驰骋。

逮晋宣始基①，景、文克构②；并迹沉儒雅，而务深方术③。至武帝惟新④，承平受命，而胶序篇章⑤，弗简皇虑⑥。降及怀、愍⑦，缀旒而已⑧。然晋虽不文，人才实盛：茂先摇笔而散珠[9]，太冲动墨而横锦[10]，岳、湛曜联璧之华[11]，机、云标二俊之采[12]，应、傅、三张之徒[13]，孙、挚、成公之属[14]，并结藻清英，流韵绮靡。前史以为运涉季世[15]，人未尽才[16]，诚哉斯谈，可为叹息。

【注释】

①晋宣：晋宣帝司马懿。

②景、文：晋景帝司马师、晋文帝司马昭。他们与宣帝司马懿的帝号都是在他们死后由司马炎追加的。克构：此处指能够继承先人之业，并加以扩大。

③方术：阴谋权术。

④武帝：西晋第一个帝王司马炎，司马昭之子。

⑤胶序：指学校。古代大学或太学曰“胶”，乡学叫“序”。

⑥弗简皇虑：皇帝无心考虑。简，此处意谓关心、关注。

⑦怀：怀帝司马炽，司马炎之子。愍(mǐn)：愍帝司马邺，司马炎之孙。

⑧缀旒(liú)：皇冠上垂挂的串珠，喻指怀、愍二帝徒有虚名。他们都被匈奴人俘虏。

⑨茂先：张华之字，西晋文人。

⑩太冲：左思之字，西晋文人。

⑪岳、湛：潘岳、夏侯湛，二人皆善文章，时人誉之为“联璧”。

⑫机、云：陆机、陆云兄弟，时称“二俊”。

⑬应、傅、三张：指应贞、傅玄、傅咸和张载、张协、张亢三兄弟。

⑭孙、挚、成公：孙楚、挚虞、成公绥，均为西晋文人。

⑮季世：末世。

⑯人未尽才：指西晋文人中，如左思、张载、张协等都抑郁不得志，张华、陆机、陆云、潘岳、刘琨、挚虞等也多未获善终，故有“惜长

才之未尽"之说。

【译文】

到了晋朝宣帝司马懿开始奠定基业，景帝和文帝能够继承先人之功；他们都不务儒雅之事，而致力于长期的权术之争。到了晋武帝受命建立新的王朝，在天下太平时，继位称帝，但对于办学校、提倡文学之事，却不放在心上。下传至怀帝、愍帝，他们都像是装饰皇冠的垂珠，徒有虚名罢了。晋朝虽不重视文章，而人才确实很多：张华挥笔如珍珠散落，左思用墨如铺展锦绣，潘岳、夏侯湛像双璧闪耀光华，陆机、陆云显示出两位才子的风采，应贞、傅玄、张载、张协、张亢等人，孙楚、挚虞、成公绥之辈，都辞藻清新隽秀，情韵流畅柔美。以前的史书认为这个时候已进入末世，许多文人都未能充分发挥自己的才能，这种说法确实可信，他们的遭际实在令人感叹。

元皇中兴①，披文建学②；刘、刁礼吏而宠荣③，景纯文敏而优擢④。逮明帝秉哲⑤，雅好文会，升储御极⑥，孳孳讲艺⑦，练情于诰策，振采于辞赋；庾以笔才逾亲⑧，温以文思益厚⑨，揄扬风流⑩，亦彼时之汉武也。及成、康促龄⑪，穆、哀短祚⑫，简文勃兴⑬，渊乎清峻，微言精理，亟满玄席，淡思醲采，时洒文囿。至孝武不嗣⑭，安、恭已矣⑮。其文史则有袁、殷之曹⑯，孙、干之辈⑰，虽才或浅深，珪璋足用⑱。自中朝贵玄⑲，江左弥盛⑳，因谈余气，流成文体。是以世极迍邅㉑，而辞意夷泰㉒，诗必柱下之旨归㉓，赋乃漆园之义疏㉔。故知文变染乎世情，兴废系乎时序，原始以要终㉕，虽百世可知也。

【注释】

①元皇：指东晋元帝司马睿。中兴：指西晋亡后，晋元帝南渡，建立

东晋王朝。

②披文：翻检、览阅文籍。

③刘、刁：刘隗、刁协，均为东晋文人。礼吏：懂得礼法、按礼行事的官吏。

④景纯：郭璞之字，东西晋之间的文人。

⑤明帝：晋明帝司马绍，元帝之子。秉哲：具有天赋的智慧、才能。

⑥储：封建社会称太子为储君。御极：登上皇位。

⑦孳孳(zī)：勤勉不倦。

⑧庾：庾亮，字元规，东晋文人。

⑨温：温峤，字太真，东晋文人。

⑩揄扬：称赞，举用。

⑪成、康：晋成帝司马衍、晋康帝司马岳。促龄：短寿。成帝活了二十二岁，康帝活了二十三岁。

⑫穆、哀：晋穆帝司马聃、晋哀帝司马丕。短祚(zuò)：指穆、哀二帝国运不长，在位不久，穆帝死时十九岁，哀帝死时二十五岁。

⑬简文：简文帝司马昱。《晋书·简文纪》载，他“清虚寡欲，尤善玄言”。

⑭孝武：晋孝武帝司马曜。嗣：继承。

⑮安、恭：晋安帝司马德宗、晋恭帝司马德文。他俩都是孝武帝之子，皆为刘裕所立，又都被刘裕所杀。

⑯袁、殷：袁宏、殷仲文。袁能文兼善史学，殷有才华善属文。

⑰孙、干：孙盛、干宝，都是东晋文人，历史学家。

⑱珪璋：均为玉器。喻指人的才德。

⑲中朝：指西晋。

⑳江左：江东，长江下游以东，指东晋。

㉑迍邅(zhūn zhān)：遭遇困难。

㉒夷泰：平和，安定。

㉓柱下：指老子。老子曾作过周朝的柱下史。

㉔漆园：指庄子。庄子名周，曾为漆园吏。义疏：解释，疏通。

㉕原：推究，追溯。要：此处为归总之意。

【译文】

东晋元帝中兴，披阅文籍，兴办学校；刘隗、刁协因秉执礼法而被重用，郭璞因文思敏捷而得到提升。晋明帝天性聪颖，一向喜欢以文会友，从当太子到升上皇位，都孜孜不倦地讲论六经，在诰策的制作上文情练达，在辞赋的写作上文采飞扬；庾亮因为有文笔才华而备受亲近，温峤因文思缜密而愈发得到厚爱，明帝赞美举用风流儒雅的才士，也可以说是东晋时的汉武帝了。到了成帝、康帝寿命都很短，穆帝、哀帝在位也不长，简文帝时文学事业蓬勃兴起，他深于清高的玄学，精微奥妙的道理，常常充满在他玄谈的席座之中，淡泊的思想和浓郁的文采，也时常流布到文场笔苑。及至孝武帝，后继无人，到了安帝、恭帝时东晋便结束了。这时的文士和史家有袁宏、殷仲文等人，孙盛、干宝之流，尽管才学上各有浅深，但也像玉器一样，堪称有用之才。自从西晋王朝注重老庄玄学，到了东晋偏安江南，此风更盛，由于这种清谈风气余势的影响，形成了谈玄的文风。因此，世道虽然非常艰难，文章辞意却平和安泰；写诗一定以老子思想为旨归，作赋都是对庄子学说的疏解。由此可知文章变化受社会情势的影响，它的兴衰也一定与时代更替息息相关，以此追溯它的起源，归结到它的结束，即使是百代的演变，也是可以推知的。

自宋武爱文①，文帝彬雅②，秉文之德，孝武多才③，英采云构④。自明帝以下⑤，文理替矣。尔其缙绅之林⑥，霞蔚而飚起。王、袁联宗以龙章⑦，颜、谢重叶以凤采⑧；何、范、张、沈之徒⑨，亦不可胜数也。盖闻之于世，故略举大较。

【注释】

①宋武：宋武帝刘裕。

②文帝：宋文帝刘义隆，武帝之子。

③孝武：宋孝武帝刘骏，文帝之子。

④云构：如云般聚集，喻文采之富。

⑤明帝：宋明帝刘彧，亦文帝之子。

⑥尔其：句首发语词，此指宋武帝以来。缙绅：赤色衣带，古代高级官吏的装束，这里代指士大夫。

⑦王、袁联宗：刘宋时代王姓和袁姓的文士极多，如王僧达、王微、袁淑、袁湛、袁觊、袁粲等，故曰“联宗”。龙章：言文采华美如龙鳞。

⑧颜：指颜延之及其子颜竣、颜测等。谢：指谢灵运及其族人谢惠连、谢庄等。重叶：指连续好几代。凤采：言文采如凤羽。

⑨何、范、张、沈：指此四姓中的著名文士，如何承天、何尚之、何长瑜、范晔、范泰、张永、张敷、张望、沈怀文、沈怀远等人。

【译文】

自宋武帝喜好文章，宋文帝也彬彬儒雅，具有天赋的文章德行，而宋孝武帝，多才多艺，辞采丰富才如云聚集。从宋明帝以后，好尚为文的风气便衰落了。宋武帝以来的士大夫之中，文士如云蒸霞蔚，像暴风突起。王僧达、袁淑两族中接连出现文人才士，颜延之、谢灵运两家也都几代人以文才著名；何逊、范云、张邵、沈约这些人，多得不可枚举。这些都是世人所知的，故只略举一些大概的情况。

暨皇齐驭宝[①]，运集休明[②]。太祖以圣武膺箓[③]，世祖以睿文纂业[④]，文帝以贰离含章[⑤]，高宗以上哲兴运[⑥]，并文明自天，缉熙景祚[⑦]。今圣历方兴[⑧]，文思光被[⑨]，海岳降神，才英秀发[⑩]。驭飞龙于天衢，驾骐骥于万里[⑪]；经典礼章，跨周轹汉[12],唐、虞之文,其鼎盛乎!鸿风懿采,短笔敢陈[13]?飏言赞时[14],请寄明哲。

【注释】

①皇齐:对齐之尊称。犹如后来对清朝称“皇清”、“大清”。驭宝:指登上帝位,执掌政权。驭,控制。宝,特指皇帝之印。

②休:美善。

③太祖:齐高帝萧道成。膺箓(yīng lù):受天命而统治天下。膺,受。箓,符命之书。

④世祖:齐武帝萧赜,高帝之子。睿:聪敏,明智。

⑤文帝:指文惠太子萧长懋。贰离:各家之解汗漫不一,这里暂按日月并明之意疏解。含章:蕴含文采、美德。

⑥高宗:齐明帝萧鸾。

⑦缉熙:光明。景祚:意为洪福,誉指皇位。

⑧圣历:指国运。

⑨光被:光明普照。

⑩秀发:出类拔萃,脱颖而出。

⑪骐骥:骏马,千里马。

⑫轹(lì):车轮碾过,此处意为超过。

⑬短笔:自谦之词,意为笨拙的文笔。敢:谦词,怎敢,岂敢。

⑭飏言:放言评论。

【译文】

到大齐建国,国运昌盛。齐高帝以圣明英武而受命为天子,齐武帝以聪明文雅而继承王位,文帝继二帝之后,具有日月并明般的光华,明帝更以天生的聪慧而振兴国运,他们都是天生的多才多艺之人,能够光大皇位,广造福祚。现在大齐正国运兴隆,文章思理光照天下,山海都降下神灵,有才之士脱颖而出。就像驾着神龙在天上飞翔,像骑着千里马驰骋万里；经传典籍和礼乐规章，都越过了周朝和汉代，唐尧、虞舜时代的文章，才能这样兴盛吧！宏伟的教化、华美的文采，拙笔怎敢陈述？宣扬赞美这个时代，请寄望于高明的贤才吧。

赞曰：蔚映十代①，辞采九变②。枢中所动③，环流无倦④。质文沿时⑤，崇替在选⑥。终古虽远⑦，僾焉如面⑧。

【注释】

①十代：十个朝代，指唐、虞、夏、商、周、汉、魏、晋、宋、齐。

②九变：多次变化。九，为虚数而非实指，言其多。

③枢中：即中枢，原意指朝廷，引申为时代。

④环流：循环不息地变化。

⑤沿时：随着时代。

⑥崇替：兴衰。选：此处为推算、预计之意。

⑦终古：远古。

⑧僾（ài）焉：仿佛。

【译文】

综括而言：华美的文章，照耀了十个朝代，文章的辞采也发生了多次变化。它为朝廷的治乱、兴衰导向所促动，因而便随之循环不息地变化着。既然文章的内容和形式因时而变，那么文风的兴衰也就可以推算出来了。上古的文情虽已久远，但其变化的规律仿佛就在眼前。

物色第四十六

【题解】

《物色》篇中的"物"指"自然万物"。王元化在《文心雕龙创作论》一书中指出,《文心雕龙》全书共有四十八处用"物"字,除极少数外,"物"字都"作为代表外境或自然景物的称谓"。"色"指色彩、声响、状貌、景象。"物色"即自然景色。《物色》篇专论自然景色与诗文写作的关系,亦可转用于鉴赏和批评。

刘勰认为,自然景色对作者具有巨大的感召力量和强烈的诱导作用,不仅可以触发作者的创作动机,而且是创作的直接来源。当时,陆机、萧纲、萧统、萧子显也都探讨了自然景物与诗文写作的关系,说明作者的创作是缘于自然景色而生出的"情"的外化。刘勰在《物色》篇中接受了当时的这一普遍认识,而其贡献在于他对诗文反映自然景色的规律、方法、途径,都作了有益的探讨。尤其是他从理论上比较系统地研究了"物"、"情"、"辞"三者之间的关系。刘勰以"情以物迁,辞以情发"来阐述和概括"物"、"情"、"辞"三者之间的关系,认为情依存于物,辞依存于情,情是物的反映,辞是情的表现工具,三者之间具有密切的联系和内在的统一性。

刘勰梳理了从《诗经》、《离骚》、汉赋至"近代"景物描写的历史发展过程,从正反两方面总结了景物描写的经验和教训,针对当时文坛"模山范水，字必鱼贯”，“青黄屡出，繁而不珍”的状况，提出“物色”描写的基本原则：“以少总多”、“情貌无遗”。“以少总多”，就是要求作者用最精炼、最集中、最节省的事料，去表现最复杂、最丰富、最深远的内容，通过个别去表现普遍，通过有限去表现无限，以扩大作品的容量，这种观点实质上已经蕴含了“典型性”理论的萌芽。对于景物描写来说，写“貌”就是写出景物的“形”，写“情”就是写出景物的“神”。写景要求“情貌无遗”，即景物描写要达到既“形似”又“神似”，即形神兼备。

刘勰依据当时文学发展的状况，对“物色”的描写进行了理论总结，提出了“物色”描写的一些具体要求和方法。首先，要“善于适要”，即描写自然景色时要从实际出发，善于抓住景物的主要特征。其次，要“析辞尚简”。自然景色是五彩缤纷，繁杂多样的，但将它们写入文章时却要注意文辞简练，达到“丽则而约言”的境界，使文辞既华美又恰如其分。

如何将“物色”写得精巧呢？刘勰提出了以下几种方法：一、“江山之助”。刘勰以屈原为例，认为他之所以能深得吟诗作赋的要领，就是得到了山川景物的帮助，精微地体察了山川景物的状况。二、“入兴贵闲”。四季不停地交替变易，自然景色触发了作者的写作动机后，情景交融，作者不吐不快，需要以文辞来表达自己的思想感情，此时要注意心情恬淡闲静，也就是《神思》篇所说的写作构思要进入一种虚静状态。三、“志惟深远”，“功在密附”。刘勰认为描写自然景色，既要寄托深远，又要描写贴切。只有将作者的思想感情对象化为外在的景物，为思想感情穿上一件美丽的外衣，才能使之更含蓄、蕴藉，产生“味飘飘而轻举，情晔晔而更新”的效果。四、“参伍以相变，因革以为功”。继承又创新的通变观是贯穿刘勰写作理论始终的重要观点之一，在自然景色的描写上也不例外。

综观《物色》全篇可以明显看出，它是对自然景物描写的实践所做的一次较为全面的理论总结。刘勰所归纳的描写自然景色的原则、要求和方法,对写作实践和鉴赏与批评都具有一定的指导作用。而他提出的“以少总多”,“物尽”、“情余”,“随物而宛转”,“与心而徘徊”等主张,又奠定了中国古代意境理论的初阶。

春秋代序,阴阳惨舒①,物色之动②,心亦摇焉。盖阳气萌而玄驹步③,阴律凝而丹鸟羞④,微虫犹或入感,四时之动物深矣。若夫珪璋挺其惠心⑤,英华秀其清气⑥,物色相召,人谁获安?是以献岁发春⑦,悦豫之情畅⑧;滔滔孟夏⑨,郁陶之心凝⑩;天高气清,阴沉之志远⑪;霰雪无垠⑫,矜肃之虑深⑬。岁有其物,物有其容;情以物迁,辞以情发。一叶且或迎意⑭,虫声有足引心,况清风与明月同夜,白日与春林共朝哉!

【注释】

①阴阳惨舒:即“阴惨阳舒”。阴,指秋冬寒冷的气候。阳,指春夏温暖的气候。

②物色:自然之物的声色容貌。

③阳气萌:指春天到来后阳气开始萌生。玄驹:蚂蚁。步:走,活动。

④阴律凝:农历八月里阴气凝聚。古乐有十二律,阳律六,阴律六,用来配十二个月,八月属阴律。丹鸟:螳螂。羞:进食。

⑤珪璋:美玉。挺:挺拔,突出。

⑥秀:吐花曰秀。清气:清明的气质。

⑦献岁:进入新的一年。

⑧悦豫:喜悦欢乐。

⑨滔滔:阳气盛发的样子。孟夏:夏季的头一个月。

⑩郁陶:郁闷而心情不畅。

⑪阴沉:深沉。志:情志。

⑫霰(xiàn):小雪珠。

⑬矜肃:庄重,严肃。

⑭迎意:与下文"引心"均指引动思绪之意。

【译文】

春夏秋冬依次更替,阴沉而寒冷的天气使人感到凄凉,阳和而温暖的天气令人感到舒畅,四季风物景色的变化,使人们的心灵为之摇荡。春天阳气萌生,蚂蚁开始活动,农历八月阴气凝聚,螳螂捕食准备过冬,微小的昆虫都能感受到节气的变化,足见四季的更易对万物的影响是很深的。至于人类,智慧的心灵比美玉更卓出,清明的气质比花朵更清秀,一旦受到自然景物的感召,谁能无动于衷呢?因此,新年春气荡漾,情怀欢乐而舒畅;初夏阳气蒸腾,心情烦躁而不畅;清秋天高气爽,情志便深长而悠远;冬天大雪纷飞,无边无际,思虑就严肃而深沉。一年四季各有其不同的自然景物,而各种景物又呈现不同的容貌;感情随着自然景物的不同而变化,文辞又是由于情感的激动而生发。一片落叶的飘零,尚且会触动情思,几声秋虫的哀鸣,足以牵引心绪,何况是清风拂面、明月照人的良宵,阳光和煦、光耀春林的清晨呢!

是以《诗》人感物,联类不穷[①];流连万象之际[②],沉吟视听之区[③]。写气图貌[④],既随物以宛转;属采附声[⑤],亦与心而徘徊[⑥]。故"灼灼"状桃花之鲜[⑦],"依依"尽杨柳之貌[⑧],"杲杲"为出日之容[⑨],"瀌瀌"拟雨雪之状[⑩],"喈喈"逐黄鸟之声[⑪],"喓喓"学草虫之韵[⑫]。"皎日"、"嘒星"[⑬],一言穷理,"参差"、"沃若"[⑭],两字连形:并以少总多,情貌无遗矣。虽复思经千载,将何易夺[⑮]?及《离骚》代兴,触类而长,物貌难尽，故重沓舒状[16]，于是"嵯峨"之类聚[17]，"葳蕤"之群积矣[18]。及长卿之徒[19]，诡势瑰声[20]，模山范水，字必鱼贯[21]，所谓《诗》人丽则而约言[22]，辞人丽淫而繁句也。

【注释】

①联类：联想类比。

②流连：盘桓不舍。

③沉吟：低声吟咏。

④气：景物的神态、气势。

⑤属采：属，连缀。采，自然景物的色彩。

⑥徘徊：来回走动。这里指反复推敲、斟酌。

⑦灼灼：形容桃花的色彩鲜艳。《诗经·周南·桃夭》："桃之夭夭，灼灼其华。"

⑧依依：枝条柔软的样子。《诗经·小雅·采薇》："昔我往矣，杨柳依依。"

⑨杲杲(gǎo)：光明的样子。《诗经·卫风·伯兮》："其雨其雨，杲杲日出。"

⑩瀌瀌(biāo)：雨雪下得大的样子。《诗经·小雅·角弓》："雨雪瀌瀌。"

⑪喈喈(jiē)：鸟和鸣声。《诗经·周南·葛覃》："黄鸟于飞，集于灌木，其鸣喈喈。"逐：追摹，表现。

⑫喓喓(yāo)：虫鸣声。《诗经·召南·草虫》："喓喓草虫。"

⑬皎日：洁白明亮的太阳。《诗经·王风·大车》："谓予不信，有如皎日。"嘒(huì)星：微小的星。《诗经·召南·小星》："嘒彼小星。"

⑭参差：长短不齐。《诗经·周南·关雎》："参差荇菜，左右流之。"沃若：茂密润泽的样子。《诗经·卫风·氓》："桑之未落，其叶

沃若。”

⑮易夺：更改，删除。

⑯重沓：重叠复合，指多用复合词。舒状：舒，伸展，引申为展现。状，形貌。

⑰嵯（cuō）峨：山峰高耸险峻的样子。类聚：与下文“群积”均指重叠的复合词越来越多。

⑱葳蕤（wēi ruí）：花叶茂盛下垂的样子。

⑲长卿：司马相如之字，西汉文人。

⑳诡势：诡，奇异。势，姿势，指文章的气势。瑰（guī）声：瑰，珍奇。声，声貌。

㉑鱼贯：如游鱼前后相继。

㉒则：规则。约言：文辞简约。扬雄《法言·吾之》：“诗人之赋丽以则，辞人之赋丽以淫。”

【译文】

因此，《诗经》作者在受到自然景物的感召和触动时，就会产生无限的联想和类比；在景象万千的大自然中流连欣赏，在看到和听到的范围内低声吟咏。描写、图摹景物的气势、状貌，既能随着自然景物的变化而委婉尽致；联属、比附景物的色彩声音，也能应合内心的感触而反复斟酌。所以，《诗经》中，用“灼灼”来形容桃花色彩的鲜艳，用“依依”来曲尽杨柳披拂的柔姿，用“杲杲”二字来描绘太阳初升的明亮，用“瀌瀌”来表现大雪纷飞的景象，用“喈喈”二字来追拟黄鸟唱和的声音，用“喓喓”来模仿草虫吟唱的声韵。用“皎”字来形容太阳的洁白明亮，用“嘒”字表现星星的微小，只用一个字就曲尽了事物的特性，还有用“参差”来形容荇菜的错落不齐，用“沃若”来形容桑叶的润泽鲜嫩，只用两个字就完全描绘出了事物的形貌：这都是以最少的文字来概括丰富的内容，把景物的形貌神情毫无遗漏地表现出来了。即使此后经过文家千百年来的反复思索，又有谁能用什么字将它们更改替换呢？及至《离骚》取代

《诗经》而兴起，对所写景物触类旁通而有所发展，但景物的形貌难以描摹得淋漓尽致，所以，就用重叠复合的文词来展现景物的形貌，于是描摹山势险峻的“嵯峨”这类的词便聚集在一起，刻画草木花叶茂盛下垂之状的“葳蕤”这类的词便积累得很多了。到了司马相如等人，注意奇异的文势和瑰丽的声貌，描摹刻画山水景物，必定把形容词用得像鱼群般前引后继。这就是扬雄所说的：《诗经》作者的描写既华丽又符合法度，且用词简约；辞赋家的描写就过分华丽趋于淫侈，且辞句繁多。

至如《雅》咏棠华①，“或黄或白”；《骚》述秋兰②，“绿叶”、“紫茎”。凡摛表五色③，贵在时见④；凡青黄屡出⑤，则繁而不珍。

【注释】

①棠华：即“裳华”，棠棣花。《诗经·小雅·裳裳者华》：“裳裳者华，或黄或白。”

②秋兰：秋天的兰花。《楚辞·九歌·少司命》：“秋兰兮青青，绿叶兮紫茎。”

③摛（chī）表：铺饰描绘。

④时见：适时出现。

⑤青黄屡出：指滥用表示色彩的文辞。

【译文】

至于像《小雅》歌咏棠棣之花，说“有的黄有的白”；《离骚》描述秋天的兰花，说“绿色的叶子”、“紫色的茎”。举凡铺陈辞藻表现事物的色彩，所运用的色彩字，贵在适时出现；如果青、黄等色彩字屡见迭出，就显得繁杂而不足珍贵了。

自近代以来[1]，文贵形似，窥情风景之上[2]，钻貌草木之中。吟咏所发，志惟深远；体物为妙[3]，功在密附[4]。故巧言切状[5]，如印之印泥[6]，不加雕削，而曲写毫芥[7]。故能瞻言而见貌，即字而知时也。然物有恒姿[8]，而思无定检[9]，或率尔造极[10]，或精思愈疏[11]。且《诗》、《骚》所标[12]，并据要害[13]，故后进锐笔[14]，怯于争锋[15]。莫不因方以借巧[16]，即势以会奇[17]，善于适要[18]，则虽旧弥新矣[19]。是以四序纷回[20]，而入兴贵闲[21]；物色虽繁，而析辞尚简[22]，使味飘飘而轻举[23]，情晔晔而更新[24]。古来辞人，异代接武[25]，莫不参伍以相变[26]，因革以为功[27]，物色尽而情有余者，晓会通也。若乃山林皋壤[28]，实文思之奥府[29]，略语则阙，详说则繁。然则屈平所以能洞监《风》、《骚》之情者[30]，抑亦江山之助乎？

【注释】

①近代：指刘宋时期。

②窥：观察。

③体物：体现描绘外物。

④密附：贴切。密，密切。附，接近，依傍。

⑤切状：切合外物的情状。

⑥印泥：古代用印泥封在信口上，在上面盖印。

⑦曲写：详细写出。

⑧恒姿：常姿，特定的形态。

⑨定检：一定的法则。

⑩率尔：随便、不经意的样子。

⑪疏：远，指作者所写景物与客观景物的距离甚远。

⑫标：标举，指《诗》、《骚》对景物的卓越描绘。

⑬要害：指景物的本质特征或主要特点。

⑭锐笔：指才思敏锐的作者。

⑮争锋：争胜，竞争。

⑯因方：依循《诗经》、《离骚》写景的方法。借巧：借用他人的写作技巧。

⑰即势：揣摩循借文章的基本格调。

⑱适要：适应变化，抓住要点。

⑲虽旧弥新：承"因方借巧"说，"旧"指旧的手法，可用来得到新的效果；就"物色尽"说，"旧"指常见的景物，也可写得更新，因为"情有余"。两说都通。

⑳四序：四季。

㉑入兴贵闲：指作者触物生情，要内心虚静。

㉒析辞：措辞。析，分解，引申为选择、运用。

㉓飘飘而轻举：自然流露的意思。

㉔晔晔（yè）：鲜明的样子。

㉕接武：接步，指相继。武，步。

㉖参（sǎn）伍：错综，此处意谓综合、融会。参，同"叁"。

㉗因革：有所继承与革新。

㉘皋壤：水边地。

㉙奥府：比喻深奥的宝库。

㉚洞监：深刻体察。《风》、《骚》：指国风和楚辞，亦泛指诗赋。

【译文】

从刘宋以来，作品对景物的描写注重形貌的逼真，深入观察风物景色的情态，细心钻研花草树木的状貌。吟咏诗歌，抒发情感，情志力求幽深高远；描绘景物达到巧妙的程度，其功效在于贴切逼真。因而，巧妙的言辞要切合景物的状貌，像在密封物件的印泥上盖印一样，不必再加雕琢，却详尽地写出了景物的细微之处。由此，读者看到这些言辞就见到了景物的形貌，借助这些文字便能知道时节的变化。但是景物各有特定的形姿，而作者行文运思却没有一成不变的法式，有的不经意就能写出登峰造极的作品，有的殚精竭虑却跟所写景物的形貌相差很远。而《诗经》、《离骚》所标举的写作楷模，就都是抓住了景物的突出特征，所以，后代才思敏锐的作者也不敢和它们一争高低。没有谁不是依循《诗经》、《离骚》的创作方法，借用其表现技巧，揣摩循借其基本格调，加以融会贯通，然后写出新奇景象的，只要作者善于抓住景物的突出特点并变通旧体，即使是承袭前人之法，也可以推陈出新，写得更有新意。因此，四季虽然不停地运转，而作者感物兴情却贵在心情虚静；风物景色虽然千变万化，但作者遣词造句描写它们应重在简练，让韵味从景物描写中自然流露，使情思表现得鲜明强烈而又格外清新。自古以来的文人，时代虽不同却前后相继，没有谁不是融汇古今以求变化，既继承又革新，进而取得功效的，他们之所以能将风物景色描绘得淋漓尽致，情感的流露又饶有余韵，是因为他们通晓融会古今的道理。至于山林川泽等自然景物，实在是引发作者文思的宝库，但文辞简略了就会写得不完备，写得详细便会烦琐。然而屈原之所以能够深切领会《风》、《骚》写景抒情的要领，或许也是得到了山川景物的助力吧？

赞曰：山沓水匝①，树杂云合②。目既往还③，心亦吐纳④。春日迟迟⑤，秋风飒飒⑥。情往似赠⑦，兴来如答⑧。

【注释】

①匝（zā）：环绕。

②合（hà）：连接聚合。

③往还：反复观察。

④吐纳：偏义复词，只取吐意。即意欲抒发感情。

⑤迟迟：缓慢的样子，指阳光舒暖温和。《诗经·豳风·七月》“春

日迟迟，采蘩祁祁。”

⑥飒飒：秋风声。《楚辞·九歌·山鬼》：“风飒飒兮木萧萧。”

⑦情往：指以情观物。

⑧兴来：指景物触发情兴。

【译文】

综括而言：山峦重叠，流水环绕，绿树丛生，白云聚合。诗人的眼目反复观察这些景物，内心也就有所感受而要抒发。春阳舒暖柔和，秋风萧瑟凉爽。诗人以情观物，就像给友人临别赠言一样，寄意无穷，感应深切；景物触发作者的感兴，恍如酬答知音一般，文思泉涌，风光无限。

才略第四十七

【题解】

《才略》篇内容比较集中，它按照历史顺序依次评述了自唐虞以迄魏晋的九个朝代的绝大部分有影响的文章作者的主要成就、基本特点和重要得失。这些作者在《文心雕龙》总论、文体论和创作论中，大部分都有所论述或牵涉，而《才略》篇又专门、集中地加以综合评论，所以，应当说《才略》篇是《文心雕龙》全书中的一篇关于文章作者的总论。其重点则是文章作者的才略，而“才略者，才能识略之谓也”。

《才略》篇共有五个部分：一评先秦文章作者，如“皋陶六德”、“夔序八音”以及《五子之歌》等，皆系传说或后人之伪作，但这却是不能没有的；二评两汉作者计三十三人；三评魏代作者十八人；四评两晋作者二十五人，兼而说明刘宋“世近易明”而未加评论；五则概括小结，说明作者成就与其所处时代的关系。全篇不及两千字，却论及文章作者九十余人，评语虽都是简括的，却能举要治繁，言中肯綮。因而，纪昀在《文心雕龙辑注》中赞曰：“《时序》篇总论其世，《才略》篇各论其人。上下百家，体大而思精，真文囿之巨观。”这当不是溢美之辞。

《才略》篇重在评价历代文章作者，表面看似乎是史的叙述，而罕有理论的概括。但它在评价历代文章作者的过程中，却相当突出地体现了文章风格与作者才略的关系，这就使它对写作与鉴赏批评有了指导意义。刘勰认为，作者的才略乃是文章风格形成的主观因素，而文章风格则是作者才能和识略的客观表现。

《才略》篇与《体性》篇有着密切联系，可谓表里相附，不可分割。《才略》篇既本之于《体性》篇所论，又有了新的发挥：一则，它纵贯古今，使所论有了史的脉络、系统；二则，它对才略的内涵和意义，做了集中、专门地阐发。首先，刘勰认为作者的才略表现为文章的辞令华采。其次，刘勰认为作者的才略表现为文体特长。再次，刘勰认为作者的才略表现为文思特点，即为文用思的深刻、细密、精巧、快捷等等。复次，刘勰认为作者的才略表现为作者的学养识见。此外，刘勰还特别强调文章中的气势和风力，也是作者才略的重要表现。

综观《才略》篇全文，它对历代文章作者的评论，虽不无疏失和偏颇，但他在评论中所持的严谨的科学态度和朴素的辩证观点及其所采取的综合弥纶、鉴别比较的评论方法，都是具有现实意义的。联系当今文坛上的创作与批评状况，理应能够从中获得有益的参考和借鉴。

《才略》篇最突出的疑点是它所谓的才能和识略的内容范围问题。有一种观点认为："本篇所论之才，是专指文学创作的才力，文学家的才和学术家的才，是各有特点而不可混同的两种才力。"这显然是把刘勰所论之才略的内容范围缩小了。文学家的"才"和学术家的"才"，虽"各有特点"，"不可混同"，但历史地看，刘勰尚未能在《文心雕龙》中把这两种不同的"才"明确地区别开来。

九代之文[①]，富矣盛矣；其辞令华采，可略而详也。虞、夏文章，则有皋陶"六德"[②]，夔序"八音"[③]，益则有赞[④]，五子作歌[⑤]。辞义温雅，万代之仪表也。商、周之世，则仲虺垂《诰》[⑥]，伊尹敷《训》[⑦]，吉甫之徒[⑧]，并述诗颂。义固为经，文亦足师矣。

【注释】

①九代：指唐、虞、夏、商、周、汉、魏、晋、宋。《时序》"赞曰"中有"蔚映十代"之说，本篇未及齐代。

②皋陶(yáo)：虞舜时的大臣，掌刑法。六德：《尚书·皋陶谟》中，皋陶讲了"九德"，即"宽而栗，柔而立，愿而恭，乱而敬，扰而毅，直而温，简而廉，刚而塞，强而义。"从其中任选六种，谓之"六德"。又说，后六种谓之"六德"。

③夔(kuí)：尧舜时的大臣。八音：古代乐器的总称，有金、石、土、革、丝、木、匏、竹八类。

④益：虞舜的臣子。《尚书·大禹谟》："益赞于禹曰：惟德动天，无远弗届。满招损，谦受益。"

⑤五子：一说是夏帝太康之弟五观；一说是太康的五个兄弟。他们都怨恨太康荒淫，作《五子之歌》以讽。

⑥仲虺(huǐ)：商汤的臣子，曾有《仲虺之诰》告诫商汤，见《尚书·仲虺之诰》。

⑦伊尹：商汤的臣子，成汤死后，曾作《伊训》教训新即位的帝王太甲，见《尚书·伪伊训》。

⑧吉甫之徒：指尹吉甫和召康公、仍叔、召穆公等《诗经》的作者。吉甫，尹吉甫，周宣王时的大臣。作《崧高》、《江汉》等诗，歌颂周宣王。

【译文】

自唐、虞以来，九个朝代的文章，是非常丰富、繁盛的；它们华美的语言文采，可以概要而全面地加以评述。虞时和夏时的文章，有皋陶讲的"六德"，夔叙述的"八音"，伯益的赞辞，还有五子所作之歌。这些文章，文辞温和意义雅正，可谓千秋百代的典范。商周时代，有钟虺告诫商王之言，伊尹教诲太甲之训，还有尹吉甫这般人歌功颂德的诗篇。这些文章，其内容意义固然都成了经典，其文辞也是足以师法的。

及乎春秋大夫，则修辞聘会[①]，磊落如琅玕之圃[②]，焜耀似缛锦之肆[③]。薳敖择楚国之令典[④]，随会讲晋国之礼法[⑤]，赵衰以文胜从飨[⑥]，国侨以修辞捍郑[⑦]，子太叔美秀而文[⑧]，公孙挥善于辞令[⑨]，皆文名之标者也[⑩]。

【注释】

①聘会：指诸侯国之间相互派遣使节访问的集会。

②磊落：状众多、光明之貌。琅玕（láng gān）：状如珠玉的美石。圃：苑囿。

③焜（kūn）耀：光辉照耀。肆：店铺，市场。

④薳（wěi）敖：楚庄王之臣，曾修订楚国法典。

⑤随会：即士会，晋国大夫，曾修订晋国礼法。

⑥赵衰：晋国大夫，曾随晋公子重耳（晋文公）赴秦穆公的宴会，指导重耳按礼仪行事。飨（xiǎng）：以酒食款待人。

⑦国侨：郑国大夫子产，掌国政四十余年，故称国侨。

⑧子太叔：即游吉，郑国大夫。

⑨公孙挥：字子羽，郑国大夫。

⑩标：木梢，此处引申为突出之意。文名：以文辞著名。

【译文】

到了春秋时代的士大夫，他们在聘问和参加盟会时，修饰辞令，磊落光明得如同宝玉美石积聚的库府，光彩熠耀得好似锦绣繁缛的店铺。薳敖选编楚国的优秀典章，随会讲究晋国的礼义法规，赵衰因文辞胜人而随从晋公子赴宴，国侨因善于辞令而捍卫了郑国，子太叔风姿秀美而有文采，公孙挥则精于外交辞令，这些人都是以言辞富有文采而著名的。

战代任武[1]，而文士不绝。诸子以道术取资[2]，屈、宋以《楚辞》发采[3]。乐毅报书辨以义[4]，范雎上书密而至[5]，苏秦历说壮而中[6]，李斯自奏丽而动[7]。若在文世[8]，则扬、班俦矣[9]。荀况学宗[10]，而象物名赋[11]，文质相称[12]，固巨儒之情也。

【注释】

①任武：任用武力。

②道术：学说，学术。取资：供人采择、取用。

③屈、宋：屈原、宋玉。

④乐毅：燕昭王大将，曾联合五国兵力攻破齐国。燕惠王即位后，中反间计，怀疑乐毅，乐毅出逃赵国。惠王去信责问，乐毅遂写了《报燕惠王书》加以辩解。

⑤范雎(jū)：魏国人，至秦后，上书说秦王，曾为昭王相。

⑥苏秦：战国末纵横家，合纵派代表，游说诸侯。

⑦李斯：战国时楚国人，入秦为客卿，后为丞相。有人建议秦王驱逐外来客卿，他遂写了《谏逐客书》，即《上秦始皇书》加以劝止。

⑧文世：崇尚文化、文章的时代。

⑨扬、班：扬雄、班固。俦(chóu)：伴侣，同伴。

⑩荀况：荀子，战国时赵人，游学于齐，后至楚。学宗：学者宗师。

⑪象物名赋：荀子的《礼》、《智》、《云》、《蚕》、《箴》等赋作，都形象地描绘事物，并以之命名。

⑫文质：此指内容与形式。

【译文】

战国时代尚用武力，但文人才士却不断涌现。诸子百家以他们的学说供人采择、取用，屈原、宋玉借《楚辞》散发出光彩。乐毅《报燕惠王书》明辨然否而立论合理，范雎《上秦昭王书》措辞含蓄而用意周详，苏秦游说各国文辞有力而言中肯綮，李斯《谏逐客书》文采华美而令人动情。如果是在崇尚文章的时代，他们就成为扬雄、班固那样的文才了。荀况是一派学者的宗师，而摹状事物名之为赋，其文辞与内容相适应，确实表现出了儒家大学者的情思。

汉室陆贾[①]，首发奇采，赋《孟春》而选典诰[②]，其辩之富矣。贾谊才颖，陵轶飞兔[③]，议惬而赋清[④]，岂虚至哉？枚乘之《七发》[⑤]，邹阳之上书[⑥]，膏润于笔[⑦]，气形于言矣。仲舒专儒[⑧]，子长纯史[⑨]，而丽缛成文[⑩]，亦《诗》人之"告哀"矣[⑪]。相如好书[⑫]，师范屈、宋，洞入夸艳，致名辞宗。然覆蔽精意[⑬]，理不胜辞，故扬子以为"文丽用寡者长卿"[⑭]，诚哉是言也！王褒构采[⑮]，以密巧为致，附声测貌[⑯]，泠然可观[⑰]。子云属意[⑱]，辞义最深，观其涯度幽远[⑲]，搜选诡丽，而竭才以钻思，故能理赡而辞坚矣[⑳]。

【注释】

①陆贾：汉高祖之臣。

②孟春：即早春，《孟春赋》已佚。

③陵轶：超过。飞兔：古代千里马名。

④议惬(qiè)：议论恰当得体。

⑤《七发》：举出七件事，竭力铺张描绘，为"七"体之始。

⑥邹阳：西汉文人，曾先后给吴王刘濞和梁孝王刘武上书。

⑦膏润：像油脂一样润泽，此处指文采修饰。

⑧仲舒：董仲舒，西汉经学家，他向汉武帝提出"罢黜百家，独尊儒术"的主张，对后世影响很大。

⑨子长:《史记》作者司马迁的字。

⑩丽缛成文:丽缛,文采繁盛。文,此处具体代指董仲舒的《士不遇赋》和司马迁的《感士不遇赋》。

⑪《诗》人之“告哀”:《诗经·小雅·四月》中,有“君子作歌,维以告哀”句。

⑫相如:司马相如,字长卿,西汉辞赋家。

⑬覆蔽:覆盖遮蔽。

⑭扬子:指扬雄。

⑮王褒:字子渊,西汉文人,善辞赋。

⑯附声测貌:描绘事物的声音状貌。

⑰泠(líng)然:轻巧之貌。

⑱子云:扬雄之字。属意:谋篇立意。

⑲涯度:指文章所涉及的广度和深度。涯,边际。度,程度。

⑳理赡:义理丰厚、详赡。辞坚:用辞准确,不可更易。

【译文】

汉朝的陆贾,首先表现了奇特的文采,在撰写《孟春赋》时,选用了经典中的言辞,他论辨事理是非常充分的。贾谊才华出众,超过了千里马,他的议论文写得合乎情理,辞赋也清新深切,这难道是凭空虚造出来的吗?枚乘的《七发》,邹阳的上书,笔端似有油脂润泽,气势从言辞中流溢出来。董仲舒是专门的儒学家,司马迁是纯正的历史学者,但他们的文章都写得文采繁艳,也像诗人一样,诉告哀情。司马相如爱好读书,师法屈原、宋玉,偏善夸饰艳丽的文辞,以致名为辞赋的师宗。但他的文章精义却被艳丽之辞覆盖遮蔽了,情理不能胜过辞采,所以扬雄认为“文辞艳丽而为用甚少的要算是司马相如”,这是言中肯綮的!王褒之文讲究连缀文采,以细密精巧为旨趣,图写测绘事物的声貌,轻巧精妙、令人喜爱。扬雄命意谋篇,含义非常深刻,看他的文章,内容幽深旷远,文辞的选用也奇特华美,由于他竭尽才力去钻研思考,所以他的文章就能义理丰厚而文辞确切不可更易了。

桓谭著论①，富号猗顿②，宋弘称荐③，爰比扬雄④；而《集灵》诸赋⑤，偏浅无才，故知长于讽论，不及丽文也⑥；敬通雅好辞说⑦，而坎壈盛世⑧，《显志》自序⑨，亦蚌病成珠矣⑩。二班、两刘，奕叶继采⑪；旧说以为固文优彪，歆学精向，然《王命》清辩⑫，《新序》该练⑬，璇璧产于昆冈⑭，亦难得而逾本矣。傅毅、崔骃⑮，光采比肩，瑗、寔踵武⑯，能世厥风者矣⑰。杜笃、贾逵⑱，亦有声于文，迹其为才，崔、傅之末流也。李尤赋铭⑲，志慕鸿裁⑳，而才力沉腿㉑，垂翼不飞。马融鸿儒㉒，思洽登高㉓，吐纳经范㉔，华实相扶㉕。王逸博识有功㉖，而绚采无力；延寿继志㉗，瑰颖独标㉘，其善图物写貌，岂枚乘之遗术欤㉙？张衡通赡㉚，蔡邕精雅㉛，文史彬彬，隔世相望㉜。是则竹柏异心而同贞，金玉殊质而皆宝也。刘向之奏议㉝，旨切而调缓；赵壹之辞赋㉞，意繁而体疏；孔融气盛于为笔，祢衡思锐于为文㉟，有偏美焉。潘勖凭经以骋才㊱，故绝群于《锡命》㊲；王朗发愤以托志㊳，亦致美于序铭。然自卿、渊已前㊴，多役才而不课学㊵；雄、向以后㊶，颇引书以助文：此取与之大际㊷，其分不可乱者也。

【注释】

①桓谭：字君山，东汉文人，著有《新论》二十九篇，今不存，佚文见《全后汉文》。

②猗顿：原为春秋时代鲁国穷士，后养畜于猗氏之南，成为富商。

③宋弘：字仲子，东汉光武帝臣，《后汉书·宋弘传》："帝尝问弘通

博之士，弘乃荐沛国桓谭，才学洽闻，几能及扬雄、刘向父子。”

④爰(yuán)：乃，于是。

⑤《集灵》：华阴有集灵宫，武帝所建，桓谭曾为之作《仙赋》一篇，存《艺文类聚》卷七十八。

⑥丽文：指辞赋作品。

⑦敬通：冯衍之字，东汉文人，其现存著作以说辞为多，如《说廉丹》、《计说鲍承》等。

⑧坎壈(lǎn)：困顿失意，不得志。

⑨《显志》：冯衍曾作《显志赋》明志自励。

⑩蚌病成珠：砂粒等异物入于蚌壳，蚌以分泌物围裹而渐成珍珠，古人以为蚌因病才生出珍珠。此处指人不得志而写出好文章。

⑪二班：班彪及其子班固。均为东汉文人、史学家。两刘：刘向及其子刘歆，均为西汉文人。

⑫《王命》：班彪之《王命论》，说刘氏为帝是承受天命之意。

⑬《新序》：刘向记录的遗文故事，供统治者参考。

⑭璇璧：精美的璧玉。昆冈：古代传说中出玉之山，昆山出玉，山脊曰冈。

⑮傅毅：字武仲，东汉文人。崔骃：字亭伯，东汉文人。

⑯瑗(yuán)：崔瑗，字子玉，崔骃之子。寔(shí)：崔寔，字子真，崔骃之孙。踵武：跟着前人脚步前行。

⑰厥：其，指崔骃之家世。

⑱杜笃：字季雅，东汉文人。贾逵：字景伯，东汉文人。

⑲李尤：字伯仁，东汉文人。

⑳鸿裁：一般指鸿篇巨制，此处特指含义深厚之文。

㉑沉膇(zhuì)：滞重，迟钝。膇，脚踵。

㉒马融：字季长，东汉文人，经学家。

㉓登高：借“登高能赋”意，指其善于作赋。

㉔吐纳：此指为文立说。

㉕华实：形式与内容。相扶：互相支持，此指形式与内容相配合。

㉖王逸：字叔师，东汉文人。

㉗延寿：王延寿，王逸之子。

㉘瑰颖：瑰奇突出。

㉙枚乘之遗术：指《七发》所使用的形象描绘的手法。王延寿《鲁灵光殿赋》，承袭了《七发》描绘之法。

㉚张衡：字平子，东汉文人，科学家。通赡：指才学广博丰厚。

㉛蔡邕，字伯喈，东汉文人。

㉜隔世相望：指张衡、蔡邕二人遥相对应。世，古以三十年为一世，张、蔡大致相隔一世。

㉝刘向：字子政，西汉文人。

㉞赵壹：字元叔，东汉文人，其代表作《刺世疾邪赋》是汉赋中少有的优秀之作。

㉟弥衡：字正平，东汉文人。

㊱潘勖(xù)：字元茂，汉末文人。凭经：凭借经典著作。

㊲《锡命》：指潘勖所作《册魏公九锡文》。锡，赐。古代帝王给有功官员赏赐衣服、车马、弓矢等九种器物谓之加九锡。

㊳王朗：字景兴，三国时文人，魏文帝、明帝之臣。

㊴卿、渊：指司马相如(字长卿)、王褒(字子渊)。

㊵役才：役使才力。课学：讲求学问。

㊶雄、向：扬雄、刘向。

㊷取与：取用与否。大际：大致界限。际，边际，交接之处。

【译文】

桓谭的著作论文，人们形容它多得像古代富翁猗顿的财富，因之宋弘在把他推荐给汉武帝时，说他可与扬雄相比；但他写的《集灵宫赋》等文章，却显得褊狭浅薄没有才华，由此可知他善于讽谕议论，而疏远于华丽的辞赋；冯衍非常爱好以文辞游说，但他在昌盛之世却很不得志，他写《显志赋》自述心志，犹如蚌有了病才产生珍珠一样。班彪、班固和刘向、刘歆都是父子两代文采相继；以前说是班固的文章比班彪好，刘歆的学问比刘向精深，但班彪的《王命论》文辞清新论辩透彻，刘向的《新序》内容厚实文辞精练，美好的玉石出产于昆冈之上，再好也是难以超过其原本质地的。傅毅和崔骃，为文之光彩可并肩而立，崔瑗和崔寔则步其后尘，可谓能世袭其家风的人物。杜笃、贾逵，在为文方面也是有名声的，但考查他们的才力，只能是崔骃、傅毅一般文人的末流。李尤的赋和铭，有志于写成意义鸿深之作，但他的才力滞钝，只能低垂着翅膀而不能奋飞。马融是一代大儒，文思博通善于作赋，为文立说有经典之范，文章的辞采与内容相互配合。王逸博学多识很有成就，但在炫耀文采方面却没有才气；其子王延寿继承他的遗志，文章写得瑰丽新奇而独树一帜，他善于描摹事物的状貌，莫非是枚乘遗留下来的方法、技巧吗？张衡学识博通厚实，蔡邕为文精纯雅正，他们都是文章与史学并美，隔代而齐名。这正如竹子和柏树心性不一而同样坚贞，金子与玉石质地有别却都是珍宝。刘向写的奏议，旨意恳切而语调迂缓；赵壹写的辞赋，内容繁复而体制疏散；孔融为文气势昂扬胜于"笔"，祢衡文思锐敏胜于"文"，他们的文章都是偏善于某一个方面的。潘勖凭借经书来显示他的才华，所以他的《册魏公九锡文》成了超群出众的上品；王朗发愤为文以寄托他的心志，也在序和铭的写作上达到了优美之境。然而自司马相如、王褒以前，文人们多役使自己的天才而不考求学问；扬雄、刘向之后，则注意引用经书来帮助写作：这是取用典籍与否的大致界划，其分别是不可混淆的。

魏文之才①，洋洋清绮，旧谈抑之，谓去植千里②。然子建思捷而才俊，诗丽而表逸③；子桓虑详而力缓，故不竞于先鸣④，而乐府清越，《典论》辩要，迭用短长⑤，亦无懵焉⑥。但俗情抑扬，雷同一响，遂令文帝以位尊减才，思王以势窘益价[7]，未为笃论也[8]。仲宣溢才[9]，捷而能密，文多兼善，辞少瑕累，摘其诗赋，则“七子”之冠冕乎[10]？琳、瑀以符檄擅声[11]，徐幹以赋论标美[12]，刘桢情高以会采[13]，应场学优以得文[14]，路粹、杨修[15]，颇怀笔记之工，丁仪、邯郸[16]，亦含论述之美，有足算焉[17]。刘劭《赵都》[18]，能攀于前修，何晏《景福》[19]，克光于后进；休琏风情[20]，则《百壹》标其志，吉甫文理[21]，则《临丹》成其采；嵇康师心以遣论[22]，阮籍使气以命诗[23]，殊声而合响，异翮而同飞[24]。

【注释】

①魏文：魏文帝曹丕，字子桓。

②植：曹植，字子建。

③表逸：章表卓越、超逸。《章表》篇有“陈思之表，独冠群才”之句。

④先鸣：名声居上，先声夺人。

⑤迭用短长：各有短长。迭，更迭，交互。

⑥懵(mèng)：识别不清。

⑦思王：指陈思王曹植，他谥号“思”。势窘：曹植与曹丕争为太子失败，处境窘困。

⑧笃论：确实的论断。

⑨仲宣：三国魏之文人王粲之字。

⑩七子：指建安七子，即陈琳、王粲、徐幹、阮瑀、应玚、刘桢和孔融。冠冕：帝王的帽子，此处喻指文居首位者。

⑪琳、瑀：陈琳、阮瑀。擅声：以其擅长而享有声誉。

⑫徐幹：字伟长。

⑬刘桢：字公幹。

⑭应玚：字德琏。

⑮路粹：字文蔚，汉末文人。杨修：字德祖，汉末文人。

⑯丁仪：字正礼，汉末文人。邯郸：邯郸淳，字子叔，汉末文人。

⑰足算：足以称数，此引申为予以评估。

⑱刘劭：字孔才，三国时魏国人。

⑲何晏：字平叔，三国时魏国文人，玄学家。

⑳休琏：应璩之字，三国时魏国文人，应玚之弟。

㉑吉甫：应贞之字，西晋文人，应璩之子。

㉒嵇康：字叔夜，魏末文人，音乐家。师心：独立思考而不拘成法。遣论：发挥议论。

㉓阮籍：字嗣宗，魏末文人。

㉔翮(hé)：鸟翅。

【译文】

魏文帝的文才，洋洋洒洒清新绮丽，旧谈中有贬抑之辞，说他与曹植相差千里。而曹植文思敏捷才华卓越，诗作清丽章表超逸；曹丕则思虑周密才力徐缓，所以他并不争着名声居上，但他的乐府诗写得清丽昂扬，《典论》也写得论辩精要，看到他们各有所长，就不会有囿于一偏、识别不清的看法了。但世俗之情对他们的贬抑或褒扬，往往是随声附会如同打雷的回声一样，因而就使魏文帝因地位显赫而减弱了他的文才，陈思王则因处境窘迫而被提高了人们对他文才的评价，这都不是确实的论断。王粲才华横溢，文思敏捷而精密，善于多种文体的写作，而文辞也很少有瑕疵和累赘，择选其诗赋佳品来看，那该居于"七子"的首位了吧？陈琳、阮瑀以擅长写作符檄而显扬他们的名声，徐幹以他的赋作和论文而标立美名，刘桢情操高洁而能融会文采，应玚学识优越而意欲作文，路粹、杨修，怀有撰写笔记一类文章的功夫，丁仪、邯郸，也具有写作论述之文的美才，这些人物都是应当予以评估的。刘劭的《赵都赋》能攀附前代文家而与之比美，何晏的《景福殿赋》，则能够光照后辈文人的前进；休琏有讽劝的情怀，借《百壹诗》来表明他的心志，吉甫的文辞情理，则在《临风赋》中铸成了他的文采；嵇康独出心裁发挥议论，阮籍使气任性吟咏诗篇，他们犹如声音不同而能合乎同一节拍，翅膀不一样却能朝一个方向飞翔。

张华短章[①]，奕奕清畅，其《鷦鷯》寓意，即韩非之《说难》也[②]。左思奇才[③]，业深覃思[④]，尽锐于《三都》，拔萃于《咏史》，无遗力矣。潘岳敏给[⑤]，辞旨和畅，钟美于《西征》[⑥]，贾余于哀诔[⑦]，非自外也[⑧]。陆机才欲窥深[⑨]，辞务索广[⑩]，故思能入巧，而文不制繁[⑪]；士龙朗练[⑫]，以识检乱[⑬]，故能布采鲜净[⑭]，敏于短篇。孙楚缀思[⑮]，每直置以疏通[⑯]；挚虞述怀[⑰]，必循规以温雅，其品藻《流别》[⑱]，有条理焉。傅玄篇章[⑲]，义多规镜[⑳]；长虞笔奏[㉑]，世执刚中[㉒]：并桢干之实才[㉓]，非群华之韡萼也[㉔]。成公子安[㉕]，撰赋而时美，夏侯孝若[㉖]，具体而皆微[㉗]，曹摅清靡于长篇[㉘]，季鹰辨切于短韵[㉙]，各其善也。孟阳、景阳[㉚]，才绮而相埒[㉛]，可谓鲁卫之政[㉜]，兄弟之文也。刘琨雅壮而多风[㉝]，卢谌情发而理昭[㉞]，亦遇之于时势也。

【注释】

①张华：字茂先，西晋文人，作文"无烦长"，其今存之《永怀赋》、《归田赋》等，均较短。

②韩非：战国末年思想家，其思想存于《韩非子》中，有《说难》一篇。

③左思：字太冲，西晋文人。

④业深：专擅。覃(tán)思：深思。

⑤潘岳：字安仁，西晋文人。敏给：敏捷。

⑥钟：集聚，汇聚。

⑦贾(gǔ)余：出卖多余的才力，此喻文才有余。

⑧非自外也：此处指潘岳擅于为文，并不是由于外部因素造成的，而是出自他内在的情思和才华。

⑨陆机：字士衡，西晋文人。窥深：探求深奥之处。

⑩索广：广泛求索。

⑪制繁：控制繁多、杂乱。

⑫士龙：陆云之字，陆机之弟。

⑬检乱：检点、约束繁乱。

⑭布采：布设文采。

⑮孙楚：字子荆，西晋文人，玄言诗的早期作者。缀思：即构思。缀，联结。

⑯直置：直陈，直述。

⑰挚虞：字仲洽，西晋文人。所著《文章流别论》，已佚，仅存残文。

⑱品藻：评论。

⑲傅玄：字休奕，西晋文人。

⑳规镜：规劝鉴戒。

㉑长虞：傅咸之字，傅玄之子。

㉒世执刚中：世代坚执刚强正直。

㉓桢干：骨干，栋梁之才。

㉔铧(wěi)萼：美丽的花托。

㉕成公子安：成公绥，字子安，西晋文人。

㉖夏侯孝若：夏侯湛，字孝若，西晋文人。

㉗具体而皆微：指徒具形式，而成就不大。夏侯湛曾有仿拟经书之作，"仅能形似"。

㉘曹摅：字颜远，西晋文人，善诗赋。

㉙季鹰：张翰之字，西晋文人。

㉚孟阳、景阳：孟阳系张载之字，景阳系张协之字。他们兄弟二人，

都是西晋文人。

㉛相埒(liè):相等。

㉜鲁卫之政:《论语·子路》中有"鲁卫之政,兄弟也"之句,此处喻指张氏兄弟为文不相上下。

㉝刘琨:字越石,西晋文人,爱国将领。多风:风力强盛,喻讽谕之意。

㉞卢谌:字子谅,东西晋之交的文人。

【译文】

张华的短篇文章,神采奕奕而文理清畅,他的《鹪鹩赋》的含义,与韩非子《说难》的旨意是一致的。左思有奇特之才,精于深沉的思考,写《三都赋》用尽了锐气,作《咏史诗》表现出了拔萃出类的才华,再没有多余的精力了。潘岳文思敏捷,文辞旨意和顺畅达,他的才华之美汇聚在《西征赋》中,而在哀诔之作中也表现出了他优裕的才情,这并非外部条件造成的。陆机有才极欲探求为文之奥秘,用辞也是广泛索求,所以他的文思能进入巧妙的境地,但在文辞方面却不能控制繁多的毛病;陆云文思明朗精练,借助识力来检点、约束文辞之散乱,所以他能够使文采鲜明洁净,善于敏捷地写作短篇文章。孙楚运思为文,每每直率地阐明事理;挚虞抒发情怀,必定遵循规矩以求温和雅正之致,他品评文章的《文章流别论》,写得有条有理。傅玄的文章,内容多有规劝鉴戒的意义;长虞写的奏章,表现了他继承前代刚正不阿的品德,他们都是有真才实学的栋梁,而不是陪衬繁花的花托。成公子安,时而撰写出优美的辞赋,夏侯孝若,虽有其体式,但规模都很微小,曹摅的长篇之作,写得清丽细致,季鹰的短诗则非常明晰确切,他们各有自己的长处。孟阳和景阳,文才绮丽不相上下,可喻为鲁国和卫国之间亲密的政治关系,他们是文苑中的两兄弟。刘琨之作雅正豪壮而多讽谕,卢谌的文章则情感奋发而义理昭明,这都是由于当时的政治形势所造成的。

景纯艳逸[1]，足冠中兴[2]，《郊赋》既穆穆以大观[3]，《仙诗》亦飘飘而凌云矣。庾元规之表奏[4]，靡密以闲畅[5]；温太真之笔记[6]，循理而清通：亦笔端之良工也[7]。孙盛、干宝[8]，文胜为史，准的所拟[9]，志乎典训[10]；户牖虽异[11]，而笔采略同。袁宏发轸以高骧[12]，故卓出而多偏；孙绰规旋以矩步[13]，故伦序而寡壮[14]。殷仲文之《孤兴》[15]，谢叔源之《闲情》[16]，并解散辞体[17]，缥渺浮音[18]；虽滔滔风流[19]，而大浇文意[20]。

【注释】

①景纯：郭璞之字，东西晋之交的文人，训诂学家。艳逸：艳丽超逸。

②中兴：指晋室南迁，于公元317年建立东晋政权，是为“中兴”。

③穆穆：庄严美好。

④庾元规：庾亮，字元规，东晋玄言诗的主要作者之一，成帝时任中书令。

⑤靡密：细密。闲畅：和顺畅达。

⑥温太真：温峤，字太真，东晋文人，成帝时任江州刺史，迁骠骑将军。

⑦良工：优秀的工师。

⑧孙盛：字安国，东晋文人，史学家。干宝：字令升，东晋文人，史学家，著有志怪小说《搜神记》。

⑨准的：标准。拟：此处为学习、仿效之意。

⑩典训：指《尚书》中的《尧典》、《伊训》之类经典之文。

⑪户牖(yǒu)虽异：门户不同，此指孙盛和干宝史书的特点不同。《史传》篇有云：“干宝述《纪》，以审正得序；孙盛《阳秋》，以约举为能。”

⑫袁宏:字彦伯,东晋文人,史学家。发轸(zhěn):发车,喻指为文的出发点。高骧(xiāng):马昂首快跑。

⑬孙绰:字兴公,东晋文人。规旋以矩步:指遵循规矩作文。

⑭伦序:条理,次序。寡壮:少有壮丽之辞。

⑮殷仲文:东晋文人。

⑯谢叔源:谢混,东晋文人。

⑰解散辞体:指不受原有辞体篇制的约束。解散,意谓冲破、分散。

⑱缥渺:若隐若现、若有若无之状。浮音:浮泛之音。

⑲滔滔:状文采风韵之盛。

⑳浇:此处意为浅薄。

【译文】

景纯之文华艳俊逸,足以作为中兴之冠,他的《南郊赋》既庄严可观,而其《游仙诗》也飘飘然有凌云之概。庾元规的奏章,细密而和畅;温太真的笔札,则条理清晰而文辞顺通:他们也都是为文的能工巧匠。孙盛和干宝,都长于文辞而成为史学家,他们追求的标准,就是《尚书》中的《典》、《训》;他们的门户虽然不同,但文笔辞采却是相近的。袁宏为文立意甚高,如骏马昂首奔驰,所以文辞卓越出众而常有偏颇;孙绰写作在规矩中回旋,因而他的文章虽有条理次序却少有精彩壮丽的描摹。殷仲文的《孤兴》,谢叔源的《闲情》,都冲破了原有辞体篇制的约束,发出若有若无的浮泛之声;虽曾滔滔不绝风韵流畅,但其内容却大为浮浅单薄了。

宋代逸才①,辞翰鳞萃②,世近易明,无劳甄序③。

观夫后汉才林,可参西京④;晋世文苑,足俪邺都⑤。然而魏时话言⑥,必以元封为称首⑦;宋来美谈,亦以建安为口实⑧。何也?岂非崇文之盛世,招才之嘉会哉?嗟夫,此古人所以贵乎时也[⑨]。

【注释】

①逸才：高才，出众的人才。

②辞翰：指各类文章。鳞萃：如鱼龙之鳞汇聚，形容很多。

③甄(zhēn)序：鉴别评述。

④参：比得上。西京：代指西汉，因其都城长安在西，故谓“西京”，与在其东的东汉都城洛阳相对。

⑤俪：偶，配。邺都：代指魏国，因其都城在邺县(今河北临漳西)。

⑥话言：善言，通说。

⑦元封：西汉武帝年号(前110—前105)。

⑧口实：通常之说，谈话资料。

⑨贵乎时：指古人看重为文兴废、成败的机遇。

【译文】

宋代文人才华卓越，各类文章如同鳞片集聚，由于时代相近容易了解，就不必烦加评述了。

试看后汉的文人群体，可与西汉相比；晋代的文坛，足以和魏国相匹配。然而曹魏时代论及文苑之盛，总是把元封年代推举到首位；刘宋时代言及文章之美，也把建安时代传为佳话。这是为什么呢？难道不是因为这两个时期都是崇尚文化的昌兴时代，招纳才士的嘉盛之世吗？噢，这就是古人之所以看重时势的原委了。

赞曰：才难然乎！性各异禀[①]。一朝综文[②]，千年凝锦。余采徘徊，遗风籍甚[③]。无曰纷杂，皎然可品。

【注释】

①异禀:天赋不同。

②综文:连缀、弥纶成文。

③籍甚:指名声很大,影响深远。

【译文】

综括而言:人才的确是难得的啊!人们的禀性各有不同。一旦连缀成文,就织成了千年不朽的锦绣。丰富的文采被人们反复品味,流传下来的风尚享有盛名。不必说历代的文章纷纷杂杂,它们都是可以清晰地予以品评的。

知音第四十八

【题解】

《知音》篇是论述诗文鉴赏和批评的专篇，台湾学者王更生教授称之为“一篇立意奇特的文章”。他认为，“刘勰《文心雕龙》的文学批评论有五篇，即《时序》、《物色》、《才略》、《知音》、《程器》”。在这里，他只言及批评论，而未提鉴赏论，但在对全篇内容的解析中，却并未疏于对鉴赏论的关注。

《知音》篇包括四个部分，主要论述鉴赏、批评之难和克服鉴赏、批评之难的途径和方法。纪昀曾评《知音》篇说：“难字一篇之骨”，可谓一语破的，揭示了全文之旨。

刘勰在《知音》篇中，用一半以上的篇幅，着意于“知音其难”的论述。《知音》篇慨叹“知音其难”，指责“贵古贱今”、“崇己抑人”、“信伪迷真”等弊端，也正是为了克服知音之难，矫正鉴赏、批评中的弊端。事实上，《知音》篇在论述“知音其难”的主客观原因之后，紧接着就把鉴赏、批评的途径和方法明确地提出来了。可分为两层意思：

第一层意思，强调“圆照之象，务先博观。”要全面、正确地理解作品，就必定得多阅读、观赏，这犹如“操千曲而后晓声，观千剑而后识器”的道理一样，见多就能识广，识广就自然地有了比较，有了比较也就像区别大山与土堆、沧海与河沟那样，能够看出作品的妍媸美丑、好坏高低来了。但只有“博观”还不行，鉴赏、批评者的态度和观念很重要，应当力求“无私于轻重，不偏于憎爱”，改变“各执一隅之解，欲拟万端之变”的片面性，然后才能“平理若衡，照辞如镜”。这乃是读者鉴赏、批评作品的必由之路。

第二层意思，明确提出“将阅文情，先标六观”的具体方法，亦即鉴赏、批评作品应当注意到的六个方面：“一观位体”，即首先要看诗文的体制是否恰当。“二观置辞”，即看诗文作品文辞的运用、拣择与修饰。“三观通变”，即看诗文作品的继承、借鉴与创造、革新。“四观奇正”，即看诗文作品的风格、基调是雅正的，抑或是新奇的。“五观事义”，即看诗文作品中的用事和引文是否恰当。“六观宫商”，即看诗文作品的声律如何。上述“六观”即是读者“将阅文情”的方法，也是作者创作实践中所必然要涉及的几个方面。只不过读者的鉴赏、批评与作者的创作实践，其各自的起点与终点正好相反罢了。

刘勰在深入地鉴赏、批评诗文作品的过程中已涉及诗文鉴赏和批评的基本内涵和特点，一曰“披辞”，二曰“入情”，三曰“照理”，四曰“见异”，五曰“内怿”。这虽非专门、系统之论，但在一千五百多年前，能把它们一一提示出来，就已是相当难能可贵的了。

综观《知音》全篇，刘勰既总结了前人鉴赏、批评诗文作品的经验教训，又不满足于他们的“各照隅隙，鲜观衢路”，“未能振叶寻根，观澜而索源。”他综合弥纶，匠心独运，建构了我国古代第一篇诗文鉴赏、批评专论，提出了符合实际的鉴赏、批评的途径、方法、特点、内涵和要求，破解了“知音其难”之谜，其影响是深远、巨大的。王更生高度评价《知音》篇说：“当人们还执意地认为中国古代没有系统完备的批评理论时，如果能回头来读一读《文心雕龙》的《知音》，相信他一定会幡然改观的。”

知音其难哉[①]！音实难知，知实难逢，逢其知音，千载其一乎！夫古来知音，多贱同而思古[②]，所谓日进前而不御[③]，

遥闻声而相思也。昔《储说》始出[4]，《子虚》初成[5]，秦皇、汉武，恨不同时；既同时矣，则韩囚而马轻[6]，岂不明鉴同时之贱哉！至于班固、傅毅，文在伯仲[7]，而固嗤毅云[8]："下笔不能自休。"及陈思论才[9]，亦深排孔璋[10]；敬礼请润色[11]，叹以为美谈；季绪好诋诃[12]，方之于田巴[13]，意亦见矣。故魏文称"文人相轻"[14]，非虚谈也[15]。至如君卿唇舌[16]，而谬欲论文[17]，乃称"史迁著书，谘东方朔"[18]，于是桓谭之徒，相顾嗤笑。彼实博徒[19]，轻言负诮[20]，况乎文士，可妄谈哉！故鉴照洞明[21]，而贵古贱今者，二主是也[22]；才实鸿懿[23]，而崇己抑人者，班、曹是也[24]；学不逮文，而信伪迷真者，楼护是也。酱瓿之议[25]，岂多叹哉！

【注释】

①知音：本指知晓音律，此处借指能欣赏和评价作品。

②贱同：看轻同时代的人。思古：思慕、看重古人。

③不御：不加任用。

④《储说》：指韩非子《内储》、《外储》、《说林》、《说难》等篇。

⑤《子虚》：指司马相如所作《子虚赋》。

⑥韩囚而马轻：韩非被囚禁，死于狱中；司马相如被当作演戏的倡优看待。《史记·老庄申韩列传》载，秦始皇见韩非的文章后，曾说："嗟夫！寡人得见此人，与之游，死不恨矣。"韩非入秦后，却被秦王关入监狱。《汉书·司马相如传》载，汉武帝欣赏司马相如的《子虚赋》，说："朕独不得与此人同时哉！"召见后却不重用他。

⑦伯仲：兄弟。此喻二人文才不相上下。伯，老大。仲，老二。

⑧嗤：讥笑。

⑨陈思：陈思王曹植。他在《与杨德祖书》中，曾论及陈琳、丁廙和刘修等人。

⑩深排：极力贬低。

⑪敬礼：丁廙(yì)之字，东汉末文人。

⑫季绪：东汉末文人刘修之字。诋诃(hē)：诽谤。

⑬方：比。田巴：战国时齐国之善辨者，好攻击人。

⑭魏文：魏文帝曹丕。他在《典论·论文》中说："文人相轻，自古而然。"

⑮虚谈：凭空而没有根据的议论。

⑯君卿：楼护之字，西汉末说客。唇舌：有口才。

⑰谬：荒唐，荒谬。

⑱谘：询问，请教。东方朔：西汉文人。

⑲博徒：赌徒一类微贱的人，此处指楼护，他曾是游侠。

⑳轻言负诮：信口开河，妄加议论，为时人讥笑。

㉑洞明：洞悉分明。

㉒二主：指秦始皇、汉武帝。

㉓鸿懿：鸿大而美好。

㉔班：指班固。曹：指曹植。

㉕酱瓿(bù)之议：酱瓿，指装酱的小瓮。《汉书·扬雄传》载，刘歆看了扬雄的《太玄》之后说："吾恐后人用覆酱瓿也。"意思是后人看不懂它，恐怕被拿去盖酱瓮了。

【译文】

知音多么困难啊！音律实在难以理解，知音实在难以遇到，能碰到知音，千年中才有一次吧！自古以来所谓知音的人，多数看轻同时代人而思慕古代人，所谓每天在面前的人不信用，对那些相距遥远的人只要闻得声名便产生思慕之情。从前韩非的《储说》开始传播，司马相如的《子虚赋》刚刚作成，秦始皇、汉武帝看到了，自恨不能和作者同时；后来知道是同时代的人了，韩非被囚禁，司马相如遭到轻视，这难道不是可以明显地看出对同时代人的轻贱吗？至于班固、傅毅，文章不相上下，可是班固讥笑傅毅说："一提起笔来就没完没了，不知收束。"到曹植评论文才，也极力贬低陈琳；丁敬礼请他润饰文章，他就赞赏丁的态度谦恭，可传为文坛佳话；刘修喜欢批评别人的文章，他就把刘修比作田巴，由此他的用意也就可以看到了。所以魏文帝说"文人相轻"，不是凭空虚论。至于楼护自以为有口才，而荒唐到想要谈论文章，说什么"司马迁著书，曾请教过东方朔"，于是桓谭等人，都带着讥笑的态度面面相觑。他本来是地位微贱的人，信口胡说，尚且被人讥笑，更何况是文人，怎么可以随便乱发议论呢！所以观察得深切明白，却又看重古人而轻视今人的，是秦始皇和汉武帝；文才确实博大美好，却抬高自己而贬低别人的，就是班固和曹植；学问够不上谈论文章，却把谬误的当成真实的，则是楼护。有人担心有价值的著作被后人用来盖酱瓮，这难道是多余的感叹吗！

夫麟凤与麏雉悬绝①，珠玉与砾石超殊，白日垂其照，青眸写其形②。然鲁臣以麟为麏③，楚人以雉为凤④，魏民以夜光为怪石⑤，宋客以燕砾为宝珠⑥。形器易征⑦，谬乃若是；文情难鉴，谁曰易分？

【注释】

①麏（jūn）：獐的别名，鹿属，似鹿而小。悬绝：相差很远。

②青眸：眼中的瞳仁。

③鲁臣：指鲁国贵族季氏的家臣冉有。《公羊传·哀公十四年》载，冉有曾误认麒麟为麏。

④楚人：指楚国之人。《尹文子·大道》载，楚人曾误以野鸡为

凤凰。

⑤魏民：指魏国之人。《尹文子·大道》载，魏人不识夜光宝玉，被邻人以怪石相骗。

⑥宋客：宋国愚人。《艺文类聚》卷六引《阚子》说，宋人在燕国捡到一块石头，即当宝贝藏起来。

⑦形器：有形的器物，具体的东西。征：验证。

【译文】

麒麟和麞鹿，凤凰和野鸡相差极远，珠宝同石子也完全不同，明亮的太阳把它们的样子照得很清楚，目光也会把它们的形状辨别得很清晰。然而鲁国的臣子把麒麟当作麞鹿，楚人把野鸡当作凤凰，魏人把夜光璧当作怪石，宋人把燕国的石子当作宝珠。具体的东西容易验明，尚且发生这样的谬误；文章的情理难以鉴别，谁能说容易分别其优劣呢？

夫篇章杂沓①，质文交加②，知多偏好③，人莫圆该。慷慨者逆声而击节⑤，酝藉者见密而高蹈⑥，浮慧者观绮而跃心⑦，爱奇者闻诡而惊听。会己则嗟讽⑧，异我则沮弃⑨，各执一隅之解⑩，欲拟万端之变⑪，所谓“东向而望，不见西墙”也。

【注释】

①杂沓：纷乱，繁多。

②质文：质朴和文采。

③知：此处指评论鉴赏作品的人。

④圆该：周全，兼备。

⑤逆：迎。

⑥酝藉：含蓄，深厚。高蹈：跳跃，指高兴。

⑦浮慧：浮，外露。慧，聪敏。绮：有花纹的丝织品，这里借指文采华丽的作品。

⑧会己：合乎于己。嗟讽：诵读，赞叹。

⑨沮弃：沮丧，舍弃。

⑩一隅：偏于一方面。

⑪拟：度量，衡量。

【译文】

文章纷繁复杂，质朴和文采交错，鉴赏批评者的爱好多有所偏，没有人能全面兼备。性情慷慨的人听到激昂的声调就击节赞赏，性情含蓄的人看到绵密深隐的文章就手舞足蹈，聪敏而外露的人看到华丽的作品就动心，爱好新奇的人听到诡异的文辞就觉得惊奇动听。合乎自己爱好的便赞叹诵读，不合口味的便看不下去，加以抛弃，各人都执著于一种片面见解，来衡量千变万化的文章，这就像面向东望，看不见西面的墙。

凡操千曲而后晓声[①]，观千剑而后识器[②]；故圆照之象[③]，务先博观。阅乔岳以形培塿[④]，酌沧波以喻畎浍[⑤]。无私于轻重，不偏于憎爱，然后能平理若衡，照辞如镜矣。是以将阅文情，先标六观：一观位体[⑥]，二观置辞[⑦]，三观通变[⑧]，四观奇正[⑨]，五观事义[⑩]，六观宫商[⑪]。斯术既形，则优劣见矣。

【注释】

①操：操练，弹奏。晓：通晓。

②器：武器。

③圆照之象：全面观察分析作品的真象。圆照，原为佛家语，系圆

融察照之意。象,指作品的真象。

④乔岳:高山。培塿(pǒu lǒu):小土山。

⑤畎浍(quǎn huì):田间小水沟。

⑥位体:指确定作品的体制,即作品的整体架构。

⑦置辞:文辞的铺陈。

⑧通变:会通适变,即通古变今。

⑨奇正:新奇雅正。

⑩事义:指事料的运用。

⑪宫商:指音律,即声调辞气。

【译文】

会演奏上千首曲子而后才懂得音乐,观察了上千把剑后才能识别兵器;所以要想全面认知作品的真象,务必先要广泛观赏作品。看了高山就更显出土堆的低矮,历经过沧海就更知道沟渠的渺小。不以私心来衡量作品的轻重,也不因偏见来决定对文章的爱憎,这样才能像天平般评价作品内容的高下,像镜子般映照出文辞的优劣。因此,要审阅文章的情理,就应先标列六个方面的观察要点:第一看全文的体制,第二看文辞布置,第三看继承革新,第四看格调的新奇雅正,第五看事料的运用,第六看声律。这六种方法运用好了,那么文章的优劣就显现出来了。

夫缀文者情动而辞发[①],观文者披辞以入情[②],沿波讨源[③],虽幽必显[④]。世远莫见其面,觇文辄见其心[⑤]。岂成篇之足深[⑥],患识照之自浅耳。夫志在山水[⑦],琴表其情,况形之笔端,理将焉匿[⑧]?故心之照理,譬目之照形,目瞭则形无不分[⑨],心敏则理无不达[⑩]。然而俗鉴之迷者[⑪],深废浅售[⑫],此庄周所以笑《折杨》[⑬],宋玉所以伤《白雪》也[⑭]。昔屈平有言："文质疏内[15]，众不知余之异采。"见异唯知音耳。扬雄自称："心好沉博绝丽之文。"其不事浮浅[16]，亦可知矣。夫惟深识鉴奥[17]，必欢然内怿[18]，譬春台之熙众人[19]，乐饵之止过客。盖闻兰为国香，服媚弥芬[20]；书亦国华，玩绎方美[21]；知音君子，其垂意焉。

【注释】

①缀文：连缀文辞，指写作。

②披辞：披阅文辞。

③波：代指作品外在的形式。讨：探究。源：代指作品内在的思想感情。

④幽：隐微。

⑤觇(chān)：观察，窥视，有钻研之意。

⑥足深：过于艰深。

⑦志在山水：《吕氏春秋·本味》载，伯牙弹琴，想到了泰山，钟子期就从琴声中听出了伯牙"志在泰山"；伯牙想到了流水，钟子期就在琴声中听出了他"志在流水"。

⑧匿：隐藏。

⑨瞭：眼明。

⑩达：通晓。

⑪俗鉴：世俗的鉴别。

⑫深废浅售：废，抛弃。售，得售，得到赏识。

⑬《折杨》：一种浅俗的民歌。

⑭《白雪》：一种高雅的乐曲。

⑮文质疏内：即"文疏质讷"。文，外表。质，本性。疏，疏落，不加修饰。内，同"讷"，朴实。

⑯事：从事。

⑰鉴奥：观察深刻。

⑱内怿(yì)：内心喜悦。

⑲熙：愉快和悦。

⑳服媚：服，佩带在身。媚，美好。

㉑玩绎：玩味，寻绎。绎，寻绎，理出头绪。

【译文】

作者情有所动而发为文辞，读者由阅读文辞而了解作者的情思，沿着水波流向追溯源头，即使隐微的含义也一定会使它显露。年代相隔久远，没有见到作者的面貌，看了文章却往往知道作者的心思。难道是篇章过于深奥吗？只怕是自己识鉴的浅薄罢了。弹琴的人内心向往高山流水，那就会在琴声中表达出他的感情，更何况借助文字形成的文章，其情理怎能隐藏得住呢？所以内心对情理的观察，好比眼睛观察事物的形貌，眼睛明亮，事物的形貌就没有不能分辨清楚的；心思聪慧，情理就没有不能通晓的。然而世俗中鉴察不清的人，抛弃深沉的作品，赏识浅薄的诗文，这就是庄周讥笑人们爱听《折杨歌》，宋玉感叹《白雪》不受重视的原因。从前屈原说："外表不加修饰而内心质朴，人们不了解我超群出众的才华。"能看到他超群出众的才华的，只有知音者了。扬雄自己说："心里爱好深沉渊博绝顶美丽的文辞。"他不写浮浅的文章，也就由此可知了。只有见识深刻能看到作品深意的人，才能在欣赏美好的作品时，感受到内心的喜悦，好比春天登上高台使人和悦，又好像音乐和美味能留住过路的客人。听说兰花是全国最香的花，人们因喜爱而佩带它，愈发感觉到它的芬芳；诗书也是国家的至宝，要反复体味才会感到它的美妙；愿意作知音的人们，还是好好留意这些吧。

赞曰：洪钟万钧[①]，夔、旷所定[②]。良书盈箧[③]，妙鉴乃订。流郑淫人[④]，无或失听。独有此律，不谬蹊径[⑤]。

【注释】

①洪钟：大钟。钧：古代重量单位，一钧为三十斤。

②夔：舜时的乐官。旷：师旷，春秋时晋国的乐师。

③箧（qiè）：箱子。

④流郑：郑国的靡靡之音。

⑤蹊径：门径。

【译文】

综括而言：三十万斤重的大钟，是古代乐师夔和师旷制定的。好书充满书箱，经过高妙的鉴赏者才能评定。流荡的郑国音乐会使人迷惑，千万不要失掉正确的听觉。只有遵循评文的规律，才不会误入歧途。

程器第四十九

【题解】

《程器》篇的题意是“衡量人才”。“程”是衡量、考核的意思；“器”指品行、才干，即包括品德修养和政治抱负在内的全面修养。“程器”就是衡量文人有没有这种全面的修养。

《程器》篇论述的主要内容有以下几个方面：一、辨正时论对文人的批评。刘勰根据《尚书·周书》论士的标准，提出了“贵器用而兼文采”的主张，即衡量文人要从“器用”与“文采”两方面着眼。根据这样的原则，刘勰对六朝文人进行了概括的品评。他虽然指责“近代辞人，务华弃实”，并列举了司马相如、扬雄等十六位文人在品德上的瑕疵，但却并不赞同曹丕、韦诞等人所持的“文人无行”论。《程器》篇不再赘述文人品德与写作之间的关系，而是反驳了贬损文人之时论，体现了刘勰主张客观公正地评价文人品性的态度，这正是刘勰对破除时论中的传统偏见所作的贡献。二、强调文人应兼通文武政事。刘勰认识到文人屡遭指责的原因是“职卑”，认为除了匡正评论者对文人的偏见，更重要的是文人应从主观方面努力，不独以文章为务，而应“达于政事”，文武兼备。所以学文要经世致用，以提高自身的社会地位，改变多受讥诮的状况。这不仅是为了给文人以激励和鞭策，而且是针对着齐、梁间整个社会风气而发的。三、论文人的政治抱负与穷达进退。刘勰认为，文人应有

“摛文必在纬军国，负重必在任栋梁”的抱负，关注时政，习武练文，洁身自好，以期升用，这乃是封建社会文人们的历史使命和社会责任。但仕途穷达并不完全取决于个人的意志，为此，他特意在篇末以“穷则独善以垂文，达则奉时以骋绩”警示文人。应当说，这是极为通达的。历史上，许多文士都曾走过这条漫长而又坎坷的道路。综观《程器》篇主要内容，可知其要旨在于阐述为文要经纶政务，增华邦国，不可“徒以辞人终老”。

《程器》篇需要辨析清楚的疑点是本篇所论各要点之间的逻辑关系及将各要点联系在一起的媒介问题。《程器》篇极富针对性地重点论述了文人的“器用”。“器用”在本篇中有两层涵义，一是指品德修养，二是指军政能力。在刘勰看来，这两种“器用”对于当时的文人至关重要，对于匡正当时的文风也是根本所在。它不仅是衡量文人自身素质的重要标准，同时也不可避免地成为权衡文章社会作用及其价值的砝码，而后者尤为刘勰所重。因此，《程器》篇在论述文人之“器用”时，将其与文章的社会作用紧密联系在一起，这便是理解《程器》篇各要点之间如何接榫的关键所在。刘勰指出，之所以提倡文人要提高军政能力，汲汲于仕进，是因为文人的社会地位在某种程度上能够起到催化剂的作用，促进文章最大限度地发挥其社会功用。验之于文学史上有关现象，便愈能证明文人的社会地位与文章的社会作用二者之间的这种特殊关系。当然，在品德修养与军政能力两者之间，刘勰并非厚此薄彼。对于只重品性修养而逃避政治人生的文人，刘勰固然反对，而对于暂时没有机会“发挥事业”的文人，刘勰更强调了继续保持纯洁品德的重要性，“楩楠其质，豫章其干”。否则，才德俱废，即便适机入仕，也与“梓材”之士格格不入，更谈不上借助于自身的社会地位为文坛兴利除弊了。《程器》篇深入细致地分析了文人之社会地位与其文章之社会作用之间的特殊关系，从一个独特的视角揭示了文道关系。这对于创作、鉴赏和批评，都是具有积极意义的。

《周书》论士[1]，方之“梓材”[2]，盖贵器用而兼文采也[3]。是以朴斫成而丹雘施[4]，垣墉立而雕杇附[5]。而近代辞人[6]，务华弃实，故魏文以为：“古今文人，类不护细行[7]。”韦诞所评[8]，又历诋群才[9]；后人雷同[10]，混之一贯[11]。吁，可悲矣！

【注释】

①《周书》：指《尚书·周书》中的《梓材》篇。

②方：比作。梓材：木匠把木材做成器具。

③器用：指实用价值。文采：指加在器具上的彩色，引申为文章的华采。

④朴斫（zhuó）：朴，未整治之木材。斫，砍削，加工。丹雘（huò）：朱红色漆。

⑤垣墉（yōng）：垣，低墙。墉，高墙。雕杇（wū）：粉饰涂抹。

⑥近代：此处是指汉朝以后。

⑦类：大都。护：爱护，引申为注重。细行：指言行细节。

⑧韦诞：字仲将，三国时著名书法家。《三国志·魏书·王粲传》注引鱼豢《魏略》载，韦诞曾说：“仲宣伤于肥戆，休伯都无格检，元瑜病于体弱，孔璋实自粗疏，文蔚性颇忿鸷。”

⑨历诋（dǐ）：一一地诋毁。

⑩雷同：指人云亦云。

⑪一贯：一律，一同。

【译文】

《周书》评论人才，用木工选材、制器、染色作比，既看重实用又兼及文采。因此，木材砍削成器之后还要染上朱红漆，墙壁筑成之后还要加以粉饰。可是近代文人专务华采，放弃实际，所以魏文帝认为：“古今文人，大都不拘小节。”韦诞的评论，又诋毁许多文人才士；后人随声附和，混淆好坏，一律指责。哎，实在可悲啊！

略观文士之疵：相如窃妻而受金[1]，扬雄嗜酒而少算[2]；敬通之不修廉隅[3]，杜笃之请求无厌[4]；班固谄窦以作威[5]，马融党梁而黩货[6]；文举傲诞以速诛[7]，正平狂憨以致戮[8]；仲宣轻脱以躁竞[9]，孔璋偬恫以粗疏[10]；丁仪贪婪以乞贷[11]，路粹餔啜而无耻[12]；潘岳诡祷于愍怀[13]，陆机倾仄于贾、郭[14]；傅玄刚隘而詈台[15]，孙楚佷愎而讼府[16]，诸如此类，并文士之瑕累[17]。

【注释】

①相如窃妻：《史记·司马相如列传》载，司马相如引诱富翁卓王孙新寡之女卓文君，一同私奔。后来，他奉派使蜀，又接受贿金，因而失官。

②扬雄嗜酒：《汉书·扬雄传》载，扬雄家贫，无余粮，而又嗜好喝酒。少算：贫穷而不会安排生活。

③敬通：冯衍之字，《后汉书·冯衍传》载，他曾因妻不许娶妾而将妻赶走。廉隅：原意为棱角，以其方正喻人品。

④杜笃：字季雅，《后汉书·文苑传》载，杜笃与美阳县令交游，多次托他办事而不知满足，故遭县令怨恨。厌：同“餍”，满足。

⑤班固谄窦：《后汉书·班固传》载，班固曾为大将军窦宪部下的中护军和参议，放纵子侄横行不法。

⑥马融党梁：《后汉书·马融传》载，马融投靠大将军梁冀，起草奏章攻击大臣李固，又在任南郡太守时接受贿赂。黩货：贪污受贿。

⑦文举：孔融之字，《后汉书·孔融传》载，孔融因言行傲慢放诞而为曹操所杀。速：招致。

⑧正平：祢衡之字，《后汉书·祢衡传》载，祢衡因出言不逊而被江

夏太守黄祖杀害。

⑨仲宣：王粲之字，东汉文人。建安七子之一。轻脱：不庄重。

⑩孔璋：陈琳之字，建安七子之一。傯恫（zǒng dòng）：匆忙草率。

⑪丁仪：字正礼，东汉文人，贷：货贷，钱财。

⑫餔啜（bǔ chuò）：贪饮食。

⑬潘岳：字安仁，西晋文人，曾与贾后合谋陷害晋惠帝太子愍怀。诡祷：指施以谋害的祷神文。

⑭倾仄：依附，逢迎。贾、郭：指贾谧和郭彰，皆为贾后的亲信。

⑮傅玄：字休奕，《晋书·傅玄传》载，傅玄任司隶校尉时，曾因参加祭奠活动的排位级别过低，而对着百官大骂尚书台。

⑯孙楚：字子荆，《晋书·孙楚传》载，孙楚与他的上级骠骑将军石苞不和，两人都向朝廷控诉，双方争辩不已。佷（hěn）：凶狠，毒辣。愎（bì）：固执，任性。讼府：和将军打官司。

⑰瑕累：瑕，玉的斑点，引申为缺点。累，毛病。

【译文】

大略看一下文人的毛病：司马相如勾引卓文君而又接受贿赂，扬雄贪酒且不理家计；冯衍不注重为人应有的品德修养，杜笃向官府求索不知满足；班固谄媚窦宪以作威作福，马融投靠梁冀而又贪污；孔融傲慢放诞招致杀害，祢衡狂妄痴顽而遭屠戮；王粲既不庄重又急躁竞争，陈琳则草率而粗疏；丁仪贪得无厌向人讨钱，路粹贪图饮食不知羞耻；潘岳阴谋暗害愍怀，陆机逢迎贾谧、郭彰；傅玄刚峻狭隘，谩骂尚书台，孙楚凶狠任性，控告上司，诸如此类的事例，都是文人们的缺点。

文既有之，武亦宜然。古之将相，疵咎实多[①]：至如管仲之盗窃[②]，吴起之贪淫[③]，陈平之污点[④]，绛、灌之谗嫉[⑤]。沿兹以下，不可胜数。孔光负衡据鼎[⑥]，而仄媚董贤[⑦]，况班、马之贱职，潘岳之下位哉？王戎开国上秩[⑧]，而鬻官嚣俗[⑨]，况马、杜之磬悬[10]，丁、路之贫薄哉？然子夏无亏于名儒，浚冲不尘乎“竹林”者[11]，名崇而讥减也。若夫屈、贾之忠贞[12]，邹、枚之机觉[13]，黄香之淳孝[14]，徐幹之沉默，岂曰文士，必其玷欤[15]？

【注释】

①疵咎：缺点，过失。

②管仲：春秋时齐相，相传他曾因贫困而偷窃。

③吴起：春秋时魏将，相传他贪财好色。

④陈平：西汉开国功臣，相传他在家时曾与嫂私通。

⑤绛、灌：绛指绛侯周勃，灌指灌婴，皆为汉文帝时大臣，曾毁谤和排挤陈平、贾谊等人。

⑥孔光：字子夏，孔子之后裔，西汉丞相。汉哀帝宠爱的董贤去见他时，他讨好地以高过迎送平辈宾客之礼待之。负衡据鼎：喻指居丞相高位，权势很重。负衡，负有平衡全局的责任。据鼎，据有三公的地位，鼎有三足，喻三公大臣。

⑦仄媚：侧身取媚，讨好。董贤：汉哀帝之男宠。

⑧王戎：字浚冲，西晋文人，竹林七贤之一。西晋初年因灭吴有功而封侯，官至司徒、尚书令，热衷名利，曾接受南郡太守刘肇的贿赂。秩：禄位。

⑨嚣(áo)俗：与世俗沉浮。嚣，通“遨”。

⑩磬悬：室内空空如悬磬，形容家贫。

⑪不尘：不玷污。竹林：竹林七贤，指魏末晋初的七位文人阮籍、嵇康、山涛、向秀、刘伶、阮咸、王戎。

⑫屈、贾：指屈原、贾谊。屈原忠于楚国，贾谊忠于汉室。

⑬邹、枚：邹阳、枚乘，均为西汉文人。他们在吴王刘濞官中作谋士时，机警地觉察到吴王要谋反，便上书相谏，吴王不听，邹、枚遂

即离去。

⑭黄香：字文强，东汉文人。他九岁时丧母，十分悲痛，始终不脱丧服，对父亲也很孝顺。

⑮玷：玉的斑点，引申为缺点。

【译文】

文人既然有缺点，武将也不例外。古代的将相，毛病确实很多：如管仲偷盗，吴起贪财好色，陈平行为不轨，周勃、灌婴诽谤好人，嫉妒贤才。自此以后，例子数不完。孔光位居丞相，尚且向董贤献媚，何况班固、马融这些职位卑微，潘岳这样地位低下的文人呢？王戎身为开国大臣，高官厚禄，尚且卖官鬻爵，随波逐流，何况司马相如、杜笃这样家徒四壁，丁仪、路粹这样一贫如洗的人呢？然而这些缺点无损于孔光的名儒身份，也没有玷污王戎"竹林七贤"的美誉，因为他们名位高，人们对他们的讥诮减少了。至于屈原、贾谊的忠贞，邹阳、枚乘的机警，黄香的至孝，徐幹的沉静淡泊，都是优秀的品质，怎么能说文人一定都有缺点呢？

盖人禀五材①，修短殊用②，自非上哲③，难以求备。然将相以位隆特达④，文士以职卑多诮，此江河所以腾涌，涓流所以寸折者也⑤。名之抑扬⑥，既其然矣，位之通塞⑦，亦有以焉。盖士之登庸⑧，以成务为用⑨。鲁之敬姜⑩，妇人之聪明耳，然推其机综⑪，以方治国，安有丈夫学文，而不达于政事哉？彼扬、马之徒，有文无质⑫，所以终乎下位也。昔庾元规才华清英⑬，勋庸有声⑭，故文艺不称；若非台岳⑮，则正以文采也。文武之术⑯，左右惟宜。郤縠敦书⑰，故举为元帅，岂以好文而不练武哉？孙武《兵经》⑱，辞如珠玉，岂以习武而不晓文也？

【注释】

①五材：五行，即金、木、水、火、土。古人认为人的才性与其所承禀的五行有关。

②修短：长短。

③自非：若非。上哲：圣贤。

④位隆：地位高。

⑤涓流：涓水细流。寸折：多曲折。

⑥抑扬：遭到贬抑或受到褒扬，指名声的好坏。

⑦通塞：仕途通达或滞塞，指职位的升降、高低。

⑧登庸：提拔，升任。

⑨成务：成事，能办理政事。

⑩敬姜：春秋时鲁国宰相文伯的母亲，古代著名的贤母。

⑪机综，织机。综，织机上的装置。

⑫有文无质：指扬雄和司马相如只有写文章的才气，而无政治才能。

⑬元规：庾亮之字，东晋文人，成帝时任中书令。清英：美好。

⑭勋庸：功勋卓著。

⑮台岳：辅佐皇帝的大臣。台，三台星，喻王公大臣。岳，四岳，四方诸侯首领。

⑯文武之术：指文才与武才。

⑰郤縠（xì hú）：春秋时晋国元帅。《左传·僖公二十七年》载，大臣赵衰因其喜治古代典籍，向晋文公推荐他为统率三军的元帅。敦书：研究古代典籍。敦，治，研究。书，指《诗经》、《尚书》等古代典籍。

⑱孙武：春秋时著名军事家。《兵经》：即《孙子兵法》。

【译文】

人的性格与才能禀受于五行，各有长处和短处，除非圣人，很难求全责备。然而将相因为地位高而声名特别显达，文人因为职位卑微而多受指责，这与长江黄河为什么能够奔腾涌流，而涓水小溪为什么曲折易阻是同样的道理。名声的好坏既然是这样，地位的高低也是有缘故的。文人的提拔、升官，是以能够治理国事而选用。鲁国的敬姜，只不过是妇人中的聪明者，然而她尚且能够用纺织的道理，来比喻治理国家，哪有大丈夫只学作文章却不懂政事的呢？像扬雄、司马相如那些人，只有文才却没有处理政事的实际能力，所以始终处在下位。从前庾亮文才秀异，但因为政绩卓著名声很大，所以他的写作才能反而未被称扬；如果他不是做了高官，那么正应该以文才著名。文韬武略，应像左右手那样相辅相成。郤縠爱好研读古代典籍，所以被举荐为元帅，怎么能因为爱好文章就疏于习武呢？孙武的《兵法》，文辞如珠玉般美妙，难道因为熟习军事就不懂得文术了吗？

是以君子藏器①，待时而动；发挥事业，固宜蓄素以弸中②，散采以彪外③，楩楠其质④，豫章其干⑤。摛文必在纬军国⑥，负重必在任栋梁，穷则独善以垂文⑦，达则奉时以骋绩⑧。若此文人，应《梓材》之士矣。

【注释】

①藏器：具备才德。

②蓄素：积蓄素养、才德。弸（péng）中：充满于内。

③彪外：文采显耀于外。

④楩（pián）楠：楩木、楠木，都是优质坚木。

⑤豫章：枕树、樟树，都是枝干高大的树种。

⑥纬军国：组织、规划军国大事。

⑦穷：窘困，仕途失意。

⑧达：显达，仕途得意。骋绩：驰骋才能建立功绩。

【译文】

因此有修养的文人志士具备了才德，要等待时机加以施展；发挥作用建立事业，就应该积蓄学养以充实内在的质素，散播文采以显耀外部的才气，使自己具有楩楠那样坚实的质地，豫章那样高大的躯干。写文章一定要有助于经纬军国大事，担负重任一定要成为栋梁，窘困时便修身养性著书传世，显达时就顺应时代驰骋才能建立功绩。像这样的文人，才算是《梓材》篇所说的人才。

赞曰：瞻彼前修①，有懿文德②。声昭楚南③，采动梁北④。雕而不器，贞干谁则⑤？岂无华身，亦有光国。

【注释】

①前修：前贤，指前代有德有才的人。

②懿（yì）：美好，多指品德方面美好。

③楚南：南方的楚国，指屈原、贾谊活动的地区。

④梁北：北面的梁国，指邹阳、枚乘活动的地区。

⑤贞干：同“桢干”，指栋梁之材。则：仿效。

【译文】

综括而言：仰望那些先贤，都具有美好的文才和品德。名声传遍了楚地，文采震动了梁国。如果只有文采而无实际作为，谁还会把他当作栋梁之材加以效仿？品德才干不仅能显耀自身，还能为国家增添光彩。

序志第五十

【题解】

《序志》篇是《文心雕龙》全书的总序，按"古人之序皆在后"之例，它作为第五十篇，置于全书之末。《序志》篇开头即解释《文心雕龙》一书的名称，"文心"，是讲作文的用心。"雕龙"是说作文要讲究文采的修饰，像雕刻龙纹那样精致。刘勰认为，自古以来的文章，都是经过雕饰而写成的，其目的是为了更翔实、真切地表达内容，但要顺乎自然，不能过分雕琢。刘勰既讲究文采的修饰，又反对过繁过滥，可谓"文质并重"。"文心"与"雕龙"合而为书名，意即像雕刻龙纹那样，精心地论述"为文之用心"。

至于《文心雕龙》一书的写作目的，刘勰有多方面的考虑：其一是要树德建言，扬名后世；其二是要敷赞圣旨，论文致用；其三是要振叶寻根，观澜索源，弥补前人论文之不足，以述先哲之诰，有益后生之虑。刘勰总结历代文家之得失，由于"近代之论文者"，都未能从根本上全面、系统地解决文章的写作问题，因而他就不得不挑起这份历史的重担来。

刘勰在《序志》篇中，把《文心雕龙》全书分为"文之枢纽"、"论文叙笔"、"剖情析采"三大组成部分。"文之枢纽"是全书的"总论"，包括《原道》、《征圣》、《宗经》、《正纬》、《辨骚》五篇，旨在阐明"本乎道，师乎圣，体乎经，酌乎纬，变乎《骚》"的论文指导思想和哲学基础。"论文叙笔"

是全书的“文体论”部分，其中包括有韵之“文”和无韵之“笔”，共计二十篇；刘勰视之为文之“纲领”，可见其地位和价值之重。这里所谓的“文”与“笔”，在许多情况下，刘勰统称为“文”，如“为文之用心”，“文之枢纽”，它具有比较宽泛的含义，包括了文学和非文学作品两大类。刘勰对各种文体的论述，着眼于写作实际，翔实而有系统。大都分为“原始以表末，释名以章义，选文以定篇，敷理以举统”四个步骤，分别加以阐发。“剖情析采”包括两个方面的内容，前者被今之学者通称为“创作论”、“文术论”或“写作方法统论”，它在“论文叙笔”的基础上，“笼圈条贯：摛《神》、《性》，图《风》、《势》，苞《会》、《通》，阅《声》、《字》”，并论述了写作实践中的“情采”、“镕裁”、“章句”、“比兴”、“夸饰”、“事类”、“隐秀”、“指瑕”、“养气”和“总术”等诸多问题，既讲一般原理，又讲具体技法，于今之写作实践及理论研究，意义最为直接、巨大。后者被今之学者称为“批评论”、“文评论”、“鉴赏论”或“余论”、“补论”、“杂论”，包括《时序》、《物色》、《才略》、《知音》、《程器》等五篇，分别论及写作与时代、写作与自然景观、文章评论的方法、态度，以及作者的才能识略、品德修养、政治抱负等问题，多是刘勰有感而发，故曰：“崇替于《时序》，褒贬于《才略》，怊怅于《知音》，耿介于《程器》。”对于整个“剖情析采”部分，刘勰视之为“毛目”，言其条理鲜明、具体而又细致、精微。

“文之枢纽”与“论文叙笔”合起来共为二十五篇，是谓“上篇”；“剖情析采”部分包括二十四篇，加上《序志》篇，亦为二十五篇，是谓下篇；上、下两篇合起来恰好是“大衍之数”。后人称《文心雕龙》“体大而虑周”，当非溢美之辞。

综观《序志》全篇，它不但概要而精到地介绍了《文心雕龙》一书的命名、写作目的和内容体例，使读者对全书有一总体印象，而且在治学、为文的态度方面，也给人以启迪和借鉴。至若他的尊儒崇圣思想和“拔萃出类”、“腾声飞实”的品位、名声观念，则需历史而又辩证地加以鉴别、分析了。

《序志》篇论及《文心雕龙》全书，与《序志》篇有关的疑点，主要是《文心雕龙》一书的本体性质，亦即《文心雕龙》究竟是一部什么样的著作。对此，主要有两种不同的见解：第一种意见，认为《文心雕龙》是一部“文学理论批评专著”，称刘勰为“我国文学史上最伟大的文学理论家和批评家”。这主要是由一些文学理论家、批评家和文学史家所倡导。第二种意见，认为“《文心雕龙》的根本宗旨，在于讲明作文的法则”，“应当说它是一部写作指导或文章作法”。此说早在数十年前即由著名历史学家、龙学家范文澜提出。至二十世纪八十年代初，又由一些学者予以阐发。

《文心雕龙》中确实包含着一些与今之文学理论批评类同或相通的问题，如文学与现实、文学的内容与形式、文学的特征、文学的风格、文学的继承与革新、作家的修养以及文学的鉴赏和批评等。但是《文心雕龙》对上述问题的论述是建筑在“杂文学”基础上的。它涉及了文学，但并不是“纯文学”，因而是不能等同的。现代文学理论批评中的一些重要问题，如形象、典型、情节等在《文心雕龙》全书中也没有位置。虽然《文心雕龙》中也论及了一些“纯文学”理论和批评问题，值得研究借鉴，但它们总归是《文心雕龙》的组成部分，而不是它的整体。

从《文心雕龙》的基本内容和结构来看，全书五十篇以“言为文之用心”为旨归，分为四部分：“文之枢纽”，实际上是他所提出的指导写作走向正规的总原则。“论文叙笔”，分别叙述了三十多种体裁的文章，既有文学作品，又有非文学作品。“剖情析采”，实际上是综合各种文体的基本写作特点，通论文章的写作过程和写作方法，主要包括三个方面的内容：一是写作构思和谋篇布局问题，二是论写文章的体制风格问题，三是论练字、修辞、造句和各种具体的手法技巧，许多学者习惯于把这一部分称为创作论，其实，把它看做写作方法统论，更为符合实际。它不单是文学创作的概括，而且是对各体文章写作实践经验的总结。第四部分一般称为批评论，其实它是对前三部分的一些补充，论述了从事写作必须考虑到的一些主客观因素。《文心雕龙》的最后一篇《序志》,则是刘勰对自己写作宗旨以及编写体例的概括说明,起着统领全书的作用。综上所述,可以看出《文心雕龙》的四个部分,篇篇不离"为文之用心"这个宗旨,既提出了写作指导思想,又论述了各体文章写作的规格要求、原则和方法;既阐述了写作的客观条件,又强调了写作的主观因素,从这个意义上可将其视为一部写作理论专著。当然,对《文心雕龙》的本体性质问题,也不能搞绝对化。任何一种与之相关的学科,都可以强调它们之间的联系,但切不可据为已有,而加以垄断。

夫"文心"者,言为文之用心也。昔涓子《琴心》①,王孙《巧心》②,心哉美矣,故用之焉。古来文章,以雕缛成体③,岂取驺奭之群言"雕龙"也④?夫宇宙绵邈,黎献纷杂⑤,拔萃出类,智术而已。岁月飘忽,性灵不居,腾声飞实⑥,制作而已⑦。夫人肖貌天地⑧,禀性"五才"⑨,拟耳目于日月,方声气乎风雷,其超出万物,亦已灵矣。形甚草木之脆,名逾金石之坚,是以君子处世,树德建言。岂好辩哉?不得已也!

【注释】

①涓子:黄侃以为是《史记·孟子荀卿列传》中之环渊,楚人。

②王孙:《汉书·艺文志》中说有儒家《王孙子》一篇,又名《巧心》,王孙即其作者。

③雕缛:精细雕刻,使有文采。缛(rù),文采繁多。

④驺奭(zōu shì):战国时齐人,善修饰文辞,"若雕镂龙纹",时称"雕龙"。

⑤黎献:黎,指常人百姓。献,指智者、贤才。

⑥腾声:名声流传。飞实:事业有成,产生影响。

⑦制作：此处指写作。

⑧肖：近似。

⑨五才：原指金、木、水、火、土，与人对应比拟，则指仁、义、礼、智、信。

【译文】

所谓“文心”，说的是做文章怎样用心。从前涓子著有《琴心》，王孙著有《巧心》，可见心是非常美好、灵巧的呀，所以就用它来做书的名称了。自古以来的文章，都是精雕细刻写成的，难道是采取驺奭用雕镂龙纹似的手段来修饰语言吗？宇宙浩远无穷，常人和贤才混杂，凡能超群出众的，只是凭靠自己的智慧和才能罢了。时光飞流易逝，人的智能和灵性也不能常驻久存，要想使自己的名声和事业留传后世，只有著书立说了。人的相貌犹如天地宇宙，具有“五才”的天资、禀赋，耳目好比是日月，声音和呼吸好比是风雨雷霆，它们能够超出万物，算是最为灵异、神智的了。人的形体比草木还要脆弱，而人的名声则比金石还要坚硬，所以作为智者、贤才生存于世，就要有美好的品德修养，并且要著书立说。难道这是因为爱好与人辩论吗？实在是不得不如此啊！

予生七龄，乃梦彩云若锦，则攀而采之。齿在逾立[①]，则尝夜梦执丹漆之礼器，随仲尼而南行[②]。旦而寤，乃怡然而喜：大哉，圣人之难见也，乃小子之垂梦欤！自生民以来[③]，未有如夫子者也！敷赞圣旨[④]，莫若注经，而马、郑诸儒[⑤]，弘之已精[⑥]；就有深解，未足立家。唯文章之用，实经典枝条；“五礼”资之以成[⑦]，“六典”因之致用[⑧]，君臣所以炳焕[⑨]，军国所以昭明，详其本源，莫非经典。而去圣久远，文体解散，辞人爱奇，言贵浮诡，饰羽尚画，文绣鞶帨[⑩]，离本弥甚，将遂讹滥。盖《周书》论辞，贵乎体要；尼父陈训[⑪]，恶乎异端。辞训之奥，宜体于要。于是搦笔和墨[12]，乃始论文。

【注释】

①齿：此指年龄。逾立：过了“三十而立”之年。

②仲尼：孔子之字。

③生民：人民，百姓，此处指人类。

④敷赞：阐述发挥。

⑤马、郑：指东汉著名经学家马融和郑玄。

⑥弘：发挥，弘扬。

⑦五礼：指吉礼（祭祀）、凶礼（丧吊）、宾礼（朝觐）、军礼（阅车徒、正封疆）、嘉礼（婚、冠）五种礼仪。

⑧六典：指治典（政治）、教典（教化）、礼典（礼乐）、政典（军事）、刑典（刑法）、事典（经济）等六种治理邦国的法典。

⑨炳焕：光明，显著。

⑩鞶帨（pán shuì）：鞶，皮制衣带。帨，佩巾。

⑪尼父：孔子字仲尼，尼父，亦称“尼甫”，是对孔子的尊称。

⑫搦（nuò）笔：拿起笔。

【译文】

我七岁那年，曾梦见彩云像锦绣那般绚丽，于是登攀上去采摘。三十岁之后，又梦见手捧红漆的礼器，跟随着孔子到南方去。一早醒来，就非常喜悦地自言自语：伟大的圣人，多么难以相见啊，他竟然降梦给年轻后生了！自有人类以来，还不曾有像孔夫子这样的伟人呢！要阐发圣人的旨意，没有比注释经书更好的了，但马融、郑玄等名家大儒，已经把它发挥得非常精辟了；即使自己还有些深刻见解，也不足以成为一家之言。唯有文章的作用，可谓经典著作的分支；五种礼仪要凭借它来完成，六种法典要靠它来发挥作用，朝廷君臣的功业之所以能够显赫于世，国家军政大事之所以能够天下晓明，详实地追溯其本源，全都是从经典著作中衍化而来的。然而现在离开圣人已经久远了，文章的体制变得散乱无纪。写文章的人爱好奇异，崇尚文辞的浮华怪诞，就像在美丽的羽毛上还要着色染彩，在衣带和佩巾上也要刺绣上花纹图案，背离了为文之根本，且越来越厉害，遂使文风日益乖谬靡滥了。《周书》论述文辞，强调体现文章的要义；孔子陈述的训诫，则是憎恶诡异的东西。《周书》论辞与孔子陈训的深刻含义，都是作文应当体现的要点。于是拿起笔和好墨，开始写如何作文的《文心雕龙》。

详观近代之论文者多矣！至如魏文述《典》①，陈思序《书》，应玚《文论》②，陆机《文赋》③，仲洽《流别》④，弘范《翰林》⑤，各照隅隙⑥，鲜观衢路⑦；或臧否当时之才⑧，或铨品前修之文⑨，或泛举雅俗之旨，或撮题篇章之意。魏《典》密而不周，陈《书》辩而无当，应《论》华而疏略，陆《赋》巧而碎乱，《流别》精而少功，《翰林》浅而寡要。又君山、公幹之徒⑩，吉甫、士龙之辈⑪，泛议文意，往往间出⑫，并未能振叶以寻根，观澜而索源。不述先哲之诰，无益后生之虑。

【注释】

①魏文：指魏文帝曹丕。陈思：指陈思王曹植。

②应玚(yáng)：字德琏，东汉末年文人。

③陆机：字士衡，西晋文人。

④仲洽：挚虞之字，西晋文人。

⑤弘范：李充之字，东晋文人，目录学家。

⑥隅隙：角落，缝隙，喻指偏僻、细微之处。

⑦衢路：四通八达的大道，喻指整体、全面，或主要方面。

⑧臧否(pǐ)：褒贬。

⑨前修：前辈贤人。

⑩君山：桓谭之字，东汉学者。公幹：刘桢之字，建安七子之一。

⑪吉甫：应贞之字，西晋文人。士龙：陆云之字，西晋文人，陆机之弟。

⑫间出：偶尔出现。

【译文】

细看近代论述文章写作的人是很多的了！诸如魏文帝写了《典论·论文》，陈思王写了《与杨德祖书》，应玚写了《文质论》，陆机写了《文赋》，仲治写了《文章流别论》，弘范写了《翰林论》，他们都是从某一局部、某一细微之处加以阐述，而很少看到文章写作的整体；他们或者臧否当时文人的才智，或者解说品评先贤的文章，或者一般地陈述文章典雅或粗俗的意趣，或者集中地表明某一文章的主旨。魏文帝的《典论·论文》细密而不周全，陈思王的《与杨德祖书》善于思辨但不够恰当，应玚的《文质论》文采华美而有些粗略，陆机的《文赋》虽然精巧纤细，但显得细碎而杂乱，《文章流别论》精辟而少有使用价值，《翰林论》既浅薄又没突出要点。再如君山、公幹、吉甫、士龙这样一些人物，多是泛泛地论述文章的内涵，时断时续，偶尔才有所发现，且都未能从枝叶追求到根本，从观察波澜而探究及源头。不阐述圣哲的教诲和告诫，无益于帮助后辈解决在写作中遇到的问题。

盖《文心》之作也，本乎道①，师乎圣②，体乎经③，酌乎纬④，变乎《骚》⑤：文之枢纽⑥，亦云极矣。若乃论文叙笔，则囿别区分；原始以表末，释名以章义⑦，选文以定篇，敷理以举统⑧：上篇以上⑨，纲领明矣。至于剖情析采，笼圈条贯⑩：摛《神》、《性》⑪，图《风》、《势》⑫，苞《会》、《通》⑬，阅《声》、《字》；崇替于《时序》⑭，褒贬于《才略》，怊怅于《知音》⑮，耿介于《程器》⑯，长怀《序志》，以驭群篇：下篇以下，毛目显矣。

位理定名[17]，彰乎大衍之数[18]，其为文用，四十九篇而已。

【注释】

①本乎道：即本之以《原道》篇所讲的原理原则。

②师乎圣：即指《征圣》篇所讲的内容。

③体乎经：即指《宗经》篇所讲的内容。

④酌乎纬：指《正纬》篇所讲的内容。

⑤变乎《骚》：指《辨骚》篇所讲的内容。《骚》，指以屈原《离骚》为代表的楚辞。

⑥枢纽：关键，要害。

⑦章义：表明文体的内涵。章，同“彰”。

⑧敷理：敷陈道理，阐明规律。举统：标举原理、原则。

⑨上篇：指《文心雕龙》全书的前二十五章。

⑩笼圈：全面概括。条贯：条理，次序。

⑪摛（chī）：发布，此处引申为阐发。

⑫图：描述，绘制。

⑬苞：同“包”，概括，包举。

⑭崇替：兴衰。

⑮怊怅（chāo chàng）：悲伤失意。

⑯耿介：刚正不阿，愤懑不平。

⑰位理：安排理论体系的先后位置。位，此处用做动词。

⑱彰：明显。大衍之数：《易·系辞》上：“大衍之数五十，其用四十有九。”此指全书五十篇，除《序志》外，为四十九篇。

【译文】

关于《文心雕龙》一书的写作，它以道为本，以圣人为师，以经典著作作为宗法的对象，并且斟酌对纬书的取舍，辨析对楚辞的借鉴与创新。这样，《文心雕龙》一书的关键部分，就充分地表现出来了。至若对文与笔各种文体的论述，则要按照一定的范围分门别类；先追溯它们的本源，考察它们的流变；解释它们的名称，阐明它们的内涵；选择例文以确定它们的篇章；然后阐发它们的规律性，表明它们的写作原则：这样，《文心雕龙》上篇各章的纲领，也就明确了。至于解剖文章的情理，分析文章的辞采，则要全面而有条理：阐发《神思》和《体性》，描述《风骨》和《定势》，概论《附会》和《通变》，考究《声律》和《练字》；进一步则在《时序》中论述文章的兴衰，在《才略》中褒贬历代文家，在《知音》中惆怅感叹，在《程器》中愤懑不平；最后在《序志》中舒展胸怀，写出自己的情志和抱负，以统领、驾驭《文心雕龙》全书：至此《文心雕龙》下篇各章的眉目条理，也就显示出来了。安排全书的理论体系，确定各篇的名称，恰好明显地合乎“大衍之数”，而其中论及“为文之用心”的只有四十九篇。

夫铨序一文为易，弥纶群言为难[①]，虽复轻采毛发[②]，深极骨髓[③]；或有曲意密源[④]，似近而远，辞所不载，亦不可胜数矣。及其品评成文，有同乎旧谈者，非雷同也，势自不可异也；有异乎前论者，非苟异也，理自不可同也。同之与异，不屑古今[⑤]，擘肌分理[⑥]，唯务折衷。按辔文雅之场，环络藻绘之府[⑦]，亦几乎备矣。但言不尽意，圣人所难；识在瓶管[⑧]，何能矩矱[⑨]？茫茫往代，既沉予闻；眇眇来世[⑩]，倘尘彼观也。

【注释】

①弥纶：编织，综合。

②毛发：喻指细微之处。

③骨髓：喻指深极之处。

④曲意密源：指曲隐、深邃之意旨。

⑤不屑：不在乎，不介意。

⑥擘(bò)肌分理：喻指解剖、分析。

⑦“按辔(pèi)”两句：按辔，手握马缰。环络，环，盘绕。络，马笼头。“环络”与“按辔”均喻指从容、审慎地观察、思考。文雅之场、藻绘之府，均指文章写作领域。

⑧瓶管：小瓶，细管，喻指见识狭窄，是谦逊之词。

⑨矩矱(yuē)：规矩，法度。

⑩眇眇(miǎo)：原意为细小、看不见，此喻指未来的渺茫无际。

【译文】

解说、品评一篇文章比较容易，综合论述各家之说就比较困难，虽然一再博览精阅，细及毛发，深至骨髓；但还有些曲隐之意和幽密之源，看似浅近实则相距甚远，这般情况书中没能写出来，其数目是无法计算的。待到品评已有的文章，有些观点和前人的相同，但并不是人云亦云，看那势态实在是不能不与之相同；有些说法和前人的不一样，也不是随便地求异，按照情理是不能不表示异议的。而无论是相同或相异，均不在乎它是古人的还是今人的，都要像剖解肌肉纹理那样，进行有条有理的论述，力求做到公允、恰当。审慎、精细地在典雅、华美的文章写作园地中观察、思考，大抵可以说是尽心尽力、比较周到的了。但言语文辞却不能完美地表达出所有的意思，这一点圣人们也是为难的；而且自己的识见狭窄有限，怎么能写出为文的准则和法度来呢？遥远的古代，已使自己沉陷于无尽的见闻之中；在渺茫的未来，我的著作，或许要像灰尘似地影响了人们的观览吧。

赞曰：生也有涯，无涯惟智。逐物实难，凭性良易。傲岸泉石[①]，咀嚼文义[②]。文果载心，余心有寄。

【注释】

①傲岸：高傲，无拘束。

②咀嚼：琢磨，体味。

【译文】

综括而言：人生是有尽的，没有穷尽的只有知识。用有尽的人生研求无尽的知识，确实是很困难的，凭着自己的天性去做事情，倒比较容易。还是高傲、自由地纵情于山水之间，去琢磨为文之用心吧。如果写出的文章真能把心意反映出来，那么我的心灵就有所寄托了。

中华经典名著
全本全注全译丛书
（已出书目）

周易
尚书
诗经
周礼
仪礼
礼记
左传
韩诗外传
春秋公羊传
春秋穀梁传
春秋三传
孝经·忠经
论语·大学·中庸
尔雅
孟子
春秋繁露
说文解字
释名
国语
晏子春秋
穆天子传
战国策
史记
列女传
吴越春秋
越绝书
华阳国志
水经注
洛阳伽蓝记
大唐西域记
史通
贞观政要
营造法式
东京梦华录
唐才子传
大明律

廉吏传
徐霞客游记
读通鉴论
宋论
文史通义
鬻子·计倪子·於陵子
老子
道德经
帛书老子
鹖冠子
黄帝四经·关尹子·尸子
孙子兵法
墨子
管子
孔子家语
曾子·子思子·孔丛子
吴子·司马法
商君书
慎子·太白阴经
列子
鬼谷子
庄子
公孙龙子（外三种）
荀子
六韬
吕氏春秋
韩非子
山海经
黄帝内经
素书
新书
淮南子
九章算术（附海岛算经）
新序
说苑
列仙传
盐铁论
法言
方言
白虎通义
论衡
潜夫论
政论·昌言
风俗通义
申鉴·中论
太平经
伤寒论
周易参同契
人物志
博物志
抱朴子内篇
抱朴子外篇

西京杂记
神仙传
搜神记
拾遗记
世说新语
弘明集
齐民要术
刘子
颜氏家训
中说
群书治要
帝范·臣轨·庭训格言
坛经
大慈恩寺三藏法师传
长短经
蒙求·童蒙须知
茶经·续茶经
玄怪录·续玄怪录
酉阳杂俎
历代名画记
唐摭言
化书·无能子
梦溪笔谈
东坡志林
唐语林
北山酒经(外二种)

折狱龟鉴
容斋随笔
近思录
洗冤集录
传习录
焚书
菜根谭
增广贤文
呻吟语
了凡四训
龙文鞭影
长物志
智囊全集
天工开物
溪山琴况·琴声十六法
温疫论
明夷待访录·破邪论
潜书
陶庵梦忆
西湖梦寻
虞初新志
幼学琼林
笠翁对韵
声律启蒙
老老恒言
随园食单

阅微草堂笔记

格言联璧

曾国藩家书

曾国藩家训

劝学篇

楚辞

文心雕龙

文选

玉台新咏

二十四诗品·续诗品

词品

闲情偶寄

古文观止

聊斋志异

唐宋八大家文钞

浮生六记

三字经·百家姓·千字文·弟子规·千家诗

经史百家杂钞